밤과 낮

I

Night and Day

by Virginia Woolf

Published by Acanet, Korea, 2017

학술명저번역 595

밤과 낮

Night and Day

버지니아 울프 지음 | 최애리 옮김

아카넷

차례

제1장

10월의 어느 일요일 저녁이었다. 자신이 속한 계층의 다른 많은 젊은 여성들과 마찬가지로, 캐서린 힐버리는 차를 따르고 있었다. 아마 정신의 5분의 1쯤만 그 일에 쏟고, 나머지 부분은 이 다소 따분한 시간과 월요일 아침 사이에 가로놓인 장벽을 가볍게 뛰어넘어, 날이 밝으면 평소처럼 그리고 기꺼이 하게 될 일들을 이것저것 그려보고 있었을 것이다. 비록 말은 없었지만, 그녀는 이미 수백 번은 치러보았을 그런 상황에 분명 익숙했고, 그래서 그렇게 딴 생각을 하면서 분위기가 자연스럽게 흘러가게끔 내버려두는 데 도가 튼 듯했다. 힐버리 부인이 점잖은 어른들끼리의 티파티를 성공시키는 데 워낙 탁월한 재능을 가진 터라, 찻잔이니 빵이니 버터니 하는 것들을 다루는 귀찮은 일만 덜어진다면, 굳이 딸의 도움이 필요치 않으리라는 것쯤은 척 보아도 알 수 있는 일이었다.

그 적은 무리가 티테이블 주위에 둘러앉은 지 채 20분도 못 되었다는 점을 감안한다면, 그들의 생기 띤 얼굴이나 함께 어울려 내는 소리는 안주인의 공으로 돌릴 만했다. 만일 그 순간 누가 문을 열고 들어온다면 다들 무척 즐거워 보이리라는 생각이 캐서린의 머릿속을 스쳤다. 그 누군가가 '참 기분 좋은 집이로구나!' 하고 감탄할 것을 생각하니 그녀는 자기도 모르게 웃음이 났고, 그런 분위기를 고조시키려는 듯, 썩 기분이 내키지는 않았지만 그래도 뭔가 좌중의 웅성임에 말을 보탰다. 바로 그 순간, 마치 그녀의 공상이 이루어지기나 한 것처럼, 문이 벌컥 열리더니 한 청년이 방 안으로 들어섰다. 캐서린은 그와 악수를 하며 마음속으로 그에게 질문을 던졌다. '그래, 우리 모두 즐거워 보이나요?' 하지만 입으로는, "데넘 씨예요, 어머니" 하고 말했다. 어머니가 그의 이름을 잊어버린 것을 눈치챘던 것이다.[1]

하지만 데넘 씨 역시 그 사실을 눈치챘고, 방 안 가득 사람들이 편안하게 자리 잡고 한창 이야기꽃을 피우기 시작한 마당에 뒤미처 들어선 낯선 객으로서는 어쩔 수 없는 거북함이 한층 더해졌다. 동시에 데넘 씨에게는 자신과 바깥 길거리 사이에 무수한 방음문이 닫히기라도 한 것 같은 느낌이 들었다. 살롱[2]의 널찍하고 다소 휑한 공간에 엷은 안개 같은 너울이 드리워진 듯, 티테이블 위에 촛대들이 모여 있는 곳은 온통 은빛이고 벽난로의 불빛을 받은 곳은 불그레했다. 머릿속에는 여전히 버스와 택시들이 오가고, 몸에는 길거리의 차량과 인파를 헤치며 부지런히 걸어온 느낌이 남아 있는 터라, 이 살롱의 아늑한 분위기는 딴 세상 같았다. 서로서로 멀찍이 떨어져 앉은 나이 지긋한 이들의 얼굴은 원숙하면서도 살롱 공기에 묵직하게 감도는 푸르스름한 안개 때문인지 혈색이 좋아 보였다. 데넘 씨가

1) "데넘 씨"는 힐버리 가를 처음 방문했으며 캐서린에게도 초면이지만, 뒤에서 "서튼 베일리 부인의 도착을 알리는 소리가 들려왔다"(13쪽)고 하는 대목에서 보듯 하인들이 방문객의 성명을 미리 알리는 것이 관례로, 그렇게 통보된 이름을 힐버리 부인이 금방 잊어버려 캐서린이 상기시키는 것이다.

2) 힐버리 가의 drawing room은 '살롱'으로, 뒤에 나올 데넘 가의 living room은 '거실'로 옮긴다. 주 80, 189 참조.

들어왔을 때, 고명한 소설가 포테스큐 씨[3]는 아주 기다란 문장을 절반쯤 말하던 참이었다. 새로 온 손님이 자리에 앉을 때까지 그는 잠시 말허리를 끊은 채 기다렸고, 힐버리 부인은 그 끊어진 틈새를 잽싸게 이용하여 청년을 향해 몸을 기울이며 이렇게 물었다.

"당신이라면 뭘 하시겠어요, 데넘 씨? 만일 엔지니어와 결혼해서 맨체스터[4]에 살아야 한다면 말이에요."

"페르시아어는 배울 수 있을 거요." 깡마른 노신사가 끼어들었다. "맨체스터에는 페르시아어를 가르쳐줄 전직 교사나 문인이 없답니까?"

"우리 사촌 하나가 결혼해서 맨체스터에 살게 되었거든요." 캐서린이 설명했다. 데넘 씨는 우물우물 적당히 대답해 넘겼고, 사실 그에게 그 이상의 대답이 기대된 것도 아니었으므로, 소설가는 하던 이야기를 계속했다. 데넘 씨는 길거리의 자유와 이 교양 넘치는 살롱을 바꾼 것이 내심 후회스러웠다. 이 방 안에서 무엇보다도 언짢은 것은 그가 도무지 자신의 진면목을 보일 수 없으리라는 것이었다. 주위를 둘러보니, 캐서린만을 제외하고는 모두가 사십 대 이상이었다. 그래도 포테스큐 씨는 상당한 유명 인사이니 내일이 되면 그를 만났다는 것만으로도 뿌듯해질지 모른다는 것이 그나마 유일한 위안이었다.

"맨체스터에 가보신 적이 있습니까?" 그는 캐서린에게 물었다.

"아뇨." 그녀는 대답했다.

"그렇다면 왜 그렇게 걱정하는 거지요?"

3) 이 인물은 소설가 헨리 제임스(Henry James, 1843-1916)를 모델로 한 것으로 알려져 있다. 제임스는 미국 출신이지만 1869년 런던에 정착했고, 1871년 레슬리 스티븐이 주간한 《콘힐 매거진》의 주요 필자로 스티븐 가에 드나들었다.

4) 잉글랜드 북서부의 산업 도시.

캐서린은 차를 저으며 뭔가 궁리하는 듯했으므로, 데넘은 그녀가 누군가의 잔에 차를 따라주려 하나 보다고 생각했지만, 사실 그녀는 어떻게 하면 이 특이한 청년을 다른 사람들과 잘 어울리게 만들지를 가늠해보는 중이었다. 그녀는 그가 얇은 도자기 잔을 으스러뜨릴 듯이 꽉 쥐고 있는 것을 알아차렸다. 그는 신경이 곤두서 있는 것이었다. 바깥바람에 얼굴이 약간 상기되고 머리칼이 헝클어진 채로 나타난 이 근골질의 젊은이가 이런 모임에서 신경이 곤두서리라는 것쯤은 예상할 수 있는 일이었다. 게다가, 어쩌면 그는 이런 자리를 좋아하지 않는데 그저 호기심 때문에, 아니면 아버지의 초대를 받았기 때문에 마지못해 온 것인지도 몰랐다 — 하여간, 그는 다른 사람들과는 쉽게 섞일 것 같지 않았다.

"맨체스터에는 대화할 만한 사람이 없을 것 같아서요." 그녀는 아무렇게나 생각나는 대로 대꾸했다. 포테스큐 씨는 마침 소설가다운 눈초리로 그녀를 지켜보고 있던 터라, 그녀의 그런 대답에 미소 지으며 그것을 다시 이야기의 실마리로 삼았다.

"약간 과장하는 경향이 있긴 하지만, 캐서린이 정곡을 찌르는군요." 그는 그렇게 말하며, 소파에 깊숙이 몸을 파묻고는 웅숭깊고 사색적인 눈길로 천장을 응시하며 양 손가락을 맞댄 자세로, 맨체스터의 소름끼치는 길거리들과 시 외곽에 끝없이 펼쳐진 황야,[5] 그 아가씨가 살아야 할 작고 허름한 집을 묘사하기 시작했다. 손님이라야 신진 극작가들의 난해하기 그지없는 작품들에 심취한 교수들과 불쌍한 학생들이 고작일 테고, 외모도

5) 페나인 산맥 남쪽, 그레이트 맨체스터와 웨스트요크셔 군 사이에 있는 새들워스 무어(Saddleworth Moor)를 가리킨다. 사람이 거의 살지 않으며 인근 도시들을 연결하는 도로들이 가로지를 뿐이다.

차츰 변해갈 테고, 결국 그녀는 런던으로 돌아오고 말 터이니, 캐서린은 마치 시끌벅적한 정육점 골목을 지나갈 때 게걸스런 개의 목줄을 꽉 붙드는 듯한 태세로 그녀를 데리고 다녀야 하리라는 것이었다. 가련하고 딱하게도.

그가 말을 마치자 힐버리 부인은 "오, 포테스큐 씨!" 하고 외쳤다. "저는 그 애가 부럽다고 방금 편지를 썼는데요! 저는 큰 공원들이며 토시를 낀 노부인들, 《스펙테이터》[6]를 읽고 양초 심지나 자르는 한가한 노부인들만 생각했거든요. 그런 부인들은 다 사라졌나요? 전 그 애더러 맨체스터에서는 런던의 좋은 점들을 다 누리되 여기처럼 사람을 지치게 하는 소란함은 없을 거라고 말했어요."

"대학은 있습니다." 깡마른 노신사가 말했다. 조금 아까, 페르시아어를 아는 사람들은 거기에도 있으리라고 주장하던 이였다.

"저도 거기 황야가 있다는 건 알아요. 저번 날 책에서 읽었거든요." 캐서린이 말했다.

"제 식구들이 이렇게 무지하다니 참 답답한 일입니다." 힐버리 씨가 한마디 했다. 그는 나이가 꽤 들었지만, 연배에 비해 생기 있는 갈색 눈 덕분에 근엄한 얼굴이 다소 부드럽게 보였다. 시곗줄에 달린 작은 녹색 돌을 연신 만지작거리는 바람에 눈에 띄는 가늘고 섬세한 손가락의 소유자인 그는 크고 육중한 몸집은 거의 움직이지 않은 채 고개만 빠르게 이쪽저쪽으로 돌리면서 가능한 한 최소의 에너지로 끊임없이 재미와 생각거리를 찾아내는 듯했다. 이제 그는 개인적인 야망을 가질 시기가 지났거나 아니면 나름대로 이미 그 야망을 충족시킨 터라, 날카로운 통찰력으로는 딱히 무

6) 1828년에 창간된 보수적인 주간지.

슨 결과를 얻기보다 그저 관찰하고 사색하기를 즐기는 것 같았다.

포테스큐 씨가 다시금 언어의 유려한 구조물을 쌓아 올리는 동안, 데넘은 캐서린이 양쪽 부모를 모두 닮았다는 결론을 내렸다. 양쪽 기질이 묘하게 어우러져 있었다. 민첩하고 충동적인 움직임이나 이따금 뭔가 말할 때면 벌어졌다 다시 오므라드는 입술은 어머니를 닮았고, 검고 둥근 눈매는 아버지를 닮았다. 우수 어린 바탕에 총기를 띤 눈이었는데, 아직 인생을 비관적으로 볼 만한 나이가 아니고 보면 그 바탕에 깔린 것은 우수라기보다는 사색과 자기절제의 성향인지도 몰랐다. 그녀의 머리칼이나 혈색, 이목구비의 생김새는, 딱히 아름답다고까지는 할 수 없지만 눈을 끄는 데가 있었다. 절도와 침착성이 몸에 배어 있었으며, 그런 자질들이 한데 어울려 독특한 개성을 만들어내고 있었다. 그녀를 잘 알지 못하는 젊은이를 편하게 할 만한 개성은 아니었지만. 키는 훤칠했고, 옷은 수수한 색깔에 노르스름한 옛날 레이스 장식이 달린 것으로, 역시 구식 보석 하나가 붉은 빛을 더해주고 있었다. 데넘은 그녀가 비록 말은 별로 없어도 어머니가 도움을 청하면 언제든 즉각 대답할 수 있을 만큼 상황을 충분히 파악하고 있다는 것을 알아차렸다. 그러면서도 그녀가 건성으로 몸만 그 자리에 있다는 것이 그에게는 분명히 느껴졌다. 그녀가 나이든 사람들과 함께 티테이블 앞에 앉아 있다는 것이 쉽지만은 않은 일이라는 데 문득 생각이 미친 그는, 그녀나 그녀의 태도를 대체로 자신에게 적대적인 것으로 받아들이려던 충동을 억제했다. 맨체스터에 대한 이야기가 한참을 더 오간 다음, 화제가 다음으로 넘어갔다.

"그게 트라팔가 해전이었니, 무적함대였니,[7] 캐서린?" 그녀의 어머니가

7) 힐버리 부인은 영국 해군이 거둔 두 차례의 승리가 잠시 혼동되어 딸에게 묻고 있다. 트라팔

물었다.

"트라팔가였어요, 어머니."

"맞아, 트라팔가였지! 내가 이렇다니까! 차 한잔 더 드세요, 레몬 썬 것도 더 넣으시고, 자, 포테스큐 씨, 제 궁금증을 좀 풀어주세요. 로마 사람 같은 코를 가진 신사분이라면, 설령 버스에서 만났다 해도 믿을 수밖에 없으니까요."

그러자 힐버리 씨가 데넘을 상대로 곁다리를 들어 사무변호사[8]라는 직업에 대해 일가견을 피력하면서 자기가 지금껏 보아온 변화에 대해 이야기하기 시작했다. 데넘은 제 물을 만난 기분이었다. 사실 그들이 서로 알게 된 것도 데넘이 어떤 법률적 문제에 대해 쓴 글이 힐버리 씨의《리뷰》에 게재되면서부터였다. 하지만 또 금방 서튼 베일리 부인의 도착을 알리는 소리가 들리자, 힐버리 씨의 얼굴은 그쪽을 향했고, 데넘 씨는 할 말을 삼키며 잠자코 앉아 있었다. 옆에 앉은 캐서린 역시 말이 없었다. 나이가 엇비슷하고 둘 다 서른 전이라, 대화를 끌어 나가는 데 편리한 상투어를 쓰기도 어색했다. 더구나, 그의 뻣뻣하고 단호한 태도에서 자신의 주변 환경에 대한 적대감 같은 것을 알아챈 캐서린 편에서도 평소처럼 여성다운 호의를 베풀어 그를 돕지 않기로 다소 야멸차게 작정한 터라, 침묵은 한층 더 깨기 어려웠다. 그래서 두 사람은 잠자코 앉아서, 데넘은 뭔가 갑작스럽고

가 해전(1805)은 영국 해군이 스페인과 프랑스 연합군을 물리치고 프랑스의 영국 침략 위협을 저지한 전투였고, 무적함대(1588)는 스페인의 필리페 2세가 영국을 침략하고 엘리자베스 여왕을 폐위시키기 위해 파견한 것으로 칼레 연안에서 영국 해군에 의해 분쇄되었다.

8) 영국의 변호사는 사무변호사(solicitor)와 법정변호사(barrister)로 직책이 나뉜다. 사무변호사가 의뢰인과 상담 후 송사 첫 단계의 일을 하면, 법정변호사는 그렇게 정리된 사건을 맡아 법정(Bar)에서 변론한다. 과거에는 대체로 사무변호사가 법정변호사보다 취득하기 쉽고 직급도 낮은 것으로 여겨졌다.

도발적인 것, 상대의 허를 찌를 만한 것을 말할 수 있었으면 하는 욕망과 씨름하고 있었다. 하지만 힐버리 부인은 마치 낭랑한 음계 가운데 소리 나지 않는 음이라도 짚어내듯 방 안의 침묵을 즉각 알아채고는, 테이블 건너편을 향해 몸을 구부리면서 특유의 묘하게 초연한 말투로 말을 건넸다. 그런 말투 덕분에 그녀가 하는 말들은 마치 볕 좋은 자리를 찾아 팔랑팔랑 날아다니는 나비와도 같은 느낌을 주었다.

"데넘 씨, 당신을 보면 친애하는 러스킨[9] 씨가 생각나는군요. 넥타이 때문일까, 캐서린? 아니면 머리칼? 의자에 앉아 있는 자세? 데넘 씨는 러스킨을 존경하시나요? 저번 날 누가 제게 그러더군요. '아니, 우린 러스킨을 읽지 않아요, 힐버리 부인' 하고 말이에요. 당신은 무슨 책을 읽으시는지 궁금해요. — 설마하니 온종일 비행기로 날아다니거나 땅속을 파고 다니지는 않을 테니 말이에요."

그녀는 호의에 찬 눈길로 데넘을 바라보다가, 그가 딱히 대답을 하지 못하자, 이번에는 캐서린을 향했지만, 캐서린 역시 미소를 띨 뿐 아무 말도 거들지 않았다. 그러자 문득 좋은 생각이 났다는 듯, 그녀는 말했다.

"데넘 씨도 우리 컬렉션을 보고 싶어 하실 것 같구나, 캐서린. 데넘 씨는 폰팅 씨와는 다르겠지. 그 끔찍한 젊은이는 오로지 현재에만 사는 것이 우리의 의무라고 하지 않던. 하지만 현재라는 게 대체 뭐지요? 그 절반은 과거이고, 게다가 그쪽이 더 좋은 절반인데 말이에요." 그녀는 포테스큐 씨 쪽을 바라보며 덧붙였다.

데넘은 자리에서 일어났다. 이제 볼 만큼 보았으니 돌아갈 심산이었다. 하지만 캐서린이 덩달아 일어나며 말했다. "그림을 좀 보시겠어요?" 그러

9) 러스킨(John Ruskin, 1819–1900). 영국의 작가 · 미술비평가 · 사회개혁가.

더니 앞장서서 살롱을 가로질러 곧장 이어지는 곁방으로 갔다.

그 작은 방은 대성당의 부속 경당이나, 아니면 동굴 속의 동혈과도 같았다. 멀리서 들려오는 차량의 소음이 부드럽게 부서지는 파도를 연상케 했고, 타원형 거울들의 은빛 표면은 마치 별빛을 받아 반짝이는 깊은 호수와도 같았다. 굳이 말하자면, 둘 중에서 종교적인 사원의 비유가 좀더 적합했으니, 그 작은 방에는 유물들이 그득했기 때문이었다.

캐서린이 여기저기를 건드리자, 여기저기서 불이 켜지면서 방 안의 물건들이 드러났다. 육중한 서가에는 붉은 바탕에 금빛 문자를 찍은 책들이 들어차 있었고, 유리장 안에는 청색과 흰색으로 그림을 그려 넣은 긴 스커트가 빛을 발하고 있었으며, 집기들이 가지런히 놓인 마호가니 책상 위쪽에는 네모난 틀에 넣은 초상화가 걸려 있어 따로 마련된 조명을 받고 있었다. 캐서린은 이 조명까지 켠 후, 한 발 물러서면서 이렇게 말하는 것만 같았다. '자, 보세요!' 데넘은 위대한 시인 리처드 앨러다이스의 눈이 자신을 내려다보는 것을 발견하고는 놀란 나머지 모자라도 쓰고 있었다면 벗을 뻔했다. 시인의 눈은 부드러운 분홍색과 노란색 바탕을 배경으로 거룩한 자애를 띠고 그를 감싸듯 내려다보고는 더 나아가 온 세상을 관조하는 것이었다. 물감이 워낙 바랜 터라 흐릿한 바탕에 부각되어 보이는 그 아름다운 검은 눈 말고는 별로 남은 것이 없었다.

캐서린은 그가 충분히 감명받기를 기다리는 듯하더니, 이윽고 말했다.

"이게 저분 책상이에요. 이 펜을 쓰셨지요." 그러면서 그녀는 깃털 펜을 들어 보이고는 다시 내려놓았다. 책상 위에는 오래된 잉크 자국이 그대로 남아 있었고, 펜은 오래 써서 끝이 닳아 있었다. 커다란 금테 안경도 바로 손 닿는 자리에 놓여 있었고, 책상 아래에는 큼직한 헌 슬리퍼도 한 켤레 놓여 있었다. 캐서린은 그 한 짝을 집어 들며 말했다.

"저희 할아버지께서는 요즘 사람들보다 곱절은 더 크셨나 봐요." 그녀는 마치 해야 할 말을 외우기나 한 것처럼 말을 이었다. "이건 「겨울 송가」의 친필 원고예요. 초기 시들은 후기 시들보다 고친 데가 훨씬 적답니다. 한 번 보시겠어요?"

데넘 씨가 친필 원고를 들여다보는 동안, 그녀는 할아버지의 초상화를 쳐다보면서 이미 무수히 그랬던 것처럼 흐뭇한 몽상에 잠겨들었다. 자신도 그 위대한 인물들의 일원이요 적어도 그들의 후손이라고 생각하자, 현재의 이 보잘것없는 순간이 부끄럽게 느껴졌다. 화폭 위의 저 위대한 영혼의 소유자는 일요일 오후의 이 모든 자질구레한 일들을 결코 보지 못할 터이니, 그녀와 이 젊은이가 나누는 이야기는 하찮게만 느껴졌다. 사실 그들은 하찮은 사람들이었으니까.

"이건 시집 초판본이에요." 그녀는 데넘 씨가 아직 친필 원고에 몰두해 있는 것은 아랑곳하지 않고 말을 계속했다. "여기에는 재발간되지 않은 시도 몇 편 들어 있고, 교정된 데도 있답니다." 그녀는 잠깐 쉬었다가 말을 계속했다. 마치 중간에 쉬는 데까지도 미리 계산된 듯한 태도였다.

"저기 푸른 옷을 입은 분은 제 증조할머니세요. 밀링턴[10]이 그렸지요. 여기 이건 숙부님의 산책용 지팡이고요. 왜 그 리처드 워버튼 경 말이에요. 해블록과 함께 러크나우 원정[11]에 나가셨던. 그리고 어디 보자... 아, 저기

10) 세밀화가 메리 A. 매닌(Mary Ann Mannin, 1800-1864)의 처녀 적 성이 밀링턴(Millington)으로, 1829-1832년경 로열 아카데미에서 밀링턴이라는 이름으로 작품을 전시했었다. 1827년에 찰스 디킨스의 세밀화를 그린 바 있다.

11) 1857-1858년 인도 군인들이 영국 지배에 저항하여 일으킨 인도 폭동(Indian Rebellion) 때, 인도 북부의 주요 도시 러크나우에 주둔해 있던 영국 군대가 포위당한 적이 있었다. 1857년 9월 영국 장군 헨리 해블록(Henry Havelock, 1795-1857. 11)이 이끄는 지원군이 러크나우를 1차 탈환했으나 오래 가지 못했고, 완전한 탈환은 이듬해 3월에 이루어졌다.

저분이 우리 가문을 일으키신 원조 앨러다이스와 그 부인이랍니다. 최근에 어느 분이 이 대접을 기증했어요. 저분들의 문장(紋章)과 성명 약자가 새겨져 있다면서요. 아마 은혼식 기념품으로 돌린 거였나 봐요."

여기서 그녀는 잠시 말을 멈추고는 왜 데넘 씨는 아무 대꾸도 하지 않는지 의아했다. 가문의 유품을 생각하는 동안은 잠시 잊고 있었던, 그가 자기를 적대시하는 것 같다는 느낌이 문득 되살아나 그녀는 유품들을 설명하다 말고 그를 바라보았다. 어머니가 그를 추켜세워 과거의 위인과 연결시키고자 러스킨 씨와 비교했던 것이 생각나서, 그녀는 이 젊은이에 대해 정도 이상으로 비판적이 되었다. 연미복을 차려입고 방문한 젊은이는 유리 뒤에서 더없이 풍부한 표정을 하고서 흔들림 없는 눈길로 응시하고 있는 저 두상 — 그녀에게는 그것이 러스킨 씨에 대한 기억의 전부였다 — 과는 전혀 다른 사람이었다. 그는 독특한 얼굴의 소유자였다. 진중한 명상보다는 민첩하고 단호한 성격을 드러내는 얼굴이었다. 이마는 넓고, 코는 길고 우뚝하며, 말끔하게 면도한 입술은 약간 비뚜름한 것이 예민해 보였다. 홀쭉한 뺨에는 깊은 홍조가 서려 있었다. 그의 눈은 지금은 남자다운 무뚝뚝하고 권위적인 표정을 하고 있지만, 유쾌한 상황에서라면 좀 더 미묘한 감정도 드러낼 수 있을 것이었다. 크고 맑은 갈색 눈이 뜻밖에도 망설이며 고민에 빠져 있는 듯이 보였다. 하지만 캐서린은 그를 바라보면서 만일 그가 구레나룻을 길렀더라면 지난날 위인들의 표준에 좀 더 가깝지 않았을까 생각할 따름이었다. 그의 여윈 체격과 홀쭉하지만 건강한 볼에서, 그녀는 모나고 매서운 영혼의 징표들을 보았다. 그가 친필 원고를 내려놓고 입을 열자, 그의 음성에서 다소 떨리는 듯 어색한 소리가 나는 것을 그녀는 알아챘다.

"가문에 대한 자부심이 대단하신 것 같군요, 힐버리 양."

"네, 그래요." 캐서린은 대답하고는 이렇게 덧붙였다. "그게 잘못되었다고 생각하시나요?"

"잘못되었다고요? 어떻게 잘못될 수가 있겠습니까? 손님들에게 이렇게 유품을 구경시키는 건 좀 귀찮은 일이겠지만요." 그가 생각에 잠긴 듯한 어조로 대꾸했다.

"손님들도 즐거워할 때는 그렇지 않아요."

"조상들의 명예에 걸맞게 산다는 게 부담스럽지 않습니까?" 그가 밀고 나갔다.

"제가 시를 쓰려 들면 안 되겠지요." 캐서린이 대꾸했다.

"그렇죠, 저도 그건 싫을 것 같습니다. 할아버지한테 밀리는 걸 참을 수 없을 것 같으니까요. 그런데, 하여간" 하고 데넘은 빈정대는 듯한 눈길로 주위를 둘러보며 말을 이었다. "당신 할아버지만이 아니지요. 당신은 사방에서 떠밀리는 것 같은데요. 당신 가문은 영국에서 손꼽히는 가문에 속하겠지요. 워버튼에 매닝에... 그리고 아마 오트웨이 가문과도 친척간이지요? 어딘가 잡지에서 읽은 것 같습니다." 그는 덧붙였다.

"오트웨이 네와는 사촌간이에요."

"그거 보세요." 데넘은 자신의 주장이 입증되기라도 한 듯 득의한 어조로 말했다.

"그거 보라니요." 캐서린이 말했다. "제 생각에 당신은 아무것도 증명한 게 없는 것 같은데요."

데넘은 유독 도발적인 태도로 미소 지었다. 그는 자기 같은 것은 곧 잊어버릴 이 거만한 아가씨를 약 올릴 수 있다는 사실을 알고는 유쾌한 기분이 들었다. 뚜렷한 인상을 남기지 못할 바에야, 물론 그러고 싶은 것이 본심이었지만, 약이라도 올려주자.

그는 그 소중한 시집을 펼쳐보지도 않은 채 손에 들고서 묵묵히 앉아 있었고, 캐서린은 그를 찬찬히 건너다보았다. 그녀의 눈에서는 짜증이 가시면서 우수인지 사색인지 모를 표정이 깊어졌다. 많은 것을 생각하는 얼굴이었다. 의무 같은 것은 까맣게 잊고 있었다.

"자, 어디 한 번 볼까요" 하고 데넘은 대뜸 시집을 펼쳤다. 자신이 하려던 말 또는 예의상 할 수 있는 말은 다 했다는 듯한 투였다. 그는 책 전체를, 시는 물론이고 인쇄며 종이며 제본이며 하는 것들까지 죄다 평가하려는 듯한 태도로 결연히 책장을 넘겼다. 그러고는 양단간 자신의 평가에 만족했다는 듯 책을 도로 책상 위에 올려놓고는, 군인의 것이었다는 금제 장두(杖頭) 달린 말라카 지팡이[12]를 유심히 들여다보았다.

"그럼 당신은 당신 가족이 자랑스럽지 않나요?" 캐서린이 물었다.

"아뇨." 데넘이 대답했다. "저희 집안은 자랑이 될 만한 일을 한 적이 없으니까요 — 제 앞가림은 하고 산다는 게 자랑이 된다면 몰라도."

"그건 좀 따분해 보이는데요." 캐서린이 말했다.

"당신 눈에는 아주 따분해 보일 겁니다." 데넘이 응수했다.

"그럴 수도 있겠지요. 하지만 그렇다고 해서 제가 당신 집안을 우습게 볼 거라고는 생각지 않아요." 캐서린이 덧붙였다. 마치 데넘이 그녀의 가문을 우습게 보기라도 했다는 듯이.

"물론입니다. 저희는 전혀 우스운 사람들이 아니니까요. 저희는 하이게이트[13]에 사는, 존경받을 만한 중류층이랍니다."

12) 아시아산 등나무야자로 만든 지팡이. 말라카는 말레이 반도의 한 지명이다.

13) 하이게이트는 런던 북부의 구릉지 햄스테드 히스 북쪽에 자리 잡은 마을로, 19세기 말~20세기 초에 중산층이 사는 교외의 주택지가 되었다.

"하이게이트에 살지는 않지만, 저희도 중류층이라고 생각하는데요."[14)]

데넘은 그저 웃어 보이고는 말라카 지팡이를 제자리에 꽂은 다음, 호화로운 장식이 있는 검집에서 검을 꺼내보았다.

"그건 클라이브[15)] 거였어요. 우리가 하는 말이지만." 캐서린은 자동적으로 안주인으로서의 위치로 돌아갔다.

"왜, 사실은 아니란 말입니까?"

"그냥 집안에 내려오는 말이 그렇다는 거예요. 증명할 수는 없겠지만요."

"그것 보세요. 저희 집안에는 그렇게 내려오는 이야기라는 게 없거든요."

"아주 따분하게 들리네요." 캐서린은 두 번째로 그 말을 했다.

"고작 중류층이니까요." 데넘이 대꾸했다.

"제 앞가림을 하고 산다, 진실만을 말한다, 하지만 그렇다고 해서 저희를 무시할 이유는 없잖아요?"

데넘 씨는 힐버리 집안에서 클리이브의 소유였다고 하는 검을 조심스레

14) 유수한 명문가인 힐버리 가문은 중상류층(upper middle-class)에 속하는 반면, 데넘의 집안은 뒤에서 누나인 조운을 "가겟집 손녀딸"이라 일컫는 데서 보듯이 중하류층에 속한다. middle-class는 '중산층'으로 옮기는 것이 보통이지만, 이 대목에서는 캐서린이 자신이 속한 upper middle-class도 포함시켜 middle-class라 말하고 있으므로, '중류층'이라고 옮긴다. 당시의 계층 구분은 퍽 미묘하여, 레너드 울프의 『지혜로운 처녀들』에서는 런던 교외 주택지 리치스테드의 주민들을 "변호사들과 상인들의 계층인 중류층, 즉 중하류층(lower and middle-class)"라 일컫는 것을 볼 수 있다. 같은 중류층이라 해도 중상류와 중하류가 확연히 구별되었던 듯하다.(굳이 말하자면 후자 쪽이 일반적인 의미의 '중산층'에 해당할 것이다.) 뒤이어 중하류층에 좀 못 미치는 "중하류층에서 하류층 사이"를 "그저 갑남을녀(merely men and women)는 되지 못하는 영락한 신사숙녀들의 계층"이라 구분하는 것을 보면, "그저 갑남을녀"의 계층이 하류층이었던 모양이다.(Leonard Woolf, *Wise Virgins*, London: Persephone Books, 2003, p. 134)

15) 로버트 클라이브 남작(Baron Robert Clive, 1725–1774)은 영국령 인도에서 벵갈 총독을 지낸 인물이다. 작중의 '클라이브'는 물론 허구의 인물이지만, 이름에서 연상되는 이미지가 '말라카 지팡이'니 '검집'이니 하는 유품들과 잘 어울린다.

검집에 도로 넣었다.

"저는 당신들처럼 되고 싶지는 않다고 말했을 뿐입니다." 그는 자신의 생각을 최대한 정확하게 말한다는 투로 대꾸했다.

"물론이에요. 하지만 아무도 다른 사람처럼 되고 싶어 하진 않으니까요."

"저는 그렇지 않습니다. 제가 되고 싶은 사람들은 아주 많습니다."

"그럼 왜 저희처럼은 되고 싶지 않다는 건가요?" 캐서린이 물었다.

데넘은 그녀가 자기 할아버지의 팔걸이의자에 앉아서 종조부[16)]의 말라카 지팡이를 만지작거리는 것을 바라보았다. 화려한 청색과 흰색의 그림, 금박 문자 찍힌 진홍색 책들이 배경을 이루고 있었다. 마치 화려한 깃털의 새가 더 멀리 날아가기 전에 잠시 내려앉은 것만 같은 그녀의 생기발랄하면서도 침착한 태도를 보자 그는 그녀의 다복함에도 한계가 있음을 보여 주려는 욕망이 일었다. 자기 같은 것은 너무나 금방, 너무나 쉽게 잊힐 것이었다.

"당신은 아무것도 직접 겪어 알지는 못할 겁니다." 그는 거의 사납게 말문을 열었다. "모든 것이 다 주어져 있으니까요. 당신은 오랫동안 저축을 하여 물건을 사는 즐거움도 모를 것이고, 처음으로 책을 읽거나 발견을 하는 즐거움도 모를 겁니다."

그는 자신의 목소리가 단호하게 내뱉는 말들을 들으며 과연 거기에 진실이 있는 것일까 문득 의구심이 들었다. 하지만 그가 멈칫하는 것을 보자 캐서린은 말했다. "계속하세요."

"물론, 저는 당신이 시간을 어떻게 보내는지 모릅니다만" 하고 그는 다소 경직된 어조로 말을 이었다. "아마 이렇게 손님들에게 조상의 유품을

16) 앞에서는 숙부(uncle), 여기서는 종조부(great uncle)로 되어 있다.

구경시키거나 하겠지요. 조부님의 전기도 쓰고 계시다고 했던가요? 그리고 저런 일에도" 하고 말하며 그는 교양 있는 웃음소리가 들려오는 바깥방을 턱짓으로 가리켜 보였다. "시간이 꽤 많이 들겠지요."

그녀는 기대하듯 그를 바라보았다. 마치 둘이서 그녀의 모형을 놓고 꾸미다 말고, 그가 리본이나 장식끈을 어디에 달면 좋을지 몰라 꾸물대는 것을 지켜보는 듯한 눈길이었다.

"거의 알아맞히셨어요." 그녀는 말했다. "하지만 저는 어머니를 도울 뿐이에요. 제가 직접 쓰지는 않아요."

"직접 하시는 일이 있기는 한가요?" 그가 물었다.

"무슨 뜻이신가요?" 그녀가 물었다. "물론 저는 열 시에 출근해서 여섯 시에 퇴근하는 일은 안 해요."

"그런 뜻은 아닙니다."

데넘 씨는 이미 자제력을 되찾은 디였다. 그의 차분한 말투에 캐서린은 그가 자신의 입장을 제대로 설명하기를 바라는 심정이 되면서도 또 한편으로는 그를 약 올리고 싶기도 했다. 아버지가 이따금 데려오는 젊은이들을 대할 때면 으레 그러듯이 가벼운 조롱이나 빈정거림에 실어 내몰아버리고 싶었다.

"요즘은 아무도 가치 있는 일을 하는 이가 없어요." 그녀는 말했다. "보시다시피" 하고 그녀는 할아버지의 시집을 다독이며 말했다. "요즘은 책도 옛날만큼 잘 찍어내질 못하거든요. 시인이나 화가, 소설가도 이렇다 할 사람이 없잖아요. 그러니 제가 뭐 유별난 것도 아니지요."

"그렇습니다. 우리 시대에는 위인이 없지요." 데넘이 응수했다. "없어서 다행이라고 생각합니다. 저는 위인들을 싫어하거든요. 지난 세기의 영웅에 대한 숭배야말로 이 시대의 무가치함을 설명해주는 거라고 생각합니다."

캐서린은 뭔가 그에 맞먹는 강도의 대꾸를 하려는 듯 입을 열며 숨을 들이켰으나, 옆방 문이 닫히는 소리에 주의가 쏠렸다. 두 사람 모두 옆방의 티테이블을 둘러싸고 커졌다 작아졌다 하던 목소리들이 잦아들고 불빛도 어두워진 것을 의식했다. 다음 순간, 힐버리 부인이 문간에 나타났다. 그녀는 기대감이 담긴 미소를 띠고 그들을 바라보고 있었다. 마치 젊은 세대가 펼치는 연극의 한 장면을 보게 되었다는 듯한 태도였다. 그녀는 빼어난 용모의 소유자였다. 육십 대에 들어선 지도 한참 되었지만, 여전히 가녀린 체구와 생생한 눈빛 덕분에 그 세월의 표면을 아무 힘도 들이지 않고 스쳐 온 것만 같았다. 얼굴은 여위어 날카로운 콧날이 부각되었지만, 커다란 푸른 눈 덕분에 전혀 날카로운 느낌이 들지 않았다. 지혜로우면서도 천진해 보이는 그 눈은 세상 일이 고상하게 돌아가야만 한다는 강력한 소망과 세상이 그러려고만 한다면 얼마든지 그럴 수 있다는 전적인 확신을 가지고 세상을 바라보는 것만 같았다.

넓찍한 이마와 입가에 잡힌 주름살 몇 가닥은 그녀도 살아오는 동안 나름대로 힘들고 곤란한 순간들을 겪었으리라는 것을 짐작하게 하지만, 그런 순간들도 그녀의 그런 확신을 깨뜨리지는 못했으니, 그녀는 여전히 누구에게나 얼마든지 새로운 기회를 줄 태세, 언제든 체제 전체를 기꺼이 의심해볼 태세가 되어 있는 것이 분명했다. 그녀는 자신의 아버지를 많이 닮았으며, 어떤 점에서는, 그가 그랬던 것처럼, 더 젊은 세상의 신선한 공기와 탁 트인 공간을 시사하는 데가 있었다.

"그래 우리 컬렉션이 마음에 드셨나요, 데넘 씨?" 그녀는 말했다.

데넘 씨는 자리에서 일어나 책을 내려놓고는 입을 열었지만 아무 말도 나오지 않았다. 캐서린은 그런 그를 재미있다는 듯 지켜보았다.

힐버리 부인은 그가 내려놓은 책을 집어 들었다.

"살아 있는 책들이 있지요." 그녀는 생각에 잠긴 듯한 어조로 말을 이었다. "우리와 젊은 날을 함께하고 또 함께 늙어가는 책들 말이에요. 당신은 시를 좋아하시나요, 데넘 씨? 아, 참 우스운 질문이네요. 사실은, 친애하는 포테스큐 씨 때문에 좀 지치고 말았어요. 그분은 너무나도 달변이시고 재치가 넘치시는 데다 워낙 깊이 파고드는 성격이라, 반 시간쯤 지나면 그만 불을 다 꺼버리고 싶은 심정이 든답니다. 하지만 그분은 어둠 속에서는 한층 더 멋진 이야기를 하실지도 모르지요. 어떻게 생각하니, 캐서린? 우리 아주 깜깜한 데서 파티를 해볼까? 지루한 얘기만 하는 사람들을 위해서는 밝은 방도 있어야겠지만..."

데넘 씨는 그쯤에서 손을 내밀었다.

"하지만 보여드릴 게 아직도 더 많은데요!" 힐버리 부인은 아랑곳하지 않고 말을 이었다. "책이며 그림, 도자기, 원고, 그리고 스코틀랜드의 메리 여왕이 단리의 암살 소식을 들었을 때[17] 앉아 있던 바로 그 의자도요! 이제 저는 잠깐 가서 누워야겠어요. 캐서린도 옷을 갈아입어야 하고요(물론 지금 입은 것도 아주 예쁘지만요). 하지만 잠깐 혼자 계셔도 괜찮으시다면, 여덟 시에 저녁식사가 있답니다.[18] 그 사이에 시를 한 편 쓰셔도 좋겠네요. 아, 난로 불빛은 언제 봐도 좋아요! 우리 방이 아주 근사해 보이지 않나요?"

17) 단리 경(Lord Darnley, Henry Stewart, 1st Duke of Albany, 1545–1567)은 스코틀랜드의 메리 여왕(1542–1587)의 두 번째 남편(1565–1567)이었다. 여왕의 총신이자 개인 비서였던 데이비드 리치오(David Rizzio, 1533–1566)의 암살에 가담했고, 이듬해에는 그 자신도 — 아마도 여왕의 묵인하에 — 암살당했다.

18) 대체로 티타임에 왔던 손님들이 저녁식사까지 머물기도 하므로, 데넘을 저녁식사에 초대하는 것이다.

그녀는 한 걸음 뒤로 물러나면서 그들에게 빈 살롱을 가리켜 보였다. 살롱에는 벽난로의 불길이 너울대며 타올라 풍부하고도 불규칙한 음영을 드리우고 있었다.

"아, 소중한 것들!" 그녀는 뇌까렸다. "정든 의자며 탁자들! 마치 옛 친구들, 신실하고 말없는 친구들 같구나. 그러고 보니 생각나는데, 캐서린, 오늘 저녁에는 애닝 씨가 온단다. 타이트 스트리트와 캐도건 스퀘어에서도... 네 큰할아버지의 사진에 유리 끼우는 걸 잊지 마라. 밀리선트 고모가 지난번에 여기 왔을 때 그 말을 하더라. 나라도 내 아버지가 깨진 유리에 들어 있는 걸 보면 얼마나 마음이 상하겠니."

거기서 작별인사를 하고 빠져나오기란 다이아몬드처럼 반짝거리는 거미줄의 미로를 찢고 나오는 것과도 같았다. 그가 움쭉달싹만 해도 힐버리 부인은 표구사의 몰염치함이니 시의 즐거움이니 하는 것에 대해 새로운 얘깃거리를 생각해냈고, 한순간 그 젊은이는 그녀가 짐짓 원하는 척하는 일이라면 무엇이든지 하도록 최면을 당하는 게 아닌가 싶기까지 했다. 부인이 딱히 자기를 붙들어두려는 거라고 생각되지도 않았기 때문이다. 캐서린이 그에게 떠날 기회를 마련해주었을 때, 그는 아주 고마웠다. 한 젊은이가 다른 젊은이의 이해심에 대해 느끼는 그런 고마움이었다.

제2장

그는 그날 오후에 왔던 어떤 손님보다도 거칠게 문을 쾅 닫고는, 성큼성큼 거리를 따라가면서 지팡이[19]로 허공을 휘저었다. 밖으로 나와 길거리의 축축한 안개를 들이쉬며, 그저 제 한 몸 걸어갈 만큼의 보도밖에는 요구하지 않는 순박한 사람들과 어깨를 스치며 걷게 된 것이 기뻤다. 만일 힐버리 씨나 부인이나 따님을 이렇게 바깥에서 만났더라면, 어떻게든 자신의 우월성을 느끼게 해줄 수 있었으리라 생각했다. 실은 자신이 툭툭 내뱉었던 되통스런 말들이 자꾸만 떠올라서 괴로웠던 것이다. 그 우수 어린 듯하면서도 은근히 비웃는 것만 같은 힐버리 양에게마저 자신의 저력을 전혀 보여주지 못했다고 생각하니 못내 마음이 편치 않았다. 그는 자기가 잠시 충동적으로 쏟아놓았던 말들을 하나하나 되짚어가면서 무의식적으로 훨씬 더 표현력이 풍부한 말들로 바꾸어갔고, 덕분에 자신의 실패로 인한 울

19) 아직 젊은 데넘이 지팡이를 들고 있다는 것이 다소 이상하게 여겨질지 모르나, 빅토리아 시대 영국에서 지팡이는 신사의 복식 중 필수품이었다. 지팡이의 유행은 여성들에게까지 번져, 당시 런던에는 지팡이 전문점만 60여 군데가 있었다고 한다.

화가 조금은 가라앉았다. 그래도 이따금 가감 없는 진실이 비수처럼 찔러오곤 했으니, 그는 자신의 행동을 미화하는 성격이 아니었기 때문이다. 하지만 한편으로는 보도를 밟는 자신의 규칙적인 발소리와 또 한편으로는 집집의 반쯤 닫은 커튼들 뒤의 부엌과 식당, 살롱 등에서 말없이 엿보이는 다양한 삶의 다양한 장면들 덕분에, 그가 막 겪은 경험에서는 날카로움이 사라져갔다.

그가 겪은 경험에는 기묘한 변화가 일어났다. 발걸음은 차츰 느려지고, 머리는 약간 가슴 쪽으로 수그러들었다. 가로등 불빛에 이따금 드러나는 얼굴은 이상할 만큼 평온했다. 하도 골똘히 생각에 잠긴 나머지, 길거리 이름도 팻말을 한참이나 바라본 후에야 눈에 들어왔다. 건널목에 이르자 그는 마치 눈먼 이가 하듯 차도와 보도를 나누는 갓돌 위를 두어 번 지팡이로 두드려 안심하려 하는 것처럼 보였다. 지하철[20] 역에 이르자, 그는 밝은 불빛에 눈가를 찡그리면서 손목시계를 보고는 아직 좀 더 이둠 속에 있어도 되겠다고 생각한 듯 내처 더 걸어갔다.

하지만 생각은 여전히 아까와 같은 곳을 맴돌고 있었다. 그는 여전히 자기가 떠나온 집의 사람들에 대해 생각하고 있었다. 다만, 그들의 생김새며 그들이 한 말을 굳이 정확히 기억하려 하지 않고, 객관적 진실에 대해 의도적인 거리를 두고 있었다. 길모퉁이였는지, 불 켜진 방이었는지, 엄숙하게 줄지어 선 가로등들이었는지 간에, 뭔가 빛이나 형태의 우연한 효과가 갑작스레 그의 심경에 변화를 일으킨 듯, 그는 문득 소리 내어 중얼거렸다.

20) 런던에 처음 지하철이 개통된 것은 1863년의 일로, 20세기 초에는 교외로 노선이 연장되면서 교외의 중산층 주택지들이 개발되었다. 랠프가 사는 하이게이트 역시 그런 주택지 중 하나이다.

"그 여자가 좋겠어... 그래, 캐서린 힐버리면 돼... 캐서린 힐버리로 하자."

그렇게 내뱉고는 그는 골똘한 눈길을 떨군 채 천천히 걸었다. 조금 전까지만 해도 그를 내몰던 자기정당화의 욕망이 더는 그를 괴롭히지 않았다. 마치 얽매인 데서 풀려나 아무 부대낌도 치대임도 없어진 것처럼, 그의 생각은 자연스럽게 캐서린 힐버리라는 형상으로 집중되었다. 그녀의 면전에서는 그처럼 신랄한 비판을 늘어놓고서, 새삼스레 그녀에 대한 생각이 샘솟는 것은 신기한 일이었다. 그녀의 매력 앞에서는 짐짓 그것을 인정하지 않으려 했건만, 그 아름다움과 개성과 초연함을 짐짓 느끼지 않으려 했건만, 이제 그 모든 것이 그의 마음을 가득 채워왔다. 그리고 어쩔 수 없이 기억이 바닥나자, 상상력을 동원하기에 이르렀다. 그는 자신의 상상력이 움직이는 방향을 의식하고 있었다. 힐버리 양의 여러 특성들을 반추하면서, 그는 그녀의 모습을 특정한 목적을 향해 그려 나갔다. 키는 더 크게 하고, 머리칼은 더 짙은 색깔로 했지만, 신체적인 용모에서는 더 바꿀 것이 별로 없었다. 그의 가장 과감한 변용은 그녀의 정신에 가해졌다. 그 나름의 이유에서, 그는 그녀가 고상하고 완전무결하며 독립적인 정신을 갖되, 오직 랠프[21] 데넘에 대해서만은 그 높고 빠른 비상에서 내려오기를 원했다. 그 자신에 관한 한, 처음에는 까다롭게 굴더라도 결국은 그 고고한 자세를 버리고 내려와 그를 인정하고 영광스럽게 해주어야만 했다. 하지만

21) 울프가 Ralph라는 이름을 어떻게 발음했을지는 확실치 않다. 본래 게르만 기원인 이 이름은 중세 영어에서는 독일이나 스웨덴에서처럼 '랄프'로 발음되었으리라 추측되지만, 이후 이 발음은 노섬벌랜드 이북 스코틀랜드에만 남아 있고('랄프' 또는 '라프') 잉글랜드에서는 '랠프'를 거쳐 '레이프'로 변해왔기 때문이다. 근래에는 철자를 의식하여 다시 '랠프'로 발음하는 일이 많아졌지만, 울프는 좀 더 구식으로 '레이프'라 하지 않았을까 하는 추측도 가능하다.

이런 감미로운 세부들은 한가할 때 좀 더 자세히 다듬어야 할 것이었다. 중요한 것은 캐서린 힐버리면 되겠다는 것이었다. 몇 주가 될지 몇 달이 될지 모르지만, 그의 마음은 그녀로 정해졌다. 그녀를 택함으로써, 그는 상당히 오래전부터 마음속에 느껴지던 공허감을 채울 무엇을 갖게 되었다. 그는 만족한 한숨을 내쉬었다. 그제야 자신이 나이츠브리지[22]에 있다는 것을 의식하고는, 하이게이트로 가는 기차에 몸을 실었다.

뭔가 소중한 것을 새로 얻었다는 생각에 뿌듯해지기는 했으나, 막상 변두리의 골목들과 집집의 앞마당에 자라는 보잘것없는 덤불들, 그리고 그런 앞마당에 달린 대문마다 흰 페인트로 써놓은 생뚱맞은 이름들[23]이 눈에 들어오자 그는 평소와 같은 상념들을 물리칠 수가 없었다. 오르막길을 올라가면서, 그는 자신이 지금 가고 있는 집을 생각하며 울적해졌다. 집에 가면 예닐곱이나 되는 형제자매와 홀어머니, 그리고 아마도 어느 숙부나 숙모가 지나치게 밝은 불빛[24] 아래 아무 즐거움도 없는 식탁에 둘러앉아 있을 것이었다. 보름 전에도 그런 달갑잖은 모임 때문에, 만일 또 일요일에 손님이 온다면 자기는 자기 방에서 혼자 식사하겠노라고 협박하다시피 했었는데, 그 협박을 밀고 나가야 할지? 힐버리 양 쪽을 흘긋 돌아본 그는 오늘 밤에야말로 자신의 주장을 관철시키기로 결심했고, 그래서 집에 들

22) 나이츠브리지는 인접한 첼시와 함께 런던 중심 지역의 고급주택지이다. 힐버리 씨의 집은 첼시의 체이니 워크(Cheyne Walk)에 위치한 것으로 되어 있다.

23) 각 집에 붙인 이름을 말한다. 뒤에서 밀베인 부인은 데넘이 하이게이트에 산다는 말을 듣고는 "템페스트 로지"라는 집을 아느냐고 물으며, 메리는 캐서린에게 데넘의 집 주소는 "애플 오차드, 마운트 애러랫 로드, 하이게이트"라고 알려준다. 태풍장(Tempest Lodge)이니 사과동산(Apple Orchard)이니 하는 이름들이 실제의 집과 어울리지 않기 때문에 '생뚱맞다(absurd)'는 것이다.

24) 제27장에서 이 조명은 '백열 가스등'인 것으로 이야기된다. 앞서 묘사되었던 힐버리 가의 벽난로의 불빛이나 촛불들이 만들어내는 운치 있는 분위기와 대비된다. 주 187 참조.

어가 중산모와 커다란 우산을 보고 조셉 숙부가 와 있는 것을 확인하자 하녀에게 지시를 내리고는 곧장 위층 자기 방으로 올라갔다.

층계참을 몇 번이나 꺾어 돌며 계단을 올라가는 동안, 전에는 거의 눈에 들어오지 않던 것들이 눈에 들어왔다. 카펫은 위층으로 올라갈수록 추레해지다가 아예 카펫이 깔리지 않은 계단으로 이어졌고, 벽들은 흘러내린 물기나 떼어낸 액자의 윤곽대로 표 나게 변색되었으며, 벽 모서리의 벽지는 너덜거리고, 천장에서는 커다란 석고 널이 내려앉아 있었다. 방 자체도 이런 을씨년스러운 시각에 돌아갈 곳으로는 별로 아늑한 곳이 못 되었다. 납작하게 주저앉은 소파가 밤이 되면 침대가 될 터였고, 탁자 중 하나에는 세면도구가 감추어져 있었으며, 옷가지와 신발들이 대학의 문장(紋章)이 금박으로 찍힌 책들 사이에 볼썽사납게 널려 있었다. 장식이랍시고 벽에는 다리(橋)와 성당의 사진들, 그리고 허름한 차림의 젊은이들이 한 떼거리 돌계단에 줄지어 앉은 사진이 걸려 있었다.[25] 가구며 커튼은 낡고 궁상스러웠으며, 호사(豪奢)라고는, 아니 교양 있는 취향조차도 찾아볼 수가 없었다. 기껏해야 책장에 꽂힌 싸구려 판본의 고전들이 그런 방향으로의 노력을 보여줄 뿐이었다. 방 주인의 성품을 그나마 보여주는 유일한 물건은 창가에 놓인 커다란 횃대였다. 햇볕과 바람이 들도록 거기 놓인 횃대 위에는 늙고 필시 병든 듯한 까마귀 한 마리가 맥없이 폴짝거리며 이쪽저쪽으로 옮겨 앉고 있었다. 그 새는 아마도 귀 뒤를 슬쩍 긁어준 데 용기를 얻었는지 데님의 어깨 위로 올라앉았다. 그는 가스난로에 불을 붙이고 울적한 기분으로 저녁식사가 날라져 오기를 기다렸다. 그렇게 몇 분인가 앉아 있노라니, 한 어린 소녀가 머리를 들이밀며 말했다.

25) 제27장에서 이 사진은 '옥스퍼드'인 것으로 이야기된다.

"엄마가 안 내려올 거냐는데, 랠프? 조셉 숙부가 오셔서…"

"저녁을 이리로 가져오라고 해." 랠프가 명령조로 말하자, 소녀는 얼른 자리를 떴다. 하지만 서두르느라 문도 채 닫지 못하고 갔다. 잠시 더 기다리는 동안 그도 까마귀도 난롯불에서 눈을 떼지 않았다. 이윽고 그는 욕을 한마디 내뱉고는 아래층으로 달려 내려가 하녀가 손에 든 것을 뺏아 빵 한쪽과 냉육 한 조각을 썰어냈다. 그러는 동안 식당 문이 벌컥 열리며 "랠프!" 하고 부르는 소리가 들렸지만, 랠프는 그 목소리에는 아랑곳하지 않은 채 접시를 들고 위층으로 올라가버렸다. 그는 접시를 맞은편 의자 위에 놓고 우걱우걱 먹어댔다. 성이 나기도 했고 배도 고팠기 때문이었다. 그러니까 그의 어머니는 그의 희망사항을 전혀 존중해줄 뜻이 없는 것이다. 그는 자기 집에서도 전혀 중요한 사람이 아니며 아이처럼 오라 가라 하는 취급을 받는 것이다. 자기 방문을 열고 들어온 이후의 자기 행동 하나하나가 가족의 간섭으로부터 쟁취하다시피 얻어낸 것임을 상기하자 새삼 속이 쓰려왔다. 가족이 원하는 바대로 하자면, 그는 마땅히 아래층 거실에 앉아서 그날 오후 겪은 일을 이야기하거나 다른 가족이 겪은 일을 듣거나 해야 할 것이었다. 이 방도, 가스난로도, 팔걸이의자도, 다 싸워서 얻어낸 것이고, 깃털이 반쯤 빠져버리고 발 하나는 고양이에게 물려 절름대는 이 늙은 새도 가족의 항의를 무릅쓰고 구해낸 것이었다. 하지만 그의 가족이 그에게서 가장 못마땅하게 여기는 것은 그가 가족의 간섭을 원치 않는다는 것일 터였다. 혼자서 저녁을 먹겠다든가 저녁식사 후에 혼자 있겠다든가 하는 것은 명백한 반란이었고, 그의 가족은 잔꾀든 노골적인 애걸이든 갖은 방법을 다 써서 그 반란을 진압하려 했다. 그로서는 어느 쪽이 더 싫은 걸까? 잔꾀? 아니면 눈물? 하지만 어떻든 그들도 그의 생각까지 빼앗아갈 도리는 없었으니, 그가 어디에 갔었고 누구를 만났었는지 억지로 말하게 할 수는 없었다. 그런 것은 그 자신만의 문제였고, 그것만 해도 올바른 방향으로 한 걸음 나아간 셈이었다. 그는 담배 파이프에 불을 붙이고, 먹다 남긴 것을 까마귀에게 먹이려고 잘게 썰면서, 다소 지나치게 성이 났던 것을 가라앉히며 자신의 미래에 대한 생각에 잠겨들었다.

오늘 오후 역시 올바른 방향으로의 한 걸음이었다. 가족이라는 범위 밖의 사람들을 만나는 것도 그의 계획의 일부였다. 올 가을에는 독일어를 배우겠다거나 법률 서적 서평을 써서 힐버리 씨의 《크리티컬 리뷰》에 싣겠다거나 하는 것과도 마찬가지였다. 그는 아주 어린 소년이었을 때부터 항상 계획을 세웠다. 가난과 대가족의 장남이라는 사실 때문에 그는 봄 여름 가을 겨울을 기나긴 작전의 단계들로 생각하는 버릇이 들어 있었다. 아직 서른 살도 채 못 되었지만, 이렇게 앞날을 내다보는 버릇은 그의 이마에 두 겹의 반원형 주름살을 잡아놓았다. 바로 지금도 그 주름살들은 잡힌 모양대로 패려 하고 있었다. 하지만 그는 생각을 계속하는 대신 자리에서 일어나 "부재중"이라고 큼직하게 쓴 마분지 조각을 가져다 문 바깥쪽 손잡이에 걸었다. 그런 다음 연필을 깎고는 탁상등을 켜고 책을 펼쳤다. 하지만 책상 앞에 앉으려다 말고, 그는 까마귀를 쓰다듬으며 창가로 다가가 커튼을 헤치고 저 아래 안개 속에 흐릿하게 빛나는 도시를 내려다보았다. 그는 안개 너머 첼시 쪽을 잠시 응시하다가, 책상 앞으로 돌아왔다. 하지만 불법행위에 관한 박학한 변호사의 두꺼운 논문도 그의 잡념을 막아주지는 못했다. 그는 페이지 너머로 휑하게 널찍한 살롱을 보았다. 나직한 목소리들이 들려오고 여자들의 모습도 떠올라왔다. 벽난로의 쇠살대 안에서 타오르던 삼나무 장작의 냄새마저 맡아지는 듯했다. 그의 마음은 긴장을 풀고 아까 그 자리에서는 무의식적으로 받아들였던 것들을 비로소 풀어놓는 성싶었다. 그는 포테스큐 씨가 한 말들을, 발음을 굴려가며 강조하던 말투를 정확히 기억할 수 있었고, 맨체스터에 대해 포테스큐 씨가 한 말을, 포테스큐 씨의 말투대로 따라 해보았다. 그러고는 그 집 언저리를 서성거리며, 살롱 같은 방들이 더 있는 걸까, 욕실은 얼마나 아름다울까, 그렇게 잘 해놓고 사는 사람들의 삶은 얼마나 여유로울까, 하고 생각에 잠겨들었다. 지금도 그들은 살롱에 앉아 있을 것이었다. 아마도 옷만 갈아입고서. 애닝 씨도 와 있을 테고, 자기 부친의 사진틀 유리가 깨져 있으면 못마땅해할 고모도 왔을 것이다. 힐버리 양도 옷을 갈아입었을 테고("지금 입은 것도 예쁘지만 말이에요" 하던 힐버리 부인의 말이 귓전에 생생했다), 애닝 씨와 책 얘기를 하고 있을 것이다. 그자는 필시 나이가 마흔도 넘었고 게다가 대머리겠지. 얼마나 평온하고 널찍한 집인가. 그 평온함에 사로잡힌 나머지 그는 팔에서 힘이 빠져 들고 있던 책마저 떨구었건만, 자기가 그렇게 공부할 시간을 일 분 일 분 낭비하고 있다는 사실조차 까맣게 잊고 있었다.

계단이 삐걱거리는 소리에 그는 제정신이 돌아왔다. 무안하고 놀라서 정신을 가다듬고는 인상을 쓰며 책의 56쪽을 뚫어져라 들여다보았다. 문 밖에서 발걸음이 멈추었고, 그는 그 사람이 누구이든 간에 문손잡이에 걸려 있는 마분지 조각을 보고 그냥 돌아갈까 말까 망설이고 있다는 것을 알 수 있었다. 확실히 아무 소리도 내지 않고 가만히 있는 것이 상책이기는 했다. 어떤 습관이 집안에 자리 잡게 하려면 처음 여섯 달가량은 한 치의 예외도 허용해서는 안 되기 때문이었다. 하지만 그는 내심 누군가가 자신을 방해해주었으면 하는 바람을 의식하고 있었고, 그래서 문 밖의 손님이 그대로 돌아섰는지 계단을 삐걱거리며 내려가는 소리가 들려오자 실망감을 감출 수 없었다. 그는 자리에서 일어나 문을 괜스레 거칠게 열어젖히고는 계단참에서 기다렸다. 계단을 반쯤 내려가던 이도 동시에 걸음을 멈추었다.

“랠프?” 목소리가 물었다.

“조운?”[26)]

“올라갔다가, 네가 써놓은 걸 봤거든.”

“기왕 왔으니 들어와.” 그는 속내를 감추고는 짐짓 시큰둥한 어조로 말했다.

조운은 들어왔지만, 한쪽 손으로 난로 위 선반을 짚고 선 품이 그저 잠깐 용무가 있어서 왔을 뿐 용무만 마치면 곧 돌아갈 태세였다.

그녀는 랠프보다 서너 살 위였다. 얼굴은 통통했지만 지친 기색이 완연했고, 대가족의 맏딸들 특유의 참을성 많으면서도 근심 어린 선량함이 서려 있었다. 상냥한 갈색 눈은 랠프와 닮았지만 눈빛은 달랐으니, 그가 상대를 정면으로 예리하게 바라보는 것과는 달리 그녀는 매사를 여러 각도에서 보는 습관이 들어 있는 듯했다. 그 때문에 그녀는 실제 나이 차보다도 훨씬 더 손위로 보였다. 그녀는 까마귀 쪽을 흘긋 바라보고는, 에두르지 않고 대뜸 말을 꺼냈다.

“찰스와 존 숙부의 제안에 대한 얘기야… 어머니가 내게 그러시는데, 이번 학기가 끝나면 더는 학비를 댈 형편이 못 된다는구나. 지금대로 간다면 또 대출[27)]을 받아야 할 거래.”

“말도 안 돼.” 랠프가 대꾸했다.

“나도 그렇게 생각해. 하지만 어머닌 내가 아무리 말해도 안 믿으셔.”

랠프는 이 집안 얘기가 금방 끝나지 않을 것을 내다보기라도 한 듯, 누이에게 앉을 의자를 밀어주고는 자기도 자리에 앉았다.

26) 남자 이름 존(John)이 아니라 여자 이름 조운(Joan).
27) overdraft란 당좌대월, 즉 요즘의 마이너스 통장 대출에 해당한다.

"내가 방해되는 거 아냐?" 그녀는 물었다.

랠프는 고개를 흔들었고, 잠시 두 사람은 말없이 앉아 있었다. 두 사람 모두 눈썹 위에 주름살이 잡혔다.

"그녀는 모험을 해야 할 때도 있다는 걸 이해 못한다니까." 이윽고 그는 내뱉었다.

"찰스가 그럴 만한 재목만 된다면야 어머니도 모험을 하시겠지."

"그 녀석도 머리는 있잖아. 안 그래?" 랠프가 말했다. 그의 말투에서 싸우려는 듯한 기세를 느낀 누이는 그에게 뭔가 언짢은 일이 있어서 그렇게 말하는 것이려니 짐작했다. 대체 무슨 일일까 짚어보다가, 얼른 자기 용무를 기억해내고는 그의 말에 맞장구를 쳤다.

"그렇지만 네가 그 나이였을 때와 비교해보면 여러 가지로 많이 떨어지지. 게다가 집에서도 까다롭게 굴고 말이야. 몰리를 자기 몸종처럼 부린다니까."

랠프는 그런 논리가 마뜩잖은 듯한 소리를 냈다. 조운은 자기가 하필 동생의 울적한 기분을 건드렸고, 그래서 어머니가 뭐라고 말했다 한들 그는 엇나가리라는 것을 알아차렸다. 어머니를 '그녀'라고 한 것만 보더라도 뻔한 일이었다. 그녀는 자기도 모르게 한숨지었고, 그 한숨에 역정이 난 랠프는 짜증이 나서 쏘아붙였다.

"도대체 열일곱 살밖에 안 된 애를 사무실에 처박으려 하다니 너무한 거 아냐!"

"아무도 그 앨 사무실에 처박고 싶어 하지는 않아."

그녀의 음성에도 짜증이 서렸다. 그녀는 오후 내내 어머니와 함께 교육비며 생활비를 놓고 지겨울 만큼 세세히 의논해야 했고, 그나마 동생이라고 도움을 청하러 온 것이었다. 게다가 얼토당토않게도 그가 오후 내내 어딘가에 다녀왔다는 사실 때문에 그에게 도움을 청할 수 있을지도 모른다고 생각했었다. 물론 그가 어디를 다녀왔는지는 알지도 못하고 물을 엄두도 내지 않았지만.

랠프는 누이를 좋아했고, 그녀가 짜증내는 것을 보자 이 모든 짐을 그녀의 어깨에 지우는 것이 얼마나 부당한 일인가를 생각하지 않을 수 없었다.

"사실은" 하고 그는 침울한 말투로 내뱉었다. "내가 존 숙부의 제안을 받아들였어야 했어. 그러면 지금쯤 연 육백[28]은 벌고 있을 텐데."

"난 그런 생각은 해본 적 없어." 조운은 짜증냈던 것을 뉘우치며 황급히 대꾸했다. "내 생각에, 문제는 우리가 생활비를 좀 더 줄이면 안 될까 하는 거야."

"더 작은 집으로 가자고?"

"일하는 사람 수를 줄여야겠지."[29]

누이도 동생도 별로 확신을 가지고 하는 말이 아니었다. 이미 빠듯한 살림을 그런 식으로 더 줄인다는 것이 무엇을 의미하는가를 잠시 생각해본 랠프는 단호하게 말했다.

"그건 안 돼."

누이가 지금보다 더 많은 집안일을 떠맡는다는 것은 있을 수 없는 일이

28) 이 시대의 600파운드가 현재 가치로 얼마나 되는지 정확히 알기는 어렵지만, 울프가 작가로서 독립적인 생활을 하기 위한 수입으로 '연 500파운드'를 말했던 것이나 1919년 8월에 시골집 몽크스하우스(Monk's House)를 700파운드에 산 것을 감안하면 어느 정도 짐작이 갈 것이다.

29) 가정 형편이 어렵다면서 일하는 사람 수를 줄여야 한다, 즉 두 명 이상 두고 있다는 것이 이상하게 들릴지도 모르지만, 1911년 통계에 의하면 영국 인구 4,500만 중에 여성 130만 명, 남성 5만 4,000여 명이 남의 집에서 일했다. 중류층에서는 일하는 사람을 적어도 한 명은 두던 시기였다. Michael H. Whitworth, *Authors in Context: Virginia Woolf*, Oxford, 2005, p. 47.

었다. 아니, 짐을 져야 하는 것은 자신이었다. 자기 가족도 다른 가족들처럼 — 가령 힐버리 네처럼 — 두각을 나타낼 기회를 가져야 할 것이 아닌가. 그는 비록 증명할 수 없는 사실이긴 하지만 자기 가족에게도 뭔가 탁월한 점이 있다고 내심 오기에 가까운 믿음을 가졌다.

"만일 어머니가 모험을 하려 하지 않는다면..."

"어머니가 또다시 근저당을 늘리게 할 수는 없어."[30]

"그걸 투자로 생각해야 한다니까. 하지만 정 그렇게 못하겠다면, 다른 방법을 찾아봐야지. 그 수밖에 없어."

그 말에는 위협이 담겨 있었고, 조운은 그 위협이 무엇인지 묻지 않고도 알고 있었다. 랠프는 이제 6–7년째로 접어드는 직장 생활 동안 삼사백 파운드가량을 모아둔 터였다. 그가 그만한 액수를 모으기 위해 어떤 희생을 치렀는지 훤히 아는 조운으로서는 그가 그 돈으로 주식 투기[31]를 하는 것이 놀랍기만 했다. 주식을 사고팔아 때로는 잃고 때로는 벌면서, 하루아침에 한 푼도 안 남기고 날려버릴 위험을 무릅쓰는 것이었다. 하지만 그녀는 그런 동생을 놀라워하면서도, 스파르타식 자기 통제와 자기가 보기에는 낭만적이고 어린애 같은 치기를 묘하게 뒤섞어 가진 동생을 한층 더 사랑하지 않을 수 없었다. 그녀에게는 세상에 랠프처럼 흥미로운 존재는 없었다. 지금처럼 집안 형편에 대한 의논을 하다 말고도, 사태의 심각성에도

30) "You really can't expect her to sell out again"에서 sell out이란 앞에 나왔던 overdraft와 관련하여, 대출금을 갚지 못할 때 행해지는 일종의 강제 매각 내지 자산 감축인 듯하나, 구어체에서 '자산 감축'은 어색한 감이 있어 '근저당을 늘리다' 정도로 옮긴다.

31) 투기적인 면은 레너드 울프의 성격의 일부이기도 했다. 각종 내기를 즐겼고 경마에도 돈을 걸어 가끔 큰돈을 따기도 했다. 실론에서 돌아올 때 그의 총 재산은 700파운드 정도였는데, 그중 690파운드는 캘커타 경마에서 딴 것이었다. George Spater and Ian Parsons, *A Marriage of True Minds*, Harcourt Brace Jovanovich, 1977, p. 63.

불구하고, 그녀는 그의 성격에서 발견한 새로운 면을 곰곰이 생각해보게 되곤 했다.

"네가 찰스한테 네 돈을 건다면 어리석은 일이 될 거야." 그녀는 말했다. "난 그 애를 좋아하긴 하지만, 걘 그다지 총명한 것 같지 않거든... 게다가, 왜 네가 희생해야 하니?"

"이거 봐, 누나." 랠프는 더는 참지 못하겠다는 듯 사지를 뻗치며 말했다. "우리 모두 희생해야 한다는 걸 몰라서 그래? 아닌 척하면 뭐해? 버팅긴다고 뭐가 달라져? 언제나 그래왔고 앞으로도 그럴 텐데. 우리는 돈이 없고 앞으로도 없겠지. 평생토록 고생고생 하다가 결국 쓰러져 죽을 거라고. 생각해보면 대부분의 사람들이 그렇지 뭐."

조운은 그를 바라보며 뭔가 말하려는 듯 입을 열었으나 다시 다물어버렸다. 그러더니 조심스럽게 물었다.

"넌 행복하지 않니, 랠프?"

"아니. 그러는 누난 행복해? 하지만 다른 사람들보다 더 불행한 것도 아냐. 내가 행복한지 안 한지 알게 뭐야. 대체 행복이 뭔데?"[32]

그는 울적하고 화가 났지만 누나를 향해 미소 띤 눈길을 던졌다. 그녀는 늘 그러듯이 이쪽저쪽을 저울질해보는 듯했다.

"행복이라." 그녀는 이윽고 수수께끼처럼 내뱉고는, 마치 그 말을 음미하기라도 하는 듯 입을 다물었다. 마치 행복의 온갖 의미를 검토하기라도 하는 듯 한동안 잠자코 있더니 불쑥 말했다. "힐다가 오늘 왔었단다." 언

32) '행복이 무엇인가'라는 질문은 당시 블룸즈버리 그룹의 모임에서 중요한 화제 중 하나였다고 한다. 1919년 5월의 일기에서 울프는 이렇게 쓰고 있다. "행복은 도대체 무엇으로 이루어지는 걸까? 아마도 가장 중요한 요소는 일(work)일 것이다."(*The Diary of Virginia Woolf*, vol. I, p. 269) 이는 제6장 첫머리에서 메리가 하는 생각과도 일치한다.

제 행복 같은 얘길 했었냐는 듯한 태도였다. "보비를 데려왔더라. 제법 컸어." 랠프는 그녀가 너무 깊은 얘기까지 들어가지 않으려고 그렇게 말머리를 돌려 일상적인 집안 이야기를 꺼내는 것이 우습기도 하고 다소 씁쓸하기도 했다. 하지만 그래도, 하고 그는 생각했다. 조운은 집안에서 행복에 대해 이야기할 수 있는 유일한 상대였다. 힐버리 양하고라면 처음 만나서부터 행복에 관한 토론을 할 수도 있겠지만. 그는 새삼 비판적인 눈길로 조운을 뜯어보며, 가장자리 빛깔이 바랜 진한 녹색 원피스를 입은 모습이 그렇게 촌스럽고 초라하지 않았으면, 그렇게 무던하다 못해 체념한 사람처럼 보이지 말았으면 싶었다. 그는 그녀에게 힐버리 일가에 대해 이야기하며 그들을 헐뜯고 싶은 충동이 일었다. 곧바로 이어진 두 가지 삶의 장면이 일으킨 작은 갈등 가운데서, 그는 힐버리 일가의 삶이 데넘 일가의 삶보다 더 낫게 느껴지기 시작했고, 그래서 어떤 점으로는 조운이 힐버리 양보다 훨씬 더 낫다고 할 수 있는 그 어떤 점을 확실히 해두고 싶었던 것이다. 그는 자기 누이가 힐버리 양보다 더 개성이 뚜렷하고 활기찬 사람이라고 느껴야만 했다. 하지만 그가 이제 캐서린에 대해 떠올릴 수 있는 주된 인상은 아주 활기차면서도 침착한 사람이라는 것이었고, 순간 그는 불쌍한 조운 누나가 가겟집 손녀딸[33]이며 제 밥벌이를 하고 있다는 사실이 무슨 이점이 되는지 알 수가 없었다. 자신들의 삶이 어찌나 황량하고 구질구질하게만 느껴지는지, 나름대로 자부할 만한 가족이라는 기본적인 신념

33) 제32장에서 힐버리 씨는 랠프의 선친이 곡물상 또는 주식중개인이었으나 파산한 것으로 들었다고 말한다. 참고로, 『지혜로운 처녀들』에서 해리 데이비스의 부친은 사무변호사이고 주식 거래에 관심이 많은 인물로 그려지는데, 작중 화자는 사무변호사를 중하층으로, 상인을 하층으로 분류하고 있다. 그러니 랠프의 집안은 조부 때는 하층이요, 부친 때는 중하층으로 조금 나아졌다가 부친이 작고한 뒤 살림이 옹색해졌음을 알 수 있다.

마저 위축되었다.

"그럼 어머니랑 좀 얘기해볼래?" 조운이 물었다. "알다시피, 어느 쪽으로든 결정을 내려야 하니까 말야. 찰스가 존 숙부 밑에서 일하겠다면 숙부님께 편지를 써야 하거든."

랠프는 한숨을 푹 내쉬었다.

"이러나저러나 마찬가지일 거 같은데?" 그는 쏘아붙였다. "그 녀석은 결국 비참한 신세가 될 거잖아."

조운의 뺨이 살짝 달아올랐다.

"네가 억지 부리는 거 너도 알지." 그녀는 말했다. "자기 밥벌이를 하는 게 뭐가 어때서 그래. 난 내 밥벌이를 해야 한다는 게 아주 기뻐."

랠프는 누이가 그렇게 생각한다니 내심 반가웠고 그녀가 계속 그렇게 말해주기를 바랐지만, 여전히 비틀린 심사로 말을 이었다.

"그건 그저 누나가 즐기면서 사는 게 뭔지 잊어버려서 그런 거 아냐? 누나는 도무지 여가생활을 할 시간이 없잖아."

"예를 들면 어떤 거 말이니?"

"글쎄, 산책을 한다든가 음악을 듣는다든가 책을 읽는다든가, 아니면 재미난 사람들을 만난다든가. 누나나 나나 진짜 의미 있는 일은 거의 안 하잖아."

"난 네가 원하기만 한다면 이 방을 훨씬 더 기분 좋게 만들 수 있을 거라고 늘 생각하는데." 그녀는 말했다.

"어떤 방에 사느냐가 대수겠어? 인생의 황금기를 사무실에서 서류나 꾸미면서 보내야 하는데?"

"넌 이틀 전에만 해도 법률 일이 재미있다고 했잖아."

"그야 법률에 대해 조금이라도 더 알아볼 여유가 있다면 재미있지."

('허버트가 이제 막 자러 들어갔나 봐' 하고 조운이 딴청을 했다. 층계참으로 난 방문 하나가 요란하게 닫히는 소리가 난 것이었다. '저러고는 아침이면 안 일어나려고 떼를 쓰겠지.')

랠프는 천장을 바라보며 입술을 꽉 다물었다. 도대체 왜 조운은 자질구레한 집안일을 한시도 잊어버리지 못하는 걸까. 그녀는 점점 더 집안일에 파묻혀 바깥세상으로 나가는 일은 점점 더 드물고 짧아져가는 것만 같았다. 이제 겨우 서른세 살인데 말이다.

"가끔 다른 집을 방문하기는 해?"

"그럴 시간이 없어. 왜 그런 걸 묻니?"

"새로운 사람들을 만나면 좋을 것 같아서 그래."

"불쌍한 랠프!" 하고 조운은 문득 미소지으며 말했다. "넌 누나가 한심한 노처녀가 될까 봐 그러는 거지!"

"그런 말이 아냐." 그는 완강히 부인했지만 얼굴이 붉어졌다. "누나가 너무 고생만 하니까 그러는 거야. 사무실에서 일하지 않을 때는[34] 식구들 걱정뿐이지. 그렇다고 나도 누나한테 잘하는 게 없고."

조운은 일어나 잠시 난롯불에 손을 쬐면서 더 무슨 말을 할지 말지 생각하는 눈치였다. 누나와 동생은 잠시나마 마음을 터놓았고, 눈썹 위의 주름살도 사라져버렸다. 둘 다 더는 아무 할 말이 없었다. 조운은 동생의 머리를 쓰다듬으며 잘 자라 중얼거리고는 방을 나갔다. 그녀가 나간 후 몇 분쯤 랠프는 깍지 낀 손을 베고 드러누워 있었지만, 형제간의 우애와 오래된

34) When you're not working in an office — 조운이 딱히 정한 직장이 있다기보다는 그저 그때그때 일을 찾아다니는 office girl이었음을 알 수 있다. 1901년에는 일하는 여성 중 1퍼센트만이 사무직(경리, 타이피스트 등)이었으나, 1911년에는 2퍼센트, 1921년에는 8퍼센트, 1931년에는 10퍼센트로 꾸준히 늘어났다. Whitworth, op. cit., p. 150.

공감의 즐거운 인상이 스러져가자, 다시금 눈썹 위에 주름살을 지으며 골똘히 혼자만의 생각에 빠져들었다.

잠시 후 그는 책을 펼치고 이따금 손목시계를 보아가며 꾸준히 읽어 나갔다. 마치 일정한 시간 동안 마쳐야 할 과제의 양이라도 정해놓은 듯했다. 이따금 집 안의 목소리들과 침실 문들이 닫히는 소리가 들려왔다. 집은 그가 앉아 있는 꼭대기 방까지 빈 방이라고는 없이 빼곡히 채워져 있었다. 자정의 종소리가 울려 퍼지자, 랠프는 책을 덮고 손에는 촛불을 든 채 아래층으로 내려갔다. 안 꺼진 불은 없는지, 안 잠긴 문은 없는지, 그렇게 한 바퀴 둘러보는 것이었다. 낡아빠진 집이었다. 집 안에 사는 사람들이 집의 모든 풍요로움을 다 갉아먹어버려 앙상한 뼈대만 남은 것 같았다. 밤이 되니, 생명이 빠져나간 헐벗은 장소들과 해묵은 흠집들이 적나라하게 드러났다. 캐서린 힐버리라면, 하고 그는 생각했다. 대번에 고개를 흔들겠지.

제3장

데넘은 캐서린 힐버리가 영국에서 가장 유수한 가문의 일원이라는 점을 비난했었다. 만일 골턴[35] 씨의 『유전적 천재』를 찾아본다면, 그런 주장이 사실무근이 아님을 확인할 수 있을 것이다. 앨러다이스, 힐버리, 밀링턴, 오트웨이, 이런 가문들은 지성이라는 것이 특정 집단의 구성원으로부터 다른 구성원에게로 자자손손 물려줄 수 있는 재산임을, 그리고 그 특권 계층의 열 중 아홉은 그 눈부신 재능을 무사히 물려받을 것이 거의 확실함을 보여주는 증거이기 때문이다. 그들은 대대로 걸출한 판사와 장군과 법률가와 국가의 종복들을 배출했으며, 그 풍부한 토양으로부터 더없이 희귀한 꽃, 즉 어떤 가문이라도 자랑할 수 있을 위대한 작가요, 영국의 가장 훌륭한 시인인 리처드 앨러다이스를 피워낸 다음에는, 고명한 인사들을 길러낸다는 평소의 임무로 태연하게 돌아가 자기들 가문의 놀라운 덕목들을

35) Francis Galton(1822–1911). 영국 과학자로, 선택적 교배를 통해 종(種)의 유전적 형질을 향상시키는 것을 골자로 하는 우생학을 창시했다. 대표적 저서인 『유전적 천재. 그 법칙 및 결과에 관한 탐구 *Hereditary Genius: an Enquiry into Its Laws and Consequences*』(1869)는 천재와 위대성에 관한 최초의 사회과학적 연구였다.

다시금 입증했던 것이다. 그들은 존 프랭클린[36] 경과 함께 북극까지 항해했고, 해블록과 함께 러크나우 원정[37]에 참가했으며, 설령 자신들의 세대를 인도할 반석 위의 등대 역할까지는 못하더라도 최소한 일상생활의 평범한 방 안을 밝혀줄 견실한 촛불 역할은 했다. 어떤 전문직을 들여다보더라도 명성과 권위를 누리는 자리에는 워버턴이나 앨러다이스, 밀링턴, 힐버리 같은 가문 출신들이 있었다.

정말이지 지금과 같은 영국 사회에서는, 일단 세상이 알아주는 이름을 갖고 있기만 하다면 별로 대단한 자질이 없어도 웬만한 직책을 맡아 유명해지기가 무명으로 남기보다 대체로 더 쉽다고 말할 만도 하다. 이것은 물론 주로 아들들에게 해당되는 말이지만, 딸들도 중요한 인물이 될 공산이 있으니(심지어 19세기에 그러했다), 미혼이라면 자선가나 교육자로, 결혼했다면 유명 인사의 아내로서 영향력을 발휘할 수 있는 것이다. 물론 앨러다이스 집안에는 이런 불문율을 깨뜨리는 몇몇 애석한 예외들이 있어서, 이런 가문들의 장남 아닌 자식들은 평범한 부모의 자식들보다 쉽게 탈선한다는 방증이 되는 성싶었지만, 오히려 그런 예외들이 숨통을 터주었다고 할 수도 있다. 하여간 대체로 보아 20세기의 처음 몇 년 동안 앨러다이스 집안과 그들의 친척들은 내로라하는 위치에 있었다. 모든 전문직의 최고 자리에는 각종 학위며 직함을 가진 그들의 이름이 있었으니, 그들은 화려한 공직 생활을 하고, 개인 비서를 두었으며, 어두운 빛깔로 장정된 견고한 책들을 써내 양대 명문 대학의 출판부에서 펴냈다. 그들 중 누가 죽

36) John Franklin(1786–1847). 영국 해군 장교이자 탐험가로 여러 차례의 북극 탐험을 지휘했다. 북서항로를 찾기 위한 마지막 탐험(1845–1847)에서 목숨을 잃었다.

37) 주 11 참조.

으면, 대개 집안의 다른 누군가가 그의 전기를 썼다.[38)]

그런데 앨러다이스 가문이 이처럼 고귀한 반열에 오르게 된 것은 두말할 것도 없이 시인 덕분이었으며, 따라서 그의 직계 자손들은 방계보다 더 큰 영광을 누렸다. 힐버리 부인은 시인의 무남독녀였다는 사실 덕분에 가문의 정신적 지주였고, 그녀의 딸인 캐서린도 친척들 사이에서 우월한 위치에 있었으니 그녀 역시 무남독녀라는 사실 때문에도 더욱 그러했다. 앨러다이스 집안은 다른 여러 집안과 결혼했고(때로는 자기들끼리 결혼하기도 했고), 대체로 자식이 많은 편이라, 정기적으로 어느 한 집에 모여 식사를 하고 가족 행사를 하곤 했다. 이런 행사는 거의 신성한 성격을 띠게 되었고, 마치 교회의 축일이나 금식일처럼 엄격히 지켜졌다.

한때 힐버리 부인은 당대의 모든 시인과 모든 소설가와 모든 아름다운 여인들과 잘난 남자들과 알고 지냈다. 하지만 이제는 그들이 죽거나 명성을 잃고 은둔하거나 하는 터라, 그녀는 자기 집을 친척들의 모임 장소로 만들고는, 그들에게 19세기의 위대한 시절이 지나가는 것을 한탄하곤 했다. 그 시절에는 영국의 문학이며 예술의 모든 분야가 고명한 이름 두엇으로 집약되었건만, 그 뒤를 이을 자들이 어디 있느냐는 것이었다. 오늘날은 참다운 역량을 지닌 시인이나 화가나 소설가가 없다는 것이야말로 그녀가

38) 특권 계층 남성들이 이처럼 사회 지도적 위치를 대대로 전유하는 것에 대한 비판은 이후 『자기만의 방』이나 『3기니』를 위시한 여러 글에서 반복될 것이다. 말년의 울프는 그런 대물림 내지 재생산을 가능케 하는 사회적 장치를 '가부장적 기계'라 불렀다. "(…)에게 윈체스터와 뉴칼리지와 내각이 없었다면 그는 무엇이 되었을까? 저 위대한 가부장적 기계가 그를 틀에 넣어 찍어내지 않았다면 그는 어떤 모양이 되었을까? 우리의 남자 친척들은 하나같이 열 살 때 그 기계에 던져져 예순 살 때는 교장선생님이나 해군 제독이나 내각의 각료나 대학의 학장이 되어 나왔다. 그들을 자연인으로 생각한다는 것은 짐바리 말이 재갈도 편자도 없이 뛰어 돌아다니는 것을 상상하기만큼이나 불가능한 일이다."("A Sketch of the Past" in *Moments of Being*, Harvest Book, 1985, p. 153).

황혼녘의 나른한 회고적인 기분에 잠겨 즐겨 되새기는 화제였으니, 그럴 때면 설령 불이 난다 해도 그녀를 방해할 수 없을 것이었다. 하지만 그렇다고 해서 젊은 세대의 열등함을 나무랄 뜻은 전혀 없었으며, 그녀는 기꺼이 그들을 집으로 초대하고 그들에게 자기 이야기를 들려주고 금화와 아이스크림과 좋은 충고를 아끼지 않았으며 그들 주위에 대체로 사실무근인 로맨스를 지어내곤 했다.

캐서린은 말귀를 알아들을 만한 나이가 되면서부터 자기가 얼마나 대단한 집안의 자손인가를 귀에 못이 박이게 들어 알고 있었다. 어린 시절의 방 벽난로 위에는 시인 묘역[39]에 있는 할아버지의 묘소 사진이 걸려 있었고, 어린 마음에 실로 엄청난 인상을 남기게 마련인 어른들의 속내 이야기를 통해 그분이 그곳에 묻힌 것은 그가 참으로 '위대하고 훌륭한 분'이기 때문이라고 들은 바 있었다. 좀 더 자란 후 어느 기념일에는 어머니를 따라 핸섬 마차[40]를 타고 안개 속을 헤치고 가서, 화사하고 향기로운 커다란 꽃다발을 그분의 무덤에 바치고 온 적도 있었다. 사원 안의 촛불들, 찬송가 소리와 오르간의 장중하게 울려 퍼지는 소리, 그 모든 것이 그분을 위한 것이라고 생각했다. 그녀는 심심찮게 살롱으로 불려 내려가 무섭게 나이 많은 노인의 축복을 받곤 했다. 아버지가 다소 상기된 듯 공손한 태도로 자신의 안락의자에 모시는 그런 손님들은 어린아이의 눈으로 보기에도 보통 손님들과는 다른 데가 있었다. 오그라든 몸을 지팡이에 의지한 그 무

39) 런던 웨스트민스터 사원에는 영국을 대표하는 문인들을 위한 묘역이 있다.

40) 1834년 조셉 핸섬이 디자인하여 특허를 낸 마차. 바퀴가 둘 달리고 지붕이 있으며 마부석이 뒤에 있는 외필 마차로, 무게 중심을 낮추어 안전하면서도 속도를 낼 수 있게 했다. 19세기 런던의 교통 혼잡 가운데서 대절용 마차로 큰 인기를 끌어, 한때는 런던 시내에 7,500대의 핸섬 마차(hansom cab, 일명 taxicab)가 있었다.

시무시한 노인들은 어린 그녀를 감싸 안고 눈을 들여다보고는 축복해주면서 착한 애가 되어야 한다고 말해주기도 하고 때로는 그녀의 얼굴에서 어린 시절의 리처드와 닮은 구석을 찾아내기도 했다. 그럴 때면 어머니가 새삼 다정하게 포옹해주었고, 어린 그녀는 아주 자랑스러운 기분으로 자기 방으로 돌아가곤 했다. 자기 주변에 대단히 중요하고도 설명할 수 없는 뭔가가 있다는 그 신비한 느낌은 나이가 들면서 차츰 베일이 벗겨졌다.

언제나 방문객들이 있었다. '인도에서 온'[41] 숙부와 숙모, 사촌들은 단지 친척이라는 이유만으로도 공손하게 대해야 했고, 독특하고 대단한 또 다른 부류의 방문객들에 대해서는 부모님으로부터 '평생 기억해야 한다'는 당부를 듣고 있었다. 그런 식으로 항상 위대한 인물들과 그들의 업적에 대한 이야기를 들었기 때문에, 그녀가 처음으로 알게 된 세상이란 셰익스피어, 밀턴, 워즈워스, 셸리 등등의 이름을 가진 고매한 무리들로 이루어져 있었고, 그들은 어떤 이유로인가 다른 세상 사람들보다 힐버리 집안사람들과 훨씬 더 가까운 사이인 것처럼 생각되었다. 그들은 그녀가 보는 세계에 일종의 울타리가 되어주었고, 그녀 나름의 사소한 일상사에서 선악 간의 결정을 하는 데 상당한 영향력을 미쳤다. 자신이 그런 신적인 존재 중 한 사람의 후손이라는 사실은 놀랍다기보다는 만족스러운 일로 느껴졌지만, 철이 들면서부터는 자신에게 주어진 특권들이 당연시되면서 그 단점들도 확연히 드러났다. 토지가 아니라 귀감이 될 만한 지성과 영성의 덕목들을 물려받는다는 것은 어쩌면 부담스러운 일이니, 위대한 선조의 확고한 업적은 그와 비교당할 우려가 있는 후손들의 기를 꺾을 수도 있기 때문이다. 말하자면, 너무나 화려한 꽃을 피운 다음이라, 이제는 꾸준히 싱싱한

41) 즉, 식민지 관리로 나가 있던.

녹색 줄기를 뻗고 잎을 피우는 것밖에는 남지 않은 것과도 같다. 이런 이유들과 또 다른 이유들로 해서, 캐서린도 의기소침해질 때가 있었다. 유례없이 위대한 남성과 여성들을 배출한 영광스러운 과거는 너무나 자주 현재를 침범하고 왜소화하기 때문에, 위대한 황금기가 지나가버린 이 시대를 헤쳐 나가며 살아야 하는 자에게는 그다지 격려가 되지 않았다.

그녀가 이런 문제들에 다소 지나치게 집착하게 된 것은 우선은 어머니가 거기 몰두해 있기 때문이었고, 다음으로는 어머니가 위대한 시인의 전기를 쓰는 것을 돕느라 자기 시간의 상당 부분을 상상 속에서 망자들과 함께 지내는 데 바치고 있기 때문이었다. 그녀가 열일곱 아니면 열여덟 살쯤 되었을 때 — 그러니까 십 년쯤 전에 — 어머니는 이제 캐서린이 도와줄 수 있으니 전기가 곧 발간될 수 있겠다고 장담했었다. 그래서 문예지들에도 그런 소식이 전해졌고, 한동안 캐서린은 정말로 자부심과 보람을 가지고 일했었다.

하지만 최근 들어 그녀는 자신들의 일에 도무지 진전이 없다는 느낌이 들기 시작했으며, 문학에 대해 조금이라도 아는 사람이라면 어머니와 자신이 일찍이 쓰인 가장 위대한 전기 중 하나를 쓸 만한 자료를 가지고 있음을 믿어 의심치 않으리라는 사실 때문에 한층 더 괴로웠다. 책장과 상자들이 귀한 자료들로 미어질 지경이었다. 누런 원고 뭉치들에는 가장 흥미로운 사람들에 대한 가장 사적인 회고들이 빽빽이 쓰여 있었다. 뿐만 아니라, 힐버리 부인은 그 시절에 대해 살아 있는 누구보다도 생생한 기억을 간직하고 있었으며, 그 오래된 말들에 생생한 숨결을 불어넣어 마치 살아 있는 것처럼 만들 수도 있었다. 그녀는 전혀 힘들이지 않고 글을 썼으며, 매일 아침 지빠귀가 노래하듯 본능적으로 한 페이지씩 열심히 써 나갔다. 그런데도, 이 모든 영감과 열정, 책을 완성하겠다는 신실한 의지에도 불구하고, 책은 여전히 미완성이었다. 종이 더미는 쌓여갔지만 일에는 조금도 진척이 없었고, 그래서 가끔 비관적이 될 때면 캐서린은 자신들이 도대체 세상에 내놓을 만한 전기를 써낼 수 있을지 회의가 들곤 했다. 도대체 어디에 문제가 있는 것일까? 자료의 문제는 물론 아니었고! 자신들의 열의에 문제가 있는 것도 아니었다. 문제는 그보다 훨씬 더 깊은 무엇에, 어쩌면 자신의 서투름이나 어머니의 기질에 있었다. 캐서린은 어머니가 십 분 이상 진득하게 글을 쓰는 것을 본 적이 없다고 생각했다. 어머니는 주로 움직일 때 아이디어가 떠오른다는 것이었다. 그래서 총채를 손에 들고 방 안을 돌아다니며 안 그래도 윤이 나는 책등을 문지르기도 하고 그러면서 생각에 잠겨 글을 지어내곤 했다. 그러다 문득 원하던 문장이나 예리한 통찰이 떠오르면, 총채를 던져버리고 잠시 신들린 듯 숨 가쁘게 써 내려가지만, 그러다 감흥이 사라지면 다시금 총채를 찾아들고 오래된 책들의 먼지를 떠는 것이었다. 이런 영감의 작열은 결코 일정치 않았으며, 주제의 방대함에 비하면 너무나도 미미한 도깨비불처럼 순간적으로 번득이며 이곳저곳을 변덕스럽게 비출 따름이었다. 캐서린으로서는 어머니가 쓴 원고를 순서대로 정리하는 것이 고작이었는데, 어떤 이야기가 리처드 앨러다이스의 열여섯 살 때이고 어떤 이야기가 열다섯 살 때인지 그녀로서는 알 수 없는 일이었다. 그래도 그 단편적인 원고들은 너무나 훌륭했고 너무나 고상하게 표현되었으며 번갯불과도 같은 광채를 발했으므로, 망자들이 방 안에 북적이는 것만 같았다. 계속해서 읽다 보면 현기증이 날 지경이라, 그녀는 대체 자신이 그걸 가지고 뭘 어떻게 해야 할지 갈피를 잡을 수가 없었다. 그런데 어머니 역시 어떤 대목을 남기고 어떤 대목을 뺄 것인가 하는 근본적인 문제를 직시하려 하지 않았다. 가령 시인이 아내와 별거했던 일의 진상에 대해 대중에게 어디까지 공개해야 할지도 알 수 없었다. 그녀는 두 가지 경우를 상정하고 그에 맞는 글들을 썼는데, 둘 다 마음에 들었으므로 어느 쪽을 버려야 할지 도무지 결정할 수가 없었다.

그래도 그 책은 써야만 했다. 그것은 그들이 세상에 대해 지고 있는 의무였으며, 적어도 캐서린에게는 그 이상의 의미가 있었으니, 만일 어머니와 자신이 그 책을 쓸 수 없다면 자신들의 특권적 지위를 누릴 자격이 없다고 생각되었기 때문이다. 그들이 누리는 특권은 해가 갈수록 점점 더 과분한 것으로 느껴졌다. 뿐만 아니라, 할아버지가 대단히 위대한 인물이었다는 사실도 이론의 여지없이 확립해야만 했다.

스물일곱 살이 될 무렵에는, 이런 생각들이 그녀에게 아주 친숙한 것이 되었다. 어느 날 아침 어머니 맞은편의 책상 앞에 앉았을 때에도 — 오래된 편지 꾸러미들이 쌓여 있고, 연필, 가위, 풀 단지, 고무줄, 큰 봉투 등을 비롯하여 책을 만드는 데 필요한 온갖 도구가 갖추어진 책상이었다 — 그런 생각들이 줄지어 그녀의 머릿속을 지나갔다. 랠프 데넘의 방문이 있기 얼마 전에, 캐서린은 어머니의 글 쓰는 습관에 엄격한 규율을 적용해야겠다고 생각했었다. 그래서 매일 아침 열 시면 각자 책상 앞에 앉아 긴 아침나절을 오롯이 이 일에만 바치기로 한 것이었다. 두 눈을 종이에만 박고, 시계가 정각을 알릴 때마다 십 분씩 쉬는 것 외에는 어떤 잡담도 하지 않기로 했다. 종이 위에 계산해보니, 일 년 동안만 이런 규율을 지킨다면 책의 완성이 확실했고, 그래서 자기 계획표를 어머니 앞에 내놓으며 마치 할 일을 반 이상 해낸 기분이었다. 힐버리 부인은 그 종이를 찬찬히 들여다보고는, 손뼉을 마주치며 환호성을 올렸다.

"잘했어, 캐서린! 넌 정말 비상한 추진력이 있구나! 이제 이걸 앞에 붙여놓고 매일 수첩에 표시를 해 나가야겠다. 그리고 일이 다 끝나는 날 — 어디 보자, 그 마지막 날은 어떻게 축하를 할까? 겨울이 아니라면, 이탈리아에 잠깐 다녀올 수도 있겠지. 스위스도 아주 춥지만 않으면 설경이 그만이라던데. 하지만, 네 말대로, 일단은 책을 끝내야지. 자, 어디 한 번 해보자꾸나 —"

그들은 우선 캐서린이 정리해둔 원고를 검토해보았는데, 사태가 어찌나 암담한지, 만일 그렇게 확고한 계획을 세워두지 않았더라면 곧장 낙망하고 말았을 것이었다. 우선, 전기의 도입부가 될 웅장한 문단들이 엄청나게 많았는데, 그 대부분은 미완성이라 마치 한쪽 다리로만 서 있는 개선문 아치 같은 느낌을 주었다. 하지만 힐버리 부인의 말로는, 그럴 기분만 내키면 십 분이면 마무리 지을 수 있을 것이라고 했다. 그 다음에는, 서포크[42]에 있던 앨러다이스 가문의 옛 집 내지는 봄 별장에 관한 설명이 있었는데, 아주 아름답게 쓰였지만 본론과는 별 상관이 없었다. 그래도 캐서린은 이름들과 날짜들을 꿰맞추어 시인이 세상에 태어나고 별 탈 없이 아홉 살이 되도록 만들어놓았다. 그 뒤를 이어 힐버리 부인은, 뭔가 감상적인 이유에서, 같은 마을에서 자란 달변의 노부인의 회상을 넣고 싶어 했는데, 캐서린은 그 대목을 빼기로 했다. 그 대목에는 당대의 시들이 어떠했는가에 관해 힐버리 씨가 쓴 — 따라서 간결하고 학술적이라 그 나머지 글과는 전혀 어울리지 않는 — 글을 넣으면 좋을 성싶었는데, 힐버리 부인은 그 글이 너무 삭막하여 독자에게 마치 강의실에 마지못해 앉아 있는 어린 소녀 같은 기분이 들게 한다며 자기 아버지와는 어울리지 않는다는 의견이었다. 그래서 그 글은 일단 제쳐두었다. 그 다음은 그의 청년기로, 여러 연애 사건들을 공개할지 말지를 정해야 했는데, 힐버리 부인은 이 대목에서도 마음을 정하지 못해 두툼한 원고 뭉치를 나중에 다시 검토하기로 하고 제쳐

42) 잉글랜드 동쪽 연안의 주.

두었다.

그 다음에는 여러 해를 아예 건너뛰었는데, 왜냐하면 그 시기에는 힐버리 부인에게 마뜩찮은 무엇인가가 있었기 때문이었다. 부인은 그 대신 자신의 어린 시절 추억을 길게 이야기하고 싶어 했다. 그러고 나니 캐서린이 보기에는 책이 마치 도깨비불 춤추는 것과 같은 꼴이 되어버려, 일정한 형식도 지속성도 심지어 일관성도 없고 도대체 무슨 이야기를 하려는 것인지도 알 수 없게 되었다고 느껴졌다. 할아버지의 모자 취향에 대한 이야기가 스무 페이지쯤 나오다가, 당시의 도자기에 관한 에세이가 이어지고, 여름날 시골로 소풍을 갔다가 기차를 놓친 일에 대한 소상한 묘사가 나오는가 하면, 유명한 남녀 인사들에 대한 온갖 종류의 단편적인 회고들은 반쯤은 사실이고 반쯤은 상상한 것인 듯했다. 게다가 더미를 이룬 봉투 속에서 바래어가는 수천 통의 편지와 옛 친구들이 써준 충실한 회상기들도 어딘가에는 실어야 그들의 기분을 다치지 않을 것이었다. 위대한 시인이 작고한 이래 그에 관한 책이 많이 쓰이면서 잘못된 진술들도 적잖이 나왔으므로, 그것들을 바로잡으려면 면밀히 조사하는 한편 많은 서신왕래도 해야만 했다. 때로 캐서린은 그런 원고더미에 치이다시피 한 채 마냥 똑같은 생각을 곱씹기도 했고, 때로는 그런 과거로부터 해방되어야만 살 것 같다는 느낌이 들기도 했으며, 또 때로는 과거가 현재의 자리를 온통 차지해버려서 그렇듯 고인과 함께 아침나절을 보내고 나면 현재의 삶이란 극히 얄팍하고 열등한 것으로 느껴지곤 했다.

가장 나쁜 것은 그녀에게 문학적 소질이 없다는 사실이었다. 그녀는 미사여구를 좋아하지 않았다. 어머니의 삶에서는 그토록 중요한 비중을 차지하는 이른바 자기 성찰이라는 과정에 대해서나 자신의 감정을 이해하고 그것을 아름답고 적절한 또는 힘찬 언어로 표현하려는 끊임없는 노력에 대해 그녀는 천성적인 거부감마저 갖고 있었다. 그녀로서는 오히려 침묵하는 편이 좋았고, 글은커녕 말로도 자신을 드러내는 것은 질색이었다. 문학적 성향이 강한 집안에서 그런 기질은 대단히 유용했고 그에 상응하는 행동력을 입증하는 것으로 보였기 때문에, 그녀는 어렸을 때부터 이미 집안의 대소사를 도맡게 되었다. 그녀는 집안에서 가장 실무 능력이 뛰어난 사람으로 통했고, 그녀의 행동거지 역시 그 점에 어긋나지 않았다. 식사 메뉴를 지시하고 하인들을 지휘하는 일, 각종 청구서를 처리하고 집 안의 모든 시계가 대체로 어김없이 제시간에 가게 하며 꽃병마다 항상 싱싱한 꽃으로 채워지게 하는 일, 이 모든 것이 그녀의 타고난 자질에 부합하는 것으로 여겨졌으며, 힐버리 부인은 종종 그런 일이야말로 시의 이면이라고 말하곤 했다. 또한 아주 어려서부터 그녀는 또 다른 능력도 발휘해야 했으니, 어머니를 보좌하는 데 조언과 조력을 아끼지 말아야 했다. 만일 세상이 지금 같지만 않다면야 힐버리 부인도 혼자서도 잘 해 나가겠지만 말이다. 부인은 다른 별에서 살기에 딱 맞는 사람이었다. 하지만 그곳에서라면 훌륭하게 일을 처리해 나갔을 천성이 이곳에서는 아무 쓸모가 없었다. 가령 그녀에게 손목시계는 끊임없는 놀라움의 원천이었고, 예순다섯이라는 나이에도 그녀는 다른 사람들의 삶에서 규칙과 이성이 미치는 영향에 여전히 놀라곤 했다. 그녀는 도무지 그런 것을 터득하지 못했으며, 자신의 무지로 인해 노상 낭패를 당하곤 했다. 하지만 그런 무지도 타고난 섬세한 통찰력과 결부되어 있어서 어쩌다 시선이 머무는 데서는 깊은 데까지 꿰뚫어보곤 했으므로, 힐버리 부인을 단순히 바보천치로 치부할 수는 없는 일이었다. 오히려 그녀는 좌중에서 가장 현명한 사람으로 보이게 만드는 자기 나름의 무엇인가를 지니고 있었다. 그래도 역시 전반적으로는 딸의 도움에 의지할 필요가 있다고 여기고 있었다.

말하자면 캐서린은 아직까지 마땅한 명칭도 없고 별로 인정받지도 못하지만 — 방앗간이나 공장의 노동도 그보다 더 고되지 않고 그 결과 세상에 끼치는 유익도 적은데도 — 아주 중요한 직업에 종사하고 있는 셈이었다. 그녀는 집에서 살았고, 그 일을 아주 잘 해냈다. 체이니 워크[43]에 있는 집에 오는 이라면 누구라도 이곳이야말로 잘 정돈된, 우아하게 관리되는 장소 — 삶이 가장 훌륭하게 보이게끔 가꾸어지고 비록 잡다한 요소들로 이루어졌을망정 조화롭고도 개성 있어 보이게끔 만들어진 장소라고 느끼게 마련이었다. 그러고도 힐버리 부인의 성격이 지배적이게 한 것이야말로 캐서린의 으뜸가는 승리였을 것이다. 그녀와 힐버리 씨는 어머니의 좀 더 두드러지는 자질들을 받쳐주는 풍부한 배경처럼 보였다.

그러니까 그녀의 과묵한 성격은 타고난 것인 동시에 어느 정도는 그런 상황 탓이기도 해서, 어머니의 친구들은 그녀가 말이 없는 것이 어리석어서도 무관심해서도 아니라고 말하곤 했다. 그러나 그 침묵의 성격 — 왜냐하면 그것도 모종의 성격을 지니고 있었으니까 — 이 어디서 비롯되는 것인지에 대해서는 아무도 알려 하지 않았다. 그녀는 어머니를 도와 큰 책을 집필 중이라는 것이 양지된 사실이었다. 그녀가 집안 살림을 도맡고 있다는 것도 알려져 있었다. 그리고 그녀는 확실히 미인이었다. 그만하면 그녀에 대해 더 말할 것은 없었다. 그러나 만일 어떤 마법의 시계가 있어서 그녀가 겉으로 드러나는 일과는 전혀 다른 소일거리에 쓰는 시간을 잴 수 있다면, 사람들뿐 아니라 캐서린 자신에게도 놀라운 사실이 드러났을 것이

43) 런던의 켄징턴 앤드 첼시 구(區)에 있는 유서 깊은 동네. 대부분의 집들은 18세기 초에 건축되었다. 토머스 칼라일, 조지 엘리엇, 헨리 제임스, 단테 가브리엘 로제티, 본 윌리엄스, 휘슬러 등 여러 문인과 예술가들이 이 동네에 살았다. 울프는 어렸을 때 아버지의 손에 이끌려 이런 문필가들의 집을 방문한 기억을 가지고 있었다.

다. 그녀는 빛바랜 원고들을 앞에 놓고 앉아서, 아메리카의 초원에서 야생마를 길들인다거나 폭풍우 속에서 검은 암초를 비켜가는 대형 선박을 조종한다거나 하는 장면들, 또는 좀 더 평온하지만 그래도 역시 그녀가 현재 처한 상황으로부터 완전히 해방되어 새로운 소명에서 탁월한 능력을 발휘하는 장면들을 그려보곤 했다. 종이와 펜, 작문과 전기라는 면치레에서 벗어나기만 하면, 그녀의 관심은 좀 더 합당한 방향으로 흘러갔다. 비록, 허리케인이니 초원이니 하는 황당한 꿈보다도 더욱 고백하기 어렵기는 했지만, 그녀는 위층 자신의 방에서 혼자, 아침 일찍 일어나서 또는 밤늦게까지 일어나 앉아서... 수학 공부를 하는 것이었다. 그녀는 누가 뭐래도 그 사실만은 고백하지 않을 것이었다. 그럴 때면 그녀는 무슨 야행성 동물과도 같이 은밀하게 행동했다. 계단에서 발소리가 나기만 하면 그녀는 공부하던 종이를 잽싸게 커다란 그리스어 사전 갈피에 감추었다.[44] 그 사전은 그러려고 아버지 서재에서 슬쩍해놓은 것이었다. 그런 방해 없이 안심하고 정신을 집중할 수 있는 것은 사실 한밤중뿐이었다.

그녀가 수학에 대한 열정을 본능적으로 감추고자 하는 것은 아마도 수학이라는 학문의 여성적이지 못한 성격 때문일 것이었다. 하지만 좀 더 깊은 이유는 그녀가 생각하기에 수학은 문학과 정반대되는 것이었기 때문이다. 그녀는 더없이 유려하다는 산문이라 해도 지니게 마련인 혼란과 격앙과 모호함보다 수리(數理)의 정확성과 항구적인 비인격성을 얼마나 더 선

44) 이런 행동은 『자기만의 방』 제4장에서 제인 오스틴의 글쓰기를 묘사할 때도 언급되는 것으로, 캐서린은 자신의 침실을 갖고 있기는 하지만 "문에 자물쇠를 채울 수 있는", 즉 독립이 유지된다는 참다운 의미에서의 '자기만의 방'을 갖고 있다고 할 수 없다. 캐서린의 수학 공부의 은밀함은 그것을 감추어두는 그리스어 사전을 아버지의 서재에서 '슬쩍해(purloin)'놓았다는 말로 한층 더 강조된다.

호하는가를 고백하고 싶지 않았다. 그런 식으로 자기 가문의 전통에 맞서는 것은 왠지 볼썽사나운 일로 여겨졌고, 그런 자신이 왠지 비뚤어졌다는 느낌이 들어서, 자신의 열정을 남몰래 숨긴 채 한층 더 애지중지하게 되었다. 그녀는 할아버지에 대해 생각해야 할 때도 수학 문제를 생각하고 있을 때가 한두 번이 아니었다. 그렇게 열중해 있다가 정신을 차려보면, 어머니 역시 그녀 자신만큼이나 환시적인 — 그 꿈에 등장하는 사람들은 오래전에 세상을 떠난 터였으니까 — 꿈에 빠져 있곤 했다. 그렇듯 어머니의 얼굴에 자신의 상태가 고스란히 반영된 것을 볼 때면 캐서린은 짜증스럽게 자신을 추스르곤 했다. 어머니는 비록 감탄의 대상일망정 그녀가 결코 닮고 싶지 않은 사람이었다. 그래서 그녀의 건전한 상식이 거의 사납게 주장하고 나설 때면, 힐버리 부인은 애증이 섞인 은근한 곁눈질로 딸을 건너다보면서 말하곤 했다. "너는 꼭 네 못 말릴 숙부 피터 판사 같구나. 그이가 욕실에서 사형 선고를 내리는 소리가 밖에까지 들리곤 했다지. 난 그이랑 눈곱만큼도 닮지 않아서 정말 다행이야, 캐서린!"

제4장

격주로 돌아오는 수요일 밤 9시 무렵이면, 메리 대칫 양은 똑같은 결심을 되풀이하곤 했다. 즉, 자기 방들[45]을 어떤 용도로든 다시는 빌려주지 않겠다고 말이다. 사실 그녀의 플랏은 비교적 넓은 데다가 스트랜드[46]에서 조금 들어앉은 사무실들이 대부분인 거리에 있다는 편리함 때문에, 그저 놀기 위해서든 예술이나 국가 대사를 토론하기 위해서든 모임을 가지려는 사람들은 메리가 방을 빌려주면 좋겠다는 뜻을 비치곤 했다. 그녀는 매번 곤란한 척 이맛살을 찌푸리지만, 결국은 농반진반으로 어깨를 으쓱해 보이고 마는 것이었다. 마치 아이들에게 시달리는 개가 귀를 흔들어대는 것과도 같은 모습이었다. 그녀는 방을 빌려주되, 모든 준비를 자기가 다 한

45) 원문의 rooms는 말하자면 공동주거건물 안의 한 단위를 가리키는 것으로, 영국식으로는 플랏(flat), 우리말로는 '아파트'에 해당하겠으나, 우리 식의 아파트가 연상되는 것을 피하기 위해 그대로 '방들' 또는 '플랏'으로 옮긴다.

46) 켄징턴 앤드 첼시 구의 동쪽에 이웃한 웨스트민스터 구의 주요 도로. 스트랜드에서 북쪽으로 킹스웨이를 올라가다 보면 오른쪽에 랠프 데넘의 사무실이 있는 링컨스인필즈가 먼저 나오고, 좀 더 올라가면 왼쪽에 메리 대칫의 사무실이 있는 러셀 스퀘어가 나온다.

다는 조건을 걸었다. 아무 주제로나 자유롭게 토론하는 이 격주 모임을 위해서는 가구를 벽으로 끌어 옮겨 정돈하고 깨질 만한 귀중품은 안전한 곳으로 치워두고 하는 대대적인 작업이 필요했다. 대칫 양은 필요하다면 부엌 탁자쯤은 직접 짊어질 힘도 있었다. 체격도 날씬하고 옷도 어울리게 입었지만, 그녀에게서는 보기 드문 강단과 결단성이 보였다.

그녀는 스물다섯 살 정도 되었지만 좀 더 나이가 들어 보이는 것은 생활비를 직접 벌기 때문, 아니 적어도 그러기로 하고 있기 때문이었다.[47] 그래서 무책임한 방관자의 태도는 더 이상 남아 있지 않았고, 노동자들의 군대에 섞인 졸병 같은 인상이었다. 그녀의 동작에는 모종의 목적이 있는 듯했고, 눈과 입 주위의 근육은 마치 훈련을 받아 언제라도 호명을 기다리는 듯 긴장해 있었다. 미간에 새겨진 희미한 주름살 두 가닥은 근심걱정보다는 사색의 분위기를 풍겼다. 다른 사람의 비위를 맞추고 위무하고 매혹하려는 모든 여성적인 본능들은 보통 여자들에게서는 보기 드문 다른 본능들에 밀려난 것이 분명했다. 그 밖에, 눈은 갈색이었고, 동작은 다소 투박한 것이 시골 출신인 데다 근면하고 점잖은 선조들을 가진 듯했다. 회의론자도 광신자도 아닌 신앙심이 돈독하고 정직한 사람들 말이다.

상당히 고된 하루 일을 마친 후에 방을 치우는 일은 꽤 힘이 들었다. 침대에서 매트리스를 끌어내 바닥에 깔고, 피처에 차가운 커피를 담고, 긴 탁자를 말끔히 치워 접시니 찻잔이니 하는 것들을 늘어놓고, 그 사이사이

47) 제6장에서 메리는 "엄밀히 말해 급료도 받지 않는 아마추어 노동자일 뿐"이라고 이야기되니, 아직 경제적으로 완전히 독립한 상태는 아닌 듯하며, 제26장에 가서야 "아주 적은 급료가 지급되는 간사직"을 제의받는다. 실제로 많은 신여성들이 처음에는 무급으로 사회적 봉사를 하다가 나중에야 적게나마 급료를 받게 되었는데, 시골 목사의 딸인 메리가 무슨 재원으로 독립해 살며 무급으로 일할 수 있었을지는 의문이다.

에 작은 분홍 비스킷을 수북이 쌓아두었다. 이 모든 준비를 마치고 나자, 메리는 근무시간의 뻣뻣한 천 조각을 벗어던지고 온몸에 얇고 환한 비단옷을 걸친 듯이 상쾌한 느낌이 들었다. 그녀는 벽난로 불 앞에 무릎을 꿇고 방 안을 둘러보았다. 불빛은 노랑과 파랑의 종이 등갓을 통해 부드럽고도 밝은 광채를 내었고, 형체가 분명치 않아 잔디로 뒤덮인 언덕처럼 보이는 소파가 한두 개 놓인 방은 평소보다 더 크고 조용해 보였다. 메리는 서섹스 다운[48]의 구릉지와 고대 전사들의 야영지가 있던 녹색 언덕들이 생각났다. 이제 달빛이 그 위를 너무나도 평화롭게 비추고 있을 것이었다. 그녀는 잔물결 이는 바다에 달빛이 드리우는 거친 은빛 길을 떠올려보았다.

"그리고 여기서 우리는" 하고 그녀는 반쯤은 자조하는 듯한, 하지만 명백한 자부심이 담긴 말투로 중얼거렸다. "예술을 논하는 거지."

그녀는 색색의 털실과 짜기워야 할 털양말 한 켤레가 들어 있는 바구니를 끌어당기고는, 손가락을 부지런히 놀려 일하기 시작했다. 하지만 그녀의 마음은 몸의 나른함을 반영하듯 엉뚱하게 뻗어 나가면서 고독과 적막의 환상들을 불러내기 시작했다. 그녀는 어느덧 뜨개질감을 치워버리고 언덕 위로 걸어가는 자신의 모습을 그려보았다. 양떼들이 풀을 뿌리까지 바짝 뜯는 소리만이 들려오는 가운데, 달빛 속에 산들바람이 불어 작은 나무들의 그림자가 이리저리 나부끼고 있었다. 하지만 그녀는 자신의 현재 상황을 뚜렷이 의식하고 있었으며, 고독한 가운데서도 즐거움을 누릴 수 있다는 생각에 흐뭇함을 맛보았다. 지금 이 시간 사방에서 런던을 가로질러

48) 서섹스 지방의 구릉진 초원. 서섹스는 잉글랜드 동남부의 주로, 울프는 이스트 서섹스에 1911년 애셤 하우스를 빌린 것을 시작으로, 1919년에는 몽크스 하우스를 사는 등, 이 지방에 애정을 가지고 있었다. 작중 메리 대칫의 고향은 링컨셔의 디셤으로 설정되어 있으므로, 서섹스와는 딱히 관련이 없다.

그녀가 앉아 있는 곳으로 오고 있는 다양한 사람들 앞에서도 즐겁겠지만 말이다.

털실을 들락날락 뜨개바늘을 움직이면서, 지나온 삶의 여러 단계들을 돌이켜보니 지금 자신의 처지는 연이은 기적의 절정과도 같다고 생각되었다. 시골 소교구의 목사인 아버지, 돌아가신 어머니, 그리고 공부를 하겠다던 자신의 결심, 대학[49] 생활, 그리고 그 덕분에 얼마 전에는 이 놀라운 미로와도 같은 런던에 오게 된 일 등이 차례로 뇌리를 스쳐갔다. 타고난 침착한 성격에도 불구하고, 그녀는 아직까지도 런던이 그 주위에 모여드는 무수한 사람들에게 빛을 비춰주는 거대한 전깃불처럼 느껴졌다. 그리고 여기 그 모든 것의 중심에, 머나먼 캐나다의 삼림이나 인도의 평원에 사는 사람들이 영국을 생각할 때면 으레 마음속에 떠올릴 바로 그 중심에 자신이 있는 것이었다. 이제 그녀에게 시간을 알려주는 아홉 번의 부드러운 종소리는 다름 아닌 웨스트민스터의 시계탑[50]에서 들려오는 소리였다. 마지막 종소리의 여운이 멀어져 가는데, 누가 문을 두드렸다. 그녀는 일어나 문을 열어주고는 방으로 돌아오며 여전히 즐거운 눈빛이었다. 랠프 데넘이 뒤따라 들어오며 말을 건넸다.

"혼자인가요?" 그는 마치 그렇다는 것이 반가운 듯 물었다.

"가끔은 혼자 있지요." 그녀는 대답했다.

"그래도 사람들이 많이 올 모양인데요." 그는 주위를 둘러보며 덧붙였다. "마치 무대 세트 같군요. 오늘은 누구 차례지요?"

49) 영국에서는 1870년대부터 옥스퍼드와 케임브리지 대학교 내에 몇 군데 여자대학이 생겨나기 시작했다.

50) 즉, 빅 벤(Big Ben).

"윌리엄 로드니가 엘리자베스 시대의 은유법에 대해 발표할 거예요. 고전을 많이 이용한 충실한 논문일 거라고 생각해요."

랠프는 쇠살대 안에서 기세 좋게 타오르는 난롯불에 손을 녹였다. 그 사이에 메리는 털양말을 다시 집어 들었다.

"런던에서 손수 양말을 깁는 여자는 당신뿐일 겁니다." 그가 말했다.

"수천 명 중 한 사람일 뿐이지요." 그녀가 대답했다. "사실 당신이 들어왔을 때는 나 자신도 꽤 대단하다고 생각하고 있었지만요. 그런데 당신이 나타나니 나는 전혀 그렇지 않게 느껴지네요. 당신이 나빠요. 하여간 당신은 나보다 훨씬 더 대단한 것 같은데요. 나보다 훨씬 더 많은 걸 해냈잖아요."

"그게 기준이라면, 자랑할 것도 없지요." 랠프가 침울하게 말했다.

"글쎄, 난 에머슨의 말대로 중요한 건 존재이지 행위가 아니라고 생각하니까요."

"에머슨이라고?" 랠프는 놀리듯 되뇌었다. "당신이 에머슨을 읽는다는 말은 아니겠지요?"

"에머슨이 아니었는지도 모르겠네요. 하지만 내가 에머슨을 읽으면 안 될 이유라도 있나요?" 그녀는 다소 초조한 듯 물었다.

"안 될 거야 없지만. 그저 좀 어울리지 않아서요. 책과 양말이라니 좀 특이한 조합 아닙니까. 정말 특이하다니까." 하지만 그 점이 그에게는 매력적으로 비치는 듯했다. 메리는 기쁜 듯 소리 내어 웃었고, 지금 뜨고 있는 몇 바늘이 유독 솜씨 있게 잘된 듯이 느껴졌다. 그녀는 양말을 쳐들고는 만족한 듯 바라보았다.

"당신은 항상 그런 말을 하는군요." 그녀는 말했다. "목사 집안에서는 그런 게, 당신의 표현을 빌리자면, 아주 평범한 '조합'이랍니다. 나한테 특이한 점이 있다면 내가 그 두 가지를 다 좋아한다는 거겠지요. 에머슨과 양말 둘 다 말이에요."

문 두드리는 소리가 나자, 랠프가 투덜거렸다.

"젠장, 다들 안 오면 좋으련만!"

"아래층 터너 씨 집이에요." 메리는 터너 씨가 그렇듯 랠프를 일깨워준 것을, 그리고 그것이 자기 집 문소리가 아니었던 것을 기쁘게 여기며 말했다.

"많이들 온답디까?" 잠시 후 랠프가 물었다.

"모리스 네랑 크래쇼 네, 딕 오즈본, 셉티머스, 그 패거리 전부요. 그런데 캐서린 힐버리도 온다고, 윌리엄 로드니가 그러더군요."

"캐서린 힐버리라고!" 랠프가 되받았다.

"아는 사람인가요?" 메리는 다소 놀라서 물었다.

"그 집 티파티에 갔었지요."

메리는 그에게 그 얘기를 해달라고 졸랐고, 랠프도 자기가 아는 네까시 떠벌리기를 마다하지 않았다. 그는 다소 과장하고 보태가면서 그때 일을 들려주었고, 메리는 큰 관심을 보이며 경청했다.

"하지만 당신이 뭐라고 해도 나는 그녀에게 탄복하고 있어요." 그녀는 말했다. "한두 번 보았을 뿐이지만, 아주 매력적인 사람 같던데요."

"나도 뭐 헐뜯자는 게 아니라, 그저 나한테는 별로 친절하지 않더라는 겁니다."

"그런데 사람들 말이 저 별난 로드니와 결혼할 거라더군요."

"로드니와 결혼을? 그렇다면 내가 생각했던 것보다 훨씬 더 눈이 멀었나 본데요."

"아, 이제 정말 사람들이 왔나 봐요." 메리는 뜨개질거리를 챙기며 말했다. 불필요한 노크 소리가 조금 더 이어지더니, 사람들의 발소리와 웃음소리가 뒤따랐다. 잠시 후 방 안은 젊은 남녀들로 가득 찼다. 그들은 기대에 찬 표정으로 들어오다가 데넘을 보고는 "아!" 하고 놀라며 다소 얼뜨게 멈춰 섰다.

얼마 지나지 않아 방에는 이삼십 명가량이 들어왔고, 대개는 바닥에 놓인 매트리스에 자리 잡고 무릎을 세운 자세로 쭈그려 앉았다. 모두 젊었고, 그중 몇몇은 머리 모양이나 옷차림, 어딘가 어둡고 공격적인 얼굴 표정이 지하철이나 버스에서 아무 눈길도 끌지 않을 좀 더 평범한 타입에 반항하려는 듯이 보였다. 대화는 끼리끼리만 이루어졌고, 처음에는 말하는 이들도 다른 손님들을 믿지 못하겠다는 듯 낮은 목소리로 짤막하게 뇌까릴 뿐이었다.

캐서린 힐버리는 조금 늦게 도착하여 바닥에 자리 잡고는 벽에 등을 기대었다. 그녀는 빠른 눈길로 주위를 둘러보고는 대여섯 명가량 아는 얼굴을 발견하자 목례를 보냈지만, 랠프는 알아보지 못했고 설령 그랬다 하더라도 그의 이름을 잊어버린 듯했다. 하여간 그런 잡다한 요소들은 로드니 씨의 음성이 들려오자 하나로 합쳐졌다. 그는 불쑥 탁자 앞으로 걸어 나가 빠르고 긴장된 어조로 말하기 시작했다.

"엘리자베스 시대의 시에 있어 은유법으로 말하자면..."

수많은 고개들이 조금씩 움직여 연사의 얼굴을 똑바로 볼 수 있는 자세로 제각기 고정되었고, 모두들 진지한 표정이었다. 그러나 동시에, 사람들의 시선에 가장 드러나는 자리에 있는 가장 자제한 얼굴들에서도 갑작스런 씰룩거림이 나타나기 시작했다. 곧바로 자제하지 않았다면 폭소가 터져나올 판이었다. 첫 눈에 비친 로드니 씨의 모습은 우스꽝스럽기 짝이 없었다. 11월의 차가운 밤공기 탓인지 긴장한 탓인지 얼굴은 새빨갰고, 손을 쥐어짜는 거며 뭔가 계시라도 보이는 듯 문간과 창문 쪽으로 번갈아가며 머리를 좌우로 젖히는 거며, 모든 동작이 그가 그렇게 많은 시선을 받으며 극도로 불편해하고 있음을 보여주는 것이었다. 그는 세심하게 차려입었고, 넥타이 한복판에 꽂은 진주 핀은 귀족적인 사치함마저 풍겼다. 그러나 다소 돌출한 눈과 충동적으로 말을 더듬는 태도는 봐줄 수가 없었다. 마치 수많은 생각들이 앞뒤 없이 솟구쳐 나오려다가 극도로 신경이 곤두선 나머지 말문이 막히고 마는 듯했는데, 좀 더 당당한 사람이 그랬더라면 동정을 사기도 했으련만, 그의 경우에는 웃음만 불러일으킬 뿐이었다. 그것도 악의라고는 없는 웃음을. 로드니 씨는 자신의 한심한 외모를 고통스럽게 의식하는 것이 분명했고, 그의 새빨간 얼굴과 움찔거리는 동작은 그 자신의 불편함을 너무나 확실히 보여주었으므로, 이 우스꽝스러운 민감성에는 미워할 수 없는 무엇이 있었다. 비록 대부분의 사람들이 데넘의 속내에 동조했을 테지만 말이다. "저런 녀석과 결혼을 하겠다니!"

그의 논문은 세심하게 잘 쓰인 것이었다. 그러나 그렇게 만반의 준비를 해놓고서도, 로드니 씨는 종이를 한 장 넘길 것을 두 장 넘기기도 하고, 두 문장이 함께 적혀 있는 데서는 엉뚱한 문장을 읽기도 하고, 심지어 자신이 써놓은 글씨를 못 읽기도 했다. 가끔 일관된 대목을 찾았다 싶으면 청중을 향해 거의 공격적으로 퍼부어대다가, 또 다른 대목을 찾아 헤맸다. 그렇게 힘겹게 뒤적이다가 또 새로운 발견을 하면 역시 같은 방식으로 퍼붓기를 계속하여, 청중을 이런 모임에서는 보기 드문 정도의 격앙 상태로 몰아갔다. 그들의 격앙이 그의 시에 대한 열정 때문인지 아니면 한 인간이 그들의 유익을 위해 겪고 있는 온갖 용틀임 때문인지는 잘 알 수 없었다. 마침내 로드니 씨는 말을 하다 말고 털썩 주저앉아 버렸고, 잠시 당황해 있던 청중은 이제 소리 내어 웃을 수 있게 된 안도감을 격렬한 박수로 표현했다.

로드니 씨는 사나운 눈길로 주위를 둘러보며 이에 답하고는, 질문에 대답하는 순서를 기다리지도 않고 벌떡 일어나 사람들이 앉아 있는 사이를 헤치고서 캐서린이 있는 구석으로 다가갔다. 그러고는 다 들릴 만한 소리로 호소했다.

"자, 캐서린. 당신 눈에도 내가 우스꽝스러운 꼴이 되고 말았지요! 정말 끔찍해! 끔찍해! 끔찍했다고!"

"쉿! 이제 질문에 대답해야지요." 캐서린은 어떻게든 그를 조용히 하게 하려고 속삭이듯 말했다. 이상하게도, 연사가 그들 앞을 떠나자, 사람들은 그가 한 말에서 많은 시사점을 발견하는 듯했다. 어찌 되었건, 창백한 얼굴에 슬픈 눈매를 한 청년이 이미 일어나서, 아주 침착한 태도로 정확한 언어를 구사하며 말하고 있었다. 윌리엄 로드니는, 비록 얼굴은 아직 흥분하여 떨고 있을망정, 윗입술을 기묘하게 치켜세운 채 경청했다.

"멍청이 같으니!" 그는 중얼거렸다. "내가 한 말을 하나도 못 알아들었잖아!"

"그럼 대답을 해줘요." 캐서린이 속삭였다.

"아니, 안 할 거요! 날 비웃기만 할 텐데. 도대체 이런 사람들이 문학을 좋아할 거라는 당신 설득에 왜 넘어갔을까?" 그는 계속 구시렁거렸다.

로드니 씨의 논문에 대해서는 찬반양론이 길게 이어졌다. 그 논문은 영어, 프랑스어, 이탈리아어에서 자유롭게 인용한 특정 대목들이야말로 문학의 진수라는 주장들로 가득 차 있었다. 게다가, 그는 은유를 사용하기를 즐겼는데, 서재에서 지어낸 그 은유들은 그렇게 단편적으로 늘어놓으니 영 부자연스럽고 어색하게 들렸다. 문학은 봄꽃들을 엮은 싱싱한 화환이라고, 그는 말했다. 거기에는 주목 열매와 보랏빛 까마중이 다양한 빛깔의 아네모네와 섞여 있으며, 이 화환이 대리석 이마를 두르고 있다고 말이다. 그는 아주 아름다운 인용문들을 아주 서투르게 낭독했다. 하지만 그의 기묘한 거동과 혼란스러운 언어 덕분에 무엇인가 열정적인 기분이 생겨나, 그가 말하는 동안 청중 대다수에게 적게나마 어떤 그림이나 관념을 떠오르게 했고, 이제 앞 다투어 그것을 표현하려고들 열심이었다. 거기 모인 이들 대부분은 글쓰기나 그림 그리기에 인생을 바치려는 사람들이었고, 척 보기만 해도 그들이 퍼비스 씨나 그린할그 씨의 이야기를 들으면서 저마다 자기만의 것이라고 생각하는 바를 이 신사들이 건드리고 있다고 생각하는 것을 알 수 있었다. 한 사람이 말을 마치면 다른 사람이 일어나서, 마치 균형이 잘 잡히지 않은 도끼를 가지고 자신의 예술관을 좀 더 명료하게 깎아내려는 듯한 발언을 했고, 다시 자리에 앉을 때면 무엇인가 확실히 알 수 없는 이유로 자신의 겨냥이 빗나갔다는 느낌이 들곤 했다. 그래서 거의 어김없이 옆 사람을 향해 자신이 방금 청중을 향해 했던 말을 고치고 다듬고 하는 것이었다. 그러다 보니 얼마 안 가 매트리스 위에 앉은 그룹과 의자에 앉은 그룹이 모두 서로서로 토론을 벌였고, 그 사이에 양말 깁기를 다시 시작한 메리 대칫은 몸을 앞으로 내밀며 랠프를 향해 말했다.

"그러게 내가 일류 논문이라고 했지요."

두 사람 다 본능적으로 논문을 읽은 사람 쪽을 바라보았다. 그는 벽에 비스듬히 기댄 자세로 눈을 감은 채 턱을 옷깃에 파묻고 있었다. 캐서린은 마치 자신에게 특별히 와 닿았던 대목을 찾으려 하는데 그러기가 쉽지 않은 듯 그의 원고를 이리저리 뒤적이고 있었다.

"가서 강연이 얼마나 좋았는지 말해줘야겠어요." 메리가 마침 랠프도 은근히 바라고 있던 일을 제안했다. 메리 없이 혼자서 그렇게 하기에는 자존심이 허락지 않았으니, 자기가 캐서린에게 갖는 관심만큼 캐서린 쪽에서는 자기한테 관심이 없는 것 같았기 때문이다.

"아주 흥미로운 논문이었어요." 메리는 로드니와 캐서린의 맞은편 바닥에 앉으면서 스스럼없이 말했다. "조용히 읽어보게 원고를 좀 빌려주시겠어요?"

그들이 다가오는 것을 보고 눈이 휘둥그레졌던 로드니는 잠시 미심쩍은 듯이 그녀를 바라보았다.

"제가 형편없이 망쳐버린 걸 덮어주려고 하는 말인가요?" 그가 물었다.

캐서린은 논문을 읽다 말고 미소 띤 얼굴을 들었다.

"이이는 우리가 어떻게 생각하든 상관없대요." 그녀는 말했다. "우리는 예술이라는 걸 눈곱만큼도 이해 못한다나요."

"이 사람은 날 좀 동정해 달랬더니 오히려 놀리는군요!" 로드니는 반박했다.

"전 동정하려는 게 아닌데요, 로드니 씨." 메리가 친절하지만 단호한 어조로 말했다. "논문이 엉터리면 아무도 아무 말도 안 하겠지요. 하지만 지금 저 사람들 말하는 걸 좀 들어보세요!"

방 안을 가득 채운 소리, 빠른 말이 오가다 대뜸 끊어지고 또 대뜸 공격이 시작되고 하는 것이 마치 성난 짐승이 으르렁대는 소리와도 같았다.

"저게 다 제 논문 얘기란 말입니까?" 잠시 지켜보던 로드니는 확연히 밝아진 표정으로 물었다.

"물론이에요." 메리가 말했다. "시사하는 바가 아주 많은 논문이었어요."

그녀는 지지를 구하는 듯 데넘 쪽을 돌아보았고, 그는 그녀의 말에 맞장구를 쳤다.

"논문이 성공이냐 아니냐는 발표한 뒤 십 분 후를 보면 알 수 있습니다." 그가 말했다. "내가 당신이라면, 로드니, 대만족일 겁니다."

이 칭찬에 로드니 씨는 완전히 안심한 듯, '시사하는 바가 많다'고 할 만한 대목들을 반추하기 시작했다.

"셰익스피어의 후기작에 사용된 이미지에 대해 한 말에 동의합니까, 데넘? 내가 하려던 말을 분명히 전달하지 못한 것 같아서 말입니다."

이제 그는 자신감을 되찾고는, 몇 번인가 개구리처럼 폴짝거려 데넘 쪽으로 다가왔다.

데넘은 그에게 그저 짤막하게 대꾸해가며, 내심 다른 사람에게 할 다른 말을 생각하고 있었다. 그는 캐서린에게 이렇게 말하고 싶었다. "고모님께서 정찬에 오시기 전에 그 액자의 유리를 갈아야 한다던 걸 기억하십니까?" 하지만, 로드니를 상대해야 한다는 것 말고도, 그런 말은 지나치게 친한 티를 내어 캐서린에게 무례하게 들리지나 않을지 자신이 없었다. 그녀는 다른 그룹의 누군가가 하는 말을 경청하고 있었다. 그러는 동안 내내 로드니는 엘리자베스 시대의 극작가들에 대해 떠들어댔다.

그는 참 기묘하게 생긴 남자였다. 첫눈에 보면, 특히 지금처럼 신이 나서 이야기할 때는, 어딘가 우스꽝스러운 데가 있었다. 하지만 다음 순간 가만히 있을 때 그의 얼굴은 커다란 코에 홀쭉한 뺨과 예민한 감수성을 보여주는 가느다란 입술이 어딘가 반투명한 불그레한 돌에 새겨 월계관을 씌워놓은 로마인 같은 인상이었다. 나름대로 품위와 개성이 있었다. 정부 기관의 서기로 일하는 그는 문학이 신적인 기쁨의 원천이자 참을 수 없는 고뇌의 근원이라 고통당하는 부류에 속했다. 그런 사람들은 문학을 사랑하는 것으로 만족하지 못하고 자기도 뭔가 써야만 하는데, 대개는 창작에 별로 재능이 없기 마련이었다. 그러니 써내는 족족 불만이 쌓일 수밖에 없었다. 더구나, 그들의 감정은 너무나 격렬해서 제대로 공감을 얻지 못하며, 그토록 함양된 감수성 때문에 극도로 예민해져서 자기 자신은 물론이고 자신이 숭배하는 대상에 가해지는 끊임없는 모욕에 괴로워하는 것이었다. 하지만 로드니는 자신에게 호의를 보이는 이의 동정심을 시험해보고픈 욕망을 도무지 물리치지 못했고, 데넘의 칭찬 덕분에 예민한 허영심이 잔뜩 고무된 상태였다.

"공작부인[51]이 죽기 직전의 그 대목이 기억납니까?" 그는 데넘 쪽으로 더 바짝 다가앉아 자신의 팔꿈치와 무릎을 놀라울 만큼 각 지게 접어붙이며 말을 이었다. 그의 그런 자세 때문에 한구석으로 내몰린 캐서린은 자리에서 일어나 창턱으로 갔고, 메리 대칫도 그쪽으로 자리를 옮겼다. 거기서 두 젊은 여성은 온 방의 사람들을 둘러볼 수 있었다. 데넘은 그녀들을 눈으로 뒤쫓았고, 양탄자에서 풀 한 줌을 뿌리째 뽑아드는 듯한 동작을 했다. 그러나 그 상황은 모든 염원은 좌절되기 마련이라는 그의 인생관과 딱 맞아떨어졌으므로, 그는 문학에 집중하기로 하고 그 가운데서 최선의 것을 얻어내겠다는 철학적인 태도를 취했다.

캐서린은 기분 좋게 흥이 올라 있었다. 그녀에게는 다양한 가능성이 열려 있었다. 좌중의 몇몇 사람과 적게나마 안면이 있었고, 언제라도 그중 누군가가 자리에서 일어나 말을 걸러 올지도 몰랐다. 아니면 자기 쪽에서 누군가를 택하든지, 또 아니면 로드니의 이야기에 끼어들 수도 있었다. 그녀는 아직도 로드니의 말에 간간이 귀를 기울이고 있었다. 그녀는 메리가 옆에 있는 것을 의식했지만, 그러면서도 둘 다 여자라는 의식 때문에 굳이 말을 건넬 필요가 없다는 느낌이 들었다. 하지만 메리는 아까도 말했듯이 캐서린이 무척 매력적인 사람이라고 생각했기 때문에, 꼭 말을 붙여보고 싶었고, 잠시 후 이를 실행에 옮겼다.

"꼭 양떼 같지 않아요?" 그녀는 방바닥에 옹기종기 모여 앉아 떠드는 사

51) 엘리자베스 시대의 극작가 존 웹스터의 『맬피의 공작부인』에 대한 언급이다. 뒤에서 캐서린과 메리도 웹스터에 대해 언급하고, 제30장에서는 힐버리 부인이 이 작품을 읽는다.

람들을 가리키며 말했다.

캐서린도 돌아보며 미소 지었다.

"도대체 무슨 얘길 저렇게 하는지 궁금하네요." 그녀는 말했다.

"엘리자베스 시대에 관해서겠지요."

"아니, 엘리자베스 시대와는 전혀 상관없는 것 같은데요. 보험 법안[52]이 어떻고 하는 말을 들었어요?"

"남자들은 왜 항상 정치 얘기를 하나 모르겠어요." 메리가 말했다. "우리도 투표권이 있다면,[53] 저러겠지요."

"아마 그럴 거예요. 당신도 여자들에게 투표권을 얻어주기 위해 일하지요?"

"예, 맞아요." 메리는 당당히 대답했다. "매일 열 시부터 여섯 시까지 일한답니다."

캐서린은 로드니와 함께 은유의 형이상학에 대해 열변을 토하고 있는 랠프 데넘 쪽을 건너다보았고, 저 일요일 오후에 그가 하던 이야기가 생각났다. 그녀는 그와 메리를 막연히 연결시켜 보았다.

"당신도 우리 여자들이 모두 직업을 가져야 한다고 생각하나요?" 그녀는 마치 미지의 세상에서 유령들 사이를 헤치고 나아가는 듯, 다소 동떨어진 어조로 물었다.

"아니, 그렇지 않아요." 메리가 즉시 대답했다.

"난 그런데요." 캐서린이 한숨 섞인 목소리로 대답했다. "당신은 언제든

52) 영국 자유당이 복지 정책의 일환으로 질병 및 실업 시에 수당을 탈 수 있게 한 국민보험법안. 1911년에 통과되었다.

53) 영국 여성들은 1918년부터 40세 이상에 한해 투표권을 얻었고, 1928년부터는 남성과 대등한 투표권을 갖게 되었다.

뭔가를 했다고 말할 수 있겠지만, 난 이런 군중 가운데서는 좀 서글프게 느껴져요."

"군중 가운데서? 왜 군중 가운데서요?" 메리는 미간의 주름을 모으며 창턱의 캐서린 쪽으로 다가 앉았다.

"이 사람들의 관심이 얼마나 다양한지 안 보이나요? 난 저 사람들을 이기고 싶어요 — 내 말은" 하고 그녀는 자신의 말을 고쳤다. "나도 나 자신을 주장하고 싶다는 거예요. 그런데 직업이 없이는 어려운 일이지요."

메리는 캐서린 힐버리 양에게는 다른 사람들을 이기는 것쯤은 전혀 어려운 일이 아니리라는 생각에 미소 지었다. 그녀들은 피차 안면이나 아는 정도였기 때문에, 이제 캐서린이 자기 속내를 터놓으면서 친근해지기 시작하려는 이 순간에는 어딘가 엄숙한 데가 있어서, 더 가까워져도 될지 어떨지 마음을 정하기나 하려는 듯 두 사람 모두 입을 다물었다. 일단 서로를 좀 더 지켜볼 필요가 있었다.

"저 웅크린 등들을 막 짓밟고 싶다니까요!" 캐서린은 잠시 후 웃음을 터뜨리며 말했다. 마치 그런 결론에 이르게 한 생각들이 우습다는 듯한 말투였다.

"사무실을 운영한다고 해서 다른 사람들을 짓밟아야 하는 건 아니에요." 메리가 말했다.

"물론 아니겠지요." 캐서린이 대답했다. 대화가 끊겼다. 메리는 캐서린이 입을 꾹 다문 채 다소 울적한 듯 방 안을 둘러보는 것을 보고는, 자기 얘기를 해서 친해지려던 마음이 분명 사라졌나 보다고 생각했다. 메리는 그녀가 그렇게 쉽게 침묵하며 자기 생각에 몰두할 수 있다는 데 깊은 인상을 받았다. 그것은 혼자 지내며 스스로 사고하는 버릇에서 나오는 행동이었다. 캐서린이 계속 말이 없자, 메리는 다소 거북한 감이 들었다.

"정말이지, 다들 양떼 같네요." 그녀는 바보스럽게 이미 나왔던 말을 되뇌었다.

"그렇지만 다들 아주 똑똑하지요." 캐서린이 덧붙였다. "적어도 모두들 웹스터[54]는 읽었을 거예요."

"설마 정말로 그런 게 똑똑한 증거라고 생각하는 건 아니겠지요? 나도 웹스터를 읽었고, 벤 존슨도 읽었지만, 전혀 똑똑하지 않거든요. 딱히 똑똑한 건 아니에요."

"난 당신도 아주 똑똑하다고 생각해요." 캐서린이 말했다.

"왜요? 사무실에서 일하기 때문에?"

"그런 건 아니에요. 단지 당신이 이 방에서 혼자 살고 또 이렇게 파티를 열고 하는 걸 보고 한 말이에요."

메리는 한순간 생각에 잠겼다.

"그건 자기 가족에게 싫은 일도 할 수 있는 능력이라고 봐요. 난 아마도 그런 능력이 있는 모양이에요. 집에서 살기가 싫어서 아버지께 말씀드렸거든요. 물론 좋아하시진 않았지만요... 하지만 집에는 언니가 있으니까요. 당신은 동기간이 있나요?"

"아니, 없어요."

"조부님의 전기를 쓴다지요?" 메리가 파고들었다.

캐서린은 벗어나고 싶던 생각과 대번에 마주친 듯했다. 그래서 대답했다. "그래요, 어머니를 돕고 있어요." 그 말투가 하도 기묘해서, 메리는 처

54) 존 웹스터(John Webster, 1580–1634). 앞에서 로드니가 언급한 『맬피의 공작부인』을 쓴 작가. 뒤이어 언급되는 벤 존슨(Ben Jonson, 1572–1637)과 함께, 셰익스피어와 같은 시대에 활동했던 극작가들이다.

음 이야기를 시작할 때의 위치로 돌아간 듯한 느낌이 들었다. 캐서린은 사람을 끌어당기다 밀어내다 하는 특별한 능력이 있는 것만 같았다. 그러면서 보통보다 훨씬 빨리 감정이 뒤바뀌기 때문에, 상대를 묘하게 긴장시키는 것이었다. 그녀는 대체 어떤 부류의 사람일까 궁리하던 메리는 편리하게도 '에고이스트'라는 말을 생각해냈다.

"그녀는 에고이스트야." 그녀는 그렇게 생각을 정리하고는, 언젠가 랠프와 힐버리 양에 대해 이야기하게 되면 그 말을 해주려고 간직해두었다.

"세상에, 내일 아침이면 아주 엉망이 되겠네요!" 캐서린은 말했다. "설마 이 방에서 자려는 건 아니겠지요, 대칫 양?"

메리는 웃었다.

"왜 웃지요?" 캐서린이 물었다.

"말 안 할 거예요."

"어디 맞춰볼게요. 당신은 내가 말머리를 돌린다고 생각해서 웃은 거죠?"

"아니요."

"그렇다면 그건 —"

"꼭 알고 싶다면, 당신이 대칫 양이라고 갑자기 공대하는 게 우스웠어요."

"메리, 그럼 메리라고 할게요, 메리."

그렇게 말하면서 캐서린은 커튼을 다시 열어젖혔다. 다른 사람과 확실히 친해지는 데서 오는 순간적인 기쁨으로 얼굴이 상기되는 것을 감추려는 듯했다.

"메리 대칫이라." 메리가 말했다. "그건 캐서린 힐버리만큼 대단한 이름은 아니지요."

두 사람은 나란히 창밖을 내다보았다. 단단히 붙박인 은빛 달과 그 앞을 빠르게 지나가는 작은 청회색 구름들, 런던의 지붕들과 그 위에 솟아 있는 굴뚝들, 그리고 저 아래 달빛이 비치는 텅 빈 길거리 같은 것들이 차례로 눈에 들어왔다. 포석들 사이의 이음매까지 뚜렷이 드러나 보였다. 메리는 캐서린이 다시 눈을 들어 달을 향하며 마치 그 달과 기억 속의 다른 밤에 본 달들을 견주어보는 듯 생각에 잠긴 표정인 것을 보았다. 그녀들의 등 뒤쪽 방 안에서 누군가가 별 보기에 관한 농담을 하는 바람에 흥이 깨지고 말아 그녀들은 다시금 방 안을 향해 돌아섰다.

랠프는 그 순간을 지켜보고 있다가, 벼르던 질문을 냉큼 던졌다.

"힐버리 양, 사진의 유리는 잊지 않고 갈아 끼우셨습니까?" 그의 목소리는 그 질문이 미리 준비된 것임을 감추지 못했다.

"아니, 이런 바보 같은!" 하고 메리는 거의 소리 내어 말할 뻔했다. 랠프가 너무나 바보 같은 질문을 한다고 느껴졌던 것이다. 그러니까, 라틴어 문법을 겨우 세 시간 배우고 나서도, 멘사(mensa)의 탈격을 모르는 동료 학생을 고쳐줄 수는 있는 것이다.[55]

"사진? 무슨 사진 말인가요?" 캐서린은 반문했다. "아, 집에 오셨을 때요 — 일요일 오후였지요. 포테스큐 씨가 오신 날이었던가요? 예, 그렇게 했어요."

세 사람 사이에는 잠시 어색한 침묵이 흘렀다. 그러자 메리가 사람들이 커피 피처를 제대로 다루는지 봐야겠다며 자리를 떴다. 고등 교육을 받았다고는 해도 도자기에 대한 여자다운 염려는 떨쳐버릴 수 없었기 때문이다.

랠프는 더 할 말이 생각나지 않았다. 그러나 그의 얼굴에서 살로 된 가

55) 멘사(mensa, 테이블)는 라틴어를 처음 배우는 학생들이 명사의 격변화를 배울 때 예시로 쓰이는 단어 중 하나이다. 즉, 메리가 비록 사회생활에서의 처신을 다는 모른다고 하나, 그래도 랠프의 실수를 알아차릴 수는 있다는 뜻이다.

면을 벗겨버릴 수만 있다면, 그의 의지는 오직 한 가지 목적에 쏠려 있다는 것을 알 수 있었을 것이다. 즉, 힐버리 양이 자기한테 복종하게 하겠다는 것이었다. 그는 자기가 그녀의 관심을 끌 수 있도록 그녀가 좀 더 머물러주었으면 싶었다. 어떻게 그렇게 할지는 아직 생각나지 않았지만 말이다. 하지만 이런 마음 상태는 굳이 말하지 않아도 전달되는 법이라, 캐서린에게도 이 청년의 생각이 온통 자기한테 쏠려 있다는 사실이 뻔히 보였다. 그녀는 그에 대한 첫인상을 금방 기억해냈고, 자신이 집안의 유품을 보여주던 장면도 떠올라왔다. 그녀는 그 일요일 오후 그가 남기고 간 기분으로 되돌아가서, 그가 자기를 몹시 비판적으로 보고 있다고 짐작했다. 만일 그렇다면 대화를 이끌어갈 의무는 의당 그에게 있을 것이었다. 그녀는 그 자리에 가만히 선 채 맞은편 벽만 바라보았고, 입을 다물고는 있었지만 웃고 싶은 충동으로 입술이 조금 벌어져 있었다.

"저 별들의 이름은 아시겠지요?" 데넘이 말했다. 그의 목소리로 보아서는, 캐서린이 그런 것을 다 알리라는 사실을 못마땅해한다고 여길 만했다.

그녀는 애써 태연한 목소리로 대답했다.

"길을 잃었을 때 북극성을 찾을 줄은 알지요."

"그런 일은 별로 자주 일어나지 않을 것 같은데요."

"그래요. 저한테는 별로 재미난 일이 잘 일어나지 않아요." 그녀는 말했다.

"당신은 일부러 비꼬아 말하는 버릇이 있는 것 같군요, 힐버리 양." 그는 대뜸 되받으며, 역시 또 실제 생각보다 지나치게 말하고 말았다. "그게 당신네 계층의 특징 중 하나인가 보지요. 열등한 사람들과는 진지한 대화를 하지 않는다는 거 말입니다."

오늘 저녁은 중립적인 지대에서 만났기 때문인지, 아니면 데넘이 아무렇게나 걸치고 있는 낡은 회색 코트가 지난번의 격식 차린 복장에서는 찾아볼 수 없던 편안함을 주었기 때문인지, 캐서린은 그를 자신이 살고 있는 특별한 세계의 바깥에 두고 싶은 기분이 들지 않았다.

"어떤 의미에서 당신이 저보다 열등하다는 건가요?" 그녀는 정말로 그의 진의를 캐려는 듯 진지하게 그를 마주보며 물었다. 그 눈길이 그를 기쁘게 했다. 처음으로 그는 자신이 호의를 얻고 싶은 여성과 완벽하게 대등해진 것 같은 느낌이 들었다. 그녀가 그를 어떻게 생각하는지가 왜 그렇게 중요한지는 그로서도 잘 설명할 수 없었지만 말이다. 어쩌면 그저 집에 가서 그녀에 대해 생각해볼 거리를 얻어내고 싶었던 것인지도 모른다. 하지만 그는 자신의 유리한 입장을 활용할 수가 없었다.

"말씀하시는 뜻을 잘 모르겠네요." 캐서린은 한 번 더 그렇게 말했지만, 그러고는 누군가 다른 사람에게 대답하느라 대화가 끊어져버렸다. 자기들한테서 오페라 티켓을 할인가에 사지 않겠느냐든가 하는 것이었다. 사실 단둘이 대화를 하기에는 별로 좋은 분위기가 아니었다. 분위기는 흥청망청 떠들썩해져 있었고, 서로 잘 알지도 못하는 사람들이 친한 척 존칭 없이 이름을 부르고 있었다. 영국에서는 사람들이 세 시간쯤 함께 앉아 있다 보면 그런 식으로 다들 친해져서 허물없이 지내지만, 그러다가 거리에서 찬바람이 불어오기만 해도 금방 제각각으로 쌀쌀맞게 돌아가는 것이다. 외투들이 펄럭이며 어깨 위에 걸쳐졌고, 모자들이 재빨리 머리에 씌워졌다. 데넘은 저 우스꽝스러운 로드니가 캐서린의 채비를 도와주는 것을 보자 기분이 상했다. 이런 모임에서는 함께 이야기를 나누던 상대에게 작별 인사를 하지 않는 것이 보통이었고 목례조차 할 필요가 없었지만, 그래도 데넘은 캐서린이 하던 얘기를 마치려고도 하지 않고 가버리는 데에 크게 실망했다. 그녀는 로드니와 함께 나갔다.

제5장

데넘은 딱히 캐서린을 따라갈 작정은 아니었다. 하지만 그녀가 떠나는 것을 보자, 모자를 집어 들고 황망히 계단을 달려 내려갔다. 만일 캐서린이 자기 앞에 있지 않았더라면 그렇게 서두르지는 않았을 것이다. 그는 같은 방향으로 가던 해리 샌디스라는 친구를 따라잡았고, 캐서린과 로드니로부터 몇 발짝 떨어져 나란히 걸어갔다.

밤은 아주 고요했다. 오가는 차량이 줄어드는 그런 밤이면, 보행자들은 길거리의 달을 의식하게 마련이다. 마치 하늘의 커튼이 젖혀져서 야외에서처럼 창공이 활짝 열린 것만 같았다. 공기는 온화하면서도 신선했고, 북적이며 끼어 앉아 떠들던 사람들은 버스를 세우거나 지하철역의 불빛 속으로 다시 들어가기에 앞서 그렇게 잠시 걷는 것이 상쾌하게 느껴졌다. 샌디스는 철학적인 기질의 법정변호사로, 파이프를 꺼내 불을 붙이고는 '흠' '허' 하고 혼잣소리를 내며 말이 없었다. 앞서가는 두 사람은 정확히 거리를 유지하고 있었고, 데넘이 보기에는, 상대방을 향하는 태도로 판단하건대 계속 무엇인가 이야기를 하고 있는 듯했다. 마주 오는 보행자 때문에 갈라졌다가도 이내 또다시 나란히 걸어가는 것이었다. 그는 그들을 관찰

할 의도는 없었지만, 캐서린이 머리에 쓰고 있는 노란 스카프나 로드니를 유독 돋보이게 하는 밝은 빛깔의 코트에서 눈길을 떼지 않았다. 스트랜드에 이르러 그는 그들이 그만 헤어지리라 생각했지만, 그들은 길을 건너더니 오래된 건물들의 안뜰을 지나 강으로 내려가는 좁다란 골목길 중 하나로 접어들었다. 사람들이 많은 큰길에서는 로드니가 캐서린을 그저 바래다주는 것으로만 보였다. 그러나 이제 행인도 드물고 조용한 가운데 두 사람의 발소리가 뚜렷이 들리게 되자, 데넘은 그들의 대화에도 뭔가 변화가 일어나리라는 생각이 드는 것을 어쩔 수 없었다. 빛과 그림자의 작용 때문에 그들은 실제보다 더 키가 커 보였고 어딘가 신비롭고 의미심장해 보였으므로, 데넘은 캐서린에 대해 줄곧 신경 쓰이던 것을 잊어버리고 그저 세상의 흐름에 꿈꾸듯 내맡겨지는 느낌이었다. 그녀는 꿈꾸기에 아주 적당한 대상이 아닌가 — 그런데 샌디스가 느닷없이 말문을 열었다. 그는 대학에서 친구들을 사귄 외로운 사람이라, 그들이 여전히 자기 방에서 논쟁을 벌이곤 하던 대학생이기나 한 듯이 몇 달, 아니 몇 년 전에 하던 이야기를 그대로 계속하는 것이었다. 그런 방식은 좀 특이하기는 했지만, 인간사의 온갖 부침을 완전히 무시하고 깊은 심연을 그저 몇 마디 말로 뛰어넘어 버리는 듯해서 어딘가 사람을 편안하게 하는 면도 있었다.

이번에는 스트랜드 길모퉁이에서 잠시 기다리던 중에 불쑥 이런 말을 꺼내는 것이었다.

"듣자 하니 베넷이 자기 진리론을 포기했다더군."

데넘이 적당히 대꾸해 넘기자, 샌디스는 어떻게 그런 결단에 이르렀는지, 그것이 자기들 두 사람이 모두 받아들이고 있던 철학에 어떤 변화를 의미하는지 등을 설명해 나갔다. 그러는 동안 캐서린과 데넘은 한발 더 앞서갔고, 데넘은 — 비의지적인 행동을 이렇게 표현해도 된다면 — 자기 정신의 한 가닥은 그들에게 연결한 채 그 나머지로는 샌디스가 하는 말을 이해하려 하고 있었다.

그렇게 이야기를 하면서 건물 안뜰을 지나가다 말고, 샌디스는 지팡이 끝으로 낡은 아치를 이루고 있는 돌 하나를 가리키더니 생각에 잠긴 태도로 두어 번 톡톡 쳤다. 마치 인간의 지각 현상이 갖는 복잡한 성격 가운데 무엇인가 아주 까다로운 것을 구체적으로 예시하려는 듯한 태도였다. 그러느라 잠시 걸음을 멈춘 동안, 캐서린과 로드니는 모퉁이를 돌아 사라져 버렸다. 데넘은 말하다 말고 자기도 모르게 멈칫했고, 다시 말을 이었지만 뭔가를 잃어버린 듯한 느낌이 들었다.

캐서린과 로드니는 누가 자신들을 지켜보고 있다는 것도 의식하지 못한 채 임뱅크먼트[56] 쪽으로 나섰다. 길을 건너더니, 로드니는 강 위쪽의 돌난간을 두들기면서 소리쳤다.

"그 얘긴 다시 하지 않겠다고 약속하지, 캐서린! 하지만 잠깐만이라도 서서 강물에 비친 달을 좀 봐요."

캐서린은 걸음을 멈추고 강을 위아래로 훑어보며 킁킁 냄새를 맡았다.

"확실히 바다 냄새가 나는군요. 바람이 이쪽으로 불어오나 봐요." 그녀는 말했다.

그들은 잠시 말없이 서 있었다. 강물은 바닥에서 유유히 흘러갔고, 수면에 은빛, 붉은빛으로 일렁이는 불빛은 물살에 갈라졌다가 다시 합쳐지곤 했다. 멀리 상류에서는 증기선의 고동 소리가 들려왔다. 그 적요한 소리에는 고독하게 안개에 감싸인 여행길의 깊은 속내로부터 배어나는 듯 말할 수 없는 우수가 담겨 있었다.

56) 런던의 웨스트엔드에서 템스 강을 따라가는 도로.

"아!" 하고 로드니는 또다시 난간을 내리치며 외쳤다. "이 모든 게 얼마나 아름다운지 말할 수 없는 걸까! 왜 나는 말로 할 수도 없는 것을 느끼도록 생겨먹은 걸까! 내가 기껏 말할 수 있는 것은 굳이 내가 말할 필요도 없는 것들이고! 날 믿어줘요, 캐서린!" 그는 서둘러 덧붙였다. "내 다시는 그런 얘길 꺼내지 않을 테니까. 하지만 아름다움 앞에서는 — 저 무지갯빛 달무리를 좀 봐요! — 느낌, 느낌이 들게 마련이거든. 만일 당신이 나와 결혼한다면 — 보다시피 나는 반은 시인이고, 내가 느끼지도 않는 것을 느끼는 척할 수는 없으니까. 만일 내가 글을 쓸 수 있다면 — 아, 그건 또 다른 얘기고, 그렇다면 당신한테 결혼해 달라고 조르지도 않겠지, 캐서린."

그는 달과 강물을 번갈아 바라보면서, 이렇게 앞뒤도 맞지 않는 말을 늘어놓았다.

"하지만 나한테는 결혼을 권하는 거지요?" 캐서린이 여전히 달을 쳐다보면서 물었다.

"물론이오. 당신만이 아니라 모든 여성이 마찬가지지. 여자는 결혼하지 않으면 아무것도 아니거든. 그저 반쯤만 살아서, 가진 능력의 반만 사용하는 거지. 당신도 그렇게 느끼고 있을 텐데, 바로 그렇기 때문에 —" 여기서 그는 입을 다물었고, 그들은 달을 바라보며 임뱅크먼트를 따라 천천히 걷기 시작했다.

얼마나 슬픈 걸음으로 저 하늘 높이 오르는가
얼마나 고요하게 얼마나 창백한 얼굴로[57]

57) 필립 시드니(Philip Sidney, 1554-1586)의 시 「아스트로펠과 스텔라(Astrophel and Stella)」 중 소넷 31의 도입부. 달을 향해 읊은 시이다.

로드니는 시구를 인용했다.

"오늘 저녁에는 나 자신에 대해 불유쾌한 말을 많이 들었어요." 캐서린은 그에게는 아랑곳하지 않고 말했다. "데넘 씨는 나한테 설교를 하는 것을 사명으로 여기는 모양이에요. 나는 그 사람을 잘 알지도 못하는데. 당신은 그를 알지요, 윌리엄? 대체 어떤 사람이에요?"

윌리엄은 깊은 한숨을 쉬었다.

"당신한테 설교해봤자 혀만 아프지 —"

"그래요 — 하지만 그는 어떤 사람이에요?"

"그런데도 우린 당신 눈썹에 대해 소네트를 짓는 거고, 당신처럼 비정한 현실주의자를 위해... 데넘 말이오?" 캐서린이 아무 대답이 없자 그는 덧붙였다. "괜찮은 친구라고 할 수 있지요. 뭐든 올바르지 않으면 안 되는 성격이라고나 할까. 하지만 그 친구와 결혼할 것도 아니잖소. 그가 당신한테 싫은 소리를 했다고? — 뭐라고 하던가요?"

"데넘 씨와 있었던 일은 이래요. 그가 티타임에 왔었어요. 난 그 사람을 편하게 해주려고 무척 애를 썼는데, 잠자코 앉아서 나를 노려보기만 하더군요. 그래서 할아버지 원고를 보여줬더니, 정말로 화가 나서 나는 중류층이라고 말할 자격이 없다나요. 그렇게 서로 씩씩대며 헤어졌는데, 오늘 밤 다시 만난 거예요. 곧장 나한테 다가와서는 '꺼져버리라!'더군요. 어머니께서 늘 한탄하시는, 그런 행동이었어요. 그 사람은 대체 왜 그러는 거지요?"

그녀는 잠시 입을 다물고 걸음을 늦추면서 헝거포드 다리[58] 위를 미끄러져 가는 불빛 환한 기차를 바라보았다.

58) 템스 강에 놓인 다리. 북단의 채링크로스 역, 남단의 워털루 역을 연결하는 열차용 철교. 일명 채링크로스 브리지라고도 한다. 오늘날은 철교 양 옆에 골든주빌리 브리지가 놓여 있다.

"내 생각에는 당신이 그 친구 눈에 쌀쌀맞고 이해심 없는 사람으로 비쳤던 모양이오."

캐서린은 정말로 재미있는 듯 낭랑한 웃음소리를 냈다.

"이제 택시[59]를 타고 집에 가야겠어요." 그녀는 말했다.

"내가 당신과 함께 있는 걸 당신 어머니가 반대하시려나? 아무도 우리를 알아보지 못할 텐데." 로드니는 다소 불안한 듯이 물었다.

캐서린은 그를 쳐다보고는 그의 염려가 진심인 것을 알아채자 소리 내어 웃었지만, 어딘가 냉소적인 웃음이었다.

"웃으려면 웃어요, 캐서린. 하지만 만일 우리가 아는 사람 중 누구라도 우리가 이렇게 늦은 시간까지 함께 있는 것을 본다면 말을 낼 것이고, 그렇게 되면 유쾌하지 못할 거라고 장담하오. 그런데 왜 웃는 거요?"

"모르겠어요. 당신이 너무나 기묘한 모순덩어리라서 그럴 거예요. 당신은 반은 시인이고, 반은 올드미스라니까요."

"당신한테 내가 늘 우습게 보인다는 건 알고 있소. 하지만 나는 모종의 전통을 물려받은 사람으로서 그것을 실행하려는 것뿐이오."

"말도 안 돼요, 로드니. 당신은 데본셔에서 가장 오래된 가문에는 속하지만, 그렇다고 해서 임뱅크먼트에 나와 단둘이 있는 것을 들킬까 봐 걱정할 필요는 없답니다."

"나는 당신보다 열 살이나[60] 더 많아요, 캐서린. 당신보다 세상도 더 잘

59) 1915년경에는 거의 모든 대중교통 차량이 기계화되었고, 택시로는 마차가 여전히 사용되었지만 자동차 수가 더 많았다. 나중에 힐버리 부인이 데넘과 윌리엄을 찾아 집으로 데리고 갈 때는 마부 앤더슨이 모는 마차를 타지만, 캐서린이 시종 이용하는 택시는 자동차인 것으로 보인다.

60) 윌리엄은 스물일곱 살인 캐서린보다 열 살이 더 많다면 서른일곱 살인 셈인데, 제24장에서

알고."

"알았어요. 이제 그만 나를 놔두고 집에 가세요."

로드니는 어깨 너머를 뒤돌아보고는 자신들보다 조금 뒤쪽에서, 마치 그가 부르기만을 기다리고 있는 듯한 택시가 따라오는 것을 발견했다. 캐서린도 그것을 보았고, 소리쳤다.

"그 택시 부르지 말아요, 윌리엄. 난 걸어갈 거예요."

"무슨 소리! 그런 일은 절대로 안 돼요. 벌써 12시가 다 된 데다, 너무 멀리까지 왔어요."

"자, 윌리엄" 하고 그녀는 말했다. "만일 내가 이런 식으로 임뱅크먼트를 돌아다니는 것을 보면, 사람들은 분명 말을 하겠지요. 사람들 말을 듣고 싶지 않다면, 그만 여기서 돌아가세요."

그 말에 아랑곳하지 않고 윌리엄은 한 손으로는 택시를 부르면서, 다른 한 손으로는 캐서린을 붙들어 세웠다.

"제발, 저 사람이 우리가 다투는 걸 보지 않게 해줘요!" 그는 중얼거렸다. 캐서린은 잠시 꼼짝도 하지 않았다.

"당신 안에는 시인보다는 올드미스가 더 많군요." 그녀는 짤막하게 대꾸했다.

윌리엄은 문을 세차게 닫고 운전수에게 주소를 알려준 다음 돌아서서 모자를 벗어들며 차 안에 보이지 않는 숙녀를 향해 작별 인사를 했다.

그는 두어 번 택시 쪽을 돌아다보았다. 그녀가 차를 세우고 다시 내리지나 않을지 반쯤 기대하는 마음도 있었다. 하지만 그녀를 실은 차는 쏜살

••

는 "삼십오 년의 인생 경험이 그를 무방비 상태로 내버려두지는 않았다"고 하니 캐서린에게 보호자연 하느라 다소 과장한 것이라 볼 수 있다.

같이 달려가 보이지 않게 되었다. 윌리엄은 잠깐 분개해서 혼잣말을 했다. 캐서린은 여러 가지로 그를 짜증나게 하려고 작정이라도 한 것 같았다.

"내 일찍이 알았던 어리석고 배려 없는 인간 중에서도 그녀가 최악이라니까!" 그는 자신을 향해 혼잣말을 하고는, 임뱅크먼트를 따라 성큼성큼 걸었다. "다시는 그녀 앞에서 바보처럼 구나 봐라! 캐서린 힐버리와 결혼하느니 차라리 하숙집 주인 딸과 결혼하겠다. 그녀는 한시도 내 마음을 편하게 하지 않거든 — 게다가 나를 절대로 이해하지 못할 걸 — 절대로 못 하지!"

하늘의 별들에게 들으라는 듯이 — 주위에 사람이라고는 없었으니까 — 그렇게 소리 내어 토해내고 나니, 그런 감정들은 반박할 수 없는 사실처럼 들렸다. 다소 진정이 되어 말없이 계속 걷노라니, 누군가가 자기 쪽으로 오는 것이 보였다. 누구인지 분간은 가지 않았지만, 걸음걸이인지 옷차림인지 아무튼 무엇인가가 윌리엄이 아는 사람 중 하나인 것 같았다. 데넘이었다. 그는 샌디스의 집 앞까지 갔다가 이제 지하철을 타러 채링크로스 역으로 가는 길이었다. 샌디스와의 대화에서 촉발된 생각들에 잠겨, 메리 대칫의 방에서 있었던 모임은 까맣게 잊고 있었다. 로드니며 엘리자베스 시대의 연극은 물론이고 캐서린 힐버리마저도 — 이 점에 대해서는 의문의 여지가 있었지만 — 잊어버렸다고 맹세할 수 있을 터였다. 그의 정신은 도달할 수 있는 최고의 지점들을 등반하고 있었고, 그곳에는 오로지 별빛과 아무도 밟지 않은 눈밭만이 있을 뿐이었다. 두 사람이 가로등 아래서 마주치자, 그는 로드니를 향해 낯선 눈길을 보냈다.

"아!" 로드니가 아는 척을 했다.

정신이 딴 데 팔려 있지 않았더라면, 데넘 역시 인사 한마디 건네고 지나갈 수 있었을 것이다. 그러나 갑작스레 생각이 끊어지자 그는 우뚝 서버렸고, 자신이 무엇을 하고 있는지 깨닫기도 전에 방향을 돌려 로드니와 함께 걷고 있었다. 자기 방에 가서 한잔하지 않겠느냐는 로드니의 권유를 순순히 받아들인 것이었다. 데넘은 로드니와 한잔하고 싶은 생각이라고는 없었지만, 거의 수동적으로 그를 따라갔다. 로드니는 데넘이 그렇게 응해주는 것이 흐뭇했다. 그는 이 말없는 사내와 속내를 터놓고 싶은 기분이 들었다. 캐서린에게는 유감스럽게도 결여되어 있는 것 같은 모든 남자다운 자질들이 분명 그에게는 있을 것이었다.

"당신은 젊은 여자들을 가까이 안 하기를 잘한 겁니다." 그는 충동적으로 말을 꺼냈다. "내 경험을 말해드리지요 — 여자들을 믿었다가는 반드시 후회하게 된다니까요. 딱히 지금 내가 그렇다는 건 아니지만" 하고 그는 황급히 덧붙였다. "별다른 이유 없이도 심심찮게 생겨나는 문제지요. 대칫 양은, 그러고 보면, 좀 예외인 것 같더군요. 당신은 대칫 양을 좋아합니까?"

이런 말들은 분명 로드니의 신경이 곤두서 있음을 말해주는 것이었다. 데넘은 한 시간 전의 정황을 재빨리 떠올렸다. 그가 마지막으로 보았을 때 로드니는 캐서린과 함께 걷고 있었다. 그는 자신의 생각이 이런 문제들로 댓바람에 돌아가 또다시 하찮은 근심거리들에 부대끼는 것을 스스로 한심하게 여기지 않을 수 없었다. 이성은 그에게 로드니가 뭔가 속내 이야기를 하려는 것 같으니 고차원적인 철학 문제를 아주 잊어버리기 전에 그와 헤어지라고 충고했다. 그는 길 앞쪽을 바라보며 몇백 야드쯤 떨어져 있는 가로등을 표지 삼아 거기까지만 가서 로드니와 헤어져야겠다고 마음먹었다.

"그래요, 메리를 좋아합니다. 어떻게 그녀를 안 좋아할 수 있겠어요." 그는 가로등만 바라보면서 신중하게 대답했다.

"아, 데넘, 당신은 나와 딴판이군요. 자신을 전혀 드러내지 않으니 말입니다. 오늘 저녁 당신이 캐서린 힐버리와 함께 있는 것을 보았어요. 나는 본능적으로 함께 이야기하는 상대를 믿어버리게 돼요. 아마 그래서 항상 속는 모양입니다."

데넘은 로드니의 이 말을 곰곰이 생각하는 것처럼 보였지만, 사실을 말하자면 그는 로드니도 그가 고백한 바도 의식하고 있지 않았으며 그저 어떻게 하면 가로등까지 가기 전에 그가 다시 캐서린을 입에 올리게 할 수 있을까를 궁리하고 있었을 뿐이다.

"누가 당신을 속였다고요?" 그는 물었다. "캐서린 힐버리가요?"

로드니는 걸음을 멈추고는, 마치 교향악의 한 악절에 박자를 맞추기나 하는 듯, 임뱅크먼트의 돌난간을 다시금 두들기기 시작했다.

"캐서린 힐버리" 하고 그는 묘하게 쿡쿡 웃으며 되뇌었다. "아닙니다, 데넘. 나는 그 아가씨에 대해서는 아무런 환상도 갖고 있지 않아요. 오늘 밤 그녀에게도 그 점을 분명히 했다고 생각합니다. 하지만 엉뚱한 상상을 하면 곤란해요." 그는 돌아서서 데넘의 팔짱을 끼며 열띤 어조로 말했다. 마치 달아나지 못하게 하려는 듯한 태도라, 꼼짝 못하게 된 데넘은 자기가 봐두었던 가로등을 지나치면서 변명 같은 한숨을 토해놓았다. 로드니의 팔이 자기 팔과 이렇게 얽혀 있는 마당에 어떻게 헤어진단 말인가? "내가 그 여자한테 유감이 있다고는 생각하지 말기 바랍니다 — 천만에요. 따지고 보면 그녀 잘못도 아니지요, 불쌍하게도. 알다시피 그녀는 끔찍하게 자기중심적인 삶을 살고 있고 — 적어도 여자한테는 끔찍한 일 아닙니까 — 매사에 똑똑한 척하면서 모든 일을 자기 멋대로 하고 집에서도 아주 오냐오냐 떠받들린단 말입니다. 말하자면 버릇이 없어져서 모든 사람이 자기 발밑에 있는 줄로만 알고 자기가 남한테 얼마나 상처를 주는지, 그러니까 자기만큼 유복한 처지에 있지 못한 사람들에게 얼마나 무례하게 구는지도 깨닫지를 못해요. 물론 공평하게 말해서 그 여자도 바보는 아니에요." 그는 데님에게 행여 얕보지 말라는 듯 덧붙였다. "취향도 있고 지각도 있어요. 말이 통하지요. 하지만 그래봤자 여자는 여자니까요." 그는 또다시 쿡쿡 웃으며 데님의 팔을 놓아주었다.

"오늘 밤 그녀에게 그런 얘길 다 했다는 말입니까?" 데님은 물었다.

"아니, 그러기야 했겠습니까. 캐서린에게 그녀 자신이 어떻다는 말은 할 생각도 못해요. 그래봤자 아무 소용도 없으니까요. 캐서린과 잘 지내려면 그저 떠받드는 수밖에 없어요."

'이제 그 여자가 이 남자와 결혼하기를 거절했다는 걸 안 마당에, 나는 왜 집에 안 가고 이러고 있지?' 데님은 속으로 생각했다. 하지만 그는 계속 로드니와 함께 걸었고, 로드니가 모차르트 오페라의 한 소절을 흥얼대기는 했지만, 한동안 아무 말도 오가지 않았다. 한쪽에서 아무 생각 없이 속을 터놓고 자신이 드러내려 했던 이상으로 자기 감정을 드러내게 되면, 상대방의 마음속에는 경멸과 호감이 뒤섞이게 마련이다. 데님은 대체 로드니란 어떤 인물인가 궁금해지기 시작했고, 동시에 로드니 역시 데님에 대해 생각하기 시작했다.

"당신도 나처럼 매인 몸이겠지요?" 그는 물었다.

"사무변호사이니, 그런 셈이지요."

"가끔 나는 왜 우리가 내팽개치지 못하는 걸까 생각하곤 해요. 왜 이민을 가지 않습니까, 데님? 당신한테 잘 어울릴 것 같은데요."

"가족이 있어서요."

"나도 가끔 가버릴까 생각하곤 해요. 그러다가도 이 모든 게 없이는 살 수 없다는 생각이 드는 겁니다." 그는 손을 저어 시티 오브 런던[61]을 가리켜 보였다. 그 순간 시티는 청회색 마분지를 잘라 더 짙은 청색 하늘에 납작하게 붙여놓은 것만 같았다.

"내가 좋아하는 사람이 한두 명 있고, 좋은 음악과 그림이 몇 장 있고 — 그런 것만으로도 여길 못 떠날 이유로는 충분하지요. 아, 난 야만인들과는 도저히 못 살 것 같아요! 당신은 책을 좋아하나요? 음악은? 그림은? 초판본들에도 관심이 있습니까? 내 방에 몇 권 있어요. 싸게 산 것들이지요. 값을 달라는 대로 다 줄 처지는 못 되니까요."

그들은 18세기의 높직한 건물들이 들어서 있는 작은 골목에 이르렀다. 그중 한 건물에 로드니의 플랏이 있었다. 그들은 아주 가파른 계단을 올라갔다. 커튼이 없는 창문들로 달빛이 들어 난간과 받침살들을, 창턱에 놓인 접시 더미와 절반쯤 찬 우유 단지를 비추고 있었다. 로드니의 플랏은 작았지만, 거실 창은 안뜰 쪽으로 나서 판석이 깔린 바닥과 한 그루 나무, 그리고 맞은편 건물들의 편편한 붉은 벽돌 정면들이 내다보였다. 존슨 박사가 무덤에서 일어나 달빛 속을 산책한다 해도 놀라지 않을 광경이었다.[62] 로드니는 램프에 불을 켜고, 커튼을 치고, 데넘에게 의자를 권하고는 엘리자베스 시대의 은유 사용법에 관한 자기 논문 원고를 테이블 위에 팽개치며 내뱉었다.

"젠장, 시간 낭비만 했다니까요! 하지만 어떻든 다 끝났으니, 이제 더 생

61) 시티 오브 런던(the City of London), 일명 '시티'는 런던의 가장 오래되고 작은 행정구역으로, 런던의 역사적 중심이며, 잉글랜드 은행을 비롯해 금융기관이 밀집해 있는 지역이다. 남쪽으로 템스 강을 끼고 있는 약 1제곱마일가량의 지역이 서쪽의 웨스트민스터 구에서부터 시작하여 시계 방향으로 캠던, 이슬링턴, 해크니, 타워 햄리츠, 서덕, 램버스 7개 구로 빙 둘러싸여 있다.

62) 존슨 박사란 시인이자 비평가였던 새뮤얼 존슨(1709-1784)을 가리킨다. 로드니가 살고 있는 "18세기의 높직한 집들이 들어선 작은 광장"이 존슨의 시대 이후로 별반 달라진 것이 없다는 뜻이다. 한편, 로드니 자신도 문학이나 결혼에 대해 지난 세기의 고루한 태도에서 벗어나지 못하고 있다.

각하지 않아도 되겠지요!"

그러더니 그는 아주 능숙한 동작으로 불을 피우고 유리잔과 위스키, 케이크며 찻잔 같은 것들을 차려 왔다. 그는 빛바랜 진홍색 실내용 가운을 걸치고 붉은 실내화를 신고서, 한 손으로는 잔을, 다른 한 손으로는 윤을 잘 낸 책 한 권을 들고 데님 쪽으로 다가왔다.

"바스커빌의 콘그리브[63]랍니다." 로드니는 손님에게 책을 건네며 말했다. "싸구려 판본으로는 읽을 수가 없어서요."

그렇게 자기 책과 귀중품 사이를 오가며 방문객을 편하게 해주려고 열심을 내며 페르시아 고양이처럼 민첩하고 우아한 동작으로 오가는 로드니를 보자, 데님은 그에 대해 비판적인 태도를 다소 누그러뜨렸고, 자신이 더 잘 아는 다른 사람들보다도 로드니와 함께 있는 것이 편하게 느껴졌다. 로드니의 방은 개인적인 취향들을 아주 소중히 여겨 대중의 거친 입김으로부터 조심스레 지켜내고 있는 사람의 방이었다. 그의 서류와 책들은 테이블과 바닥에 들쭉날쭉한 무더기를 이루며 쌓여 있었는데, 그는 자신의 실내복이 조금이라도 스쳐 그것들을 무너뜨릴세라 조심스럽게 비켜 다녔다. 의자 하나에는 조각상이며 회화의 사진 액자들이 수북이 쌓여 있었는데, 아마도 하루 이틀 정도씩 번갈아 걸어놓고 즐기는 모양이었다. 책장의 책들도 군대의 병사들처럼 질서정연하게 꽂혀 있어서, 책등이 마치 청동색 딱정벌레 날개들처럼 반짝거렸다. 하지만 그중 한 권을 꺼내들고 보면, 그 뒤에는 좀 더 허름한 책이 꽂혀 있는 것을 보게 되었으니, 공간에 제약이 있기 때문이었다. 벽난로 위에는 타원형의 베네치아산(産) 거울이 놓여

63) 영국 극작가 윌리엄 콘그리브(1670-1729)의 세 권짜리 전작집을 유명한 인쇄업자 존 바스커빌이 제작한 1761년 판본.

있어, 그 군데군데 얼룩이 진 반사면 안쪽 깊은 데서 벽난로 선반 위의 편지며 파이프, 담배 같은 것들 사이에 놓인 꽃병의 연한 노랑과 붉은색 튤립을 비춰내고 있었다. 방 한구석을 차지한 작은 피아노의 보면대에는 「돈 조반니」 악보가 펼쳐져 있었다.

"아, 이런, 로드니" 하고 데넘은 파이프에 담배를 채워 넣으면서 주위를 둘러보며 말했다. "아주 근사하고 쾌적한데요."

로드니는 고개를 반쯤 돌려 보며 자랑스러운 집주인다운 미소를 띠었지만, 이내 그 미소는 사라졌다.

"그런 대로 괜찮지요." 그는 중얼거렸다.

"하지만 손수 일해서 생활비를 버는 것도 좋은 일이라고 생각하는데요."

"여가가 있어도 변변한 데 쓰지 못할 거라는 뜻이라면, 그 말이 맞지요. 하지만 하루 온종일 내키는 대로 시간을 보낼 수 있다면 열 배는 더 행복할 것 같습니다."

"그럴까요." 데넘이 대꾸했다.

그들은 말없이 앉아 있었고, 각자의 파이프에서 나오는 연기가 그들 머리 위쪽에서 사이좋게 얽혀 푸르스름한 연무를 만들어냈다.

"나는 매일 세 시간씩 셰익스피어를 읽을 수 있을 거예요." 로드니가 말했다. "그리고 음악이며 그림들도 있지요. 맘에 맞는 사람들과 어울릴 수도 있고요."

"일 년이 못 가서 죽도록 지겨워질 걸요."

"아, 물론, 아무것도 하지 않는다면야 그러기도 하겠지요. 하지만 난 희곡을 써야 하거든요."

"아, 그렇군요."

"희곡을 써야 해요. 벌써 한 작품은 4분의 3은 썼고, 어서 끝내려고 휴가만 기다리고 있어요. 나쁘지 않아요. 어떤 대목은 꽤 잘됐고요."

데님은 그 작품을 보여달라고 청해야 할까 하는 의문이 떠올랐다. 상대는 필시 그러기를 기대할 것이었다. 그는 슬쩍 로드니를 훔쳐보았다. 그는 초조한 듯 불쏘시개로 석탄을 여기저기 쑤석여대면서, 자기 작품에 대해 말하고 싶은 욕망과 채워지지 않은 자만심에 내몰려 거의 몸을 떨다시피 하고 있었다. 그는 그야말로 데님의 처분만 바라는 듯했고, 데님은 어느 정도 그 이유 때문에라도 그를 좋아하지 않을 수 없었다.

"그럼... 그 희곡을 보여주시겠어요?" 데님은 물었고, 로드니는 대번에 안도하는 기색이었지만, 그래도 여전히 잠자코 앉아서 불쏘시개를 거의 수직으로 쳐든 채 그 불거져 나온 눈으로 그것을 쳐다보면서 빈 입을 뻥긋거렸다.

"정말로 그런 것에 관심이 있는 겁니까?" 그는 마침내 물었는데, 지금까지 말하던 것과는 사뭇 다른 어조였다. 그러고는 대답도 기다리지 않고, 퉁명스럽게 말을 이었다. "시를 좋아하는 사람은 별로 없는데요. 어쩌면 당신한테도 지겨울지 몰라요."

"그럴 수도 있겠지요." 데님이 말했다.

"좋아요. 빌려드리지요." 로드니는 불쏘시개를 내려놓으며 대답했다.

그가 원고를 가지러 간 사이에, 데님은 자기 옆의 책장에 손을 뻗어 아무 책이나 꺼내보았다. 그것은 토머스 브라운[64]의 자그마하고 아담한 판

64) 토머스 브라운(Thomas Browne, 1605-1682)은 의학자이자 작가로, 울프는 그를 무척 높이 평가했다. 하지만 이 대목에서 울프가 다른 여러 작품처럼 열거하고 있는 「옹관묘(항아리 매장: Urn Burial)」는 「하이드리오태피아(Hydriotaphia)」의 부제이며, 「타파된 5점형(Quincunx Confuted)」은 「사이러스의 정원(Garden of Cyrus)」의 부제 「5점형, 능형, 또는 고대인들의 네트워크 플랜테이션(The Quincunciall, Lozenge, or Net-work Plantations

본으로, 「옹관묘(甕棺墓)」「하이드리오태피아」「타파된 5점형」「사이러스의 정원」 등이 수록되어 있었다. 자기도 거의 외우다시피 하는 대목을 펼쳐, 데넘은 읽기 시작했고 한동안 읽기를 계속했다.

로드니는 다시 자리에 돌아와 원고를 무릎에 놓고 앉아서, 이따금씩 데넘 쪽을 바라보면서 손가락을 깍지 끼고 가느다란 다리를 난로울타리 너머로 꼰 채, 사뭇 즐기는 듯한 태도를 취했다. 이윽고 데넘은 책을 덮고 난로를 등진 채 서서 이따금씩 토머스 브라운 경에 관한 뭔가 불분명한 말을 웅얼거렸다. 그는 모자를 머리에 얹고, 여전히 의자에 길게 뻗치고 앉아 난로울타리에 발끝을 얹고 있는 로드니 곁으로 다가와 섰다.

"조만간 다시 들르겠습니다." 데넘의 말에, 로드니는 원고를 든 손을 내밀며 기껏 이렇게만 말했다. "좋으실 대로."

데넘은 원고를 받아들고 떠났다. 이틀 후 그는 아침식사 쟁반에 얄팍한 소포가 올려져 있는 것을 보고 무척 놀랐다. 풀어보니 그것은 그가 로드니의 방에서 탐독하던 토머스 브라운 경의 바로 그 시집이었다. 순전히 게으른 나머지 그는 감사를 전하지는 못했지만, 가끔씩 캐서린과는 무관하게 관심을 가지고 로드니를 생각하곤 했고, 언젠가 가서 파이프나 한 대 같이 피우리라 마음먹었다. 로드니는 친구들이 정말로 감탄하는 것은 무엇이든 그런 식으로 나눠주기를 좋아했다. 그의 장서는 계속 줄어들었다.

⁂

of the Ancients, Artificially, Naturally, Mystically Considered)」을 부정확하게 — 물론 quincuncial보다는 quincunx가 표준 어형이기는 하지만 — 옮긴 것이다.

제6장

주중의 보통 날, 일하는 날의 모든 시간 중에서 가장 즐겁게 기다려지는 시간은 언제일까? 또는 돌이켜 생각해보아도 가장 즐거운 시간은? 그에 관한 이론을 세우는 데 도움이 될 한 가지 예를 들어보자면, 메리 대칫의 경우에는 아침 9시 25분부터 30분 사이의 몇 분이라고 말할 수 있을 것이다. 그녀는 그 몇 분간을 정말이지 부러워할 만한 기분으로 보냈고, 그 만족감은 거의 완벽하게 순수한 것이었다. 그녀의 플랏은 높은 층에 있었기 때문에 11월에도 아침 햇살이 비쳐 들었으며, 커튼과 의자와 카펫이 녹색과 청색과 보라색의 세 군데 환한 공간으로 물들어 있는 것을 바라보노라면 즐거운 나머지 온몸이 따뜻해지는 듯했다.

아침이면 구두끈을 묶느라 몸을 구부리면서 햇살을 향해 눈을 들게 되었고, 커튼에서 아침 식탁까지 곧장 이어진 금빛 햇살을 볼 때면 자신의 삶에 그토록 순수한 기쁨의 순간이 주어진 데 대해 감사의 한숨을 내쉬지 않을 수 없었다. 그녀는 아무한테서 아무것도 빼앗은 것이 없는데도, 이렇게 좋은 방, 벽널의 굽도리에서부터 천장 구석까지 깔끔한 데다 멋진 색깔들로 꾸며진 방에서 혼자 아침식사를 한다는 단순한 사실에서 누리는 즐거움이 너무나 컸으므로, 처음에는 누군가에게 변명이라도 해야 할 것만 같았고 그 상황에서 어딘가 잘못된 점이라도 찾아내야 할 것만 같았다. 이제 런던에 온 지 여섯 달이 되었는데[65] 아직 아무 잘못된 점도 발견되지 않았으며, 그것은, 구두끈이 다 묶어질 때쯤이면 어김없이 결론짓게 되듯이, 오로지 그리고 전적으로 그녀에게 일이 있다는 사실 덕분이었다. 매일, 서류 가방을 들고 문간에 서서 집을 나서기 전에 모든 것이 제대로 되어 있는지 돌아볼 때면, 그녀는 그 모든 것을 두고 나서게 되어 매우 기쁘다고, 온종일 그 방에 들어앉아서 한가롭게 즐기기만 한다면 참을 수 없었으리라고 생각하곤 했다.

거리로 나오면 그녀는 자신이 그 시간 도시 곳곳의 넓은 보도를 따라 빠른 걸음으로 줄지어 가는 노동자 중 하나라고 생각하는 것이 좋았다. 다들 고개를 약간 숙인 채 서로서로 가능한 한 바짝 따라가는 데만 열중해 있는 듯한 무리를 바라보며, 그녀는 무수한 발길에 닳아진 경주로를 그려보게 되곤 했다. 하지만 그녀는 자신도 다른 사람들과 다를 바 없다고 생각하며, 비 오는 날이면 지하철이나 버스를 타고 사무원과 타이피스트와 영업사원들과 함께 북적이고 함께 젖으면서 또 하루 스물네 시간 동안 이 세상이 똑딱이며 돌아가도록 태엽을 감는다는 진지한 일에 동참하는 것이 기뻤다.

그날 아침도 그런 생각을 하면서, 그녀는 링컨스인필즈를 가로질러 킹스웨이로 나가서 사우샘턴 로우를 지나 러셀 스퀘어에 있는 사무실을 향해

65) 뒤에서 메리와 랠프는 2년 전에 만났다고 거듭 이야기되는데, 그렇다면 메리가 "런던에 온 지 여섯 달이 되었다"는 것은 상경 그 자체가 아니라 거처를 런던 시내에 정한 것을 가리킬 수도 있다. 아니면 메리는 학창 시절부터 활발한 대외 활동 가운데 랠프를 만났을 수도 있다.

갔다.[66] 가는 길에 이따금씩 그녀는 발길을 멈추고 서점이나 꽃가게의 진열창을 들여다보았는데, 아직 시간이 일러 상품이 진열되는 중이라 창유리 뒤의 빈 공간이 미처 준비되지 않은 채였다. 메리는 가게 주인들에게 호의적인 기분이 되어 그들이 한낮의 손님들을 끌어들일 수 있기를 바랐다. 아침 이 시간이면 그녀는 전적으로 가게주인이며 은행직원들의 입장이 되어 늦게까지 자고 돈을 쓸 여유가 있는 모든 이들을 적이요 먹잇감으로 여기게 되는 것이었다. 홀본에서 길을 건너면서부터 그녀의 생각은 어김없이 일에 집중되곤 했으며, 자신이 엄밀히 말해 급료도 받지 않는 아마추어 노동자일 뿐이라는 사실은 까마득히 잊혀졌다. 사실 그 일은 이 세상의 거대한 역사에 태엽을 감는다고 할 수도 없는 것이었으니, 세상은 메리의 여성참정권협회가 제공하는 유익을 받아들일 의사를 별로 보이지 않았던 것이다.

그녀는 사우샘턴 로우를 따라가면서 편지지와 풀스캡 지[67]에 대해, 그리고 어떻게 하면 종이 사용을 절약할 방안을 관철시킬 수 있을지(물론 시일 부인의 기분이 상하지 않게끔)에 대해 궁리했다. 역량 있는 조직가들은 으레 이런 사소한 문제들부터 확실히 다진 다음 확고한 기반 위에 성공적인 개혁을 구축하는 법이라는 것이 그녀의 소신이었다. 비록 한 번도 의식적으로 인정한 적은 없지만, 메리 대칫은 역량 있는 조직가가 될 작정이었고, 이미 자신의 협회에 아주 급진적인 개혁을 일으키고 있었다. 사실 최근 들어 그녀는 러셀 스퀘어로 들어설 때면 매일 아침 똑같은 시간에 똑같은 생각을 할 만큼 어느새 자기 일에 이골이 났다는 사실에 두어 차례 놀

66) 출근길의 이런 동선으로 미루어보면 메리는 스트랜드 위쪽, 링컨스인필즈 남쪽에 사는 것으로 보인다.

67) 당시의 표준 규격 용지. 17×13½인치(432×342밀리미터)의 용지인데, 풀스캡(fool's cap)을 쓴 광대의 두상이 투명무늬(watermark)로 들어 있기 때문에 그렇게 불린다.

란 적이 있었다. 어느 정도인가 하면, 러셀 스퀘어의 적갈색 벽돌집들이 사무실 살림살이에 관한 그녀의 생각들과 묘하게 연결되는가 하면, 클랙턴 씨나 시일 부인, 아니면 누구든 자기보다 먼저 사무실에 나와 있는 사람을 만나기 전에 매무시를 고쳐야 한다는 표시로 받아들여지기에 이른 것이다. 종교적 신앙이 없었던 만큼 그녀는 한층 더 자신의 삶에 성실했고, 때때로 자신의 위치를 아주 진지하게 검토해보곤 했는데, 간혹 자신도 모르게 삶의 정수를 갉아먹는 이런 나쁜 습관 중 하나를 발견할 때만큼 짜증나는 일은 없었다. 항상 산뜻한 마음으로 온갖 견해와 실험들을 마주하지 못한다면 도대체 여자로 태어난 보람이 뭐란 말인가! 그래서 그녀는 모퉁이를 돌아서면서 항상 자세를 바로하고, 서머셋셔[68]의 민요 한 구절이라도 휘파람 불며 사무실 문에 당도하는 것이었다.

참정권협회 사무실은 러셀 스퀘어의 큰 건물 중 하나의 꼭대기 층에 있었다. 한때는 큰 사업가가 지기 가족과 함께 실던 집이었는데, 이제 한 구역씩 여러 단체에 임대되어 제각기 출입문의 불투명 유리에 단체명이 내걸리고 제각기 온종일 타닥대는 타자기 소리를 내게 되었다. 웅장한 돌계단이 있는 이 오래된 건물에는 10시부터 6시까지 타자기와 사환들이 내는 소음만이 썰렁하게 울려 퍼졌다. 이미 업무에 착수하여 원주민 보호니 곡물의 식량 가치 등에 관한 견해들을 퍼뜨리는 여러 대의 타자기 소리에 메리는 걸음을 재촉하여, 몇 시에 도착했건 간에 자신의 타자기도 다른 것들과의 경쟁에 참가시키려는 듯 자기 사무실이 있는 맨 꼭대기 층으로 가는 계단은 노상 뛰어 올라가곤 했다.

일단 자리에 앉아 편지를 쓰기 시작하면, 그 모든 상념들은 이내 뒷전이

68) 잉글랜드 남서부의 주.

되고, 편지의 내용, 사무실 가구, 옆방에서 움직이는 소리 등에 에워싸인 채 미간에는 두 가닥 주름이 잡히기 마련이었다. 열한 시쯤 되면 너무나 한 방향으로만 집중한 나머지 조금이라도 다른 생각은 떠오르기가 무섭게 사라져버렸다. 당면한 과제는 일련의 행사를 기획하여 그 수익으로 재정난에 빠진 협회의 운영을 개선하는 것이었다. 그녀로서는 대규모 행사를 조직해보는 것이 처음이었고, 뭔가 주목할 만한 성과를 얻어내리라 마음먹고 있었다. 이 둔탁한 기계를 사용하여 혼탁한 세상으로부터 몇몇 흥미로운 인사들을 건져내어 일주일가량 내각 장관들의 눈을 끌 만한 방식으로 동원해볼 작정으로, 일단 눈을 끌기만 하면 케케묵은 주장들도 전에 없이 참신하게 전달될 수 있을 것이었다. 대략 그런 구상을 그려볼 때마다 그녀는 얼굴이 상기되고 흥분되어, 그런 성과를 얻어내기까지 해결해야 할 온갖 자질구레한 일들을 거듭 상기해야만 했다.

간간이 문이 열리고 클랙턴 씨가 들어와 산더미 같은 소책자들 밑에 깔린 소책자 하나를 찾느라 쑤석여대곤 했다. 그는 삼십 대 중반으로 깡마른 체구에 머리칼은 모랫빛이었고, 코크니 억양[69]으로 말했으며, 쪼잔한 티가 나는 것이 어떤 식으로도 자연의 너그러움을 누리지 못한 나머지 다른 사람들에게도 너그럽게 대하기가 어려운 듯했다. 그가 찾는 소책자를 찾고 서류를 제자리에 두는 요령에 대해 다소 익살스런 말을 하고 나면, 타자기 소리가 뚝 끊어지면서 시일 부인이 설명을 요하는 편지를 들고 방 안으로 뛰어들곤 했다. 이것이 아까보다 더 심각한 방해가 되었으니, 그녀는 자신이 정확히 뭘 원하는지 알지 못하므로 요령부득의 질문을 연거푸 쏟아내곤 했다. 자주색 면우단 옷을 입고 잿빛 머리칼을 짧게 친 데다 얼굴은 노

69) 런던 토박이 방언으로, 대개 노동자 계층이 쓰는 말이다.

상 박애주의의 열정으로 상기되어 있는 시일 부인은 노상 허둥대며 노상 어딘가 어수선한 상태였다. 가슴팍에 늘어뜨린 묵직한 금줄에 얽혀 있는 십자가 두 개는 그녀의 내적인 혼란을 보여주는 것만 같다고 메리는 생각했다. 그녀는 못 말릴 열정과 협회의 창시자 중 한 사람인 마컴 양에 대한 숭배 덕분에 그 자리에 있기는 했지만, 딱히 그 일의 적임자는 아니었다.

그런 식으로 아침이 지나가고 편지 더미가 쌓여가다 보면, 메리는 자신이 영국 전역에 걸쳐진 아주 가느다란 신경조직의 중추절인 양 느껴졌고, 조만간 자기가 그 조직의 심장을 건드리기만 하면 함께 느끼고 고동치며 혁명적 폭죽놀이의 찬란한 불꽃을 전파하기 시작하리라고 — 세 시간쯤 일에 몰두하여 뇌에 열이 올랐을 때면 그렇게나 비유할 만한 기분이 드는 것이었다.

한 시 조금 전에 클랙턴 씨와 시일 부인은 하던 일을 덮었고, 점심에 뭘 먹을지에 대한 허구한 날 같은 농담이 오가게 마련이었다. 어김없이 그 시간이면 말 한마디 바꾸지 않고 똑같이 반복되는 대화였다. 클랙턴 씨는 채식 식당 한 곳의 단골이었고, 시일 부인은 샌드위치를 가져와서 러셀 스퀘어의 플라타너스 아래서 먹었다. 메리는 대개 근처의 허접한 식당에 갔는데, 붉은 플러시[70] 천으로 실내를 장식한 그 식당에서는 채식주의자라면 질색할 2인치 두께의 스테이크나 백동 접시에 떠 있는 로스트치킨을 사먹을 수 있었다.

"앙상한 가지들이 하늘을 향해 뻗치고 있는 걸 보면 참 힘이 나요." 시일 부인은 광장을 내려다보며 말했다.

"하지만 그렇다고 나무를 보고 배를 채울 순 없지요." 메리가 말했다.

70) 실크나 면직물을 우단보다 털이 좀 더 길게 두툼히 짠 것.

"대칫 양, 저는 당신이 어떻게 소화가 되는지 모르겠어요." 클랙턴 씨가 끼어들었다. "저라면 점심에 그렇게 무거운 식사를 하고 나면 오후 내내 잠이 올 것 같은데요."

"최근에 나온 문학 책으로는 뭐가 있나요?" 메리는 짐짓 유쾌한 말투로 클랙턴 씨가 팔 밑에 끼고 있는 노란 표지의 책을 가리키며 물었다. 그는 점심시간이면 으레 프랑스 신진 작가의 책을 읽거나 잠시나마 화랑을 둘러봄으로써 사회사업과 내심 자랑스럽게 여기는 문화적 취미를 조화시켜 나가고 있다는 것을 메리는 이내 눈치챘던 것이다.

그래서 그들은 뿔뿔이 헤어졌고, 메리는 걸음을 옮기며 자기가 진정 원하는 것은 잠시나마 그들에게서 벗어나는 것임을 그들도 알아채고 있는 걸까 자문해보고는, 그들이 그 정도로 예민하지는 않으리라는 결론을 내렸다. 그녀는 석간신문을 사서 점심을 먹으며 신문을 읽다가 이따금 신문지 너머로 눈에 띄는 사람들이 케이크를 사거나 은밀한 이야기를 소곤거리는 것을 넘겨다보았으며, 그러다 자기가 아는 젊은 여자가 들어오자 "엘리너, 여기 내 자리로 와" 하고 소리쳐 불렀다. 두 여자는 함께 식사를 마치고는 차량의 흐름이 엇갈려가는 길모퉁이에서 헤어졌다. 이 거대하고 항구적인 인간사의 움직임 가운데서 다시금 자기 자리로 돌아간다는 만족감을 가지고서.

하지만 오늘은 곧장 사무실로 돌아가는 대신, 메리는 대영박물관 쪽으로 발길을 돌려 석상들이 늘어선 회랑을 따라가다가 엘긴 마블[71]이 바로

71) 러셀 스퀘어와 이웃한 대영박물관에는 엘긴 경(Thomas Bruce, 제7대 엘긴 백작, 1766-1841)이 아테네의 파르테논 신전에서 가져온 대리석 조각상이 전시되어 있다. 그는 당시 그리스를 지배하고 있던 오스만터키 제국 주재 영국 대사로, 1801-1812년에 걸쳐 파르테논 및 인근의 조각상들을 수집하여 영국으로 옮겼고 1816년 대영박물관에 팔았다.

보이는 곳의 빈자리를 발견했다. 그녀는 그것들을 바라보았고, 늘 그랬듯이, 뿌듯이 고양되는 느낌, 그 덕분에 자신의 삶도 대번에 엄숙하고 아름다워지는 느낌을 맛보았다 — 그런 인상은 아마도 석상들 자체의 아름다움만큼이나 회랑의 적막과 냉기와 고요 때문이기도 했다. 적어도 그녀의 감정이 순전히 미학적인 것만이 아니라는 점은 말할 수 있었으니, 오디세우스의 상[72]을 잠시 바라보다 말고 랠프 데넘을 생각하기 시작했기 때문이다. 이 말없는 형상들과 함께 있으니 더없이 편안해져서, 하마터면 '당신을 사랑해'라고 소리 내어 말하고픈 충동에 굴복할 뻔했다. 그처럼 의연히 세월을 이겨낸 아름다움을 마주하노라면 자신의 욕망을 놀랍도록 뚜렷이 의식하게 되었고, 그러면서도 사무적인 일과 동안에는 그런 정도로 부각되지 않는 감정이 자랑스럽기도 했다.

그녀는 소리 내어 말하고픈 충동을 억누르고 자리에서 일어나 석상들 사이를 이리저리 거닐다가 부조를 새긴 오벨리스크들과 아시리아의 날개 달린 황소들이 전시된 회랑에 이르렀고, 그러자 감정이 또 다른 방향으로 돌아섰다. 그녀는 그런 괴물들이 모래 속에 엎드려 고개를 쳐들고 있는 사막을 자신과 랠프가 함께 여행하는 장면을 상상하기 시작했다. '왜냐하면' 하고 그녀는 유리 뒷면에 붙어 있는 안내문을 곰곰이 들여다보며 생각에 잠겼다. '당신이 놀라운 점은 뭐든지 할 자세가 되어 있다는 거니까. 당신은 대개의 머리 좋은 남자들과는 달리 전혀 인습적이지가 않아.'

그래서 그녀는 자신이 사막에서 낙타의 등에 타고, 랠프는 원주민 부족 전체를 지휘하는 장면도 떠올려보았다.

'당신이 할 만한 일이야.' 그녀는 다음 석상을 향해 걸음을 옮기며 생각

72) 엘긴 마블 중 수부의 모자를 쓴 것이 있어 오디세우스의 상으로 여겨진다.

을 이어갔다. '당신은 언제든 사람들을 자기 마음대로 움직일 수 있거든.'

생각 속에 작은 불꽃 하나가 일어나 그녀의 눈을 빛나게 했다. 그렇지만 박물관을 나설 무렵에는 마음속 가장 깊은 곳에서도 '당신을 사랑해'라고 말할 만한 기분이 아니었으니, 그 문장은 떠오르지도 않은 거나 마찬가지였다. 정말이지 그녀는 그처럼 깊이 생각해보지도 않고 자제심을 무너뜨리는 것을 허용한 데 대해 자신에게 짜증이 났다. 또다시 그런 충동이 돌아오면 저항력이 약해지리라는 느낌이 들었기 때문이다. 사무실로 걸어 돌아오는 동안, 누군가와 사랑에 빠지는 것에 대한 평소의 반발심이 다시금 되살아났다. 그녀는 전혀 결혼할 생각이 없었다. 그녀가 보기에는 랠프와 자신의 우정처럼 솔직담백한 감정에 사랑을 개입시킨다는 것은 어쭙잖은 일로만 여겨졌다. 그 우정은 지난 2년 동안 사적인 관심을 떠나 빈민층 주택문제라든가 토지가치세[73] 같은 공동의 관심사 위에 형성되어온 것이었다.

하지만 오후의 기분은 오전의 기분과는 근본적으로 달랐다. 메리는 자기도 모르게 새들이 날아가는 것을 바라보기도 하고, 압지에 플라타너스 가지를 그리고 있기도 했다. 클랙턴 씨에게 용무가 있는 사람들이 들락거렸고, 그의 사무실에서는 유혹적인 담배 냄새가 전해져 왔다. 시일 부인은 자기가 보기에 '대단하다'거나 '형편없다'거나 한 신문기사 오린 것을 들고 이리저리 돌아다니고 있었다. 그녀는 그런 기사들로 스크랩북을 만들기도 하고 친지들에게 보내주기도 했는데, 그러기에 앞서 아래쪽 여백에 푸른 연필로 굵은 밑줄을 긋곤 했지만 혹평인지 찬사인지 그 똑같은 밑줄만으로는 구별이 되지 않았다.

73) 빈민들의 주거문제 해결이라든가 토지에 세금을 매겨 사회적 불평등을 줄이는 것은 제1차 세계대전 이전의 자유당 급진파들의 중요한 안건이었다.

같은 날 오후 4시쯤에, 캐서린 힐버리는 킹스웨이를 따라 걷고 있었다. 차를 마실[74] 때가 되어가고 있었다. 이미 가로등이 드문드문 켜지기 시작했고, 그녀는 그중 한 가로등 아래 잠시 서서 근처에 차를 마실 만한 집이 없을지 기억을 더듬어보았다. 난로의 불빛이 있고 기분에 맞는 대화가 오가는 곳이라면 좋겠는데, 바삐 돌아가는 차량과 저녁 무렵의 비현실적인 분위기 탓인지 그 기분에 그녀 자신의 집은 썩 잘 맞지 않을 듯했다. 사실 이렇게 고조된 삶의 묘한 기분을 유지하려면 찻집이 제격일지도 몰랐다. 하지만 그러면서도 누군가와 이야기를 하고 싶었다. 메리 대칫과 그녀가 누차 놀러 오라고 권하던 것을 생각하고는, 그녀는 길 건너 러셀 스퀘어로 들어서서 두리번거렸다. 그저 번지수를 찾는 간단한 일인데도 왠지 모험하는 기분이 들었다. 이윽고 그녀는 수위도 없는 건물의 불빛 희미한 현관 앞에 당도하여 첫 번째 문을 밀어 열었다. 그러나 사환 아이는 대칫 양이라는 이름은 들어본 적도 없다는 것이었다. S. R. F. R.에서 일하시는 분인가요? 캐서린은 실망한 미소를 띠며 고개를 저었다. 그러자 사무실 안쪽에서 누가 소리쳤다. "아냐. S. G. S.[75]야. 맨 꼭대기 층."

캐서린은 제각기 이니셜을 써 붙인 무수한 유리문 앞을 지나 올라가면서, 자신이 하고 있는 모험에 대해 점점 더 회의적이 되어갔다. 꼭대기 층에 이르자 그녀는 잠시 멈춰 서서 숨을 고르며 자신을 가다듬었다. 안에서는 타자기 소리와 사무적인 목소리들이 들려왔는데, 그중 어느 것도 아는 사람의 목소리는 아니라고 생각되었다. 벨을 누르자, 대번에 문을 열어준 사

74) 영국식 티타임을 가리킨다. 『밤과 낮』에는 티타임에 대한 언급이 빈번하여, 작품을 혹평한 매싱엄의 조롱거리가 되기도 했다.

75) 앞의 약자 S. R. F. R.은 무슨 뜻인지 알 수 없지만, S. G. S.는 메리가 속해 있는 협회인 것으로 보아 Society for General Suffrage(보편선거권 협회)의 약자인 듯하다.

람이 바로 메리였다. 그녀는 캐서린을 보자마자 표정이 완전히 달라졌다.

"당신이군요!" 그녀는 소리쳤다. "우리는 인쇄업자인 줄 알았어요." 여전히 열린 문을 붙든 채로 그녀는 안쪽을 향해 소리쳤다. "아니에요, 클랙턴 씨. 페닝턴에서 온 게 아니에요. 전화를 다시 해야겠어요 — 3388 센트럴이에요. 아, 정말 뜻밖이네요. 어서 들어오세요." 그녀는 덧붙였다. "마침 차 마실 시간이에요."

메리의 눈에는 안도의 빛이 비쳤다. 오후의 지루함이 단번에 날아갔고, 마침 일이 잠시나마 급박하게 돌아가는 순간에 캐서린이 와준 것도 흐뭇했다. 그들은 인쇄소에서 교정지를 제때 보내오지 않아서 초조하게 기다리던 참이었다.

종이가 수북이 쌓인 테이블 위에 갓을 씌우지 않은 전등이 켜져 있어 캐서린은 한순간 눈이 부셨다. 어스름 속을 걸어오며 두서없는 생각에 잠겨 있던 뒤끝이라, 이 작은 방 안에서 일어나는 일은 아주 활기차고 명랑해 보였다. 그녀는 본능적으로 창밖을 내다보려 했지만 — 창문에는 커튼이 없었다 — 메리가 다시 말을 걸었다.

"용케도 길을 찾아왔네요." 메리의 말에, 캐서린은 한순간 멍하니 서서 대체 자기가 왜 온 것일까 하는 의문이 들었다. 정말이지 그녀는 메리가 보기에도 이 사무실과는 어울리지 않았다. 주름을 깊게 잡은 긴 외투를 걸친 모습과 예민한 긴장감으로 굳어진 얼굴을 보자 메리는 다른 세계에서 온, 그러니까 자기 세계에는 위험한 인물을 마주하고 있다는 느낌으로 당황스러웠다. 그녀는 어떻게든 캐서린에게 자기 세계가 중요하다는 인상을 주고 싶어졌고, 캐서린이 그런 인상을 받기도 전에 시일 부인이나 클랙턴 씨가 나타나지 않기를 바랐다. 그러나 그 점에서 그녀의 기대는 여지없이 무너졌다. 시일 부인이 주전자를 든 채 불쑥 들어와 스토브 위에 올려놓고는, 실속 없이 허둥대면서 가스 불을 켜려 했지만, 불이 붙었다가 금방 꺼져버렸다.

"항상 이래, 이렇다니까." 그녀는 투덜거렸다. "이런 물건을 다룰 줄 아는 건 키트 마컴밖에 없어."

메리가 나서서 도와야 했고, 함께 상을 차리며 찻잔의 짝이 맞지 않는 거며 음식이 변변치 못한 것에 대해 변명을 했다.

"힐버리 양이 올 줄 알았더라면, 케이크라도 사두는 건데요." 메리의 말에 시일 부인은 처음으로 캐서린 쪽을 바라보며, 대체 누구기에 케이크를 사야 한단 말인가 하는 표정이었다.

그때 클랙턴 씨가 문을 열고 들어서며 타자기로 친 편지를 손에 들고서 소리 내어 읽었다.

"샐퍼드[76]도 가입했어요." 그는 말했다.

"잘됐네요, 샐퍼드라니!" 시일 부인이 칭찬의 뜻으로, 들고 있던 티포트를 테이블 위에 소리 나게 내려놓았다.

"그래요, 지방에 있는 단체들도 드디어 동참하는 것 같아요." 클랙턴 씨는 말했고, 그제야 메리는 그를 힐버리 양에게 소개했다. 그는 그녀에게 아주 정중한 태도로 '저희 일'에 관심이 있으시냐고 물었다.

"그런데 교정지는 아직 안 왔나요?" 메리가 차를 따르기 시작하자, 시일 부인이 팔꿈치를 테이블에 괴고 양손으로 턱을 받치며 물었다. "큰일이에요. 큰일. 이런 식으로 가다가는 지방 우편[77]은 놓치겠어요. 그러고 보

76) 맨체스터 외곽의 샐퍼드에 있는 참정권협회가 더 큰 조직인 S. G. S.에 가입했다는 뜻.

77) 빅토리아 시대 런던에서 주간 우편은 오후 3시 이전에 부쳐야 했고, 야간 우편은 런던 시내로 가는 경우 6시 이전(당일 배송은 5시 이전), 지방으로 가는 경우 5시 30분까지 부쳐야 했으며, 그 후 7시 45분까지는 늦어질수록 요금이 올라갔다. 20세기 초에도 상황은 비슷했을 것이다.

니 생각나는데, 클랙턴 씨, 파트리지의 지난번 연설도 지방에 돌려야 할 것 같지 않아요? 아직 안 읽었다고요? 아, 그건 의회의 이번 회기 중에 가장 훌륭한 연설이었어요. 수상께서도…"

하지만 메리가 말허리를 잘랐다.

"차 마실 때 일 얘기는 안 하기로 했잖아요, 샐리." 그녀는 단호하게 말했다. "그걸 잊어버릴 때마다 1페니씩 벌금을 내서, 그 돈으로 플럼 케이크를 사곤 한답니다." 그녀는 캐서린을 좌중에 끌어들이려는 듯 설명했다. 캐서린에게 근사한 인상을 주려던 생각은 이미 접은 터였다.

"미안, 미안해요." 시일 부인이 사과했다. "저는 열을 잘 올려서 곤란하답니다." 그녀는 캐서린을 향해 말했다. "우리 아버지 딸이니 별 수 없지만요. 저도 다른 사람들 못지않게 많은 단체에 가입했었어요. 부랑자 보호협회, 구호 사업단, 교회 봉사단, 자선 사업회 — 이건 지부에요 — 세대주로서 떠맡게 되는 통상적인 시민의 의무는 빼고도 말이에요. 하지만 여기 이 일을 위해 다 포기했답니다. 그러고도 전혀 후회되지 않는 것이" 하고 그녀는 말을 이었다. "이거야말로 근본적인 문제라고 생각하기 때문이에요. 여성들이 투표권을 갖기 전에는 —"

"적어도 6펜스는 내야겠네요, 샐리." 메리가 주먹으로 테이블을 치며 말했다. "여성이니 투표권이니 하는 건 이제 신물이 난다고요."

시일 부인은 잠시 자신의 귀를 믿을 수 없다는 표정이더니, 언짢은 듯 헛기침을 하고는 캐서린과 메리를 번갈아 바라보며 고개를 저었다. 그러더니 캐서린에게만 들으라는 듯이 메리 쪽을 향해 고갯짓을 하며 말했다.

"그래도 저쪽이야말로 우리 중에 가장 열심이랍니다. 청춘을 바치고 있잖아요 — 뭐 내가 젊었을 땐 유감스럽게도 집안 사정상 —" 그녀는 한숨을 쉴 뿐 더 말하지 않았다.

클랙턴 씨가 재빨리 점심식사에 대한 농담으로 돌아가, 시일 부인은 날씨가 어떠하든 나무 밑에서 비스킷 한 봉지로 식사를 한다고 설명했는데, 캐서린이 듣기에는 마치 시일 부인이 마침한 재주라도 넘는 애완견쯤 되는 듯한 말투였다.

"그래요, 난 내 점심을 들고 광장에 가요." 시일 부인이 어른들에게 잘못을 고백하는 어린아이처럼 찔리는 듯이 대답했다. "그것만으로도 충분히 배가 부르고, 빈 나뭇가지들 사이로 하늘을 보면 정말로 좋거든요. 하지만 이제부터는 광장에 가는 걸 그만둬야겠어요." 그녀는 이맛살을 찌푸리며 말을 이었다. "사실 불공평하니까요! 불쌍한 여자들이 앉아서 쉴 자리도 없는데, 아름다운 광장을 내가 독차지하는 것만 같잖아요." 그녀는 캐서린 쪽을 뚫어져라 바라보며, 짧은 머리칼을 흔들었다. "아무리 노력해도 여전히 자기만 위하게 되니 끔찍해요. 그저 웬만큼 기분 좋게 살자는 건데도, 막상 그것도 어렵거든요. 그야 누구든 생각해보면 모든 광장은 만인에게 개방되어야 하는 거 아니겠어요. 그런데 그런 목표를 가진 단체가 있던가요, 클랙턴 씨? 만일 없다면, 하나 꼭 있어야 해요."

"아주 훌륭한 목표로군요." 클랙턴 씨가 직업적인 말투로 대답했다. "그런데 또 한편 생각하면, 단체들이 너무 세분되는 것도 바람직하지는 않지요, 시일 부인. 너무나 훌륭한 노력들이 낭비되니까요. 파운드, 실링, 펜스는 물론이고요. 현재 시티 오브 런던에만도 박애주의 성격의 단체가 몇 군데나 있는지 아십니까, 힐버리 양?" 그는 마지막 질문을 덧붙이며, 부질없는 질문이라는 듯 입꼬리를 묘한 미소로 씰그러뜨렸다.

캐서린도 미소 지었다. 그녀가 다른 세 사람과 다르다는 사실이 어느덧 평소 관찰력이 무딘 클랙턴 씨에게조차 느껴져서, 그는 대체 그녀가 누구일까 궁금해하던 참이었다. 또 그 차이 때문에 시일 부인도 은연중에 그녀를 자기들 편으로 끌어들이려는 노력을 하고 있었던 것이다. 메리 역시 그녀에게 자신들을 좀 편하게 해달라고 애원하는 듯한 눈길을 보냈다. 지금껏 캐서린 편에서는 굳이 그럴 뜻을 보이지 않았던 것이다. 그녀는 별 말이 없었고, 진지하다 못해 사색에 잠긴 듯한 그 침묵은 메리에게 마치 비판적인 침묵처럼 느껴졌다.

"그런데 이 건물에서는 제가 미처 몰랐던 일들도 많이 하고 있더군요." 캐서린이 말했다. "1층에서는 원주민을 보호하고, 그 다음 층에서는 여성들의 이민을 돕고 또 견과류 먹기를 홍보하기도 하고 ―"

"왜 '이 건물에서'라고 싸잡아 말하나요?" 메리가 다소 날카롭게 지적했다. "우린 같은 건물에 세 들어 있을 뿐이지 그 모든 엉뚱한 일에 관여하는 건 아니에요."

클랙턴 씨는 헛기침을 하며 두 여자를 번갈아 바라보았다. 그는 힐버리 양의 외모며 태도에 무척 깊은 인상을 받았고, 그래서 평소 꿈꾸던 교양 있는 상류층 여성이리라 짐작하고 있었다. 그에 비하면 메리는 좀 더 자기와 비슷한 계층이며 자기한테 이래라 저래라 하는 것이 좀 지나치다고 생각하던 터였다. 그는 마른 비스킷 부스러기를 쓸어 담아 순식간에 입안에 털어 넣었다.

"당신은 우리 협회 소속이 아니군요?" 시일 부인이 말했다.

"예, 아니에요." 캐서린은 너무나 서슴없이 솔직하게 대답했으므로, 시일 부인은 어찌할 바를 모르고 당황한 표정으로 우두커니 바라보기만 했다. 도저히 자기가 아는 인간의 부류에는 넣을 수가 없는 모양이었다.

"하지만 그래도 ―" 하고 그녀는 재차 말을 꺼냈다.

"시일 부인은 이런 문제에 열심이 대단하답니다." 클랙턴 씨가 거의 변명하듯이 말했다. "다른 사람들이 우리와 다른 견해를 가질 수도 있다는 점을 가끔 상기시켜드릴 필요가 있지요. 이번 주 《펀치》에 여성참정권자와 농부에 관한 아주 재미난 만화가 실렸더군요. 이번 주 《펀치》를 보셨나요, 대칫 양?"

메리는 소리 내어 웃으며 "아니요"라고 대답했다.

그러자 클랙턴 씨는 만화 내용을 말해주었는데, 그 유머가 성공한 것은 사실 내용보다도 만화가가 인물의 표정에 담아낸 표정 덕분이었다. 시일 부인은 이야기를 듣는 내내 심각한 표정이었고, 그가 말을 마치자 대번에 캐서린을 향해 하던 말을 계속했다.

"하지만 그래도 만일 당신이 여성 복지에 조금이라도 관심이 있다면, 여성들도 투표권을 얻기를 바라야 하지 않나요?"

"제가 여성들이 투표권을 얻기를 바라지 않는다고 말씀드린 적은 없는데요." 캐서린이 말했다.

"그렇다면 왜 우리 협회 회원이 아니지요?" 시일 부인이 추궁했다.

캐서린은 스푼을 젓고 또 저으며 찻잔 속을 들여다볼 뿐 잠자코 있었다. 그러자 클랙턴 씨는 한 가지 질문을 짜맞춰보다가 잠시 주저하더니 캐서린에게 물었다.

"혹시 앨러다이스 시인과 친척간이신지요? 제가 알기로는 그분 따님이 힐버리 씨라는 분과 결혼했다던데요."

"예, 제가 그분 손녀예요." 캐서린은 잠시 망설이더니 나직한 한숨과 함께 대답했다. 한동안 모두 말이 없었다.

"앨러다이스 시인의 손녀라고!" 시일 부인은 그제야 의문이 풀렸다는 듯 고개를 설레설레 흔들며 반쯤 혼잣말처럼 되뇌었다.

클랙턴 씨의 눈이 빛났다.

"아, 정말이지 흥미롭군요." 그는 말했다. "저는 당신 조부께 신세진 게 많은 사람입니다, 힐버리 양. 한때는 그분 시를 거의 다 외울 수도 있었어요. 하지만 유감스럽게도 요즘은 시를 잘 안 읽는 추세지요. 당신은 그분을 기억하지 못하실 테지요?"

힘찬 노크 소리에 캐서린의 대답은 묻혀버렸다. 시일 부인이 새로운 기대감이 담긴 눈으로 고개를 들며 "드디어 교정지가 왔나 봐요!" 하고 소리치고는 달려 나가 문을 열었다. "아, 데넘 씨네요!" 그녀는 실망을 감추려고도 하지 않고 내뱉었다. 그가 따로 인사하는 사람이 그녀 자신뿐인 것으로 보아 랠프는 자주 오는 손님인가 보다고 캐서린은 생각했다. 그녀가 거기 있는 데 대해 메리가 얼른 나서서 설명했다.

"캐서린은 사무실이 어떻게 운영되는지 보러 왔어요."

랠프는 자신이 거북살스럽게 긴장하는 것을 느끼며 말을 건넸다.

"설마 메리가 사무실을 운영할 줄 안다고 장담한 것은 아니겠지요?"

"그럼 모른다는 말인가요?" 캐서린은 두 사람을 번갈아보며 말했다.

그 말에 시일 부인은 눈에 보이게 동요하는 것이 고개를 쳐드는 동작에서 그대로 드러났다. 랠프가 호주머니에서 편지를 한 통 꺼내 문장 하나를 손가락으로 짚어 보이자 그녀는 그가 더 말하는 것을 가로막으려는 듯 두서없이 떠들어대기 시작했다.

"무슨 말을 하려는지 다 알아요, 데넘 씨! 하지만 그건 키트 마컴이 여기 온 날이었는데, 그녀가 하도 사람을 뒤집어놓는 바람에 — 어찌나 극성인지, 우리가 해야만 하는데 하지 않은 일이 뭔지 생각해내는 데는 선수거든요 — 그리고 저도 그때 이미 제 일정이 엉켜버린 걸 알고 있었어요. 그건 메리와는 아무 상관없는 일이라고요."

"이런, 샐리, 변명하지 말아요." 메리가 웃으며 말했다. "남자들은 워낙 앞뒤가 꽉 막혀서 뭐가 중요하고 안 중요한지도 모른다니까요."

"이봐요 데넘, 우리 남성을 위해 한마디 해야겠어요." 클랙턴 씨가 실로 유쾌한 태도로 말했지만, 그는 못난 남자들이 대개 그렇듯 여자가 남자를 비판하는 것은 못 봐주는 사람이었다. 여자와 논쟁을 할 때면 자신을 '일개 남아'라고 하면서 말이다. 하지만 그는 힐버리 양과 문학적인 대화를 펼쳐보고 싶었으므로, 그 문제는 더 따지지 않기로 했다.

"이상하게 생각되지 않습니까, 힐버리 양?" 하고 그는 말을 꺼냈다. "프랑스인들은 그렇게 저명한 작가들이 많은데도 당신 조부에 필적할 만한 시인을 갖고 있지 않으니 말입니다. 가령, 셰니에, 위고, 알프레 드 뮈세,[78] 모두 대단한 작가들이지요. 하지만 앨러다이스에게는 참으로 풍요롭고도 신선한 —"

그 순간 전화벨이 울렸고, 그는 미소 띤 얼굴로 고개를 숙이며 양해를 구했다. 즉, 비록 문학이 즐거운 것이기는 하지만, 일은 아니라는 뜻이었다. 때 맞춰 시일 부인도 자리에서 일어났지만, 여전히 테이블 주위를 서성이며 정당 정치를 반대하는 장광설을 늘어놓고 있었다. "뒷거래와 돈지갑의 위력에 대해 제가 아는 바를 얘기한다면 아마 못 믿으실 걸요, 데넘 씨. 못 믿고말고요. 그러니까 우리 아버지의 딸로서 할 수 있는 유일한 일은 — 그분은 선각자 중 한 사람이었으니까요, 데넘 씨. 그분 비석에 저는 시편의 그 구절을 새겼지요. 씨 뿌리는 자와 씨앗에 관한...[79] 그분이 지금 살아 계셔서 우리가 보게 될 것을 보실 수만 있다면 전 무엇이라도 내놓겠어요 —" 하지만 장래의 영광이 부분적으로는 자기 타자기의 활동에 달려

78) 앙드레 셰니에(Andre Chenier, 1762–1794), 빅토르 위고(Victor Hugo, 1802–1885), 알프레 드 뮈세(Alfred de Musset, 1810–1857). 모두 프랑스 시인 · 작가.

79) "울며 씨를 뿌리러 나가는 자는 반드시 기쁨으로 그 곡식 단을 가지고 돌아오리로다."(시편 126편 6절)

있다는 사실을 생각하며, 그녀는 자랑스럽게 고개를 쳐들고는 자신의 작은 구석방으로 서둘러 돌아갔고, 이내 열정적이지만 분명 오류투성이의 작문을 두드려대는 소리가 들려왔다.

메리는 일반적인 화제로 분위기를 바꿈으로써, 비록 자신도 동료의 우스꽝스러운 면을 알고 있기는 하지만 그녀를 웃음거리로 삼고 싶지는 않다는 뜻을 분명히 했다.

"윤리적 표준이 놀랄 만큼 낮은 것 같아요." 그녀는 다시 차를 따르며 차분한 어조로 말을 이어갔다. "특히 교육을 잘 받지 못한 여성들 사이에서는요. 그녀들은 작은 것들이 중요하고 거기서부터 문제가 시작된다는 걸 모르는 거예요. 그래서 곤경에 처하게 되지요 — 어제만 해도 하마터면 자제심을 잃을 뻔했어요." 그녀는 랠프를 향해 엷은 미소를 보냈다. 마치 그녀가 자제심을 잃으면 어떻게 될지 그는 잘 알고 있으리라는 듯한 미소였다. "사람들이 나한테 거짓말을 할 때면 정말로 화가 나거든요 — 당신은 안 그런가요?" 그녀는 캐서린에게 물었다.

"글쎄요, 누구나 거짓말을 한다고 생각한다면야" 하고 캐서린은 우산과 꾸러미를 어디다 두었었는지 방 안을 둘러보며 대꾸했다. 메리와 랠프가 서로에게 말을 건네는 태도에는 남다른 친근감이 보였으므로, 자신은 그만 자리를 뜨고 싶었던 것이다. 하지만 메리는, 적어도 표면적인 생각으로는, 캐서린이 좀 더 남아서 자신이 랠프와 사랑에 빠지지 않겠다는 결심을 확고히 해주기를 자못 바라고 있었다.

랠프는 마시던 찻잔을 테이블 위에 내려놓으며, 힐버리 양이 나갈 때 함께 돌아가야겠다고 마음먹고 있었다.

"나는 거짓말을 한다고 생각지 않는데요. 랠프도 그렇고요. 당신은 거짓말을 하나요, 랠프?" 메리는 집요하게 말을 이어갔다.

캐서린은 웃었다. 메리가 보기에는 그럴 만한 이유가 없이 명랑한 웃음이었다. 왜 웃는 것일까? 아마 자기들을 보고 웃는지도 몰랐다. 캐서린은 자리에서 일어났고, 방 안 여기저기를 둘러보는 품이 각종 간행물이며 서류함, 사무실 집기들, 그 모든 것을 다분히 악의적인 유쾌함의 소재로 삼는 성싶었다. 그래서 메리는 마치 그녀가 제멋대로 꼭대기 가지에 내려앉아 가장 붉은 버찌를 쪼아 먹는 화려한 깃털의 못된 새라도 되는 듯이 똑바로 쏘아보았다. 두 여자가 그보다 더 다를 수도 없을 거라고, 랠프는 두 사람을 번갈아 바라보며 생각했다. 다음 순간 그도 자리에서 일어나 메리에게 눈인사만 하고는, 캐서린이 작별 인사를 하자 그녀를 위해 문을 열어주고는 뒤따라 나섰다.

메리는 우두커니 앉아서 그들이 가버리는 것을 말리지도 못했다. 그들이 나가고 문이 닫히자 그녀의 눈은 아주 잠깐이지만 노골적인 분노가 서린 눈길로 문을 바라보았으나, 다음 순간 일말의 혼란이 들어서는 듯했다. 그러나 잠시 머뭇거리다가, 그녀는 찻잔을 내려놓고 상을 치우기 시작했다.

랠프가 충동적으로 캐서린을 따라나선 것은 아주 잠깐이마나 스친 추론의 결과였으므로, 어쩌면 겉보기만큼 충동적인 행동은 아닐 수도 있었다. 만일 이번에도 캐서린과 이야기할 기회를 놓친다면 다시 자기 방으로 돌아가 혼자가 되었을 때 그의 비겁한 우유부단에 대해 따지고 드는 성난 유령과 맞닥뜨릴지도 모른다는 생각이 언뜻 머리를 스쳤던 것이다. 그러니 지금 좀 면구스러운 것이 저녁 내내 변명을 둘러대며 자기 자신의 무자비한 일면과 씨름하는 것보다야 나으리라는 생각이 들었다. 사실 그는 힐버리가에 다녀온 후로 혼자 있을 때면 어김없이 캐서린의 환영에 사로잡히곤 했다. 그 환영은 그가 바라는 대로 말해주었고, 늘 그의 곁에 있어주었다. 그가 사무실에서 퇴근하여 가로등 켜진 길거리를 지나 집으로 돌아갈 때면 거의 매일 밤 그가 상상 속에 거둬들이는 소소한 승리들을 축하해주었다. 실제의 캐서린과 함께 걸어가는 것은 그 환영에 피와 살을 보태줄 수 있을 터이니, 꿈을 키워가는 자라면 누구나 그런 과정이 때때로 필요하다는 것을 알 것이다. 아니면 꿈이 오히려 더 희박해져서 더는 버틸 수 없게 될는지도 모르지만, 그 또한 꿈꾸는 자에게는 때로 반가운 변화가 될 것이다. 그러는 내내 랠프는 실제의 캐서린이 자기 꿈속의 환영과 같지 않음을 알고 있었으므로, 막상 그녀를 만나자 그녀가 자기 꿈속의 그녀와 아무런 공통점이 없다는 사실에 당황하고 있었다.

거리로 나온 캐서린은 데넘 씨가 자신과 나란히 보조를 맞추는 데에 놀랐고 좀 언짢기도 했다. 그녀에게도 그녀 나름의 상상의 영역이 있는 터라, 오늘 밤 정신의 그 외딴 영역에서의 활동은 고독을 요구하고 있었다. 자기 뜻대로 하자면야, 그녀는 당장에 토트넘 코트 로드로 내려가서 택시를 집어타고 곧장 집으로 돌아갈 것이었다. 그녀가 본 사무실 풍경은 그녀에게는 마치 꿈과도 같았다. 그 꼭대기 층에 틀어박힌 시일 부인, 메리 대칫, 클랙턴 씨는 마치 마법에 걸린 탑 속에 사로잡힌 사람들처럼 생각되었다. 사방에 거미줄이 쳐진 방에서 마법사의 온갖 도구들을 차려놓고 있는 그들은 정상적인 세상과는 너무나 동떨어지고 비현실적인 사람들로 비쳤다. 무수한 타자기로 들어찬 집에서 그들은 주문을 외우고 영약을 조제하며 바깥 길거리에 세차게 밀려가는 삶의 급류 위로 가느다란 거미줄 그물을 던지는 것이었다.

이런 공상에 다분히 과장된 면이 있으리라는 것은 아마 그녀 자신도 의식하고 있었을 것이고, 그것을 랠프와 나누고 싶은 생각은 분명 없었다. 그에게는 타자기들 가운데서 내각의 장관들에게 보낼 안내장들을 작성하는 메리 대칫이야말로 진정 흥미롭고 진실한 모든 것을 대변하는 인물로 비칠 것이었다. 그러므로 그녀는 이 북적이는 길거리에서 그 두 사람은 생각하지 않기로 했다. 가로등이 늘어서고 가게마다 진열창에 불빛을 밝히고 사람들이 오가는 길거리만으로도 그녀는 들뜬 나머지 동행자가 있는 것도 잊어버릴 지경이었다. 그녀는 아주 빨리 걸었고, 반대 방향에서 오는 사람들과 엇갈려 가는 것이 묘한 현기증을 일으켰다. 그런 사정은 그녀뿐 아니라 랠프도 마찬가지라, 두 사람은 자주 떨어져 걷게 되곤 했다. 하지만 그녀는 거의 무의식적으로 동행자에 대한 예의를 차렸다.

"메리 대칫은 그런 일을 아주 잘 하더군요... 그녀가 그 일의 책임자인 것 같던데, 맞나요?"

"예, 다른 사람들은 별 도움이 못 되지요... 그녀가 당신도 자기들 편으로 만들었습니까?"

"아니요. 전 이미 같은 편이었는걸요."

"하지만 함께 일하자고 한 건 아니지요?"

"아니, 천만에요 — 전혀 도움이 못 될 텐데요 뭐."

그들은 그렇게 멀어졌다 가까워졌다 하면서 토트넘 코트 로드까지 걸어갔고, 랠프는 마치 세찬 바람 속에서 포플러 꼭대기에 말을 거는 듯한 느낌이었다.

"저 버스를 탈까요?" 그가 제안했다.

캐서린은 동의했다. 버스를 타고 위층으로 올라가니 그들 두 사람뿐이었다.

"그런데 어느 방향이세요?" 움직이는 무리를 헤쳐오느라 다소 얼떨떨해져 있던 캐서린은 비로소 정신을 차리고 물었다.

"저는 템플로 갑니다." 랠프는 즉흥적으로 행선지를 정하며 말했다. 그는 두 사람이 자리에 앉고 버스가 출발하자 그녀에게 변화가 일어나는 것을 느낄 수 있었다. 그는 그녀가 자신을 멀리하는 듯한 그 솔직하고도 쓸쓸한 눈망울로 자기들 앞의 대로를 물끄러미 바라보리라고 상상했다. 하지만 정면에서 바람이 불어 닥쳐 그녀의 모자를 들어 올리는 통에 그녀는 핀을 뺐다가 다시 단단히 꽂아야만 했고, 그 사소한 행동이 어쩐지 그녀를 한층 더 연약해 보이게 만들었다. 아, 만일 그녀의 모자가 날아가버린다면, 그래서 머리칼이 온통 헝클어져버린다면, 그래서 그가 주워주는 모자를 받아들게 된다면!

"마치 베네치아 같아요." 그녀는 손을 들어 가리켜 보이며 말했다. "자동차들 말이에요. 불을 켜고 쏜살같이 내달리는 저 차들이요."

"저는 베네치아에 가본 적이 없습니다." 그가 말했다. "그 밖에도 몇 가지 일은 늙어서 하려고 남겨두었지요."

"그 다른 일들은 어떤 건데요?"

"베네치아, 인도, 그리고 단테도요."

그녀는 소리 내어 웃었다.

"미리 노년에 할 일을 준비해두다니요! 그럼 늙기 전에는 기회가 생겨도 베네치아에 안 가실 건가요?"

그는 대답하는 대신 잠시 생각해보았다. 그녀에게 자신에 대해서 솔직하게 이야기해도 될지 어떨지, 여전히 망설이면서 그는 말했다.

"저는 어렸을 때부터 인생을 세 단계로 나누어 계획을 세워왔습니다. 그래야 좀 더 길어질 것 같아서요. 뭐랄까, 항상 뭔가 놓치게 될 것만 같거든요 —"

"그건 저도 그래요!" 캐서린은 놀라 외쳤다. "그런데 당신은 그 뭔가를 왜 놓치는 거지요?"

"왜냐고요? 일단은 제가 가난하기 때문이지요." 랠프는 대꾸했다. "당신이야 베네치아든 인도든 언제라도 가볼 수 있고 단테도 읽을 수 있겠지만요."

그녀는 한순간 아무 말도 하지 않고, 그저 장갑을 끼지 않은 손으로 자기 앞의 난간을 꼭 잡은 채 갖가지 상념에 빠져들었다. 그중 하나는 이 낯선 청년이 자기가 익히 듣던 식으로 단테를 말하며, 뜻밖에도 자신도 익히 아는 삶에 대한 감정을 갖고 있다는 사실이었다. 어쩌면 그는 좀 더 알게 되면 자신이 관심을 가질 만한 사람인지도 몰랐다. 전에는 그를 결코 더 알고 싶지 않은 사람들의 부류에 넣고 있었으므로, 그것만으로도 그녀의 입을 다물게 하기에 충분했다. 그녀는 얼른 그의 첫인상을, 유품들이 보관되어 있는 작은 방에서 있었던 일을 떠올리고는 자신의 인상에 줄을 그어버렸다. 마치 제대로 된 문장이 생각난 다음, 잘못 쓴 문장을 지워버리는 것처럼.

"하지만 가지려면 가질 수 있다고 해서 지금 갖지 못했다는 사실이 달라지진 않잖아요." 그녀는 다소 헤매며 말했다. "예를 들어 제가 어떻게 인도에 갈 수 있겠어요? 게다가" 하고 그녀는 충동적으로 말을 꺼냈다가 입을 다물어버렸다. 하필 그때 차장이 다가오는 바람에 말이 끊어졌던 것이다. 랠프는 그녀가 하던 말을 계속하기를 바랐지만, 그녀는 더 이상 말하지 않았다.

"당신 아버지께 드릴 말씀이 있는데" 하고 그는 말을 꺼냈다. "좀 전해주시겠습니까? 아니면 제가 한 번 들르든가요 —"

"그래요. 오세요." 캐서린이 대답했다.

"그런데 아무래도 모르겠네요. 당신이 왜 인도에 갈 수 없다는 건지." 랠프는 그녀가 일어나려 하자 좀 더 붙들어두려는 듯 말을 시작했다.

그러나 그녀는 자리에서 일어났고, 평소처럼 단호한 태도로 작별 인사를 하고는 가버렸다. 랠프는 이제 그녀의 모든 동작에서 그런 민첩함을 볼 수 있었다. 아래를 내려다보니 그녀가 보도 가장자리에 서 있는 것이 보였다. 길을 건너려고 기다리고 있다가 단호하고 민첩하게 건너편으로 가는 활발하고 당당한 모습이었다. 그 모든 동작과 행동이 그가 그녀에 대해 가지고 있던 영상에 더해질 것이었다. 그러나 지금으로서는 현실의 그녀가 환상 속의 그녀를 완전히 밀어내고 있었다.

제7장

"그러자 어거스터스 펠럼이 내게 말했어요. '젊은 세대가 문을 두드린다'나요. 그래서 내가 말해주었지요. '오, 하지만 젊은 세대는 노크도 하지 않고 들어온답니다'라고 말이에요. 별것 아닌 말장난이잖아요. 그런데도 그는 그걸 자기 수첩에 적어 넣더라고요."

"우리가 무덤에 가기 전에는 그 책이 나오지 않으리라는 걸 축하해야겠구려." 힐버리 씨가 말했다.

이 나이 지긋한 부부는 저녁식사 종이 울리기를, 그리고 딸이 나타나기를 기다리는 중이었다. 벽난로 양쪽에 팔걸이의자를 당겨놓고, 각기 약간 구부정한 자세로 석탄이 타는 것을 바라보는 모습이 이미 산전수전을 겪을 만큼 겪었으므로 이제는 그저 막연히 무슨 일이 일어나기만을 기다리는 사람들 특유의 느긋함을 띠고 있었다. 힐버리 씨는 이제 난로 안의 쇠살대에서 떨어진 석탄 한 덩이에 온통 정신이 팔려서, 그것을 이미 잘 타고 있는 석탄들 사이 어디에 놓으면 좋을지 고심하고 있었다. 힐버리 부인은 말없이 그를 지켜보며, 머릿속에서는 여전히 오후에 일어났던 일들이 떠나지 않는 듯 입가의 미소가 달라지곤 했다.

힐버리 씨는 석탄을 적당한 자리에 놓고 나자, 또다시 원래대로 구부정한 자세로 돌아갔고, 자기 시곗줄에 달린 작은 녹색 돌을 만지작거리기 시작했다. 그의 깊숙한 타원형 눈은 난로의 불꽃에 고정되어 있었지만, 겉으로 드러나는 게슴츠레함 뒤에는 늘 깨어 있는 변덕스러운 정신이 깃들어 있는 듯 그의 갈색 눈동자는 여전히 보기 드문 총기를 띠고 있었다. 그러나 회의적인 성격 탓인지 아니면 너무 쉬운 포상이나 결론으로 만족하기에는 너무 까다로운 취향 탓인지, 나른한 표정이 그에게 일말의 우수를 더해주고 있었다. 그렇게 잠시 앉아 있더니, 그는 뭔가 생각하다가 그 쓸데없음을 깨달은 듯 한숨을 쉬고는 옆 테이블에 놓여 있는 책을 집어 들었다.

바로 그 순간 문이 열렸고, 그는 책을 도로 덮었다. 아버지와 어머니의 눈길은 자기들 쪽으로 다가오는 캐서린을 향했다. 그 모습을 보자 그들은 지금껏 없던 활기가 대번에 생겨나는 듯했다. 가벼운 이브닝드레스를 입고 다가오는 딸이 그들에게는 너무나 젊어 보였고, 그렇듯 젊고 세상 물정 모르는 딸의 모습이 자신들의 세상 경험을 새삼 가치 있게 만들어주는 듯 기운이 났다.

"캐서린, 네가 할 수 있는 변명은 저녁식사가 너보다 늦어지고 있다는 것뿐이구나." 힐버리 씨는 안경을 내려놓으며 말했다.

"이렇게 매력적인 모습으로 나타났으니 좀 늦은 것은 괜찮아요." 힐버리 부인은 자랑스러운 눈길로 딸을 쳐다보며 말했다. "하지만 네가 늦게까지 밖에 있어도 좋을지는 잘 모르겠구나, 캐서린." 그녀는 말을 이었다. "택시를 타긴 했겠지?"

그때 저녁식사 종이 울렸고, 힐버리 씨는 격식대로 아내의 팔짱을 끼고 아래층으로 내려갔다. 그들은 모두 만찬을 위해 차려입었고, 식탁의 화려함은 그런 차림에 어울리는 것이었다. 식탁에는 식탁보가 깔려 있지 않았고, 광택 나는 갈색 목재 위에 짙은 청색 도자기들이 가지런히 원을 그리고 있었다. 한가운데는 국화가 담긴 꽃병이 놓여 있었는데, 자주색과 노란색 사이에 단 한 송이 흰 꽃이 어찌나 싱싱한지 그 가느다란 꽃잎을 활짝 펼친 것이 마치 새하얗고 단단한 공처럼 보였다. 식탁 둘레의 벽에서는 빅토리아 시대의 유명 작가 세 사람의 두상이 이 광경을 지켜보고 있었고, 그 아래 붙은 서판에는 작가들 자신의 필적으로 '삼가 올림' '충심으로 드림' '언제까지나 당신의 벗' 같은 말들이 적혀 있었다. 아버지와 딸은 그저 묵묵히 식사를 하면서 이따금씩 하인들이 알아듣지 못할 짤막한 몇 마디를 건네는 것으로 만족하는 듯이 보였다. 그러나 힐버리 부인은 침묵이 달갑지 않은 듯 하녀들이 듣거나 말거나 개의치 않고 그들에게 말을 걸었고, 그들이 자신의 말에 찬성하는지 않는지 신경을 썼다. 무엇보다 먼저 그녀는 방이 평소보다 어둡다는 사실에 그들의 동조를 구한 다음, 모든 불을 켜게 했다.

"이러니까 훨씬 기분 좋잖아." 그녀는 큰소리로 말했다. "그런데 말이다, 캐서린. 오늘 그 웃기는 화상이 티타임에 오지 않았겠니. 너라도 함께 있었으면 좋았을걸. 그 사람은 내내 경구를 지어내려 야단이고, 나는 너무나 신경이 곤두서서 그만 차를 쏟았단다 — 그랬더니 그 사람은 그걸 두고 경구를 지어내더라."

"대체 어느 화상이 왔는데요?" 캐서린은 아버지에게 물었다.

"내가 아는 화상 중에서는 다행히도 한 사람밖에는 경구를 짓지 않는단다. 그야 물론 어거스터스 펠럼이지." 힐버리 부인이 대답했다.

"제가 그 자리에 없었던 게 전혀 아쉽지 않네요." 캐서린이 말했다.

"불쌍한 어거스터스!" 힐버리 부인이 탄식했다. "하지만 우리 모두 그에게 너무 심한 거 같아. 그가 그 골치 아픈 노모에게 얼마나 잘하는지 생각해봐."

"그야 자기 어머니니까 그렇지요. 자기 핏줄한테야 —"

"아냐, 캐서린. 그렇게 말하는 건 역시 좀 심하지. 그건 말이지 — 아, 뭐더라, 갑자기 말이 생각나지 않는데, 트레버, 당신이랑 캐서린은 알 것 같은, 좀 긴 라틴어 단어 말예요—"

힐버리 씨는 혹시 '냉소적'이라는 말이냐고 물었다.

"아, 뭐 그런 거요. 난 젊은 여자애들을 대학에 보내는 덴 찬성하지 않지만, 그런 것은 좀 가르쳐주고 싶어요. 그렇게 짤막한 암시를 한 다음 우아하게 다음 화제로 넘어갈 수 있다면 아주 점잖게 느껴질 거예요. 하지만 난 대체 어떻게 된 건지 — 햄릿이 사랑했던 여자의 이름이 뭔지도 어거스터스에게 물어봐야 했다니까요. 다 네가 없었기 때문이야, 캐서린. 도대체 그 사람이 나에 대해 자기 수첩에 뭐라고 썼을지 모르겠구나."

"제가 바라는 건" 하고 캐서린은 충동적으로 말을 꺼냈으나 이내 자제했다. 어머니의 이야기를 듣노라면 항상 뭔가가 끓어올라 성급하게 생각하게 되지만, 그러다가도 아버지가 옆에서 주의 깊게 경청하고 있다는 사실을 상기하곤 했다.

"네가 바라는 게 뭔데?" 그녀가 말을 끊자, 아버지가 물었다.

그는 종종 그런 식으로 그녀를 기습하여 그녀로서는 딱히 그에게 이야기할 작정이 아니었던 것까지 털어놓게 만들곤 했고, 그러다가 논쟁을 벌이게 되곤 했다. 그럴 때면 힐버리 부인은 잠자코 자기 생각을 이어갔고.

"어머니가 너무 유명하지 않았으면 해요. 오늘 외출 중에 차를 함께 마신 사람들이 있었는데, 저를 보자 시 얘기를 꺼내는 거예요."

"너도 시적일 거라고 생각해서겠지 — 안 그러냐?"

"누가 너한테 시 얘기를 하던, 캐서린?" 힐버리 부인이 물었고, 캐서린은 오늘 참정권협회 사무실에 갔던 일을 소상히 보고해야만 했다.

"사무실은 러셀 스퀘어의 오래된 집들 중 하나의 맨 꼭대기 층에 있어요. 그렇게 별스런 사람들은 처음 보았어요. 그런데 그중 한 남자가 제가 시인 집안인 걸 알고는 시 얘기를 하더군요. 메리 대칫까지도 그런 분위기에서는 달라 보였어요."

"그래. 사무실 공기는 영혼에도 별로 좋지 않아." 힐버리 부인이 말했다.

"옛날에, 우리 어머니가 거기 사시던 무렵의 러셀 스퀘어에는 사무실이라고는 없었던 것으로 기억하는데." 힐버리 부인이 생각에 잠겼다. "그 고상한 큰 방들 중 하나를 옹색하고 답답한 참정권협회 사무실로 만들다니 상상이 안 가는구나. 그래도, 직원들이 시를 읽는 걸 보면, 어딘가 좋은 점도 있겠지."

"그렇지 않아요. 그 사람들은 시를 읽어도 우리와는 다르게 읽으니까요." 캐서린이 말했다.

"그래도 그 사람들이 하루 종일 그 자잘한 서식용지만 기입하는 게 아니라 네 할아버지 시를 읽는다니 생각만 해도 좋구나." 힐버리 부인은 계속 우겼다. 그녀가 생각하는 사무실 일이란 어쩌다 은행에서 돈을 받아 지갑에 넣으며 카운터 뒤쪽을 흘긋 넘겨다보고 상상한 것이 고작이었다.

"어떻든 그 사람들이 캐서린을 자기들 편으로 만들진 못한 것 같구려. 난 행여 그럴까 봐 걱정이었는데." 힐버리 씨가 말했다.

"아니, 그럴 리 없어요." 캐서린이 아주 단호하게 말했다. "저는 절대로 그런 사람들과 함께 일하지 않을 거예요."

"참 신기하지." 힐버리 씨가 딸에게 찬성하는 뜻을 표하며 말을 이었다. "자기편의 열성분자들을 보면 오히려 열이 식고 말거든. 그런 사람들은 자신들이 내세우는 바의 허점들을 반대편보다도 더 명백히 보여주니 말이야.

자기 혼자 연구할 때는 열심이 나다가도, 뜻이 같은 사람들과 만나기만 하면 그 모든 매력이 사라지고 만다니까. 내가 보아온 바로는 늘 그렇더라."
그러면서 그는 사과 껍질을 벗기며 자신의 젊은 시절 이야기를 들려주었다. 그는 어느 정치 집회에서 연설을 하기로 되어 있었고 자기편의 이상에 대해 불붙는 열정을 가지고 참석했는데, 지도자들이 말하는 것을 듣는 동안 점점 반대편의 사상 쪽으로 — 뭐, 사상이라고까지 한다면 말이지만 — 돌아서게 되더라는 것이었다. 그런 일을 겪은 후로는 정치 집회라면 신물이 난다고 그는 말했다.

캐서린은 그 말을 들으며, 아버지가, 그리고 어느 정도는 어머니도, 자기 감정을 묘사할 때면 대개 그렇듯이, 그들을 이해하고 공감하기는 하지만 그러면서도 그들이 미처 보지 못하는 뭔가가 자기한테는 보인다는 느낌이 들었다. 그래서 그들이 언제나처럼 자신의 통찰력에 미치지 못한다는 사실에 다소 실망하게 되는 것이었다. 그녀 앞의 접시들은 빠른 속도로 소리 없이 바뀌어갔고, 이제 식탁에는 후식이 차려졌다. 그래서 대화가 평소와 같은 화제로 돌아가자, 그녀는 마치 재판관처럼 거기 앉아서 부모님의 이야기에 귀를 기울였다. 그들은 그녀를 웃게 하는 데 정말이지 큰 기쁨을 느끼는 듯했다.

젊은 세대와 나이든 세대가 함께 사는 집안에서의 일상생활이란 어김없이 행해지는 기묘한 작은 예식들과 배려들로 가득 차 있기 마련이다. 사실 그런 것들의 의미는 모호하지만, 어딘가 신비로운 데가 있어서 미신적인 매력마저 감도는 것이다. 식사 후에 힐버리 씨의 오른쪽과 왼쪽에 시거와 포트와인 한 잔이 각기 놓이는 예식도 그러해서, 그와 동시에 힐버리 부인과 캐서린은 자리를 떴다. 함께 살아온 세월 동안 내내 그들은 힐버리 씨가 시거를 태우거나 포트와인을 마시는 것을 본 적이 없었으며, 만일 어쩌다 그가 그렇게 앉아 있는 것을 보게 되었다면 결례를 범했다고 느꼈을 터이다. 남녀 사이에 이렇듯 잠깐이지만 분명한 구분이 그어지는 시간은 식탁에서 오간 이야기를 좀 더 내밀하게 이어가는 데 쓰이곤 했다. 말하자면 남자들이 마치 모종의 종교적 예식인 양 여자들로부터 격리되는 동안 여성 동지들끼리의 유대감은 한층 긴밀해지는 것이었다. 캐서린은 어머니와 팔짱을 끼고 위층 살롱[80]으로 올라갈 때면 드는 기분을 외우다시피 기억하고 있었고, 자신이 불을 켠 다음 함께 방 안을 둘러볼 때의 즐거움을 기대할 수 있었다. 하루의 마지막 시간을 위해 말끔히 정리되고 청소된 방 안에는 붉은 앵무새가 그네를 타는 무늬의 수단 커튼이 쳐지고 벽난로 앞에 따뜻하게 데워진 안락의자가 놓여 있었다. 힐버리 부인은 불 앞에 서서 스커트를 조금 추켜든 채 한쪽 발을 난로울타리 위에 올려놓았다.

"오, 캐서린" 하고 그녀는 시작했다. "네 얘기를 들으니 어머니랑 러셀 스퀘어에 살던 시절이 떠오르지 뭐니! 그 샹들리에며 피아노 위의 녹색 비단, 어머니가 캐시미어 숄을 두른 채 창가에 앉아 계시던 모습이 눈에 선하구나. 어머니가 노래를 하시면 골목 안 조무래기들이 모여서 듣곤 했지. 아버지는 내게 제비꽃 다발을 들려 보내고, 당신께선 길모퉁이에서 기다리셨지. 어느 여름 저녁이었을 거야. 그때만 해도 그렇게 절망적인 상황은 아

80) '살롱'으로 옮긴 drawing room이라는 말은 lady's withdrawing room에서 온 것으로, 어원에서 보듯 drawing room은 다분히 여성들의 살롱이었다. 방문객들은 일단 drawing room으로 안내된 후 dining room으로 가서 식사를 하기 마련이었다. 식사 후에 남자들은 식탁보를 걷은 테이블 앞에서(또는 공간이 허락할 경우 parlour라 불리는 남성들의 공간에서) 술이나 담배를 즐기며 담소를 나누고, 여자들은 drawing room으로 물러가 자기들끼리 휴식을 취하며, 잠시 후 남자들이 drawing room으로 합류하는 오랜 관습이 20세기 중엽까지도 남아 있었다. drawing room을 '응접실'이라 하기 곤란한 것은 가족끼리 있을 때도 사용하는 방이기 때문이다. 당시 주택에서 dining room은 1층, drawing room은 2층에 있었다.

니었는데…”

말하는 동안 그녀의 얼굴에는 깊은 회한의 표정이 자리 잡았다. 그녀의 눈가와 입가에 깊은 주름이 생겨난 것은 살아오는 동안 자주 그런 표정을 지은 탓일 것이었다. 시인의 결혼 생활은 행복하지 못했었다. 그는 아내를 버리고 떠났고, 그녀는 몇 년쯤 무모한 생활을 하다가 일찍 세상을 떠났다. 그런 불운 때문에 딸의 교육은 변칙적이 되었고, 결과적으로 힐버리 부인은 제대로 교육을 받아본 적이 없다고 해도 좋을 것이었다. 그러나 그녀는 가장 훌륭한 작품을 쓰던 시절의 아버지와 함께했었다. 그가 술집이나 그 밖에 술 취한 시인들이 가는 곳에 갈 때도 항상 아버지의 무릎에 있었고, 사람들 말로는 그가 마침내 방탕한 생활을 청산하고 온 세상이 알다시피 — 시적 영감이 떠나버리기는 했지만 — 나무랄 데 없는 문인이 된 것은 딸을 위해서였다고들 했다. 힐버리 부인은 나이가 들면서 점점 더 지난날을 생각하게 되었고, 마치 부모님의 슬픔이라는 유령을 잠재우지 않고는 자신도 이 세상을 하직할 수 없다는 듯이, 부쩍 그런 불행한 일들에 사로잡히곤 했다.

캐서린은 어머니를 위로하고 싶었지만, 사실들 자체가 너무나 전설에 가까웠으므로 제대로 위로하기가 힘들었다. 예를 들어 러셀 스퀘어에 있었다는 집만 하더라도, 그 고상하게 치장된 방들, 정원의 목련나무, 음색 고운 피아노, 복도에 울려 퍼지는 발소리며 그 밖의 여러 가지 과장되게 낭만적인 것들 — 그 모든 것이 정말로 있기는 했을까? 하지만 대체 왜 앨러다이스 부인은 그 거대한 저택에서 혼자 살아야 했으며, 만일 혼자 살지 않았다면 누구와 살았던 걸까? 캐서린은 그 비극적인 이야기를 그 자체로 좋아하는 편이었으며, 그 세세한 내용을 다 들은 다음 터놓고 함께 이야기할 수 있었으면 했다. 하지만 그것은 점점 더 불가능한 일이 되어갔으니,

힐버리 부인은 끊임없이 그 이야기로 돌아가면서도 늘 그렇게 불안하고 머뭇거리는 어조인 것이 마치 지난 60년 동안 잘못되어 있던 것을 여기도 조금 저기도 조금 바로잡으려는 듯한 태도였다. 어쩌면 실은 그녀 자신도 무엇이 진실인지 더 이상 알 수 없게 되었는지도 몰랐다.

"만일 두 분이 요즘 같은 시대에 사셨다면" 하고 그녀는 말을 맺었다. "그런 일은 일어나지 않았을 거야. 요즘 사람들은 그 당시처럼 그렇게까지 비극적으로 되진 않지. 아버지가 세계 일주라도 하실 수 있었다면, 아니면 어머니도 안정 요법 같은 걸 좀 받으셨더라면, 모든 게 제대로 되었을 텐데. 하지만 내가 어쩔 수 있었겠니? 게다가 당시 두 분은 제각기 좋지 않은 친구들과 어울리다 보니 일이 더 꼬이기만 했지. 아, 캐서린, 너는 꼭 네가 확실히 사랑하는 사람과 결혼해야 한다!"

힐버리 부인의 눈에는 눈물이 맺혔다.

어머니를 위로하면서, 캐서린은 속으로 생각했다. "그러니까 이런 걸 메리 대칫이나 데넘 씨는 도저히 이해 못하는 거지. 나는 노상 겪는 일인데. 그들처럼 살면 얼마나 수월할까!" 저녁 내내 그녀는 자신의 집과 부모를 참정권협회 사무실이며 그곳 사람들과 비교하고 있었던 것이다.

"그런데 캐서린" 하고 힐버리 부인은 늘 그렇듯 금방 기분을 바꾸며 말을 이었다. "난 정말이지 너를 떠나보내고 싶지 않지만, 만일 어떤 남자가 여자를 사랑한다고 한다면, 윌리엄이야말로 널 사랑한단다. 게다가 이름도 아주 듣기 좋고 근사하지 않겠니. 캐서린 로드니 — 뭐 그런 이름이라고 해서 꼭 돈이 있다는 건 아니니 안 됐지만. 사실 그 사람 돈은 없거든."

자신의 이름이 그런 식으로 달라질 것을 생각하자 캐서린은 마음이 불편해져서, 자신은 아무와도 결혼하고 싶지 않다고 다소 날카롭게 대꾸했다.

"하기야 단 한 남자와 결혼할 수밖에 없다는 게 좀 답답하긴 하지." 힐버리 부인은 계속 늘어놓았다. "결혼하자는 사람들 모두와 결혼할 수 있다면 좋을 텐데 말이야. 어쩌면 언젠가는 그렇게 될지도 모르지만, 하여간 지금으로서는 윌리엄이 —" 하지만 그때 힐버리 씨가 살롱으로 들어왔고, 저녁의 좀 더 알찬 시간이 시작되었다. 즉, 캐서린은 적당한 책을 골라 낭독을 하고, 어머니는 작고 둥그런 뜨개바늘로 목도리를 짜는가 하면 아버지는 신문을 대강 훑어보며 이런저런 사람들에 대해 이따금씩 유머러스한 말을 툭 툭 던지는 것이었다. 힐버리 가는 도서관에 가입해 있어서[81] 매주 화요일과 금요일이면 책이 배달되었으므로 캐서린은 부모님도 현재 살아 있는 유명 작가들의 작품들에 관심을 갖게끔 노력하고 있었지만, 힐버리 부인은 금빛 문양으로 장식된 가벼운 책들을 보는 것조차 달가워하지 않았으며 힐버리 씨는 현대 작가들에 대해 마치 재주 있는 어린아이의 솜씨를 칭찬하듯 교묘한 농담으로 일관하곤 했다. 오늘 저녁에도 그런 작가들을 대여섯 페이지쯤 읽자, 힐버리 부인은 그 모든 것이 영리하고 얍삽한 말장난에 지나지 않는다고 투덜거렸다.

"제발 캐서린, 뭔가 '진짜'를 좀 읽어주렴."

캐서린은 책장으로 가서 매끈한 노란 송아지 가죽에 싸인 묵직한 책을 골라와야만 했고, 그것은 즉시 부모님 두 분 모두에게 진정제 효과를 나타냈다. 그러나 갑자기 저녁 우편물이 도착하는 바람에 헨리 필딩[82]의 기나

81) 영국에서는 새로운 책이 나올 때마다 구입할 수 없는 독자들을 위해 순회도서관(circulating library), 일명 대여도서관(rental library) 사업이 일찍부터 발달했다. 울프 자신도 20세기 초의 대표적 업체였던 '무디의 정선 도서관(Mudie's Select Library)'에 가입해 있었다.

82) 헨리 필딩(Henry Fielding, 1707-1754). 영국 소설가, 극작가. 영국 최초의 소설로 손꼽히는 『업둥이 톰 존스의 이야기 *The History of Tom Jones, a Foundling*』 일명 『톰 존스』의 저자. 레슬리 스티븐이 즐겨 읽던 작가이다.

긴 문장은 중단되었고, 캐서린에게 온 편지들은 진지하게 읽어보아야 할 것들이었다.

제8장

그녀는 힐버리 씨가 자리를 뜨자 어머니에게 어서 주무시라 하고는 편지를 들고 방으로 올라갔다. 한 방에 같이 있는 한, 힐버리 부인이 언제 편지를 보여달라고 할지 알 수 없었기 때문이다. 여러 장의 편지를 대충 넘겨본 캐서린은 공교롭게도 자신이 여러 가지 문제를 한꺼번에 생각해야 할 입장에 처했음을 깨달았다. 우선, 로드니는 자신의 심적 상태에 대해 소네트까지 한 편 곁들여가며 길게 써 보냈는데, 자신들의 입장을 재고해볼 것을 요청하는 그 편지는 캐서린의 기분을 원치 않게 휘저어놓았다. 다른 두 통의 편지는 나란히 놓고 비교해보아야만 사태의 진상을 파악할 수 있을 내용을 전하는 것으로, 그렇게 해서 사실들을 알게 된 다음에도 그것들을 어떻게 받아들여야 할지 알 수가 없었다. 끝으로, 한 사촌 형제가 경제적 어려움 때문에 벙게이의 젊은 여성들에게 바이올린 교습이라는 달갑잖은 일을 해야만 하는 사정[83]을 써 보낸 여러 장의 편지를 읽어야만 했다.

하지만 그녀를 가장 당혹하게 한 것은 같은 이야기를 각기 다른 방식

83) 제16장에 나올 고종사촌 헨리 오트웨이의 이야기이다.

으로 전하는 두 통의 편지였다. 그녀는 자신과 육촌간인 시릴 앨러다이스가 지난 4년 동안 아내가 아닌 여자와 동거해왔으며 자식을 두 명이나 낳았고 또 다른 자식이 태어날 예정이라는 것이 명백한 사실임을 알고 정말이지 충격을 받았다. 이런 사태를 알아낸 것은 밀베인 부인, 즉 셀리아 고모로, 그런 일을 알아내는 데 남다른 열심을 지닌 그녀의 편지도 그 두 통 중 하나였다. 그녀는 시릴이 당장 그 여자와 결혼해야 한다고 주장하는 데 비해, 시릴은 잘잘못을 떠나 자기 일에 그런 식으로 간섭을 받는 데 격분하여 자신은 남부끄러울 이유가 전혀 없다고 잡아떼고 있었다. 그는 남부끄러울 이유가 있는 걸까, 캐서린은 생각하다가, 다시 고모의 편지로 돌아갔다.

"생각 좀 해봐" 하고 그녀는 특유의 열변을 토하며 쓰고 있었다. "그도네 할아버지의 이름을 갖고 있고, 이제 태어날 아이도 그럴 게 아니냐. 하기야 그 애보다는 그 여자 잘못이 크지. 그 여자는 그가 신사인 데다 — 그건 사실이지 — 돈도 있는 줄 알고 — 이건 아닌데 — 유혹했으니 말이다."

'랠프 데넘이라면 이런 일에 대해 뭐라고 할까?' 캐서린은 침실 안을 이리저리 걸으며 생각했다. 그녀는 커튼을 밀어젖혔고, 몸을 돌려 어둠을 마주하고는 밖을 내다보았다. 플라타너스의 가지들과 다른 집 창문의 노란 불빛들만 보일 뿐이었다.

"메리 대칫이나 랠프 데넘이라면 뭐라고 할까?" 그녀는 창가에 서서 여전히 생각했다. 포근한 밤이었으므로, 그녀는 밤공기를 쏘이며 밤의 정적 속에 자신을 좀 잊어보려고 창문을 들어 올렸다. 그러나 밤공기와 함께 멀리 붐비는 대로들의 소음이 방 안으로 밀려들어 왔다. 그렇게 창가에 서 있노라니, 끊이지 않는 차들의 요란한 소리가 마치 자기 삶의 촘촘한 짜임을 나타내는 것처럼 느껴졌다. 다른 삶들이 나아가는 소리에 너무나 빽빽이 둘러싸여서 자기 삶이 나아가는 소리는 들리지 않는 것만 같았다. 랠프나 메리 같은 사람들은, 하고 그녀는 생각했다. 그런 사람들은 뭐든 자기 마음대로 할 수 있을 테고, 마치 텅 빈 공간을 앞에 놓고 있는 것과도 같을 거라고, 그녀는 부러운 심정으로 생각하며, 인간 남녀의 그 모든 시시한 교제를 비롯하여 사람들의 얽히고설킴으로 이루어진 이 인생이라는 것이 아예 존재하지 않는 광막한 공간을 상상해보았다. 이 밤에 이렇게 혼자서 형체를 분간할 수 없는 런던 시가를 내다보면서도, 그녀는 여전히 자신과 관계된 지점이 여기에 하나, 또 저기에 하나 있는 것을 기억하지 않을 수 없었다. 바로 이 순간, 윌리엄 로드니는 그녀의 동쪽 어딘가의 작은 불빛 속에 앉아서, 그의 생각은 자신의 책이 아니라 그녀를 향해 있을지도 몰랐다. 그녀는 온 세상에서 아무도 자기를 생각하지 말아주었으면 싶었다. 하지만 그래도 다른 사람들을 아주 피할 수는 없지, 하고 그녀는 결론짓고는, 한숨을 쉬며 창문을 닫고 다시금 편지들로 돌아갔다.

윌리엄의 편지가 지금껏 받아본 그의 편지 중에 가장 진실한 것임은 분명했다. 그는 자신이 그녀 없이 살 수 없다는 결론에 도달했다고 썼다. 그는 자신이 그녀를 잘 알며 그녀에게 행복을 줄 수 있을 것이고 자기들의 결혼은 다른 어떤 결혼과도 다르리라고 믿는다는 것이었다. 함께 써 보낸 소네트도 나무랄 데 없을 뿐 아니라 열정도 부족하지 않았다. 그래서 캐서린은 그의 편지를 다시 읽으며 자신의 감정이 — 만일 생겨난다면 말이지만 — 어떤 방향으로 흘러야 할지 알 수 있었다. 그녀는 그에 대해 약간 유머러스한 다정함을 느끼고 그의 예민한 감수성을 깊이 배려하게 될 것이었다. 결국, 하고 그녀는 자신의 아버지와 어머니를 생각하며 자문했다. 사랑이라는 게 뭔데?

물론 그만한 용모와 지위와 배경을 지녔으니 그녀와 결혼하고 싶어 하며 사랑을 고백하는 젊은이들은 전에도 있었지만, 그녀 쪽에서는 그런 감정에 아무런 반응이 없었기 때문에 모두 겉보기만 화려한 행렬에 지나지 않았다. 자신은 사랑을 경험해본 적이 없었으므로, 그녀는 무의식적으로 사랑이나 사랑의 결과인 결혼, 그리고 사랑을 불러일으킬 남자의 이상형을 만들어내고 있었고, 따라서 실제의 어떤 인물도 그 이상형에 비하면 왜소해 보일 수밖에 없었다. 그녀의 상상력은 아무런 이성의 여과 없이 찬란한 배경들을 그려내곤 했고, 그런 배경들은 전면의 사실들에 풍요롭지만 환상적인 빛을 드리우게 마련이었다. 높은 암벽으로부터 천둥 같은 소리를 내며 떨어져 밤의 푸른 심연을 향해 뛰어드는 폭포처럼 장려한 것이 그녀가 꿈꾸는 사랑이었으니, 그것은 생명력의 마지막 한 방울까지 끌어들여 그 모든 것을 지고의 한순간, 모든 것을 바치고 아무것도 되찾을 수 없는 한순간에 산산조각 낼 것이었다. 또한, 그 남자는 늠름한 영웅으로, 준마를 타고 해안을 따라 달려올 터이니, 그들은 함께 숲을 지나 달리고 바닷가를 질주할 것이었다. 하지만 그런 꿈에서 깨어나면, 그녀는 실생활에서 흔히 보듯 전혀 애정 없는 결혼도 고려할 수 있었다. 어쩌면 가장 꿈꾸는 자들이야말로 가장 산문적으로 사는 자들일 수도 있기 때문이다.

그 순간 그녀는 그대로 밤늦게까지 앉아서 가벼운 생각의 타래들을 이리저리 감아보다 지치면 수학이나 공부했으면 싶었다. 하지만 아버지가 주무시기 전에 만날 필요가 있다는 것을 너무나 잘 알고 있었다. 시릴 앨러다이스의 문제를 의논해야 했으니, 어머니가 품고 있는 환상이나 가문의 권리 같은 것을 챙기지 않을 수 없었다. 그녀 자신도 그 모든 것을 어떻게 생각해야 할지 알 수 없었으므로, 아버지의 조언을 구해야만 했다. 그녀는 편지를 들고 아래층으로 내려갔다. 열한 시가 지났고, 시계들만이 정적을 지배하고 있었다. 복도에 있는 커다란 괘종시계가 층계참의 작은 시계와 경쟁하듯 째깍거렸다. 힐버리 씨의 서재는 아래층 다른 방들 뒤편에 자리 잡고 있었고, 아주 조용한 지하 같은 공간이어서,[84] 대낮에도 해가 채광창을 통해 희미하게 걸러진 빛을 책과 테이블에 비출 뿐이었다. 지금은 종이가 수북이 널린 큰 테이블 위에 놓인 녹색 독서등이 켜 있었다. 여기서 힐버리 씨는 리뷰를 편집하기도 하고, 자료들을 정리하여 셸리가 and 대신 of를 썼다든가 바이런이 묵어 간 여관의 이름이 '터키쉬 나이트'가 아니라 '내그스 헤드'라든가 또는 키츠의 숙부의 이름이 리처드가 아니라 존이었다든가 하는 것을 증명해내기도 했다. 그는 이 시인들에 대해 영국의 그 누구보다도 잘 아는 터였으며, 시인 자신의 구두법을 면밀히 준수한 셸리 판본을 준비하는 중이었다. 그는 이런 연구들의 유머러스한 면을 모르지 않았지만, 그러면서도 아주 꼼꼼히 그 작업을 해 나가고 있었다.

그는 깊숙한 팔걸이의자에 편안한 자세로 기대앉은 채 시거를 피우며 콜리지가 도로시 워즈워스[85]와 결혼할 마음이 있었는지, 만일 그렇게 했더라면 그 자신은 물론이고 문학 전반에 어떤 결과를 가져왔을지 하는 흥미로운 문제를 곰곰이 생각해보는 중이었다. 캐서린이 들어오자 그는 그녀의 용건을 알 것 같아서, 딸과 이야기를 시작하기 전에 연필로 간단한 메모를 해두었다. 그러고 나서 보니 그녀는 뭔가 읽고 있었으며, 그런 그녀

84) 아래층(1층) 방들 뒤편에 있는 방이 지하(subterranean)이고 채광창(skylight)을 통해 빛이 들어온다는 것은 얼른 이해가 되지 않지만 — 집 뒤편이 언덕으로 이어진다거나 하면 모르지만, 첼시의 지형은 평지이니 그럴 가능성도 없어 보인다 — 아마 집 뒤쪽이 다른 집과 맞닿아 있어서 빛이 잘 들지 않으므로 '지하 같은' 방이었을 것으로 추측된다.

85) 도로시 워즈워스(Dorothy Wordsworth, 1771–1855)는 낭만파 시인 윌리엄 워즈워스(1770–1850)의 누이동생으로, 남매는 새뮤얼 테일러 콜리지(Samuel Taylor Coleridge, 1772–1834)와 절친하게 지냈으며 함께 독일 여행을 하기도 했다. 도로시 자신이 쓴 일기는 여성 문학사에서 중요하게 평가되고 있다.

를 잠시 말없이 지켜보았다. 그녀는「이사벨라와 베이즐 단지」[86]라는 시를 읽으며 이탈리아의 언덕들과 푸른 하늘, 그리고 붉은 장미 흰 장미가 피어 있는 산울타리 같은 것들에 정신이 팔려 있었다. 아버지가 자신을 기다리고 있다는 것을 의식하고는 한숨을 쉬며 책을 덮었다.

"셀리아 고모가 시릴에 대한 편지를 보내왔어요, 아버지... 사실인 거 같아요 — 그의 결혼 문제요. 우리가 어떻게 해야 해요?"

"시릴은 아주 어리석게 처신한 것 같구나." 힐버리 씨는 상냥하고 사려 깊은 어조로 말했다.

아버지가 그렇듯 신중하게 손가락 끝을 모으고 자신의 생각을 혼자 속에만 간직할 때면, 캐서린으로서는 대화를 해 나가기가 어려웠다.

"아주 궁지에 빠졌더구나." 그는 덧붙였다. 그러고는 더 말하지 않고 캐서린의 손에서 편지를 받아들고 안경을 고쳐 쓴 다음 편지를 읽어 내려갔다.

마침내 그는 "흠!" 하고는 편지를 도로 건넸다.

"어머니는 아무것도 모르세요." 캐서린이 말했다. "아버지께서 말씀해 주시겠어요?"

"내가 말하마. 하지만 우리가 어떻게 할 수 있는 일이 아니라는 것도 말해야겠지."

"하지만 결혼은요?" 캐서린이 다소 머뭇거리며 물었다.

힐버리 씨는 아무 말 없이 난롯불만 들여다보았다.

"도대체 그 녀석은 무슨 생각으로 그런 짓을 한 거지?" 이윽고 그는 중얼거렸다. 딸보다는 자신에게 하는 말이었다.

86) 낭만파 시인 존 키츠(John Keats, 1795-1821)의 작품. 정확히는「이사벨라 또는 베이즐 단지(Isabella or the Pot of Basil)」.

캐서린은 고모의 편지를 처음부터 다시 읽어보다가, 중간에서 한 문장을 인용했다. "입센이니 버틀러니...[87] 그는 내게 인용문으로 가득한 편지를 보냈더라 — 똑똑한 척해도 다 허튼 수작이지."

"글쎄, 젊은 세대가 그런 식으로 인생을 살겠다면야, 우리가 상관할 바가 아니지." 그가 말했다.

"하지만 그 두 사람을 결혼시키는 건 우리가 해야 할 일 아닌가요?" 캐서린은 다소 지친 듯 물었다.

"도대체 그 사람들은 그런 걸 왜 나한테 묻는 거냐!" 아버지는 짜증을 내며 반문했다.

"그야 가문의 장(長)으로서 —"

"하지만 나는 가문의 장이 아니야. 그건 앨프리드지. 앨프리드한테 가서 물어보라고 해." 힐버리 씨는 다시 의자 깊숙이 몸을 파묻었다. 캐서린은 자신이 가문에 대해 언급함으로써 민감한 부분을 건드렸다는 것을 의식했다.

"어쩌면 제가 가서 그 사람들을 만나보는 게 좋을지도 모르겠어요." 그녀는 의견을 말했다.

"난 네가 그 사람들 근처에 가는 것도 허락 못한다." 힐버리 씨는 평소답지 않게 결연하고 위압적인 태도로 말했다. "도대체 사람들이 왜 너를 끌어들이는지 모르겠다. 도대체 이 일이 너랑 무슨 상관이 있다는 거냐."

"제가 시릴과 친하게 지냈잖아요." 캐서린이 말했다.

87) 헨릭 입센(Henrik Ibsen, 1828-1906)은 노르웨이 극작가, 새뮤얼 버틀러(Samuel Butler, 1855-1902)는 영국 소설가로, 두 사람 모두 19세기 가부장 사회의 위선을 비판하는 작품을 썼다.

"그렇다고 그 녀석이 너한테 이런 일을 말한 적이 있더냐?" 힐버리 씨가 다소 날카롭게 물었다.

캐서린은 고개를 저었다. 실은 그녀도 시릴이 자신에게 사실대로 털어놓지 않았다는 데 속이 상했었다. 그 역시, 아마도 랠프 데넘이나 메리 대칫이 그런 것처럼, 그녀에게서 어딘가 냉정하고 적대적인 인상을 받았던 것일까?

"네 어머니한테는" 하고 힐버리 씨는 잠시 불꽃만 바라보는 것 같더니 입을 열었다. "사실대로 말하는 게 나을 것 같다. 다들 떠들어대기 전에 미리 알아두는 게 나을 테니까. 그렇다 해도 셀리아 고모가 왜 굳이 찾아오겠다는 건지 나로서는 알 수가 없다만 말이다. 가능하면 떠들지 않는 편이 좋을 텐데."

고도의 교양을 갖추고 인생 경험이 풍부한 육십 대 신사라면 생각하는 것을 다 말하지 않는 법이라는 것쯤은 감안하더라도, 캐서린으로서는 방으로 돌아가면서 아버지의 태도에 의아해하지 않을 수 없었다. 그는 그 모든 일에 얼마나 초연한지! 그런 사건들을 그저 피상적으로 넘겨버리고 자신의 인생관과 어울리게끔 점잖은 외관을 유지하는지! 그는 시릴의 감정에 대해 궁금해하지도 않았고, 사건의 숨겨진 측면 같은 것도 알고 싶어하지 않았다. 그는 그저 나른하게 시릴이 어리석은 방식으로 처신했다고만 할 뿐이었다. 그것도 다른 사람들은 그렇게 처신하지 않는다는 이유만으로. 그는 수백 마일 밖에서 망원경으로 조그만 형체들을 바라보는 듯이 보였다.

다음날 아침 아침식사가 끝나자 그녀는 어머니에게 직접 알려야 하는 의무만은 피하고 싶다는 이기적인 초조감 때문에 아버지를 현관까지 따라나섰다.

"어머니한테 말씀하셨어요?" 그녀는 물었다. 그녀가 아버지를 대하는 태도는 거의 엄격할 지경이었고, 그녀의 눈동자에는 끝없는 생각의 깊이가 담겨 있는 듯했다.

힐버리 씨는 한숨을 쉬었다.

"얘야, 내가 깜빡했구나." 그는 실크해트를 힘차게 쓸며 갑자기 서두르는 척했다. "사무실에 가서 쪽지를 써 보내마… 오늘 아침은 좀 늦었구나. 교정 볼 게 산더미처럼 쌓여 있어."

"그런 식은 곤란해요." 캐서린이 단호하게 말했다. "어머니한테는 직접 말씀드려야 해요 — 아버지든 저든. 처음부터 알렸어야 하는 일이에요."

힐버리 씨는 이제 모자를 썼고, 손은 문손잡이에 가 있었다. 그의 눈에는 캐서린이 어렸을 때부터 아주 잘 아는 표정, 그가 마땅히 해야 할 일을 하지 않은 것을 딸이 좀 덮어주었으면 할 때의 표정이 담겨 있었다. 짓궂음과 유머와 무책임이 뒤섞인 눈빛이었다. 그는 의미심장하게 고개를 설레설레 젓고는 능숙한 동작으로 문을 열고 나이답지 않게 가벼운 걸음으로 집을 나섰다. 딸을 향해 한 번 손을 흔들어 보이고는 가버렸다. 혼자 남겨진 캐서린은 집안일로 아버지와 의논할 때면 늘 그렇듯이 또다시 덤터기를 쓰고 마땅히 그가 해야 할 불유쾌한 일을 떠맡게 되었다는 데 대해 웃을 수밖에 없었다.

제9장

어머니에게 시릴의 비행에 대해 알리는 것은 아버지 못지않게 캐서린으로서도 달갑잖은 일이었고, 내키지 않는 이유도 같았다. 두 사람 다 그 일에 대해 말해져야 할 것을 생각하면 마치 무대 위의 총성을 예기할 때처럼 움츠러드는 것이었다. 더구나 캐서린 자신도 시릴의 비행에 대해 어떻게 생각해야 할지 알 수 없었다. 늘 그렇듯이, 그녀는 아버지 어머니가 보지 못하는 무엇인가를 볼 수 있었고, 그 무엇인가 때문에 시릴의 행동에 대해 딱히 판단을 내릴 수가 없었다. 부모님은 선악 간에 판단을 하겠지만, 그녀에게 그 사건은 그저 일어난 일일 뿐이었다.

캐서린이 서재에 가보니, 힐버리 부인은 펜으로 잉크를 찍어가며 한창 글을 쓰는 중이었다.

"캐서린" 하고 그녀는 펜을 쳐든 채 말했다. "난 방금 네 할아버지에 대해 아주 참신하고 기발한 생각이 떠올랐단다. 무슨 말인가 하면, 난 이제 그분이 돌아가셨을 때 나이보다 3년 6개월이나 더 살았거든. 그러니까 그의 어머니까지는 못 되어도 적어도 누나뻘은 되겠지. 생각할수록 흥미로운 일이야. 그래서 오늘 아침에는 아주 새로운 기분으로 시작해서 진도가 많이 나갈 것 같구나."

어떻든 그녀는 글을 쓰기 시작했고, 캐서린은 자기 책상 앞에 앉아 검토하기로 한 묵은 편지 꾸러미를 풀어 대강 추린 다음 빛바랜 서체를 해독하기 시작했다. 잠시 후 어머니 쪽을 건너다보며 기분을 살폈다. 힐버리 부인은 평화와 행복감으로 얼굴의 모든 근육에서 긴장이 풀어진 채, 입술은 약간 벌어지고 호흡은 부드럽고 고른 것이 마치 자기 주위에 벽돌을 쌓으며 벽돌이 한 장씩 제자리에 놓이는 데 점점 더 큰 희열을 맛보는 어린아이의 숨결과도 같았다. 그렇듯 그녀는 펜을 사각거리며 자기 둘레에 과거의 하늘과 나무들을 불러 모았고, 망자들의 목소리를 되살려냈다. 방은 현재의 어떤 소음도 방해할 수 없이 조용했으며, 캐서린은 여기에 지나간 시간의 깊은 웅덩이가 있고 자신과 어머니는 60년 전의 빛 속에 잠겨 있다는 느낌이 들었다. 과거가 부여하는 그 많은 선물들에 비하면 현재는 기껏 무엇을 줄 수 있단 말인가? 지금 여기서는 목요일 아침 시간이 지나가는 중이었다. 벽난로 선반 위의 시계가 새로운 순간순간을 만들어내고 있었다. 그녀는 귀를 기울여보았지만, 멀리서 자동차의 경적과 바퀴들이 미끄러져왔다가 다시금 멀어져가는 소리, 집 뒤편의 가난한 동네에서 고철이며 채소를 외치는 이들의 목소리 같은 것밖에 들려오지 않았다. 물론 방에는 온갖 인상들이 쌓이게 마련이고, 사람이 그 안에서 특정한 일을 수행했던 모든 방은 언제라도 그 안에서 일어났던 기분과 생각과 태도들에 대한 추억을 내놓을 태세가 되어 있는 법이다. 그러므로 때로는 거기서 다른 종류의 일을 한다는 것이 거의 불가능해지기도 한다.

캐서린은 어머니의 방에 들어올 때마다 그 모든 것에 무의식적으로나마 영향을 받곤 했는데, 그런 영향들은 수년 전 그녀가 아직 아이였을 때 생겨난 것이라 어딘가 감미롭고도 엄숙한 데가 있었으며 할아버지가 묻혀 계신 사원[88]의 동굴처럼 어둑어둑하고 메아리가 울리는 공간에 대한 아주 오래된 추억들과 연관되어 있었다. 모든 책과 그림들이, 심지어 의자와 테이블조차도, 그의 것이었거나 적어도 그와 관련된 것이었으니, 벽난로 선반 위의 도자기 개들이나 양떼를 거느린 양치기 소녀들도 그가 켄징턴 하이 스트리트에서 장난감 행상을 하던 사내로부터 개당 1페니에 산 것이라고 어머니는 종종 이야기하곤 했다. 이따금 그녀는 이 방에 앉아서 그 사라진 모습들을 골똘히 생각해보곤 했으며, 그럴 때면 그들의 눈과 입 주위의 근육들이 눈에 선하게 그려지고 제각기 목소리와 억양이 살아나는가 하면 외투나 넥타이 같은 차림새까지 떠오르곤 했다. 어떤 때는 자기 자신이 마치 산 사람들 사이를 누비는 유령처럼 그들 사이를 돌아다니는 것만 같았고, 실제로 아는 사람들보다 그들을 더 잘 아는 듯한 기분이 들기도 했으니 그녀는 이미 그들의 비밀을 알고 그들이 장차 어떻게 될지에 대해 훤히 알기 때문이었다. 그들은 그토록 불행하고 제멋대로이고 잘못 생각하고 있었다고 여겨졌다. 그녀는 그들에게 무엇을 하고 무엇을 하지 말아야 할지 일러줄 수도 있을 것이었다. 그들이 그녀의 말에 귀 기울이지 않고 자기들의 구닥다리 방식으로 불행에 빠져드는 것은 참으로 안쓰러운 일이었다. 그들의 처신은 때로 기괴할 만큼 비합리적이었고, 그들의 관습이라는 것도 괴상하기 짝이 없었다. 하지만 그러면서도 그들에 대해 자꾸 생각하다 보니 정이 들어서, 판단을 내리려 하는 것도 부질없었다. 그녀는 자신이 자기 나름의 장래를 지닌 별개의 인간이라는 사실마저 잊어버릴 정도가 되곤 했다. 오늘처럼 다소 울적한 아침이면 그녀는 그 해묵은 편지들이 만들어내는 난맥상 가운데서 뭔가 단서를, 그것들의 존재 이유가 될 만한 것

88) 웨스트민스터 사원. 주 39 참조.

을, 그것들이 끈질기게 제시하는 어떤 목표를 찾아내 보려 하지만 — 역시 또 방해가 들어오고 말았다.

힐버리 부인이 자리에서 일어난 것이었다. 그녀는 창가에 서서 강을 따라 끌려 올라오는 한 떼의 바지선들을 내다보고 있었다.

캐서린은 그녀를 지켜보았다. 힐버리 부인은 문득 돌아서며 한숨을 토했다.

"난 정말이지 뭐에 씌었나 봐! 단 세 문장이면 되는데 — 그냥 곧이곧대로 평범한 문장 말이야 — 그런데 아무래도 생각이 안 나는구나!"

그녀는 방 안을 이리저리 거닐다 말고 총채를 집어 들었지만, 책등의 먼지를 떠는 데서 위로를 얻기에는 너무나 신경이 곤두서 있었다.

"게다가" 하고 그녀는 캐서린에게 글 쓴 종이를 내밀며 말했다. "이것도 제대로 된 것 같지 않아. 네 할아버지께서 헤브리디즈[89]에 가신 적이 있었던가?" 그녀는 묘하게 애원하는 듯한 눈길로 딸을 바라보았다. "줄곧 헤브리디즈 생각이 나서, 짤막하게나마 묘사하는 글을 쓸 수밖에 없었어. 어쩌면 챕터 시작으로 넣을 수도 있겠지. 챕터들의 시작은 뒤에 나오는 내용과 다를 때도 많으니까 말이야." 캐서린은 어머니가 쓴 것을 읽어보았다. 마치 어린아이가 쓴 글을 검토하는 교사와도 같은 태도였다. 힐버리 부인은 초조한 듯 딸의 안색을 살폈지만, 별로 희망의 여지가 없어 보였다.

"아주 아름다워요." 캐서린은 입을 열었다. "하지만 어머니, 우리는 순서대로 차근차근 써 나가야 해요."

"그래, 나도 알아." 힐버리 부인이 동조했다. "그런데 난 바로 그걸 못하는 거지. 이런저런 것들이 마구 떠올라서 말이야. 내가 다 모르는 것도 아

89) 스코틀랜드 북서쪽 끝의 섬들.

니고 못 느끼는 것도 아닌데 (내가 그분을 모른다면 누가 알겠니?) 종이 위에 다 옮길 수가 없구나. 분명 여기에 맹점 같은 게 있는 모양이야." 그녀는 이마를 짚으며 말했다. "밤에 잠이 안 올 때면 결국 이 일을 못 마치고 죽을 것만 같은 생각이 들기도 해."

아까는 기대에 부풀어 기뻐하더니만 지금은 자신의 죽음에 대한 상상이 불러일으킨 낙심의 구렁텅이에 빠지고 말았다. 그 암담함은 캐서린에게도 전염이 되었다. 온종일 써지지 않는 원고며 묵은 편지 뭉치 따위와 씨름하는 자신들이 무력하게만 여겨졌다. 벌써 시계는 열한 시 종을 치는데 아직 아무 일도 해낸 것이 없다니! 그녀는 어머니가 책상 곁의 놋쇠로 테를 두른 커다란 궤짝을 뒤지는 것을 보았지만, 다가가 도울 의욕이 나지 않았다. 물론, 하고 캐서린은 생각했다. 어머니는 뭔가 중요한 서류를 잃어버린 것일 테고, 그래서 또 그걸 찾느라 남은 오전 시간도 허비하고 말 게 뻔했다. 그녀는 짜증이 나서 시선을 떨구고, 은빛 갈매기와 티 없이 맑은 시냇물에 씻긴 작은 분홍 꽃의 뿌리, 푸른 안개 같은 히아신스 등에 대한 어머니의 음악적인 문장들을 읽다가, 문득 어머니가 조용해진 것을 의식하고 고개를 들었다. 힐버리 부인은 묵은 사진들이 담긴 지함을 테이블 위에 꺼내놓고, 한 장 한 장 들여다보고 있었다.

"정말이지 캐서린" 하고 그녀는 말했다. "그 당시 남자들이 요즘 남자들보다 훨씬 더 멋있었던 거 같아. 턱수염은 좀 뭣하지만 말이야. 여기 하얀 조끼를 입은 존 그레엄을 좀 보렴 — 할리 숙부는 또 어떻고. 저건 하인 피터였을 거야. 존 숙부가 인도에서 데려온 하인 말이야."

캐서린은 어머니 쪽을 바라볼 뿐, 아무 말도 나오지 않았다. 갑자기 몹시 화가 났다. 부모 자식이라는 관계 때문에 침묵할 수밖에 없고, 따라서 두 배로 강력하고 심각한 분노였다. 그녀는 어머니가 그렇게 자기 시간을 빼앗고 무슨 일에든 함께해줄 것을 암묵적으로 요구하는 것이 얼마나 부당한가를 느끼는 한편, 어머니가 그렇게 빼앗아간 것을 낭비하고만 있다는 생각에 씁쓸한 기분이 들었다. 그러나 그 순간 자신이 아직도 시릴의 비행에 대해 말하지 않았다는 사실이 떠올랐다. 그녀의 분노는 순식간에 사라졌다. 마치 높이 치솟았던 파도가 부서져 그 물살이 다시 바다로 흘러드는 것과도 같았다. 캐서린은 다시금 평정을 되찾고 어떻게 하면 어머니를 타격으로부터 보호할 수 있을까 하는 염려로 가득해졌다. 그녀는 자기도 모르게 방을 가로질러가 어머니의 의자 팔걸이에 앉았다. 힐버리 부인은 딸의 몸에 머리를 기댔다.

"슬플 때나 힘들 때 누구나 의지할 수 있는 여자가 되는 것보다 더 고상한 일이 어디 있겠니?" 그녀는 사진들을 뒤적이며 생각에 잠긴 어조로 말했다. "그런 면에서 너희 세대의 젊은 여성들은 얼마나 나아졌을까, 캐서린? 지금도 그녀들이 눈에 선하구나. 멜버리 하우스[90]의 잔디밭 위로 주름잡힌 옷자락을 쓸 듯이 하면서 다니는 모습이 (원숭이며 작은 검정개가 그 뒤를 따르고 말이야) 어찌나 조용하면서도 당당하고 위엄이 있는지 마치 아름답고 상냥한 거 말고는 달리 중요한 일이 없는 것처럼 보였지. 하지만 때로는 그녀들이 우리들보다 훨씬 더 많은 걸 해냈다는 생각이 들기도 해. 그녀들은 그저 그렇게 '있었을' 뿐이지만, 그게 뭔가를 행했다는 것보다 더 큰 게 아닌가 하고 말이야. 그녀들은 내게 마치 배처럼, 아주 위엄 있는 선

90) 일반적으로 '멜버리(Melbury) 하우스'라 불리는 것은 도셋 주 에버숏 인근 멜버리 샘포드에 있는 저택이지만, 실제로 이 대목에서 힐버리 부인이 회상하는 것은 울프의 이모할머니인 세라 프린셉이 살던 리틀 홀런드 하우스(멜버리 로에 있는)의 가든파티이다. 당대의 화가, 작가, 정치가 등이 찾아온 티파티가 비공식적인 만찬으로 이어지곤 하던 파티를 울프의 어머니는 즐겨 회상하곤 했다('A Sketch of the Past' in *Moments of Being*).

박들처럼 보였어. 자기 항로를 지키면서, 밀치거나 부대끼거나, 우리처럼 사소한 것들에 안달하지 않고, 유유히 나아가는 거였지. 새하얀 돛을 단 배들처럼 말이야."

캐서린은 그런 이야기를 중단시키고 싶었지만 마땅한 기회를 찾지 못해서, 오래된 사진들이 쟁여져 있는 앨범[91]의 페이지들을 계속 넘기지 않을 수 없었다. 사진 속 남녀들의 얼굴은 살아 있는 얼굴들의 어수선함에 비하면 경이롭게 빛났고, 어머니가 말했듯이 놀라운 위엄과 차분함을 지닌 듯이, 마치 자신들의 왕국을 공의롭게 다스려 높이 추앙받는 것이 마땅한 듯이 보였다. 어떤 이들은 믿어지지 않을 만큼 아름다웠으며, 또 어떤 이들은 굉장히 못생겼지만, 아무도 그저 그렇거나 고리타분하거나 시시해 보이지는 않았다. 여자들에게는 크리놀린 스커트의 빳빳한 주름이 아주 잘 어울렸고, 신사들의 외투와 모자도 개성이 넘쳤다. 캐서린은 다시금 사방에서 평온한 공기가 밀려오는 것을 느꼈고, 바닷가에 부서지는 엄숙한 파도 소리가 들려오는 것만 같았다. 하지만 그녀는 그 과거에 현재를 연결시켜야만 한다는 것을 알고 있었다.

힐버리 부인은 계속해서 이런저런 이야기들을 넘나들고 있었다.

"그건 제이니 매너링이야." 그녀는 진주로 장식된 공단 드레스를 입은 은발의 기품 있는 귀부인을 가리키며 말했다. "언젠가 얘기했을 거야. 황후[92]께서 만찬에 오시기로 되어 있었는데, 요리사가 술에 취해서 부엌 테이블 밑에 곯아떨어져 있는 걸 발견하고는, 벨벳 소매를 걷어붙이고서 (그

91) 울프의 또 다른 이모할머니였던 사진작가 줄리아 마거릿 캐머런의 유명한 사진집을 생각나게 하는 대목이다.

92) 나폴레옹 3세의 외제니 황후(1826-1920)는 자주 런던을 방문하곤 했다.

녀는 항상 자기도 황후나 되는 것처럼 차려입었지) 손수 식사 준비를 다 했단다. 그러고서도 온종일 장미 침대 위에서 자고 난 듯 싱싱한 모습으로 살롱에 나타났다는 거야. 그녀는 집을 짓거나 페티코트에 수를 놓거나 간에 자기 손으로 못하는 게 없었단다."

"그리고 이건 퀴니 콜크훈이야." 그녀는 페이지를 넘기며 이야기를 계속했다. "자메이카까지 자기 관을 가지고 간 사람이지.[93] 예쁜 숄이며 보닛들을 가득 넣어서 말이야. 자메이카에서 관을 구할 수 없을까 봐 그랬다는구나. 거기서 죽을까 봐 (실제로 거기서 죽었어), 그리고 흰 개미들에게 먹힐까 봐 지독히 겁을 냈다지. 아, 사빈이네. 제일 예쁜 사람이었어. 그녀가 방 안에 들어올 때면 마치 별이 뜨는 것만 같았단다. 그건 미리엄인데, 마부들이 입는 것 같은 외투를 걸치고 있지. 케이프를 몇 장이나 두르고 말이야. 아주 근사한 승마화를 신었지. 너희 젊은 사람들은 자기들이 파격적이라고 생각하겠지만, 그녀에 비하면 아무것도 아니란다."

페이지를 넘기다가, 그녀는 아주 남성적이고 잘생긴 여인의 사진을 발견했다. 사진사가 그녀의 머리 위에 왕관을 장식해놓은 사진이었다.

"아, 몹쓸 사람!" 힐버리 부인은 부르짖었다. "당신은 얼마나 지독한 늙은 독재자였는지! 우리 모두 당신 앞에서 얼마나 쩔쩔맸는지! '매기, 나 아니었으면 지금쯤 네가 있기나 하겠니?' 노상 그렇게 말하곤 했지. 사실 맞는 말이긴 했어. 두 사람을 엮어준 건 그녀였으니까. 우리 아버지한테 '저 여자랑 결혼해라' 명령했고, 그래서 그는 그렇게 했거든. 또 불쌍한 클라라한테는 '꿇어 엎드려 저 남자를 경배해라' 명령했고, 그녀도 그렇게 했지.

93) 자메이카까지 자기 관(棺)을 가져갔었다는 것은 실론에 갈 때 관을 가져갔던 줄리아 마거릿 캐머런의 일화에 빗댄 것이다.

물론 다시 일어났지만. 달리 어쩔 수 있었겠니? 그녀는 겨우 열여덟 살 난 아이였고, 겁에 질려 초죽음이 되어 있었는데. 하지만 그 늙은 독재자는 뉘우치는 법이 없었단다. 자기가 그들에게 석 달간의 완벽한 시간을 선물했다고 큰소리치곤 했지. 그만하면 된 거라고. 그런데 캐서린, 이제 와서 생각하면 그 말이 맞는 것도 같아. 우리 대부분은 그만한 행복도 못 누리지 않니. 그저 행복한 척하는 것뿐이지. 그런데 그 두 사람은 그런 척을 못 했던 거지. 내 생각엔" 하고 힐버리 부인은 생각에 잠겼다. "그 시절 남녀 사이에는 일종의 성실성이 있었던 것 같아. 요즘 너희 세대는 뭐든 까발려 말하면서도 사실 그런 성실성은 없지 않니."

캐서린은 다시금 이야기를 중단시키고 싶었지만, 힐버리 부인은 회상에서 힘을 얻은 듯 이제 거의 신명이 나 있었다.

"사실 그 두 사람은 아주 좋은 친구였던 게 분명해." 그녀는 말을 이었다. "그녀는 그의 노래를 부르곤 했거든. 아, 그게 어떻게 되는 노래였더라?" 그러면서 힐버리 부인은 — 그녀는 목소리가 아주 고왔는데 — 자기 아버지의 유명한 시에 빅토리아 시대 초기의 어느 작곡가가 말도 안 되게 감상적이면서도 매혹적인 곡조를 붙인 노래를 흥얼대기 시작했다.

"그들의 생명력!" 그녀는 테이블을 주먹으로 쾅 치며 결론지었다. "우리에게 없는 건 바로 그거야! 우리는 점잖고 진지하기만 하지. 모임에 가고 가난한 자들에게 급료를 주고, 그렇지만 그 시절 사람들처럼 살지 못하거든. 우리 아버지는 일주일에 사흘 밤은 주무시지 않았지만, 그래도 아침이면 말짱하셨단다. 노래하면서 계단을 올라와 유아실에 들어서시던 거며, 아침으로 드실 빵 한 덩이를 지팡이 칼에 꽂아가지고는 우리를 데리고 리치먼드로, 햄턴 코트로, 서리 언덕으로 온종일 놀러 다니시던 거며, 기억이 생생하구나. 우리도 나갈까? 오늘 날씨가 아주 좋을 것 같은데."

힐버리 부인이 창밖으로 날씨를 내다보는 바로 그 순간, 문을 노크하는 소리가 들렸다. 작고 여윈, 나이가 지긋한 부인이 들어와 캐서린의 인사를 받았다. "셀리아 고모!" 하는 그 목소리에는 당황한 기색이 역력했다. 셀리아 고모가 온 이유를 짐작한 때문이었다. 분명 시릴과 그의 정식 아내가 아닌 여자에 대해 의논하려는 것일 텐데, 캐서린 자신의 우유부단함 때문에 힐버리 부인은 아무런 준비도 되어 있지 않은 것이었다. 그녀는 무슨 일이 일어나고 있는지 꿈에도 생각지 못한 채, 셋이서 바람 쐬러 나가볼까, 야외에 나갈 만큼 날씨가 미덥지는 못하니 블랙프라이어스[94]에 가서 셰익스피어 극장이 있던 터를 돌아볼까, 그런 제안을 하고 있었다.

밀베인 부인은 참을성 있는 미소를 띤 채 그런 제안을 듣는 품이, 이미 오랜 세월 동안 올케의 그런 변덕을 담담한 태도로 받아들여왔음을 알 수 있었다. 캐서린은 약간 멀찍이서 난로 울타리에 한 발을 올려놓은 채 서 있었다. 마치 그렇게 하면 사태를 좀 더 명확히 볼 수나 있는 것처럼. 하지만, 고모가 일부러 찾아오기까지 했는데도, 시릴이 처한 상황이나 그의 도덕성이라는 문제는 얼마나 비현실적으로 느껴지는지! 이제 보니 난관은 어떻게 힐버리 부인에게 뉴스를 가능한 한 온건하게 전하느냐가 아니라 어떻게 뉴스 자체를 납득시키느냐에 있는 듯했다. 어떻게 해야 어머니의 정신을 사로잡아 지금이라는 중요하지 않은 순간에 붙들어 매느냐 하는 것이었다. 곧이곧대로 사실만 말하는 편이 가장 나을 듯했다.

"셀리아 고모는 시릴 일로 의논하러 오신 것 같아요, 어머니." 그녀는 단도직입적으로 말을 꺼냈다. "고모가 알아내신 바로는, 시릴이 결혼해서 아

94) 블랙프라이어스는 시티 오브 런던 안에 있던 극장으로, 셰익스피어의 후기작들이 다수 이곳에서 초연되었다.

내와 자식들이 있대요."

"아니, 결혼은 안 했지." 밀베인 부인이 말허리를 자르며 나지막한 목소리로 힐버리 부인을 향해 말했다. "자식이 둘이나 있고, 셋째도 곧 태어날 모양이야."

힐버리 부인은 놀라서 두 사람을 번갈아 보았다.

"어머니께는 사실을 확인한 다음에 말씀드리려 했어요." 캐서린이 덧붙였다.

"하지만 난 겨우 보름 전에 시릴을 만났는걸! 내셔널 갤러리에서!" 힐버리 부인이 탄식했다. "한마디도 못 믿겠어." 그녀는 입가에 미소를 띤 채 밀베인 부인을 향해 고개를 치켜들었다. 마치 상대의 실수를 충분히 이해할 수 있다, 자식도 없고 남편도 상무원(商務院)에서 뭔가 따분한 일을 하고 있는 여자로서는 충분히 할 수 있는 실수니까, 하는 투였다.

"나도 믿고 싶진 않아, 매기." 밀베인 부인이 말했다. "한동안 나도 못 믿었다니까. 하지만 내 눈으로 봤고, 믿을 수밖에 없어."

"캐서린" 하고 힐버리 부인이 물었다. "네 아버지도 아시는 일이니?"

캐서린은 고개를 끄덕였다.

"시릴이 결혼했다고!" 힐버리 부인은 되뇌었다. "그런데 우리한테 한마디도 하지 않다니. 걔는 어려서부터 우리 집에서 기르다시피 했는데 — 그 고상한 윌리엄의 아들이! 도저히 내 귀를 믿을 수가 없어."

사태를 입증할 의무가 자신에게 있다는 듯이, 밀베인 부인은 이야기를 펼쳐 나갔다. 늙고 쇠약한 몸이었지만, 자식이 없다 보니 그런 힘든 일들은 항상 그녀의 차지가 되는 듯했으며, 가족의 명예를 지키고 필요하다면 수습해 나가는 것이 이제 인생의 주된 목표가 되어버린 것이었다. 그녀는 낮고 간간이 끊어지는, 숨 짧은 목소리로 말을 이었다.

"얼마 전부터인가, 걔가 별로 행복해 보이지가 않더라고. 얼굴에 주름살도 부쩍 늘었고. 그래서 한 번 걔 사는 델 찾아갔지. 빈민대학[95]에서 가르친다는 걸 알고서 말이야. 거기서 로마법인지 그리스어인지를 가르친다고 들었거든. 그런데 집주인 말이 앨러다이스 씨는 이제 보름에 한 번 정도밖에는 거기서 자지 않는다는 거야. 그 여자 말로도, 안색이 아주 안 좋아 보이더라나. 젊은 여자와 함께 있는 걸 봤다고 하더라고. 그때 퍼뜩 의심이 가는 거야. 그래서 방에 올라가 봤더니, 벽난로 선반 위에 봉투가 있고, 편지에 시턴 스트리트 주소가 적혀 있었어. 케닝턴 로드[96]에서 조금 떨어진 곳이야."

힐버리 부인은 안절부절못하면서 노랫가락을 흥얼거리는 것이 더 듣고 싶지 않다는 투였다.

"그래서 시턴 스트리트에 가봤어." 셀리아 고모는 꿋꿋이 말을 이었다. "아주 허름한 동네더라고. 왜 그 창문에 카나리아들이 보이는 하숙집들이 있는 — 7번지도 다른 집이나 다를 게 없었고. 초인종을 울리고 노크를 했지. 아무도 안 나왔어. 그래서 다시 내려왔지만, 분명 집 안에 사람이 있었어 — 아이들이랑 — 요람이 보였거든. 하지만 아무 대답도 없는 거야." 그녀는 한숨을 쉬고는 반쯤 베일에 가린 푸른 눈에 멍한 표정을 띤 채 앞만 바라보았다.

"난 길에서 기다렸어." 그녀는 이야기를 계속했다. "누군가 볼 수 있을

95) 밀베인 부인이 빈민대학(poor men's college)이라 일컫는 것은 노동자대학(working men's college)으로, 영국에는 유럽 최초의 노동자대학이 1854년에 시작되었다. 1905-1907년에는 울프 자신도 비슷한 취지의 개방대학인 몰리 칼리지(Morley College)에서 가르친 적이 있다.
96) 케닝턴 로드는 런던 남부의 빈민가로, 몰리 칼리지가 있던 워털루 로드에서 멀지 않다. 시턴 스트리트란 허구의 지명이다.

까 해서 말이야. 아주 긴 시간처럼 느껴졌지. 길모퉁이 술집에서는 상스런 남자들의 노랫소리가 들려오고. 마침내 문이 열리더니 어떤 여자가 — 아마도 그 여자였을 거야 — 밖으로 나와 내 곁을 지나가더군. 우리 사이에는 우체통밖에 없었어."

"어떻게 생긴 여자였어?" 힐버리 부인이 물었다.

"그 딱한 녀석이 왜 넘어갔는지 알겠더라고." 밀베인 부인은 그 이상 자세한 묘사는 피했다.

"딱하기도 하지!" 힐버리 부인이 탄식했다.

"딱한 시릴!" 밀베인 부인이 시릴이라는 이름에 약간 힘을 주며 되받았다.

"하지만 먹고살 게 없잖아." 힐버리 부인이 말했다. "남자답게 우릴 찾아와서 '제가 어리석었습니다' 한마디만 하면 불쌍히 여겨 어떻게든 도와주었을 텐데. 따지고 보면 뭐 그리 부끄러운 일도 아니잖아 — 그런데 지난 몇 년 동안 내내 미혼인 것처럼 우리를 속이다니. 그 불쌍하게 내버려진 아내는 —"

"그 여자는 그의 아내가 아니야." 셀리아 고모가 말을 가로막았다.

"그렇게 남사스런 얘긴 처음 듣겠네!" 힐버리 부인이 의자 팔걸이에 주먹을 내리치며 말을 맺었다. 사태를 납득한 그녀는 극도로 분노했지만, 탈선 자체보다도 탈선을 감추었다는 데에 더 마음이 상한 것 같았다. 그녀가 그토록 흥분하고 분개하는 모습을 보며, 캐서린은 어머니에 대해 크나큰 안도와 자부심을 느꼈다. 힐버리 부인의 분노는 진심이었고, 일어난 일들 그 자체를 가감 없이 직시하고 있는 것이 명백했다. 반면 셀리아 고모는 그 불유쾌한 그늘을 소극적으로 맴돌면서 병적인 쾌감을 맛보는 것이 눈에 보였다. 자신과 어머니가 함께 이 상황을 맡아 시릴을 찾아가서 사태를 정리하면 될 것이었다.

"일단 시릴의 입장부터 알아봐야 해요." 그녀는 마치 동년배에게 하듯 대놓고 어머니에게 말했다. 하지만 말이 떨어지기가 무섭게 밖에서 또 어수선한 소리가 들리더니, 힐버리 부인과 사촌간인 미혼의 캐롤라인 이모가 들어왔다. 그녀는 앨러다이스 혈통이고 셀리아 고모는 힐버리 혈통이지만 친척관계가 워낙 복잡하다 보니 두 사람끼리도 사촌이자 육촌간이었고 도마에 오른 시릴과는 숙질간이면서도 같은 항렬인 셈이라,[97] 그의 비행은 셀리아 고모 못지않게 캐롤라인 이모에게도 심각한 일이었다. 캐롤라인 이모는 아주 당당한 키와 몸집을 지닌 여인이지만, 그 체구와 화려한 치장에도 불구하고, 그녀의 표정에는 어딘가 보호받지 못하고 노출된 것 같은 안쓰러운 구석이 있었다. 얇고 붉은 피부, 매부리코, 겹쳐진 턱 — 마치 앵무새와도 흡사한 그 모습은 수많은 여름 동안 풍상에 시달려온 것처럼 보였다. 그녀는 독신이었지만, '내 인생을 개척해왔다'고 입버릇처럼 말했으며, 그러니만큼 사신의 의견을 당당히 말할 자격이 있었다.

"이 한심한 사태라니" 하고 그녀는 숨이 차서 헐떡이며 말문을 열었다. "내가 역에 막 도착했을 때 기차가 가버리지 않았다면, 벌써 도착했을 텐

97) 이 복잡한 친척관계와 수많은 aunt 및 cousin들은 울프 자신의 가계도를 생각나게 하는데, 우리말의 친족용어는 친가인지 외가인지, 또 촌수를 밝히게 되어 있으므로 꼭 맞는 역어를 찾기가 어렵다. 밀베인 부인은 제32장에서 힐버리 씨의 누이(sister)로 언급되지만 두 사람 중 누가 손위인지는 확실치 않다. 힐버리 씨의 또 다른 누이인 오트웨이 부인은 연배로 보아 아마도 손위인 듯하다. 두 사람 모두 캐서린에게는 '고모'가 될 것이다. 또 다른 aunt인 캐롤라인은 미혼으로 성이 아니라 이름으로 불리는데, 앨러다이스 혈통(by birth an Alardyce)이라니 캐서린에게는 외가 쪽이므로 '이모'라고 옮긴다. 앨러다이스 집안인 시릴은 앞에서 캐서린의 육촌(second cousin)으로 명시되어 있으니, 그의 부친이라는 윌리엄은 아마도 힐버리 부인과 사촌간일 것이다. 밀베인 부인과 캐롤라인 앨러다이스가 '사촌이자 육촌'이 되는 것은 상술되지 않은 혼인관계 덕분일 터인데, 그녀들이 시릴에게 aunt이자 cousin이 된다는 것은 자세한 가계를 알 수 없으니 정확히 옮길 수가 없다.

데. 사정 설명은 셀리아가 이미 다 했을 테고. 당신도 나와 같은 생각이겠지, 매기? 그 애를 당장 그 여자와 결혼시켜야 해 — 아이들 생각을 해야지 —"

"왜, 걔가 그 여자랑 결혼을 거부하기라도 한다는 거야?" 힐버리 부인이 어이가 없다는 듯 되물었다.

"아주 요상하고 못된 편지를 보내왔더라고. 온통 남의 말만 인용하면서." 캐롤라인 이모는 씩씩거렸다. "자기가 제법 똑똑한 짓을 하고 있다고 생각하는 모양이야. 우리 눈에는 그 어리석은 게 다 보이는 데도... 그 여자애도 그 녀석 못지않게 정신이 나갔고 — 다 녀석 탓이지."

"그 여자가 걔를 옭아 넣은 거야." 셀리아 고모의 묘하게 부드러운 말투는 희생자 주위에 새하얗고 촘촘한 그물을 치는 실가닥을 떠올리게 했다.

"이제 와서 잘잘못을 따져봤자 소용없는 일이야, 셀리아." 캐롤라인 이모는 다소 쌀쌀맞은 어조로 대꾸했다. 그녀는 자기야말로 집안에서 유일하게 실제적인 인물이라고 믿고 있었으며, 부엌 시계가 늦게 가는 바람에 밀베인 부인이 먼저 와서 자기 식의 이야기로 불쌍한 매기를 혼란스럽게 만든 것을 유감으로 여겼다. "일은 저질러진 거야. 아주 꼴사나운 일이. 셋째 아이까지 사생아가 되게 내버려둘 참이야? (네 앞에서 이런 말을 해서 미안하다, 캐서린.) 그 애도 당신 성을, 당신 아버지 성을 쓰게 될 거라는 걸 생각해봐, 매기."

"딸이길 바라야지." 힐버리 부인이 말했다.

시끌벅적한 이야기가 오가는 동안 어머니를 줄곧 지켜보고 있던 캐서린은 어머니에게서 올곧은 분노가 이미 사그라든 것을 알아차렸다. 그녀는 뭔가 돌파구를 찾아 전전긍긍하고 있었다. 뭔가 희망적인 시각을, 모든 일이 기적적이고 반박할 수 없는 방식으로 일어났고 더할 나위 없이 잘되었음을 모든 사람에게 만족스럽게 보여줄 만한 갑작스러운 섬광과도 같은 것을.

"아, 정말 싫은 일이야 — 너무나 싫어!" 그녀는 별로 열의도 없이 그렇게 되까리고만 있더니, 문득 얼굴이 밝아졌다. 처음에는 다소 주저하는 듯했지만 이내 확신에 차서 환하게 미소 지었다. "요즘 세상은 이런 일을 전처럼 나쁘게 생각하지 않아." 그녀는 말했다. "가끔은 거북한 일을 당하기도 하겠지만, 만일 아이들이 똑똑하고 용감한 아이들로 자라나면 결국 훌륭한 인물들이 될 수 있을 거라고 생각해. 로버트 브라우닝[98]은 말하길 모든 위대한 인물은 유대인의 피를 지니고 있다고도 했어. 그러니 우리도 이 일을 그런 견지에서 봐야지. 따지고 보면 시릴도 자기 원칙에 따라 행동한 거고. 물론 그 애 원칙이라는 것에 동의할 수는 없지만, 그래도 존중해주기는 해야지 — 프랑스 혁명이나 크롬웰이 왕을 참수시킨 일도 그렇잖아. 역사상 가장 끔찍한 일들 중에도 원칙에 의거해서 일어난 게 있다고." 그녀는 말을 맺었다.

"미안하지만, 난 원칙에 대해 전혀 다르게 생각해." 캐롤라인 이모가 매섭게 반박했다.

"원칙이라고!" 셀리아 고모가 그 말을 그런 맥락으로 쓰는 것이 못마땅하다는 듯 되받았다. "난 내일 개를 찾아가 봐야겠어." 그녀는 덧붙였다.

"하지만 왜 그런 불유쾌한 일을 떠맡으려고 해, 셀리아?" 힐버리 부인이 끼어들었고, 그러자 캐롤라인 이모는 자기가 희생하겠다는 취지의 뭔가 다른 계획으로 맞섰다.

98) 로버트 브라우닝(Robert Browning, 1812-1889). 영국 시인. 유대인의 피에 대한 언급은 당시 영국 사회의 유대인 배척 분위기를 짐작케 한다.

그 모든 것이 지긋지긋해져서 캐서린은 창문 쪽으로 돌아섰고, 커튼 주름 사이로 창유리에 얼굴을 바짝 붙이고 서서 어른들의 무의미한 수다에 지친 어린아이와도 같은 태도로 강물만 우두커니 바라보았다. 그녀는 어머니에게 무척 실망했고 — 자기 자신에게도 마찬가지였다. 그녀는 짜증이 나는 듯 블라인드 줄을 잡아당겨 맨 꼭대기까지 짜라락 소리가 나게 감아올렸다. 그녀는 몹시 화가 나면서도 자신의 분노를 표현할 수 없었고, 누구에 대해 화가 나는 건지도 알 수 없었다. 다들 떠들어대고 도덕이 어떻다느니 하면서 자기들 식의 법도에 맞는 이야기나 지어내고, 저마다 자기가 가장 집안을 위하고 가장 수완이 낫다고 은근히 내세우고! 아니, 저들은 안개 속을 헤매고 있어, 수백 마일은 동떨어진 데서 — 하지만 뭐로부터 수백 마일이지? '어쩌면 윌리엄과 결혼하는 게 차라리 나을지도 몰라.' 그녀는 문득 생각했고, 그 생각은 마치 안개를 뚫고 나타나는 단단한 땅처럼 보였다. 그녀는 자신의 앞길을 생각하며 그렇게 서 있었고, 나이든 부인들은 계속 이야기한 끝에, 마침내 그 젊은 여자를 점심에 초대하여 그런 식의 처신이 자기들처럼 세상 물정을 아는 여자들의 눈에 어떻게 비치는가를 인자하게 타이르자는 결론에 이르렀다. 그러다가 힐버리 부인에게 더 좋은 생각이 떠올랐다.[99]

99) 힐버리 부인의 이 "더 좋은 생각"이 구체적으로 무엇인지, 시릴의 일이 어떻게 해결되었는지는 더 이야기되지 않는다. 시릴의 일에 대해서는 제12장에서 "밀베인 부인이 최근에 시릴을 그의 아내와 결혼시키는 임무를 떠맡았었다"고만 짤막하게 언급될 뿐이다.

제10장

랠프 데넘이 서기로 일하고 있는 그레이틀리 앤드 후퍼 사무변호사 사무실은 링컨스인필즈[100]에 있었고, 랠프 데넘은 매일 아침 10시 정각에 어김없이 그곳에 나타났다. 그는 정확한 시간 엄수를 비롯한 기타 자질들 덕분에 직원들 중에 유망한 인물로 꼽히고 있었으며, 장차 10년가량 지나면 자기 분야에서 최고가 되어 있으리라고 장담해도 좋을 것이었다. 단, 그에 관한 모든 것을 종종 불확실하고 위태롭게 만드는 남다른 점만 아니라면 말이다. 그가 저축한 돈을 도박이나 다름없는 곳에 투자하는 버릇은 이미 누나 조운의 걱정거리였다. 그녀는 애정 어린 눈으로 항상 동생을 살피는 터라 그에게 묘하게 편벽된 성향이 있는 것을 눈치채고 불안해하고 있었다. 만일 그녀 자신에게도 비슷한 기질이 조금은 있다는 것을 스스로 인정하지 않았더라면 훨씬 더 불안했을 터였다. 그녀는 랠프가 뭔가 엉뚱한 것

100) 스트랜드에서 킹스웨이를 따라가다 보면 오른쪽에 나오는 크고 네모난 광장. 광장 동쪽에 영국의 대표적인 법조원(Inns of Court) 중 하나인 링컨스인(Lincoln's Inn)이 인근에 있어 그렇게 불린다.

을 위해 평생의 진로를 내던져버릴 수도 있으리라고 생각했다. 그것이 어떤 이상이나 대의가 될지 아니면 (하고 그녀는 상상을 계속했다) 기차에서 우연히 내다본 어느 집 뒷마당에서 빨래를 널고 있던 여자가 될지는 알 수 없는 일이었다. 이상이 되었든 미녀가 되었든 간에, 일단 그가 그것을 발견하고 빠져들었다 하면 어떤 힘으로도 말릴 수 없으리라는 것을 그녀는 알고 있었다. 그녀는 그것이 동양이 될지도 모른다고 생각했고, 그래서 그가 인도 여행 책을 손에 들고 있는 것을 보고는 마치 책에서 병균이라도 옮아올 것처럼 안절부절못했다. 반면, 평범한 연애 같은 것은, 그런 것이 있다면 말이지만, 랠프에 관한 한 전혀 걱정할 게 없었다. 그녀가 막연히 상상하기에 그는 성공이 될지 실패가 될지는 모르지만 뭔가 굉장한 일을 위해 태어난 사람처럼 생각되었다.

하지만 젊은 남자가 거치게 마련인 인생의 단계들에서 랠프보다 더 열심히 일하고 더 잘 해낸 사람은 아무도 없었으며, 조운이 동생의 행동거지에 대해 조금이라도 불안해한다면 그것은 남들의 눈에는 띄지 않는 사소한 것들까지 일일이 마음에 담아두게 되기 때문이었다. 사실 그녀가 불안해하는 것도 당연했다. 그들에게는 인생이 처음부터 너무나 험난했기 때문에 그녀로서는 그가 붙잡고 있던 것을 갑자기 놓아버리지나 않을까 하는 두려움이 생길 수밖에 없었던 것이다. 자기 자신만 돌아보더라도, 다 팽개치고 절제와 고역으로부터 벗어나고픈 갑작스런 충동을 때로 물리치기 힘들었기 때문이다. 하지만 랠프의 경우, 그가 현재 상황을 팽개치고 떠난다면 그것은 오로지 더욱 혹독한 구속을 받아들이기 위해서일 것이라는 점을 그녀는 알고 있었다. 그녀는 그가 열대의 태양 아래서 강물의 원천이나 어느 곤충의 서식지를 찾아내기 위해 사막을 헤매는 모습을 그려보았다. 또는 뭐가 정의이고 불의인가에 대해 한창 유행하는 무시무시한 이론들 중 하나에 희생양이 되어 어느 도시의 빈민가에서 막노동을 하며 살아가는 모습이나, 웬 여자의 불행을 동정한 나머지 평생 그녀의 집에서 종신 죄수가 되어 있는 모습을 그려보기도 했다. 밤늦도록 랠프의 방에서 가스난로를 사이에 두고 앉아 이런저런 이야기를 나누노라면 자랑과 근심이 뒤섞인 심정으로 그런 그림들이 떠오르는 것이었다.

랠프는 누이의 마음의 평화를 깨뜨리는 그런 상상들에 행여 자신의 장래 희망을 두었다고는 꿈에도 인정하지 않았을 것이다. 만일 그에게 그중 어느 하나를 내놓고 얘기한다면, 그는 그런 식의 삶은 자신에게 아무 매력도 없다고, 웃으며 물리쳤을 것이다. 도대체 자기가 뭘 어쨌기에 누이가 그런 이상한 생각들을 하게 되었는지 알 수가 없었을 것이다. 그는 자신이 고되게 일하는 생활에 들어선 데 대해 자부심을 가지고 있었으며, 그런 생활에 대해 아무런 환상도 없었다. 그의 장래 희망은, 누이의 예측과는 달리, 언제든 얼굴 붉히지 않고 떳떳이 공개할 수 있는 것이었다. 그는 자신의 명석한 두뇌를 믿었고, 나이 오십에는 하원의 의석을 차지하고 어느 정도 재산도 모았으리라고, 그리고 운이 좋다면 진보 내각에서 조촐하게 한자리 할 수도 있으리라고 보았다. 그런 예상은 터무니없는 것도 아니었고, 불명예스러운 데라고는 없었다. 그렇지만, 누이가 짐작하듯이, 랠프가 그런 길로 나가도록 초지일관하기 위해서는 의지력을 총동원해야 할 뿐 아니라 상황의 압박도 있어야만 했다. 무엇보다도, 그도 남다르지 않은 보통의 삶을 살 것이며 그것이 가장 좋은 길이고 다른 길은 바라지 않는다고 끊임없이 자신에게 다짐을 두어야만 했다. 그런 다짐을 거듭하는 가운데 그는 시간을 엄수하고 일하는 습관을 들였으며, 법률 사무소 직원으로 일하는 것이야말로 가능한 최선의 삶이며 다른 야심들은 부질없는 것임을 그런 대로 자신에게 납득시킬 수 있었던 것이다.

그러나 진심에서 우러나지 않은 모든 믿음이 그렇듯이 그런 믿음도 실은 다른 사람들로부터 얼마나 인정을 받는가에 달려 있었다. 남들의 평가라는 압박 없이 혼자 있을 때면 랠프는 어느새 실제 상황에서 이탈하여 낯선 여행길에 오르곤 했으며, 그런 공상에 대해서는 분명 자세히 말하기 부끄러웠을 것이다. 물론 공상 속에서 그는 고상하고 낭만적인 역할을 맡곤 했지만, 그렇다고 단지 자기도취만을 위해 공상에 탐닉한 것은 아니었다. 그것은 실제 생활 속에서는 표출될 수 없는 어떤 열정에 출구를 열어주었으니, 불우한 처지에서 비롯된 비관주의 때문에 랠프는 자신이 다분히 경멸적으로 꿈이라 부르는 것은 우리가 사는 세상에서 아무 쓸모도 없다고 단정 짓고 있었기 때문이다. 하지만 때로는 그 열정이야말로 그가 가진 가장 소중한 것이라는 생각이 들기도 했다. 그것만 있으면 지구상의 황폐한 땅들에 꽃을 피우고, 수많은 병폐를 고치고, 아름다움이라고는 없는 곳에 아름다움을 창조할 수 있을 것만 같았다. 그것은 만일 그가 조금이라도 틈을 보이기만 하면 사무실 벽의 먼지투성이 책과 양피지들을 한 입에 집어삼키고 순식간에 그를 알몸으로 만들어버릴 만큼 맹렬하고 강력한 열정이기도 했다. 그는 그런 열정을 다스리기 위해 수년째 노력해왔으며, 스물아홉 살이 된 지금은 일하는 시간과 꿈꾸는 시간이 엄격히 구분되는 삶을 별 지장 없이 양립시킬 수 있다는 데 자부심을 가져도 좋다고 생각하고 있었다. 사실 그런 절제의 노력이 가능했던 것은 힘든 직업상의 요구 덕분이기도 했지만, 그가 대학을 졸업할 당시 도달했던 해묵은 결론이 여전히 그를 지배하면서 그의 인생관을 어둡게 만들었기 때문이었다. 즉, 대부분의 사람들은 살다 보면 하찮은 재능을 사용하느라 정작 소중한 재능은 썩히게 되며, 한때 우리가 받은 가장 고상한 부분으로 보였던 것에는 아무 장점도 유익도 없다는 것을 결국 인정하지 않을 수 없게 되어버린다는 것이 그의 생각이었다.

데넘은 자기 사무실에서도 집에서도 썩 인기가 좋은 편은 아니었다. 직업상 경력에 비해서는 무엇이 옳고 무엇이 그른가에 대해 너무 생각이 뚜렷했으며, 자신의 절제력을 과신하고 있었고, 자신의 처지에 별로 잘 맞지도 않고 만족하지도 못하는 사람들이 대개 그렇듯이 만족이라는 것이 얼마나 어리석은가를 — 누가 감히 그런 약점을 고백하기라도 하면 — 입증하려 달려들었다. 사무실에서는 내놓고 일 잘하는 티를 내어 일에 별로 열의가 없는 사람들을 짜증나게 했으므로, 그가 승진할 거라고 하는 사람들도 호의에서 하는 말은 아니었다. 실로 그는 무정하고 오만한 데다가 남다른 성격과 타협할 줄 모르는 무뚝뚝한 태도를 지닌 젊은이로 보였으며, 그런 그가 출세욕으로 불타는 것은, 가진 것 없는 젊은이로서는 당연한 것이지만 별로 호감을 주지는 못한다고, 그를 비판하는 이들은 생각했다.

사무실의 다른 젊은이들은 충분히 그런 의견을 가질 만도 했으니, 데넘은 그들과의 교제에 아무런 관심을 보이지 않았기 때문이다. 그에게 그들은 싫다기보다도 그의 삶에서 어디까지나 일에 할당된 구역에 속할 뿐이었다. 지금껏 그는 자신의 삶을 지출을 관리하듯 체계적으로 관리하는 데 별 어려움이 없었으나, 요즈음 들어 딱히 구분하기 쉽지 않은 경험들이 생겨나기 시작했다. 그런 혼란이 시작된 것은 2년 전 메리 대칫이 그와 처음 만난 지 얼마 되지도 않았을 때부터 그가 한 말에 웃음을 터뜨리면서부터였다. 그 이유는 그녀 자신도 설명하지 못했다. 그녀는 그가 아주 기묘한 사람이라고 생각했다. 그가 그녀와 조금 더 친해져서 자기가 월요일, 수요일, 토요일을 어떻게 보내는가를 말해주자, 그녀는 한층 더 재미있어 했다. 그녀가 하도 웃는 바람에 그도 영문도 모르는 채 덩달아 웃고 말았다. 그녀에게는 그가 영국에 사는 그 누구 못지않게 불독 사육에 대해 많이 알고 있다는 사실도 신기했고, 런던 근교에서 수집한 야생화 앨범을 갖고 있다는 것도, 일링[101]에 사는 문장학(紋章學)의 권위자인 올드미스 트로터를 매주 방문한다는 것도 어김없이 그녀의 웃음을 터뜨렸다. 그녀는 그런 방문에서 그 노부인이 어떤 케이크를 내는지까지 일일이 다 알고 싶어 했고, 여름에 그들이 런던 근교의 교회들을 찾아다니며 놋쇠 명판들의 탁본을 떠오는 것은 메리가 그 일에 하도 관심을 가진 나머지 마치 대단한 행사처럼 여겨졌다. 6개월 안에 그녀는 그의 모든 친구와 취미에 대해 그와 평생 함께 살아온 친형제 자매보다도 더 소상히 알게 되었고, 랠프 역시 그 사실이 못내 즐거웠다. 자신에 대해 항상 심각한 태도로 일관해오던 터라 다소 당혹스럽기는 했지만.

확실히 메리 대칫과 함께 있으면 즐거웠고, 문이 닫히자마자 대부분의 사람들이 아는 자신과는 거의 닮은 점이 없는, 기발하고 유쾌한, 전혀 다른 종류의 사람이 된다는 것도 기분 좋았다. 그는 덜 심각해졌고, 집에서도 덜 군림하게 되었으니, 메리 대칫이 그를 보고 깔깔대며 그는 도무지 제대로 아는 게 없다고 입버릇처럼 놀려대는 소리가 들려오는 것만 같았기 때문이다. 그녀는 또한 그가 정치적인 문제들에 대해서도 관심을 갖게 해주었으니, 그녀는 그런 방면에 타고난 관심이 있어서 일련의 정치 집회에 그를 끌고 다닌 끝에 그를 토리에서 급진파로[102] 바꿔놓는 중이었다. 그는 그런 집회에 처음에는 몹시 싫증을 냈지만, 결국 그녀보다도 더 열을 올리게 되었다.

101) 런던 서쪽 외곽 지대.
102) 토리는 보수당, 급진파는 자유당의 좌익 계통으로 새로이 부상하는 노동당에 지지를 빼앗기고 있었다.

하지만 그는 속마음을 잘 드러내지 않았다. 머리에 생각들이 떠오르면, 메리와 얘기해도 좋은 것과 자기 혼자 간직할 것을 자기도 모르게 구분해 두었다. 그녀는 그 사실을 알고 있었지만 그래서 한층 더 흥미를 느꼈다. 그녀는 젊은이들이 너무나 쉽게 자기 얘기를 하는 데 익숙해져 있었고, 그래서 마치 아이들 이야기를 들어주듯이 자기 생각은 전혀 하지 않고 들어주기만 하던 터였다. 하지만 랠프에 대해서는 그런 모성적인 느낌은 거의 없고 오히려 자신을 한층 더 뚜렷이 의식하게 되곤 했다.

어느 날 오후 늦게 랠프는 업무 때문에 한 변호사를 만나기 위해 스트랜드를 따라 걷고 있었다. 오후의 햇살은 거의 저물고, 이미 녹색과 노란색의 인공적인 불빛들의 물결이 공기 중에 쏟아지고 있었다. 시골길에서라면 지금쯤 장작불 연기로 부드러워졌을, 그런 공기였다. 길 양쪽에는 가게의 진열창마다 두꺼운 유리 선반 위에 반짝거리는 목걸이며 윤나는 가죽 케이스 같은 것들이 가득 들어차 있었다. 데넘은 그런 물건들 중 딱히 눈에 들어오는 것은 없었지만, 그래도 전체적인 인상에서 활기와 명랑함을 느끼고 있었다. 그때 캐서린 힐버리가 자기 쪽으로 걸어오는 것이 보였다. 그는 마치 그녀가 자기 머릿속에서 벌어지고 있는 논쟁의 삽화라도 되는 듯이 뚫어져라 그녀를 바라보았고, 그녀의 다소 굳어진 눈길과 무심결인 듯 희미한 입술의 움직임을 알아보았다. 그녀의 그런 표정은, 훤칠한 키와 우아한 옷차림에 더하여, 마치 혼잡한 인파에 떠밀려 제 갈 길을 가지 못하고 있는 것처럼 보이게 했다. 그는 그 광경을 차분히 지켜보았으나, 그녀와 엇갈려 가는 순간 갑자기 손발이 떨리기 시작했으며 심장이 고통스럽게 고동쳤다. 그녀는 그를 보지 못한 채, 여전히 머릿속에 맴도는 몇 구절을 되뇌고 있었다. '중요한 건 인생이다, 인생뿐이다 — 발견의 과정 — 영원하고도 끊임없는 과정이지 발견 그 자체가 아니다.'[103] 그렇게 골똘히 생각에 잠겨, 그녀는 데넘을 보지 못했으며, 그는 그녀를 불러 세울 용기가 없었다. 그러나 다음 순간 스트랜드 거리 전체는 마치 음악이 들려오면 더없이 잡다한 요소들이 한데 어울리며 만들어내는 것과도 같은 질서와 조화로 가득한 장면이 되었으며, 그런 인상이 너무나 아늑한 나머지 그는 자신이 그녀를 불러 세우지 않은 것이 기뻤다. 그런 인상은 차츰 희미해졌지만, 그가 법정변호사의 사무실 앞에 도착할 때까지는 남아 있었다.

법정변호사와의 면담을 마치고 보니 사무실로 돌아가기에는 시간이 너무 늦어 있었다. 캐서린을 보고 나니 이상하게도 집에서 저녁을 보낼 기분이 나지 않았다. 어디로 간다지? 런던의 길거리를 쏘다니다가 캐서린의 집 앞에 이르러 창문을 쳐다보며 그 안에 있을 그녀를 상상해볼까 하는 생각도 잠깐 들었지만, 다음 순간 거의 얼굴을 붉히며 그런 생각을 떨쳐버렸다. 마치 감상적인 기분이 들어 꽃 한 송이를 꺾지만, 막상 꺾고 나서는 얼굴을 붉히며 던져버리는 것과도 같은 기묘한 의식의 분열이었다. 아니, 메리 대칫한테나 가보기로 하자. 지금쯤은 일터에서 돌아와 있을 터였다.

뜻하지 않게 자기 집을 찾아온 랠프를 보자 메리는 한순간 당황했다. 그녀는 작은 주방에서 칼을 씻던 중이었고, 그를 집 안에 맞아들인 후 다시 하던 일로 돌아가 찬물 수도꼭지를 최대한 틀었다가 다시 잠갔다. '자' 하고 그녀는 수도꼭지를 단단히 잠그며 다짐했다. '바보 같은 생각은 하지 말기로 하자...' "애스퀴스 씨[104]는 교수형 감이라고 생각지 않아요?" 그녀

103) 캐서린은 도스토예프스키의 『백치』 중 한 구절을 되뇌고 있다. 레너드 울프의 『지혜로운 처녀들』에서 해리가 그웬에게 인생을 제대로 알려면 읽어보라고 빌려주는 책 중에도 도스토예프스키와 입센이 들어 있다.

104) 허버트 헨리 애스퀴스(Herbert Henry Asquith, 1852-1928)는 1908-1916년 자유당 수상을 지낸 인물로, 여성참정권 운동에 강경히 반대하다가, 1918년에야 정치적 압력에 못 이

는 거실을 향해 소리쳤고, 손의 물기를 닦으며 거실로 나와서는 최근에 정부가 여성참정권 법안을 어떤 식으로 회피했는지에 대해 설명하기 시작했다. 랠프는 정치 얘기가 별로 내키지 않았지만, 메리가 정치 문제에 그토록 관심을 갖는 것을 존중하지 않을 수 없었다. 그는 그녀가 몸을 앞으로 수그려 난롯불을 쑤석이며 다분히 연설조인 문장으로 자기 생각을 명확히 펼쳐 나가는 것을 지켜보았다. '내가 캐서린의 창문을 바라보기 위해 첼시까지 걸어가려 했었다는 것을 알면 메리는 나를 얼마나 우습게 생각할까. 그런 나를 이해하진 못하겠지만, 그래도 지금대로의 그녀가 좋다.'

한동안 그들은 여자들이 어떻게 나가면 좋을까에 대해 토론했다. 랠프가 그 문제에 진심으로 관심을 갖게 되자, 메리는 무의식적으로 주의가 산만해졌고 랠프에게 자신의 감정을 터놓고 싶다는, 적어도 뭔가 사적인 이야기를 해서 그가 자기를 어떻게 생각하는지 알고 싶다는 강한 욕구를 느꼈지만, 그런 바람을 떨쳐버렸다. 하지만 그가 하는 말에 대해 그녀가 흥미를 잃은 것을 눈치채이지 않을 수는 없었고, 차츰 두 사람 다 말이 없어졌다. 랠프의 머릿속에는 이 생각 저 생각이 떠올랐지만, 모두 어떤 식으로든 캐서린이나 아니면 그녀가 불러일으킨 막연한 로맨스며 모험의 느낌과 연관된 것이었다. 하지만 메리에게 그런 생각들에 대해 말할 수는 없는 노릇이었다. 그는 자기가 느끼는 것에 대해 그녀가 전혀 알지 못한다는 사실이 다소 안쓰러웠다. '바로 이 점이' 하고 그는 생각했다. '우리가 여자들과 다른 점일 거야. 여자들은 로맨스에 대한 감각이 없으니까.'

"이봐요, 메리" 하고 그가 마침내 물었다. "왜 좀 재미난 얘기를 해보지 그래요?"

••

겨 여성에게 투표권을 주되 연령 제한을 두는 법안에 찬성투표를 했다.

그의 어조는 확실히 짜증나게 하는 데가 있었다. 평소 메리는 쉽게 짜증을 내지 않았지만, 오늘 저녁에는 그녀도 다소 날카롭게 대꾸했다.

"재미난 얘기는 할 게 없으니까요."

랠프는 잠깐 생각하더니, 이렇게 말했다.

"당신은 너무 열심히 일해요. 건강을 말하는 게 아니라" 하고 그는 그녀가 코웃음 치자 덧붙였다. "당신이 하는 일에 너무 휘말리는 것 같아서 말입니다."

"그게 나쁜가요?" 그녀는 손으로 눈을 가리며 물었다.

"내 생각에는 그래요." 그는 다소 무뚝뚝하게 말했다.

"하지만 겨우 일주일 전만 해도 그 반대로 말하지 않았나요." 말투는 따지는 듯했지만, 이상하게 가라앉는 느낌이었다. 랠프는 그런 기미를 알아채지 못했고, 뭔가 잔소리를 할 기회다 싶었는지 자신의 최근 인생 지침을 설파하기 시작했다. 그녀는 묵묵히 듣고 있었지만, 대체적인 인상은 그가 만난 누군가가 그에게 영향을 미치고 있다는 것이었다. 그는 그녀에게 책을 좀 더 읽어야 한다고, 그녀 자신의 관점 못지않게 주목할 만한 다른 관점들도 있다는 것을 알아야 한다고 역설하는 중이었다. 그를 마지막으로 본 것이 자신의 사무실에서 그가 캐서린과 함께 나갈 때였으므로, 그녀는 그에게 일어난 변화가 캐서린 때문이라고 생각했다. 어쩌면 캐서린이, 분명 경멸하는 눈치였던 그 장면을 떠나면서 뭔가 그런 비난을 했거나, 아니면 그저 태도만으로도 그런 빛을 비쳤거나 했을 것이었다. 하지만 랠프는 다른 어떤 사람의 영향을 받았다고는 결코 인정하지 않으리라는 것을 그녀는 알고 있었다.

"당신은 책을 너무 적게 읽는 것 같아요, 메리." 그는 말하고 있었다. "시를 좀 더 읽어야 해요."

메리의 독서가 시험을 위해 알 필요가 있는 저작들에 국한되었던 것은 사실이었고, 런던에 와서는 책을 읽을 시간이 아주 적었다. 왠지는 몰라도 시를 잘 읽지 않는다는 말을 듣기 좋아하는 사람은 없는 법이지만, 그녀의 언짢은 기색은 손의 위치를 바꾸고 눈빛이 다소 굳어진 것에서밖에 드러나지 않았다. 그러다 문득 '나는 내가 결코 그러지 않겠다고 말했던 식으로 행동하고 있구나' 하는 생각이 들었고, 그래서 그녀는 긴장을 풀며 평소의 온당한 말투로 대답했다.

"그럼 뭘 읽어야 할지 좀 말해줘요."

랠프는 무의식적으로나마 메리에게 짜증이 나 있던 터라, 그가 이제 꼽는 위대한 시인 몇몇은 그녀 같은 성격이나 생활 방식의 결함을 지적하는 글을 쓴 이들이었다.

"당신은 당신보다 못한 사람들과 함께 지내고 있어요." 그는 가당찮게 열을 올리고 있음을 스스로 의식하며 말했다. "그러니까 타성에 젖어드는 겁니다. 왜냐하면 그렇게 지내는 게 대체로 편안하니까요. 그래서 당신이 왜 거기 있는지도 잊어버리는 것 같아요. 여자들이 대개 그렇듯이, 사소한 것들을 크게 생각하는 버릇이 있어요. 그러다 보면 뭐가 중요하고 중요하지 않은지도 분간이 안 가게 되지요. 여성참정권자들이 지난 세월 동안 아무 성과도 내지 못한 것도 다 그 때문이에요. 살롱 모임이니 바자회니 하는 걸 해봐야 무슨 소득이 있습니까? 당신은 참신한 아이디어를 원하지요, 메리? 그럼 뭔가 큰 걸 붙잡아요. 실수하는 걸 두려워하지 말고, 잔신경을 꺼요. 아예 일을 접고 한 일 년 여행이라도 떠나보면 어때요? 세상 구경을 하라는 겁니다. 평생 뒷방에서 고만고만한 사람들과 지내는 걸로 만족하지 말아요. 물론 그럴 리도 없겠지만." 그는 일장연설을 마쳤다.

"나도 그런 식으로 생각을 하던 참이었어요 — 나 자신에 대해서 말이에요." 메리의 유순한 어조는 그를 놀라게 했다. "나도 어디론가 멀리 떠났으면 할 때가 있어요."

잠시 둘 다 말이 없었다. 이윽고 랠프가 입을 열었다.

"하지만 이봐요, 메리, 내가 한 말을 곧이곧대로 들은 건 아니겠지요?" 그의 짜증은 가셨고, 그녀의 가라앉은 음성에서 문득 자기가 그녀에게 상처를 주었다는 사실을 느끼고는 후회하는 심정이 되었다.

"정말로 멀리 가버리진 않겠지요?" 그는 물었다. 그녀가 아무 대꾸도 하지 않자, 그는 재우쳐 말했다. "안 돼요, 가버리면."

"나도 내가 뭘 어쩌려는 건지 확실히는 모르겠어요." 그녀는 대답했다. 그녀는 자신의 계획에 대해 함께 의논할까 말까 잠시 망설였지만, 그는 더 묻지 않았다. 그는 그대로 자기만의 생각에 잠겨 말이 없었고, 메리는 그의 침묵이 자신 또한 경계하려 애쓰면서도 생각하지 않을 수 없는 것, 즉 피차간의 감정이나 관계와 무슨 연관이 있는 것은 아닐까 싶어지는 것을 어쩔 수 없었다. 그녀는 두 사람의 생각이 길고 나란한 터널을 파면서 나아가는 것만 같은 기분이 들었다. 두 개의 터널이 아주 가까워지기는 하지만, 결코 서로 만나지는 못하는 것이다.

그가 가버리자 — 그는 더는 이렇다 할 말 없이 인사만 하고 가버렸다 — 그녀는 잠시 우두커니 앉아서 그가 한 말을 곱씹어보았다. 만일 사랑이라는 것이 전 존재를 용암처럼 녹여버리는 뜨거운 불길이라 한다면, 메리는 데넘을 부지깽이나 부집게보다도 더 사랑하는 것이 아니었다. 하지만 어쩌면 그런 극단적인 정열은 아주 드물고, 그런 식으로 묘사된 심적 상태는 저항할 힘이 하루가 다르게 사라져버리고 사랑이 최고조에 이른 단계에나 해당하는지도 몰랐다. 지성적인 사람들이 대개 그렇듯이, 메리 역시 자신이 느끼는 것을 가장 중요하게 생각할 만큼은 에고이스트였을 뿐 아니라 타고난 모럴리스트이기도 해서 이따금씩 자신의 기분이 신뢰할 만한 것인지 점검하곤 했다. 랠프가 가버린 후, 그녀는 자신의 심적 상태를 곰곰이 짚어보았고, 뭔가 외국어를 — 이탈리아어나 독일어를 공부하는 게 좋겠다는 결론을 내렸다. 그러고는 서랍으로 다가가 열쇠로 열고 거기서 뭔가 빽빽이 고쳐 쓴 원고를 꺼냈다. 그녀는 그것을 내리 읽으며 이따금씩 고개를 들고는 랠프에 대해 잠깐씩 깊은 생각에 잠겼다. 그가 자신에게 남다른 감정을 일으키는 점들이 무엇인지 최선을 다해 일일이 따져보고는, 그런 감정이 이성적으로 충분히 설명되는 것이라고 자신을 타일렀다. 다시 원고로 돌아간 그녀는 문법에 맞는 영어 산문을 쓰는 것이야말로 세상에서 가장 어려운 일임을 재확인했다. 그러나 그녀가 문법에 맞는 영어 산문이나 랠프 데넘보다 더 많이 생각한 것은 자기 자신이었다. 그러므로 그녀가 정말로 사랑에 빠졌는지, 만일 그렇다면 그녀의 열정이 대체 어떤 종류의 사랑에 속하는지는 의문의 여지가 있었다.

제11장

'중요한 것은 인생이고, 인생뿐이다 — 중요한 것은 발견의 과정, 영원하고도 부단한 과정이다'라고 캐서린은 아치로 덮인 길을 지나 킹스벤치워크[105]의 넓은 공간으로 나서면서 되뇌었다. '발견 그 자체가 아니다.' 그녀는 마지막 한마디를 읊으면서 로드니의 창문을 올려다보았다. 창문이 불그레하게 빛나는 것이 자신을 환영하는 뜻임을 그녀는 알고 있었다. 그가 차를 마시러 오라고 초대했던 것이다. 그러나 그녀는 생각의 진행을 중단하는 데 대해 거의 온몸으로 거부반응을 일으키는 상태였으므로, 그의 플랏으로 올라가는 계단에 다가서기에 앞서 나무들 아래를 두어 차례 오갔었다. 그녀는 아버지도 어머니도 읽지 않은 책을 손에 넣어 자기만의 것으로 간직하고 그 내용을 혼자서 곱작대며 다른 아무와도 생각을 나누지 않은 채 그 의미를 생각하고 책이 좋은지 나쁜지 결정하기를 좋아했다. 오늘 저녁 그녀는 도스토예프스키의 말을 자기 기분 — 운명론적인 기분 — 에

105) 킹스벤치워크(King's Bench Walk)는 스트랜드 남쪽, 템플 역과 블랙프라이어스 역 중간쯤에 있는 길이다.

맞게끔 비틀어서, 발견의 과정이 삶이며 아마도 목표가 어떤 것이냐는 전혀 중요치 않으리라는 생각을 거듭하고 있었다. 그녀는 잠시 벤치에 앉아 자신이 수많은 것들과 함께 휩쓸려가는 듯한 기분이 들었지만, 늘 그렇듯 단호한 태도로 그 모든 생각을 털어버려야 할 때라는 결론을 내리고는 자리에서 일어났다. 생선가게 바구니를 내버려둔 채였다. 2분 후 그녀가 로드니의 문을 또렷하게 두드리는 소리가 났다.

"아, 윌리엄" 하고 그녀는 말했다. "내가 좀 늦었나 봐요."

사실이었다. 그러나 그는 그녀를 보자 기쁜 나머지 기다리느라 짜증났던 것이 깨끗이 가셨다. 그는 한 시간 넘도록 그녀를 위해 이런저런 준비를 하느라 분주했었지만, 이제 그녀가 코트를 벗는 동안 사방을 둘러보며 말은 안 해도 분명 만족한 기색인 것을 보자 노력한 보람을 느꼈다. 그는 벽난로의 불이 잘 타도록 봐두었고, 테이블에는 잼 단지들이 놓여 있고, 난로 울타리 안에서는 주석 뚜껑들이 반짝이고 있었다.[106] 그는 오래된 실내용 가운을 입고 있었는데, 여기저기 불규칙하게 색이 바랬으며, 새로 덧붙여 기운 조각들은 마치 잔디밭에서 돌멩이를 들추면 그 아래서 나타나는 더 밝은 빛깔의 풀처럼 선명한 빛깔을 띠고 있었다. 그는 차 마실 준비를 했고, 캐서린은 장갑을 벗은 다음 다소 남성적으로 보일 만큼 편안한 동작으로 다리를 꼬고 앉았다. 두 사람 다 별말이 없다가, 난롯가에서 둘 사이의 방바닥에 찻잔을 내려놓은 채 담배[107]를 피웠다.

106) 음식이 식지 않도록 보온용 주석 뚜껑(tin covers)을 덮어 난로 울타리(fender) 안에 둔 것이다.

107) 캐서린과 메리는 종종 담배(cigarette)를 피우는 것으로 그려지는데, 여성이 담배를 피운다는 것은 이른바 신여성(New Woman)이 사회적 규범에 도전하고 양성평등을 요구하는 행동 방식 중 하나였다. 제1차 세계대전을 겪으면서 여성의 흡연은 좀 더 일상적이 되었지만

그들은 자신들의 관계에 대해 편지가 오간 후로 만난 적이 없었다. 그의 애정 고백에 대한 캐서린의 답장은 짧고 분별 있는 것이었다. 편지지가 반도 채워지지 않았으니, 그녀는 그를 사랑하지 않으며 따라서 그와 결혼할 수 없다고, 하지만 우정은 변함없이 계속되기를 바란다는 내용이 전부였기 때문이다. '당신의 소네트는 아주 좋았어요'라는 추신이 덧붙여져 있었다.

윌리엄으로 말하자면, 지금 같은 표면적인 자연스러움은 아주 공들인 것이었다. 그날 오후 그는 세 번이나 연미복으로 차려입었다가 세 번이나 벗어버리고 이 낡은 실내복을 걸쳤으며, 세 번이나 진주 타이핀을 꽂았다가 세 번이나 빼버렸으니 그의 방에 있는 작은 체경이 그런 심적 변화의 증인이었다. 문제는, 캐서린이 12월의 그 오후에[108] 어느 편을 선호하겠는가 하는 것이었다. 그는 그녀의 짧은 편지를 다시 한 번 읽었고, 소네트에 관한 추신에서 가닥을 잡았다. 그러니까 그녀는 그에게서 시인으로서의 소질을 가장 높이 산다는 뜻이었고, 그것은 그 자신의 견해와도 대체로 일치하므로, 기왕 틀릴 바에야 허름해 보이는 쪽을 시험해보기로 한 것이었다. 그의 행동거지 또한 사전에 생각해둔 대로였으니, 되도록 말을 하지 말고, 하더라도 개인적인 화제는 피하기로 했다. 그녀가 처음으로 그의 집을 방문하는 것이 별로 대단한 일이 아니라는 인상을 주고 싶었지만, 사실 그것은 그 자신도 확신이 서지 않는 점이었다.

확실히 캐서린은 별로 불안해하는 기색이 없었다. 만일 그가 자신을 좀

사회적 금기로 여겨지기는 마찬가지였다.

108) 제18장에서는 크리스마스 휴가 때 랠프가 캐서린의 약혼을 안 지 6주가 지났다고 생각하는 대목이 나온다. 그렇게 본다면 캐서린의 이 방문은 12월이 아니라 11월이라야 할 것이다. 플라타너스에 아직 잎이 남아 있다거나, 캐서린이 벤치에 앉았다가 굴이 든 바구니를 잊고 왔다거나 하는 세부도 12월보다는 11월에 더 어울린다.

더 차분히 다스릴 수 있었다면, 오히려 그녀의 방심한 듯한 태도가 마음에 걸렸을 터이다. 하지만 찻잔과 촛불들에 둘러싸여 로드니와 단둘이 함께 있어도 아무렇지 않고 편안하다는 사실은 캐서린에게 겉보기보다 큰 효과를 가져왔다. 그녀는 그의 책을 보여달라고 청했고, 이어 그림도 보았다. 그리스 풍경을 찍은 사진을 들여다보다 말고, 그녀는 불쑥 엉뚱한 말을 했다.

"내 굴! 바구니를 들고 있었는데!" 그녀는 말했다. "어디다 두고 온 모양이에요. 오늘 밤 더들리 숙부가 우리 집에서 식사를 하게 되어 있거든요. 도대체 그걸 어떻게 한 거지?"

그녀는 벌떡 일어나 방 안을 이리저리 오갔다. 윌리엄도 일어나 불 앞에 서서 우물거렸다. "굴, 굴이라 — 굴 바구니를 들고 있었다고!" 하지만 이리저리 헤매며 마치 굴 바구니가 책장 꼭대기에 있기라도 한 것처럼 두리번거리던 눈길은 번번이 캐서린에게로 돌아올 뿐이었다. 그녀는 커튼을 열어젖히고 플라타너스의 얼마 남지 않은 잎사귀 사이로 내다보았다.

'스트랜드에서는 분명히 가지고 있었어.' 그녀는 곰곰이 되짚어보았다. '벤치에 앉았었는데. 아, 아무래도 상관없어.' 그녀는 마음을 정하고는 방 안을 향해 획 돌아섰다. '지금쯤 어느 불쌍한 사람이 맛있게 먹고 있겠지.'

"당신은 뭘 잊거나 하는 일이 없는 줄 알았는데." 두 사람이 다시 자리에 앉자 윌리엄이 말했다.

"그건 저에 관한 오해의 일부지요." 캐서린이 말했다.

"그렇다면 궁금하구려" 하고 윌리엄은 조심스럽게 밀고 나갔다. "당신에 관한 진실은 뭔지. 하지만 이런 얘긴 당신한테 별로 재미없겠지." 그는 다소 심통스럽게 얼른 덧붙였다.

"그래요. 별로 재미없어요." 그녀는 솔직하게 시인했다.

"그럼 무슨 얘기를 하면 좋겠소?" 그는 물었다.

그녀는 그저 내키는 대로 방 안의 벽들을 둘러보았다.

"무슨 얘기로 시작하든 결국 똑같은 얘기 — 시에 대한 얘기가 되고 말 텐데요. 그런데 윌리엄, 내가 셰익스피어조차 읽지 않았다는 걸 아는지 모르겠네요. 그러고도 어떻게 버텨왔는지 신기할 정도예요."

"내가 아는 한 10년은 아주 근사하게 버텨왔지." 그가 말했다.

"10년이요? 그렇게 오래됐어요?"

"내 생각엔 당신도 그게 항상 지겹지만은 않았을 거요." 그가 덧붙였다.

그녀는 말없이 난롯불만 들여다보았다. 그녀는 윌리엄이 어떤 사람이든 간에 자신의 감정에는 일말의 동요조차 일지 않는다는 것을 부인할 수 없었고, 무슨 일이 닥쳐도 감당할 수 있으리라는 확신이 있었다. 그와 함께 있으면 편했고, 그런 가운데 오가는 화제와 동떨어진 것들을 생각할 수 있었다. 지금 그가 그녀에게서 채 1야드도 떨어지지 않은 곳에 앉아 있는데도, 그녀의 마음은 얼마나 쉽게 이곳저곳을 떠돌아다니는지! 갑자기 그녀의 마음속에는 딱히 그러려고도 하지 않았는데도, 마치 그림들이 떠오르듯이, 바로 이 방 안에 있는 자신의 모습이 떠올랐다. 그녀는 어느 강연에서 돌아오는 길이고, 한 무더기의 책을, 과학 책이며 수학과 천문학에 관해 자신이 섭렵한 책들을 들고 있었다. 그러고는 그 책들을 저기 테이블 위에 올려놓았다. 그것은 자신이 윌리엄과 결혼할 경우, 2, 3년 후 자신의 모습이었다. 그쯤에서 그녀는 급히 생각을 털어버렸다.

그녀는 윌리엄이 곁에 있다는 것을 아주 잊어버릴 수는 없었다. 무진 애를 쓰고 있기는 했지만, 그가 신경이 바짝 곤두서 있다는 것은 명백했기 때문이다. 그럴 때면 그의 눈은 평소보다 더 튀어나왔고, 얼굴은 어느 때보다도 얇고 파삭한 가죽으로 씌워놓은 것 같아서 핏줄이 변덕스럽게 붉어질 때마다 대번에 비쳐 보이는 것이었다. 그동안 그는 너무나 많은 문장들을 가다듬고 내버렸으며, 너무나 많은 충동을 느끼고 또 억누르느라, 온통 새빨개져 있었다.

"당신은 책을 읽지 않는다지만" 하고 그는 말을 꺼냈다. "하지만 그래도 책에 대해 모르는 게 없지 않소? 게다가 누가 당신에게 유식하기를 바라겠소? 그런 건 달리 할 일이 없는 불쌍한 놈들에게나 맡겨요. 당신은 — 당신은 — 흠!"

"됐어요. 가기 전에 뭔가 읽어주지 않겠어요?" 캐서린은 손목시계를 들여다보며 말했다.

"아니, 방금 오지 않았소? 어디 보자, 뭘 보여줄 게 있더라?" 그는 일어나서, 테이블 위의 종이 무더기를 뒤적이는 품이 마음을 정하지 못한 듯했다. 마침내 원고 하나를 집어 들고는, 무릎 위에 가지런히 놓은 다음, 미심쩍은 듯 캐서린을 향해 고개를 들었다. 그는 그녀가 미소 짓는 것을 알아챘다.

"그저 예의상 읽어달라는 거 아니오?" 그는 불쑥 말했다. "뭐 다른 얘기를 하는 게 어때요. 요즘은 누구를 만나고 지냈다든가?"

"난 대체로 예의상 뭘 청하거나 하진 않아요." 캐서린이 대답했다. "하지만 읽고 싶지 않다면 안 읽어도 돼요."

윌리엄은 기분이 상한 듯 묘한 콧방귀를 뀌고는, 다시 원고를 펼쳤지만, 그러면서도 내내 눈은 그녀의 얼굴에 가 있었다. 더없이 진지하고 공정해 보이는 얼굴이었다.

"당신은 기분 나쁜 말을 하는 데는 일가견이 있다니까." 그는 종이를 쓰다듬더니 목을 가다듬고는 연의 절반쯤을 먼저 속으로 읽어보았다. '흠! 공주가 숲속에서 길을 잃었다, 그러다 뿔나팔 소리를 듣는다. (이건 무대에서는 아주 근사하겠지만, 여기서는 제대로 효과가 안 나겠지.) 어쨌든, 실바노가 들어오고, 그라티안의 궁정에 속하는 다른 신사들이 뒤따라 나오지. 그가 독백하는 데서부터 시작해야겠다.' 그는 고개를 획 젖히고는 읽기 시작했다.

캐서린은 방금 자신은 문학에 대해 아무것도 모른다고 주장했지만, 그러면서도 주의 깊게 경청했다. 적어도, 처음 스물다섯 행가량은 주의 깊게 경청했지만, 그쯤에서는 얼굴이 찌푸려졌다. 로드니가 손가락을 추켜들었을 때에야 비로소 다시 정신이 돌아왔다. 이제 곧 운율이 바뀐다는 신호라는 것은 그녀도 알고 있었다.

그의 이론에 따르면, 분위기마다 운율이 달라져야 한다는 것이었다. 그는 운율을 자유자재로 구사할 수 있었다. 만일 극의 아름다움이 대사가 갖는 운율의 다양성에 있다면, 로드니의 희곡들은 셰익스피어의 작품에 못지 않았을 것이다. 캐서린은 셰익스피어를 읽지 않았지만, 그래도 희곡이 청중에게 지금 자신에게 일어나는 것 같은 냉랭한 반응을 일으켜서는 안 된다는 것쯤은 확실히 알 수 있었다. 로드니의 대사들은 때로는 길고 때로는 짧았지만, 시행 하나하나를 듣는 사람의 머릿속 같은 장소에 확실히 못박아두려는 듯 한결같은 어조로 읽어 내려갈 뿐이었다. 하지만 그런 종류의 재주는 남자들에게만 있는지도 모른다고 그녀는 생각했다. 여자들은 그런 것을 연습하지도 않고 별로 중요하게 여기지도 않으니까. 하여간 남편이 그런 방면에 재주가 있다면 존경하기도 쉽기는 할 것이었다. 신비화라는 것은 존경의 토대로서는 나쁘지 않으니까. 윌리엄이 박식하다는 것은 아무도 의심할 수 없는 사실이었다. 그 막이 끝나는 데서 낭독도 끝났다. 캐서린은 할 말을 미리 준비해두었다.

"아주 잘 쓴 것 같네요, 윌리엄. 나야 잘 모르니까 자세한 비평을 말하기는 어렵지만요."

"하지만 그렇다면 기교만 인상적이고 감정은 그렇지 않았다는 거요?"

"그렇게 일부만 읽을 때야 당연히 기교가 먼저 와 닿지요."

"하지만 어쩌면 — 한 편 더 들어줄 시간이 있소? 연인들 사이의 짧은 장면으로, 거기에는 진짜 감정이 담겨 있다고 생각하는데. 데넘도 그게 내가 쓴 것 중에 가장 잘된 거라고 했소."

"랠프 데넘한테도 읽어줬나요?" 캐서린은 놀라서 반문했다. "그야 그 사람이 나보다 더 잘 알겠지요. 그 사람은 뭐라고 하던가요?"

"오, 캐서린" 하고 로드니는 탄식했다. "난 당신에게 비평을 해달라는 게 아니오. 그건 학자에게나 청해야겠지. 그들이 내 작품을 어떻게 평가하든 내가 신경 쓸 사람은 고작 다섯 명 정도일 거요. 하지만 감정에 관한 한 난 당신 의견이 중요해요. 이 장면들을 쓰면서 자주 당신을 생각했고, '이런 대목은 캐서린이 마음에 들어 할까?' 하고 노상 자문하곤 했으니까. 난 작품을 쓸 때면 항상 당신 생각을 해요. 당신이 전혀 모르는 일들에 대해서도 마찬가지고. 내 작품이 세상 그 누구보다도 당신 마음에 들었으면 하는 거요."

자신에 대한 신뢰를 그토록 절절하게 고백하는 말에 캐서린은 감동이 되었다.

"당신은 나를 너무 높이 평가하는 거 같네요, 윌리엄." 그녀는 대답했다. 자기가 그런 식으로 말할 작정이 아니었다는 것을 잊어버린 것이었다.

"아니, 캐서린, 그렇지 않아요." 그는 원고를 서랍에 도로 넣으면서 대답했다. "당신 생각을 하면 도움이 돼요."

그렇게 담담한 대답에 이어, 별다른 애정 표현 없이 그저 스트랜드까지 바래다주겠다면서 잠깐 기다려주면 실내복을 코트로 갈아입고 오겠다는 말에, 그녀는 그에 대해 전에 없이 따뜻한 애정을 느꼈다. 그가 옆방에서 옷을 갈아입는 동안, 그녀는 책장 앞에 서서 이 책 저 책 꺼내 펼쳐보았지만 눈에 들어오지 않았다.

아무래도 로드니와 결혼하게 될 것 같다는 기분이 들었다. 어떻게 피할 수 있겠는가? 그래서 안 될 것도 없지 않은가? 그녀는 한숨을 쉬며, 결혼에 대한 생각을 접어버리고 몽상에 잠겨 들었다. 몽상 속에서 그녀는 다른 사람이 되었고, 온 세상이 달라 보였다. 그 세상을 자주 방문하는 터라, 그녀는 거기서도 머뭇거리지 않고 길을 찾을 수 있었다. 만일 그곳에서 받는 인상들을 분석해보려 했다면, 그녀는 우리 세상에 나타나는 현상들의 실체가 그곳에 있다고 말했을 것이다. 그 세상에서 느끼는 감각은 실제 삶에서 유발되는 감각에 비하면 그토록 직접적이고 강력하고 자유로웠다. 그곳에는 그럴 만한 원인만 있다면 느꼈을 법한 것들이 있었으니, 여기서는 단편적으로밖에 맛보지 못하는 완벽한 행복과 여기서는 그저 흘긋 스쳐 볼 뿐인 아름다움이 거기 있었다. 물론, 그 상상 세계를 치장하는 것 중 상당 부분이 과거로부터, 심지어 엘리자베스 왕조 시대의 영국으로부터 빌려온 것임은 의심할 여지가 없었다. 그러나 그런 장식이 아무리 달라진다 해도, 두 가지 면에서는 변함이 없었다. 즉, 그곳에서는 감정들이 현실 세계가 부과하기 마련인 제약으로부터 해방되었으며, 그런 상태에서 깨어날 때면 항상 체념하고 사실들을 초연하게 받아들이게 되는 것이었다. 그녀는, 데넘과는 달리, 그곳에서 아는 사람들이 기적적으로 변해 있는 모습을 만난다거나 하는 일이 없었고, 자신을 미화시키거나 하지도 않았다. 하지만 그곳에서는 분명 도량 넓은 영웅을 사랑하고, 함께 미지의 세계의 무성한 나무들 사이를 거닐며 해안의 파도처럼 신선하고 세찬 감정들을 나눌 것이었다. 그러나 그렇듯 해방된 시간의 모래는 너무나 빨리 흘러내렸다. 미지의 숲속 나뭇가지들을 뚫고 로드니가 화장대 앞에서 내는 소리가 들려왔으며, 캐서린은 꿈속의 소풍을 끝내듯 들고 있던 책을 덮고 책장에 다시 꽂았다.

"윌리엄" 하고 그녀는 불렀다. 마치 꿈속으로부터 생시의 사람들을 부르는 것처럼, 처음에는 아주 희미한 음성이었다. "윌리엄" 하고 그녀는 분명한 소리로 불렀다. "만일 아직도 나와 결혼하고 싶다면, 그렇게 할게요."

이 세상 어떤 남자도 자기 일생의 가장 중요한 문제가 그렇게 단조롭고 무심한, 아무런 기쁨도 힘도 없는 목소리로 결정되리라고는 기대할 수 없을 터이기 때문일까. 하여간 윌리엄은 아무 대답도 하지 않았다. 그녀는 냉정하게 기다렸다. 다음 순간 그는 옷 갈아입는 방에서 활기차게 걸어 나와, 만일 굴을 좀 더 사야 한다면 자기가 아직 열려 있는 생선가게를 알 것 같다고 말했다. 그녀는 깊은 안도의 한숨을 내쉬었다.

며칠 후 힐버리 부인이 시누이인 밀베인 부인에게 보낸 편지에서 발췌:

"전보를 보내면서 이름을 안 쓰다니 내 정신도 참. 아주 기분 좋은 영국식 이름인 데다가, 지성미를 겸비한 사람이야. 안 읽은 게 없다니까. 그래서 캐서린에게 말했어. 식탁에선 언제나 내 오른쪽에 앉혀야겠다고. 셰익스피어의 인물들에 대한 얘기가 나올 때면 언제든 물어볼 수 있게 말이지. 두 사람은 별로 부유하진 못하겠지만, 그래도 아주아주 행복할 거야. 어느 날 나는 밤 늦게까지 일어나 앉아서, 내 인생에 더 이상 멋진 일이라고는 일어나지 않겠구나 하는 기분으로 있었어. 방 밖에 캐서린이 지나가는 소리가 들리기에 '불러도 될까?' 하다가 (왜 그 난롯불은 꺼져가고 생일도 막 지났고 할 때의 가망 없이 서글픈 느낌으로) '왜 내 일로 저 애를 귀찮게 하겠어?' 생각했거든. 그런데 내 그 자제심이 보답을 받은 건지, 캐서린이 노크를 하더니 들어와서 내 앞 깔개 위에 앉는 거야. 둘 다 아무 말도 하지 않았지만, 한순간 너무나 행복해서 나도 모르게 외치고 말았어. '오, 캐서린, 너도 내 나이가 되었을 때, 너 같은 딸이 있기를 바라!' 하고 말이야. 캐서린이 원래 말이 별로 없다는 건 당신도 알지. 하지만 너무나 오래 말이 없기에, 난 또 어리석게도 조바심이 나서 뭔지도 모르면서 걱정이 되기 시작했어. 한참만에야 입을 열더군. 마음을 정했다고 말이야. 편지를 썼고, 내일 그가 올 거라고. 처음에는 별로 기쁘지 않았어. 그 애가 그 누구와 결혼하는 것도 원치 않았거든. 하지만 그 애가 '전혀 달라지는 게 없어요. 저한테는 어머니 아버지가 항상 제일 소중해요.'라고 하자 비로소 내가 얼마나 이기적인지 알겠더라고. 그래서 말해주었지. 그에게 모든 걸 다 줘야 한다고! 나는 그 다음이 되면 좋겠다고. 그런데 왜 모든 일이 다 바라던 대로 이루어졌는데도, 눈물밖에 안 나는 걸까. 인생이 다 허망하게 지나가고 속절없이 나이만 먹은 서글픈 노친네처럼 말이야. 하지만 캐서린이 몇 번씩이나 '난 행복해요, 행복해요' 하는 바람에, 그 당장은 너무나도 서글펐지만, 캐서린이 행복하다니까, 그리고 난 아들이 생기는 셈이니까, 모든 게 기대 이상으로 잘될 거라고 생각했어. 설교 말씀이야 뭐라건 간에, 난 이 세상은 행복하기 위해 있는 거라고 믿으니까. 그 애는 우리 집에서 아주 가까운 곳에 살면서 매일 우리를 보러 올 테고, 전기 쓰는 일도 계속할 테니까 예정대로 마칠 수 있을 거라는군. 어쨌든 그 애가 결혼하지 않는 것보다야 — 아니면 도저히 참을 수 없는 사람과 결혼하는 것보다야 — 낫지 않겠어? 만일 이미 결혼한 사람과 사랑에 빠졌다면 얼마나 끔찍한 일이겠어.

그리고 원래 호감이 가는 사람에 대해서는 좋게만 생각하는 법이긴 하지만, 그는 더없이 다정하고 진실한 사람이야. 가끔 불안해 보이고 태도도 별로 진중하진 못하지만, 그야 캐서린의 일이니까 그런 생각이 드는 거겠지. 이렇게 쓰고 보니 생각났는데, 그가 갖지 못한 건 캐서린이 전부 갖고 있어. 그 애는 진중하고 침착하니, 결국 그 애가 끌어 나가게 되겠지. 자기를 필요로 하는 사람에게 그 모든 걸 줄 때도 되었잖아. 우리가 세상을 떠나고 없을 때, 영혼으로밖에 없을 때 말이야. 사람들이 뭐라건 간에, 난 내 모든 기쁨과 슬픔을 누렸던 이 세상으로 다시 돌아올 작정이거든. 지금도 나는 온갖 멋진 선물들이 달려 있는 요정나무에게 또 다른 선물을 받겠다고 손을 뻗치는 것만 같아. 하긴 이제 그런 선물도 점점 드물어지고, 가지 사이로 푸른 하늘이 아니라 별들과 산꼭대기들이 보이지만 말이야.

그 이상은 알 수 없는 일이겠지? 자식들에게 조언이라고 해줄 게 없네. 그저 아이들도 우리처럼 앞날에 대한 꿈과 믿음을 가지기를 바랄 뿐이지. 그게 없다면 인생은 무의미해질 테니까. 내가 캐서린과 그 애 남편에게 바라는 건 그런 거야."

제12장

"힐버리 씨 집에 계십니까? 아니면 부인이라도?" 일주일 후 첼시에서, 데넘은 하녀에게 물었다.

"아니요. 하지만 힐버리 양은 계십니다." 하녀가 대답했다.

랠프는 여러 가지 대답을 예상했었지만, 이것만은 예상 밖이었다. 덕분에 불현듯 분명해진 것은, 힐버리 씨를 만나겠다는 것은 구실일 뿐 첼시까지 찾아온 것은 혹시라도 캐서린을 볼 수 있을까 해서였다는 사실이었다.

그는 잠시 주저하며 생각해보는 척하다가, 안내를 따라 2층 살롱으로 올라갔다. 몇 주 전에 처음 왔던 때와 마찬가지로, 문이 닫히는 것이 마치 천 개는 되는 문이 부드럽게 바깥세상을 차단하는 것만 같았다. 그리고 또 다시, 온 방에 깊은 음영들과 난로의 불빛, 은촛대의 흔들림 없는 불꽃들이 가득하다는 인상을 받았다. 빈 공간들로 둘러싸인 방 한복판의 둥근 테이블 위에는 은쟁반과 도자기 찻잔 같은 깨지기 쉬운 것들이 놓여 있었다. 그러나 이번에는 거기 앉아 있는 것이 캐서린뿐이었다. 손에 책이 들려 있는 것으로 보아 방문객이 있으리라고는 생각지 못한 듯했다.

랠프는 그녀의 아버지를 만나러 왔다는 식으로 뭔가 둘러댔다.

"아버지는 외출 중이세요." 그녀는 대답했다. "하지만 좀 기다리셔도 된다면, 곧 돌아오실 거예요."

그저 예의상 한 말일 수도 있었지만, 랠프는 그녀가 자신을 꽤 살갑게 맞이하는 듯한 느낌이 들었다. 어쩌면 혼자서 차를 마시고 책을 읽는 데 싫증이 났는지도 몰랐다. 하여간 그녀는 홀가분한 태도로 책을 소파에 던져두었다.

"당신이 경멸한다는 현대 작가의 책인가요?" 그는 그녀의 무람없는 동작에 미소 지으며 물었다.

"그래요." 그녀는 대답했다. "당신이라도 경멸하리라고 생각해요."

"저라도?" 그가 되물었다. "왜 저라도입니까?"

"당신은 현대적인 것들이 좋다고 했으니까요. 저는 싫다고 했고요."

그것은 그들이 유품들 사이에서 나눈 대화를 정확히 옮긴 것이라고는 할 수 없었지만, 그래도 랠프는 그녀가 그때 나눈 이야기를 기억한다는 사실만으로도 기분이 나쁘지 않았다.

"아니면 모든 책이 다 싫다고 말했던가요?" 그가 뭔가 물으려는 듯이 고개를 드는 것을 보자 그녀가 고쳐 물었다. "생각이 잘 안 나서요 —"

"모든 책이 다 싫습니까?" 그가 물었다.

"겨우 열 권을 읽고서 모든 책이 싫다고 한다면 말이 안 되겠지요. 하지만 —" 그녀는 말을 하다 말았다.

"하지만 뭐지요?"

"그래요, 저는 책이 싫어요." 그녀는 말을 이었다. "왜 항상 자기가 느끼는 바에 대해 말하고 싶어 하는 걸까요? 저는 그 점을 모르겠어요. 그런데 시라는 건 온통 느낌에 대한 거잖아요 — 소설도 그렇고요."

그녀는 힘차게 케이크를 잘라 빵과 버터와 함께 쟁반에 담더니, 감기로 위층 방에 누워 있는 힐버리 부인에게 가져다주려고 일어섰다.

랠프는 그녀를 위해 문을 열어주고는, 주먹을 불끈 쥔 채 방 한복판에 우두커니 서 있었다. 눈은 밝게 빛났고, 정말이지 자기가 본 것이 꿈인지 현실인지 알 수 없다는 기분이었다. 먼 길을 걸어와 문 앞에 당도하여 계단을 올라올 때까지만 해도, 캐서린에 대한 꿈에 사로잡혀 있었고, 방 문간에 들어설 때는 자신이 그녀에 대해 꿈꾸었던 것과 현실의 그녀 사이의 괴리감이 너무 고통스러울까 봐 일부러 그 꿈을 떨쳐버렸었다. 그런데 불과 5분 만에 그녀는 오래된 꿈의 껍질을 살아 있는 실체로 채워주었던 것이다. 환영과도 같은 눈으로 형형히 바라보고 있었던 것이다. 그는 자신이 그녀의 의자며 테이블 가운데 있다는 사실에 새삼 당황하며 주위를 둘러보았다. 캐서린이 앉아 있던 의자 등받이를 잡아보니 단단하게 손에 잡혔지만, 그래도 여전히 비현실적이었다. 분위기가 꼭 꿈만 같았다. 그는 그 순간들이 줄 수 있는 모든 것을 파악하기 위해 온 정신을 다 쏟았고, 그러자 마음속 깊은 데서부터 걷잡을 수 없는 기쁨이 올라왔다. 인간의 본성은 그 아름다움에 있어서 우리의 가장 터무니없는 꿈이 어렴풋이나마 그려볼 수 있는 것을 능가한다는 진실을 깨달은 기쁨이었다.

잠시 후 캐서린이 돌아왔다. 그는 선 채로 그녀가 다가오는 것을 바라보면서, 자신이 꿈꾸던 것보다도 훨씬 더 아름답고도 낯설다고 생각했다. 현실의 캐서린은 이마 뒤에나 눈 속 깊은 곳에 들어차 있는 듯한 말들을 실제로 말할 수 있었으며, 더없이 평범한 말도 그 불멸의 빛에 비추이는 듯했다. 그녀는 꿈의 가두리를 넘쳐흘렀다. 그는 그녀의 부드러움이 마치 커다란 흰올빼미의 부드러움과도 같다고 느꼈다. 그녀는 손가락에 루비 반지를 끼고 있었다.

"어머니가 당신에게 전하라고 하셨어요." 그녀는 말했다. "당신이 시를 쓰기 시작했기를 바란다고요. 어머니 말씀은 누구나 시를 써야 한다나요... 저희 친척들은 모두 시를 쓰거든요." 그녀는 말을 이었다. "때로는 생각도 하기 싫은 일이지만요 — 왜냐하면 다 형편없으니까요. 하지만 또 생각하면 그걸 꼭 읽어야 하는 건 아니니까 —"

"당신은 제게 시를 쓰라고 권하지 않는 것 같군요." 랠프가 말했다.

"하지만 당신은 시인이 아니잖아요? 혹시 시인인가요?" 그녀가 그를 향해 웃으며 물었다.

"그러면 그렇다고 말해야 합니까?"

"그럼요. 당신은 진실을 말하리라고 생각해요." 그녀는 그 증거를 찾기라도 하는 듯이 거의 냉정한 눈길로 똑바로 그를 바라보며 대답했다. 저렇게 초연하면서 또 저렇게 솔직한 사람을 숭배하기란 쉬운 일이겠다고 랠프는 생각했다. 장차 어떤 고통이 닥치든 그녀 앞에 자신을 무모하게 던질 수 있을 것만 같았다.

"당신은 시인인가요?" 그녀는 물었다. 그는 그녀의 질문에 설명되지 않은 묵직한 의미가 담겨 있는 듯이 느껴졌다. 마치 뭔가 묻지 않은 질문에 대한 답을 구하는 듯했다.

"아니요. 몇 년째 시라고는 쓰지 않았습니다." 그는 대답했다. "하지만 어쨌든 당신 생각에는 동의하지 않습니다. 저는 그거야말로 유일하게 가치 있는 일이라고 생각합니다."

"왜 그런 말을 하는 건가요?" 그녀는 거의 참을 수 없다는 듯이, 스푼으로 찻잔을 두어 번 두드리며 물었다.

"왜냐고요?" 랠프는 생각나는 대로 말했다. "왜냐하면, 제 생각에, 시는 시 없이는 죽어버릴 어떤 이상을 살아 있게 해주기 때문입니다."

그녀의 표정에 묘한 변화가 스쳐갔다. 마치 마음속의 불꽃이 꺼지는 듯한 변화였다. 그녀의 눈빛에는 냉소와 또 전에 그가 더 적절한 말을 찾지 못해 슬픔이라고 생각했던 표정이 담겨 있었다.

"이상을 갖는다는 게 무슨 의미가 있는지 모르겠어요." 그녀가 말했다.

"하지만 당신은 이미 갖고 있지 않습니까?" 그가 힘주어 말했다. "꼭 이상이라고 부를 필요는 없겠지요. 사실 그건 바보 같은 말이니까요. 제 말은, 꿈이랄지 —"

그녀는 마치 그가 말을 마치기만 하면 대답하려는 듯 입술을 반쯤 벌린 채 그의 말을 듣고 있었다. 하지만 그가 "꿈이랄지" 하고 말하는 순간 살롱 문이 활짝 열렸다. 두 사람 다 하던 이야기를 중단했지만, 그녀의 입술은 여전히 벌어져 있었다.

멀리서 스커트 자락이 사락거리는 소리가 들려왔다. 그러고는 스커트의 주인공이 문간에 나타났는데, 하도 몸집이 커서 문틀을 거의 채우다시피 했고, 그 바람에 함께 온 훨씬 더 자그마한 부인의 모습은 가려져서 잘 보이지 않았다.

"고모들이에요!" 캐서린이 나직이 뇌까렸다. 그녀의 음성에는 일말의 비장함이 서려 있었고, 랠프의 생각에 상황도 그만 못지않았다. 그녀는 체구가 큰 부인을 밀리선트 고모라고 불렀다. 자그마한 부인이 셀리아 고모, 즉 밀베인 부인으로, 최근에 시릴을 그의 아내와 결혼시키는 임무를 떠맡았었다. 두 부인네 모두, 하지만 특히 코샘 부인(밀리선트 고모)[109]은 오후 다섯 시에 런던에서 남의 집을 방문하는 노부인들 특유의 온화하면서도

109) 이 aunt는 친족관계를 정확히는 알 수 없으나, 밀베인 부인과 함께 왔으며 '존 숙부'로 일컬어지는 다른 친척에 대해 공통된 추억을 가지고 있으며, 힐버리 부인을 sister-in-law로 부른다는 점에서 역시 캐서린의 외가보다는 친가 쪽의 인물이라 보아 '고모'로 옮긴다.

활기 있고 상기된 표정을 띠고 있었다. 유리에 끼워진 롬니[110]의 초상화들에서 볼 수 있는 발그레하게 무르익은 표정, 오후의 햇빛을 받은 붉은 벽을 배경으로 하는 살구 열매와도 같은 피어나는 부드러움이었다. 코샘 부인은 토시에 목걸이에 너펄거리는 주름들로 잔뜩 치장하고 있어서, 안락의자를 가득 채우고 있는 갈색과 검정색의 형체 가운데서 사람의 윤곽을 분간할 수 없을 지경이었다. 밀베인 부인은 훨씬 더 마른 체구였지만, 그녀의 윤곽 역시 분명하지 않기는 마찬가지여서, 랠프는 그녀들을 바라보면서 어쩐지 불안한 예감이 들었다. 자기가 무슨 말을 한들 저 엄청난 인물들에게 가 닿기나 할 것인가? — 코샘 부인이 마치 커다란 철사 태엽이라도 장착한 것처럼 몸을 흔들고 고개를 끄덕이는 기묘한 동작에는 무엇인가 환상적일 만큼 비현실적인 것이 있었기 때문이다. 그녀의 음성은 아주 높은 데다가 비둘기처럼 구구대는 듯해서, 단어들을 길게 늘였다가 뚝 잘라버렸다가 하는 것이, 영어가 더 이상 일상 회화에는 적합하지 않은 듯이 느껴지게 했다. 캐서린은 신경이 곤두선 탓인지 — 랠프에게는 그렇게 보였다 — 온 방의 전등을 다 켜놓았다. 그러나 코샘 부인은 일장 연설을 할 기세를 갖추고는 (아마 그렇게 몸을 흔들어댄 것도 그러기 위해서였는지도 몰랐다) 랠프를 향해 대놓고 시시콜콜 떠들기 시작했다.

"난 지금 워킹[111]에서 오는 길이랍니다, 포펌 씨! 왜 워킹이냐고 물으셔도 좋아요. 그럼 난 이렇게 대답하겠어요. 벌써 백 번은 한 대답이지만, 노을 때문이라고요. 우리는 노을을 보려고 그리로 이사한 거랍니다. 하지만

110) 조지 롬니(George Romney, 1734-1802). 영국의 초상화가.

111) 런던 남서쪽, 서리 주 서쪽에 위치한 도시. 코샘 부인의 말은, 일몰을 볼 수 있는 전원을 찾아 워킹으로 이사한 것인데, 런던 외곽의 도시화가 거기까지 퍼져 나가 이제는 아예 남쪽 바닷가까지 내려가지 않으면 일몰을 볼 수 없을 정도라는 것이다.

그건 사반세기 전 일이지요. 요즘은 노을이 어디 있나요? 이제는 사우스 코스트까지 가지 않고는 노을을 볼 수가 없어요." 그녀의 풍부하고도 낭만적인 음색에 맞추어 길고 하얀 손이 휘저어졌고, 그럴 때마다 그 손에서는 다이아몬드와 루비와 에메랄드들이 번쩍였다. 랠프는 그녀가 보석으로 치장한 모자를 쓴 코끼리를 닮았는지, 아니면 횃대 위에 불안정하게 자리 잡고서 설탕 조각을 변덕스럽게 찍어대는 화려한 앵무새를 닮았는지 생각 중이었다.

"요즘은 노을이 어디 있나요?" 그녀는 반복했다. "요즘도 노을을 보시나요, 포펌 씨?"

"저는 하이게이트에 삽니다." 그는 대답했다.

"하이게이트에? 그래요, 하이게이트도 나름대로 매력적인 곳이지요.[112] 너희 존 숙부가 하이게이트에 사셨단다." 그녀는 캐서린 쪽으로 몸을 돌리며 말했다. 그러고는 잠시 생각에 잠긴 듯 머리를 가슴에 파묻더니, 다시 고개를 들고는 말했다. "아마 하이게이트에도 아주 예쁜 골목들이 있겠지요. 난 네 어머니랑 야생 산사나무 꽃이 피는 오솔길을 걸은 생각이 나는구나, 캐서린. 하지만 요즘 산사나무가 어디 있담? 드 퀸시[113]의 그 섬세한 묘사를 기억하시나요, 포펌 씨? ― 하지만 내 그만 깜빡했네요, 당신이야, 당신 세대에야, 아는 것도 많고 활동 폭도 어찌나 넓어졌는지 감탄할 뿐이지만" ― 이 대목에서 그녀는 희고 아름다운 두 손을 모두 내저었다 ― "드 퀸시를 읽을 리 없지요. 당신네는 당신들 나름의 벨록에 체스터턴, 버나드

112) 코샘 부인은 도시화되기 이전의 전원다운 풍경을 간직하고 있던 예전의 하이게이트를 회상하고 있다.

113) 토머스 드 퀸시(Thomas de Quincey, 1785-1859). 영국 작가. 그의 『어느 아편쟁이의 고백 *Confessions of an Opium Eater*』은 울프의 모친 줄리아 스티븐의 애독서였다고 한다.

쇼[114]가 있을 텐데 — 왜 드 퀸시를 읽겠어요?"

"하지만 저는 드 퀸시를 읽습니다." 랠프가 항의했다. "적어도 벨록이니 체스터턴보다는 더 많이 읽지요."

"정말인가요!" 코샘 부인은 놀라움과 안도가 섞인 동작을 해보이며 외쳤다. "그렇다면 당신은 당신 세대에서는 별종이로군요. 드 퀸시를 읽는 사람을 만나다니 정말 기뻐요."

이 대목에서 그녀는 손을 오목하게 만들어 가리고서는 캐서린에게로 몸을 기울이며 다른 사람들도 다 들릴 만한 소리로 소곤거렸다. "네 친구는 글을 쓰니?"

"데넘 씨는" 하고 캐서린은 평소보다 더 분명하고 단호한 말투로 대답했다. "리뷰에 글을 써요. 그는 변호사예요."

"입매가 드러나게끔 말끔히 면도한 걸 보고 금방 알아봤어요. 전 변호사들과 함께 있으면 참 편안하답니다, 데넘 씨 —"

"옛날에는 변호사들이 집에 자주 왔었지요." 밀베인 부인이 끼어들었고, 그녀의 연약하고 은빛 나는 음성은 낡은 종소리처럼 달콤하게 울려 퍼졌다.

"하이게이트에 사신다고요." 그녀는 말을 이었다. "템페스트 로지라는 오래된 집이 아직도 있는지 혹시 아시나요? — 정원이 있는 오래된 하얀

114) 일레르 벨록(Joseph Hilaire Pierre Rene Belloc, 1870–1953). 프랑스계 영국 작가, 역사가. G. K. 체스터턴(Gilbert Keith Chesterton, 1874–1936). 영국 작가. 버나드 쇼(George Bernard Shaw, 1856–1950). 아일랜드 극작가. 이 세 사람은 모두 당대의 정치적·사회적 문제에 관해 글을 썼으며, 사회주의자였던 버나드 쇼는 가톨릭 옹호론자이던 앞의 두 사람에 반대하여 체스터벨록이라는 괴물을 만들어내기도 했다. 코샘 부인은 젊은 세대는 나름대로 사회 문제를 논하는 비판적이고 풍자적인 작가들은 읽겠지만, 드 퀸시처럼 인간의 내면을 탐구하는 작가는 읽지 않으리라고 짐작하는 것이다.

집인데."

랠프가 고개를 흔들자 그녀는 한숨을 쉬었다.

"아, 그렇겠지. 지금쯤은 다른 낡은 집들처럼 다 헐어버렸을 거야. 그 시절엔 그렇게 예쁜 길들이었는데. 네 숙부가 에밀리 숙모를 만난 것도 거기서였단다." 그녀는 캐서린을 향해 말했다. "그 오솔길을 따라 걸어서 함께 집에 돌아왔지."

"모자에는 5월의 꽃가지를 꽂고 말이야." 코샘 부인이 그리운 듯 탄식했다.

"그리고 다음 일요일에는 그의 단추 구멍에 제비꽃이 꽂혀 있었어. 그래서 우리도 알아차렸지."

캐서린은 웃었다. 그러고는 랠프 쪽을 건너다보았다. 그는 생각에 잠긴 눈빛이었으므로, 그녀는 그가 그 케케묵은 수다에서 무엇을 발견했기에 그토록 흐뭇하게 생각에 잠긴 것인지 궁금해졌다. 그러고는 이유를 잘 알 수 없는 채, 그에 대해 묘한 동정심이 생겨났다.

"존 숙부 말예요 — 항상 그분을 '불쌍한 존'이라고 하시잖아요. 왜 그러는 거죠?" 그녀는 대화가 이어지게 하려고 운을 떼었다. 사실 그럴 필요도 없었지만 말이다.

"그건 그 사람 아버지인 리처드 경[115]이 항상 그렇게 불렀기 때문이야.

115) 이 리처드 경이 누구인지는 확실치 않으나, 아들이 많았다는 것으로 보아 리처드 앨러다이스를 가리키는 것이 아님은 분명하다. 또, "그 사람 아버지인 리처드 경"이라는 표현으로 미루어보면 '존 숙부'는 힐버리 씨나 밀베인 부인과 친형제간은 아니었던 것으로 보이며, 제9장에서도 힐버리 부인이 "인도에서 하인을 데려온" 것으로 이야기하는 존 숙부는 "기사 작위에 연금을 받게 될 것"이라는 장차의 전망을 이야기하는 것으로 보아 아직 살아 있으나 그의 아내인 '에밀리 숙모'는 과거형으로 이야기되는 것으로 보아 이미 세상을 떠난 인물인 듯하다.

불쌍한 존, 아니면 가문의 팔푼이라고 말이야." 밀베인 부인이 서둘러 설명했다. "다른 아들들은 다 똑똑한데, 그는 시험에 만날 떨어지는 거야. 그래서 인도로 보냈지. 그 시절엔 참 먼 길이었는데도 말이야. 불쌍한 사람. 자기 방이 있긴 하지만 손수 청소를 해야 했단다. 하지만 그래도 기사 작위에 연금은 받게 될 거야." 그러고는 랠프를 향해 덧붙였다. "단, 영국이 아니다뿐이지요."

"그래, 영국은 아니지." 코샘 부인이 맞장구를 쳤다. "그 시절엔 인도의 판사면 여기서는 시골 판사 정도에 해당하는 거라고들 생각했었어. 판사님 소리를 듣기는 하지만, 대단한 건 아니었지. 하지만" 하고 그녀는 한숨을 쉬었다. "아내에 자식이 일곱이나 되고 보면, 가장의 이름쯤은 쉽게 잊히는 법이지 — 뭐, 형편대로 받아들여야 하지만 말이야." 그녀는 말을 맺었다.

"그런데 내 생각에는" 하고 밀베인 부인이 무슨 비밀 이야기라도 하듯 목소리를 내리깔며 다시 말문을 열었다. "존도 마누라만 아니었다면 좀 더 출세했을지도 몰라. 그야 물론 에밀리는 아주 착한 여자였고 남편에게 헌신적이었지만, 그래도 그를 위한 야심은 없었지. 그런데 아내가 남편을 위한 야심이 없다면, 특히 법조계 같은 데서는, 의뢰인들도 단박에 알아버리는 법이거든. 우리가 젊었을 때는 말이에요, 데넘 씨, 우리 아는 사람들 중에 누가 판사가 될지, 그 사람들이 어떤 여자와 결혼하는지만 보고도 알았답니다. 그때도 그랬고, 내 생각엔 항상 그럴 거예요. 내 생각엔" 하고 그녀는 그 두서없는 얘기를 정리하듯이 덧붙였다. "남자는 자기 직업에서 성공하지 못하면 정말로 행복할 수 없다고 봐요."

코샘 부인은 티테이블 맞은편에서 그 생각에 찬성을 표하며 한층 더 육중한 현명함을 과시했으니, 처음에는 고개를 휘휘 젓더니 이윽고 이렇게 말했다.

“그렇고말고. 남자는 여자랑 다르거든. 내 기억에는 앨프리드 테니슨이 그 점에 대해서도 늘상 그렇듯이 옳은 말을 한 것 같아. 그가 아직도 살아서 「프린세스」[116]의 속편인 「프린스」를 써주면 얼마나 좋을까! 솔직히 말해서 난 「프린세스」에는 좀 싫증이 나거든. 훌륭한 남자가 뭐가 될 수 있는지 누가 좀 보여주면 좋겠단 말이지. 우리에게 라우라, 베아트리체, 안티고네, 코딜리어는 있지만, 영웅적인 남자는 없거든. 당신은 시인으로서 그 점을 어떻게 설명하시나요, 데넘 씨?”

“저는 시인이 아닙니다.” 데넘은 온순하게 대답했다. “전 그저 사무변호사일 뿐입니다.”

“하지만 글도 쓰시지요?” 코샘 부인이 물었다. 진정 문학에 헌신하는 젊은이라는 값진 발견을 행여 빼앗길까 걱정되는 눈치였다.

“여가 시간에 씁니다.” 데넘이 그녀를 안심시켰다.

“여가 시간에 쓴다고요!” 코샘 부인이 되뇌었다. “그거야말로 헌신의 증거네요.” 그녀는 지그시 눈을 내리깐 채 의뢰인도 없는 법정변호사가 다락방에 살면서 싸구려 촛불에 의지하여 불멸의 소설들을 써내는 매혹적인 장면을 그려보았다. 하지만 위대한 작가들과 그들의 글을 비추는 낭만에 대한 믿음이 그녀의 경우에는 거짓된 것이 아니었으니, 그녀는 어딜 가나 포켓판 셰익스피어를 가지고 다녔으며, 시인의 말에서 살아갈 힘을 얻곤 했기 때문이다. 그녀가 데넘을 얼마나 멀리 내다보았는지, 그를 어느 소설 속의 주인공과 얼마나 혼동했는지는 알 수 없는 일이었다. 문학은 심지어

116) 앨프리드 테니슨의 「프린세스」(1847)는 여성의 교육을 고취하고 남성을 배제한 여자대학의 비전을 제시한 장시이다.

그녀의 기억까지도 사로잡고 있었다. 그녀는 아마도 그를 오래된 소설 속의 특정한 인물들과 견주어본 듯, 잠시 후에는 이렇게 말했다.

"흠 — 흠 — 펜더니스 — 워링턴 — 난 도저히 로러가 용서되지 않더군요." 그녀는 힘주어 말했다. "뭐니 뭐니 해도 조지와 결혼하지 않다니 말이에요.[117] 조지 엘리엇은 꼭 그렇게 했지요. 루이스는 개구리 같은 얼굴에 행동거지도 꼭 춤 선생 같은 자였는데 말이에요.[118] 그에 비하면 워링턴은 지성에 정열에 낭만에 어느 모로 보나 탁월한 인물이었고, 전처와의 관계도 사실 학부생의 어리석은 불장난에 지나지 않았잖아요. 솔직히 말해 아서는 내 보기에 그저 겉멋이 들었을 뿐이에요. 도대체 왜 로러가 그런 남자와 결혼했는지 도저히 이해가 안 간다니까요. 하지만 당신은 사무변호사라고 했지요, 데넘 씨. 그러고 보니 한두 가지 물어보고 싶은 게 있는데 — 셰익스피어에 대해서 말이에요 —" 그녀는 작고 닳아빠진 책을 다소 힘들게 꺼내 펼치더니 공중에 흔들어 보였다. "요즘 듣자 하니 셰익스피어가 변호사였다면서요. 그래서 인간 본성을 그토록 잘 아는 거라고 하더군요. 당신한테는 훌륭한 본보기지요, 데넘 씨. 의뢰인들을 잘 연구해보기 바라

117) 아서 펜더니스, 조지 워링턴, 그리고 로러 벨은 모두 윌리엄 새커리의 소설 『펜더니스의 역사 *The History of Pendennis: His Fortunes and Misfortunes, His Friends and His Greatest Enemy*』(1848–1850)에 등장하는 인물들이다. 로러는 아서의 집에서 양녀로 자란 처녀이다. 아서의 부모는 그들이 장차 결혼하기를 바랐지만 아서는 다른 여자들을 전전하며, 아서의 친구 조지 워링턴은 로러를 사랑하지만 전처에 매인 몸이다. 결국 철이 든 아서는 로러의 사랑을 깨닫고 그녀와 결혼한다. 코섐 부인은 로러가 조지 워링턴 대신 아서를 택한 것을 아쉬워하는 것이다.

118) 코섐 부인은 로러가 하지 않은 선택을 소설가 조지 엘리엇(1819–1880)이 조지 헨리 루이스(1817–1878)를 선택한 것과 비교하고 있다. 조지 워링턴이 이혼한 전처와 친자식도 아닌 자식들을 부양할 의무를 지고 있었던 것과 마찬가지로, 루이스는 전처의 불륜을 기왕에 묵과한 터라 뒤늦게 이혼할 수 없는 상태였으나 조지 엘리엇은 그와 20년 이상 동거하며 사회적 불명예를 감수했다.

요, 그러면 이 세상을 더 풍요롭게 만들 수 있으리라고 믿어 의심치 않아요. 그런데 어디 들어봅시다. 당신 생각에는 우리가 기대보다 나아졌나요 못해졌나요?"

인간 본성의 가치를 그렇게 몇 마디로 요약해달라는 요청을 받자, 랠프는 서슴없이 대답했다.

"못해졌습니다, 코섐 부인. 한참 못해졌지요. 보통 남자는 다 악당인 것 같습니다 —"

"그렇다면 보통 여자는요?"

"보통 여자도 별로 나을 게 없습니다 —"

"아, 그것 참! 사실 그렇지요, 그렇고말고요." 코섐 부인은 한숨을 지었다. "스위프트[119]도 당신과 같은 생각일 거예요, 하여간 —" 그녀는 그를 바라보며 강인한 정신력이 이마에 분명히 나타난다고 생각했다. 그는 풍자시 쪽으로 나가면 좋겠다는 생각이 들었다.

"찰스 래빙턴도, 기억할지 모르지만, 사무변호사였잖우." 밀베인 부인이 끼어들었다. 실제 사람들에 대해 이야기해도 모자랄 시간에 허구적인 사람들에 대한 이야기로 시간을 낭비하는 것이 못마땅하다는 투였다. "하지만 넌 그 사람을 기억 못할 거야, 캐서린."

"래빙턴 씨요? 물론 기억해요." 캐서린은 딴생각을 하다 말고 조금 놀란 듯 대답했다. "텐비[120] 근처의 별장에 갔던 여름이요. 들판이랑 올챙이가 있던 연못, 그리고 래빙턴 씨와 건초더미를 만들던 것이 생각나요."

119) 조너선 스위프트(Jonathan Swift, 1667–1745). 『걸리버 여행기』로 유명한 영국 작가. 여성 혐오로 유명했다.

120) 웨일즈 남쪽 해안의 휴양지.

"저 애 말이 맞아. 연못에 올챙이가 있었지." 코샘 부인이 맞장구를 쳤다. "밀레[121]가 「오필리어」를 그리려고 그 연못을 연구했었지. 그 그림이 그의 최고 걸작이라고 말하는 사람들도 있더라."

"그리고 마당에 개가 묶여 있던 것도 생각나요. 농기구 창고에 죽은 뱀들이 매달려 있던 것도."

"황소가 네게 달려든 것도 텐비에서였지." 밀베인 부인이 말을 이었다. "하지만 그건 생각 안 날 거다. 넌 그때 이미 놀라운 아기였지만 말이다. 눈빛이 얼마나 총명했던지! 데넘 씨, 난 저 애 아버지한테 말하곤 했답니다. '재가 우릴 지켜보면서 저 작은 머릿속에 우리 모두를 집어넣고 있다'고 말이에요. 그 당시엔 유모가 있었는데" 하고 그녀는 매혹적이고 엄숙한 어조로 랠프에게 이야기를 들려주었다. "아주 착한 아가씨였지만, 뱃사람과 약혼한 사이였지요. 아기를 돌봐야 할 때도 눈은 줄창 바다에 가 있었답니다. 그래서 힐버리 부인이 그 아가씨한테 — 수전이라는 이름이었는데 — 약혼자를 마을에 살게 해도 좋다고 허락했어요. 그랬더니 그 호의를 악용해서, 좀 안 된 말이지만, 자기들끼리 산책하느라 유모차를 황소가 있는 들판에 덩그러니 놓아둔 거예요. 그 짐승이 유모차의 빨간 담요를 보고 성이 나는 바람에, 마침 그때 지나가던 어느 신사분이 캐서린을 얼른 안아들지 않았더라면, 정말 어떻게 되었을지 몰라요!"

"그건 황소가 아니라 그냥 암소였을 거예요, 셀리아 고모." 캐서린이 말했다.

"얘야, 그건 정말로 크고 시뻘건 데본셔 황소였단다. 그 후 얼마 지나지

121) 존 에버럿 밀레(John Everett Millais, 1829–1896). 영국 화가. 라파엘 전파의 창시자 중 하나로, 물살에 떠내려가는 모습을 그린 「오필리어」(1852)는 그의 대표작 중 하나이다.

않아서 정말로 사람을 뿔로 받아 죽이는 바람에 도살시킬 수밖에 없었지. 그래도 네 어머니는 수전을 용서해주었는데 — 나라면 도저히 그럴 수 없었을 거야."

"매기는 수전과 그 뱃사람이 정말로 마음에 들었던 거야." 코샘 부인은 다소 신랄하게 논평했다. "우리 올케는 평생 위기가 닥칠 때마다 자기 짐을 섭리에 맡겨왔답니다. 그야 물론 섭리도 지금까지 지극히 고상한 해답을 내려주었지만 말이에요 —"

"그래요" 하고 캐서린은 웃으며 대답했다. 그녀는 다른 가족 모두 고개를 젓는 어머니의 무분별함이 싫지 않았기 때문이다.

"하여간" 하고 밀베인 부인이 말했다. "이제는 널 황소로부터 지켜줄 사람이 생겼다니 기쁘구나."

"전 윌리엄이 그 누구를 황소로부터 지켜준다는 게 상상이 안 가는데요." 캐서린이 말했다.

마침 그때 코샘 부인이 또다시 포켓판 셰익스피어를 꺼내 랠프에게 「눈에는 눈으로」의 애매한 대목을 묻는 바람에, 그는 캐서린과 고모가 무슨 말을 하는지 언뜻 알아듣지 못했다. 윌리엄이라니 어린 친척 동생인가 하고 막연히 짐작했던 것이, 앞치마를 입은 어린 캐서린을 그려보던 참이었기 때문이다. 하지만 그래도 그 말에 정신이 팔려서 책의 내용이 눈에 잘 들어오지 않았다. 잠시 후 그녀들이 분명히 약혼반지에 대해 하는 이야기가 들려왔다.

"전 루비가 좋아요." 캐서린의 말소리였다.

"보이지 않는 바람에 사로잡혀
이 풍진 세상 주변을

쉼 없이 몰아치며 떠도누나…"[122]

코샘 부인은 읊어댔다. 순간, 랠프의 머릿속에서 '로드니'라는 이름이 퍼뜩 떠올라 '윌리엄'에 맞추어졌다. 캐서린이 로드니와 약혼한 것이 확실했다. 가장 먼저 드는 생각은 이번 방문 내내 그녀가 자신을 우롱한 데 대한 격렬한 분노였다. 늙은 여자들의 늘어지는 수다를 듣게 하고, 초원에서 놀던 어린 시절에 대한 이야기로 그를 추억 속으로 끌어들이더니, 실은 그러면서 내내 로드니와 약혼한 상태였던 것이다.

하지만 도대체 어떻게 그럴 수 있단 말인가? 말이 안 되는 얘기였다. 그의 머릿속에서는 아직도 어린 캐서린이 지워지지 않은 채였다. 그가 하도 오래 고개를 수그린 채 책을 들여다보고 있었으므로, 코샘 부인은 그의 어깨 너머로 조카딸에게 질문을 던졌다.

"그래 살 집은 구했니, 캐서린?"

이제 그에게는 그 끔찍한 일이 사실로 확인되었다. 그는 고개를 번쩍 들며 말했다.

"예, 정말 어려운 대목이군요."

그는 음성이 너무나 달라져 있었고, 말투도 퉁명스럽다 못해 무례하기까지 했으므로, 코샘 부인은 다소 놀라서 그를 바라보았다. 다행히도 그녀는 남자들이란 원래 그런 법이라고 믿는 세대에 속했으므로, 그저 이 데넘 씨는 아주 머리가 좋은 모양이라고 결론짓고 말았다. 그녀는 자신의 셰익스피어 책을 받아들고는 데넘이 더 할 말이 없는 듯이 보이자 노인 특유의 무한히 비장한 체념 어린 태도로 다시 챙겨 넣었다.

122) 「눈에는 눈으로 Measure for Measure」 제3막 1장 123–125행.

"캐서린은 윌리엄 로드니와 약혼했답니다." 그녀는 대화 사이의 공백을 메우려는 듯 말했다. "우리 집안과는 오랜 친분이 있지요. 문학을 아주 잘 안답니다 — 아주 해박해요." 그녀는 다소 막연히 고개를 끄덕였다. "서로 알고 지내면 좋을 거예요."

데넘의 유일한 소망은 한시바삐 그 집에서 나가는 것이었다. 그러나 노부인들이 힐버리 부인을 침실로 찾아가 보겠다면서 자리에서 일어나는 바람에, 그가 먼저 일어설 수가 없었다. 게다가 뭔가 캐서린에게만 하고 싶은 말이 있을 것만 같았다. 그녀는 고모들을 위층에 모셔다 드리고는, 또다시 아까처럼 사심 없이 친절한 태도로 그에게 다가왔다.

"아버지가 곧 돌아오실 거예요." 그녀는 말했다. "좀 앉으시겠어요?" 웃으며 권하는 것이, 마치 둘이서 차를 마시며 즐거운 담소라도 나누자는 듯한 태도였다.

그러나 랠프는 자리에 앉을 뜻이 없었다.

"축하드려야겠습니다." 그가 말했다. "저는 처음 듣는 소식이었습니다." 그는 그녀의 표정이 변하는 것을 보았다. 하지만 아까보다 더 심각한 표정이었다.

"제 약혼이요?" 그녀가 물었다. "그래요. 전 윌리엄 로드니와 결혼할 거예요."

랠프는 서서 의자 등받이에 손을 얹은 채 아무 말도 할 수가 없었다. 두 사람 사이에는 끝없이 암담한 심연이 가로놓인 것만 같았다. 그는 그녀를 바라보았지만, 그녀의 얼굴에서는 그에 대한 아무런 감정도 찾아볼 수 없었다. 아무런 후회도 가책도 없어 보였다.

"그럼, 전 이만 가보겠습니다." 그는 마침내 말했다.

그녀는 뭔가 말하려는 듯하더니, 마음을 바꾼 듯 그저 이렇게만 대답했다.

"다시 오시겠지요. 매번 —" 그녀는 잠깐 망설였다. "뭔가 다른 일이 생기는 것 같군요."

그는 고개 숙여 인사한 후 방을 나섰다.

랠프는 임뱅크먼트를 따라 성큼성큼 아주 빠른 걸음으로 걸었다. 마치 외부로부터의 갑작스런 공격에 저항이라도 하는 듯, 온몸의 근육이 팽팽하게 긴장되었다. 한동안은 그 공격이 자기 몸을 치고 들어올 것만 같아서 신경이 바짝 곤두섰지만 이유는 알 수 없었다. 잠시 후 더는 아무도 자신을 지켜보고 있지 않으며 아무도 자신을 공격하지 않았다는 것을 깨닫자, 그는 보조를 늦추었고, 그러자 고통이 전신으로 퍼지며 온몸의 마디마디를 사로잡았다. 애초에 자신을 방어하느라 너무나 힘을 써버린 탓에 더는 저항할 수도 없었다. 그는 힘없이 강둑을 따라 걸으며, 집으로 돌아가기는 커녕 더 멀어지고만 있었다. 온 세상 앞에 속수무책이었다. 보이는 광경들이 눈에 들어오지 않았다. 그는 종종 다른 사람들에 대해 상상했던 것처럼 자신도 그저 물살에 실려갈 뿐 전혀 통제할 수 없다고 느꼈다. 그는 더 이상 상황을 통제하는 사람이 아니었다. 선술집 문 앞에서 어정대는 늙고 지친 인간들이나 자기나 처지가 같다고 느껴졌으며, 그들이 느낄 성싶은 감정 — 뚜렷한 목표를 향해 잰걸음으로 활보하는 자들에 대해 시기심과 증오가 뒤섞인 감정을 맛보았다. 그들도 사물이 아주 엷고 흐릿하게 보일 것이고, 가벼운 바람결에도 휘청거릴 것이었다. 캐서린의 약혼 소식을 접하자, 끝 간 데 없이 창창하게 뻗어 나가던 굳건한 세상이 그에게서 빠져나갔다. 이제 그의 평생이 한눈에 보였으며, 곧장 뻗어 있는 알량한 길이라야 얼마 못 가 끝나고 말 것이 뻔했다. 캐서린은 약혼했으니, 그녀도 그를 기만한 것이다. 그는 그 재난에 상하지 않은 자기 존재의 귀퉁이들을 찾아 더듬어보았으나, 홍수의 피해는 끝이 없었다. 그가 소유 중에 온전한 것이라고는 남아 있지 않았다. 캐서린이 그를 기만했다. 그녀는 그의 생각의 모든 갈피로 스며들었건만, 이제 그녀를 빼앗기고 보니, 그 모든 것이 허탄하기 그지없어서 생각만 해도 낯이 붉어졌다. 그의 인생 전체가 한없이 가난해진 것이었다.

그는 강가의 어느 벤치에 앉았다. 차가운 안개가 맞은편 둑을 가려 희끄무레한 표면 위에 불빛들만 떠 있었다. 환멸의 파도가 그를 구석구석 휩쓸고 지나갔다. 지금으로서는 그의 인생의 모든 밝은 점들이 지워졌고, 드높았던 것들이 평평해졌다. 처음에는 캐서린이 자기를 기만했다고 분개하며, 그녀도 나중에 자기한테 잘못한 것을 깨닫고 속으로나마 용서를 빌리라고 생각하며 자신을 달랬다. 하지만 다음 순간 자기가 그녀한테 아무것도 기대할 권리가 없다는 사실을 인정하고 나자 그나마 위안도 사라져버렸다. 캐서린은 그에게 아무것도 약속한 적 없고 빼앗아간 적도 없었다. 그녀는 그가 무슨 꿈을 꾸든 아랑곳하지 않는 것이다. 그것이야말로 그의 절망의 바닥이었다. 만일 어떤 사람이 갖는 최상의 감정이 상대방에게 아무것도 의미하지 않는다면, 대체 그 감정이란 헛것이 아니고 뭐란 말인가? 그의 하루하루를 따사롭게 해주던 로맨스와 시간 시간을 물들여주던 캐서린에 대한 생각이 이제 어리석고 김빠진 것으로만 보였다. 그는 일어나서 강물 속을 들여다보았다. 탁하고 빠른 물살이 덧없음과 망각 그 자체를 보여주는 것만 같았다.

'그렇다면 도대체 뭘 믿을 수 있단 말인가?' 그는 강물 쪽으로 몸을 굽히며 생각했다. 그는 너무나 약하고 힘이 없어서, 그 말만 소리 내어 읊조렸다.

"도대체 뭘 믿을 수 있단 말인가? 남자도, 여자도, 그들에 대한 꿈도, 아무것도 — 아무것도 남은 게 없어."

데넘은 자기가 그러려고만 한다면 격한 분노를 품을 수도 지닐 수도 있음을 충분히 알고 있었다. 그런 감정의 표적으로는 로드니가 그만이었다. 하지만 바로 그 순간만은 로드니도 캐서린도 실체 없는 유령에 불과했다. 그는 그들의 생김새조차 잘 생각나지 않았다. 그의 마음은 점점 더 깊이 가라앉았다. 그들의 결혼은 그와 아무 상관없는 일이었다. 모든 것이 유령이 되어버렸다. 온 세상이 실체 없는 연기처럼 그의 머릿속에 남아 있던 단 하나의 불꽃을 감싸더니, 그 불꽃마저도 더는 타고 있지 않아 그저 기억할 수 있을 따름이었다. 그는 한때 믿음을 지녔었고, 캐서린이 그 믿음의 현현이었지만, 이제 더는 그렇지 않았다. 그녀를 비난할 수는 없었다. 그는 아무도, 아무것도 비난하지 않았다. 그에게는 진실이 보였다. 탁한 물살과 희끄무레한 강둑이 보였다. 하지만 목숨은 완강한 것이니, 몸은 엄연히 살아 있고, 몸이 생각을 이끌어내며 그를 움직여갔다. 인간 존재들의 겉모양은 비릴지라도 그들의 육신의 삶과 불가분으로 보이는 열정만은 간직할 수 있다는 생각이었다. 마치 겨울 해가 서쪽 하늘의 엷어지는 구름장들 사이로 푸르스름한 모습을 드러내듯이, 그의 지평선 위에는 그 열정이 타고 있었다. 그의 눈은 그보다 훨씬 더 멀고 아득한 것을 향해 있었다. 그 빛으로 그는 걸을 수 있을 것이고 장차는 자기 길을 찾아야 하리라고 느꼈다. 그러나 그것이 사람들로 넘쳐나는 세상에서 그에게 남은 전부였다.

제13장

데넘은 사무실의 점심시간 중 극히 일부만을 음식을 먹는 데 썼다. 그 대부분은 날씨가 좋건 궂건 간에 링컨스인필즈의 자갈길을 이리저리 거닐면서 보냈다. 아이들도 그의 모습에 익숙해졌고, 참새들도 그가 날마다 뿌려주는 빵부스러기를 기대했다. 이따금 동전을 주기도 하고 거의 언제나 빵부스러기 한 줌은 뿌려주는 걸로 보아 그도 자기가 생각하는 것만큼 그렇게 주변에 무심한 사람은 아니었다.

그는 온종일 전깃불 아래서 새하얀 종잇장들을 들여다보거나 안개 자욱한 길거리를 잠깐씩 걷는 것으로 그 겨울날들을 보내고 있다고 생각했다. 점심식사 후 일로 돌아갈 때면, 머릿속에는 버스들이 오가는 스트랜드 거리와 자갈길에 납작하게 눌린 낙엽들의 자줏빛 잔상이 남는 것이 마치 땅바닥만 보고 다닌 것 같았다. 그의 두뇌는 쉬지 않고 일했지만 그의 사고에는 별반 기쁨이 수반되지 않았으므로, 그는 그것을 굳이 기억하려 하지 않는 채 이쪽저쪽 닥치는 대로 밀고 나갔고, 도서관에서 빌린 딱딱한 책들을 안고 귀가하곤 했다.

어느 날 점심시간에 스트랜드에서 돌아오던 메리 대칫은 그가 외투 단추를 단단히 잠근 채 마치 자기 방에라도 앉아 있는 것처럼 골똘히 생각에 잠긴 모습으로 거니는 것을 보았다.

그녀는 그를 보자 뭔가 경외감 비슷한 것에 압도되었다. 하지만 다음 순간, 심장이 빠르게 고동치는 것을 느끼면서도, 왠지 소리 내어 웃고 싶었다. 그녀는 그를 지나쳐갔고, 그는 그녀를 보지 못했다. 그녀는 다시 돌아가서 그의 어깨를 건드렸다.

"이런, 메리!" 그가 소리쳤다. "깜짝 놀랐어요!"

"당신은 꼭 몽유병자 같군요." 그녀는 말했다. "뭔가 지독한 연애 사건이라도 해결하는 중인가요? 갈 데까지 간 부부를 화해시켜야 하는 거예요?"

"일 생각을 하던 게 아닙니다." 랠프는 다소 황급히 대답했다. "게다가, 그런 분야는 내 소관이 아니라서." 심드렁한 어조로 덧붙였다.

그날 오전은 날씨가 좋았고, 아직 시간이 조금 더 남아 있었다. 두 사람은 2, 3주 만에 만난 터였고, 메리는 랠프에게 하고 싶은 말이 많았지만, 그가 자기와 함께 있고 싶어 하는지 확신이 서지 않았다. 하지만 한두 바퀴 돌면서 몇 가지 소식을 교환하고 나자, 그가 좀 앉자고 제안했고, 그녀는 그의 옆자리에 앉았다. 참새들이 파닥거리며 그들 주위에 모여들자, 랠프는 주머니에서 점심시간에 남겨둔 롤빵 반쪽을 꺼내더니 부스러기를 좀 떼어 던져주었다.

"이렇게 길이 잘 든 참새는 처음 봐요." 메리는 뭔가 말해야 할 것 같아서 입을 열었다.

"그럴 겁니다." 랠프가 대꾸했다. "하이드파크의 참새들도 이렇게 말을 잘 듣진 않으니까. 우리가 아주 가만히 있으면, 한 마리쯤 내 팔에 앉게 할 수도 있을 거예요."

메리는 이런 식의 동물 애호 과시는 사양할 수도 있겠다 싶었지만, 랠프가 뭔가 묘한 이유로 참새에 대해 자부심을 갖는 것을 보고는 만일 그가 성공하지 못하면 6펜스를 내라고 내기를 걸었다.

"그럽시다!" 그가 말했다. 울적하던 눈빛에 반짝 생기가 돌았다. 그는 무리 중에 제일 대담해 보이는 정수리가 벗어진 수놈 참새를 골라 그 새에게만 말을 걸었고, 메리는 그 틈을 타서 그를 찬찬히 살펴보았다. 영 마땅치 않았다. 그의 얼굴은 여위고 표정도 심각하기만 했다. 한 아이가 굴렁쇠를 굴리면서 다가와 모여 있던 새들 사이를 뚫고 지나갔고, 랠프는 마지막 빵조각들을 덤불 속으로 던져버리며 참을 수 없다는 듯 투덜거렸다.

"만날 이런 식이라니까 — 이제 다 됐다 싶었는데." 그가 말했다. "자, 여기 6펜스 받아요, 메리. 하지만 저 막돼먹은 녀석 때문에 번 겁니다. 여기서는 굴렁쇠 굴리는 걸 허가하지 말아야지 원 —"

"굴렁쇠 굴리는 걸 허가하지 말아야 한다고요! 세상에, 랠프, 말도 안 돼요!"

"당신은 항상 그렇게 말하지만" 하고 그는 투덜거렸다. "말이 안 되는 게 아니지요. 공원에서 새도 바라볼 수 없다면 도대체 뭐 하자는 공원인데요? 굴렁쇠는 길에서도 굴릴 수 있잖습니까. 만일 길에서 굴리는 게 마음이 안 놓인다면, 엄마들이 애들을 집에 붙들어놔야지요!"

메리는 그 말에 대꾸하지 않고 미간을 찌푸렸다.

그녀는 벤치 등받이에 기대어 앉으며 부드러운 청회색 하늘을 배경으로 주위 커다란 집들의 굴뚝들이 솟아 있는 것을 바라보았다.

"아무튼" 하고 그녀는 말했다. "런던은 참 살기 좋은 곳이에요. 난 하루 온종일이라도 지나가는 사람들을 바라보며 앉아 있을 수 있을 것만 같아요. 난 사람들이 참 좋아요..."

랠프는 언짢은 듯 한숨을 쉬었다.

"정말이에요, 사람들을 잘 알게 되면 말이에요." 그녀는 마치 그가 반대하는 말이라도 한 것처럼 덧붙였다.

"난 바로 그때부터 싫어지기 시작하는데요." 그가 대꾸했다. "하지만 그야 당신이 좋다면야 그런 환상을 갖지 말란 법도 없겠지요." 그는 찬성도 반대도 아닌 심드렁한 어조로 말했다. 그는 흥이 깨진 듯이 보였다.

"잠 깨요, 랠프! 반쯤 잠들었잖아요!" 메리는 그를 향해 몸을 돌려 소매를 잡아당기며 외쳤다. "대체 그동안 뭘 하고 지낸 거예요? 뭐 고민 있었어요? 일만 했어요? 평소처럼 온 세상을 경멸하면서?"

그가 말없이 고개를 흔들며 파이프에 담배를 다져 넣자, 그녀는 말을 이었다.

"괜히 그런 척하는 거지요?"

"딱히 척하는 것도 없어요."

"그렇다면" 하고 메리가 말을 받았다. "난 당신한테 할 말이 많지만, 가봐야겠어요 — 위원회가 있거든요." 그녀는 자리에서 일어났지만, 잠시 머뭇거리며 다소 걱정스러운 듯 그를 내려다보았다. "기분이 안 좋아 보여요, 랠프." 그녀는 말했다. "무슨 일 있어요? 별일 아니에요?"

그는 얼른 대답하는 대신 따라 일어나 그녀와 함께 공원 문 쪽으로 걸어갔다. 늘 그렇듯이, 그는 자기가 하려는 말이 그녀에게 해도 되는 말인지 아닌지 따져보기 전에는 말하지 않았다.

"좀 골치 아픈 일이 있었어요." 마침내 그는 입을 열었다. "일 문제도 있고, 집안 문제도 있고. 찰스가 자꾸 바보처럼 굴어서 말입니다. 캐나다에 가서 농사 일을 하겠다나요 —"

"뭐, 나쁜 생각만도 아닌 것 같은데요." 메리가 말했다. 그들은 문을 지났고, 천천히 필즈로 되돌아가 다시 한 바퀴 돌면서 문젯거리들을 의논했다. 사실상 별로 새로울 것도 없는 데넘의 집안 사정이었지만 메리의 동정심을 충족시키려고 꺼낸 얘기였는데, 그녀의 동정 어린 태도는 랠프가 미처 깨닫는 이상으로 그에게 위로가 되었다. 그녀는 적어도 그가 현실적인, 그러니까 해결책을 찾을 수 있는 문제에 집중할 수 있게 해주었고, 그가 울적한 진짜 이유, 그런 위로로 달래지지 않는 이유는 그의 마음속 더 깊은 곳으로 가라앉아 갔다.

메리는 그의 말을 경청했고 그에게 도움이 되어주려 애썼다. 랠프는 그녀가 고마웠고, 어쩌면 자신의 상태를 솔직히 터놓지 않았기 때문에 더욱 그랬다. 다시 문에 이르자, 그녀가 자기를 두고 가버리는 것에 대해 뭔가 애정 어린 항의 비슷한 것을 해보려 했다. 하지만 그의 애정은 그녀의 일에 대한 일장훈시라는 다소 무례한 형태를 띠었다.

"도대체 위원회 같은 데 참석해서 뭘 한단 말입니까?" 그가 물었다. "시간낭비일 뿐이에요, 메리."

"시골길을 산책하는 편이 세상에 더 유익이 될 거라는 데는 당신과 같은 생각이에요." 그녀가 말했다. "이러면 어떨까요?" 그녀가 불쑥 말했다. "크리스마스에 우리 집에 오지 않을래요? 일 년 중 제일 좋을 때랍니다."

"디셤[123]으로 오란 말입니까?" 랠프가 되물었다.

"그래요. 당신을 방해하진 않을게요. 하지만 대답은 나중에 해도 돼요." 그녀는 다소 서둘러 말하고는 러셀 스퀘어 쪽으로 걷기 시작했다. 시골 풍경이 떠오르는 바람에, 순간적인 충동으로 초대해버린 것이었다. 그런 짓을 한 데 대해 뒤늦게 짜증이 났고, 짜증이 나는 데 대해 또 짜증이 났다.

'랠프와 단둘이서 들판을 거니는 것도 마음 편히 그려볼 수 없다면' 하고

123) '디셤'이란 서포크 주에 있는 허구의 마을이다.

그녀는 생각을 이어갔다. '차라리 고양이나 한 마리 사서 일링의 하숙집에서 살아볼까. 샐리 시일처럼 말이야 — 아무튼 그는 오지 않겠지. 아니, 오겠다는 말이었나?'

그녀는 고개를 흔들었다. 그의 반문이 무슨 뜻이었는지 정말이지 알 수가 없었다. 그의 의중을 확실히 알았던 적도 없지만, 이번에는 평소보다 더 아리송했다. 그는 뭔가를 감추고 있었던 것일까? 그의 태도도 이상했고, 그렇게 깊은 생각에 잠겨 있는 것도 인상적이었다. 그에게는 그녀로서는 깊이를 잴 수 없는 무엇인가가 있었고, 그의 그런 신비한 면에 그녀는 본의 아니게 끌리는 것이었다. 더구나, 그녀는 자신이 다른 여성들에 대해 종종 비난하곤 하던 바로 그 점 — 자신의 벗에게 천상의 불꽃을 부여하고 그의 인정을 받기 위해 자신의 일생을 그 불꽃 앞에 바치게 되는 것을 어쩔 수 없었다.

이런 생각을 하다 보니, 위원회 같은 것은 중요성이 줄어들었고, 여성참정권도 무색해졌다. 그녀는 이탈리아어를 좀 더 열심히 공부하리라 마음먹었고, 새들을 연구해볼 작정도 했다. 그러나 완벽한 삶을 위한 이런 계획은 너무나 엉뚱해지는 것 같아서 그녀는 나쁜 습관에서 얼른 자신을 다잡았고, 러셀 스퀘어의 갈색 벽돌들이 눈에 들어올 무렵에는 위원회에서 할 연설을 준비하고 있었다. 사실 벽돌 같은 것은 눈에 들어오지도 않았다. 그녀는 평소처럼 계단을 달려 올라갔고, 사무실 밖 층계참에 시일 부인이 나와 있는 것을 보자 완전히 현실로 돌아왔다. 부인은 아주 커다란 개에게 컵에 든 물을 먹이려 하고 있었다.

"마컴 양은 벌써 왔어요." 시일 부인이 마침맞게 엄숙한 어조로 말했다. "이건 그녀의 개랍니다."

"아주 멋진 개인데요." 메리는 개의 머리를 쓸어주며 대꾸했다.

"그래요. 근사하지요." 시일 부인이 맞장구를 쳤다. "세인트버나드의 일종이라던데 — 세인트버나드를 키우다니 키트답지요. 넌 주인님을 잘 호위하고 있겠지, 세일러? 나쁜 놈들이 주인님 창고에 도둑질하러 들어오지 못하게 잘 지켜야 한다. 주인님이 일하러 나가서 길 잃은 불쌍한 영혼들을 돕는 동안 말이야... 아, 벌써 시작할 시간이에요!" 남은 물을 바닥에 아무렇게나 뿌려버리고는, 그녀는 메리를 위원회가 열리는 방 안으로 몰고 들어갔다.

제14장

클랙턴 씨는 기고만장했다. 그가 완벽을 기해 주관해온 조직이 이제 그 두 달 만에 한 번씩 돌아오는 위원회라는 소산을 낼 참이었고, 그런 회의의 완벽한 짜임새에 대한 그의 자부심은 대단했다. 그는 회의실 특유의 용어들을 사랑했으며, 시계가 정해진 시각을 알리면 자기가 종이에 몇 자 휘갈겨 쓴 바에 따라 문들이 연이어 열리는 방식을 사랑했다. 문 열리는 소리가 충분히 난 다음에는, 맨 안쪽에 있는 자기 방을 나서서 그야말로 수상이 내각을 만나러 갈 때나 어울릴 법한 진중한 표정을 지으며 보란 듯이 중요한 서류를 들고 가는 것도 즐거웠다. 그의 지시에 따라, 테이블은 압지 여섯 장, 펜 여섯 개, 잉크병 여섯 개, 물이 담긴 병과 잔 하나, 종 하나와 여성 회원들의 취향을 존중하여 겨울나기 국화가 담긴 화병 하나로 미리 장식되어 있었다. 그는 남모르게 슬쩍 압지를 잉크병과 가지런하게 고쳐놓고서, 난로 앞에 서서 마컴 양과 대화를 나누는 중이었다. 그러나 그의 눈은 줄곧 문에 가 있었고, 메리와 시일 부인이 들어오자 짤막한 웃음과 함께 방 안에 흩어져 있던 사람들을 향해 말했다.

"신사 숙녀 여러분, 이제 시작할 준비가 된 것 같습니다."

그렇게 말하면서 그는 테이블 상석에 자리를 잡고서, 서류 뭉치 하나는 오른쪽에 다른 하나는 왼쪽에 놓은 다음, 대칫 양에게 지난번 회의록을 읽어달라고 청했다. 메리는 그 말에 따랐다. 예리한 관찰자라면 어찌하여 위원회 간사가 자기 앞에 놓인 그저 웬만한 사무적인 기록을 읽으면서 그토록 미간을 찌푸리는 것일까 하고 의아한 기분이 들었을 것이다. 소식지 제3호를 여러 지방에 돌리기로 한 것이나 뉴질랜드의 기혼 여성 대 노처녀의 비율을 보여주는 통계표를 발표하기로 한 것, 또 아니면 힙슬리 부인의 바자 순이익이 총 5파운드8실링2펜스에 달했다는 사실에 대해 뭔가 의심이 있는 것일까?

이 같은 진술들이 정말로 합당하고 적합한지에 대한 의구심이 그녀를 괴롭히는 것일까? 그저 표정만 보고는 그녀가 괴로워하고 있다고는 아무도 눈치채지 못했을 것이다. 회의실이라는 곳에서 메리 대칫보다 더 상냥하고 온긴한 여싱은 일찍이 볼 수 없었을 것이다. 그녀는 가을 잎과 겨울 햇살의 조합처럼 보였으니, 좀 덜 시적으로 말하자면, 온화함과 강인함을 모두 갖추었으며, 정직한 노동에 대한 뚜렷한 적성과 동시에 부드러운 모성애의 막연한 가능성이 보였다. 그런데도 그녀는 정신을 집중하기가 어려웠고, 그녀의 낭독에는 확신이 결여되어 있었다. 마치, 실제로 그렇기도 했지만, 자신이 읽고 있는 것을 눈앞에 그려보는 능력을 잃어버린 것만 같았다. 낭독이 끝나자, 그녀의 마음은 링컨스인필즈로, 무수히 파닥이는 참새 떼에게로 날아갔다. 랠프는 아직도 정수리가 벗어진 참새를 자기 손에 앉히려고 애쓰고 있을는지? 성공했는지? 과연 성공할 수 있을지? 그녀는 왜 링컨스인필즈의 참새들이 하이드파크의 참새들보다 더 길이 잘 들었는지 물어보려 했었다. 아마도 행인이 좀 더 드물어서 자기들에게 모이를 뿌려주는 이들을 알아보기 때문인지? 위원회가 진행되는 처음 반 시간가량

동안 메리는 그렇듯 불쑥불쑥 떠오르는 랠프 데넘의 회의적인 표정과 싸워야만 했다. 그가 줄곧 자기 식으로 끌고 가는 바람에, 메리는 그를 떨쳐버리기 위해 대여섯 가지 방법을 시도해보았다. 목소리를 높이기도 하고, 발음을 분명히 해보기도 하고, 클랙턴 씨의 벗어진 머리를 똑바로 바라보기도 하고, 필기를 해보기도 했다. 곤혹스럽게도, 그녀의 연필은 압지 위에 작고 동그란 모양을 그리고 있었는데, 그것은 영락없이 정수리가 벗어진 참새의 머리 모양인 것을 그녀 자신도 부인할 수 없었다. 그녀는 또다시 클랙턴 씨를 바라보았다. 그 역시 머리가 벗어졌으며, 참새들도 그랬다. 일찍이 어떤 간사도 그렇게 많은 엉뚱한 잡념들에 시달리지는 않았을 터이다. 게다가 그 생각들은 뭔가 우스꽝스러울 만큼 그로테스크한 구석이 있어서 언제라도 경망스러운 망발로 나타나 동료들에게 잊을 수 없는 충격을 주게 될 것만 같았다. 자칫 입 밖으로 새어 나갈지도 모를 말을 생각하며 그녀는 입술을 깨물었다. 마치 입술이 자신을 보호해주기라도 할 것처럼.

그러나 그 모든 상념들은 좀 더 깊은 동요로 인해 표면으로 밀려나오는 표류물이요 허섭스레기에 지나지 않았다. 지금 당장은 들여다볼 수 없는 그 동요는 그로테스크한 고갯짓과 손시늉으로 나타났다. 위원회가 끝나고 나면 제대로 생각해보아야 할 것이었다. 그러기까지는 불안정한 태도를 면할 수 없었다. 동료들을 이끌어 현안에 집중하도록 만들어야 할 시간에, 그녀는 창밖을 내다보며 하늘의 빛깔이며 임페리얼 호텔[124]의 장식 따위를 생각했다. 그녀는 어느 한 프로젝트에도 딱히 무게를 둘 수가 없었다.

124) 러셀 스퀘어에 있는 호텔. 1905-1911년에 지어졌다. 1966년 옛 건물이 헐리고 새 건물이 들어섰다.

랠프가 말하기를 — 그녀는 그가 한 말을 차근히 생각해볼 여유는 없었지만, 어쨌든 그 때문에 회의 진행이 전혀 비현실적으로 느껴졌다. 그러다가, 의식적인 노력이라기보다 뭔가 기묘한 두뇌 작용이 일어나, 신문 캠페인을 조직하는 계획에 관심이 생기기 시작했다. 그러자면 기사도 써야 하고 편집자들도 알아봐야 했다. 어떤 식으로 추진하는 것이 좋을 것인가? 그녀는 어느새 클랙턴 씨가 하는 말에 강경히 반대하고 있었다. 이제야말로 한 방 먹일 때라는 의견을 밀어붙였다. 그 말을 하고 나자 문득 자신이 랠프의 유령에게 대들고 있었던 것임을 깨달았다. 그래서 그녀는 점점 더 진지해졌고, 다른 사람들을 자기 의견에 끌어들이려고 열을 올렸다. 이제 다시, 무엇이 옳고 그른지 정확하고 이론의 여지없이 알 수 있었다. 마치 안개 속에서부터 솟아나듯이, 공익의 숙적들이 그녀 앞에 떠올라 왔고 — 자본가들, 신문사 사주들, 여성참정권의 반대자들, 그리고 어떤 의미로는 가장 나쁜, 어느 편에도 관심이 없는 대중들 — 지금으로서는 그 무리 중에 랠프 데넘의 모습도 분명히 알아볼 수 있었다. 그래서, 마컴 양이 그녀에게 친구들 이름을 몇 명 말해보라고 하자, 평소와는 달리 씁쓸한 어조로 대답했다.

"제 친구들은 이 모든 일이 부질없다고 생각해요." 그녀는 랠프를 향해 말하는 것 같은 기분이었다.

"오, 친구들이 그런 쪽이군요?" 마컴 양은 조금 웃으며 말했고, 그들의 연대는 새로운 힘을 얻어 적을 향해 돌격했다.

회의실에 들어설 때만 해도 메리는 사기가 저하되어 있었지만, 이제 상당히 나아졌다. 그녀는 이 세상이 돌아가는 방식을 잘 알고 있었다. 세상은 균형이 있고 질서가 잡힌 곳이고, 그녀는 무엇이 옳고 그른지 확신하고 있었다. 적을 향해 중대한 타격을 날릴 수 있다는 자신감으로 그녀는 심장이 달아오르고 눈에서 빛이 났다. 평소의 그녀답지 않게 그날 오후 따라 지치도록 자주 떠오르는 공상 속에서, 그녀는 자신이 연단 위에서 썩은 달걀 세례를 받는, 그리고 랠프가 제발 거기서 내려오라고 애원하는 광경이 눈에 선했다. 하지만 —

"우리가 추구하는 목표에 비하면 나 자신이 문제겠어요?" 그녀는 그런 식으로 거듭 말했다. 어리석은 공상들에 시달리고 있었으면서도 겉으로나마 정신을 똑바로 차리고 방심하지 않았다는 점, 시일 부인이 자기 아버지의 딸 아니랄까 봐 "행동 개시! — 어디서든! — 지금 당장!" 하고 요구하는 것을 몇 번이나 요령 있게 무마했다는 점에서 그녀는 점수를 딸 만했다.

위원회의 다른 멤버들은 모두 다소 나이든 사람들이었는데 메리한테 무척 감동한 나머지 자기들끼리는 맞서면서도 기꺼이 그녀 편이 되었는데, 어쩌면 그것은 그녀의 젊음 때문이었을 것이다. 자신이 그들 모두를 이끌고 있다고 생각하자 메리는 뭔가 권력을 손에 넣은 듯했고, 다른 사람들에게 자기가 원하는 일을 하게 만드는 것이야말로 다른 어떤 것보다도 중요하고 신나는 일이라는 느낌이 들었다. 정말이지 자기 뜻을 관철하고 나자, 자기 뜻에 따라와준 사람들에게 옮은 경멸감마저 느껴졌다.

이제 위원들은 자리에서 일어나 서류를 챙겨 가지런히 한 다음 서류 가방에 넣고 잠금쇠를 단단히 잠근 다음 서둘러 자리를 떴다. 그 대부분은 다른 위원회들과 다른 약속들을 지키기 위해 기차를 타야 했으니, 모두 바쁜 사람들이었다. 메리, 시일 부인, 그리고 클랙턴 씨만 남았다. 방은 덥고 어질러졌으며, 테이블 위에는 분홍색 압지들이 이리저리 널려 있었고, 잔에는 누군가 마시려고 따라놓았다가 잊어버린 것처럼 물이 반쯤 차 있었다.

시일 부인은 차 마실 준비를 시작했고, 클랙턴 씨는 새로 모은 자료 더미를 정리하러 자기 방으로 물러갔다. 메리는 흥분이 가라앉지 않아서 시일 부인이 찻잔이며 접시를 준비하는 것을 거들 수도 없었다. 그녀는 창문을 활짝 열어젖히고 창가에 서서 밖을 내다보았다. 벌써 가로등들에 불이 들어와 있었다. 광장의 안개 속에 작고 어렴풋하게 사람들이 길을 건너고 맞은편 보도를 따라 바삐 걸어가는 모습이 보였다. 가당찮게도 뿌듯한 자만심이 들어, 메리는 그 작은 형체들을 바라보며 생각했다. '내가 원하면 당신들이 거기로 들어가게 할 수도 있고 멈춰 서게 할 수도 있어. 한 줄 아니면 두 줄로 가게 할 수도 있고. 당신들에게 내가 원하는 뭐든 시킬 수 있어.' 그 순간 시일 부인이 곁에 와서 섰다.

"어깨에 뭐 좀 걸치지 그래요, 샐리?" 메리는 짐짓 사근사근한 듯한 어조로 말했다. 이 열성적이지만 별로 유능하지 못한 자그마한 여자에게 일종의 동정심 같은 것을 느낀 탓이었다. 하지만 시일 부인은 그런 제안이 귀에 들어오지도 않는 모양이었다.

"그래, 즐거웠나요?" 메리는 웃으며 물었다.

시일 부인은 깊은 숨을 들이마시고 잠시 감정을 억누르는 듯하더니, 역시 러셀 스퀘어와 사우샘턴 로우, 그리고 지나가는 행인들을 바라보며, 마침내 심중을 토로했다. "아, 저 사람들을 다 이 방으로 불러들여서 단 5분간이라도 이해시킬 수 있다면! 하지만 그들도 언젠가는 진실을 보고야 말겠지요... 그들에게 그걸 보게 할 수만 있다면..."

메리는 자신이 시일 부인보다 훨씬 더 총명하다는 것을 알고 있었으며, 시일 부인이 무슨 말을 할 때면 설령 그것이 메리 자신도 동감하는 것이라 해도 어쩐지 그에 맞설 온갖 논리가 자동적으로 떠오르곤 했다. 하지만 이번에는 자신이 만인을 지휘할 수 있을 것만 같던 오만한 감정이 스러져갔다.

"차나 마시러 가요." 그녀는 창가에서 돌아서서 블라인드를 내리며 말했다. "좋은 모임이었지요. 그렇게 생각지 않아요, 샐리?" 그녀는 테이블에 앉으며 지나가는 말처럼 던졌다. 메리가 특별히 역량을 발휘한 것을 시일 부인도 분명히 알아차리지 않았을까?

"하지만 우리는 마냥 달팽이 걸음이에요." 샐리는 초조한 듯 고개를 흔들며 말했다.

그 말에 메리는 웃음을 터뜨렸고, 모든 자만심이 사라져버렸다.

"당신은 웃을 수 있지요." 샐리가 또다시 고개를 흔들며 말했다. "하지만 난 안 돼요. 벌써 쉰다섯인 걸요. 우리가 목표에 도달할 때쯤에는[125] — 도달한다면 말이지만 — 난 이미 무덤에 들어가 있을 걸요."

"아니, 그럴 리가요. 당신은 무덤에 있지 않을 거예요." 메리는 상냥하게 말했다.

"정말 위대한 날이 될 거예요." 시일 부인이 머리칼을 쓸어 뒤로 넘기며 말했다. "우리뿐 아니라 문명 전체에 위대한 날이 되겠지요. 이런 모임을 할 때마다 그런 느낌이 든답니다. 그 하나하나가 인류의 위대한 행진의 진일보라고 말이에요. 우리 다음 시대의 사람들은 우리보다 더 잘 살기를 바라는 건데 — 너무나 많은 사람들이 그걸 몰라요. 도대체 어떻게 모를 수가 있을까요?"

그녀는 찬장에서 찻잔이며 접시를 나르느라 오가면서 이런 말을 했기 때문에, 문장이 토막토막 끊기곤 했다. 메리는 감탄 비슷한 감정을 느끼며 인류의 이 작고 기묘한 여사제를 바라보았다. 자기는 자기 생각만 하고 있었는데, 시일 부인은 오로지 미래의 비전을 생각하고 있었던 것이다.

"그 위대한 날을 보려면 그렇게 몸을 혹사하면 안 돼요." 메리는 일어나

125) 주 53 참조.

서 시일 부인의 손에서 비스킷이 담긴 접시를 뺏으려 하며 말했다.

"이봐요, 아가씨. 이 늙은 육신을 달리 뭐에 쓰라는 건가요?" 그녀는 비스킷 접시를 한층 더 꽉 붙들며 외쳤다. "내게 있는 모든 걸 그 이상을 위해 바친다는 자부심도 가지면 안 되나요? — 난 당신만큼 총명하지도 못하니까요. 집안 사정도 있었고 — 언젠가는 그 얘기도 들려주고 싶지만 — 그래서 난 바보 같은 말들을 하고 말아요. 알다시피, 정신이 헷갈리는 거지요. 당신은 안 그렇잖아요. 클랙턴 씨도 안 그렇고. 정신이 헷갈린다는 건 참 큰 실수거든요. 하지만 내 마음만은 똑바로 박혀 있답니다. 그런데 키트가 큰 개를 데리고 있는 걸 보고 기뻤어요. 안색이 별로 안 좋아 보였거든요."

그들은 차를 마셨고, 위원회에서 제기되었던 여러 가지 논점들에 대해 다시 이야기했다. 회의 때보다 좀 더 터놓고 이야기할 수 있었고, 모두 무대 뒤에서 줄을 잡고 있는 것 같은 흐뭇한 기분이 들었다. 줄을 당기면 신문을 읽는 이들의 눈앞에 벌어지는 무대 위 광경이 전혀 달라질 것이었다. 각기 견해는 아주 달랐지만, 이런 느낌이 그들의 마음을 하나로 만들어주었으므로, 서로 대하는 태도에 거의 다정함마저 생겨났다.

하지만 메리는 차 마시는 자리에서 비교적 일찍 일어났다. 혼자 있고 싶기도 했고, 그런 다음에는 퀸즈홀[126]에서 음악도 듣고 싶었던 것이다. 그녀는 혼자 있는 시간을 이용하여 랠프에 대한 자신의 입장을 곰곰이 생각해볼 작정이었다. 하지만 그런 목적을 염두에 두고서 스트랜드로 걸어 돌아가면서도, 마음은 전혀 다르게 흘러가는 생각들로 불편해지기만 했다. 한

126) 랭엄 플레이스에 있던 연주회장. 1893년에 지어졌으며 런던의 주요 공연장이었으나 1941년 런던 공습 때 파괴되었고, 현재는 그 자리에 세인트조지 호텔이 들어서 있다.

가지 생각에 또 다른 생각이 꼬리를 물었다. 생각들은 그녀가 지나는 길거리로부터 색깔을 옮아오는 것처럼 보이기까지 했다. 가령 인류의 비전은 어떻게인가 블룸즈버리[127]와 연관된 듯이 나타났다가, 그녀가 메인로드를 건너갈 때쯤이면 확연히 희미해졌고, 홀본에 늦도록 남아 있는 손풍금 악사는 그녀의 생각이 멋대로 춤추며 돌아가게 만들었다. 링컨스인필즈의 안개 자욱한 광장을 건널 무렵에는 또다시 냉랭하고 울적한 심정이 되면서 모든 것이 무섭도록 명료하게 깨달아졌다. 어둠은 인간적인 동지애의 따스함을 앗아갔고, 눈물이 그녀의 볼을 타고 내리는 순간 문득 마음속에 확신이 들었다. 자기는 랠프를 사랑하지만, 랠프는 자기를 사랑하지 않는다는 사실이었다. 그날 오전에 함께 걸었던 길이 이제는 어둡고 텅 비어 있었으며, 참새들도 앙상한 나무들에서 잠잠하기만 했다. 하지만 자기 집의 불빛이 눈에 들어오자 명랑한 기운이 솟아났으니, 그 모든 잡다한 마음 상태는 그녀의 존재의 토대에 끊임없이 철썩이는 욕망과 상념과 지각과 모순의 깊은 물결 속에 잠겨 있다가, 저 위 세상의 여건이 적합해지면 차례로 밀고 올라오는 것이었다. 그녀는 분명히 따져 생각하는 것을 크리스마스 때까지 미루기로 했다. 런던에서는 도대체 아무것도 제대로 생각할 수가 없다고, 그녀는 난로에 불을 붙이면서 중얼거렸다. 랠프는 분명 크리스마스에 오지 않을 테니까, 시골길을 오래오래 걸으면서 이 문제뿐 아니라 자신을 혼란케 하는 다른 모든 문제들에 결론을 낼 수 있을 것이었다. 그

127) 울프 남매들을 중심으로 하는 이른바 '블룸즈버리 그룹'으로 유명해진 블룸즈버리는 정확한 경계선은 없으나 대체로 서쪽의 토트넘코트 로드, 북쪽의 유스턴 로드, 동쪽의 그레이스인 로드, 남쪽의 하이 홀본이나 뉴옥스퍼드 로드로 둘러싸인 지역을 가리킨다. 17-18세기에 러셀 가문에 의해 주택지로 개발되었으며, 1836년 설립된 런던 대학의 건물들이 대개 이 지역에 있다. 메리의 사무실이 있는 러셀 스퀘어는 블룸즈버리의 한복판에 있다.

러면서 그녀는 난로 울타리에 발을 올려놓으며 생각했다. 인생이란 참으로 복잡하다고, 그러면서도 그 마지막 한 올까지도 사랑해야만 하는 무엇이라고.

그녀는 한 5분쯤 그렇게 앉아 있었고, 어느새 머릿속이 몽롱해지려는데, 초인종 소리가 났다. 그녀의 눈빛이 밝아졌다. 랠프가 찾아온 것이라고 즉각 확신했던 것이다. 그래서 잠시 뜸을 들였다가 문을 열었다. 랠프를 보면 일어날 온갖 들쑤시는 감정들의 고삐를 확실히 쥐고 있다고 느끼고 싶었기 때문이다. 그러나 그렇게 자신을 가다듬은 것은 공연한 일이었다. 랠프가 아니라 캐서린과 로드니를 맞아들여야 했기 때문이다. 첫눈에 보기에도 두 사람 다 굉장히 잘 차려입고 있었다. 그들 앞에 서니 자신이 초라하고 허름하게 느껴졌으며, 그들을 어떻게 대접해야 할지 알 수 없는 것은 물론이고, 대체 왜 찾아온 것인지도 짐작이 가지 않았다. 그녀는 그들의 약혼에 대해 아무것도 듣지 못한 터였다. 하지만 처음의 실망이 지나고 나자, 이내 즐거워졌다. 캐서린은 확실히 매력적인 인물인 데다가, 그녀 앞에서는 굳이 자신을 억제할 필요가 없었기 때문이다.

"지나가다가 당신 방에 불이 켜진 것이 보이기에 올라왔어요." 캐서린이 설명하는데, 그렇게 서 있는 품이 아주 훤칠하고 우아하고 어딘가 초연해 보였다.

"그림을 좀 보러 갔었습니다." 윌리엄이 말했다. "아, 이런" 하고 그는 주위를 둘러보며 탄식했다. "이 방을 보니 내 인생의 최악의 순간들 중 하나가 생각나는군요 — 내가 논문을 읽었고, 당신들 모두 둘러앉아서 날 비웃었지요. 캐서린이 제일 심했고요. 내가 실수할 때마다 고소해하는 게 느껴졌다니까요. 대칫 양은 친절했지요. 대칫 양 덕택에 그나마 그 상황을 이겨냈던 것이 생각납니다."

자리에 앉으면서 그는 엷은 황색 장갑을 벗어 그것으로 무릎을 쳐대기 시작했다. 그의 활기가 보기 좋다고 메리는 생각했다. 그는 그녀를 웃게 했지만 말이다. 사실 그를 보기만 해도 그녀는 웃음이 났다. 그의 다소 불거진 눈은 두 여자 사이를 오갔고, 그의 입술은 계속 뭔가를 말하려다 마는 것이었다.

"그라프턴 갤러리[128]에 옛 거장들을 보러 갔었어요." 캐서린이 윌리엄에게는 신경도 쓰지 않고 말하며, 메리가 건네는 담배를 받아들었다. 그녀는 의자에 기대앉았고, 얼굴 주위로 퍼지는 연기 때문에 한층 더 좌중과 멀어지는 듯이 보였다.

"믿어지십니까, 대칫 양" 하고 윌리엄이 말을 계속했다. "캐서린은 티치아노[129]가 싫답니다. 살구도 복숭아도 완두콩도 싫다는 거예요. 엘긴 마블이 좋고, 햇빛 없는 우중충한 날이 좋다나요. 차가운 북부 지방 성격의 전형적인 예지요. 저는 데본셔 출신인데 —"

이 사람들 말다툼이라도 한 걸까, 하고 메리는 생각했다. 그 때문에 자기 집으로 피난이라도 온 걸까. 아니면 약혼을 했거나, 또 아니면 캐서린이 방금 그에게 퇴짜를 놓았는지? 도무지 영문을 알 수가 없었다.

캐서린은 연기의 베일을 뚫고 다시 나타나 벽난로에 담뱃재를 떨고는 묘하게 배려하는 눈빛으로 그 성마른 남자를 바라보았다.

"혹시, 메리" 하고 그녀는 머뭇거리며 물었다. "차 한잔 줄 수 있을까요? 실은 차를 마시려 했는데, 찻집이 너무 붐볐고, 그 다음 집에서는 밴드가

128) 본드 스트리트 인근에 있던 화랑. 1910년과 1912년에는 이곳에서 블룸즈버리 그룹의 일원인 예술비평가 로저 프라이의 기획으로 후기인상파 전시회가 열리기도 했다.

129) 티치아노(Tiziano Vecelli, 1488/90-1576). 베네치아 유파의 화가로, 붉은색을 비롯하여 풍부한 색채를 쓰는 것이 특징이다.

연주를 하고 있었어요. 그리고 그림들은 대체로 아주 따분했답니다. 그야 당신은 뭐라 하든 말이에요, 윌리엄." 그녀는 일종의 무장한 상냥함을 띠고서 말했다.

메리는 그 말에 따라 차 준비를 하러 주방으로 갔다.

"저이들은 대체 뭘 바라는 거지?" 그녀는 거기 걸려 있는 작은 거울에 비친 자신의 모습을 향해 물었다. 하지만 그 의문은 오래가지 않았으니, 그녀가 차 도구를 가지고 거실로 돌아오자 캐서린이, 아마도 윌리엄이 그렇게 하라고 지시한 듯, 자신들의 약혼을 알렸기 때문이다.

"윌리엄이 그러는데" 하고 그녀는 운을 뗐다. "어쩌면 당신은 모를 거라고요. 저희는 결혼하기로 했답니다."

메리는 얼결에 윌리엄과 악수를 하며 축하를 건넸다 — 마치 캐서린은 가까이 갈 수 없는 사람인 것처럼. 그리고 사실 캐서린은 찻주전자를 들고 있었다.

"어디 볼까요." 캐서린은 말했다. "먼저 컵에 뜨거운 물을 붓는 거지요? 당신도 차를 만드는 데는 일가견이 있지 않나요, 윌리엄?"

메리는 그 말이 뭔가 초조함을 감추기 위한 것이 아닌가 하는 생각이 잠깐 들었지만, 만일 그렇다면 그 위장은 보기 드물게 완벽한 것이었다. 결혼 얘기는 다시 나오지 않았다. 캐서린은 자신의 살롱에 앉아서 익숙하게 아무 어려움 없는 상황을 이끌어가고 있는 것만 같았다. 메리가 스스로 놀랍게도 이탈리아 옛 그림들에 대해 윌리엄과 대화를 나누는 동안, 캐서린은 차를 따르고 케이크를 자르고 윌리엄의 접시가 비지 않게 하면서 필요 이상으로 대화에 끼어들지 않았다. 그녀는 메리의 방을 완전히 장악하고 찻잔들을 마치 자기 것인 양 다루고 있었다. 하지만 그러는 것이 너무나 자연스러웠기 때문에, 메리는 전혀 반감이 들지 않았고, 오히려 자기도 모르게 캐서린의 무릎에 잠깐이나마 다정하게 손을 얹기까지 했다. 이런 식의 상황 장악에는 무엇인가 모성애적인 것이 있는 것일까? 캐서린이 이제 곧 결혼할 사람이라고 생각하자, 그런 모성적인 태도는 메리의 마음에 새로운 다정함을 불러일으켰고, 심지어 경외감마저 들었다. 캐서린은 자기보다 훨씬 더 원숙하고 노련해 보였다.

그러는 동안에도 로드니는 말을 계속했다. 비록 생김새는 별로 매력이 없지만, 그 때문에 그의 확실한 장점들은 한층 더 놀라운 것으로 부각된다는 이점이 있었다. 그는 노트를 써왔으며, 그림에 대해 아주 많이 알고 있었다. 그는 여러 다른 화랑의 각기 다른 예들을 비교할 수 있었고, 지적인 질문들에 대한 그의 권위 있는 답변들은 그가 말하는 동안 내내 석탄 덩어리를 톡톡 두드리는 것에서 적잖은 효과를 얻는 듯이 느껴졌다. 그녀는 그에게 탄복했다.

"자, 당신 차예요." 캐서린이 상냥하게 말했다.

그는 하던 말을 멈추고 순순히 차를 마신 다음 이야기를 계속했다.

순간 메리에게는, 캐서린이 그 챙 넓은 모자의 그늘 아래, 연기로 감싸인 한복판, 잘 드러나지 않는 속내에서 어쩌면 전적으로 모성애의 발로는 아닌 미소를 짓고 있는지도 모른다는 생각이 스쳤다. 그녀가 한 말은 극히 간단했다. 하지만 그녀의 말은, 하다못해 "당신 차예요, 윌리엄" 하는 것도 마치 페르시아 고양이의 발이 도자기 장식들 사이를 내딛는 것처럼 세심하고 정확하게 건네어졌다. 그날 들어 두 번째로 메리는 자신이 매력을 느끼는 사람의 성격에서 무엇인가 알 수 없는 것 때문에 당혹감을 느꼈다. 만일 자기가 캐서린과 약혼했다 해도 얼마 못 가 윌리엄이 신부에게 깐죽거리는 것이 분명한 저 투정 어린 질문들을 하게 될 것만 같았다. 하지만 캐서린은 어디까지나 겸손한 태도였다.

"당신은 어떻게 시간을 내기에 책만 아니고 그림까지 그렇게 다 알 수가 있지요?" 그녀는 물었다.

"어떻게 시간을 내느냐고?" 되묻는 윌리엄은 그 작은 찬사에 기뻐하는 것이 메리에게도 느껴졌다. "그야 항상 수첩을 가지고 다니니까. 그리고 아침이면 맨 먼저 하는 일이 화랑에 가는 길을 알아보는 거요. 그리고 사람들을 만나 이야기를 하기도 하고. 내 사무실에는 플랑드르 유파[130]에 대해 모르는 게 없는 사람도 있어요. 방금도 대칫 양에게 플랑드르 유파에 대해 이야기했지만, 그 사람에게서 얻어들은 게 많다오. 남자들 식으로 말이지. 기본스라는 사람인데, 당신도 한 번 만나봐야 해요. 점심에 초대합시다. 그런데 이렇게 미술에 관심이 없다는 것은" 하고 그는 다시 메리를 향해 말했다. "캐서린이 괜히 그런 척하는 것 중 하나랍니다, 대칫 양. 캐서린이 괜히 그런 척한다는 거 압니까? 셰익스피어도 읽어본 적이 없는 척하지요. 하기야 뭐 꼭 셰익스피어를 읽을 필요가 있겠어요? 그녀 자신이 셰익스피어인데 — 로잘린드[131]라고나 할까요." 그러면서 그는 나직하게 쿡쿡 웃었다. 하지만 이런 찬사는 구닥다리인 데다가 좀 몰취미하기도 했다. 메리는 마치 그가 '섹스'나 '화장실' 같은 말이라도 입에 올린 것처럼 얼굴이 화끈거렸다. 아마도 그래 놓고는 초조해졌는지, 로드니는 여전한 기세로 말을 이었다.

"그녀도 알 만큼 안답니다 — 어디 가서 빠지지 않을 만큼은 다 알아요.

130) 15-17세기 플랑드르 화가들을 통칭하는 말. 히에로니무스 보쉬(1450-1516), 피터르 브뤼헐(Pieter Brueghel, 1525-1569), 페테르 파울 루벤스(Peter Paul Rubens, 1577-1640) 등이 대표적이다.

131) 셰익스피어의 「뜻대로 하세요 As You Like It」의 여주인공. 미모와 지성, 재치를 지닌 인물이다. 제24장에서 힐버리 부인 역시 캐서린은 로잘린드 역이 어울리겠다고 말한다.

하지만 당신네 여자들이 굳이 많이 알아서 뭐 하겠어요? 이미 그렇게 많은 걸 가졌는데 말이에요 — 사실 모든 걸 다 가졌지요. 그러니 우리한테도 뭔가 남겨줘야지요. 안 그러오, 캐서린?"

"뭘 남겨달라고요?" 캐서린은 분명 딴생각에 잠겨 있다가 정신을 차린 듯 되물었다. "이제 그만 가봐야 할 것 같다고 생각하던 참이에요 —"

"레이디 페릴비와 저녁식사를 하기로 한 게 오늘 밤이었던가? 아, 그럼 늦으면 안 되지." 로드니가 말하며 자리에서 일어났다. "페릴비 가를 아시나요, 대칫 양? 트랜텀 애비의 주인이지요." 그녀가 잘 모르는 눈치를 보이자 그가 설명했다. "만일 캐서린이 오늘 밤 아주 잘 보이면, 우리 신혼여행 때 그 집을 빌려줄 수도 있을 겁니다."

"그렇다면 잘 보일 이유가 되겠네요. 사실 좀 따분한 사람이에요." 캐서린이 말하고는 너무 직선적이었다 싶었는지 재우쳐 말했다. "적어도 나는 그분과 이야기하기가 힘들어요."

"그야 당신이 귀찮은 건 다 남들이 해주길 바라기 때문이지. 난 저 사람이 저녁 내내 말이 없는 걸 본 적도 있답니다." 그는 이미 여러 번 그렇게 했듯이 메리 쪽을 향해 돌아서며 말했다. "그렇게 생각지 않습니까? 가끔 둘만 있을 때는 시간을 재보기도 했다니까요." 그러면서 그는 커다란 금시계를 꺼내 유리판을 톡톡 두드렸다. "한마디 하고 그 다음 말을 할 때까지의 시간 말이에요. 한 번은 10분 하고도 20초 만에 기껏 '흠!' 하는 게 고작이었다면 믿어지나요?"

"정말 미안해요." 캐서린이 변명했다. "나쁜 습관이라는 건 알아요. 하지만, 당신도 알다시피, 집에서는 —"

그 다음 말은 문이 닫히는 바람에 적어도 메리에게는 들리지 않았다. 하지만 그녀에게는 윌리엄이 계단에서 또 무슨 트집을 잡는 소리가 들리는 것만 같았다. 다음 순간, 초인종이 다시 울리더니, 캐서린이 의자에 백을 놓고 갔다면서 다시 나타났다. 백은 금방 찾았고, 문간에서 잠시 두 사람만 있게 되자 아까와는 전혀 다른 말투가 되었다.

"약혼을 하면 사람이 망가지는 것 같아요." 손에 든 백을 흔들어 동전이 짤랑이는 소리를 내 보이는 것이 마치 이런 건망증을 두고 하는 말인 양했지만, 메리는 왠지 그 말이 다른 뭔가를 가리키는 듯이 느껴졌다. 더구나 윌리엄이 안 듣는 데서는 태도가 너무나 완연히 달라졌으므로, 메리는 뭔가 설명이라도 구하듯이 그녀를 쳐다볼 수밖에 없었다. 거의 심각해 보이기까지 하는 그녀를 향해, 메리는 미소를 지으려다 말고 그저 말없이 묻는 듯한 시선을 던지는 것이 고작이었다.

다시 문이 닫히자 그녀는 벽난로 앞 방바닥에 주저앉아서, 그들이 실제로 눈앞에서 그녀의 주의력을 흩트리지 않는 때에 그들에 대한 인상을 한데 모아보려 했다. 그런네, 평소 사람 보는 눈이 있다고 자부하는 그녀였건만, 캐서린 힐버리를 살아가게 하는 동기가 무엇인지에 대해서는 도무지 감이 잡히지 않았다. 무엇인가 그녀를 차분하게 밀고 나아가는 것이 있었는데, 메리로서는 알 수가 없었다 — 그래 뭔가 있어, 하지만 뭐지? — 무엇인가 랠프를 생각나게 하는 것이었다. 참 이상하게도, 랠프 역시 그녀에게 그와 같은 느낌을 주었고, 그녀는 그에 대해서도 당혹스러웠다. 참 이상하게도, 그 두 사람보다 더 닮지 않은 사람들은 없는데도 — 라고 그녀는 성급한 결론을 내렸다 — 말이다. 그런데도 그 두 사람에게는 그런 감추어진 충동이, 헤아릴 수 없는 힘이 있었으니 — 그들은 그 무엇인가를 간직한 채 발설하지 않는 것이었다 — 아, 그게 대체 뭘까?

제15장

디셤 마을은 링컨 인근의 완만하게 구릉진 농경지 어딘가에 있다. 그렇다고 여름밤에 바다에서 실려 오는 소리나 겨울 폭풍이 몰아칠 때 긴 해안에 파도 부서지는 소리가 들리지 않을 만큼 아주 내륙도 아니다. 좁다란 길가에 작은 집들이 옹기종기 모여 있는 마을에 비하면 교회며 교회 종탑은 너무 커서, 처음 그곳에 당도하는 이는 마치 신앙의 전성기인 중세로나 돌아간 기분이 들 것이다. 교회에 대한 그토록 큰 신뢰는 분명 우리 시대와는 동떨어진 것이므로, 그는 마을 사람들이 하나같이 인간 세상의 끝자락에서 살고 있는 모양이라고 추측을 계속한다. 그런 첫인상을 가진 여행자는 순무 밭에 괭이질을 하는 남자 두엇, 물동이를 나르는 어린아이, 작은 집 앞에서 양탄자를 털고 있는 젊은 아낙 등 눈에 들어오는 주민들의 모습에서 과연 중세답지 않은 것을 별로 찾아볼 수 없을 것이다. 오늘날의 디셤 마을에 사는 이 사람들은 꽤 젊어 보이는데도 워낙 우락부락하고 거칠게 생겨서, 중세 수도사들이 수서본의 장식용 머리글자에 그려 넣곤 하던 작은 그림들을 생각나게 한다. 그들이 하는 말도 반밖에 알아들을 수가 없으므로, 그는 마치 자기 목소리가 수백 년은 건너가야 저편에 닿기라도 할 것처럼 큰소리로 분명하게 말한다. 그로서는 차라리 파리나 로마, 베를린이나 마드리드에 사는 누군가의 말을 이해하기가 지난 이천 년 동안 런던에서 채 이백 마일도 떨어지지 않은 곳에서 살아온 자기 나라 사람들의 말을 알아듣기보다 더 쉬울 것이다.

교구 목사관은 마을에서 반 마일가량 떨어진 곳에 서 있다. 그것은 아주 큰 집으로, 좁다란 붉은 타일을 붙인 커다란 부엌을 중심으로 여러 세기 동안 계속 증축되어왔다. 손님들이 처음 도착한 날 저녁이면 목사는 놋쇠 촛대를 들고 집을 구경시키면서, 올라가고 내려가는 계단에 주의를 주고, 벽들의 엄청난 두께며, 천장을 가로지르는 오래된 서까래들, 사다리처럼 가파른 층계들, 그리고 텐트처럼 깊숙한 지붕들을 보여주곤 한다. 그 지붕들에는 제비들이 둥지를 트는가 하면, 한번은 흰 올빼미도 살았다는 것이다. 하지만 여러 목사들이 대를 이어 증축한 데서 그다지 흥미롭거나 아름다운 점은 생겨나지 않았다.

하지만 그 집은 정원으로 둘러싸여 있었고, 목사는 그 정원에 상당한 자부심을 가지고 있었다. 거실 창밖으로 내다보이는 잔디밭은 풍요로운 녹색 일색으로 꽃 핀 잡초 한 포기 눈에 띄지 않았으며, 그 건너편에는 키 큰 꽃들이 무성히 자란 꽃밭들을 지나 매혹적인 풀밭 길로 이어지는 두 가닥 오솔길이 곧장 뻗어 있었다. 대칫 목사는 매일 아침 같은 시간에 해시계를 보고 시간을 재면서 이 길을 이리저리 거닐곤 했다. 대개는 손에 책을 들고 있었으며, 가끔씩 책을 들여다보고 다시 덮은 다음, 시의 나머지 부분을 암송하는 것이었다. 그는 호라티우스 작품 대부분을 외우고 있었으며, 아침 산책을 특정한 송가와 연결시켜 의무적으로 반복하여 외우곤 했다. 그러면서 꽃들의 상태를 살피고, 이따금 몸을 굽혀 시들거나 너무 핀 꽃을 따내곤 했다. 비 오는 날도, 습관의 힘이 어찌나 대단했던지, 산책 시간이 되면 의자에서 일어나 서재 안을 같은 시간 동안 이리저리 거닐면서, 이따금 서가의 책들을 바로 꽂거나 벽난로 선반 위의 사문석 무더기에 세워둔 황동 십자가 두 개의 위치를 바꾸거나 하는 것이었다. 그의 자녀들은 아버지를 무척 존경해서, 그를 실제보다 훨씬 더 학식이 높은 사람으로 여겼으며, 가능한 한 그의 생활 습관이 지장받지 않도록 유념하고 있었다. 근면한 생활을 하는 사람들이 대개 그렇듯이, 대칫 목사 역시 지성이나 독창성보다는 결단력과 희생정신이 더 강한 편이었다. 춥고 바람이 센 밤에도 그는 군소리 없이 말을 타고 나가 자신을 필요로 할지도 모르는 병자들을 방문했으며, 지루한 의무를 강직하게 완수하는 미덕 덕분에 각종 위원회며 지방 단체, 자문회 등에 자주 임명되곤 했다. 이제 만년에 접어든 그는 (예순여덟 살이었다) 극도로 여윈 나머지 상냥한 노부인들의 동정을 사기 시작한 터였다. 그녀들은 그가 그렇게 마른 것이 편안한 불가에서 쉬어야 할 시간에 길에서 힘을 다 써버리기 때문이라고들 했다. 장녀 엘리자베스가 부친과 함께 살면서 살림을 꾸렸는데, 그녀 역시 아버지를 닮아 고지식한 성실함과 근면함의 소유자였다. 두 아들 중 리처드는 부동산 중개인이었고, 다른 아들 크리스토퍼는 법학을 공부하고 있었다. 크리스마스에는 당연히 가족이 모두 모였으므로 안주인도 하녀도 한 달도 전부터 크리스마스 주간을 위한 준비로 바빴으며, 해를 거듭할수록 자신들의 준비에 더욱 자신감이 생겼다. 작고한 대칫 부인은 훌륭한 세간을 남겼는데, 엘리자베스는 열아홉 살 나이에 어머니를 여의면서 그것을 물려받는 동시에 온 가족에 대한 책임을 떠맡게 되었다. 그녀는 닭도 조금 쳤고, 그림도 그렸으며, 정원의 장미나무 중 몇 그루는 특별히 정성 들여 가꾸었다. 그러다 보니 살림하랴 양계하랴 가난한 사람들을 도우랴 도무지 한가할 틈이 나지 않았다. 그녀가 집안에서 중요한 사람이 된 것은 딱히 무슨 재능보다는 그렇듯 지극한 성실성 덕분이었다. 메리는 언니에게 편지를 내어 랠프 데넘을 자기들 집에 초대했다고 알리면서, 엘리자베스의 성정을 존중하여, 그는 좀 특이하긴 하지만 좋은 사람이며 런던에서 과로를 했다고 덧붙였다. 필시 엘리자베스는 랠프가 메리와 사귀는 사이라고 생각하겠지만, 뭔가 피치 못할 사정이 생기지 않는 한, 자매 중 어느 쪽도 그 점에 대해서는 한마디도 입 밖에 내지 않을 것이 분명했다.

메리는 랠프가 올지 어떨지 확답을 받지 못한 채 디셤으로 돌아갔다. 그러나 크리스마스를 2, 3일 앞두고 그에게서 전보를 한 통 받았는데, 마을에 방을 하나 구해달라는 부탁이 적혀 있었다. 뒤이어 온 편지에서 그는 식사는 그들과 함께할 수 있으면 좋겠지만, 일 때문에 조용한 환경이 필요하기 때문에 잠은 다른 집에서 자야 한다고 설명했다.

메리는 엘리자베스와 함께 정원을 거닐며 장미들을 돌아보던 중에 그 편지를 받았다.[132)]

"하지만 말도 안 돼." 랠프의 계획에 대한 설명을 듣자, 엘리자베스가 단호하게 말했다. "빈 방이 다섯 개나 되는데, 남자애들이 둘 다 집에 있어도 말이야. 게다가 마을에서는 방을 못 구할 테고, 과로했다면서 또 일을 하면 안 되지."

132) 1919년 10월 30일자 《타임스》지 문예란의 익명 서평자는 『밤과 낮』의 몇 군데 "부정확성"을 지적하고 있는데, 크리스마스에 정원에서 장미를 꺾는다는 것도 그중 하나이다. 사실상 이 오류는 원고를 수정하는 과정에서 생긴 것으로, 원고에서 자매가 잘라 담는 꽃은 국화이며 메리는 크리스마스 장미를 한 송이 꺾어 아버지 옷의 단춧구멍에 끼워드리는데 눈이 어둡고 정신 상태가 몽롱한 대칫 목사가 엘리자베스의 장미인 줄로만 알고 염려하는 것으로 되어 있다. 하지만 울프는 이 대목을 굳이 고치기를 원치 않아서, 출간 후 친지들에게 보낸 편지에서 "큐 가든에는 12월에도 늦장미가 피지 않는지"에 대해 자문을 구하고 그렇다는 대답에 안도하고 있다.

'하지만 그 사람은 우리와 너무 많은 시간을 함께 보내기 싫은 거겠지.' 메리는 속으로 생각했지만, 겉으로는 언니의 말에 맞장구를 쳤고, 자기가 원하는 바를 언니가 그렇게 알아주는 것이 고마웠다. 두 사람은 장미 꽃대를 잘라 펀펀한 바구니에 꽃송이가 가지런하게 담는 중이었다.

'만일 랠프가 여기서 묵게 되면, 이 모든 걸 재미없게 여길 거야.' 그렇게 생각하자 메리는 문득 조금 짜증이 났고, 그만 꽃을 거꾸로 담고 말았다. 그러면서 두 사람은 오솔길 끝에 이르렀고, 엘리자베스가 화초 몇 포기를 바로잡아 울타리 안에 똑바로 서게 만드는 동안, 메리는 아버지가 생각에 잠긴 듯 뒷짐을 지고 고개를 숙인 자세로 이리저리 거니는 것을 바라보았다. 그 한결같은 걸음걸이에 왠지 헤살 놓고 싶은 충동이 일어나, 메리는 풀밭 길로 올라가 아버지 어깨를 붙들었다.

"단춧구멍에 꽃 한 송이 꽂으세요." 그녀는 장미 한 송이를 내밀며 말했다.

"뭐라고, 얘야?" 대칫 씨는 꽃을 받아들고는 눈이 좋지 않아 그나마 잘 보이는 쪽으로 들어보면서 여전히 걸음을 멈추지 않았다.

"이 녀석은 어디서 온 거냐? 엘리자베스의 장미로구나 — 그 애한테서 허락은 받은 거겠지? 엘리자베스는 허락 없이 자기 장미를 꺾는 걸 좋아하지 않아. 당연한 거 아니냐."

그는 말끝에 연이어 뭔가 중얼거리다가 그대로 사색에 빠져드는 버릇이 있었는데 — 메리는 그 점이 전에 없이 분명하게 의식되었다 — 그의 자녀들은 그것이 말로 하기에는 너무나 심오한 사색의 증좌라고 여기고 있었다.

"뭐라고 하셨어요?" 아버지의 중얼거림이 그치자, 메리는 아마도 난생 처음으로 되물었다. 그는 아무 대답도 하지 않았다. 그녀는 그가 혼자 있고 싶어 한다는 것을 너무나 잘 알고 있었지만, 그래도 아버지 곁에 붙어 있었다. 마치 몽유병자의 곁에 붙어서, 깨울 만한 때를 기다리는 것처럼. 하지만 그를 깨울 만한 것이 달리 생각나지 않아서, 그저 이렇게 말했을 뿐이다.

"정원이 참 보기 좋네요, 아버지."

"그래, 그렇지, 그렇고말고." 대칫 씨는 여전히 망연한 채 같은 말만 거듭 뇌까리면서, 고개를 한층 더 가슴 깊이 묻었다. 그러나 함께 발길을 돌려 되돌아오려는 순간, 불쑥 말문이 열렸다.

"교통량이 아주 많이 늘었단다. 차량이 더 필요해. 어제는 12시 15분에 차량 40대가 내려왔지 — 내가 직접 세어봤어 — 9시 03분 차를 없애고 그 대신 8시 30분 차를 신설했지 — 그게 사업가들한테는 더 잘 맞거든. 넌 어제 오래된 3시 10분 차로 왔지?"

그가 대답을 원하는 것처럼 보였으므로 그녀는 "예"라고 대답했다. 그러자 그는 손목시계를 보더니 꽃은 여전히 같은 각도로 든 채 집을 향해 산책길을 내려가기 시작했다. 엘리자베스는 집 반대편 닭장이 있는 쪽으로 가버렸기 때문에, 메리는 랠프의 편지를 손에 들고 혼자 남게 되었다. 마음이 편치 않았다. 자신이 처한 상황에 대해 냉철하게 생각해보는 일을 이번 휴가로 미루고 있었는데, 바로 다음날 랠프가 정말로 온다니 자기 가족이 그의 눈에 어떻게 비칠까 하는 생각뿐이었다. 아버지는 그에게 또 그 기차 문제를 얘기할지도 몰랐다. 엘리자베스는 총기 있고 지각 있게 처신하겠지만 하인들에게 지시 사항을 내리느라 줄곧 자리를 뜰 것이었다. 남자 형제들은 벌써부터 그를 사냥에 초대하겠다고 말하고 있었다. 그녀는 랠프와 형제들의 관계는 알아서 하게 내버려두면 젊은 남자들끼리 뭔가 공통의 관심사를 찾아내게 되리라고 믿었다. 하지만 그녀 자신에 대해 그는 어떻게 생각할까? 그녀가 다른 가족들과 다르다는 것을 알게 되려나? 그녀는 그를 자기 방[133]으로 데리고 가서 자신의 작은 서가에서 눈에 띄는 자리를 차지하고 있는 영국 시인들에 관한 대화로 이끌어볼까 하는 궁리도 해보았다. 어쩌면 자신도 자기 가족을 좀 남다르다고 — 그래, 좀 남다르긴 하지만 재미없는 사람들은 아니라고 생각한다는 점을 넌지시 알릴 수 있을지도 몰랐다. 그 점은 그녀가 그를 향해 나아가는 데 둘러가야 할 암초였다. 그리고 에드워드[134]가 조록스[135]를 좋아한다는 사실이나 크리스토퍼가 벌써 스물두 살이나 되었는데도 아직까지 나방과 나비를 수집하는 데 열광한다는 사실에도 그의 관심을 끌 수 있으리라. 어쩌면 엘리자베스의 스케치들이, 만일 그 완성품들이 눈에 띄지 않는다면, 그에게 심어주고 싶은 가족의 이미지, 좀 특이하고 별로 내세울 것은 없지만 그래도 답답하지는 않은 가족이라는 전체적인 인상에 도움이 될 수도 있을 것이었다. 마침 운동이랍시고 잔디밭 위를 구르고 있는 에드워드가 눈에 들어왔다. 발그레한 뺨에 명랑한 갈색 눈을 한 그를 보자, 어쩐지 먼지투성이 갈색 겨울 털을 한 뒤퉁스런 젊은 역마(役馬) 같다는 느낌이 들어 자신의 야심 찬 계획들이 격하게 부끄러워졌다. 그녀는 있는 그대로의 동생을 사랑했고, 자기 가족 모두를 사랑했다. 에드워드를 따라 올라갔다 내려갔다, 내려갔다 올라갔다 하며 걷는 동안, 그녀의 강한 도덕적 감정은 그저 램프를 생각하는 것만으로도 자기 속에 일어났던 허탄한 낭만적 요소들에 건전한

133) 여기서 '방'은 침실에 딸린 거처방(sitting room)을 말한다.

134) 앞에서는 "두 아들 중 리처드는 부동산 중개인이었고, 다른 아들 크리스토퍼는 법학을 공부하고 있었다"라고 하니, 아마 이 에드워드가 리처드와 동일인물일 것이다.

135) R. S. 서티스(Robert Smith Surtees, 1805-1864)의 유머 소설 『조록스의 유람과 잔치 *Jorrocks' Jaunts and Jollities*』(1838)의 주인공 조록스는 여우사냥을 좋아하는 런던의 채소상이다. 『조록스의 유람과 잔치』는 『댈러웨이 부인』의 도입부에서 댈러웨이 부인이 산책을 하던 중 서점의 진열창 안에서 발견하는 책들 중에도 언급되고 있다.

회초리를 휘둘렀다. 자기도 잘났건 못났건 간에 가족의 다른 사람들과 다름이 없다는 것을 확실히 느꼈다.

다음날 오후, 3등 기차 한구석에 앉아서, 랠프는 맞은편에 앉은, 아마도 외판원인 듯한 여행자에게 이것저것 질문을 하고 있었다. 링컨에서 채 3마일도 떨어지지 않은 램셔라는 마을에 관해서였다. 램셔에는 오트웨이 성을 가진 신사가 사는 저택이 있는지?

여행자는 잘 모르겠다고 대답하고는 생각하는 듯이 오트웨이라는 이름을 몇 번인가 혀에 굴려보았는데, 그 소리가 랠프에게는 놀랄 만큼 기분 좋게 들렸다. 그래서 주소를 확인해보겠다는 구실로 호주머니에서 편지를 꺼내 들었다.

"링컨 주 램셔, 스톡던 하우스."[136] 그는 소리 내어 읽었다.

"링컨에 가면 길 안내를 해줄 사람이 있을 겁니다." 남자는 대답했고, 랠프는 자신이 그날 저녁 당장 그곳에 가는 것은 아니라는 사실을 덧붙였다.

"일단 디셤에 가서 그쪽으로 걸어가볼 작정입니다." 그는 자기 자신도 믿지 않는 바를 기차에서 만난 외판원에게 믿게 하면서 즐거움을 느낀다는 사실에 스스로 놀라지 않을 수 없었다. 왜냐하면 그 편지는, 비록 캐서린의 아버지가 서명한 것이기는 했지만, 그를 초대하는 것도 아니었고 캐서린 자신이 그곳에 있다고 생각할 만한 보장이 담긴 내용도 아니었기 때문이다. 그 편지로 알 수 있는 단 한 가지 사실은 앞으로 보름 동안은 그 주소가 힐버리 씨의 주소가 되리라는 것뿐이었다. 그러나 창밖을 내다보

136) 링컨셔는 잉글랜드 동부 해안의 주이지만, 램셔는 허구의 지명이고 스톡던 하우스 역시 마찬가지이다.

면서 그의 생각은 그녀에게로 뻗어갔다. 그녀도 이 잿빛 들판을 보았으리라. 지금 그녀는 어쩌면 저기 나무들이 비탈을 따라 올라가는 저 언덕 위에 있는지도 모른다. 언덕 발치에서 노란 불빛이 빛나더니 다시 꺼져버렸다. 어느 오래된 회색 집에서 켠 불빛이었다고 그는 생각했다. 그는 자기 쪽 자리에 몸을 기대고 앉아 맞은편의 외판원에 대해서는 아예 잊고 있었다. 하지만 캐서린을 눈앞에 그려보는 일은 오래된 회색 장원 저택에 이르면 뚝 끊어지고 말았다. 만일 조금 더 상상을 펼치다가는 현실이 곧바로 밀고 들어오리라고 본능이 경고하는 것이었다. 그는 윌리엄 로드니의 모습을 완전히 지워버릴 수가 없었다. 캐서린의 입에서 약혼 소식을 들은 그날 이후로 그는 그녀에 대한 꿈에 현실적인 세부들을 보태기를 삼가고 있었다. 그러나 늦은 오후의 햇살이 곧게 뻗은 나무들 뒤편의 들판을 녹색으로 물들이고 있었고, 그것이 그에게는 마치 그녀를 상징하는 것만 같았다. 그 빛은 그의 마음을 활짝 열어주는 듯했다. 그녀는 잿빛 들판을 품어 안고 있었고, 지금 그와 함께 기차를 타고 있는 것이다. 말없이 생각에 잠겨 한없이 다정하게... 그런 환상은 너무 강렬하게 다가왔고, 기차의 속도가 차츰 줄어드는 만큼 떨쳐버려야만 했다. 기차가 갑자기 덜컹하는 바람에 그는 정신을 차렸다. 기차가 플랫폼을 따라 천천히 미끄러져 들어가자, 메리 대칫의 튼튼하고 불그레한 모습과 다소 홍조 띤 얼굴이 눈에 들어왔다. 그녀와 함께 나와 있던 키 큰 젊은이가 그와 악수를 하고 가방을 받아들고는 별말 없이 앞장서 갔다.

겨울 저녁, 어스름이 서로의 모습을 어슴푸레하게 감추어줄 때만큼 목소리가 아름답게 들릴 때는 없다. 텅 빈 어둠 속에서 들려오는 듯한 목소리들에는 낮에는 들어본 적 없는 친근함이 담기는 것이다. 그에게 인사를 건네는 메리의 음성에도 그런 울림이 들어 있었다. 그녀는 겨울 산울타리의 안개와 나무딸기 잎사귀의 선홍색에 둘러싸여 있는 성싶었다. 그는 전혀 다른 세계의 단단한 땅에 발을 디딘 듯한 느낌이 들었지만, 선뜻 그 즐거움에 빠져드는 것이 어쩐지 내키지 않았다. 그들은 그에게 에드워드와 함께 마차를 타고 가든지, 아니면 메리와 함께 들판을 가로질러 걸어가든지 마음대로 하라고 했다. 걸어서 가기에 가까운 거리는 아니지만, 메리 생각에는 그쪽 길이 더 좋다는 것이었다. 그는 그녀와 함께 걷겠다고 하면서, 내심 자신이 그녀와 함께 있는 데서 위로를 구하고 있음을 의식했다. 그녀가 저렇게 명랑한 것은 무엇 때문일까, 하고 그는 부러움과 냉소가 섞인 심정으로 생각했다. 망아지를 단 마차가 힘차게 출발하더니, 에드워드가 큰 키로 일어서서 한 손에는 고삐를, 다른 손에는 채찍을 들고 있는 모습이 그들 눈앞에서 어둠 속으로 멀어져갔다. 읍내 장에 나왔던 마을 사람들도 각기 작은 마차에 타거나 삼삼오오 떼를 지어 집을 향하고 있었다. 메리는 연신 인사를 받았고, 상내방의 이름을 불러 가며 외쳐 대답했다. 그러나 얼마 안 가 그녀는 어느 울타리 디딤대[137]를 넘었고, 주변의 희미한 녹색보다 약간 더 짙은 녹색 길을 따라 걸었다. 그들 앞쪽의 하늘은 이제 불그레한 노랑으로 물든 것이, 그 뒤에서 등불이 타는 반투명한 등갓처럼 보였다. 한쪽에는 땅의 기복으로 가려진 그 빛을 배경으로 줄지어 선 검은 나무들이 빈 가지를 드러내고 있었지만, 다른 어디에나 땅은 하늘과 맞닿는 데까지 평평하게 펼쳐져 있었다. 겨울밤의 소리 없이 날쌘 새들 중 한 마리가 그들을 따라 들판을 가로지르기라도 하는 듯 그들 앞쪽 몇 피트쯤 되는 곳에서 한 바퀴 빙 돌고 사라졌다가 또다시 나타나곤 했다.

메리는 지금껏 살아오는 동안 이 길을 수백 번은 다녔지만, 대개 혼자

137) 울타리나 담장을 넘어갈 수 있도록 만들어둔 발디딤(stile).

였고, 길 곳곳에서 지난날의 기분을 떠올리게 하는 유령들이 밀려 들어와, 특정한 각도에서 보이는 나무 몇 그루, 도랑에서 꿩이 끼룩대는 소리 같은 것만으로도 무수한 생각들이 꼬리를 물고 일어나곤 했다. 그러나 오늘 밤은 그 모든 장면들을 몰아낼 정도로 특별한 상황이었다. 그녀는 들판이며 나무들을 보아도 아무런 연상이 떠오르지 않는 듯 자기도 모르게 유심히 바라보고 있었다.

"어때요, 랠프?" 그녀는 말했다. "여기가 링컨스인필즈보다 더 좋지 않아요? 봐요, 저기 당신이 좋아하는 새도 있어요! 참, 망원경도 가져왔겠지요? 에드워드와 크리스토퍼는 당신이랑 사냥을 하려고 벼르더군요. 총 쏠 줄 알아요? 아마 아닐 것 같은데 —"

"이봐요, 설명을 좀 해줘야지요." 랠프가 말했다. "그 사람들이 누구요? 난 어디 묵게 되는 거요?"

"그야 우리 집이지요." 메리가 대담하게 말했다. "당연히 우리 집에 묵어야지요. 어때요, 괜찮지요?"

"괜찮지 않다면 오지도 않았겠지요." 그는 기운차게 대답했다. 그들은 말없이 걸었다. 메리는 잠시 침묵을 깨지 않으려고 조심했다. 랠프가 대지와 공기의 그 모든 신선한 기쁨을 맛보게 하고 싶었다. 그가 그러리라 생각했기 때문이다. 그녀가 옳았다. 잠시 후 그는 깊은 만족감을 표시하여 그녀를 흐뭇하게 했다.

"이런 곳일 거라고 생각했어요, 당신이 사는 곳은." 그는 모자를 이마 위로 젖혀 올리며 주위를 둘러보았다. "진짜 시골 말이오. 영주의 장원이 아니라."

그는 맑은 공기를 흠씬 들이마셨고, 최근 몇 주 만에 처음으로 몸을 가지고 있다는 벅찬 기쁨을 느꼈다.

"이제 산울타리를 뚫고 지나가야 해요." 메리가 말했다. 산울타리가 벌어진 틈서리에서 램프는 토끼를 잡으려고 구덩이 위에 쳐놓은 사냥꾼의 철사 올가미를 잡아 뜯었다.

"덫을 놓는 걸 나무랄 수는 없어요." 그가 올가미를 잡아 뜯는 것을 보고 메리가 말했다. "앨프리드 더긴스, 아니면 시드 랭킨일 거예요. 하지만 주당 15실링을 버는 그 사람들한테 이런 걸 못하게 할 수는 없잖아요. 주당 15실링이라고요." 그녀는 울타리 반대편으로 나가 머리칼에 붙은 잎사귀를 떼어내느라 손 빗질을 하며 말했다. "나라면 일주일에 15실링으로도 사는 게 일도 아니겠지만 말이에요."

"정말인가요?" 램프는 말했다. "안 될 거 같은데." 그는 덧붙였다.

"되고말고요. 그 사람들은 거저 사는 집이 있고, 채소를 키울 마당도 있거든요. 그것만 해도 어디에요." 그렇게 말하는 메리의 진지함에 램프는 깊은 인상을 받았다.

"하지만 싫증이 날 걸요." 그는 우겼다.

"그거야말로 절대 싫증나지 않을 유일한 일이라는 생각이 들 때도 있어요." 그녀는 대꾸했다.

마당에 채소를 기르며 일주일에 15실링으로 살아가는 작은 집을 생각하자, 램프의 마음에는 전에 없던 안식과 만족감이 밀려들었다.

"하지만 그 집이 대로변이라거나, 이웃집 여자에게 빽빽 울어대는 애가 여섯 명쯤 딸려 있고 그 여자가 만날 당신 마당에 자기 빨래를 널거나 하지는 않겠지요?"

"제가 생각하는 집은 작은 과수원 한복판에 있는 걸요."

"그럼 참정권 운동은 어떻게 하고요?" 그는 짐짓 빈정대듯 물었다.

"아, 세상에는 참정권 운동 말고 다른 일들도 있답니다." 지나가는 말처럼 대꾸하는 투가 어쩐지 비밀스럽게 들렸다.

랠프는 입을 다물었다. 그녀에게 자기가 모르는 계획이 있다는 것이 마뜩지 않았지만, 더 추궁할 입장도 못 된다고 느껴졌다. 작은 시골집에 대한 생각이 머릿속을 맴돌았다. 지금으로서는 더 자세히 알아볼 수 없지만, 하여간 거기에 엄청난 가능성이 놓여 있었다. 많은 문제에 대한 해결책이 될 수 있을 것이었다. 그는 지팡이로 땅을 두드리면서 어스름 속에서 전원 풍경을 바라보았다.

"동서남북은 알아요?" 그가 물었다.

"물론이지요." 메리가 말했다. "날 뭘로 보는 거예요? 당신 같은 런던내기인 줄 알아요?" 그녀는 그에게 어디가 북쪽이고 어디가 남쪽인지 분명히 가리켜 보였다.

"여긴 내 고향이에요." 그녀는 말했다. "눈을 가리고도 길을 찾아갈 수 있다고요."

그렇게 장담한 것을 입증이라도 하려는 듯, 그녀는 걸음을 빨리했고, 그래서 랠프는 그녀와 보조를 맞추기가 힘들었다. 그러면서도 전에 없이 그녀에게 끌리는 느낌이었다. 분명 그녀가 런던에서보다 훨씬 더 그에게서 독립적이기도 했고, 또 그로서는 들어설 여지가 없는 어떤 세계에 굳건히 자리 잡고 있는 것처럼 보이기 때문일 터였다. 이제 땅거미가 짙어져서 그는 무조건 그녀를 따라가는 수밖에 없었고, 둑길에서 아주 좁다란 오솔길로 뛰어내릴 때는 그녀의 어깨에 손을 얹기까지 했다. 그녀가 이웃한 들판의 안개 속에서 흔들리는 밝은 점을 향해 손짓을 하며 외치기 시작하자 묘하게 주눅이 드는 느낌이었다. 그도 덩달아 소리쳐 불렀고, 그러자 불빛이 멈춰 섰다.

"크리스토퍼예요. 벌써 집에 와 닭 모이를 주러 나왔네요." 그녀가 말했다.

그녀는 그를 랠프에게 소개했지만, 랠프로서는 부드러운 깃털에 싸인 것들이 퍼덕거리는 가운데서 몸을 일으키는, 각반을 친 키 큰 이밖에 분간이 가지 않았다. 군데군데 빛이 비쳐 들어 여기서는 밝은 노랑 얼룩이, 저기서는 암녹색이나 진홍색 얼룩이 드러나곤 했다. 메리는 그가 들고 있는 양동이에 손을 집어넣더니 어느새 그 무리에 둘러싸여서, 모이를 흩뿌려주면서 닭들과 동생에게 번갈아 말을 건넸다. 그 퍼덕거리는 무리의 가장자리에 검은 오버코트를 입고 서 있는 랠프에게는 그녀의 말소리 또한 구구대는 듯이 알아듣기 힘들었다.

모두 저녁 식탁에 둘러앉았을 때는 랠프도 그 오버코트를 벗고 있었지만, 그래도 여전히 다른 사람들과는 아주 다른 데가 있었다. 시골에서 자라 시골에서 사는 사람들에게는 한결같이 순진함이랄까 젊음이랄까 싶은 구석이 남아 있다고, 메리는 부드러운 촛불 빛을 받으며 둥글게 둘러앉은 그들을 비교해보며 생각했다. 목사만 하더라도 확실히 그런 데가 있었다. 비록 주름투성이였지만, 그의 얼굴은 맑은 홍조를 띠었고, 푸른 눈에는 빗속에서나 겨울의 어둠 속에서 먼 불빛이나 길모퉁이를 바라보는 긴 안목의 평온함이 담겨 있었다. 그녀는 랠프 쪽을 보았다. 그가 그토록 집중되고 목적의식으로 가득 차 있는 모습은 전에 본 적이 없는 것처럼 느껴졌다. 그의 이마 뒤에는 너무나 많은 경험이 들어차 있어서, 어떤 부분을 꺼내놓고 어떤 부분은 혼자 간직할지 선택할 수 있을 것처럼 보였다. 그 웅숭깊고 심각한 얼굴에 비하면, 각기 수프 접시 위로 수그려진 동생들의 얼굴은 아직 모양이 잡히지 않은 분홍빛 살덩어리일 뿐이었다.

"3시 10분 차로 오셨소이까, 데넘 씨?" 윈덤 대칫 목사는 랠프에게 말을 건네며, 냅킨 끝을 셔츠 칼라에 쑤셔 넣었다. 그렇게 하자 그의 상체가 크고 흰 마름모꼴로 가려지다시피 되었다. "대체로 서비스가 괜찮지요. 교통

량의 증가를 감안하면, 정말이지 서비스가 나쁘지 않아요. 난 가끔 호기심에서 화물차의 차량 수를 세어보곤 하는데, 50량이 훨씬 넘는다오 — 연중 이맘때면 말이오."

노신사는 이 정중하고 식견 있는 젊은이 앞에서 기분 좋게 흥분해 있었고, 말꼬리를 분명히 마무리 짓는 것이나 열차의 차량 수를 약간 과장하는 것이 그런 기분을 은연중에 드러내고 있었다. 사실 주로 대화를 이끌어가는 것은 그였고, 오늘 밤 그는 그 역할을 훌륭히 해냈으므로 아들들은 이따금씩 감탄하는 표정으로 아버지를 바라보곤 했다. 그들은 데님에게 좀 서먹해하고 있었으므로, 자기들이 나서서 말하지 않아도 되는 것이 기뻤다. 링컨셔의 이 특정 지역에 관해 노목사가 펼쳐놓는 과거와 현재의 온갖 정보들은 자식들을 놀라게 했다. 그들은 아버지가 그런 문제에 정통하다는 것은 알고 있었지만, 어느 정도인지는 잊고 있었던 것이다. 마치 식기장에 얼마나 많은 기명이 쟁여져 있는지, 어쩌다 잔칫날에 꺼내보기 전에는 잊고 지내는 것이나 마찬가지였다.

저녁식사를 마친 후, 목사는 교구 일이 있다며 서재로 갔고, 메리는 부엌으로 자리를 옮기자고 제안했다.

"정말 부엌은 아니에요." 엘리자베스는 손님에게 급히 설명했다. "하지만 우리는 그렇게 부르지요 —"

"이 집에서 제일 좋은 방이에요." 에드워드가 말했다.

"벽난로 옆에, 옛날 사람들이 총을 걸어두던 걸대도 있어요." 엘리자베스가 긴 황동 촛대를 들고 앞장서서 복도를 걸어가며 말했다. "데님 씨에게 계단을 보여드리렴, 크리스토퍼... 2년 전에 교회 위원회에서 나와 보고는, 여기가 이 집에서 가장 흥미로운 부분이라고 했어요. 이 좁다란 벽돌은 오백 년은 된 것이라더군요. 오백 년, 아니 육백 년이라고 했던가." 아버지가 열차의 차량 수를 늘려 말한 것처럼, 그녀 역시 벽돌의 나이를 과장하고 싶은 충동을 느꼈다. 천장 중앙에 매달려 길게 드리워진 커다란 램프가, 난로의 장작불과 기세를 더하여, 천장이 높고 널찍한 방을 밝히고 있었다. 이쪽 벽에서 저쪽 벽까지 서까래들이 드러나 있고, 바닥에는 붉은 타일이 깔렸으며, 큼직한 벽난로는 오백 년은 좋이 되었다는 저 좁다란 적벽돌을 쌓아 만든 것이었다. 여기저기 깔린 양탄자와 곳곳에 놓인 팔걸이의자들이 이 오래된 부엌을 거실로 바꿔놓고 있었다. 엘리자베스는 오래된 소총 걸대며, 햄을 걸어놓고 훈제하던 고리며, 그 밖에도 오랜 역사를 증명하는 것들을 가리켜 보이며, 이전에는 그저 빨래나 말리고 남자들이 사냥에서 돌아와 옷을 갈아입는 장소였던 이 방을 거실로 쓰자는 아이디어는 메리가 낸 것이라고 설명했다. 그러고는 안주인으로서의 임무를 다했다고 생각한 듯, 램프 바로 아래쪽의 길고 좁다란 참나무 탁자 옆, 똑바른 의자에 앉았다. 뿔테 안경을 코에 걸친 다음 실과 털실이 들어 있는 바구니를 자기 쪽으로 끌어당겼다. 잠시 후 그녀의 얼굴에는 미소가 번졌고, 저녁 내내 그런 얼굴이었다.

"내일 저희와 사냥하러 가시겠어요?" 크리스토퍼가 물었다. 그는 누나의 친구에 대해 대체로 좋은 인상을 받은 터였다.

"총은 안 쏘겠지만, 그래도 함께 가지요." 랠프가 대답했다.

"사냥을 안 좋아하시나요?" 에드워드가 물었다. 그는 아직 의구심을 내려놓지 않고 있었다.

"아직 총을 쏘아본 적이 없습니다." 랠프가 몸을 돌려 그를 정면으로 바라보았다. 그런 고백이 어떻게 받아들여질지 알 수 없었기 때문이다.

"런던에서는 기회가 별로 없겠지요." 크리스토퍼가 말했다. "하지만 그냥 구경만 하는 건 좀 지루하지 않을까요?"

“저는 새 구경을 하지요.” 랠프는 미소 지으며 대답했다.

“새 구경을 할 만한 장소를 알려드릴 수 있습니다.” 에드워드가 말했다. “새 구경을 좋아하신다면 말이에요. 해마다 이맘때면 새 구경을 하러 런던에서 내려오는 사람을 하나 알지요. 기러기며 오리를 구경하기에 딱 알맞은 곳이에요. 그 사람 말이 이 일대에서 새 구경을 하기에 제일 좋은 곳 중 하나라고 하더군요.”

“영국에서 제일 좋은 곳이겠지요.” 랠프가 한 술 더 떴다. 그들은 자기들 고장에 대한 그런 칭찬에 흡족해졌고, 메리는 짧은 문답이 오가는 가운데 동생들 편의 미심쩍은 기미가 사라져가는 것을 느끼고 흐뭇해졌다. 사냥에 관한 문답은 어느새 새들의 생태에 관한 진지한 대화로 발전하더니, 이내 사무변호사들의 생리에 관한 토론으로 바뀌어, 그녀가 끼어들 필요가 별로 없게 되었다. 그녀는 자기 동생들이 랠프에게 호감을 갖는 것을 보며 그 역시 그들을 좋게 생각해주기를 바라는 만큼이나 기뻤다. 그가 그들을 좋아하는지 어떤지, 그의 친절하고 세련된 태도만 보고는 알 도리가 없었다. 이따금 그녀는 난로에 새 장작을 넣었고, 방 안에 나무가 타는 건조하고 기분 좋은 열기가 가득 차자, 난롯가에서 멀찍이 있던 엘리자베스만 빼놓고는 모두들 나른해져서 자신이 어떤 인상을 줄까 하는 생각도 멀어지고 차츰 졸음이 오기 시작했다. 그때 요란하게 문을 긁는 소리가 났다.

“파이퍼! — 아, 이런! — 난 그만 일어나야겠네.” 크리스토퍼가 중얼거렸다.

“파이퍼가 아니라 피치야.” 에드워드가 투덜거렸다.

“마찬가지지. 일어나야겠어.” 크리스토퍼가 다시 말했다. 그는 개를 들여놓고는 잠시 정원으로 난 문가에 서서 별빛 총총한 밤공기를 들이마셨다.

“제발 들어오고 문 좀 닫아!” 메리가 자기 의자에서 돌아보며 소리쳤다.

"내일은 날씨가 좋겠는걸." 크리스토퍼는 흡족한 듯 말하며 메리의 발치 바닥에 앉아서 등을 그녀의 무릎에 기대고는 양말을 신은 긴 다리를 불 쪽으로 뻗었다. 어느 모로 보나 더 이상 손님이 있는 것에 구애받지 않는 태도였다. 그는 이 집의 막내였고, 메리가 특별히 좋아하는 동생이었다. 그의 성격은 메리를 닮은 것이, 에드워드의 성격이 엘리자베스를 닮은 것과도 같았다. 그녀는 자기 무릎에 그가 편히 머리를 기대게 해주고는 그의 머리칼에 손빗질을 해주었다.

"나도 메리가 저렇게 머리칼을 쓸어주면 좋겠는걸." 랠프는 문득 생각하면서, 누나에게서 그런 다정함을 끌어낸 크리스토퍼를 애정 어린 눈길로 바라보았다. 순간 그는 캐서린이 생각났고, 어디선가 탁 트인 밤공기에 둘러싸여 있을 그녀를 그려보았다. 그를 지켜보던 메리는 그의 이마의 주름살이 갑자기 깊어지는 것을 보았다. 그는 팔을 뻗쳐 장작 한 개비를 불 위에 올려놓고는 부서지기 쉬운 뜬숯 위에 조심스레 사리 삽는 데 볼두하며 자신의 생각을 이 방 안에만 가둬놓으려 했다.

메리는 동생의 머리를 쓰다듬기를 멈추었고, 그러자 그는 그녀의 무릎 사이에 놓인 머리를 뒤채었다. 그녀는 마치 어린아이라도 다루듯 다시금 그 붉은 기가 도는 숱 많은 머리칼을 이리저리 쓸어주기 시작했다. 그러나 그녀의 영혼은 어떤 동생도 그녀 안에 불러일으킬 수 있는 것보다 훨씬 더 강렬한 열정에 사로잡혀 있었으니, 랠프의 표정이 달라지는 것을 보자 그녀의 손은 기계적으로 움직일 뿐 마음은 미끄러운 물가에서 뭔가 잡을 것을 찾아 필사적으로 헤매고 있었다.

제16장

바로 그날 밤, 같은 별들이 빛나는 밤하늘을 캐서린 힐버리도 바라보고 있었다. 물론 이튿날 오리 사냥을 가기에 좋은 날씨가 될지 알아보기 위해서는 아니었지만 말이다. 그녀는 스톡던 하우스 정원의 자갈길을 이리저리 거닐고 있었다. 그녀에게 보이는 창공은 정자의 잎 진 아치들로 군데군데 가려져서, 가령 클레마티스의 가느다란 줄기만으로도 카시오페이아 성좌가 가려졌고, 그 검게 얽힌 그늘은 수천 마일에 걸쳐 있는 은하수를 뒤덮어버렸다. 그러나 정자 끝에는 돌 벤치가 있어서, 거기서는 땅 위의 것에 구애받지 않는 탁 트인 하늘을 볼 수 있었다. 오른쪽에 줄지어 있는 느릅나무들 위쪽에는 별 떨기가 찬란했고, 야트막한 마구간 건물의 굴뚝에서 가물가물 새어나온 은빛 연기가 둥그스름하게 모여 있었다. 달이 없는 밤이었지만, 별빛만으로도 그녀의 형체를 알아보기에는 족했으며, 심각하게, 정말이지 거의 엄격하게, 하늘을 응시하는 얼굴의 윤곽도 알아볼 수 있었다. 그녀가 겨울밤에 밖에 나온 것은, 물론 아직 그리 춥지도 않았지만, 과학적인 별 관측을 위해서라기보다는 순전히 이 땅에 속하는 불만들을 떨쳐버리고 싶기 때문이었다. 비슷한 상황에 처한 문학적인 성향의 사람이라면 무심히 이 책 저 책 꺼내들었을 것처럼, 그녀도 별을 보러 정원으로 나갔지만 딱히 별을 보고 있지는 않았다. 행복하지 않다는 것 — 평생 다시없이 행복해야 할 때에 행복하지 않다는 것이야말로 그녀가 보기에는 이틀 전 이곳에 도착하면서부터 거의 곧바로 시작되었던 불만의 원인이었고, 이제는 그것이 너무나 참을 수 없어져서 가족이 모인 자리를 떠나 혼자 곰곰이 생각해보러 나온 것이었다. 사실 그녀 자신이 스스로 행복하지 않다고 생각했다기보다는, 사촌들이 그렇게 생각하는 것이었다. 그 집에는 그녀 또래이거나 더 어린 사촌들이 여럿 있었는데, 그중 몇몇은 무섭게 눈이 밝았다. 그들은 노상 그녀와 로드니 사이에서 무엇인가를 탐지하는 듯했고, 기대했던 것을 발견하지 못하는 눈치였다. 그들의 그런 시선을 느끼면서, 캐서린은 런던에서 부모님과 윌리엄만이 있을 때는 미처 깨닫지 못했던 어떤 결여를 의식하게 되었다. 아니, 결여라고까지는 하지 않더라도, 그래도 역시 아쉬웠다. 항상 나무랄 데 없이 처신하는 데 익숙해져 있었던 터라 그런 심리 상태는 그녀를 의기소침하게 만들었고, 자존심도 적잖이 구겨진 것이 사실이었다. 누군가 믿을 만한 의견을 가진 이에게 자신의 약혼을 정당화하기 위해서라면 평소의 신중한 태도 같은 것은 버려도 좋을 성싶었다. 아무도 비난 한마디 하지 않았지만, 그들은 그녀를 윌리엄과 단둘이 남겨두었다. 물론 그게 문제될 것은 없었다. 만일 그들이 그토록 예의바르게 굴지만 않는다면, 그녀가 있는 데서 그토록 어색하게, 거의 공손하게 침묵을 지키지만 않는다면 말이다. 그 침묵은 그녀가 자리를 뜨기만 하면 비판으로 바뀔 듯이 느껴졌다.

이따금 하늘을 쳐다보면서, 그녀는 사촌들의 이름을 하나하나 꼽아보았다. 엘리너, 험프리, 마마듀크, 실비아, 헨리, 카산드라, 길버트, 모스틴 — 그중에서 그녀가 속내를 털어놓을 수 있는 유일한 상대는 벙게이의 젊은 숙녀들에게 바이올린을 가르치는 사촌인 헨리였다. 그래서 정자의 아치 밑을 이리저리 거닐던 그녀는, 그를 향해 할 말을 정리해보았다. 대충 이런 식이었다.

'우선, 나는 윌리엄을 아주 좋아해. 너도 그 점은 부인 못하겠지. 또, 나는 누구보다도 그를 잘 안다고 할 수 있어. 하지만 내가 그와 결혼하려는 이유 중 하나는 — 너한테는 솔직히 고백하는데 아무에게도 말하면 안 돼 — 결혼을 하고 싶기 때문이야. 난 나 자신의 집을 갖고 싶어.[138] 집에서는 그게 안 되잖아. 넌 좋겠다, 헨리. 네 원하는 길을 갈 수 있으니까. 하지만 난 항상 부모님 곁에 있어야만 해. 게다가 너도 우리 집이 어떤지 알지. 너도 아무 일 하지 않고 그렇게 있으면 행복하지 않을 거야. 집에서 내 시간이 없다는 말이 아니야. 그냥 분위기가 그래.'

이 대목에서 그녀는 사촌의 모습을, 그가 평소와 같이 총명하고 공감 어린 태도로 귀 기울이다가 다소 눈썹을 치켜뜨며 따지고 드는 것을 상상해보았다.

'그럼 넌 대체 뭘 하고 싶은데?'

이 순전히 상상적인 대화 속에서조차도 캐서린은 자신의 야심을 털어놓기가 쉽지 않았다.

'나는' 하고 그녀는 말을 꺼냈지만 한참을 망설인 끝에야 다소 쉰 듯한 음성으로 간신히 말을 이었다. '수학을 공부하고 싶어 — 별들에 대해서도 알고 싶고.'

138) "난 나 자신의 집을 갖고 싶어(I want to have a house of my own)"라는 말은 자신만의 공간으로 대변되는 독립적인 삶에 대한 욕구를 나타내는 것으로, 제21장에서 메리의 방을 둘러보며 "그런 방에서라면 자기 자신의 삶(a life of one's own)을 살 수 있을 것이었다"고 하는 대목과 마찬가지로, 훗날의 『자기만의 방 *A Room of One's Own*』을 예고하는 표현이다.

헨리는 분명 놀랐을 테지만, 자신의 의구심을 그대로 드러내기에는 너무 친절했으므로, 수학이 얼마나 어려운가에 대해 몇 마디 한 다음 별들에 대해서 알려진 것은 아주 적다고 말할 뿐이었다.

그래서 캐서린은 자신의 입장을 좀 더 설명해 나갔다.

'정말로 뭔가를 알게 될지 어떨지는 중요하지 않아 — 난 그저 수(數)를 가지고 뭔가 하고 싶을 뿐이야. 인간들과 무관한 뭔가를 말이야. 난 사실 사람들한테 별 흥미가 없어. 어떻게 보면, 헨리, 난 사이비야 — 난 사람들이 생각하는 것 같은 그런 사람이 아니라는 말이야. 난 가정적이지도 않고 별로 실제적이지도 현명하지도 않아. 그런데 만일 내가 뭔가 계산을 하고 망원경을 쓸 줄 알게 된다면, 그래서 수식을 풀고 내가 어디서 틀렸는지 정확히 알아낼 수 있다면, 난 더없이 행복할 것 같아. 그래서 윌리엄에게 그가 원하는 모든 걸 줄 수 있을 것 같아.'

이 대목에 이르자, 그녀는 본능적으로 자신이 헨리의 충고에서 도움을 얻을 수 있는 범위를 벗어났다는 것을 깨달았다. 그리고 이제 표면적인 심란함에서도 어느 정도 벗어났으므로, 그녀는 돌 벤치에 앉아서 무의식적으로 눈을 들고는 자신이 결정해야 할 좀 더 깊은 문제를 생각해보았다. 자신은 정말로 윌리엄에게 그가 원하는 모든 것을 주게 될까? 그 질문에 대답하기 위해, 그녀는 지난 이틀 동안 두 사람 사이에 오갔던 의미 있는 말과 눈길과 칭찬과 몸짓들을 주르륵 떠올려 보았다. 그는 그녀가 입도록 자기가 특별히 골라준 옷들이 담긴 상자가 엉뚱한 역으로 배송된 데 대해 짜증을 냈었다. 그녀가 주소를 제대로 쓰지 않은 탓이었다. 그래도 상자는 제때 도착했고, 첫 날 저녁 그녀가 차려입고 계단을 내려오자 그는 그녀가 그렇게 아름다워 보인 적은 없었다며 칭찬했다. 사촌들 사이에서 단연 빛이 난다는 것이었다. 또, 그녀의 동작 하나하나가 흠잡을 데 없다고도 하고, 두상이 잘 생겨서 대부분의 여자들과는 달리 머리를 풀어내려도 잘 어울린다고도 했다. 그런가 하면, 식탁에서 아무 말도 하지 않는다고 두 번이나 나무랐고, 한 번은 자기가 하는 말을 제대로 듣지 않는다고 비난한 적도 있었다. 그녀의 프랑스어 악센트가 훌륭한 데 놀라는가 하면, 그녀가 어머니와 함께 미들턴 네를 방문하지 않다니 이기적인 행동이라고도 했다. 그들은 오랜 친지인 데다가 아주 좋은 사람들인데 말이다. 이런 식으로 칭찬과 비난이 대체로 엇비슷하게 평형을 이루고 있었다. 머릿속에서 적어도 지금까지의 결산을 마친 그녀는 시선의 초점을 옮겼고, 이제 별들만 눈에 들어왔다.

오늘 밤 따라 별들은 검푸른 창공에 유난히 더 또렷이 박힌 듯 총총한 빛을 발했으므로, 그녀는 자기도 모르게 오늘 밤 별들은 행복하구나 하는 생각이 들었다. 교회 관습에 대해 자기 세대의 대부분 사람들보다 더 아는 것도 관심을 가진 것도 아니었지만, 캐서린 역시 크리스마스 무렵의 밤하늘을 쳐다볼 때면 별들이 땅을 다정히 굽어보면서 자기들도 이 땅 위의 축제에 참가한다고 불멸의 빛으로 신호를 보내는 것만 같다는 느낌이 드는 것이었다. 어쩐지 별들은 지금도 지구의 어느 먼 곳에서 길을 가는 왕들과 현자들의 행렬을 지켜보고 있는 듯이 느껴졌다. 하지만 또 얼마쯤 바라보니 별들은 정신에 여느 때와 같은 작용을 하여, 우리 짧은 인류의 역사 전체를 잿더미로 응결시키고 인간의 몸을 어느 야만의 진흙투성이 덤불 사이에 웅크리고 있는 원숭이 같은 털북숭이로 만들어버렸다. 곧이어 그 다음 단계에는 온 우주에 별들과 별빛밖에는 존재하지 않았다. 바라보는 동안 그녀의 동공은 별빛으로 확대된 나머지 전 존재가 은빛으로 용해되어 별들 너머 무한한 공간으로 영원히 흘러가는 것만 같았다. 그와 동시에 좀 이상하지만 어떻게인가 그녀는 위대한 영웅과 함께 말을 타고 어느 해안이나 숲속을 달리고 있었으며, 그런 식으로 얼마든지 상상을 계속할 수 있었을 것이다. 정상적인 삶의 조건에 만족하여 그 조건을 바꾸려는 정신의 시도를 결코 돕지 않는 육신이 강력히 제동을 걸지 않았더라면 말이다. 그녀는 추위에 몸을 떨며 일어나 집 쪽으로 걸음을 옮겼다.

별빛에 드러난 스톡던 하우스는 창백하고 낭만적으로 보였으며, 크기도 평소의 두 배는 되는 성싶었다. 19세기 초에 어느 퇴역 장군이 지었다는 저택은, 정면의 내닫이창들이 등황빛 불빛으로 가득한 것이, 마치 당당한 3단 갑판의 선박처럼 보였다. 옛날 지도의 여백에 골고루 그려 넣어진 돌고래며 일각(一角)고래들이 뛰노는 바다를 항해하는 커다란 배 말이다. 반원형으로 펼쳐진 야트막한 계단을 올라가면 커다란 현관문이었고, 캐서린은 그 문을 조금 열어두었었다. 그녀는 잠시 망설이며 집 전면을 훑어보다가, 위층의 작은 창문 하나에 불이 켜진 것을 발견하고는 문을 밀어 열었다. 현관에 들어선 그녀는 뿔 달린 두개골, 누렇게 바랜 지구의, 금이 간 유화, 박제 부엉이 같은 것들이 들어찬 네모진 공간에 서서, 떠들썩한 소리가 들려오는 오른쪽 문을 열어야 할지 말지 망설이는 듯했다. 잠시 귀를 기울이다가, 들어가지 않기로 결심을 굳힌 것은 고모부 프랜시스 경의 말소리 때문이었다. 그는 밤마다 벌이는 휘스트 게임에서 아마 지고 있는 모양이었다.

그녀는 우아하게 커브 진 계단을 올라갔다. 이 낡아빠진 저택에서 유일하게 격식을 차린 부분이었다. 그러고는 좁다란 복도를 따라가 정원에서 불빛을 보았던 그 방 앞에 이르렀다. 문을 두드리자 들어오라는 대답이 들려왔다. 한 청년이, 헨리 오트웨이가 난로 울타리에 발을 올려놓은 채 책을 읽고 있었다. 잘생긴 얼굴에, 눈썹은 엘리자베스 시대 풍으로 아치를 이루고 있었지만, 온화하고 정직한 눈은 엘리자베스 시대의 열정으로 불타기보다는 회의적으로 보였다. 말하자면 자신의 기질에 걸맞은 이상을 아직 찾아내지 못한 듯한 인상이었다.

그는 문 쪽으로 몸을 돌리며 책을 내려놓고는 그녀를 바라보았다. 그녀는 다소 창백하고 이슬에 젖은 것이, 아직 정신이 몸 안으로 돌아와 제대로 자리 잡지 못한 듯한 모습이었다. 그는 종종 그녀에게 자신의 고민을 털어놓곤 했으므로, 이번에는 그녀가 자기를 필요로 하기를 은근히 바랐다. 하지만 그러면서도, 그녀의 독립적인 성격으로 보아 속내를 쉽게 말하리라고는 별로 기대하지 않았다.

"너도 도망쳐 나왔구나?" 그는 그녀의 겉옷을 보며 말했다. 캐서린은 별을 보러 나갔던 이 증거를 깜빡 잊고 벗지 않은 채였다.

"도망쳐?" 그녀는 되물었다. "뭐에서 말이야? 아, 가족 모임! 그래, 좀 덥기에 정원에 나갔었어."

"많이 춥지는 않았어?" 헨리는 물으며 불 위에 석탄을 올려놓고는 의자 하나를 난로 옆으로 당긴 후 그녀의 겉옷을 치워놓았다. 그녀는 워낙 그런 세세한 일에 무관심한 터라, 가끔 헨리가 그런 경우 여자들이 할 일을 대신하곤 했다. 그것도 그들을 연결해주는 유대 중 하나였다.

"고마워, 헨리." 그녀가 말했다. "내가 방해되는 거 아니지?"

"난 집에 없는 걸로 되어 있어. 벙게이에 가 있는 걸로." 그가 대답했다. "해롤드와 줄리아에게 음악 레슨을 한다고 말이야. 덕분에 숙녀분들과의 식탁에서 일찍 일어날 수 있었던 거지. 거기서 묵고 크리스마스 이브에 느지막이 돌아오는 걸로 되어 있어."

"아, 나도 그럴 수만 ―" 하고 캐서린은 말을 하다 말았다. "이런 파티들은 난센스라고 생각해." 그녀는 짤막하게 덧붙이고는 한숨을 쉬었다.

"그래, 끔찍하지!" 그도 동의했다. 그러고는 둘 다 말이 없었다.

그녀의 한숨이 새삼 그녀를 바라보게 만들었다. 왜 한숨을 쉬느냐고 물어봐야 할까? 자신의 일에 대한 그녀의 과묵함은 정말로 그렇게 범접할 수 없는 것일까? 자기중심적인 청년으로서는 그렇게 생각하는 것이 대체로 편리했었지만 말이다. 하지만 그녀가 로드니와 약혼한 후로, 그녀에 대한 헨리의 감정은 다소 복잡해져서, 그녀에게 상처를 주고 싶은 충동과 다정하게 대하고 싶은 충동이 반반이었다. 어느 쪽이든 간에, 그녀가 자기한테서 영영 떠나 미지의 바다로 가버리는 듯한 느낌 때문에 묘하게 짜증이 났다. 그녀 편에서는, 그와 함께 있게 되자 별들을 보며 느꼈던 것이 떨어져나갔고, 사람들 사이의 관계란 극히 제한적이라는 생각이 들었다. 자신이 느끼는 것 중에서 헨리가 알아차리는 것은 그저 한두 가지뿐일 것이었다. 그래서 한숨이 났던 것이다. 그녀도 눈을 들어 그를 바라보았고, 두 사람의 눈이 마주치자, 그들 사이에는 예상했던 것보다 훨씬 더 많은 공통점이 있는 듯이 느껴졌다. 어떻든 그들은 같은 할아버지를 가지고 있었고, 서로 좋아할 다른 아무런 이유가 없는 친척들 사이에도 일종의 의리는 있는 법이었다. 그런데 그들은 서로 좋아하기도 했다.

"결혼식은 언제야?" 헨리가 물었다. 이제 그의 기분은 심술 쪽으로 기울어 있었다.

"3월 언제쯤 되겠지." 그녀는 대답했다.

"그 다음에는?" 그가 물었다.

"집을 구하겠지. 아마도 첼시 어딘가에."

"재미있군." 그는 다시 그녀를 흘끔 바라보며 말했다.

그녀는 안락의자에 깊숙이 기대앉아서, 벽난로 안 쇠살대 옆쪽으로 발을 뻗은 채, 눈을 가리기 위해서인지 신문을 쳐들고서, 되는 대로 여기저기 훑어보고 있었다. 그 모양을 바라보던 헨리가 한마디 했다.

"어쩌면 결혼이 너를 좀 더 인간적으로 만들어줄지도 모르지."

그 말에 그녀는 신문을 조금 낮춰 들었지만, 아무 대꾸도 하지 않았다. 1분이 넘도록 잠자코 앉아 있기만 했다.

"별들 같은 걸 생각하다 보면, 우리들 사는 일은 참 하찮게 여겨지지 않아?" 그녀가 불쑥 말했다.

"난 별들 같은 걸 도무지 생각하지 않는 것 같은데." 헨리가 대꾸했다. "하지만 그게 설명이 못 된다고도 할 수 없겠지." 그는 이제 그녀를 유심히 살피며 덧붙였다.

"설명이라는 게 있기나 할까." 그녀는 그가 말하는 뜻을 분명히 이해하지 못한 채 다소 성급하게 대답했다.

"뭐라고? 아무 일에도 설명이 없다고?" 그는 미소를 띠며 물었다.

"그냥, 일들은 일어날 뿐이잖아. 그게 다야." 그녀는 평소의 단호한 어조로 대꾸했다.

'그거야말로 네가 하고 있는 몇 가지 일을 설명해주는 것 같은데.' 헨리는 속으로 생각했다.

"이거나 저거나 다를 게 없는데, 뭔가 하기는 해야 하고!" 그는 그녀의 말투로, 그녀의 태도라고 짐작되는 바를 소리 내어 말했다. 그녀는 그가 자신을 흉내 내는 것을 눈치챘는지, 부드러운 눈길로 그를 바라보면서, 냉소적인 어조로 침착하게 말했다.

"글쎄, 인생이 단순해야 한다고 믿는다면 그렇겠지, 헨리."

"하지만 난 그렇게 생각지 않아." 그는 퉁명스럽게 대꾸했다.

"나도 그래." 그녀가 말했다.

"별들 얘긴 뭐야?" 그가 물었다. "네 인생을 별들이 좌우한다는 말 같은데?"

그녀는 그 말을 흘려들었는지, 아니면 질문하는 말투가 마땅치 않았는지, 대답하지 않았다.

또다시 그녀는 잠자코 있더니, 이윽고 물었다.

"하지만 넌 네가 무슨 일을 왜 하는지 항상 알고 있어? 항상 알아야 하는 거야? 우리 어머니 같은 사람은 알겠지." 그녀는 생각에 잠겼다. "이제 그만 내려가봐야겠어. 무슨 일이 일어나고 있는지."

"일은 무슨 일이 일어난다고 그래?" 헨리가 퇴박을 놓았다.

"아, 그래도 뭔가 필요할지도 모르잖아." 그녀는 막연히 대꾸하고는, 발을 바닥에 내려놓고 양손으로 턱을 받친 채 크고 검은 눈으로 난롯불을 바라보며 생각에 잠겼다.

"그리고 윌리엄도 있잖아." 그녀는 뒤미처 생각이 난 듯 덧붙였다.

헨리는 웃음이 터질 뻔했지만 자제했다.

"석탄은 뭘로 만드는지 알아, 헨리?" 잠시 후 그녀는 물었다.

"말 꼬랑지겠지." 그는 아무렇게나 대꾸했다.

"탄광에 가본 적 있어?" 그녀는 계속 물었다.

"탄광 얘긴 하지 말자, 캐서린." 그가 말을 막았다. "이제 다시 만나지도 못할 텐데 말이야. 네가 결혼하고 나면 ―"

그는 그녀의 눈에 눈물이 고인 것을 보고 깜짝 놀랐다.

"왜들 그렇게 날 놀리는 거야?" 그녀는 말했다. "다들 너무해."

헨리는 그녀의 말뜻을 전혀 모르는 척할 수는 없었다. 하지만 그녀가 그렇게까지 마음이 상할 줄은 미처 몰랐었다. 그가 미처 무슨 대답을 하기도 전에, 그녀의 눈은 다시 맑아졌고, 갑작스레 일었던 파문은 어느새 지워져 버렸다.

"하여간 쉬운 일이 없어." 그녀는 말했다.

문득 진심에서 우러나는 애정을 담아 헨리는 말했다.

"약속해줘, 캐서린. 만일 내가 도울 일이 있으면 언제든 알려주겠다고."

그녀는 다시금 타오르는 불길로 시선을 던지며 생각하는 듯하더니, 결국 아무 설명도 하지 않기로 결심했다.

"그래, 약속할게." 마침내 그녀는 말했고, 헨리는 그녀의 성실한 대답에 만족하여, 탄광 이야기를 하기 시작했다. 그녀는 실제적인 일들을 좋아하기 때문이었다.

그래서 그들이 작은 광주리에 실려 갱도를 내려가는데, 광부들의 곡괭이질 소리, 저 아래 땅에서 쥐들이 갉는 것 같은 소리가 들려올 것 같은 바로 그 순간, 문이 노크도 없이 벌컥 열렸다.

"아, 여기 있었군 그래!" 로드니는 외쳤다. 캐서린과 헨리는 잘못이나 들킨 듯이 급히 돌아보았다. 로드니는 야회복을 차려입고 있었다. 기분이 언짢은 것이 눈에 보였다.

"내내 여기 있었단 말이지." 그는 캐서린을 바라보며 되씹었다.

"온 지 10분도 안 됐어요." 그녀는 대답했다.

"이봐요, 캐서린, 살롱에서 나간 지 한 시간도 넘었소."

그녀는 아무 말도 하지 않았다.

"그게 그렇게 중요한가요?" 헨리가 물었다.

로드니는 다른 남자가 있는 앞에서 이성을 잃고 싶지 않았으므로 대꾸하지 않았다.

"다들 좋지 않게 생각해요." 그는 말했다. "나이 든 분들끼리만 남겨두는 건 도리가 아니지 않소 — 그야 물론 여기서 헨리와 노닥거리는 편이 훨씬 더 재미있겠지만 말이오."

"탄광 얘기를 하던 중이었습니다." 헨리가 점잖게 말했다.

"그래요. 하지만 그 전에는 훨씬 더 흥미로운 이야기도 했지요." 캐서린이 말했다.

그녀가 분명 그의 마음을 상하게 할 작정으로 말하는 것을 보자, 헨리는 로드니가 어떤 식으로든 곧 폭발하겠구나 싶었다.

"물론 그랬을 거요." 로드니는 나직한 웃음소리를 내며 의자 등받이에 몸을 기대고는 나무로 된 팔걸이를 손가락으로 톡톡 두드렸다. 모두 말이 없었고, 적어도 헨리로서는 그 침묵이 심히 불편하게 느껴졌다.

"아주 지루했나요, 윌리엄?" 캐서린은 어조를 완전히 바꾸어 손짓까지 곁들여가며 물었다.

"물론 지루했고말고." 윌리엄은 실쭉해서 대답했다.

"그럼 여기서 헨리랑 얘기하고 있어요. 내가 내려가 볼 테니까." 그녀는 말했다.

그렇게 말하면서 그녀는 자리에서 일어났고, 방에서 나가려고 몸을 돌리면서 묘하게 다정한 동작으로 로드니의 어깨에 손을 얹었다. 그러자 대번에 그녀의 손을 붙드는 로드니의 동작에 너무나 감정이 드러나 있었으므로, 헨리는 거북해져서 보란 듯이 책을 펼쳤다.

"나도 당신과 함께 내려가리다." 그녀가 손을 빼고 그의 곁을 지나가려 하자 윌리엄은 말했다.

"아니에요." 그녀는 급히 말했다. "당신은 여기서 헨리와 이야기나 해요."

"예, 그러시지요." 헨리는 다시 책을 덮으며 말했다. 그의 초대는 딱히 다정하다고까지는 할 수 없지만 예의바른 것이었다. 로드니는 어떻게 해야 할지 망설이는 기색이 역력했지만, 캐서린이 문을 나서려는 것을 보자 대뜸 소리쳤다.

"아니, 당신과 함께 가겠소."

그녀는 그를 돌아보더니 사뭇 명령조로, 권위적인 표정을 하고서 말했다.

"와도 소용없어요. 난 10분 후에는 자러 갈 테니까. 굿나잇."

그녀는 두 사람에게 고개를 까딱하며 인사했지만, 헨리는 그 고갯짓이 자신을 향한 것임을 알아채지 않을 수 없었다. 로드니는 털썩 주저앉았다.

그의 굴욕이 너무나 명백했기 때문에, 헨리는 뭔가 문학적인 얘기를 꺼내 대화를 시작한다는 게 별로 내키지 않았다. 하지만 자기가 그를 견제하지 않으면, 로드니는 자기 감정에 대해 이야기할지도 모르는데 그런 식의 토로는 곤혹스러워지기 쉬웠다. 적어도 그러리라 예측되었다. 그래서 그는 중도를 취했으니, 가지고 있던 책의 백지에 낙서를 끼적이는 것이었다. "상황이 갈수록 더 불편해짐." 그러고는 그런 경우 저절로 자라나는 장식적인 곁가지들로 그 주위를 장식했다. 그러면서 캐서린에게 어떤 문제가 있든 그녀의 행동이 정당화될 수는 없다고 생각했다. 그녀는 거의 잔인하게 말했는데, 그런 걸 보면 여자들은 원래 그런지 그런 척하는지는 모르지만 남자들의 감정을 도무지 모르는 성싶었다.

그가 그렇게 연필을 놀리는 동안 로드니는 자신을 가다듬을 수 있었다. 어쩌면 그는 워낙 허영기가 있는 인물이다 보니, 캐서린에게 퇴박을 맞았다는 사실 자체보다도 헨리가 그 장면을 보았다는 사실에 더 깊이 상처를 입었는지도 몰랐다. 그는 캐서린을 사랑하고 있었지만, 허영심은 사랑 때문에 줄어들기는커녕 한층 더 커졌고, 특히 동성이 있는 앞에서는 그러했으리라고 추측할 수 있다. 그러나 로드니는 그 우스꽝스럽고도 사랑스러운 결점에서 나오는 배짱을 즐겼으니, 자신을 바보로 만들 뻔한 충동을 일단 이겨낸 다음에는, 자신의 야회복이 얼마나 근사한가에서 영감을 끌어냈다. 그는 담배를 한 개비 골라 손등에 톡톡 두드리면서 우아한 구두를 난로 울타리 위에 올려놓고는 자존심을 긁어모았다.

"이 근처에는 큰 영지들이 꽤 있는 것 같습디다, 오트웨이." 그는 입을 열었다. "좋은 사냥터라도 있습니까? 아, 그런데 대체 어떤 사람들이오?"

"설탕왕 윌리엄 버지 경의 영지가 제일 큽니다. 파산한 스태넘의 영지까지 사들였으니까요."

"어떤 스태넘을 말하는 거요? 버니? 앨프리드?"

"앨프리드지요... 저는 사냥을 안 합니다. 당신은 사냥 실력이 대단하겠지요? 승마를 썩 잘하신다고 들었습니다만." 그는 로드니가 자존감을 회복하도록 도와주려고 그렇게 덧붙였다.

"아, 승마 좋아하지요." 로드니는 대답했다. "여기서도 말을 구할 수 있을까요? 이런, 내 정신 좀 보게! 승마복도 안 가져와놓고! 그런데 제가 말을 탄다고 누가 그럽디까?"

진실을 말하자면, 헨리도 똑같은 곤경에 처해 있었다. 그 역시 캐서린의 이름을 입에 올리고 싶지 않았으므로, 로드니의 승마 실력에 대해서는 항상 들어온 터라고 막연히 대답하는 데 그쳤다. 사실 그는 로드니에 대해 가타부타 들은 얘기가 거의 없었고, 외숙모 댁에 가끔 드나들다가 어떻게인가 캐서린과 약혼한 인물로 받아들이고 있을 뿐이었다.

"총 쏘기는 별로 좋아하지 않아요." 로드니는 말을 이었다. "하지만 다들 어울리는 데서 따로 놀지 않으려면 해야 하는 일이지요. 이 근방의 자연은 아주 아름다운 것 같습디다. 전에 볼럼 홀에 묵은 적이 있어서 알지요. 크랜소프도 여기 사람이 아닙니까? 그는 볼럼 경의 딸과 결혼했지요. 아주 좋은 사람들이에요 — 나름대로는."

"저는 그분들과 왕래하지 않습니다." 헨리는 잘라 말했다. 하지만 로드니는 이제 유쾌한 생각의 흐름을 탄 듯 그 화제를 좀 더 밀고 나가고픈 유혹에 저항할 수 없었다. 그는 자신이 상류 사회에 스스럼없이 어울리되, 인생의 참된 가치를 알기 때문에 그보다 더 높은 차원에 속하는 사람이라고 믿었다.

"그러면 안 되지요!" 그는 말을 이었다. "적어도 일 년에 한 번은 그곳에 머물 만한 가치가 있어요. 손님 접대가 훌륭하고, 여자들도 매력적이랍니다."

'여자들?' 하고 헨리는 역겨움을 느끼며 생각했다. '대체 여자가 당신한테서 볼 만한 게 뭐 있는데?' 그의 인내심은 금방 바닥이 나려 하고 있었다. 그러면서도 로드니에게 호감을 느끼지 않을 수 없었으니, 그거야말로 수수께끼였다. 왜냐하면 그는 성미가 깔끔하여 다른 사람한테서 그런 말을 들었다면 아마 말하는 사람을 가차 없이 내쳤을 터이기 때문이다. 한마디로, 그는 사촌과 결혼하려는 이 남자가 대체 어떤 사람인지 의아해지기 시작했다. 정말 별난 인물이 아니고서야 그토록 우스꽝스러울 만큼 허영을 부릴 수 있겠는가?

"저는 그런 사람들과 어울릴 것 같지 않습니다." 그는 대답했다. "레이디 로즈를 만난다 해도 뭐라고 말할지 모를 것 같은데요."

"어려울 거 없어요." 로드니가 껄껄 웃었다. "자녀가 있다면 자녀 얘기를 하면 되고, 아니면 그림이든 원예이든 시이든 그들이 즐겨하는 것에 대해 얘기하면 되니까요. 다들 아주 유쾌하고 이해심이 있는 사람들이에요. 정말이지, 시에 대한 여성의 견해는 언제고 들어볼 만한 가치가 있답니다. 이유는 묻지 않는 편이 좋아요. 그냥 느낌을 묻는 겁니다. 가령 캐서린만 하더라도 —"

"캐서린은" 하고 헨리는 마치 로드니가 그 이름을 말하는 것이 못마땅하기라도 한 듯 힘주어 말했다. "캐서린은 보통 여자들과는 아주 다릅니다."

"물론이지요." 로드니도 맞장구를 쳤다. "그녀는 —" 그는 그녀를 묘사할 말을 찾는 듯했지만, 한참이나 망설인 끝에 겨우 이렇게 말했을 뿐이다. "그녀는 용모가 뛰어나지요." 그는 앞서 말하던 것과는 다른 어조로, 거의 묻다시피 말했다. 헨리는 고개를 수그렸다.

"하지만 당신 가족은 대체로 변덕이 심한 편입니까?"

"캐서린은 안 그래요." 헨리가 결연히 말했다.

"캐서린은 안 그렇다고요." 로드니는 마치 말의 무게라도 달아보듯 말했다. "그래요, 아마 당신 말이 맞겠지요. 하지만 약혼을 하고는 사람이 좀 달라졌어요. 그야 물론" 하고 그는 덧붙였다. "그럴 법도 하지만 말이오." 그는 헨리가 그 말을 지지해주리라 기대했지만, 헨리는 아무 대꾸도 하지 않았다.

"캐서린도 사실 어떤 의미로는 힘들게 살아왔지요." 그는 말을 이었다. "난 결혼이 그녀에게 유익이 되리라고 기대합니다. 그녀는 대단한 능력을 지니고 있으니까요."

"대단하지요." 헨리는 단호하게 말했다.

"그래요 — 그런데 당신이 보기에는 그 힘이 어떤 방향으로 나갈 것 같습니까?"

로드니는 조금 전의 젠체하던 태도와는 딴판으로, 곤경에 처해 헨리에게 도움을 청하는 듯이 보였다.

"저도 모르지요." 헨리는 조심스럽게 대답을 유보했다.

"아이들이라든가 — 집안일 — 그런 것들이 그녀에게 만족을 줄 수 있을 것 같습니까? 난 온종일 나가 있을 테고."

"분명 아주 유능하게 해나갈 겁니다." 헨리는 말했다.

"아, 그녀는 놀랄 만큼 유능하지요." 로드니는 말했다. "하지만 — 나는 시에 몰입하는데, 캐서린에게는 그런 것이 없어요. 물론 내 시를 좋아하지만, 그것만으로는 충분하지 않겠지요?"

"그럴 것 같습니다." 헨리는 말했다. 잠시 후 그는 "당신 말이 맞는 것 같습니다" 하고 마치 자신의 생각을 요약이라도 하듯 덧붙였다. "캐서린은 아직 자신을 발견하지 못했어요. 아직 인생이라는 게 현실로 다가오지 않는 모양이라는 생각이 가끔 들곤 합니다."

"그렇지요?" 로드니는 헨리의 말을 더 듣고 싶은 듯 물었다. 헨리가 더 말이 없자 그는 "그게 바로 내가 —" 하고 말을 이었지만, 바로 그때 문이 열리고 헨리의 동생인 길버트가 들어오는 바람에, 말을 맺지 못했다. 헨리는 안도의 한숨을 내쉬었다. 이미 생각보다 너무 많은 것을 말해버렸다 싶었던 것이다.

제17장

그 크리스마스 주간에 유난히 그랬던 것처럼 햇살이 환할 때면 스톡던 하우스와 그 마당에서는 낡고 제대로 유지되지 못한 것들이 고스란히 드러났다. 사실, 프랜시스 경이 인도 정부에서 봉직하다가 은퇴하면서 받게 된 연금은 그가 보기에 자신의 봉사에 비해 적다고 여겨졌고, 그의 야심에 비하면 확실히 너무 적었다. 그의 경력 자체가 자신의 기대에 미치지 못했으니, 그는 마호가니 색이 도는 얼굴에 흰 구레나룻을 기른 아주 보기 좋은 노인으로 훌륭한 독서 경험과 이야깃거리를 갖추었지만, 그와 이야기를 하다 보면 그 모든 것에 뭔가 시큼한 울화가 배어 있음을 이내 알 수 있었다. 그 울화는 지난 세기 중반으로 거슬러 올라가, 모종의 암투 때문에 그의 공훈이 불명예스럽게도 하급자인 다른 사람에게 돌아간 데서 기인하는 것이었다.

그 이야기의 구체적인 시시비비는, 어느 정도 실제로 일어난 일이었다고는 해도, 그의 아내와 자식들조차도 더 이상 분명히 기억하지 못했다. 그렇지만 그 실망스러운 사건은 그들의 삶에서 큰 비중을 차지했고, 마치 실연이 한 여인의 인생을 망쳤다고 하는 것과 마찬가지로, 프랜시스 경의 인생을 망쳐놓았다. 자신의 실패를 두고두고 곱씹으면서, 자신의 공적과 모멸을 거듭 비교하면서, 프랜시스 경은 다분히 이기적인 인간이 되어갔고, 은퇴한 후에는 점점 더 성마르고 까다로워졌다.

그의 아내는 이제 그가 아무리 성미를 부려도 맞서지 않았으므로, 사실상 그에게는 있으나마나 한 존재가 되었다. 그는 딸인 유피미어를 자기 심복으로 삼았고, 그녀의 한창 시절은 아버지 때문에 급속히 소모되고 있었다. 그녀에게 그는 기억에 앙갚음하는 비망록을 구술하여 받아쓰게 했고, 그녀는 그가 당한 처사가 부당했다는 데 대해 누누이 찬동해야 했다. 서른다섯 살 나이에 이미 그녀의 뺨은 어머니의 뺨만큼이나 핏기를 잃어가고 있었다. 하지만 그녀에게는 인도의 태양이나 강, 육아실에서 아이들이 떠드는 소리 같은 것에 대한 추억도 없을 테고, 그녀가 지금의 자기 어머니 — 난로 가리개에 수놓아진 새만 골똘히 바라보면서 흰 털실로 뜨개질을 하는 레이디 오트웨이 — 만한 나이가 되면 변변히 반추할 거리조차 없어질 것이었다. 하지만 레이디 오트웨이는 영국의 사교 생활이라는 대단한 기만극이 그들을 위해 발명되었다고 할 만한 사람들 중 하나로, 스스로에게나 주위 사람들에게나 자신이 상당한 사회적 지위와 충분한 재산을 지닌, 아주 고상하고 중요한, 바쁜 사람인 척하는 데에 대부분의 시간을 바치고 있었다. 현재와 같은 상황에서 그런 게임은 대단히 노련한 연기를 필요로 했으니, 예순을 넘긴 나이에 그녀의 연기는 어쩌면 다른 어떤 사람보다도 자신을 속이기 위한 것이었다. 그런데 그 철갑도 갈수록 얇아져서, 그녀는 그렇게 외관을 유지하는 일을 자주 잊어버리곤 했다.

군데군데 닳아빠진 양탄자, 의자도 장식보도 여러 해째 갈아주지 못한 낡고 초라한 살롱 같은 것은 비단 얼마 되지 않는 연금만이 아니라 자그마치 열두 명이나 되는 자식들이 거쳐간 탓이기도 했다. 그중 여덟 명이 아들이었다. 이런 대가족에서는 종종 있는 일이지만, 형제 서열의 중간쯤에서 분명한 경계선이 그어졌으니, 더 이상 교육에 들일 돈이 없어서 아래쪽 절반은 위쪽 절반보다 훨씬 더 검소하게 키워졌다. 아들들은 똑똑하면 장학금을 타서 학교에 다녔고, 그렇지 못하면 가문의 연줄로 제 앞길을 찾아가는 수밖에 없었다. 딸들은 이따금 일자리를 얻기도 했지만, 항상 한두 명은 집에 남아서 병든 가축을 돌보거나 누에를 치거나 침실에서 플루트를 불거나 했다. 위 형제들과 아래 형제들 사이의 경계선은 벌어지는 계층 간의 경계선과도 거의 일치했으니, 형편 되는 대로의 교육밖에 받지 못하고 여유 없이 자란 아래 형제들은 퍼블릭 스쿨[139]이나 관공서의 울타리 안에서는 찾아볼 수 없는 재능과 친구, 그리고 사고방식을 갖게 되었다. 그러다 보니 두 그룹 사이에는 상당한 적대감이 생겨나서, 위 형제들은 아래 형제들에게 가르치려 들었고, 아래 형제들은 위 형제들을 존경하려 하지 않았다. 그러면서도 그들을 한데 묶어주고 심각한 분열의 위기를 즉시 수습해주는 것은 자기들 가문이 다른 어떤 가문보다도 우월하다는 공통된 믿음이었다. 헨리는 아래 형제들 중 맨 위였고 그들의 우두머리로서, 이상한 책들을 사들이고 색다른 무리들과 어울렸으며, 일 년 내내 넥타이를 매지 않고 나다니는가 하면 검정 플란넬로 지은 셔츠 여섯 벌로 지냈다. 오래전부터 해운회사 사무소나 차(茶) 도매상의 창고 같은 곳에 취직하는 것을 거부해왔고, 숙부 숙모들의 반대를 무릅쓰고 피아노와 바이올린을 연습했지만 결국 어느 쪽도 전문가 수준에는 미치지 못했다. 실로 서른두 해

139) 영국에서 퍼블릭 스쿨이란 오랜 전통을 지닌 사립 중등교육기관으로, 종교, 직업, 거주지에 따라 입학에 제한을 받지 않는다는 의미에서 '퍼블릭'이라 불리지만, 실은 학비가 비싸서 상류층 자제들을 위한 학교이다.

동안 살아오면서 그가 내보일 만한 것이라고는 반밖에 못 쓴 오페라 총보가 담긴 공책뿐이었다. 그의 이런 반항에 대해 캐서린은 항상 그의 편을 들었고, 그녀는 대체로 지각 있는 아가씨로 여겨졌으므로 — 별나 보이기에는 워낙 잘 차려입었으니까 — 그녀의 지지는 그에게 적지 않은 도움이 되었다. 그녀는 크리스마스에 내려올 때면, 헨리나 막내딸 카산드라와 따로 이야기를 나누는 데 많은 시간을 할애하곤 했다. 누에치기를 하는 카산드라를 비롯하여 아래 형제들에게 그녀는 상식을 지닌 인물로 여겨졌으니, 그들이 경멸하면서도 내심 존중하지 않을 수 없는 세상 물정이라는 것, 다시 말해 자기 클럽[140]에 가고 장관들과 식사를 하는 나이든 사람들이 생각하고 처신하는 방식을 그녀는 아는 것만 같았다. 그녀는 레이디 오트웨이와 그 자녀들 사이의 중재역을 한 적이 한두 번이 아니었다. 가령 그 딱한 노부인은, 어느 날 감독 삼아 카산드라의 침실 문을 열었다가 천장에는 뽕잎이 매달리고 창문은 누에 채반들로 막히다시피 했으며 테이블마다 비단옷을 짜기 위한 사제(私製) 기계들이 즐비한 것을 보고는 그녀의 조언을 구하기도 했다.

"아, 캐서린, 부디 그 애가 다른 사람들이 관심 갖는 일에 관심을 가지도록 도와주면 좋겠구나!" 레이디 오트웨이는 하소연하곤 했다. "다 헨리 탓이야. 그 애가 파티에도 안 가고 그 망할 벌레들만 들여다보는 건. 남자가 할 수 있는 일이라고 해서 여자도 모두 할 수 있는 건 아닌데 말이다."

140) 신사 클럽(gentlemen's club)을 말한다. 영국에서는 상류층 남성들을 위한 회원제 클럽이 19세기 후반부터 20세기 초까지 큰 인기를 누렸다. 이런 클럽들은 남성들에게 런던 시내에 있는 '두번째 집(second home)', 즉 휴식과 식사, 사교생활을 즐길 수 있는 공간을 제공했다.

아침의 환한 햇살 속에서 레이디 오트웨이의 전용거실[141] 안에 있는 의자며 소파들은 평소보다도 더 낡아 보였다. 제국을 수호하고 수많은 전선에 뼈를 묻은 그녀의 형제며 사촌들인 멋진 신사들이 햇살을 받아 노란 필름이라도 씌워진 듯한 사진 속에서 세상을 내다보고 있었다. 레이디 오트웨이는 빛바랜 유물들을 향해서인 듯 한숨을 짓고는 체념한 눈길을 털실뭉치에 떨구었다. 털실은 묘하게도 뽀얀 상앗빛이 아니라 누렇게 변색한 것처럼 보였다. 그녀는 얘기나 좀 하자며 조카딸을 부른 것이었다. 캐서린은 항상 믿을 만했지만, 특히 로드니와 약혼한 후로는 그러했으니, 레이디 오트웨이에게는 그 약혼이 더없이 적절한, 누구라도 자기 딸을 위해 바랄 만한 것으로 비쳤다. 캐서린이 별생각 없이 자기도 뜨개바늘을 달라고 한 것이 그녀를 한층 더 참해 보이게 만들었다.

"뜨개질을 하면서 이야기하니 참 좋구나." 레이디 오트웨이가 말했다. "자, 캐서린, 네 계획을 좀 들려주렴."

전날 밤의 감정들을 다스리느라 새벽까지 깨어 있었던 탓에 캐서린은 다소 지쳐 있었고, 그래서 평소보다도 더 덤덤하고 사무적이 되었다. 덕분에 집이며 집세, 하인이며 가계 등에 대한 계획을 남의 얘기 하듯 아무렇지 않게 이야기할 수 있었다. 침착하게 뜨개질을 하면서 장래 계획을 말하는 조카딸의 반듯하고 성실한 처신을 레이디 오트웨이는 흐뭇하게 바라보았다. 결혼을 하게 되니 신부에게 어울리는 진중함이 생겨난 듯했다. 요즘 신부들에게서는 참 보기 드문 것인데. 그래, 캐서린은 약혼을 하더니 좀 달라졌다.

141) 큰 저택에 있는 레이디 오트웨이의 private sitting room은 단순한 '거처방'보다는 큰 방인 듯하여 '전용거실'로 옮긴다.

'얼마나 완벽한 딸인지! 얼마나 완벽한 며느리가 될지!' 그녀는 생각하면서, 자기 방의 누에들에게 둘러싸여 있는 카산드라와 비교하지 않을 수 없었다.

'그래' 하고 그녀는 축축한 구슬처럼 무표정한 녹색 눈으로 캐서린을 건너다보면서 생각했다. '저애는 내가 젊었을 때 처녀들이랑 비슷해. 우리는 인생사를 진지하게 받아들였지.' 하지만 그런 생각에 흐뭇해져서, 자신이 축적해온 지혜 중 일부를 — 자기 딸들 중에서는 아무도 원치 않는 듯하니 애석한 일이지만! — 전수하려는 찰나, 문이 열리더니 힐버리 부인이 들어왔다. 아니 들어왔다기보다는 문간에 서서 미소 짓는 품이 방을 잘못 찾아온 모양이었다.

"이 집은 정말 어디가 어딘지 모르겠다니까!" 그녀는 탄식했다. "도서실[142]로 가려는 거니까, 방해 안 할게. 둘이서 재미난 얘기 하고 있었나 봐?"

올케의 존재가 레이디 오트웨이를 좀 불편하게 만들었다. 캐서린에게 하려던 말을 매기가 있는 데서 어떻게 할 수 있단 말인가? 지난 세월 내내 매기에게도 하지 않았던 말을 하려 했었는데.

"캐서린에게 결혼에 대해 뻔한 얘기를 들려주던 참이었어." 그녀는 조금 웃으며 말했다. "우리 애들 중에서 아무도 안내를 해주지 않았던 모양이지, 매기?"

"결혼이라..." 힐버리 부인은 방 안으로 들어서면서 고개를 한두 번 끄덕이며 말했다. "난 항상 결혼이란 학교 같은 거라고 말하지. 학교에 안 가면 상을 못 받는다고 말이야. 샬롯은 모든 상을 휩쓴 셈이고." 그녀는 시누이

142) 뒤에서 언급되는 프랜시스 경의 서재(study)와는 다른, 말 그대로 도서실(library).

를 살짝 도닥거리며 덧붙였고, 레이디 오트웨이는 한층 더 불편해졌다. 그녀는 웃음 섞어 뭔가 중얼거리더니 한숨을 쉬었다.

"샬롯 고모께서는 여자가 남편에게 순종하지 않는다면 결혼해서 행복할 수 없다고 말씀하셨어요." 캐서린은 고모의 말을 실제로 들은 것보다 좀 더 분명히 각 잡아 말했는데, 그렇게 말하는 그녀는 전혀 구태의연해 보이지 않았다. 레이디 오트웨이는 그녀를 바라보며 잠시 뜸을 들인 후 이렇게 말했다.

"그래, 난 무슨 일이든 자기 식대로 하는 여자에게는 굳이 결혼하라고 권하지 않겠어." 그녀는 다음 줄을 짐짓 공들여 뜨기 시작하면서 말했다.

힐버리 부인은 그런 말이 나오게 된 상황에 대해 모르지 않았다. 한순간 그녀의 얼굴은 표현할 길 없는 동정심으로 흐려졌다.

"참 안된 일이지!" 그녀는 자기가 무슨 생각에서 그렇게 말하는지 듣는 사람은 모를 수 있다는 것도 잊고 소리쳤다. "하지만, 샬롯, 만일 프랭크가 어떤 식으로든 불명예스러운 일을 했다면 훨씬 더 나빴을 수도 있잖아. 중요한 건 우리 남편들이 뭘 성취하느냐가 아니라 어떤 사람이냐 하는 거지. 나도 백마며 가마를 꿈꾸곤 했지만, 그래도 역시 잉크병이 제일 좋아. 그리고 또 누가 알겠니?" 그녀는 캐서린을 돌아보며 말을 맺었다. "네 아버지가 내일이면 준남작이 될는지?"

힐버리 씨와 남매간인 레이디 오트웨이는 힐버리 부부가 자기들끼리 있는 데서는 프랜시스 경을 '그 투르크 노친네'[143]라 부른다는 것을 뻔히 알고 있었고, 힐버리 부인이 말하는 뜻을 분명히 이해할 수는 없었지만, 그

143) "That old Turk" — 의미가 분명치 않으나, 프랑스어 역본은 '독재자(tyran)'로 의역하고 있다.

래도 그녀가 왜 그런 말을 하는지는 알고 있었다.

"하여간 네가 네 남편에게 져줄 수 있다면" 하고 그녀는 캐서린을 향해, 마치 자기들 둘이서만 통하는 바가 있다는 듯이 말했다. "행복한 결혼이란 세상에서 가장 행복한 것이란다."

"예, 알겠어요." 캐서린은 말했다. "그런데 —" 그녀는 딱히 할 말은 없었지만, 어머니와 고모가 계속 결혼에 대해 말하게 하고 싶었다. 다른 사람들이 하려고만 하면 자기를 도와줄 수 있을 것만 같았기 때문이다. 그녀는 뜨개질을 계속했지만, 레이디 오트웨이의 통통한 손이 생각에 잠긴 듯 부드럽게 움직이는 것과는 달리 결연한 손놀림이었다. 이따금씩 어머니 쪽을, 그러고는 고모 쪽을 건너다보곤 했다. 힐버리 부인은 손에 책을 들고 있었고, 캐서린이 짐작했던 대로, 도서실로 가는 길이었다. 리처드 앨러다이스의 전기에 들어갈 이미 잡다한 문단들에 또 다른 문단을 보태려고 말이다. 보통 때 같으면 캐서린은 어머니가 다른 핑계 없이 곧장 아래층으로 내려가시게 했을 것이다. 그러나 다른 여러 가지 변화들과 더불어, 시인의 전기에 대한 그녀의 태도에도 변화가 일어났으니, 이제는 자신이 정해놓은 일정 같은 것은 잊어버려도 좋았다. 힐버리 부인은 은근히 기뻤다. 전기 집필에서 잠시 놓여났다는 안도감은 딸 쪽을 곁눈질하는 장난기 어린 시선에서도 잘 드러났다. 홀가분해진 나머지 기분이 최고였다. 그냥 앉아서 수다나 떨어도 되는 걸까? 서로 모순되는 연대들을 사전에서 찾아보기보다는 이렇게 기분 좋은 방에서, 적어도 일 년 동안은 보지 못했던 온갖 흥미로운 잡동사니들에 둘러싸여 있는 편이 훨씬 즐거웠다.

"우리 모두 완벽한 남편을 얻었지 뭐야." 그녀는 프랜시스 경의 단점들을 통틀어 용서하며 너그러운 결론을 내렸다. "남자한테 성깔이 있는 것쯤 허물도 아니지. 뭐, 딱히 성깔이라기보다" 하고 그녀는 분명 프랜시스 경이 있음직한 방향으로 눈길을 보내며 고쳐 말했다. "불같이 급한 성미 말이야. 사실 위대한 남자들은 대체로, 아니 모두가, 성깔이 좀 있었지. 네 할아버지만 빼고 말이다, 캐서린." 그 대목에서 그녀는 한숨을 쉬고는, 이제 그만 도서실로 내려가 봐야겠다고 말했다.

"하지만 보통 결혼을 하면 남편에게 져줘야 하나요?" 캐서린은 어머니가 그만 가봐야겠다는 말에 아랑곳하지 않고 물었다. 어머니가 자신도 죽음을 피할 수 없다는 생각에 울적해진 것도 눈치채지 못한 터였다.

"내 생각엔 확실히 그런 것 같구나." 레이디 오트웨이가 평소와는 달리 단호하게 말했다.

"그렇다면 결혼하기 전에 그 점에 관해 확실히 작정해야겠네." 캐서린은 혼잣말이라도 하듯 골똘히 생각했다.

힐버리 부인은 그런 얘기에 별 관심이 없을뿐더러 그런 얘기를 계속하다 보면 우울해질 것만 같아서, 기분을 돋우려고 틀림없는 치료책에 의지해야 했으니 — 창밖을 내다보았다.

"저 예쁜 파랑새를 좀 봐!" 그녀는 외쳤고, 그녀의 눈은 맑은 하늘과 나무들, 그리고 그 나무들 뒤편에 보이는 푸른 들판, 작은 새를 둘러싸고 있는 잎 진 나뭇가지들 같은 것을 바라보는 즐거움으로 빛났다. 그녀는 자연의 아름다움에 아주 민감했다.

"대부분의 여자들은 자기가 그럴 수 있는지 없는지 본능적으로 알지." 레이디 오트웨이가 나직한 음성으로 슬쩍 말했다. 마치 올케가 다른 데 정신을 파는 동안 말해주어야겠다는 듯한 태도였다. "만일 그러지 못할 것 같으면 — 글쎄, 그럴 경우 내 의견을 묻는다면 — 결혼하지 마."

"하지만 여자한테는 결혼하는 게 가장 행복한 삶이란다." 결혼이라는 말이 들렸던지, 힐버리 부인이 다시 방 안으로 눈길을 돌리며 말했다. 그러더니 자기가 한 말을 다시 생각한 듯 고쳐 말했다.

"가장 흥미로운 삶이지." 그녀는 조금 불안한 기색으로 딸을 살폈다. 어머니가 딸을 바라보면서 실은 자기 자신을 바라보는 것임을 느끼게 하는, 모성적인 눈길이었다. 어딘가 마뜩지 않은 듯했지만, 딸이 속 시원히 털어놓지 않는 것을 굳이 간섭하려 들지 않았다. 말수가 적고 신중하다는 것은 그녀가 딸에게서 특히 높이 평가하고 또 의지하는 자질이었다. 하지만 캐서린은 결혼이 가장 흥미로운 삶이라는 어머니의 말에, 종종 별다른 이유 없이도 불현 듯 그러는 것처럼, 어머니와 자신이 어느 모로 보나 다르면서도 서로 이해하고 있다고 느꼈다. 하지만 나이든 사람들의 지혜는 우리가 개개인으로서 갖는 감정보다는 인류 전반과 공유하는 감정들에 더 잘 적용되는 터라, 캐서린은 누군가 같은 또래의 사람만이 자기를 이해할 수 있으리라는 생각이 들었다. 이 노부인들은 둘 다 너무나 적은 행복으로 만족해온 듯이 보였지만, 그렇다고 그녀들의 결혼 생활이 잘못된 것이라고 단언할 수도 없는 노릇이었다. 런던에서는 분명 자신의 결혼에 대해서도 그런 온건한 태도가 옳은 것으로 생각되었었는데, 왜 이제 와서 달라진 것일까? 왜 이렇게 마음이 무거운 것일까? 그녀는 자신의 행동이 어머니에게도 의문스러운 것이리라는 생각은 꿈에도 해본 적이 없었고, 젊은 사람들이 나이든 사람의 영향을 받는 것 못지않게 나이든 사람들도 젊은 사람들의 영향을 받는다는 사실도 알지 못했다. 하지만 사랑이랄지 정열이랄지 — 뭐라 부르든 간에 — 하는 감정은 힐버리 부인의 삶에서 그녀의 열정적이고 상상적인 기질로 미루어 짐작되는 만큼 큰 비중을 차지하지 않았던 것이 사실이었다. 부인은 항상 다른 것들에 더 많은 관심을 쏟아왔다. 좀 이상해 보이지만, 어머니가 아니라 레이디 오트웨이 쪽이 캐서린의 심중을 더 정확히 짚고 있었다.

"우리 모두 시골에 살면 어떨까?" 힐버리 부인이 또다시 창밖을 내다보며 말했다. "시골에 살면 아름다운 생각들만 할 것 같아. 끔찍한 슬럼가를 보면서 울적해질 일도 없고, 전차도 자동차도 없고, 사람들은 하나같이 건강하고 명랑해 보이잖아. 이 근처에 작은 시골집 하나 없을까, 샬롯? 어쩌다 손님을 초대할 때 쓸 빈 방 하나만 있으면 돼. 그러면 생활비가 워낙 절약되니까 여행도 갈 수 있을 텐데 ―"

"그래. 처음 한두 주일은 아주 근사하다고 하겠지." 레이디 오트웨이가 말했다. "그런데 오늘 아침 몇 시에 마차가 필요한 거지?" 그녀는 초인종을 누르며 물었다.

"캐서린이 정할 거야." 힐버리 부인은 언제가 좋을지 정할 수가 없어서 말했다. "그리고 방금 말하려 했는데, 캐서린, 오늘 아침 일어나니 머릿속이 어찌나 개운하던지 연필만 있다면 아주 긴 챕터를 쓸 수 있을 것만 같더라. 드라이브 나가면 집을 찾아보자꾸나. 주위에 나무가 좀 있고, 작은 정원이랑 연못도 있으면 좋겠지. 중국 오리라도 키우게 말이야. 그리고 네 아버지 서재, 내 서재, 캐서린이 쓸 거실이 있으면 되겠군. 그때쯤이면 저 애는 결혼해 있을 테니 말이야."

그 말에 캐서린은 조금 소름이 돋아서, 난로에 다가앉으며 불 위에 손을 펼쳐 녹였다. 그녀는 샬롯 고모의 의견을 좀 더 들어보고 싶어서 화제를 다시 결혼으로 돌리고 싶었지만, 어떻게 해야 할지 알 수 없었다.

"약혼반지 좀 보여주세요, 샬롯 고모." 그녀는 말했다. 마침 자기 반지가 눈에 들어왔던 것이다.

하지만 녹색 보석이 촘촘히 박힌 반지를 건네받아 빙글빙글 돌리면서 그 다음 말이 생각나지 않았다.

"그 한심한 반지를 처음 받았을 때는 정말 실망했단다." 레이디 오트웨이는 생각에 잠긴 듯 말했다. "난 다이아몬드 반지를 받고 싶었거든. 하지만 물론 프랭크에게 그런 말은 못했지. 그이는 그걸 심라[144]에서 샀대."

캐서린은 다시 한 번 반지를 돌려보고는 아무 말 없이 고모에게 돌려주었다. 반지를 이리저리 돌려보는 동안 그녀는 입술을 굳게 다물었다. 이 노부인들이 남편의 비위를 맞추듯 윌리엄의 비위를 맞출 수 있을 것 같았다. 다이아몬드가 더 좋지만 에메랄드가 좋은 척하면 되는 것이었다. 반지를 돌려받아 다시 낀 레이디 오트웨이는 날씨가 좀 쌀쌀하다고 말했다. 그야 이맘때 날씨로 특별히 그런 것은 아니지만 말이다. 하여간 해가 나니 감사한 일이라면서, 그녀는 두 사람 모두 따뜻하게 챙겨입고 다녀오라고 말했다. 캐서린은 고모의 상투적인 인사치레가 가끔 속내와는 무관하게 그저 침묵을 메꾸기 위한 것이라는 생각이 들 때가 있었다. 하지만 이번에는 그 상투적인 말이 자신의 속생각과 기막히게 맞아떨어졌으므로, 다시 뜨개질거리를 집어 들고는 자신이 믿는 바를 확인받으려는 듯 귀를 기울였다. 즉, 사랑하지 않는 사람과 결혼을 약속하는 것이 불가피하다는 믿음이었다. 이 세상에 정말로 정열적인 사랑이 존재한다는 것은 깊은 숲속에서 여행자가 가져온 이야기일 뿐이고, 또 워낙 드문 이야기라 현명한 사람이라면 누구나 그 진실성을 의심하지 않을 수 없다고 말이다. 그녀는 어머니가 존의 안부를 묻는 것이나, 고모가 힐다와 인도 군대 장교의 약혼에 관한 이야기로 대답하는 것을 성의껏 들으려 최선을 다했지만, 그녀의 마음은 숲속 오솔길의 별 떨기 같은 꽃들, 아니면 수학 공식들이 깔끔하게 적힌 종이 위를 오락가락했다. 마음이 이렇게 돌아갈 때면, 결혼이란 자신이 바라는 바를 얻기 위해 거쳐야만 하는 관문에 지나지 않는 것으로 생

144) 인도 북서부 히말라야의 마을. 식민지 지배 시절 영국인들에게 인기 있는 여름 휴양지였다.

각되었다. 그럴 때면 그녀의 의식은 깊고 좁은 물길 속으로 세차게 흘러들어, 다른 사람들의 감정 같은 것은 아득히 멀어지곤 했다. 두 노부인은 집안 소식을 두루 점검하기를 마쳤고, 레이디 오트웨이는 올케가 삶과 죽음에 관한 또 무슨 일반론을 꺼내놓으려나 하고 신경이 곤두서 있었다. 그때 카산드라가 뛰어 들어와, 마차가 당도했다는 소식을 전했다.

"왜 앤드류스가 직접 와서 말하지 않니?" 레이디 오트웨이는 하인들이 자기 뜻대로 따라주지 않는 것에 짜증이 나서 말했다.

힐버리 부인과 캐서린이 드라이브 갈 차림을 하고 현관에 나가보니, 늘 그렇듯 다른 식구들의 계획에 관한 토론이 한창이었다. 그 표시로, 수많은 문들이 열리고 닫혔으며, 두세 명은 계단을 서성이며 올라가다 내려가다 하고 있었고, 프랜시스 경 자신도 서재에서 《타임스》를 끼고 나와 시끄럽고 문이 열려 찬바람이 들어온다며 호통을 쳤다. 그러자, 드라이브에 가지 않는 사람들은 우르르 물러섰고 그 자리에 남아 있고 싶지 않은 사람들은 각자 자기 방으로 돌아갔다. 힐버리 부인, 캐서린, 로드니, 그리고 헨리가 링컨까지 마차를 타고 가고, 다른 사람들은 함께 가고 싶다면 자전거나 작은 2인승 마차를 타고 오기로 되었다. 스톡던 하우스에 묵는 사람은 누구나 레이디 오트웨이의 뜻에 따라 이 링컨 여행을 해야 했으니, 부인은 어느 잡지에서 공작 저택들의 크리스마스 파티에 관해 읽은 후로 손님 접대는 그렇게 해야만 하는 것이라고 믿고 있었다. 마차에 맨 말 두 필은 모두 늙고 살이 쪘지만 그래도 같은 색깔이었고, 마차도 흔들거리고 불편했지만 겉에 붙인 오트웨이 가의 문장은 눈에 띄게 화려했다. 레이디 오트웨이는 하얀 숄을 두르고 계단 꼭대기에 서서, 일행이 월계수 수풀 아래를 지나 모퉁이를 돌아갈 때까지 거의 기계적으로 손을 흔들었다. 그러고 나자 그녀는 역할을 다 했다는 안도감을 느끼며 집 안으로 들어가, 자기 자식

중 아무도 자기 역할을 하려 하지 않는다는 생각에 한숨을 쉬었다.

마차는 완만하게 경사진 길을 따라 부드럽게 굴러갔다. 힐버리 부인은 녹색으로 이어지는 산울타리와 구릉진 들판, 맑게 갠 하늘 등을 느끼며 기분 좋은 방심 상태에 빠져들었다. 처음 5분가량이 지나자 그 모든 것은 인간의 삶이라는 드라마가 펼쳐질 목가적인 배경이 되었고, 그래서 작은 시골집 정원과 푸른 물을 배경으로 피어난 노란 수선화 같은 것을 생각하는 한편, 멋들어진 문장 두어 줄을 다듬느라 마차 안의 젊은이들이 모두 입을 봉하다시피 하고 있는 것을 미처 깨닫지 못했다. 헨리는 정말이지 억지로 끌려나온 셈이라 캐서린과 로드니를 환멸에 찬 눈으로 바라보는 것으로 앙갚음을 하고 있었고, 캐서린은 자기 기분을 드러내지 않으려다 보니 심드렁하기만 했다. 로드니가 말을 걸어도 그저 '흠!' 하고 대꾸하거나 열의 없이 맞장구를 치거나 할 뿐이라, 할 수 없이 그는 캐서린의 어머니 쪽으로 말머리를 돌렸다. 힐버리 부인은 그의 공손한 태도가 마음에 들었고, 매너도 나무랄 데가 없었다. 링컨의 교회 탑과 공장 굴뚝들이 눈에 들어오자, 그녀는 정신을 추스르며 1853년[145] 아름다웠던 여름의 추억들을 떠올렸다. 그 추억들은 그녀가 꿈꾸는 미래와도 조화롭게 어울렸다.

145) 이 소설의 배경이 1912–1913년이라 본다면(1911년 임페리얼 호텔이 완공된 후이고 1914년 여름 제1차 세계대전이 일어나기 전이니까), 서두에서 60세라 한 힐버리 부인은 1842–1843년 생이고, 1853년 여름에는 10–11세 정도 되었을 것이다.

제18장

그동안 또 다른 여행자들이 다른 길을 걸어서 링컨을 향해 다가가고 있었다. 주청(州廳)이 있는 소도시에는 사방 적어도 10마일 이내의 모든 목사관과 농장과 저택과 길가의 작은 집에 사는 이들이 일주일에 한두 번씩 모여들게 마련이고, 이번에는 그 가운데 랠프 데넘과 메리 대칫도 끼어 있었다. 그들은 도로를 무시하고 들판을 가로질렀는데, 길이 고르건 고르지 않건 정말로 넘어지기라도 하기 전에는 개의치 않는 듯했다. 목사관에서 나설 때부터 시작한 열띤 토론에 보조를 맞춰 걷다 보니 한 시간에 4마일 이상을 주파했고, 그러느라 산울타리도 구릉진 들판도 맑고 푸른 하늘도 눈에 들어오지 않았다. 그들에게 보이는 것은 의사당과 화이트홀[146]의 관청들이었다. 두 사람은 모두 이 거대한 사회 구조 안에서 생득권을 상실했다는 것을 의식하고 법과 정부에 대한 자기들 나름의 개념을 위한 또 다

146) 화이트홀(Whitehall)이란 런던 시내 웨스트민스터 시티 안에 있는 길로, 트라팔가 광장에서 첼시까지 이어져 있는데, 1698년 소실된 왕궁 화이트홀 궁전이 있었기 때문에 그렇게 불린다. 이 길가에 정부기관 건물들이 늘어서 있어서, '화이트홀'이라는 말은 영국 중앙정부 행정기관을 가리키는 말로 흔히 쓰인다.

른 구조물을 건설하고자 하는 계층에 속했다. 어쩌면 메리는 일부러 랠프의 의견에 동조하지 않는 것인지도 몰랐다. 그녀는 자신의 생각과 그의 생각이 대등하게 맞서는 느낌, 그녀가 여자라고 해서 적당히 봐주는 법이 없다는 느낌이 좋았다. 그는 그녀가 마치 남자 형제이기나 한 것처럼 맹렬하게 따지고 들었다. 하지만 두 사람은 영국이라는 국가 조직의 보수와 재건을 자기 손으로 맡아야 한다고 믿는다는 점에서는 매한가지였다. 그들은 의회 의원들이라고 해서 더 훌륭한 재능을 타고난 것은 아니라는 생각에 일치했다. 또한, 무의식적으로는, 정신을 집중하느라 눈을 감다시피 가늘게 뜬 채 뚜벅뚜벅 밟고 가는 그 진흙투성이 들판에 대한 말없는 사랑에서도 일치했다. 마침내 그들은 큰 숨을 들이쉬고는 그 논쟁을 다른 많은 논쟁들과 함께 미결 상태에 던져버린 다음, 들판 사이의 울짱 문간에 기대서서 처음으로 눈을 크게 뜨고 주위를 둘러보았다. 발에는 더운 피가 몰려 얼얼했고, 입김이 사방에 흩어졌다. 한바탕 운동을 하고 나자 평소보다 훨씬 더 솔직해지고 자신을 덜 의식하게 되었다. 메리는 일종의 현기증을 느끼며 이제 어떤 일이 벌어져도 상관없다는 기분이 들었다. 아무래도 상관없으니 랠프에게 말해버리고만 싶었다.

'난 당신을 사랑해요. 다른 아무도 사랑하지 않을 거예요. 나와 결혼하든지, 헤어지든지, 날 어떻게 생각하든 당신 마음이에요 — 난 아무래도 상관없어요.' 그러나 바로 그 순간에는 말도 침묵도 비현실적으로 느껴져서, 그녀는 그저 손뼉을 쳐 맞잡으며 자신의 입김 사이로 멀리 있는 숲의 갈색 바탕 위에 녹슨 듯 불그레한 빛깔과, 녹색과 청색의 전원을 바라보았다. '난 당신을 사랑해요'라고 말하든, 아니면 '자작나무를 사랑해요'라거나 그냥 '사랑해요'라고 말하든 — 동전을 던져 운을 시험하는 것이나 다름없는 일처럼 느껴졌다.

"이봐요, 메리." 랠프가 불쑥 말을 꺼내 그녀의 생각을 중단시켰다. "난 결심했어요."

아무래도 좋다는 그녀의 느낌은 피상적인 것에 지나지 않았던 듯, 대번에 사라져버렸다. 더는 나무들도 눈에 들어오지 않았고, 울짱문의 맨 위 가로장에 놓여 있는 자기 손만이 유독 뚜렷이 눈에 들어왔다. 그는 말을 계속했다.

"일을 그만두고 여기 내려와 살기로 했어요. 당신이 말했던 시골집에 대해 좀 더 알려주기 바라요. 하지만 집을 구하는 데는 별 어려움이 없겠지요?" 그는 그녀가 말려주기라도 바라는 듯, 심상한 말투였다.

그녀는 그가 뭔가 더 말해주기를 바라는 듯, 잠자코 기다렸다. 이제 어떻게인가 에둘러가며 그가 자기들의 결혼 얘기에 다가가리라고 믿었기 때문이다.

"더는 사무실을 못 참겠어요." 그가 말을 이었다. "집에서 뭐라고 할지는 모르지만, 난 내 결정이 옳다고 확신하는데, 당신도 그렇게 생각하지 않나요?"

"혼자 여기 내려와 산다고요?" 그녀가 물었다.

"집안일을 해줄 할머니만 있으면 될 것 같은데." 그가 대답했다. "난 그 모든 것에 신물이 나요." 그는 계속 말하면서 울짱 문을 왈칵 밀어 열었다. 그들은 나란히 다음 들판을 건너기 시작했다.

"정말이지, 메리, 정신을 말살하는 일이에요. 아무도 개의치 않는 문제에 매달려 하루하루를 낭비한다는 건. 난 벌써 8년이나 견뎌왔는데, 더는 못 견딜 것 같아요. 이 모든 게 당신 보기에는 미친 것 같겠지요?"

그 사이에 메리는 자제력을 되찾았다.

"아니요. 내 생각에도 당신은 불행한 것 같았어요." 그녀는 말했다.

"왜 그렇게 생각하지요?" 그는 다소 놀라서 물었다.

"링컨스인필즈에서 만난 그날 아침을 기억하나요? 그녀는 물었다.

"그래요." 랠프는 걸음을 다소 늦추며 캐서린과 그녀의 약혼, 길바닥에 밟힌 붉은 낙엽, 전등불 아래 빛나던 하얀 종이 같은 것들을, 그리고 그 모든 것을 둘러싸던 절망감을 회상했다.

"당신 말이 맞아요, 메리." 그는 힘들여 말했다. "당신이 어떻게 그걸 눈치챘는지는 모르지만."

그녀는 그가 왜 그렇게 불행했었는지 말해주기를 기다리며 잠자코 있었다. 그의 변명들은 그녀를 속이지 못했었다.

"난 불행했어요 — 아주 불행했지요." 그는 되뇌었다. 임뱅크먼트에 앉아서 자신의 꿈들이 마치 물이 흘러 지나가듯 안개 속에 녹아 사라지는 것을 지켜보던 그날 오후로부터 6주가량이 지났는데도,[147] 그때의 절망감이 되살아나자 몸서리가 쳐졌다. 그는 그 절망으로부터 전혀 회복하지 못한 터였다. 이제 그것을 마주할 기회였고, 그도 그래야만 한다고 느끼고 있었다. 이제 와 생각하면 그것은 그저 센티멘털한 유령일 뿐이었고, 캐서린 힐버리가 차를 따르는 것을 처음 본 이후로 내내 그랬듯이 그의 모든 생각과 행동을 지배하도록 내버려두기보다 메리처럼 냉철한 사람의 눈앞에 드러내는 편이 더 확실히 쫓아낼 수 있을 것이었다. 하지만 그러려면 캐서린의 이름을 입에 올려야만 했고, 그로서는 도저히 불가능한 일이었다. 그는 그녀의 이름을 말하지 않고도 정직한 경위를 말할 수 있으리라고, 자신이

147) 제12장에서 힐버리 가를 방문하여 캐서린의 약혼 소식을 들은 이후로 6주가량이 지났다는 말인데, 제11장에서 캐서린이 로드니의 플랏을 방문하여 결혼하겠다고 말한 것이 이미 12월이었다는 점을 상기하면 다소 착오가 있다. 제11장이 아직 11월이었다고 보는 편이 더 적절할 듯하다.

일에 대해 느끼는 바는 그녀와 아무 상관이 없다고 스스로 타일렀다.

"불행이란 마음의 상태인데" 하고 그는 말을 이었다. "딱히 원인이 있어서 생겨나는 결과는 아닐 겁니다."

그는 이렇게 격식을 차린 서두가 썩 마음에 들지 않았고, 무슨 말을 하든 자기 불행의 직접적 원인은 캐서린이라는 사실이 점점 더 명백해졌다.

"난 내 생활이 불만스러워지기 시작했어요." 그는 다시 시작했다. "무의미한 생활이라는 생각이 드는 겁니다." 그는 다시 말을 끊었지만, 적어도 그 말은 진실이라는 느낌이 들어서 그런 식으로 가닥을 잡아도 괜찮을 것 같았다.

"하루 10시간을 사무실에 처박혀서 돈을 번다는 게 대체 뭘 위한 거냐 말입니다. 어렸을 때는 머릿속이 꿈으로 가득 차서 무슨 일을 하든 상관없을 것 같았지요. 만일 야심이 있다면 어떻게든 밀고 나갈 이유가 있으니 괜찮겠지만. 이제는 그럴 만한 이유도 없어요. 아마 내게는 처음부터 그런 이유가 없었는지도 모르고요. 그런데 이제야 그 사실을 깨달은 거겠지요. (그런데 도대체 그럴 만한 이유가 뭐겠습니까?) 하여간 어느 나이가 되면 자신을 속이는 게 불가능해지는 모양이에요. 그리고 나를 지탱해온 것이 뭐였는지도 알 것 같습니다." — 문득 좋은 이유가 떠올랐다 — "나는 가족의 구원자라든가 그런 게 되고 싶었던 거지요. 형제들이 모두 버젓하게 살게 되기를 바랐어요. 하지만 물론 그건 거짓말이고 — 일종의 자기도취겠지요. 대부분의 사람들이 그렇듯이, 아마도, 나는 전적으로 자기기만에 빠져 살다가, 이제야 그걸 깨닫는 어정쩡한 시기에 이르렀나 봅니다. 계속 살아 나가기 위해서는 또 다른 자기기만이 필요해진 거지요. 요컨대 내 불행이라는 건 이런 겁니다, 메리."

그가 말하는 동안 메리가 잠자코 들으면서 묘하게 일그러진 표정이 되었던 데는 두 가지 이유가 있었다. 첫째, 랠프는 결혼 이야기를 꺼내지 않았고, 둘째, 그는 진실을 말하고 있지 않았다.

"집을 구하기는 어렵지 않을 거예요." 그녀는 그가 한 이야기를 완전히 무시한 채, 명랑하면서도 냉정한 어조로 말했다. "돈은 좀 있겠지요? 맞아요." 그녀는 결론을 지었다. "아주 좋은 계획 같은데요."

그들은 아무 말 없이 들판을 가로질렀다. 랠프는 그녀의 대꾸에 놀라는 한편 조금 기분이 상하기도 했지만, 대체로 만족스러웠다. 그는 자기 사정을 메리에게 솔직히 털어놓을 수 없으리라 여기고 있었으므로, 이렇게 자기 속내는 담아둔 채 넘어갈 수 있게 된 데에 안도하고 있었다. 그녀는 지금껏 그래왔듯이 현명하고 충실한 친구요 그가 신뢰하는 여성이었다. 일정한 한계선만 지킨다면 그녀의 이해와 동정을 얻을 수 있었다. 그는 그 한계선이 분명히 그어졌다는 것이 기분 나쁘지 않았다. 다음 울짱을 지나면서, 메리가 말했다.

"그래요, 랠프. 좀 쉴 때도 됐어요. 나도 같은 결론에 이르렀어요. 다만 내 경우에는 그게 시골 집이 아니라 아메리카가 될 거예요. 아메리카!" 그녀는 외쳤다. "내 무대는 거기예요! 거기서는 운동을 조직하는 법을 배울 수 있겠지요. 그럼 돌아와서 당신한테도 가르쳐줄게요."

그녀가 의식적으로든 무의식적으로든 시골집의 고립과 안전함을 비하하려는 의도에서 그렇게 말한 거라면 성공하지 못했다. 랠프의 결심은 진정에서 우러난 것이었기 때문이다. 그러나 그녀는 그로 하여금 그녀의 진면목을 보게 만들었고, 그래서 그는 대번에 그녀 쪽을 바라보았다. 그녀는 갈아놓은 들판을 몇 발 앞서가고 있었다. 그날 아침 처음으로 그는 자신이나 캐서린에 대한 자신의 집착과는 무관하게 그녀를 본 것이었다. 그는 앞장서서 걷고 있는 그녀에게서 다소 서투르지만 힘차게 한 발 한 발 내딛는 독립적인 인물을 보았고, 그녀의 용기에 대해 더없는 존경심을 느꼈다.

"가버리지 말아요, 메리!" 그는 외치며 우뚝 멈춰 섰다.

"당신이 먼저 말했잖아요, 랠프." 그녀는 돌아섰지만 그를 바라보지 않은 채 말했다. "당신은 다 떠나고 싶다면서 날더러는 그러지 말라니. 불공평하잖아요?"

"메리" 하고 그는 자기가 그녀에게 얼마나 까다롭고 군림하는 태도를 취해왔던가를 깨닫고 마음이 아파서 외쳤다. "내가 당신한테 정말 심하게 굴었습니다!"

그녀는 눈물이 솟구치는 것을 참느라, 그리고 만일 그가 원한다면 세상 끝날까지라도 용서하겠다고 말하고 싶은 것을 참느라 안간힘을 썼다. 그렇게 참을 수 있었던 것은 그녀의 천성 깊이 뿌리박고 있는, 제어하기 힘든 열정의 순간에조차 자신을 내던지는 것을 막아주는 강인한 자존감 덕분이었다. 질풍노도에 휩쓸리면서도, 그녀는 이탈리아어 문법책과 명세표 붙인 서류철 위에 태양이 밝게 내리쬐이는 나라를 알고 있었던 것이다. 그렇지만 그 나라의 해골 같은 창백함과 그 표면에 불거진 바위들은 그곳에서 자기 삶이 견디기 힘들 만큼 외롭고 삭막할 것임을 말해주었다. 그녀는 여전히 조금 앞장서서, 갈아놓은 들판을 걷고 있었다. 그들이 가는 길은 가파른 습곡 가장자리에 나무들이 드문드문 서 있는 숲 가장자리를 돌아가고 있었다. 랠프는 나무 둥치들 사이로 언덕 발치의 평지에 펼쳐진 푸른 초원과 그 위에 지어진 작은 회색 장원 저택을 보았다. 저택 앞에는 연못과 테라스, 잘 다듬어진 산울타리가, 옆에는 창고인가 싶은 건물이 있고, 뒤에는 잣나무들이 늘어선 것이, 아주 아늑하고 부족함이 없어 보였다. 저택 뒤편에서 언덕이 다시 시작되고, 그 꼭대기 능선에는 나무들이 하늘을 배경으로 솟아 있었다. 나무 둥치 사이로 하늘은 한층 더 짙푸르게 보였다.

그는 대번에 캐서린이 거기 있을 것만 같은 기분이 들었고, 회색 집과 짙푸른 하늘은 그녀가 아주 가까이 있는 듯한 느낌을 주었다. 그는 나무에 기대어 서서, 나지막이 그녀의 이름을 말해보았다.

"캐서린, 캐서린" 하고 그는 소리 내어 말하고는 뒤돌아보니 메리가 천천히 멀어져서 나무들 사이에 엉킨 담쟁이덩굴을 끊으며 지나가는 것이 보였다. 그녀는 그가 마음속에 그리던 모습과는 너무나 확연히 동떨어져 있었으므로, 그는 절박한 심정으로 자기 상상 속으로 돌아갔다.

'캐서린, 캐서린' 하고 그는 되뇌면서 마치 그녀와 함께 있는 듯한 기분이었다. 그는 주변의 모든 것을 잊어버렸다. 지금이 언제이고 무엇을 했으며 또 하려 했는지, 다른 사람들의 존재와 그들이 우리와 공통된 현실을 믿는다는 데서 얻어지는 안도감 같은 모든 실제적인 것들이 까마득히 잊혀갔다. 그는 발밑에서 땅이 꺼지고 텅 빈 창공에 떠 있는 듯한, 공기가 오직 한 여인의 존재로 가득 차 있는 듯한 느낌마저 들었다. 머리 위 나뭇가지에서 지저귀는 지빠귀새 소리에 그는 깨어났지만, 정신을 되찾는 순간 한숨이 나왔다. 이곳이 그가 살아온 세상이었다. 갈아엎은 들판과 저 멀리 간선도로와, 나무에서 담쟁이덩굴을 뜯고 있는 메리가 눈에 들어왔다. 메리를 향해 다가간 그는 그녀의 어깨에 팔을 두르며 말했다.

"자, 메리, 아메리카 얘긴 다 뭡니까?"

그의 음성에는 오라버니 같은 다정함이 담겨 있어서, 메리는 자기가 그의 설명을 중단시키고 그의 새로운 계획에 별 관심을 보이지 않은 것에 비하면 그의 그런 태도가 무척 너그럽다고 느껴졌다. 그녀는 자기가 아메리카 여행에서 유익을 얻을 수 있으리라 생각하는 이유들을 설명했지만, 그 모든 것을 촉발시킨 한 가지 이유에 대해서는 말하지 않았다. 그는 주의 깊게 경청할 뿐 그녀를 만류하려 하지 않았다. 사실 그는 그녀의 건전한 양식을 확인하는 데만 열중해서 새삼 드러나는 그 증거들을 만족스럽게 받아들이고 있었다. 마치 그러는 것이 그 자신이 뭔가에 대해 결심하는 데 도움이 되기나 하는 듯한 태도였다. 그녀는 그가 준 고통을 잊어버리고, 그 대신에 마른 땅을 밟는 가벼운 발걸음과 그의 든든한 팔에서 잔잔히 밀려드는 행복감을 느꼈다. 그 행복감은 그에게 자신을 실제와 다르게 보이지 않게, 있는 그대로 소박하게 처신하고자 한 결정에 대한 보상이라는 점에서 한층 더 뿌듯한 것이었다. 그녀는 시인들에 대해 아는 척하는 대신, 본능적으로 그런 화제를 피하고 오히려 자신의 실제적인 면을 드러내 보이기로 했다.

그래서 그가 미처 생각해보지 못한 시골집의 세세한 점들에 대해 물어가며 그의 막연한 생각을 바로잡아 주었다.

"물도 있어야 해요." 그녀는 지나칠 정도로 관심을 보이며 강조했지만, 그러면서도 그가 시골집에서 무엇을 할 작정인지는 묻기를 삼갔다. 그에 대한 보상인 듯, 가능한 한 모든 세세한 점에 대한 의논을 마치자, 그가 좀 더 속내를 털어놓았다.

"방 하나는 내 서재로 쓸 거예요, 메리. 당신도 알다시피 난 책을 쓸 작정이니까." 그렇게 말하면서 그는 그녀의 어깨에 둘렀던 팔을 걷어 파이프에 불을 붙였고, 그들은 다정한 동지로서 걸음을 계속했다. 그것은 그들이 지금까지의 우정에서 얻어낸 가장 완벽한 동지애였다.

"당신 책은 무엇에 관한 건데요?" 그녀는 램프와 책 이야기를 해서 실망한 적이 없다는 듯 대담하게 물었다. 그는 색슨 족 시절부터 현재까지 영국 마을에 관해 써볼 작정이라고 주저 없이 대답했다. 그런 계획은 여러 해 전부터 그의 머릿속에 씨앗처럼 박혀 있었는데, 직장을 그만두기로 결정하자 단 20분 만에 크고 튼튼하게 자라났던 것이다. 그는 자신만만한 태도에 스스로 놀라고 있었다. 시골집 문제도 마찬가지였다. 그것은 전혀 낭만적이지 않은 형태로 떠올랐으니, 그것은 간선도로에서 약간 떨어진 네모난 하얀 집으로, 이웃에서는 돼지도 치고 빽빽거리는 아이도 여남은 명쯤 키울 것이었다. 그런 계획들은 그의 마음속에서 모든 로맨스를 걷어내 버렸으므로, 그가 그 계획들을 생각하면서 느끼는 즐거움은 조금이라도 상식적인 선을 넘으면 즉각 저지되었다. 그것은 마치 멋진 유산을 받을 기회를 잃어버린 지각 있는 남자가 자신의 좁은 주거 공간의 한계를 밟아 다지며 인생이란 주어진 영역 안에서도 견딜 만하다고 스스로 타이르는 것과도 같았다. 물론 멜론이나 석류가 아니라 무와 배추를 심어야겠지만 말이다. 확실히 랠프는 자신의 명석함에 대한 자부심을 가지고 있었고, 메리가 자신을 믿어주는 데서 은연중에 자신감을 되찾았다. 그녀는 끊어낸 담쟁이 덩굴을 물푸레나무 지팡이에 둘러 감으며, 정말이지 오랜만에, 랠프와 단둘이 있을 때면 자신의 동기와 말과 느낌에 파수꾼을 세우던 버릇을 떨쳐버리고, 온전한 행복감을 받아들였다.

그렇게 이야기를 나누면서, 때로는 편안하게 아무 말도 하지 않고 가끔씩 걸음을 멈추고 산울타리 너머의 경치를 바라보기도 하면서, 가느다란 나뭇가지 사이에서 지저귀는 회갈색 작은 새가 무슨 새인지 의논도 하면서, 그들은 링컨으로 걸어 들어갔다. 중심가를 이리저리 돌아다닌 끝에 둥그런 내닫이창이 나 있는 것이 어쩐지 실속 있는 음식을 제공할 성싶은 식당을 골랐고, 과연 실망할 필요가 없었다. 150년도 더 된 그 식당은 대대로 시골 신사들에게 뜨거운 고기구이와 감자, 채소, 애플푸딩을 차려내던 곳이었으며, 랠프와 메리도 그 변함없는 성찬을 맛보았다. 식사 도중에 메리는 고기구이 너머로 랠프를 바라보며 그도 이 방 안의 다른 사람들과 비슷해 보일 수가 있을까 하고 생각했다. 그도 그들과 같은 방 안 곳곳에 앉아 있는 저 불그레한 둥근 얼굴들, 희끗희끗한 짧은 수염이 난 얼굴들이나, 윤이 나는 갈색 가죽에 싸인 장딴지, 흑백 격자무늬 양복들 가운데 섞여들 수 있을까? 그녀는 반쯤은 그러기를 바랐고, 그가 다른 점은 지성뿐이라고 생각했다. 그녀는 그가 다른 사람들과 너무 달라 보이는 것을 원치 않았다. 오래 걸어온 덕분에 그도 불그레하게 혈색이 돌았고 눈빛은 담담하고 성실해서, 못 배운 농부라도 그 앞에서 불편해할 필요가 없고 지극히 경건한 성직자라도 행여 신앙심을 비웃음당할까 우려할 필요가 없을 듯했다. 그녀는 반듯하게 깎아지른 그의 이마를 사랑했고, 마치 어느 젊은 그리스 기수의 이마와도 같다고 생각했다. 단숨에 말의 고삐를 당겨 뒷발로 서게 하는 기수 말이다. 그녀에게 그는 항상 기백이 넘치는 말을 탄 기수처럼 보였다. 그와 함께 있으면 행여나 그가 다른 사람들 사이에서 보조를 맞추지 못하면 어쩌나 하는 조마조마함이 있었다. 창가의 작은 식탁에 그와 마주 앉아서, 그녀는 아까 울짱 문 곁에서 엄습해왔던 것과도 같은, 아무래도 좋다는 황홀감에 사로잡혔다. 하지만 이번에는 아까와는 달리 침착함과 안정감이 수반되었으니, 자기들이 말로 표현할 필요가 없는 어떤 느낌을 공유하고 있다고 느껴졌기 때문이다. 그는 얼마나 말이 없는지! 이따금 이마를 손으로 받치거나 옆자리에 앉은 두 남자의 등을 지긋하고 진지한 눈길로 바라보거나 하는, 자신을 거의 의식하지 않는 그 모습에서, 그녀는 그의 마음이 생각을 하나하나 견고하게 쌓아 올리는 것이 눈에 보이는 것만 같았다. 그녀는 그가 생각하는 것을 손바닥 보듯 환히 느낄 수 있다고 생각했고, 그래서 그가 생각을 마치고 조금 자리를 고쳐 앉으며 이렇게 말하는 순간도 내다볼 수 있었다.

'이봐요, 메리 ─' 하고 그는 자기가 생각을 멈춘 그 자리에서 그녀가 그 생각의 끄트머리를 받아주기를 기대할 것이었다.

바로 그 순간, 그가 바로 그렇게 고쳐 앉으며 말했다.

"이봐요, 메리 ―" 하고 묘하게 머뭇거리는 그 말투를 그녀는 사랑했다.

그녀는 소리 내어 웃었고, 자기가 웃는 이유를 창밖 길거리의 사람들 때문이라고 되는 대로 둘러댔다. 푸른 숄을 두른 노부인이 자동차에 타고 있었고, 부인의 시녀는 맞은편 좌석에 앉아 킹 찰스 스패니얼 강아지를 안고 있었다. 또 한 시골 여자는 길 한복판에서 장작을 잔뜩 실은 유모차를 밀고 있었고, 각반을 찬 집달관이 반(反)국교 성직자와 가축 시장 현황에 관한 토론을 벌이고 있었다 ― 고 그녀는 해석했다.

그녀는 그런 이야기를 상대방이 시시하다고 생각하면 어쩌나 하는 걱정 없이 그저 생각나는 대로 풀어 나갔다. 실내가 따뜻해서인지, 고기구이가 맛있었기 때문인지, 또 아니면 랠프가 이른바 결심이라는 과정을 마쳤기 때문인지, 분명 그는 그녀의 말에서 드러나는 양식과 독립적인 성격과 총기를 일일이 따질 뜻이 없는 듯했다. 그는 한편으로는 각반을 찬 신사들의 대화에서 들려온 몇 마디 말과 또 한편으로는 오리 사냥이니 법제사니 로마 점령기의 링컨이니 시골 신사들의 부부 관계니 하는 것에 관한 자기 머릿속의 잡다한 생각들로 마치 중국의 탑만큼이나 아슬아슬하고 환상적인 누각을 짓던 와중에, 그 모든 뒤죽박죽 가운데서 불쑥 메리에게 청혼을 해야겠다는 생각이 떠올랐다. 그 생각은 너무나 자연스럽게 떠올랐기 때문에, 마치 그의 눈앞에서 저절로 생겨난 것만 같았다. 그래서 자세를 고쳐 앉으며 늘 하던 버릇대로 말을 꺼낸 것이었다.

"이봐요, 메리 ―"

처음 그 생각이 떠올랐을 때는 너무나 참신하고 흥미로웠기 때문에, 더 따져볼 것도 없이 메리 본인에게 말하고 싶었다. 하지만 자신의 생각을 꺼내놓기 전에 신중하게 두 가지로 나누는 타고난 천성이 이겼다. 그러나 그녀가 창밖을 내다보며 자동차 안의 노부인이니 유모차를 미는 여자니 집행관과 반국교 성직자니 하는 것을 묘사하는 것을 지켜보노라니, 자기도 모르게 눈물이 솟구쳤다. 그는 그녀의 어깨에 머리를 묻고 울고만 싶었다. 그러면 그녀는 그의 머리칼을 손빗질하며 이렇게 달래줄 것만 같았다.

"자, 자, 울지 말아요! 왜 우는지 어디 말해봐요 —" 그러면 서로 부둥켜안을 테고, 그녀의 품은 마치 어머니의 품처럼 따뜻이 그를 감싸주리라. 그는 자신이 아주 외롭다고 느껴졌고, 방 안의 다른 사람들이 두려웠다.

"다 지긋지긋해!" 그는 불쑥 내뱉었다.

"무슨 이야기예요?" 그녀는 여전히 창밖을 내다보면서 심상한 말투로 대꾸했다.

그는 그녀가 한눈을 파는 것이 원망스러웠지만 미처 그렇다는 것도 의식하지 못한 채, 이제 곧 메리가 아메리카로 떠나리라는 생각을 했다.

"메리" 하고 그는 말을 꺼냈다. "할 말이 있어요. 식사는 다 마친 거지요? 왜 접시를 치우러 오지 않는 거지?"

메리는 그를 보지 않고도 그가 동요된 기미를 알아차렸다. 그녀는 그가 하려는 말이 무엇인지 안다고 확신했다.

"알아서 치우러 오겠지요." 그녀는 말했고, 소금 병을 들어 빵 부스러기를 한쪽으로 밀어 모으면서 짐짓 태연해 보일 필요를 느꼈다.

"사과하고 싶어요." 랠프는 자기가 무슨 말을 하려는지도 알지 못한 채 말을 계속하면서, 뭔가 확실히 자기 의사를 밝혀 이 친밀한 순간이 지나가지 못하게 해야겠다는 기묘한 충동을 느꼈다.

"당신한테 아주 못되게 굴었다는 생각이 들어서요. 내 말은, 당신한테 거짓말을 해왔다는 겁니다. 내가 당신한테 거짓말을 한다는 걸 혹시 알고 있었는지? 한번은 링컨스인필즈에서였고, 또 한번은 오늘 걸어오면서였는데. 나는 거짓말쟁이에요, 메리. 그걸 알고 있었나요? 당신은 나를 안다고 생각하나요?"

"그렇다고 생각해요." 그녀는 말했다.

그때 웨이터가 와서 접시를 바꿔놓았다.

"내가 당신이 아메리카에 가는 걸 원치 않는다는 건 사실이에요." 그는 식탁보만 뚫어져라 내려다보며 말했다. "사실 당신에 대한 내 감정은 전적으로 야비한 것 같습니다." 그는 목소리를 낮추어야 했음에도 힘주어 말했다.

"만일 내가 이기적인 괴물만 아니었다면, 진작에 당신에게 말했을 겁니다. 나 같은 놈을 상대하지 말라고. 그런데도, 메리, 진심에서 그렇게 말하면서도, 또 한편으로는 우리가 서로 아는 것이 다행이라는 생각이 듭니다. 이 한심한 세상에서 말이에요 —" 그는 고갯짓으로 방 안의 다른 사람들을 가리켜 보이며 말했다. "물론 이상적인 상태에서라면, 최소한 상식이 통하는 사회에서라면, 분명 당신은 나 같은 놈과 상관하지 않았겠지요 — 적어도 진지하게는 말이에요."

"당신은 나도 이상적인 인간은 못 된다는 걸 잊고 있군요." 메리는 똑같이 나직하면서도 열띤 어조로 말했다. 두 사람의 그런 대화는 거의 들리지 않으면서도 그들이 앉은 자리에 긴장감을 부여한 나머지, 실내의 다른 손님들도 그 분위기를 느끼고는 친절함과 흥미와 호기심이 묘하게 섞인 눈길로 이따금 그들 쪽을 쳐다보곤 했다.

"난 보기보다 훨씬 더 이기적이에요. 세속적이기도 하고요 — 적어도 당신이 생각하는 것보다는 그럴 거예요. 난 내 뜻대로 휘두르기를 좋아하고 — 그게 내 가장 큰 결점이지요. 난 당신 같은 열정 —" 여기서 그녀는 머뭇거리며, 마치 그의 열정의 대상이 무엇인지 확인하기라도 하려는 듯 그를 바라보았다. "진리에 대한 열정도 없고요." 그녀는 마침내 자신이 찾던 것을 확실히 찾았다는 듯 덧붙였다.

"내 말은 내가 거짓말쟁이라는 겁니다." 랠프는 고집스럽게 되풀이했다.

"물론, 사소한 일에서는 그럴 수도 있겠지요." 그녀는 초조한 듯 말했다. "하지만 진짜 중요한 데서는 그렇지 않다는 게 중요하지요. 나는 사소한 데서는 당신보다 더 진실한지도 모르지만, 하지만 절대로 좋아할 수 없었을 거예요 —" 하고 그녀는 그 말을 입 밖에 낸 데 놀라며 서둘러 말을 이었다. "중요한 데서 거짓말을 하는 사람이라면 말이에요. 난 진실을 사랑하지만 — 무척 사랑하지만 — 당신이 사랑하는 만큼은 아니에요." 그녀의 목소리는 들리지 않을 만큼 잠겼고, 눈물을 참지 못하는 듯 떨리고 있었다.

"맙소사!" 랠프는 속으로 외쳤다. '이 여자는 나를 사랑하고 있어! 왜 전에는 몰랐을까? 울 것만 같군. 아닌가. 하지만 말도 잇지 못하는 걸.'

그 확실성에 압도된 나머지 그는 자신이 무엇을 하고 있는지도 알지 못했다. 피가 얼굴로 솟구쳤고, 청혼을 해야겠다고 작정했음에도 불구하고 그녀가 자기를 사랑하고 있다는 확실성 때문에 상황이 완전히 달라져버려서 더는 그럴 수가 없었다. 그녀를 똑바로 마주 볼 수조차 없었다. 만일 그녀가 운다면, 자기는 어찌해야 좋을지 알 수 없었다. 뭔가 끔찍하고 파괴적인 일이 일어난 것만 같았다. 웨이터가 또다시 접시를 바꿔 갔다.

격앙된 나머지 랠프는 자리에서 일어나 메리에게 등을 돌리고 창밖을 내다보았다. 길거리의 사람들은 그에게 흩어졌다 모였다 하는 검은 점들로만 보였고, 그것은 그 자신의 마음속에서 의지와는 무관하게 연이어 일어났다 스러지는 생각과 느낌들을 그대로 나타내는 성싶었다. 한순간은 메리가 자신을 사랑한다는 사실에 들떴다가, 다음 순간 자신은 그녀에게 아무런 느낌이 없는 것 같았고, 그러자 그녀의 사랑이 거부감을 일으켰다.

지금 당장 그녀와 결혼해야겠다는 충동이 일다가, 또 다음 순간에는 영영 사라져 다시는 그녀와 만나지 말아야겠다는 생각도 들었다. 이처럼 무질서하게 질주하는 상념들을 다스리기 위해, 그는 바로 맞은편 약국에 내걸린 이름을 읽어보고, 진열창에 늘어놓은 물건들을 하나하나 살펴보았으며, 큰 포목점의 커다란 진열창들을 들여다보고 있는 몇몇 여자들을 주시하기도 했다. 그렇게 자신을 다스린 끝에 적어도 겉으로는 평정을 되찾았으므로 돌아서서 웨이터에게 계산서를 가져오라고 하려던 순간, 그의 눈은 맞은편 보도를 빠른 걸음으로 걸어오는 훤칠한 모습에 사로잡혔다. 키가 크고 꼿꼿하고 머리칼 색이 짙은, 주위 배경에서 사뭇 두드러져 보이는 당당한 여성이었다. 그녀는 왼손에 장갑을 들고 있었으며, 그 왼손은 맨손이었다. 그 모든 것을 랠프는 찬찬히 살펴보았고, 그런 다음에야 비로소 그 전체를 알아보고 이름을 떠올릴 수 있었다 — 캐서린 힐버리라고. 그녀는 누군가를 찾고 있는 듯했다. 길 양쪽을 두리번거리던 그녀의 눈길은 한순간 랠프가 서 있던 내닫이창에 머물렀지만, 그를 알아보는 기색 없이 금방 다른 곳을 향했다. 그 갑작스런 출현은 그에게 엄청난 충격을 주었다. 실제로 길거리에 있는 그녀를 보았다기보다는, 그녀를 너무나 골똘히 생각한 나머지 그의 마음이 그녀의 형상을 만들어낸 것만 같았다. 막상 그녀가 나타난 그 순간에는 전혀 그녀를 생각하고 있지 않았는데도 말이다. 그런 인상이 너무나 강렬해서 떨쳐버릴 수가 없었고, 자기가 그녀를 정말로 본 것인지 그저 상상한 것인지도 알 수 없었다. 그는 털썩 주저앉아서, 메리에게 말한다기보다 혼잣말처럼 묘한 말투로 내뱉었다.

"캐서린 힐버리였어."

"캐서린 힐버리? 무슨 말을 하는 거예요?" 그의 태도로 보아서는 그가 그녀를 봤다는 건지 아닌지 종잡을 수가 없었다.

"캐서린 힐버리였다고." 그는 되뇌었다. "하지만 가버렸어."

'캐서린 힐버리!' 메리는 문득 눈앞이 캄캄해지면서 깨달았다. '그래, 캐서린 힐버리였던 거야! 처음부터 알고 있었어!' 이제 사태가 분명해졌다.

한순간 충격에 넋이 나갔다가, 그녀는 눈을 들어 랠프를 지긋이 바라보았다. 그의 꿈꾸는 듯 멍한 눈길은 그들 주위를 한참 벗어난 어떤 지점을 응시하고 있었다. 그녀가 그와 알고 지내는 동안 단 한 번도 도달할 수 없었던 지점이었다. 입술은 약간 벌어지고 손가락은 힘없이 그러쥔 채, 그의 홀린 듯한 상태가 두 사람 사이에 베일처럼 드리워졌다. 그녀는 그에게 일어나는 모든 것을 알아챌 수 있었다. 그의 완전한 몰입에 또 다른 기미가 있었다면 그 또한 파악할 수 있을 것이었다. 그녀는 그렇듯 진실을 차곡차곡 쌓아올림으로써만 자신을 지탱할 수 있으리라는 것을 알고 있었다. 진실이 그녀를 버텨주는 듯했고, 그녀는 그의 얼굴을 바라보면서 진실의 빛이 그보다 훨씬 너머에 있다는 데에 놀라지 않을 수 없었다. 진실의 빛은, 하고 그녀는 나가려고 몸을 일으키면서 생각했다. 진실의 빛은 우리의 개인적인 불행 같은 것에 동요되지 않을 세상에서 빛나고 있었다.

랠프가 그녀에게 코트와 지팡이를 건네주었다. 그녀는 그것들을 받아, 코트를 단단히 여미고 지팡이를 굳게 잡아 쥐었다. 지팡이 손잡이 부근에는 아직도 담쟁이덩굴이 감겨 있었다. 자신의 감정에 이 한 가지 제물은 바쳐도 되리라 생각하며, 그녀는 담쟁이 잎사귀 두 개를 따서 호주머니에 넣은 다음 그 나머지는 지팡이에서 떼어버렸다. 지팡이 중간을 그러쥐고 모피 모자를 머리에 눌러 쓰는 품이 마치 폭풍우 속에 먼 길을 갈 채비라도 하는 듯했다. 그런 다음 길 한복판에 서서, 백에서 종잇장을 꺼내 과일, 버터, 끈 등등 사야 할 물건들의 목록을 소리 내어 읽었다. 그러고는 장을 보는 내내 랠프에게 말도 걸지 않고 눈길도 마주치지 않았다.

랠프는 그녀가 흰 앞치마를 두른, 빰이 불그레한 점원들에게 이것저것 주문을 하는 것을 지켜보았다. 자기만의 상념에 빠져 있는 중에도, 그녀가 자기 요구를 알리는 분명한 태도를 의식했고, 다시금 자동적으로 그녀의 성격상의 특징들을 꼽아보기 시작했다. 그렇게 건성으로 바라보면서 생각에 잠겨 바닥에 깔린 톱밥을 발끝으로 이리저리 휘젓고 있는데, 누가 뒤에서 가볍게 어깨를 건드리며 낭랑하고도 친숙한 목소리로 말을 걸어오는 바람에 화들짝 놀라 돌아보았다.

"실례지만, 데넘 씨 아니세요? 창문으로 당신 코트가 흘긋 보이기에, 분명 당신이라고 생각했지요. 혹시 캐서린이나 윌리엄을 보셨어요? 저는 지금 유적지를 찾아 링컨을 헤매는 중이랍니다."

힐버리 부인이었다. 그녀가 가게에 들어오자 사람들이 모두 그녀를 쳐다보는 바람에 작은 동요가 일었다.

"우선, 여기가 어딘지부터 알려주세요." 그녀는 그렇게 부탁했지만, 친절해 보이는 점원을 발견하고는 그쪽을 향해 말을 이었다. "유적지 — 일행이 유적지에서 저를 기다리고 있어요. 로마 유적지던가요? 아니면 그리스 유적지던가요, 데넘 씨? 당신네 고장에는 아름다운 게 아주 많군요. 하지만 유적지는 그렇게 많지 않았으면 좋겠어요. 이렇게 예쁜 꿀단지는 처음 보네요 — 직접 양봉을 하신 건가요? 저도 하나 주세요. 그리고 유적지로 가는 길도 좀 가르쳐주시고요."

"자, 그런데" 하고 그녀는 점원에게서 꿀단지를 받아들고 길 안내를 들은 다음, 메리를 소개받고는 그들 두 사람도 함께 유적지로 가야 한다면서 — 그렇게 자주 길 모퉁이가 나오고, 그렇게 경치가 아름답고, 그렇게 귀여운 어린애들이 연못에서 찰방거리며 놀고, 그렇게 근사한 베네치아식 운하가 있고, 골동품 가게에는 그렇게 오래된 푸른 도자기들이 있어서,

혼자서는 도저히 유적지로 가는 길을 찾을 수 없다면서 — 말을 계속했다. "자, 여기서 대체 뭘 하시는 건지 말해주세요, 데넘 씨 — 데넘 씨 맞지요?" 그녀는 갑자기 자신이 착각한 것이나 아닌지 불안한 듯 그를 쳐다보며 물었다. "리뷰에 기고하는 총명한 젊은 분 말이에요. 바로 어제만 해도 남편이 그러더군요. 데넘 씨는 자기가 아는 가장 총명한 젊은이 중 하나라고요. 분명 당신은 하늘이 제게 보낸 메신저예요. 당신을 만나지 않았더라면 도저히 유적지를 찾아갈 수 없을 테니까요."

이윽고 로마식 아치에 당도하자, 힐버리 부인은 일행을 발견했다. 그들은 그녀가 행여 어느 가게에 들어가 있는지 찾아내려고 길거리를 두리번거리며 보초들처럼 서 있었다.

"유적지보다 훨씬 좋은 걸 발견했단다!" 그녀는 외쳤다. "아는 분들을 만나서, 이분들이 너희를 찾아오게 해줬어. 나 혼자였으면 도저히 찾아올 수 없었을 거야. 이분들을 티타임에 초대해야겠어. 벌써 점심식사를 하지 않았더라면 좋았을 텐데. 식사 시간을 되돌릴 수는 없는 걸까."

캐서린은 혼자서 길거리를 따라 저만치 가서 어머니가 탈곡기나 잔디 깎는 기계 사이에 숨어 있기라도 할 것처럼 철물점 진열창을 들여다보다가 어머니의 음성이 들리자 몸을 홱 돌려 그들 쪽으로 다가왔다. 그녀는 데넘과 메리 대칫을 보고는 무척 놀랐다. 그들에게 인사할 때 보인 친밀함은 그저 시골에서 아는 사람을 만났다는 놀라움 때문인지 아니면 정말로 그들 두 사람을 만나서 반가웠기 때문인지 알 수 없었지만, 아무튼 그녀는 악수를 하며 평소와는 달리 들뜬 목소리로 말했다.

"여기가 고향인 줄 몰랐어요. 알려줬더라면 진작 만날 수 있었을 텐데. 데넘 씨는 그 댁에 묵고 있나요?" 그녀는 메리에게 말하다가, 랠프 쪽을 돌아보며 물었다. "좀 더 일찍 만났더라면 좋았을 텐데요."

그토록 무수한 꿈속에서 그리던 여성이 바로 몇 발자국 앞에 실체로 나타나자, 랠프는 말을 더듬었다. 그는 자신을 가다듬으려 안간힘을 쓰느라 얼굴이 달아오르는지 창백해지는지도 알 수가 없었다. 하지만 그는 차가운 날빛 속에 그녀와 마주하고서 자신의 끈질긴 상상 속에 일말의 진실이라도 있는지 추적해볼 작정이었다. 그는 한마디도 할 수가 없었다. 두 사람을 대표하듯 말한 것은 메리였다. 그는 캐서린이 자기가 기억하는 모습과 사뭇 달라 보이는 데 놀라서 말문이 막혔다. 이전의 인상을 버리고 새로운 모습을 받아들여야 할 것이었다. 바람이 불어와 그녀의 진홍색 스카프를 얼굴에 휘날렸고, 헝클어진 머리칼이 크고 검은 눈 가장자리에 흩어졌다. 그가 줄곧 슬퍼 보인다고 생각했던 그 눈이 이제는 맑게 갠 햇살을 반사하는 바다와도 같이 밝게 빛났고, 그녀 주위의 모든 것이 빠르고, 단편적이고, 일종의 질주하는 스피드로 가득 차 있는 듯이 보였다. 그는 문득 날빛 속에서 그녀를 만난 적이 없다는 사실을 깨달았다.

그러는 동안, 예정대로 유적지를 둘러보기에는 너무 늦었다는 결론이 났고, 그래서 일행은 마차를 세워둔 마구간을 향해 걷기 시작했다.

"그런데요" 하고 랠프와 함께 약간 앞장서서 걷던 캐서린이 말했다. "오늘 아침 당신이 어느 창가에 서 있는 걸 본 것 같아요. 하지만 당신일 리가 없다고 생각했지요. 그런데 역시 당신이었나 봐요."

"그래요, 저도 당신을 보았다고 생각했습니다만 — 당신이 아니었습니다." 그는 대답했다.

그 말에, 그리고 그의 거칠고 긴장된 음성에, 그녀는 번번이 힘들었던 대화와 엇갈린 만남들이 생각났고, 런던 집의 살롱과 유품들과 티테이블 같은 것들이 떠올랐다. 그래서 자기가 말하려 했던 또는 그에게서 듣고자 했던 말들이 뭐였는지, 하다 만 말들과 끊어진 대화들을 더듬어보았지만 기억이 나지 않았다.

"저였을 거예요." 그녀는 말했다. "어머니를 찾는 중이었어요. 링컨에 올 때마다 일어나는 일이랍니다. 정말이지 저희 가족처럼 그렇게 스스로 챙길 줄 모르는 가족도 드물 거예요. 그래도 항상 누군가 제때 나타나서 곤경에서 건져주니 큰 문제는 아니지만요. 제가 아기였을 때는 황소가 있는 들판에 저 혼자 내버려둔 적도 있답니다 — 아, 그런데 마차를 어디다 두었더라? 저 골목인지 다음 골목인지? 아마 다음 골목일 거예요." 그녀는 뒤를 돌아다보고 다른 사람들이 힐버리 부인이 들려주는 링컨에서의 추억담을 들으며 얌전히 따라오는 것을 확인했다. "그런데 여기서 뭘 하시는 건가요?"

"시골집을 사려고 합니다. 여기서 살려고요 — 시골집이 구해지는 대로 말입니다. 메리 말로는 별로 어려운 일이 아니라더군요."

"하지만" 하고 그녀는 놀라서 우뚝 서다시피 하며 외쳤다. "그럼 법정 일은 그만두게요?" 그가 이미 메리와 약혼을 했나 보다는 생각이 그녀의 머릿속을 스쳐갔다.

"변호사 사무실 말입니까? 그건 그만둘 겁니다."

"하지만 왜요?" 그녀는 물었다. 그러고는 빠른 말씨가 묘하게 우수 어린 어조로 바뀌며 스스로 대답을 찾았다. "현명한 결정인 것 같네요. 여기서 훨씬 더 행복해질 거예요."

그녀의 말이 마치 그의 장래 진로라도 잡는 것처럼 들린 그 순간, 그들은 어느 객사의 마당에 들어섰고, 오트웨이 가의 마차가 보였다. 매끈하게 윤이 나는 말 한 마리는 이미 매어져 있었고, 다른 한 마리는 마구간에서 말구종의 손에 끌려 나오고 있었다.

"뭘 가지고 행복이라 하는지 모르겠습니다." 그는 짤막하게 대꾸하고는 양동이를 든 마부에게 길을 비켜주어야 했다. "왜 제가 행복할 거라고 생각합니까? 저는 전혀 그럴 생각이 없는데요. 덜 불행해지기를 바랄 뿐이지요. 저는 책을 쓸 거고, 가정부 때문에 짜증을 내게 되겠지요 — 행복이 그런 거라면 모르지만 말입니다. 어떻게 생각합니까?"

그녀가 미처 대답하기도 전에 일행이 곧바로 뒤따라왔다. 힐버리 부인, 메리, 헨리 오트웨이, 그리고 윌리엄.

로드니는 곧장 캐서린에게 다가가 말했다.

"헨리가 어머니를 모시고 집으로 갈 거요. 우리는 중간에 내려달라고 해서 걸어갑시다."

캐서린은 고개를 끄덕이고는 묘하게 회피하는 듯한 눈길로 그를 건너다보았다.

"유감이지만 우리는 반대 방향으로 갈 거요. 아니라면 태워드릴 텐데." 그는 데넘을 향해 말을 계속했다. 전에 없이 위압적인 말투였고, 출발을 서두르고 싶은 기색이 역력했다. 데넘은 캐서린이 반쯤은 묻는 듯이, 반쯤은 짜증스러운 듯이, 이따금 그를 건너다보는 것을 알아챘다. 그녀는 어머니가 외투 입는 것을 도우며 메리에게 말했다.

"한번 만나요. 런던에 곧 돌아올 건가요? 편지 쓸게요." 그러고는 랠프에게 미소를 건넸지만, 무엇인가 생각하는 듯 다소 그늘진 표정이었다. 잠시 후 오트웨이 가의 마차는 마구간이 있는 뜰을 벗어나 램셔 마을로 가는 간선도로로 접어들었다.

돌아가는 길에도 아침에 집에서 나설 때만큼이나 다들 별로 말이 없었다. 힐버리 부인은 구석 자리에서 뒤로 기댄 채, 열심히 활동하는 중간중간 휴식을 취하는 평소의 버릇대로 잠이 들었거나 잠든 척하는 중인지, 아니면 아침에 하던 생각을 이어가는 중인지, 내내 눈을 감고 있었다.

램셔를 2마일가량 남겨둔 곳에서 길은 황야의 구릉지를 넘어가게 되어 있었다. 외딴 장소에 화강암으로 된 기념비가 세워져 있었는데, 그것은 18세기의 어느 귀족 여성이 이 지점에서 강도를 만났다가 구사일생으로 구출된 데 대한 감사의 표식이었다. 여름이면 길 양쪽에 울창한 숲이 펼쳐져 있고 화강암 기념비 주위에 무성하게 자란 히스가 미풍에 달콤한 향기를 실어 보내기 때문에 꽤 상쾌한 장소였지만, 겨울이면 나무들의 한숨 소리가 공허한 울림으로 잦아들고 잿빛이 된 황야는 그 위를 지나는 구름들만 큼이나 처량해지곤 했다.

거기서 로드니는 마차를 세우고 캐서린이 내리도록 도왔다. 함께 거드느라 그녀의 손을 붙들었던 헨리는 그녀가 언뜻 손을 꼭 잡는 것이 뭔가 전할 말이라도 있다는 뜻인가 싶었다. 하지만 마차는 힐버리 부인이 깨어날 새도 없이 금방 다시 떠났고, 두 사람만 기념비 곁에 남았다. 로드니가 자기한테 화가 났다는 것, 그리고 이렇게 기회를 만들어 뭔가 말하려 한다는 것을 캐서린은 잘 알고 있었다. 마침내 때가 된 데 대해 기쁘지도 슬프지도 않았고, 사태가 어떻게 돌아갈지도 몰랐으므로, 그저 잠자코 있었다. 마차는 먼지 나는 길 위로 점점 더 작아져갔지만, 로드니는 여전히 말이 없었다. 아마 마차가 길모퉁이를 완전히 돌아 사라지고 두 사람만 남게 되기를 기다리는 모양이라고 그녀는 생각했다. 어색한 침묵을 피하려고 기념비에 새겨진 글을 읽다 보니 기념비 주위를 한 바퀴 돌게 되었다. 그 경건한 여성의 감사문을 몇 구절 읊조리노라니, 로드니가 다가왔다. 그들은 말없이 숲 가장자리를 둘러간 마차 바퀴자국을 따라 걸었다.

로드니는 침묵을 깨뜨리고 싶었지만, 속 시원히 그럴 수가 없었다. 사람들이 있을 때 캐서린에게 다가가는 편이 훨씬 쉬웠다. 그녀와 단둘이 되면, 그녀의 초연하고 강인한 성품 때문에 그가 가진 공격 수단들은 힘을 잃고 말았다. 그는 그녀가 자기를 대하는 태도가 크게 잘못되었다고 믿고 있었지만, 그녀의 불친절한 행동 하나하나를 꼬집어 말한다는 것은 두 사람만 있는 자리에서는 너무 쩨쩨하게 느껴졌다.

"뭐 그리 서두를 필요 없을 텐데." 그는 마침내 불평조로 한마디 내뱉었다. 그 말에 그녀는 금방 걸음을 늦추었지만, 이번에는 너무 느려서 그와 보조가 맞지 않았다. 맥이 풀린 그는 생각나는 대로 내뱉고 말았다. 애초에 맘먹었던 위엄 있는 허두와는 딴판으로, 아주 용렬하게 들렸다.

"휴가가 별로 즐겁지 않소."

"그래요?"

"그래. 어서 일터로 돌아가면 좋겠소."

"토, 일, 월 — 사흘만 있으면 되겠네요." 그녀는 날짜를 꼽았다.

"다른 사람들 앞에서 바보 취급을 당하고 좋을 사람이 어디 있소." 그는 대뜸 내뱉었다. 그녀의 말을 듣다 보니 점점 더 화가 나면서, 그녀에게 주눅 들던 것이 사라졌고, 그렇게 주눅이 들었다는 것 때문에 한층 더 화가 났다.

"나한테 하는 말인가 보군요." 그녀는 담담하게 말했다.

"여기 온 후로 날이면 날마다 당신은 어떤 식으로든 나를 우습게 만들었소." 그는 말을 계속했다. "물론, 그래서 당신이 재미있다면 마음대로 해요. 하지만 우리가 평생 함께 살아갈 사람들이라는 걸 기억해야지. 오늘 아침만 하더라도 나와 함께 정원이나 걷자고 청했는데, 십 분이나 기다려도 나오지 않고. 다들 내가 기다리는 걸 봤단 말이오. 마구간 사환들도 봤고. 너무나 창피해서 나도 들어가 버렸소. 그러고는 마차를 타고 오는 동안에도 당신은 나한테 도통 말이 없어서, 헨리도 눈치챘고, 다들 눈치챘지... 그러면서도 헨리한테는 말만 잘하더구먼."

그녀는 그런저런 불평들을 잠자코 들으면서, 특히 마지막 비난에는 짜증이 났지만, 일절 대꾸하지 않기로 사뭇 철학적인 결정을 내렸다. 그녀는 그의 불만이 얼마나 심각한지 알고 싶었다.

"내 보기에는 별로 대단한 일들도 아닌 것 같은데요." 그녀는 말했다.

"그렇다면 됐소. 그냥 내가 입을 다물면 되겠군." 그는 대꾸했다.

"그 자체로는 별문제 아니지만, 만일 그 때문에 당신 기분이 상했다면 그야 물론 문제가 되겠지요." 그녀는 신중하게 고쳐 말했다. 그녀의 사려 깊은 태도에 그는 마음이 누그러져 잠시 말없이 걷기만 했다.

"우리는 아주 행복할 수도 있을 텐데 말이오, 캐서린!" 그는 충동적으로 외치며, 그녀의 팔짱을 끼었다. 그녀는 얼른 팔을 뺐다.

"당신이 계속 이런 식으로 받아들인다면 우리는 절대로 행복해질 수 없어요." 그녀는 말했다.

그녀의 태도에는, 헨리도 이미 눈치챘던 대로, 냉정한 기색이 역력했다. 윌리엄은 움찔하며 입을 다물었다. 그처럼 쌀쌀한 태도, 뭐라 짚어 말할 수 없는 냉정하고 사무적인 태도야말로 지난 며칠 동안 그녀가 그에게 시종일관 보여온 것이었기 때문이다. 그것도 항상 다른 사람들이 있는 데서. 그럴 때마다 그는 뭔가 허영심을 과시함으로써 자신을 회복하려 했지만, 그녀에게는 한층 더 가소롭게 보일 뿐이라는 것을 스스로도 알고 있었다. 이제 그녀와 단둘이 되고 보니, 그의 주의를 다른 데로 돌려 상처를 잊게 해줄 외부 자극도 없어졌다. 상당한 자제심을 발휘하여 그는 가까스로 입을 다물고는 자신의 고통 중 어떤 부분이 허영심 때문이고 어떤 부분이 자기를 사랑하는 여자라면 결코 그렇게 말할 수 없다는 확신 때문인지 구분해보려 애썼다.

'캐서린에 대한 내 감정은 대체 어떤 걸까?' 그는 자문해보았다. 그녀가 대단히 매력적이고 특별한 여성이며 자신이 속한 작은 세계를 자기 뜻대로 하는 것은 사실이었다. 더욱이 그에게는 그녀야말로 다른 누구보다도 인생의 심판관처럼, 그의 모든 교양에도 불구하고 따라갈 수 없는 항상 옳고 한결같은 판단력을 가진 여성으로 보였다. 그러면서도 그는 그녀가 방 안으로 들어올 때면 옷자락이 살랑이고 꽃이 피어나고 바다의 보랏빛 파도가 일렁이는 것만 같은 느낌이 들곤 했다. 겉으로는 덧없이 어여쁘면서 그 중심은 고요하고도 열정적인 모든 것이 그렇듯이.

'만일 그녀가 지금껏 쌀쌀하기만 했다면, 그저 나를 비웃기 위해 좋아하는 척해온 거라면, 내가 어떻게 그녀에 대해 그런 느낌이 들었겠는가?' 그는 생각했다. '나도 바보가 아닌데. 그렇게 오랜 동안 완전히 착각했을 리는 없지 않은가. 그런데도 저런 식으로 내게 말할 때면! 그렇다면 사태의 진상은' 하고 그는 생각했다. '내게 너무나 한심한 결점들이 있어서 누구라도 내게 그렇게 말할 수밖에 없다는 것이다. 개서린의 말대로다. 하지만 그녀가 너무나 잘 알듯이, 내 진심은 그런 게 아닌데. 난 어떻게 하면 달라질 수 있을까? 어떻게 하면 그녀가 날 좋아하게 할 수 있을까?' 그는 침묵을 깨고 캐서린에게 자신이 어떤 점에서 고치면 그녀 마음에 들겠는지 물어보고픈 유혹에 시달렸다. 하지만 그 대신 그는 자신의 재능과 지금까지 이룩한 것, 라틴어와 그리스어 지식, 예술과 문학에 대한 지식, 운율을 다루는 기술, 잉글랜드 남서부의 유서 깊은 가문 같은 것들을 꼽아보는 데서 위안을 얻었다. 그렇지만 그 모든 감정들의 밑바닥에서 그를 동요시키며 더는 아무 말도 할 수 없게 만드는 것은, 자신이 도대체 누군가를 사랑할 수 있는 한에서 캐서린을 진심으로 사랑한다는 확신이었다. 그런데도 그녀는 그에게 저런 식으로 말하다니! 곤혹에 빠진 나머지 그는 말하려는 욕구가 다 사라졌고, 만일 캐서린이 다른 화제를 꺼내기만 한다면 기꺼이 따라갈 심정이었다. 하지만 그녀는 그러지 않았다.

그는 혹시나 그녀의 표정에서 뭔가 그녀의 행동을 이해할 만한 단서라도 찾아질까 해서 그녀 쪽을 쳐다보았다. 평소처럼 그녀는 무의식적으로 걸음이 빨라져서 이제 그보다 조금 앞서가고 있었다. 똑바로 앞을 향해 갈색 히스 덤불을 향한 그녀의 눈에서는 물론이고 진지하게 이마에 잡힌 주름에서도 그는 딱히 아무것도 알아낼 수 없었다. 그녀가 대체 무슨 생각을 하는지 알 수 없어진 그는 그런 식으로 그녀와 단절되는 것이 너무나 속이 상해서 또다시 자신의 불만에 대해 말하기 시작했지만, 그의 목소리에는 확신이 없었다.

"만일 내게 아무 감정도 갖고 있지 않다면, 차라리 둘만 있을 때 말해주는 편이 친절하지 않겠소?"

"아, 윌리엄." 그녀는 뭔가 깊이 생각하던 것을 방해당한 듯한 투로 대답했다. "어떻게 만날 감정 이야기뿐인가요! 그렇게 말이 많지 않으면 안 되나요? 대단치도 않은 것들에 대해 노상 걱정하지 않으면 안 돼요?"

"바로 그거요!" 그가 외쳤다. "난 그저 당신이 그런 건 대단찮다고 말해주기를 바라는 거요. 가끔 당신은 아무것에도 관심이 없는 것처럼 보인다니까. 나는 결점이 많은 사람이지만, 그게 전부가 아니라는 건 당신도 알지 않소. 내가 당신을 좋아한다는 걸 알지 않소."

"그럼 나도 당신을 좋아한다고 말하면, 믿을 건가요?"

"어디 말해봐요, 캐서린! 진심이라면 말해봐요! 당신이 날 좋아한다는 걸 느끼게 해보라고!"

그녀는 한마디도 할 수가 없었다. 그들 주위의 히스 들판이 희미해졌고, 지평선에는 하얀 안개가 피어올랐다. 그녀에게 열정이니 확실성이니 하는 것을 요구한다는 것은 이 차고 습한 풍경에서 맹렬한 불길을, 음울한 하늘에서 유월의 창공을 찾는 것이나 다름없는 일로 보였다.

그는 계속하여 그녀에게 자신의 사랑에 대해 말했고, 그 말들은 그녀의 비판적인 귀에도 일말의 진실을 담고 있는 것으로 들렸다. 그러나 그조차도 그녀의 마음을 움직이지는 못한 채, 그들은 어느 울짱 문에 이르렀다. 경첩이 녹슬어 잘 열리지 않는 것을 어깨로 밀어 열려고 하면서, 그는 힘드는 것도 아랑곳하지 않고 말을 계속했다. 그 남성적인 행동이 그녀에게 언뜻 인상적으로 비쳤지만, 기실 그녀는 문을 여는 힘 같은 것에는 아무 가치도 부여하지 않았다. 근육의 강도 그 자체는 애정의 강도와 아무 상관이 없는 것이다, 그럼에도 그녀는 자신을 위해 그토록 힘이 낭비된다는 데 대해 문득 미안한 감이 드는 한편, 그 묘하게 매력적인 남성적인 힘을 소유하고 싶다는 욕망이 일면서 무덤덤한 상태에서 깨어났다.

그냥 간단히 사실대로 말하면 어떨까 — 자신이 그를 받아들인 것은 사물의 형태나 크기조차 제대로 피악되지 않는 혼미한 상태였기 때문이라고? 그런데 좀 더 시야가 분명해지고 보니 결혼은 불가능하겠다고? 자신은 아무와도 결혼하고 싶지 않고, 그저 혼자 멀리 가서, 바라기는 어느 황량한 북쪽 황야 같은 데라도 가서 수학과 천문학을 공부하고 싶을 뿐이라고? 스무 마디면 그에게 모든 상황을 설명할 수 있을 것이었다. 그는 말이 없었다. 자신이 그녀를 왜 얼마나 사랑하는지 다시 한 번 말한 터였다. 그녀는 용기를 긁어모으고 번개에 쪼개진 물푸레나무 한 그루에 눈길을 준 채 마치 나무둥치에 새겨진 글이라도 읽는 듯이 말하기 시작했다.

"당신과 약혼한 건 잘못이었어요. 나는 당신을 행복하게 해주지 못할 거예요. 나는 당신을 사랑한 적이 없어요."

"캐서린!" 그가 펄쩍 뛰었다.

"그래요. 한번도요." 그녀는 고집스럽게 되풀이했다. "사랑이 아니었어요. 나도 내가 무슨 짓을 하고 있는지 몰랐던 거예요. 아시겠어요?"

"달리 사랑하는 사람이 있소?" 그가 그녀의 말을 가로막았다.

"그런 거 없어요."

"헨리는?" 그가 물었다.

"헨리? 미처 생각 못했네요, 윌리엄, 어떻게 그런 —"

"분명 누가 있는 거요." 그가 주장했다. "지난 몇 주 사이에 당신은 변했소. 적어도 나한테 솔직해주시오, 캐서린."

"솔직할 게 있다면 그러지요." 그녀는 대답했다.

"그럼 도대체 왜 나와 결혼하겠다고 한 거요?" 그가 물었다.

정말이지 왜 그랬을까? 한순간의 비관, 인생의 부인할 수 없는 무미건조함에 대한 갑작스런 확신, 청춘을 하늘과 땅 사이 어디쯤에 부유하게 하던 환상의 일탈, 현실과 화해하려는 필사적인 노력 — 그녀는 마치 꿈에서 깨어나는 듯했던 그 순간을 떠올렸지만, 이제 생각하면 그것은 한순간의 항복과도 같은 것이었다. 하지만 어떻게 그런 것들을 자신이 한 일에 대한 이유로 제시할 수 있단 말인가? 그녀는 서글프게 고개를 저었다.

"하지만 당신은 어린애가 아니잖소 — 기분에 휩쓸리는 여자도 아니고." 로드니는 계속 뻗대었다. "당신은 나를 사랑하지 않았다면 내 청혼을 받아들였을 리가 없소!" 그는 외쳤다.

항상 로드니의 결점들에만 신경을 곤두세우느라 뒷전에 밀어두었던 자신의 잘못된 행동이 비로소 통렬히 깨달아지면서 가슴이 죄어들었다. 그가 그녀를 사랑한다는 사실에 비하면 그의 결점쯤이야 대수이겠는가? 그녀가 그를 전혀 좋아하지 않는다는 사실에 비하면 그녀의 장점이 다 뭐란 말인가? 언뜻 사랑하지 않는다는 것이야말로 가장 큰 죄라는 확신이 전광석화와도 같이 그녀의 심중에 새겨졌다. 마치 영원히 낙인이 찍힌 것만 같았다.

그는 그녀의 팔을 붙잡더니 그녀의 손을 자기 손 안에 꼭 쥐었고, 그녀로서는 그의 엄청나게 우월한 완력으로 보이는 것에 저항할 힘이 없었다. 좋아, 그렇다면 어머니나 고모나 다른 많은 여자들이 대개 그래왔듯이 그녀도 굴복할 것이다. 하지만 그처럼 그의 위력에 굴복하는 모든 순간이 그를 배신하는 순간이 되리라는 것을 알고 있었다.

"당신과 결혼하겠다고 말한 건 사실이에요. 하지만, 그건 옳지 않았어요." 그녀는 간신히 그렇게 말하고는 자기 신체의 일부나마 그렇듯 굴복해 있는 것을 무효화하듯 팔에 빳빳하게 힘을 주었다. "왜냐하면 나는 당신을 사랑하지 않으니까요, 윌리엄. 당신도 이미 눈치챘을 거예요. 다른 사람들도 눈치챘고요. 아닌 척해봐야 무슨 소용이 있겠어요? 당신을 사랑한다고 한 건 사실이 아니었어요. 아닌 걸 알면서도 그렇게 말했어요."

자신의 말이 마음속에 느끼는 바를 제대로 나타내지 못하는 것만 같아서, 그녀는 한 말을 또 하고 강조하면서, 그런 말이 자신을 사랑하는 남자에게 어떤 영향을 미칠지 미처 깨닫지 못하고 있었다. 문득 자기 팔이 아래로 툭 떨어지는 데 놀라서 그제야 그를 쳐다보았고, 그의 얼굴이 묘하게 일그러진 것을 보았다. 언뜻 웃는 걸까 싶었지만, 다시 보니 그는 울고 있었다. 그 모습에 너무나 당황해서 그녀는 잠시 넋 나간 듯 서 있었다. 이 끔찍한 상황을 어떻게든 수습해야겠다는 필사적인 심정에서, 그녀는 그를 끌어안고 그의 머리를 자신의 어깨로 끌어당기고는 위로의 말을 중얼거렸다. 마침내 그가 깊은 한숨을 내쉬었다. 그들은 한동안 그렇게 부둥켜 안고 있었고, 그녀도 눈물이 뺨을 타고 흘러내렸으며, 두 사람 다 말이 없었다. 그가 비칠거리며 제대로 걷지도 못하는 것을 보고, 자신도 역시 팔다리에 힘이 다 빠진 것을 깨닫고는, 그녀는 참나무 아래 양치식물이 누렇게 말라 뒤엉켜 있는 곳에 잠시 앉아 쉬자고 제안했다. 그도 동의했다. 그는 다시금 깊은 한숨을 내쉬고는 어린애처럼 아무 생각 없이 눈을 문질러 닦더니 언제 화를 냈더냐는 듯이 입을 열었다. 자기들이 마치 동화에 나오는 숲속에서 길 잃은 아이들 같다는 생각을 하며, 그녀는 자기들 주위에 낙엽이 수북이 쌓인 것을 둘러보았다. 바람에 날려온 낙엽이 1-2피트 깊이로 쌓여 있었다.

"언제부터였소, 캐서린?" 그는 말했다. "처음부터 그랬다는 건 사실이 아닐 테니 말이오. 첫째 날 당신 옷이 든 짐이 제대로 도착하지 않은 걸 알았을 때 내가 화를 낸 건 인정하오. 하지만 그게 그렇게 잘못된 거요? 내 다시는 당신 옷 문제에 관여하지 않겠다고 약속이라도 하리다. 또, 당신이 헨리의 방에 있는 것을 보고 언짢았던 것도 인정하오. 아마 너무 그런 티가 났는지도 모르겠소. 하지만 그것도 약혼한 사이에서는 그럴 수 있지 않소. 당신 어머니에게 물어보시오. 그리고 방금 그 끔찍한 얘기는 —" 그는 더 말을 잇지 못하고 사이를 두었다. "당신이 내렸다는 그 결정은 — 그 문제로 누군가와 의논한 적이 있소? 어머니나, 아니면 헨리와?"

"아니, 물론 없어요." 그녀는 낙엽을 손으로 휘저으며 대답했다. "하지만 당신은 내 말을 못 알아듣는군요, 윌리엄 —"

"그럼 이해하도록 해주시오."

"당신은 내가 느끼는 바를 이해하지 못한다는 말이에요. 하기야 어떻게 이해할 수 있겠어요? 나도 이제야 겨우 깨달았는데. 하여간 나한테는 사랑이라든가 — 뭐라 부르든 간에 — 그런 감정이 도무지 없어요." 그녀는 안개에 잠긴 지평선 쪽을 막연히 바라보았다 — "그런데, 그런 게 없이는, 우리 결혼은 그저 익살극이 되고 말겠지요."

"익살극이라니 무슨 말이오?" 그는 되물었다. "하지만 그런 식으로 보는 건 너무 심하오!" 그는 반발했다.

"진작부터 그렇게 봤어야 했어요." 그녀는 울적하게 대꾸했다.

"당신은 진심이 아닌 걸 스스로 믿게 만드는 거요." 그는 평소 버릇처럼 손을 내둘러가며 계속 주장했다. "내 말 믿어요, 캐서린. 우린 여기 오기 전까지는 완벽하게 행복했잖소. 당신은 우리 집을 꾸밀 계획이 한창이었고 — 의자 커버가 어떻고 하던 거 생각 안 나오? 결혼을 앞둔 여자들이 다 그렇듯이 말이오. 그런데 뜬금없이, 당신 감정이 어떻고 내 감정이 어떻고 하면서 까탈을 부리니, 결과는 뻔하지. 내 장담하오, 캐서린. 나도 다 겪어본 일이오. 한때는 나도 노상 쓸데없는 질문으로 속을 끓이곤 했다오. 당신한테 필요한 건, 내가 보기엔, 이렇게 병적인 기분이 계속될 때 자신을 잊을 수 있는 소일거리요. 만일 내게 시가 없었다면 나도 자주 그런 기분에 빠졌을 거요. 내 비밀을 하나 털어놓자면" 하고 그는 이제 거의 자신을 되찾은 듯 특유의 클클거리는 웃음소리를 내며 말을 이었다. "당신을 만나고 나서는 신경이 곤두서서 십에 간 적이 한두 번이 아니오. 그럴 때마다 억지로라도 한두 페이지 글을 써야만 당신을 머릿속에서 몰아낼 수 있었다오. 데넘에게 물어봐요. 언젠가 밤에 날 만났을 때 내가 어떤 상태였는지 말해줄 거요."

랠프의 이름이 언급되자 캐서린은 불쾌감이 치밀었다. 데넘과의 대화에서 자신의 행동을 화제로 삼았으리라는 것을 생각만 해도 화가 났지만, 다음 순간, 처음부터 끝까지 자신이 그에게 어떤 잘못을 했던가를 상기하면 윌리엄이 자기 얘기를 했다고 해서 성낼 권리도 없다는 생각이 들었다. 하지만 하필 데넘이라니! 자신을 심판하는 재판관이 된 그의 모습이 떠올랐다. 남자들끼리 모여 여성들의 품행을 심의하는 법정에서 그가 그녀의 경솔한 행동을 준엄하게 따지고 그녀와 그녀 가족에 대해 조롱과 동정이 반반 섞인 우악스런 판결을 내리는, 그럼으로써 그녀에 관한 자신의 입장을 결정적인 것으로 만들어버리는 장면이었다. 방금 그를 만났기 때문에, 그가 어떤 사람인가에 대한 느낌이 강하게 남아 있었다. 자존심이 강한 여성에게 그런 생각은 결코 유쾌한 것이 못 되었지만, 그녀는 자기 기분을 억누르는 법을 배워야만 했다. 땅바닥만 내려다보면서 눈썹을 잔뜩 모은 그녀의 모습은 윌리엄에게 그녀가 분노를 삭이느라 애쓰고 있음을 분명히 보여주었다. 그녀에 대한 사랑에는 항상 어느 정도의 불안이 섞여 있었고 때로 그것은 두려움이 되기도 했으며, 약혼을 해서 가까워진 후로는 놀랍게도 그런 기분이 더 강해졌다. 그녀의 진중하고 모범적인 겉모습 뒤에 숨어 있던 한 가닥 열정이 이제는 편벽되고 불합리한 것으로 보였다. 그것은 마땅히 그래야 하는 바대로 그와 그의 행동을 빛나게 하는 방향으로 나간 적이 결코 없었으니 말이다. 그로서는 지금껏 그들의 관계를 지배해온 건전한 상식이 좀 더 낭만적인 관계보다 더 낫게 여겨질 정도였다. 하지만 그녀에게 열정이 있다는 것은 부인할 수 없는 사실이었고, 지금껏 그는 그것이 장차 태어날 자식들의 삶에 바쳐지리라고 생각하려 했었다.

'그녀는 완벽한 어머니가 될 거야 — 아들들의 어머니가.' 그는 생각했지만, 그녀가 거기 그렇게 울적하니 말없이 앉아 있는 것을 보니 그 점에 대해서도 의심이 들기 시작했다. '익살극, 익살극이라.' 그는 생각했다. '우리 결혼이 익살극이 될 거란 말이지.' 문득 그는 큰길에서 채 50야드도 떨어지지 않은 곳에서 그렇게 땅바닥에, 낙엽 위에 앉아 있는 자신들의 상황이 의식되었다. 누가 지나가기라도 하면 대번에 눈에 뜨일 것이었다. 그는 행여 볼썽사나운 감정의 흔적이 남아 있을세라 얼굴을 문질렀다. 하지만 그는 자신보다도 반쯤 넋이 나간 듯 주저앉아 있는 캐서린의 모습이 더 신경 쓰였다. 그녀의 그런 자기망각은 아주 부도덕한 것으로 보였다. 그는 천성적으로 사회 관습에 민감한 남자라, 여성들에 관한 한, 특히 자신과 어떤 식으로든 연관된 여성들에 관해서는, 아주 인습적인 태도를 취하곤 했다. 그는 그녀의 어깨 위로 검은 머리칼 한 갈래가 늘어진 것과 너도밤나무 낙엽 두어 개가 옷에 붙은 것이 눈에 띄었지만, 지금과 같은 상황 가운데 그녀에게 그런 소소한 일들을 지적할 수는 없는 노릇이었다. 그녀는 거기 그렇게 멍하니 앉아서 아무것도 의식하지 못하는 듯했다. 그는 그녀가 말없이 자책감에 빠져 있으리라 추측했지만, 또 한편으로는 그녀가 머리칼이며 낙엽 같은 것에 신경을 써주기를 바랐다. 그에게는 다른 어떤 것보다도 그런 것들이 더 시급히 중요했으니 말이다. 실로 그런 사소한 것들이 이상하게도 그를 자신의 불안하고 회의적인 상태로부터 끌어내 주었고, 일종의 안도감이 고통에 섞여들면서 그의 가슴속에는 아주 묘한 다급함과 흥분이 생겨나서, 애초에 느꼈던 통렬하고 암담한 좌절감이 사그러들 정도였다. 그런 뒤숭숭함을 덜고 어색하기 짝이 없는 장면에서 벗어나기 위해, 그는 벌떡 일어나서 캐서린이 일어나도록 도와주었다. 그녀는 자기 매무시를 가다듬어주는 그의 꼼꼼한 손길에 희미한 미소를 띠었으나, 뒤이어 그가 자신의 코트에서 낙엽을 떨어내는 것을 보자 그 동작이 왠지 고독하게 느껴져서 움찔했다.

"윌리엄" 하고 그녀는 말했다. "당신과 결혼할게요. 당신을 행복하게 하도록 노력할게요."

제19장

다른 두 행인, 메리와 랠프 데넘이 링컨 외곽을 지나 간선도로로 접어들었을 때는 이미 날이 어둑해지고 있었다. 두 사람 다 돌아가는 길에는 들판을 가로지르기보다 간선도로를 따라 가는 편이 나으리라 생각했던 것이다. 처음 1마일가량은 별로 말이 없었다. 랠프는 마음속으로 오트웨이 가의 마차가 황야를 지나가는 길을 한참이나 따라가다가 캐서린과 함께했던 5분 내지 10분으로 되돌아가서, 오갔던 말 한마디 한마디를 마치 학자가 고문서의 변칙적인 세부들을 연구할 때만큼이나 꼼꼼하게 되새겨보았다. 그는 그 우연찮은 만남으로 인해 들뜨고 상기된 나머지 결국 냉정한 사실들로 남을 일을 지나치게 미화해서는 안 된다고 다짐했다. 메리 편에서는 그렇게 생각이 많아서가 아니라 마음속에서 감정이 빠져나가듯 머릿속도 텅 빈 것만 같았기 때문에 묵묵히 걷기만 했다. 이렇게 아무 느낌이 없는 것은 랠프 앞에서뿐이고, 나중에 혼자 있게 되면 마음이 갈가리 찢어지리라는 것도 알고 있었다. 지금으로서는 산산조각난 자존심의 파편들을 긁어모으는 것이 고작이었다. 뜻하지 않게 랠프에 대한 사랑을 잠깐이나마 내보인 것이 그녀로서는 자존심을 내던지는 일이었기 때문이다. 이성적으로 생각하면 그다지 대단한 일이 아닌지도 모르지만, 그녀는 본능적으로 자기상을 보듬을 수밖에 없었다. 말하자면 각 사람의 곁에 그림자처럼 따라다니는 자기상이 그 고백으로 인해 상처를 입은 것이었다. 시골길에 내려앉는 밤의 어둠이 그녀에게 안도감을 주었다. 조만간 혼자서 어느 나무 아래 땅바닥에 앉아서 마음을 가라앉히게 되리라고 생각하며, 그녀는 어둠 속에 구릉진 땅과 나무를 눈으로 더듬어보았다. 불쑥 랠프가 말을 꺼내는 바람에 그녀는 화들짝 놀랐다.

"아까 식사 중에 내가 말하려다 못한 것은, 만일 당신이 아메리카에 간다면 나도 가겠다는 거였어요. 거기서라고 밥벌이가 여기보다 더 어렵진 않을 테니까. 하지만 중요한 건 그게 아니라, 메리, 당신과 결혼하고 싶다는 겁니다. 당신 생각은 어때요?" 그는 단호한 어조로 말하고는 대답도 기다리지 않고 그녀의 팔짱을 꼈다. "당신도 지금쯤은 나라는 사람을 좋은 면 나쁜 면 다 알 테고" 그는 말을 이었다. "내 성미도 알겠지요. 당신한테 내 단점을 숨긴 적이 없으니까. 자, 어떻게 생각해요, 메리?"

그녀는 잠자코 있었지만, 그는 그녀의 반응을 눈치채지 못한 듯했다.

"대체로, 당신 말대로 적어도 중요한 점들에서는, 우리는 서로 잘 알고 생각하는 것도 비슷하지요. 당신은 이 세상에서 내가 함께 행복하게 살 수 있는 유일한 사람이라고 생각해요. 만일 당신도 나에 대해 같은 감정이라면 — 그렇지 않나요, 메리? — 우리는 서로를 행복하게 해줄 수 있을 것 같은데." 여기서 그는 잠시 말을 멈추었지만, 그녀의 대답을 재촉하는 것 같지는 않았다. 오히려 그는 자신의 생각을 이어가는 듯했다.

"하지만 난 그럴 수 없을 것 같네요." 메리가 마침내 말했다. 아무렇게나, 다소 서두르듯이 말하는 태도나 자신이 기대했던 것과는 정반대되는 답이라는 사실에 너무나 놀란 나머지, 그는 자기도 모르게 그녀와 팔짱 낀 팔에서 힘이 빠져버렸다. 그녀는 조용히 자기 팔을 빼냈다.

"그럴 수 없다고?" 그는 물었다.

"그래요. 난 당신과 결혼할 수 없어요." 그녀는 대답했다.

"나를 좋아하지 않나요?"

그녀는 대답하지 않았다.

"좋아요, 메리." 그는 묘하게 허허 웃으며 말했다. "내가 터무니없는 바보인 모양입니다. 난 당신이 날 좋아하는 줄로만 알았지요." 잠시 묵묵히 걷다가, 갑자기 그는 그녀를 향해 돌아서서 그녀를 똑바로 보며 외쳤다. "난 못 믿겠어요, 메리. 당신은 내게 진실을 말하는 게 아니에요."

"피곤해서 다투고 싶지 않아요, 랠프." 그녀는 고개를 돌려 외면하며 말했다. "제발 내가 하는 말을 믿어줘요. 난 당신과 결혼할 수 없어요. 당신과 결혼하고 싶지 않아요."

그 말을 하는 그녀의 음성에는 너무나 역력한 괴로움이 담겨 있었으므로, 랠프는 순순히 따를 수밖에 없었다. 그녀 음성의 여운이 스러지자, 그의 마음에서는 놀라움이 가시면서, 그녀가 진실을 말한 것이라는 믿음이 자리 잡았다. 그는 별로 허영심이 없었으므로, 이내 그녀의 거절이 당연한 것으로 생각되었다. 그는 낙심의 모든 단계를 거쳐 마침내 절대적인 암담함의 밑바닥에 이르렀다. 지금껏 살아오면서 실패만 겪은 듯했다. 캐서린과도 실패했고, 이제 메리와도 실패였다. 순간 또 캐서린이 생각나면서 벅찬 해방감을 느꼈지만, 즉시 그런 느낌을 지워버렸다. 캐서린을 생각해서 유익한 것이라고는 지금껏 없었다. 그녀와의 관계는 그의 꿈속에서 지어낸 것이 전부였다. 자신의 꿈이 얼마나 허황한 것인가를 상기하자, 지금의 난국도 그 꿈 탓이라는 생각이 들었다.

"나는 메리와 함께 있을 때도 노상 캐서린을 생각하고 있지 않았던가?

그런 바보짓만 아니었다면 메리를 사랑할 수도 있었을 텐데. 메리가 한때 나를 좋아했다는 것은 틀림없어. 하지만 너무나 내 멋대로 굴면서 그녀를 괴롭혔기 때문에, 기회를 놓친 거지. 그래서 이제 굳이 나와 결혼할 뜻이 없어진 거야. 결국 내가 내 인생을 이 꼴로 만들었어 — 결국 다 망쳐버렸어."

마른 땅 위를 걷는 그들의 발자국 소리가 망쳤어, 망쳤어, 망쳤어, 하고 그의 생각을 확인해주는 듯했다. 메리는 그의 침묵을 안도의 표시로 받아들였다. 그가 울적해진 것은 캐서린을 만났지만 또다시 헤어지면서 그녀가 윌리엄 로드니와 함께 가도록 내버려둘 수밖에 없었기 때문이라고 해석했다. 그가 캐서린을 사랑한다고 해서 비난할 수는 없었다. 하지만, 다른 사람을 사랑하면서 자신에게 청혼을 하다니 — 그것은 너무나 잔인한 배신이었다. 확고한 자질들에 굳건히 기초한 그들의 오랜 우정이 일시에 무너져 버렸고, 그녀의 지난날이 온통 어리석게 보였다. 그녀 자신은 나약하고 미덥지 못했고, 랠프는 진실을 가장하고 있었다. 아, 지난날은 온통 랠프로 가득 차 있었건만, 지금은 그녀가 생각했던 것과는 전혀 다른 낯설고 거짓된 것으로 가득 차 있었다. 그녀는 낮에 랠프가 점심 값을 낼 때 자신을 가다듬으려 떠올렸던 말을 생각해내려 애썼지만, 그가 계산을 치르는 모습만 이 떠오를 뿐 그 말을 생각해낼 수 없었다. 뭔가 진실에 관한 것이었는데, 이 세상에서 진실을 만나는 것이야말로 가장 큰 행운이라던가 하는.

"나와 결혼하지 않더라도" 하고 랠프는 다시 입을 열었다. 아까와는 달리 단호함이 가신, 조심스러운 말투였다. "서로 만나지 말아야 할 이유는 없겠지요? 아니면 당분간 거리를 두는 것이 좋을까요?"

"거리를 둔다고요? 모르겠어요 — 생각해봐야겠어요."

"한 가지만 말해줘요, 메리." 그가 재우쳤다. "혹시 내가 나에 대한 당신 마음이 변할 만한 행동을 했나요?"

깊고 우수 어린 그의 음성을 듣자 그녀는 그에 대한 신뢰감이 되살아나, 그에게 자신의 사랑을 고백하고 무엇이 그것을 변하게 했던가를 말하고 싶다는 엄청난 유혹을 느꼈다. 하지만 그에 대한 분노는 금방 다스린다 해도, 그가 그녀를 사랑하지 않는다는 확실성, 그가 청혼하던 말 한마디 한마디에서 입증된 그 확실성을 생각하면 그렇게 속 시원히 털어놓을 수가 없었다. 그가 말하는 것을 들으면서 자신은 대답할 수 없거나 아니면 아주 제한된 대답밖에 할 수 없다는 사실이 너무나 고통스러워서, 그녀는 어서 혼자 있게 되었으면 싶었다. 좀 더 나긋나긋한 여자였더라면, 그렇게 설명을 요청하는 말에, 나중에야 어떻게 되든, 순순히 응했을지도 모른다. 하지만 메리처럼 확고한 성품의 소유자에게는 그렇게 자신을 내던지는 것이 굴욕이었다. 감정의 파고가 아무리 높이 치솟더라도, 그녀는 자신이 진실이라고 생각하는 것에 대해 눈감아버릴 수가 없었다. 그녀가 계속 말이 없자 랠프는 의아해졌다. 그는 자신에 대한 그녀의 호의를 잃을 만한 말이나 행동을 한 적이 있는지 기억을 더듬어보았다. 지금 기분으로는 그런 일이 한두 가지가 아니었지만, 무엇보다도 그의 비열함을 입증하는 증거는 — 그녀에게 청혼한 이유가 순전히 이기적이고 성의 없는 것이었다는 사실이었다.

"대답할 필요 없습니다." 그는 침울하게 말했다. "이유야 얼마든지 있겠지요. 하지만 그 때문에 우리 우정까지 포기해야 하나요, 메리? 적어도 그것만은 유지합시다."

'오' 하고 그녀는 자존심을 무참히 짓밟아버릴 듯 갑작스레 밀려드는 고뇌를 느끼며 생각했다. "결국 이렇게 되어버렸어 — 이게 다야 — 난 그에게 모든 걸 다 줄 수도 있었으련만!"

"그래요, 우린 여전히 친구로 지낼 수 있겠지요." 그녀는 있는 힘을 다

긁어모아 대답했다.

"난 당신의 우정이 필요해요." 그가 말했다. 그러고는 이렇게 덧붙였다. "당신만 괜찮다면, 당신 사정이 허락하는 한 자주 만나고 싶습니다. 자주 만날수록 더 좋고. 난 당신 도움이 필요할 거예요."

그녀는 그러겠다고 약속했고, 그들은 자신들의 기분과는 별 상관없는 일들에 대해 차분히 이야기하며 걸었다. 그렇게 화제가 제한된다는 것은 두 사람 모두에게 무한히 서글픈 일이었다.

그날 밤 늦게, 그들의 관계에 대한 대화가 다시 한 차례 이루어졌다. 엘리자베스는 자러 들어가고, 두 젊은이는 온종일 사냥을 하느라 발밑에 마룻바닥을 느낄 겨를도 없이 침대에 곯아떨어진 다음이었다.

메리는 자신의 의자를 좀 더 난로 가까이 당겨 앉았다. 불길이 이미 낮아졌지만, 새 장작을 넣기에는 너무 늦은 시각이었다. 랠프는 책을 펴들고 있었지만, 그녀는 아까부터 그의 눈이 인쇄된 글줄을 따라가는 대신 페이지 위에 침울하게 걸려 있을 뿐이라는 것을 알아채고는 마음이 무거웠다. 스스로 굽히지 않겠다는 결심은 약해지지 않은 터였다. 생각하면 할수록 더욱 쓰라린 확신으로 다가오는 것은 만일 자기가 굽힌다면 그것은 자기가 원해서이지 그가 원해서가 아니리라는 사실이었다. 하지만 그녀는 만일 자신의 침묵 때문에 그가 괴로워하는 것이라면, 그가 괴로워해야 할 이유가 없다는 결론을 내렸다. 그래서, 비록 고통스러웠지만, 입을 열었다.

"당신에 대한 마음이 변했느냐고 물었지요, 랠프." 그녀는 말했다. "이유는 한 가지밖에 없어요. 당신이 내게 청혼한 것은 진심이 아니었다고 생각해요. 그래서 잠시나마 화가 났던 거예요. 그 전에는 항상 진실을 말했었잖아요."

랠프의 책이 손에서 미끄러져 무릎에 떨어지고 다시 바닥으로 떨어졌다. 그는 이마를 손으로 떠받치고 불 속을 들여다보았다. 그는 자신이 메리에게 청혼하면서 정확히 뭐라고 말했던가를 기억해내려 애썼다.

"당신을 사랑한다고 말한 적은 없어요." 마침내 그는 말했다.

그녀는 움찔했다. 하지만 그가 그렇게 말했다는 점을 존경했다. 적어도 그 말에는 그녀가 일생의 신조로 맹세했던 바 진실의 일부가 담겨 있었기 때문이다.

"하지만 나로서는 사랑 없는 결혼은 할 만한 가치가 없어요." 그녀는 말했다.

"그렇다면 당신을 조르지는 않겠습니다." 그가 말했다. "당신이 나와 결혼하기를 원치 않는다는 건 잘 알겠어요. 하지만 사랑이라 — 우리가 사랑에 대해 말하는 것들은 다 헛소리 아닌가요? 사랑이라는 게 도대체 뭡니까? 난 사랑에 빠졌다는 남자 열 중 아홉이 자기 여자를 좋아하는 이상으로 당신을 좋아해요. 사랑이라는 건 그저 다른 사람에 대해 마음속에서 꾸며내는 이야기일 뿐이고, 대개는 진실이 아니라는 걸 알지요. 알고말고요. 그러면서도 그 환상을 깨뜨리지 않으려 애쓰는 겁니다. 너무 자주 만나지도 말고, 너무 오래 단둘이 있지도 말고, 하면서 말이에요. 그건 감미로운 환상이지만, 결혼의 여러 가지 위험부담을 생각하면, 사랑하는 사람과 결혼하는 건 아주 위험한 일 아닙니까."

"난 그런 말 한마디도 안 믿어요. 당신도 물론 그럴 테고요." 그녀는 화가 나서 대꾸했다. "어쨌든 우리는 생각이 달라요. 그저 당신이 이해하기를 바랐을 뿐이에요." 그녀는 마치 금방이라도 일어나려는 듯 자세를 바꾸었다. 그녀가 방에서 나가지 못하게 하려는 본능적인 충동에서, 랠프는 벌떡 일어나 휑한 부엌 안을 서성거렸다. 문 앞에 당도할 때마다 벌컥 열고 정원으로 나가고 싶은 충동을 억제해야 했다. 모럴리스트라면 이 대목에서 그의 마음은 자신이 초래한 고통에 대한 자책으로 가득 차 있어야 마땅하다고 말했을지도 모른다. 그러나 반대로 그는 몹시 성이 나 있었으니, 그것은 자신이 불합리하지만 어떻든 실제로 좌절해 있음을 발견한 자의 혼란스럽고 무력한 분노였다. 그는 인생의 비논리성이라는 함정에 빠진 것이었다. 그의 욕망을 가로막는 장애물들은 그가 보기에 순전히 인위적인 것이었지만, 그러면서도 그것들을 제거할 방도가 없었다. 메리의 말은 물론이고 그녀의 말투까지도 그를 성나게 했다. 그녀는 전혀 그를 도울 뜻이 없는 것이었다. 그녀는 지각 있는 삶을 불가능하게 만드는 세상의 비정상적인 혼란의 일부였다. 그는 문을 쾅 소리 나게 닫든지 의자 뒷다리를 부러뜨리든지 하고 싶었다. 자신을 가로막는 장애물들이 묘하게도 그런 구체적인 사물의 형체를 취하고 있었기 때문이다.

"한 인간이 다른 인간을 이해한다는 게 가능한지 의심스럽군요." 그는 서성이던 발걸음을 멈추고 몇 발짝 떨어진 곳에서 메리를 향했다.

"하기야 우리 모두 한심한 거짓말쟁이들인데, 어떻게 그럴 수 있겠어요? 그래도 시도는 할 수 있겠지요. 만일 나와 결혼하고 싶지 않다면, 안 하면 됩니다. 하지만 당신이 사랑에 대해 취하는 입장이나, 서로 만나지 말자는 것이나 — 그런 건 다 싸구려 감상이 아닌가요? 당신은 내 행동이 아주 잘못되었다고 생각하지만" 하고 그는 그녀가 잠자코 있자 말을 이었다. "물론 잘못하긴 했지요. 하지만 당신은 사람들을 행동만 보고 판단할 수는 없는 겁니다. 평생 그렇게 잣대를 들고 다니며 옳고 그름을 따질 수는 없는 일이에요. 당신은 언제나 그러지만 말입니다, 메리. 지금도 그러고 있고요."

그녀는 참정권협회 사무실에서 판단을 내리고, 옳고 그름을 따지고 하는 자신의 모습을 떠올리고는, 그의 공격에도 일리가 있다고 생각했지만 그렇다고 기본적인 입장이 달라지지는 않았다.

"난 당신한테 화나지 않았어요." 그녀는 천천히 말했다. "아까도 말했듯이, 당신과 계속 만날 거고요."

그녀가 이미 그 점은 약속한 것이 사실이었고, 그로서는 자신이 그 이상 원하는 것이 무엇인지 말하기 어려웠다. 메리가 자신을 좀 더 친밀하게 대해주기를, 어쩌면 캐서린의 유령을 막아낼 수 있도록 도와주기를 — 하지만 그는 감히 그런 것을 요구할 권리가 없었다. 의자에 주저앉아 다시금 사위어가는 불길을 바라보노라니, 그는 메리가 아니라 인생 자체에 패배당한 것만 같았다. 그는 모든 것을 다시 시작해야만 하는 인생의 원점으로 되던져진 느낌이었다. 하지만 어릴 때는 무지한 나머지 희망이라도 있지만, 이제는 더 이상 자신의 승리를 확신할 수 없었다.

제20장

메리 대칫이 사무실로 돌아가 보니 — 그녀에게는 다행스럽게도 — 의회의 뭔가 의뭉스러운 공작 때문에 투표권은 또다시 여성들의 손이 닿지 않는 곳으로 빠져나가 있었다. 시일 부인은 거의 실성 상태였다. 각료들의 이중성, 인류의 배신, 여성에 대한 모욕, 문명의 후퇴, 평생을 바친 노력의 무산, 자기 아버지의 딸로서 느끼는 감정들 — 그 모든 주제들이 차례로 거론되었고, 사무실에는 그녀가 불만의 표시로 푸른 줄을 쳐놓은 신문 스크랩들이 여기저기 널려 있었다. 그녀는 자기가 인간 본성을 잘못 평가했었노라고 고백했다.

"간단하고 기본적인 정의의 행동도" 하고 그녀는 창문을 향해 손을 들어 러셀 스퀘어 맞은편을 지나가는 보행자며 버스들을 가리키며 말을 꺼냈다. "저들과는 여전히 동떨어진 얘기지요. 우리는 황야의 선구자로서 우리 자신밖에는 의지할 수 없어요, 메리. 우리는 인내심을 가지고 저들 앞에 진실을 제시할 뿐이지요. 문제는 저들이 아니라" 하고 그녀는 눈에 들어오는 인파에 용기를 얻은 듯 말을 이었다. "저들의 지도자예요. 의회에 앉아서 민중의 돈을 일 년에 사백 파운드씩 축내는 신사분들 말이에요. 만일 우리가 민중 앞에 우리 생각을 설명할 수만 있다면, 정의는 금방 이루어질 거예요. 난 항상 민중을 신뢰해왔고, 여전히 그렇답니다. 그런데 —" 그녀는 고개를 저으며 자신은 그들에게 또다시 기회를 주려 하는데, 만일 민중이 그것을 이용하지 못한다면 더는 결과에 책임을 질 수 없다는 뜻을 나타냈다.

클랙턴 씨의 태도는 좀 더 철학적이고 통계로 뒷받침된 것이었다. 그는 시일 부인의 한바탕 웅변이 끝난 후 방에 들어와 역사적인 예들을 들어가면서 조금이라도 중요한 정치 캠페인에는 으레 지금과 같은 일보 후퇴가 있었다는 사실을 지적했다. 그로서는 오히려 이번 좌절 덕분에 용기백배했다. 적이 공세를 취했으니, 이제 협회가 그 적의 허점을 찌를 때였다. 그는 메리에게 자기는 적의 술수를 꿰뚫고 있으며 이미 임무에 착수했음을 넌지시 알렸다. 그녀가 제대로 들었다면, 그 과업은 전적으로 그에게 달려 있다는 것이었다. 따로 의논할 일이 있다기에 그의 방에 가보니 그 과업이란 카드 색인의 체계적인 개편, 여성 참정권 문제를 또다시 아주 분명하게 제시하는 새로운 레몬색 소책자의 발간, 지리적 위치에 따라 여러 가지 색깔의 깃털이 달린 압정을 꽂아놓은 대형 지도 등을 말하는 듯했다. 새로운 체계에 따라 각 지역의 현황을 고유한 깃발, 고유한 잉크 색, 고유한 서류철로 정리해두면, M이니 S니 하는 항목을 찾아보기만 하면 그 지역의 여성 참정권 기구들에 관한 모든 자료를 일목요연하게 볼 수 있다는 것이었다. 물론 그것은 엄청난 일을 요구하는 작업이 될 것이었다.

"우리는 말하자면 전화 교환국 같은 게 되어야 합니다 — 사상의 교환을 위해서 말입니다, 대칫 양." 그는 자신의 모습에 스스로 만족하며 말을 이었다. "전국 각 지역을 연결하는 광대한 전선 체계의 중심이 되어야 해요. 공동체의 맥박을 짚어볼 수 있어야지요. 영국 전역의 민중이 무엇을 생각하는지도 알아야 하고, 그들의 생각을 바르게 이끌어야 합니다." 물론 그 체계는 아직 구상 단계이며, 크리스마스 휴가 동안 대체로 그려본 것일 뿐이었다.

"휴가 동안 쉬셨어야 하는데요, 클랙턴 씨." 메리는 의무감에서 그렇게 말했지만, 지치고 맥 빠진 말투였다.

"휴가 없이 지내는 법도 배워야지요, 대칫 양." 클랙턴 씨는 만족감으로 눈을 빛내며 말했다.

그는 특히 레몬색 소책자에 대한 그녀의 의견을 듣고 싶어 했다. 그의 계획에 따르면, 그것은 많은 부수를 찍어서 즉시 배포해야만 했다. "의회가 열리기에 앞서 전국에 올바른 생각을 고취하고 자극하기 위해서"라고 그는 거듭 말했다. "고취하고 자극하기 위해서 말입니다."

"적을 기습해야 해요." 그는 말했다. "그들도 발밑에 풀이 자라도록 우두커니 있지는 않을 겁니다. 빙엄이 자기 선거구 주민들에게 한 연설을 읽어보셨습니까? 이걸 보면 우리가 어떤 저항을 만나게 될지 낌새가 보입니다, 대칫 양."

그는 그녀에게 신문 스크랩 한 아름을 건네주면서, 점심시간 전까지 노란 소책자에 대한 그녀의 견해를 들려달라고 청했다. 그러더니 활기차게 자신의 여러 가지 색 잉크병과 서류철로 돌아갔다.

메리는 문을 닫고 나와 자료를 자기 책상에 갖다 놓고는 머리를 두 손으로 감쌌다. 그녀의 머릿속은 신기할 만큼 아무 생각도 없이 텅 비어 있었다. 귀를 기울여보았다. 마치 그렇게 하면 다시금 사무실 분위기에 젖어들 수 있기라도 할 것처럼. 옆방에서는 시일 부인의 빠르고 불규칙하게 튀는 타자 소리가 들려왔다. 그녀는 분명 영국 민중이 클랙턴 씨의 말대로 올바른 생각을 하도록 돕는 일에 이미 착수한 것이리라. '고취하고 자극하기 위해서'라는 것이 그의 표현이었지. 시일 부인은 적에게 타격을 입힐 것이었다. 발밑에 풀이 자라도록 우두커니 있지 않을 적에게 말이다. 클랙턴 씨가 한 말들이 정확히 되살아났다. 그녀는 지친 듯 자료 뭉치를 책상 저쪽으로 밀어놓았다. 하지만 소용없었다. 그녀의 머릿속에는 무슨 일인가 일어난 듯했다. 초점이 이동한 듯, 가까운 것들이 또다시 희미해졌다. 전에도 한번 꼭 이런 일이 일어난 적이 있었다. 링컨스인필즈의 정원에서 랠프를 만나고 온 날이었다. 위원회 동안 내내 참새며 색깔들이며 하는 것들을 생각하다가, 거의 회의가 끝나갈 무렵에야 평소의 신념을 되찾았었다. 하지만 그나마 신념을 되찾은 것도 랠프와 맞서 싸우는 데 동원하기 위해서였다고 그녀는 자신의 나약함을 자조하듯 생각했다. 엄밀히 말해 그것은 신념도 아니었다. 그녀는 세계가 선한 자들과 악한 자들로 분명히 구분된다고는 보지 않았다. 그리고 영국 국민이 자기 생각에 동의하게 만들기를 바랄 만큼 자기 생각이 진직으로 옳다고 믿지도 않았다. 레본색 소책자를 바라보면서, 그런 자료를 발간하는 데서 보람을 찾는 신념이 거의 부러워질 정도였다. 그녀 자신으로 말하자면, 자기 한 몫의 개인적인 행복이 주어지기만 한다면 영원히 입 다물어도 좋을 것만 같았다. 그녀는 클랙턴 씨의 글을 읽으며 묘하게 양분된 심정이었다. 한편으로는 그 나약한 허장성세가 뻔히 눈에 들어오면서도, 다른 한편으로는 설령 환상일지라도 무엇인가에 대해 그토록 신념을 가질 수 있다는 거야말로 가장 부러운 재능이라는 생각이 드는 것이었다. 하지만 그것은 환상임에 틀림없었다. 그녀는 주위의 사무실 집기들을 새삼스러운 눈길로 둘러보았다. 전에는 그토록 자부심을 가졌던 집기들을 둘러보며, 한때는 압인복사기[148]며 카드 색

148) 압인복사기(copying-press)란 1780년대에 발명된 것으로, 유지(油紙), 습식 복사지, 번지

인, 자료철 같은 것들이 각각의 의의와는 별도로 뭔가 전체적인 통일성과 위엄과 목적을 부여하는 안개에 싸인 듯했던 것을 생각하며 신기한 느낌이 들었다. 이제는 그 집기들의 보기 흉하고 거추장스러운 점만이 눈에 들어왔다. 옆방에서 타자 소리가 멈추었을 때, 그녀의 태도는 아주 나른하고 울적한 것이 되어 있었다. 메리는 즉시 책상으로 당겨 앉아 미처 열지 않은 편지봉투를 집어 들며 자신의 마음 상태를 시일 부인에게 숨길 수 있을 만한 표정을 지었다. 일종의 본능적인 예의 감각 때문에 시일 부인에게 자기 감정을 드러내서는 안 된다는 생각이 들었던 것이다. 눈을 가린 손가락 사이로 그녀는 시일 부인이 뭔가 봉투나 소책자를 찾는지 서랍을 하나하나 열어보는 것을 지켜보았다. 손을 치우고 이렇게 외치고만 싶었다.

'제발 좀 앉아요, 샐리. 그리고 말해줘요. 어떻게 그런 일들이 꼭 필요하다고 믿어 의심치 않고 그렇게 열심히 설칠 수 있는지 말이에요. 내가 보기엔 철 지난 파리가 윙윙대는 소리만큼이나 부질없어 보이는 일들인데요.' 하지만 물론 그런 말은 한마디도 입 밖에 내지 않았고, 시일 부인이 방에 있는 동안은 부지런한 척하면서 두뇌 운동을 한 덕분에, 오전에 할 일을 평소만큼은 해치울 수 있었다. 1시가 되자, 그녀는 오전 동안 얼마나 효율적으로 일했는지를 깨닫고 놀라지 않을 수 없었다. 모자를 쓰면서, 스트랜드에 있는 식당에서 점심을 먹기로 했다. 기계의 또 다른 부품인 자신의

지 않는 특수 잉크로 쓴 문서의 순서로 놓고 압착 인쇄하는 방식의 기계이다. 특수 필기 재료를 사용해야 한다는 점, 매번 유지와 습지를 갈아 넣어야 한다는 점, 문서 작성 후 일정 시간 이내에만 복사가 가능하다는 점 등의 불편이 차츰 개선되었고, 1880년대 후반부터는 압착 롤러 및 종이 롤, 건조 시스템을 도입한 롤러 복사기(roller copier)가 사용되기 시작했다. 메리의 사무실에서 사용하던 것도 후자일 듯하지만, 기본 원리는 같으니 copying-press라 해도 틀린 말은 아닐 것이다.

몸도 제대로 가동시키기 위해서 말이다. 머리와 몸을 써서 일을 하다 보면 다른 사람들과 보조를 맞출 수 있을 테고, 본질적인 것이 빠져버린 텅 빈 기계임을 결코 들키지 않을 수 있을 것이었다. 비록 자신은 그 사실을 의식하고 있다 하더라도.

그녀는 채링크로스 로드를 따라 걸어가면서 자신의 문제를 곰곰이 따져보았다. 스스로에게 일련의 질문들을 던져보았다. 가령, 저 버스의 바퀴들에 치여 죽는다 해서 안 될 게 있을까? 아니, 전혀 없었다. 또는, 저기 지하철 입구에서 어정대는 불쾌하게 생긴 남자와 연애를 한다면? 역시 아무렇지도 않았다. 두려움도 흥분도 느껴지지 않았다. 어떤 형태의 고통도 두렵지 않았다. 고통은 좋지도 나쁘지도 않았다. 그럼 이 본질적인 것은? 각 사람의 눈에서 그녀는 불꽃과도 같은 것을 보았다. 마치 사물과 마주칠 때마다 저절로 머릿속에서 불꽃이 일어나 그들을 밀고 나가는 것처럼. 모자 가게의 신열창을 들여다보는 젊은 여성들도, 중고서점에서 책을 뒤적이며 가격이 얼마나 될지 — 되도록 낮은 가격이기를 — 묻는 나이 지긋한 남자들도, 모두 그런 것을 가지고 있었다. 하지만 그녀는 옷에도 돈에도 관심이 없었다. 책이라면 움츠러드는 것이, 랠프와 너무나 긴밀히 연관되어 있었기 때문이다. 그녀는 인파를 뚫고 결연히 걸어가며 자신이 너무나 동떨어지게 느껴져서, 마치 그들이 양쪽으로 갈라지며 자신에게 길을 내주는 것만 같았다.

사람들로 붐비는 길거리를 딱히 정처 없이 걸어가노라면 이상한 생각들이 떠오르기 마련이다. 마치 방심 상태로 음악을 듣다 보면 마음속에 온갖 형태와 해답과 이미지들이 생겨나는 것처럼. 한 개인으로서의 자신에 대한 선명한 의식으로부터, 메리는 한 인간으로서 자신이 한몫을 차지해 마땅한 어떤 전체적인 체계에 관한 개념으로 나아갔다. 어떤 비전이 막 손에 잡힐 듯 떠오르다가는 사라졌다. 연필과 종이가 있다면 그렇듯 채링크로스 로드를 걷는 동안 저절로 생겨난 그 비전에 분명한 형태를 부여할 수 있을 텐데 싶었다. 하지만 다른 누구에게 말로 설명하려 하면, 그 비전은 달아나버릴 것이었다. 그것은 그녀가 태어나서 죽을 때까지의 노선을 조화롭게 제시하는 것만 같았다. 인파와 소음 덕분에 그렇듯 기이하게 고무된 그 비전에 조금만 더 생각을 집중하면 삶의 정상에 올라 그 모든 것이 단번에 펼쳐진 것을 볼 수 있을 것이었다. 이미 개인으로서의 고통은 뒷전이었다. 그녀가 이 세상에서의 삶에 대한 비전을 펼쳐가는 동안, 하나의 정상으로부터 또 다른 정상으로 이어지는, 무한히 신속하면서도 충만한 사고의 전개로 이루어진 그 과정으로부터, 그녀의 입 밖으로 새어나온 말은 단 두 마디 "행복은 아니야 — 행복은 아니야 —" 하는 것뿐이었다.

그녀는 임뱅크먼트에 세워진 런던의 영웅 중 하나의 조각상이 마주보이는 자리에 앉아서, 그 말을 소리 내어 중얼거려보았다. 그녀에게는 그 말이 마치 등산가가 적어도 한순간 산의 최고봉에 서 있었음을 입증하기 위해 가지고 내려오는 희귀한 꽃송이나 돌멩이와도 같은 것이었다. 그녀는 그 꼭대기에 갔었고 온 세상을 지평선 끝까지 내려다보았었다. 이제 새로운 결의에 따라 진로를 다소 수정할 필요가 있었다. 그녀의 위치는 행복한 사람들이 의당 피해가는 저 황량하고 비바람에 노출된 기지 중 하나가 될 것이었다. 그녀는 마음속으로 새로운 계획의 세부들을 정리하며 우울한 만족감을 맛보았다.

"이제" 하고 그녀는 자리에서 일어나며 혼잣말을 했다. "랠프에 대해 생각해보자."

이 새로운 인생 지도 가운데 그는 어디에 둘 것인가? 한껏 고양된 기분이라 그런 문제를 다루어도 안전할 것처럼 보였다. 그러나 생각의 가닥을 그쪽으로 잡자마자 대번에 마음속 정념들이 뛰쳐나오는 데 스스로 놀라고 말았다. 어느새 그와 동화되어서 완전히 굴복한 채 그의 생각을 답습하는가 하면, 갑자기 자가당착에 빠져서 그에게 맞서 그의 잔인함을 비난하는 것이었다.

"하지만 나는 아무도 증오하지 않겠어." 그녀는 소리 내어 말하고는, 주위를 살피며 기다렸다가 길을 건넜다. 10분 뒤에는 스트랜드에서 단호한 동작으로 고기를 작은 조각으로 썰며 식사하고 있었고, 식당 안의 다른 사람들에게 별나게 보일 이유가 없었다. 그녀의 독백은 자디잔 파편들로 결정화되어 생각의 소용돌이로부터 불쑥불쑥 솟아나곤 했다. 특히 몸을 움직이거나 돈을 지불하거나 길모퉁이를 돌거나 하면서 어떤 식으로든 행동해야 할 때면 그러했다. 베드퍼드 공 프랜시스의 조각상[149] 앞에서 읊조려지는 그 기묘한 독백을 이해할 사람은 아무도 없었을 터이니, '진실을 안다는 것 — 원망 없이 받아들이는 것 —' 등이 그나마 알아들을 수 있는 것이었다. 때때로 랠프의 이름이 등장하기는 했지만, 그 이름을 말하고 나서는 그 이름이 들어간 문장에서 의미를 없애버릴 다른 말을 미신적으로 주워섬겨 지워버리기라도 하려는 듯, 전혀 엉뚱한 말들이 이어지곤 했다.

여성 권익의 투사들인 클랙턴 씨와 시일 부인은 메리의 행동에서 전혀 이상한 점을 눈치 채지 못했다. 평소보다 사무실에 돌아오는 시간이 거의 30분이나 늦었다는 것밖에는. 다행히 그들은 각기 자기 일로 바빴으므로, 그녀는 그들의 관심을 피할 수 있었다. 만일 그녀가 혼자 있는 방에 불쑥 들어왔더라면, 그녀가 광장 건너편에 있는 큰 호텔을 넋 나간 듯 바라보

149) 러셀 스퀘어 남쪽에 있는, 제5대 베드퍼드 공작 프랜시스 러셀(1765–1802)의 동상. 메리가 읊조리는 '진실을 안다는 것 — 원망 없이 받아들이는 것 —'은 동상 기단에 새겨진 말이다.

고 있는 것을 발견했을 것이다. 그녀의 펜은 그저 몇 마디 말을 끼적인 다음 종이 위에서 쉬고 있었고, 그녀의 마음은 햇빛 찬란한 유리창들과 자줏빛 연기 자락들 사이에서 헤매고 있었다. 그녀는 바로 앞의 시끌벅적함 너머에 있는 아득한 공간을 바라보고 있었고, 자기 자신의 요구들을 모두 포기해버린 터라 거기서 좀 더 원대한 시각을 누리며 인류 전체의 욕망과 고통을 함께하고 있었다. 체념이 주는 안도감에서 안일한 즐거움을 누리기에는 너무 최근에 너무 생생하게 현실의 타격을 입은 터였다. 그녀가 지금 느끼는 만족감은 인생을 행복하고 쉽고 찬란하고 개인적이게 하는 모든 것을 포기한 후 개인적인 우여곡절과는 무관하게 별처럼 아득하고 건드릴 수 없는 엄연한 현실만이 남았다는 발견에서 오는 것이었다.

메리 대칫이 특수로부터 보편으로의 이 기묘한 변화를 겪고 있는 동안, 시일 부인은 주전자와 가스 불에 관한 자신의 의무를 기억해냈다. 그녀는 메리가 창가에 의자를 끌어다 놓고 앉아 있는 것을 보고는 조금 놀라서, 가스 불을 켜느라 구부렸던 몸을 일으키고는 그녀를 바라보았다. 간사가 그런 자세를 취할 때 가장 명백한 이유는 어딘가 불편해서일 것이었다. 하지만 메리는 힘을 내어 고쳐 앉으며 그렇지 않다고 말했다.

"오늘 오후에는 제가 정말 게으르네요." 그녀는 자기 책상 쪽을 돌아보며 말했다. "아무래도 다른 간사를 구하셔야겠어요, 샐리."

가볍게 건넨 말이었지만, 그 말투에 담긴 무엇인가가 시일 부인의 가슴속에 늘 잠들어 있던 시샘 섞인 두려움을 불러일으켰다. 그녀는 조만간 메리가, 감상적이고 열정적인 관념들을 대변하는 듯한, 흰 옷을 입고 백합꽃을 한 다발 안은 모습이 눈에 선한 이 젊은 여성이 의기양양하게 결혼을 발표하지나 않을지 몹시 두려웠다.

"우리를 떠날 작정이라는 말은 아니겠지요?" 그녀는 물었다.

"아직 아무것도 결정하지 못했어요." 메리는 막연히 일반적으로 들릴 수 있는 대답을 했다.

시일 부인은 찬장에서 찻잔을 꺼내 테이블에 차려놓았다.

"결혼하려는 거 아니에요?" 그녀는 초조한 듯 빠른 말투로 재우쳤다.

"오늘 오후에는 왜 그렇게 엉뚱한 질문을 하세요?" 메리도 별로 차분하지 못한 말투로 되물었다. "우리 모두 결혼을 해야 하나요?"

시일 부인은 아주 묘한 웃음소리를 냈다. 그녀는 이성 간의 감정이니 사생활이니 하는 인생의 끔찍한 면을 자기도 안다는 듯한 티를 잠깐 내더니 전광석화와도 같은 속도로 자신의 오싹한 처녀성의 그늘 속으로 피신해버렸다.[150] 그러고는 대화가 그런 방향으로 흘러가는 것이 못내 불편한지, 뭔가 눈에 잘 안 띄는 그릇이라도 찾는 듯 찬장에 머리를 처박다시피 했다.

"우리에게는 일이 있잖아요." 그녀는 머리를 도로 꺼내 평소보다 붉어진 얼굴을 보이며 잼 단지를 힘주어 테이블에 내려놓았다. 하지만 자유니 민주니 인권이니 정부의 비리니 하는, 평소 즐기는 화제들에 대한 열광적이고 두서없는 장광설로 금방 돌아가지는 못했다. 자신의 과거인지 아니면 여성 전체의 과거인지로부터 뭔가 추억이 떠오른 듯 겸연쩍은 태도였다. 그녀는 여전히 창턱에 팔을 괴고 앉아 있는 메리 쪽을 흘끔흘끔 바라보았다. 그녀가 얼마나 젊고 여성으로서의 앞날이 창창한가를 의식하면서, 그 모습에 마음이 뒤숭숭한지 접시 위의 찻잔을 만지작거렸다.

"그래요 — 평생 걸릴 만큼 충분한 일이 있지요." 메리는 뭔가 생각의 단락을 짓는 듯 말했다.

150) 이 대목을 보면 미시즈 시일(Mrs. Seal)은 미혼여성이고, 미시즈라는 호칭은 결혼 여부와 무관하게 나이든 여성을 존중하는 의미에서 쓰인 것이다.

시일 부인은 단박에 얼굴이 밝아졌다. 자신이 학문적 훈련이 부족하고 논리적 사고도 못하는 것을 탄식하면서도, 그녀는 자신이 추구하는 이상을 가능한 한 매력적이고 중요하게 보이게끔 하는 일에 착수했다. 그래서 일장연설을 늘어놓으면서 수많은 수사학적 질문들을 던지고는 테이블을 쾅쾅 내리쳐가며 스스로 답하는 것이었다.

"평생 걸릴 만큼? 이봐요, 우리 모두의 평생이 걸려도 모자랄 거예요. 한 사람이 쓰러지면 또 다른 사람이 그 자리에 들어서는 거예요. 우리 아버지도 그 세대에는 선구자이셨고 — 나도 그 뒤를 이어 적게나마 최선을 다하고 있지요. 그 이상 뭘 더 할 수 있겠어요? 그리고 이제 당신네 젊은 여성들이 나설 차례지요. 우리는 당신들에게 기대를 걸고 있어요. 미래가 당신들을 기대하고 있다고요. 아, 내게 천 번의 삶이 주어진다 해도, 난 그걸 모두 이 일에 바치겠어요. 당신은 이 일이 여성들을 위한 거라고 생각하나요? 난 인류를 위한 일이라고 봐요. 그런데도 —" 하고 그녀는 험악한 눈길을 창밖으로 향했다. "그걸 모르는 자들이 있다니까요! 그저 세세연년 현상 유지에 만족해서 진실을 인정하지 않으려는 자들이지요. 하지만 우리에게는 비전이 있지요 — 주전자가 끓어 넘친다고요? 아, 내가 가볼게요 — 우리는 진실을 아니까요." 그녀는 주전자와 티포트 사이에서 손짓발짓 해가며 말을 이었다. 아마 그러느라 하던 이야기의 가닥을 놓쳐버린 듯, 다소 애석한 듯이 이렇게 결론지었다. "너무나 간단한 일이에요." 그녀는 자신에게 끊임없는 곤혹의 원천이 되는 바 — 선과 악이 그처럼 분명히 구분되는 세계에서 인류가 어처구니없이 사리분별을 하지 못하는 것을 통탄했다. 마땅히 해야 할 일을 의회의 몇 가지 중요하고 단순한 법령으로 제정하기만 하면 아주 단기간에 인류의 운명이 완전히 달라질 텐데 말이다.

"그걸 생각해야 했어요." 그녀는 말했다. "대학 교육을 받은 남자들 —

애스퀴스 씨처럼요 — 그런 사람들한테는 이성에 호소하면 먹혀들 거라는 걸 말이에요. 하지만 이성이란" 하고 그녀는 생각에 잠겼다. "현실성 없는 이성이라는 게 대체 뭐죠?"

그녀는 그 말에 경의를 표하듯 다시 한 번 되뇌었고, 마침 방에서 나오던 클랙턴 씨는 그 말을 듣자 평소 시일 부인의 말에 대해 그러듯 냉담한 유머를 담아 세 번째로 되풀이했다. 하지만 그는 세상에 대해 아주 흡족한 기분이었으므로, 그 문구를 소책자 첫머리에 대문자로 박아야겠다고 아부하는 듯한 말투로 떠벌렸다.

"하지만, 시일 부인, 우리는 그 두 가지를 적절하게 결합하도록 해야 합니다." 그는 여자들의 불균형한 열광을 바로잡으려는 듯 무게 잡는 말투로 덧붙였다. "현실은 이성에 의해 제시되어야 실감 있게 다가오는 법이지요. 이런 운동들 전반의 약점은, 대칫 양" 하고 그는 테이블 앞에 자리 잡으면서, 자신의 좀 더 심오한 사색을 전달하려 할 때면 으레 그러듯이 메리 쪽을 향하며 말했다. "그런 운동들이 충분히 지적인 기반에 기초해 있지 않다는 겁니다. 제가 보기엔 큰 실수지요. 영국 대중은 웅변이라는 잼 속에 한 알갱이의 이성은 있기를 바라거든요 — 감정이라는 푸딩 속의 한 알갱이 이성 말입니다." 그는 자신의 표현을 문학적으로 만족스럽게 다듬으며 말했다.

그는 메리가 들고 있는 노란 소책자를 향해 저자로서의 자만심이 다분히 담긴 눈길을 주었다. 그녀는 자리에서 일어나 테이블 상좌에 앉아서 동료들에게 차를 따르며, 소책자에 대한 자신의 의견을 말했다. 그렇게 차를 따르며 그렇게 클랙턴 씨의 소책자를 논평한 것이 벌써 백 번은 넘었을 것이었다. 하지만 지금은 같은 일을 하면서도 전혀 다른 기분이 들었다. 군대에 복무하기는 하되, 더 이상 자원병은 아닌 듯한 기분이랄까. 그녀는 뭔가를 포기했고 이제 — 뭐라고 표현해야 하나? — 딱히 인생의 '실전에' 있지 않은 듯한 느낌이 들었다. 클랙턴 씨나 시일 부인이 실전에 있지 않다는 것은 전부터 아는 일이었고, 그들과 자신을 갈라놓는 심연 너머에서 그들이 살아 있는 사람들의 열을 넘나드는 것이 마치 그림자 같다고, 뭔가 근본적인 것이 결여되어 있는, 제대로 발달되지 않은 괴짜들이라고 생각했었다. 그날 오후에는 그 모든 것이 전에 없이 선명하게 의식되었고, 그러면서 자신의 운명도 영영 그들과 함께하는 것이 아닌가 하는 느낌이 들었다. 눈앞의 세상이 어둠 속에 가라앉은 것을 보고, 좀 더 변덕스러운 기질의 소유자라면 잠시 절망했다가도 세상이 다시 돌아 좀 더 찬란한 면을 보여주기를 기다릴 수도 있을 것이었다. 하지만 메리는 자신에게 진실이라고 보이는 것에 대한 불굴의 충실성을 가지고서 생각했다. 가장 좋은 것을 잃어버렸다고 해서 그 대신도 괜찮은 척하지는 않겠다, "무슨 일이 일어나든 내 인생에 자기기만은 없게 하겠다"고 말이다. 그 말에는 때로 날카로운 신체적 통증이 자아내는 것과도 같은 선명함이 담겨 있었다. 시일 부인은 티타임에는 일에 관련된 이야기를 하지 않기로 한 규칙이 깨진 데에 은근히 기뻐하고 있었다. 메리와 클랙턴 씨가 벌이는 진지하고도 격렬한 토론에 그 작은 여인은 뭔가 대단히 중요한 일이 — 그녀로서는 알 수 없지만 — 일어나고 있는 듯한 느낌이 들어 적이 흥분되었다. 가슴팍에서는 십자가 목걸이들이 서로 얽혔고, 테이블 위에는 중요한 논점들을 강조하느라 연필 심지가 꽤 큰 구멍을 내고 있었다. 내각의 각료들이 모인다 해도 어떻게 저런 논리를 대항할 수 있을지 이해가 안 가는 노릇이었다.

그녀는 간신히 자기 몫의 정의의 도구인 타자기를 기억해냈다. 전화벨이 울렸고, 목소리만으로도 사안의 중요성을 입증하는 듯한 전화를 받으러 달려가면서, 그녀는 지구상의 바로 이 장소야말로 사상과 진보의 모든 지하전선들이 만나는 장소라는 느낌이 들었다. 그녀가 인쇄업자로부터 소식을 가지고 돌아오자, 메리는 모자 끈을 단단히 묶고 있었다. 그 태도에는 뭔가 당당하고도 권위적인 데가 있었다.

"잘 들으세요, 샐리." 그녀는 말했다. "이 편지들은 복사해야 해요. 그리고 여기 이것들은 아직 검토하지 못한 거고요. 새 인구조사 문제는 신중하게 다뤄야 할 거예요. 하지만 지금은 집에 갈 거예요. 굿나잇, 클랙턴 씨. 굿나잇, 샐리."

"우린 저런 간사가 있어서 참 다행이에요, 클랙턴 씨." 메리의 등뒤에서 문이 닫히자, 시일 부인은 종이 위에 글 쓰던 손을 멈추고 말했다. 클랙턴 씨는 자신을 대하는 메리의 태도에 뭔가 막연히 마음에 걸리는 데가 있어서, 한 사무실에 우두머리가 두 사람은 될 수 없다는 점을 분명히 말해둘 필요가 있을지도 모르겠다고 생각하기까지 했다. 하지만 그녀는 분명 유능했고, 아주 유능했으며, 이주 똑똑한 청년들과 어울리고 있는 듯했다. 분명 그들이 그녀에게 새로운 사상을 설파하는 것이리라.

그는 시일 부인의 말에 동의를 표했지만, 시계를 흘긋 보며 다섯 시 반밖에 되지 않은 것을 보고는 이렇게 말했다.

"일을 좀더 진지하게 받아들인다면 말이지요, 시일 부인 — 하지만 당신네 똑똑한 젊은 여성들 중 일부는 바로 그 점이 안 되어 있는 것 같습니다." 그렇게 말하고는 그는 사무실로 돌아갔고, 시일 부인은 잠시 머뭇거리다가 자기 일을 서둘러 다잡았다.

제21장

메리는 가장 가까운 역까지 걸어가 놀랄 만큼 짧은 시간 안에 집에 도착했으니, 실로 《웨스트민스터 가제트》[151]가 보도하는 외신들을 충분히 이해하는 데 걸린 시간밖에는 걸리지 않았다. 문을 열고 들어선 지 몇 분 만에, 그녀는 저녁 일에 매진할 준비가 되었다. 그녀는 서랍을 열쇠로 열고 원고를 꺼냈는데, 그것은 몇 페이지 되지 않았지만 힘찬 글씨로 "민주 국가의 몇몇 양상에 대하여"라고 제목이 적혀 있었다. 문장 중간에 긋고 지우고 한 흔적들로 보아 쓰다 만 글이었고, 그 저자는 다른 일로 방해를 받았거나, 아니면 우두커니 펜을 든 채 그런 글도 부질없다는 생각에 잠긴 것인지도 모른다... 아, 그래, 바로 그때 랠프가 왔었지. 그녀는 단호한 태도로 그 종이에 줄을 그어버리고는 새 종이를 꺼내 인간 사회의 구조에 대한 일반화에서부터 일필휘지로 써 나가기 시작했다. 평소보다 훨씬 대담한 필치였다. 랠프는 언젠가 그녀가 영어를 제대로 쓸 줄 모른다고, 그래서 그렇

151) 1893년 창간된 자유당 신문. 1928년 자유당 경쟁지이던 《데일리 뉴스》에 합병되었고, 《데일리 뉴스》는 1960년 《데일리 메일》에 합병되었다.

게 지우고 고치고 하는 것이라고 말한 적이 있었지만, 그녀는 그 모든 것을 뒷전으로 밀어두고 자기 머릿속에 떠오르는 말들을 꿋꿋이 써 나갔고, 일반적 고찰로 페이지를 반쯤 메운 뒤에야 안심한 듯 한숨을 내쉬었다. 손이 멈추자 두뇌도 금방 정지했고, 그녀는 하릴없이 귀를 기울였다. 길거리에서는 신문팔이 소년이 외쳐대고, 버스들이 정거했다가 또다시 승객을 잔뜩 태우고 휘청하며 출발했다. 그 모든 소리가 둔탁하게 들리는 것으로 보아 그녀가 귀가한 후 안개가 끼었나 싶었다. 정말로 안개가 소리를 죽이는 효과가 있다면 — 지금으로서는 확신할 수 없는 사실이었지만 — 말이다. 그런 것은 랠프 데넘이 잘 아는 문제였다. 하여간 그녀가 상관할 문제는 아니었고, 다시금 펜으로 잉크를 찍으려는데 돌계단을 올라오는 발자국 소리가 귀를 사로잡았다. 그 소리는 치펀 씨의 방 앞을 지나, 깁슨 씨의 방 앞을 지나, 터너 씨의 방 앞을 지나면 그녀의 방이었다. 우편배달부? 세탁소 여자? 소식지? 청구서? — 그녀는 그 모든 있을 법한 가능성들을 하나하나 떠올려보았지만, 자신이 그 하나하나를 못마땅한 듯, 심지어 두려운 듯 거부하는 데 스스로 놀랐다. 발소리는 가파른 계단을 올라와 한숨 돌리는 듯 조금 늦어졌고, 그 규칙적인 소리에 귀 기울이고 있던 메리는 참을 수 없이 신경이 곤두섰다. 테이블 위로 고개를 숙인 채, 그녀는 자신의 심장의 고동소리에 온몸이 앞뒤로 흔들리는 것을 느꼈다. 그녀처럼 침착한 여성으로서는 놀랍고도 비난해 마지않을 상태였다. 기괴한 환상들이 모습을 드러냈다. 혼자서, 그 꼭대기 방에서, 미지의 인물이 한 발 한 발 다가오는 것을 느끼며 — 어떻게 달아날 수 있을까? 달아날 길이라고는 없었다. 천장에 직사각형으로 표 나는 부분이 뚜껑문인지 아닌지도 알지 못했다. 만일 지붕 위로 올라간다 해도 — 보도까지 60피트는 되는 높이에서 뛰어내려야 했다. 하지만 그녀는 꼼짝도 않고 앉아 있었고, 노크 소리가 들리자 곧바로 일어나 주저 없이 문을 열었다. 밖에는 키 큰 사람의 모습이 비치는 것이, 왠지 불길해 보였다.

"무슨 일이에요?" 그녀는 계단의 깜빡거리는 불빛 속에서 상대의 얼굴을 알아보지 못한 채 물었다.

"메리? 나 캐서린 힐버리에요."

메리는 침착을 되찾았고, 그렇게 우스꽝스럽게 감정을 낭비한 것을 만회하려는 듯, 냉정한 태도로 손님을 맞이했다. 녹색 등갓이 씌워진 램프를 다른 테이블로 옮기고, "민주 국가의 몇몇 양상에 대하여"는 압지로 덮어 두었다.

'날 좀 그냥 내버려두면 안 되나.' 그녀는 캐서린과 랠프가 자신이 이렇게 호젓하게 공부하는 시간마저, 세상에 맞설 이 오죽잖은 보호막마저 빼앗기로 작당이라도 한 것처럼 씁쓸한 생각이 들었다. 그러고는 원고 위의 압지를 가다듬으며, 캐서린에게 맞설 태세를 갖추었다. 캐서린의 존재는 늘 그렇듯 압도적일 뿐 아니라 오늘따라 위협적인 느낌마저 주는 것이었다.

"일하는 중인가요?" 캐서린은 자신을 환영하는 눈치가 아닌 것을 알아차리고 머뭇거리며 물었다.

"별거 아니에요." 메리는 제일 좋은 의자를 당겨놓고 난롯불을 일구며 대꾸했다.

"퇴근한 다음에도 일해야 하는 줄은 몰랐어요." 캐서린의 말투에는 뭔가 다른 것을 생각하는 듯한 기미가 있고 사실이 그랬다.

그녀는 어머니의 사교적인 방문에 동행한 터였는데, 이집 저집 다니는 중간에 힐버리 부인은 캐서린의 집을 꾸민다며 가게에 들어가 베갯잇이니 압지장[152]이니 하는 것을 두서없이 사들였다. 캐서린은 사방에 걸리적거리는 것들이 쌓여가는 느낌이었다. 마침내 어머니와 헤어져 로드니의 플랏에서 함께 식사하기로 한 약속에 가야 하는데, 7시 전에는 가고 싶지 않았으므로 본드 스트리트에서 템플까지 마냥 걸어도 될 만큼 빈 시간이 생기고 말았다. 양옆으로 줄지어 지나가는 얼굴들이 그녀를 깊은 우울에 빠뜨렸고, 로드니와 단둘이 저녁을 보낼 생각을 하니 그런 기분은 한층 더 심해졌다. 그들은 피차 말하듯 다시 좋은 친구, 이전 어느 때보다 더 좋은 친구가 되어 있었다. 그녀 자신에 관한 한 그것은 사실이었다. 그에게는 예상하지 못했던 좋은 점들이 — 강인함, 애정, 동정심 같은 — 많이 있었다. 그녀는 그런 것들을 생각하며 지나가는 얼굴들을 바라보았고, 그들이 얼마나 서로 비슷하면서도 얼마나 아득한가를 생각했다. 그녀가 아무것도 느끼지 못하듯 아무도 아무것도 느끼고 있지 않았으며, 가장 가까운 사람들 사이에도 거리가 있었고, 그들의 친밀함이란 최악의 가식이었다. "오, 맙소사" 하고 그녀는 어느 담배 가게 진열창을 들여다보며 생각했다. "난 저 사람들 중 아무도 좋아하지 않아. 윌리엄도 좋아하지 않고. 사람들은 그거야말로 가장 중요한 일이라고 하지만, 도대체 무슨 의미인지 모르겠어."

그녀는 절망적인 심정으로 매끈하게 다듬어진 파이프들을 바라보며, 스트랜드를 따라 걸을지 아니면 임뱅크먼트로 갈지 궁리해보았다. 그것은

152) 잉크로 쓴 것이 번지지 않도록 여분의 잉크를 빨아들이는 종이(압지)를 묶은 책 내지는 가사에 관한 잡다한 내용을 적어두는 잡기장. 당시의 결혼선물 목록에 은제 압지장(silver blotting book), 귀갑 압지장(tortoiseshell blotting book), 채색삽화가 든 압지장(illuminated blotting book) 등이 언급되곤 하는 것을 보면, 신혼살림의 필수품 중 하나였던 모양이다.

단순한 문제가 아니었으니, 어떤 길로 가느냐에 따라 생각의 흐름도 달라질 것이었기 때문이다. 만일 스트랜드를 따라 걷는다면 어쩔 수 없이 장래 문제나 아니면 뭔가 수학 문제를 생각하게 될 테고, 강을 따라 걷는다면 분명 실제로 존재하지 않는 것들에 대한 생각에 빠져들게 될 터였다. 숲과 해변과 호젓한 녹음과 늠름한 영웅 같은 것들을. 아니, 아니, 아니! 절대 아니다! — 지금 그런 생각을 한다는 것은 어쩐지 역겹게 느껴졌다. 뭔가 다른 것을 생각하고, 그런 기분에서 벗어나야만 했다. 그러다가 메리를 떠올린 것이었다. 그녀를 생각하자 안심이 되면서, 다소 서글프면서도 기분이 밝아졌다. 랠프와 메리의 승리는 자신의 실패가 자기 탓이며 인생 탓이 아님을 입증하기나 하는 것만 같았다. 메리를 보면 도움이 될 것 같다는 막연한 생각과 그녀에 대한 자연스러운 신뢰감이 한데 작용하여 방문을 결심하게 했다. 분명 자기가 그렇게 호의를 느끼는 것은 메리 편의 호의에도 힘입은 바 있으리라는 생각이 들었기 때문이다. 잠시 망설인 후, 그녀는 충동적으로 행동하는 일이 거의 없었음에도 불구하고, 이번에는 그 충동을 따르기로 하고 옆길로 들어서서 메리의 플랏 문을 두드린 것이었다. 그러나 메리는 달갑지 않은 듯한 태도였고 자신을 만나고 싶지도 않고 도와줄 용의도 없는 듯했으므로, 그녀에게 속내를 털어놓으려고 반쯤 결심했던 마음이 즉시 사라져버렸다. 그녀는 자신의 기대가 무너진 것이 조금 우습기도 해서, 방심한 듯한 태도로 장갑을 이리저리 흔들고 있었다. 마치 작별 인사를 하기에 앞서 정확히 몇 분간 뜸을 들이는 듯이.

그 몇 분의 시간은 여성참정권 법안의 정확한 현황에 관한 정보를 얻거나 아니면 그 상황에 대한 그녀 자신의 견해를 제시하는 데 쓰일 수도 있을 것이었다. 하지만 그녀의 음성에 담긴 어떤 어조나 그녀의 의견이 은연중에 내비치는 뉘앙스가, 또는 장갑을 흔드는 모양이 메리 대칫의 기분을 거스른 듯, 메리는 점점 더 직설적이고 강파르고 거의 적대적인 태도가 되었다. 그녀는 캐서린이 마치 자기만큼 희생하기나 한 듯 태연히 논하는 그 일의 중요성을 깨닫게끔 하고 싶다는 소망을 의식했다. 한 10분이나 지났을까 싶자, 캐서린은 장갑을 흔들던 것을 멈추고, 떠날 채비를 했다. 그것을 보자 메리는 또 다른 아주 강한 욕망을 의식했다 — 오늘 저녁에는 모든 것이 유난히 분명히 의식되는 것이었다 — 캐서린을 보내면 안 된다, 무책임한 개인들의 자유롭고 행복한 세상으로 돌려보내면 안 된다 하는 것이었다. 그녀는 깨닫고 느끼도록 만들어야만 한다.

"난 잘 모르겠네요" 하고 그녀는 마치 캐서린이 정식으로 도전하기라도 했다는 듯 말했다. "어떻게 현재와 같은 상황에서 뭔가 행동을 취하지 않을 수 있는지 말이에요."

"현재와 같은 상황이라니, 무슨 말인가요?"

메리는 입술을 지그시 물며 조롱하는 듯한 미소를 지었다. 그녀는 캐서린을 마음대로 휘두를 수 있을 것만 같았다. 원한다면 그녀의 머리 위에 저 심상한 구경꾼들, 인생을 멀리서 바라보는 냉소적인 관찰자들이 알지 못하는 현 사태의 증거를 수레로 들이부을 수 있을 것이었다. 하지만 그러면서도 또 한편으로는 망설여졌다. 늘 그렇듯이, 캐서린과 이야기할 때면 그녀에 대한 견해가 급격히 뒤바뀌고 표면적인 인성 — 실은 그것이 우리를 동료들로부터 편리하게 보호해주는 것인데 — 을 화살처럼 뚫고 나오는 그 무엇을 느끼게 되는 것이었다. 그녀는 얼마나 자기중심적이며 얼마나 초연한가! 하지만 그녀의 말이 아니라 어쩌면 음성에는, 얼굴과 태도에는, 온화하고 포용적인 정신과 무뎌지지 않은 웅숭깊은 감수성이 있어, 그녀의 생각과 행동을 좌우하고 그녀의 태도에 한결같은 상냥함을 부여하는 것이었다. 클랙턴 씨의 온갖 논증과 미사여구도 그런 무기 앞에서는 무방

비하게 나가떨어질 것이었다.

“결혼을 한다니 달리 생각할 일이 많겠군요.” 그녀는 대수롭지 않다는 듯, 상대를 한껏 배려하는 듯한 어조로 말했다. 자기가 그토록 고생하여 터득한 모든 것을 캐서린에게 단번에 알려줄 생각은 없었다. 캐서린은 행복해질 것이고, 아무것도 모를 것이다. 비개인적인 삶에 대한 깨달음은 자기 몫으로만 간직할 작정이었다. 그날 아침 단념했던 모든 것에 대한 생각이 마음을 찔렀고, 그녀는 그처럼 고상하고 고통 없는 비개인적인 상태로 다시금 돌아가려 애썼다. 다시금 개인이 되고자 하는, 다른 사람들의 욕망과 갈등할 수밖에 없는, 그 욕망을 억눌러야만 했다. 그녀는 쌀쌀맞게 군 것을 뉘우쳤다.

캐서린은 또다시 일어날 기미를 보였다. 장갑 한 짝을 끼며, 마치 뭔가 마무리할 말이라도 찾는 듯 주위를 둘러보았다. 뭔가 그림이나 시계, 서랍장 같은 눈에 띄는 것이 없는지? 불편한 대화를 평화롭고 다정하게 마무리할 뭔가가? 방 한구석에서 녹색 등갓을 씌운 램프가 책과 펜과 압지 같은 것들에 불빛을 비추고 있었다. 그 광경 전체가 또 다른 생각의 가닥을 불러일으키며 부러울 만큼 자유롭게 비쳤다. 그런 방에서라면 일을 하고 — 자기 자신의 삶을 살 수 있을 것이었다.[153]

“당신은 참 운이 좋은 것 같아요.” 그녀는 말했다. “당신이 부러워요. 혼자 살면서 자기 일을 갖고” — 사회의 인정이니 약혼반지니 하는 것 없이도 이렇게 훌륭하게 자리 잡고 있는 것이, 라고 그녀는 마음속으로 덧붙였다.

메리의 입술이 조금 벌어졌다. 그녀는 캐서린이 대체 어떤 점에서 자신이 부럽다는 것인지 알 수 없었다.

153) 주 138 참조.

"당신이 날 부러워할 이유는 전혀 없을 텐데요." 그녀는 말했다.

"어쩌면 원래 다른 사람들을 부러워하게 마련인지도 모르지요." 캐서린은 막연한 대답을 했다.

"하지만 당신은 사람들이 원하는 모든 걸 가지고 있잖아요."

캐서린은 묵묵부답이었다. 그녀는 말없이 난롯불을 들여다보면서 전혀 자신을 의식하는 것 같지 않았다. 메리의 말투에서 느꼈던 적대감은 완전히 사라져 있었고, 자신이 일어나려던 참이었다는 것도 잊어버렸다.

"그런지도 모르지요." 그녀는 이윽고 말했다. "하지만 가끔은 생각해요—" 그러고는 입을 다물었다. 자신이 느끼는 바를 어떻게 표현해야 할지 알 수 없었다.

"얼마 전에 지하철에서 생각났는데요" 하고 그녀는 미소를 띠며 말을 이었다. "이 사람들을 이 방향이 아니라 저 방향으로 가게 하는 건 대체 뭘까 하고요. 사랑도 아니고 이성도 아니지요. 뭔가 관념일 거라고 생각했어요. 어쩌면, 메리, 우리의 애정이라는 것도 관념의 그림자인지도 모르겠어요. 정말로 애정이라는 건 없고요..." 그녀는 반쯤 자조하듯이 말하며 메리도 아니고 달리 특정한 아무도 아닌 상대에게 질문을 던졌다.

그러나 메리 대칫에게 그 말들은 얕고 피상적이고 냉정하고, 요컨대 냉소적으로만 들렸다. 그녀의 모든 본능이 그런 말에 저항하며 들고 일어났다.

"알다시피, 난 그와 정반대로 생각하지요." 그녀는 말했다.

"그래요, 당신이 그렇다는 걸 나도 알아요." 캐서린은 대답했다. 뭔가 정말로 중요한 것을 설명하려는 듯이 메리를 마주 보면서.

메리는 캐서린의 말 뒤에 있는 단순성과 진심을 느끼지 않을 수 없었다.

"난 애정이야말로 유일하게 실재하는 것이라고 생각해요." 그녀는 말했다.

"그렇겠지요." 캐서린은 서글프게 대꾸했다. 그녀는 메리가 랠프 생각을 하는 것이리라 짐작했고, 그녀에게 그 행복에 대해 더 말해달라고 조를 수가 없었다. 드물게는 인생이 너무나 만족스럽게 진행되어간다는 사실을 존중할 수 있을 따름이었다. 그래서 그녀는 자리에서 일어났다. 하지만 메리는 아직 가면 안 된다고 진심 어린 어조로 말했다. 별로 자주 만나지도 못하는데, 아직도 하고 싶은 말이 많다고... 캐서린은 그녀의 열성적인 어조에 놀랐고, 랠프의 이름을 언급해도 경솔한 일은 아니리라는 생각이 들었다.

"그럼 10분만 더" 하고 도로 앉으며 그녀는 말을 꺼냈다. "그런데 일전에 데넘 씨 말이 변호사 일을 그만두고 시골에 내려가 살 거라더군요. 벌써 갔나요? 그 얘길 막 하려다 말고 헤어졌지요."

"고려 중이에요." 메리는 짤막하게 대꾸했다. 대번에 얼굴에 홍조가 돌았다.

"아주 좋은 생각 같아요." 캐서린은 특유의 뚜렷한 어조로 말했다.

"그렇게 생각해요?"

"그럼요. 뭔가 가치 있는 일을 하려는 거잖아요. 책을 쓰겠다던데. 저희 아버지께서는 아버지 잡지에 기고하는 청년들 중에 데넘 씨가 가장 뛰어나다고 늘 말씀하시거든요."

메리는 난롯불 쪽으로 몸을 구부려 쇠살 사이로 부젓가락을 넣어 석탄을 쑤석였다. 캐서린으로부터 랠프 얘기를 들으니, 자신과 랠프의 관계를 사실대로 설명하고 싶다는 거역하기 힘든 욕망이 일어났다. 캐서린이 말하는 어조로 보아 랠프 이야기를 꺼낸 것이 메리의 비밀을 캐거나 자기 비밀을 넌지시 알리려는 의도는 전혀 없다는 것을 알 수 있었다. 더구나 그녀는 캐서린을 좋아하고 신뢰하고 있었으며 존경하기도 했다. 처음 마음을 열기는 비교적 단순하지만, 캐서린이 말하는 동안 그렇게 했듯이 거기서 더 나아가는 것은 그리 단순한 일이 아니었다. 그런데도 반드시 자기 쪽에서도 속내를 터놓아야만 할 것 같은 압박감이 드는 것이었다. 분명 캐서린이 알지 못하는 사실 — 즉 랠프가 그녀를 사랑하고 있다는 사실을 말해주어야만 했다.

"그 사람이 뭘 하려는 건지 나도 몰라요." 그녀는 서둘러 말했다. "크리스마스 이후로는 만나지 못했으니까요."

캐서린은 이상한 일이라고 생각했다. 어쩌면 자신이 상황을 잘못 판단했는지도 몰랐다. 하지만 자신이 섬세한 감정에는 무딘 편이라고 생각하는 터였고, 지금과 같은 실수도 자기가 남녀 간의 감정보다는 숫자를 다루기에 더 잘 맞는 실제적이고 추상적인 기질이라는 증거라는 생각이 들었다. 어떻든 로드니는 그렇게 말할 것이었다.

"자 그럼 이제 —" 하고 그녀는 일어나려 했다.

"아, 제발 좀 더 있어줘요!" 메리는 손을 내밀어 그녀를 붙잡으며 말했다. 캐서린이 움직이자마자, 그대로 보내면 안 된다는, 뭐라 말할 수 없는 격한 느낌이 그녀를 사로잡았다. 만일 캐서린이 가버리면 그녀에게 말할 기회는 다시 오지 않을지도 몰랐다. 뭔가 엄청나게 중요한 것을 말할 유일한 기회가 사라지고 말 것이었다. 그저 몇 마디 말이면 캐서린의 주의를 일깨우고, 달아나지도 더 이상 침묵하지도 못하게 하기에 족할 것이었다. 하지만 그 말들이 혀끝에 맴돌면서도 목이 잠겨 말이 나오지 않았다. 따지고 보면, 도대체 왜 자기가 그 말을 해줘야 한다는 말인가? 그게 옳은 일이니까, 라고 그녀의 본능이 말했다. 다른 사람에게 아무 유보 없이 자신을 드러내는 것이 옳으니까. 그녀는 그 생각에 움찔하며 물러났다. 이미 마음이 송두리째 까발려진 사람에게 너무 큰 요구가 아닌가? 그것은 혼자서만 간직해야 할 무엇이 아닌가? 하지만 정말로 그 무엇을 자신의 것으로만 간직한다면? 그녀는 사방이 벽으로 둘러싸인, 엄청난 기간 동안 지속되는 삶을 그려보았다. 영원히 똑같은 감정을 지니고, 두터운 돌 벽 안에서 결코 변하지 않고. 그런 고독에 대한 상상에 그녀는 몸서리쳤지만, 그러면서도 그 소중한 고독에서 벗어나 말을 꺼낸다는 것은 여전히 힘에 부치는 일이었다.

캐서린을 붙잡았던 손이 스커트 단으로 미끄러져 내렸다. 그녀는 덧댄 모피를 만지작거리며, 마치 자세히 들여다보려는 듯 고개를 숙였다.

"이 모피가 맘에 드네요." 그녀는 말했다. "옷이 참 마음에 들어요. 그런데 내가 랠프와 결혼할 거라고 생각하면 안 돼요." 그녀는 말투를 바꾸지 않은 채 말을 이었다. "왜냐하면 그 사람은 나를 전혀 좋아하지 않으니까요. 그가 좋아하는 상대는 따로 있어요." 그녀의 고개는 여전히 숙여진 채였고, 손은 여전히 스커트를 만지작거리고 있었다.

"이건 낡고 오래된 옷이에요." 캐서린은 말했다. 메리의 말을 들었다는 유일한 표시는 말할 때 약간 멈칫한 것뿐이었다.

"그 사람이 누군지 말해도 될까요?" 메리가 몸을 일으키며 물었다.

"아니, 아니에요." 캐서린이 말했다. "하지만 당신이 잘못 생각할 수도 있지 않나요?" 그녀는 사실 엄청나게 불편하고 실망과 낙심을 맛보고 있었다. 사태가 이상하게 심각해지는 것이 싫었다. 그 결례에 마음이 상하기도 했다. 메리의 말투에 담긴 괴로움이 두려워서, 우려 섞인 눈길로 메리를 흘긋 건너다보았다. 하지만 그녀가 뜻 모르고 한 말이었으면 하고 바라면서도, 대번에 실망하고 말았다. 메리는 다시 의자에 바로 앉아 미간을 약간 찌푸린 채, 그 몇 분 사이에 십여 년은 살아버린 것처럼 보인다고 캐서린은 생각했다.

"어떤 일들에 대해서는 잘못 생각할 수가 없지 않나요?" 메리는 조용하게, 거의 냉정한 말투로 물었다. "사랑에 빠진다는 이 문제에서 내가 궁금한 점이 바로 그거예요. 난 항상 이성적이라고 자부했는데" 하고 그녀는 말을 이었다. "내가 이런 심정이 될 수 있으리라고는 생각지도 못했어요 ― 내 말은 다른 사람은 같은 마음이 아닌데 말이에요. 내가 바보였어요. 난 안 그런 척했지요." 여기서 그녀는 말을 멈추었다. "당신은 알지요, 캐서린" 하고 그녀는 자신을 추슬러 힘을 내며 말을 이었다. "난 사랑하고 있어요. 그건 의심할 수 없어요… 지독히 사랑하고 있어요… 랠프를요." 고개를 약간 앞으로 흔들자 머리칼이 한 줌 흩어지면서 그녀를 당당하고 도전적으로 보이게 했다.

캐서린은 혼자 생각했다. "그러니까 사랑이란 이런 느낌이로구나." 그녀는 자기가 말할 때가 아니라는 생각에 주저하다가 이윽고 낮은 음성으로 물었다. "당신은 사랑이 뭔지 아는군요."

"그래요." 메리가 말했다. "알지요. 사랑 안 할 수가 없는 거예요… 하지만 난 그 얘길 하려던 게 아니라, 당신에게 알려주고 싶었을 뿐이에요. 다른 걸 말하려 했었는데…" 그녀는 말을 멈추었다. "랠프한테서 이런 말을 해도 된다는 허락은 받은 적 없지만, 난 확신해요 ― 그는 당신을 사랑하고 있어요."

캐서린은 자신이 잘못 본 것이나 아닌가 하여 다시 그녀를 바라보았다. 메리는 흥분하거나 당황하여 헛소리를 하고 있는 것이 분명했다. 하지만 겉보기에는 전혀 그런 기미가 없었다. 그녀는 마치 어려운 논증의 조목들을 헤쳐 나가듯 미간을 모은 채, 감정적이라기보다 이성적인 사람으로 보였다.

"그건 당신이 착각하고 있다는 증거예요 ― 완전한 착각이에요." 캐서린도 차분하게 말했다. 그녀는 그 착각을 바로잡기 위해 자신의 기억을 더듬을 필요조차 없었다. 그녀의 마음속에는 만일 랠프가 자신에게 무슨 감정이 있다고 하면 비판적인 적대감 이외의 다른 것일 수 없다는 사실이 너무나 분명히 새겨져 있었기 때문이다. 그녀는 그 문제를 재고하지도 않았고, 메리 편에서도 일단 사실을 말하고 나자 굳이 입증할 필요를 느끼지 않았다. 다만 자신이 그런 말을 한 동기에 대해 캐서린보다도 자기 자신에게 설명해야 할 것만 같았다.

그녀는 뭔가 거대하고 위압적인 충동 때문에 용기를 내어 그렇게 한 것이었다. 말하자면 자신이 알 수 없는 파도의 품에 휩쓸렸다고나 할까.

"내가 이런 말을 하는 건" 그녀는 말했다. "당신이 좀 도와줬으면 해서예요. 난 당신을 질투하고 싶지 않아요. 그런데 실은 — 미칠 듯이 질투가 나거든요. 그래서 유일한 방법은 당신한테 말하는 거라고 생각했지요."

그녀는 머뭇거리면서 자신의 감정을 스스로에게 납득시키려 애썼다.

"당신에게 말하고 나면, 함께 이야기할 수 있잖아요. 질투심이 나면 그렇다고 말할 수 있고요. 뭔가 끔찍하게 비열한 짓을 하려는 유혹이 생겨도 그렇다고 말할 수 있겠지요. 당신한테라면 말할 수 있어요. 이런 이야기는 하기 어렵지만, 고립은 더 두려워요. 그러면 나 혼자 간직해야만 하겠지요. 바로 그 점이 두려운 거예요. 평생 변하지 않을 어떤 것을 마음속에 지니고 사는 거요. 난 달라지기가 참 어려워요. 어떤 일이 잘못되었다고 생각하면 계속 잘못되었다고만 생각하는 거지요. 랠프 말대로 전적으로 옳거나 그른 건 없는데도요. 내 말은, 사람들을 판단할 수는 없다는 거예요 —"

"랠프 데넘이 그런 말을 했어요?" 캐서린은 사뭇 분개하여 말했다. 메리에게 저토록 고통을 안겨주다니, 그는 아주 비정하게 행동한 것이 틀림없다고 생각되었다. 필시 뭔가 잘못된 철학 이론. 그의 행동을 한층 더 나쁘게 만든 이론을 빙자하여 자신에게 편리한 대로 우정을 저버렸을 것이었다. 그런 취지로 뭔가 말하려 하는데, 메리가 얼른 가로막았다.

"아니, 아니에요." 그녀는 말했다. "당신은 이해 못해요. 만일 잘못이 있다면 전적으로 나한테 있어요. 요컨대, 위험을 무릅쓰기로 한다면 —"

그녀의 목소리가 잦아들었다. 자신이 위험을 무릅쓴 나머지 얼마나 많은 것을 잃었는지 문득 깨달았던 것이다. 모조리 다 잃어버려서, 더는 랠프 이야기를 하면서 자기가 다른 사람들보다 그를 더 잘 안다고 할 만한 권리조차 남아 있지 않았다. 더는 자신의 사랑도 완전히 자기 것이 아니었으니, 그 사랑에서 랠프가 차지하는 몫이 불분명해진 때문이었다. 게다가 이제 한층 더 나쁜 것은, 다른 사람을 증인으로 삼고 보니, 인생을 어떻게 살아갈 것인가에 대한 확고한 비전마저 흔들려 불확실하게 되고 말았다는 사실이었다. 오래 누리던 온전한 우정에 대한 그리움이 너무 커서 눈물 없이는 참기 어려운 것을 느끼며, 그녀는 자리에서 일어나 방의 다른 쪽 끝까지 가서 커튼을 열어젖힌 채 잠시 거기서 감정을 억누르며 서 있었다. 슬픔 그 자체가 굴욕적이지는 않았다. 쓰라린 것은 자신에게 이 같은 배신행위를 저지른 것이 바로 자신이라는 사실이었다. 처음에는 랠프가, 그러고는 캐서린이, 자신을 궁지로 몰아넣고 속여서 모든 것을 빼앗아가기나 한 것처럼, 그녀는 자기 것이라 부를 만한 모든 것을 다 잃고 수치심 가운데 무너져 내렸다. 힘없는 눈물이 솟아나 뺨을 타고 흘러내렸다. 그러나 적어도 눈물만은 다스릴 수 있을 테고, 즉시 그렇게 하리라. 그러고는 돌아서서 캐서린을 마주하고 산산조각 난 용기에서 그나마 건질 것을 건지리라.

그녀는 돌아섰다. 캐서린은 아까와 똑같은 자세였다. 의자에서 조금 앞쪽으로 몸을 숙인 채, 난롯불을 들여다보고 있었다. 그 자세에는 어딘가 랠프를 생각나게 하는 데가 있었다. 그도 저렇게 앉아서, 몸을 약간 앞으로 한 채, 자기 앞만 골똘히 응시하곤 했었다. 마음은 어딘가 머나먼 곳을 떠돌면서 사색하고 추론하면서. 그러다가 또 불쑥 "이봐요, 메리" 하고 말을 꺼낼 테고 — 그러면 그처럼 낭만적인 침묵에 이어 더없이 즐거운 대화가 이어지곤 했었다.

하지만 캐서린의 말없는 모습에는 무엇인가 낯선 것, 조용하고 엄숙하고 의미심장한 것이 있어서 메리는 숨을 삼켰다. 가만히 서 있노라니, 그녀의 생각에는 비통함이 사라지고 없었다. 스스로 놀랄 만큼 차분하고 자신감이 있었다. 그녀는 조용히 자리로 돌아와 다시금 캐서린의 옆에 앉았다. 아무 말도 하고 싶지 않았다. 침묵 속에서 그녀는 더 이상 혼자가 아니었다. 그녀는 괴로워하는 자인 동시에 괴로움을 지긋이 지켜보는 자이기도 했다. 그녀는 이전 어느 때보다 더 행복했다. 모든 것을 빼앗기고 거부당했으면서도, 무한히 사랑받고 있었다. 그런 느낌들을 표현하려 해보았자 헛일이었다. 더구나, 굳이 아무 말도 하지 않더라도 마음이 통하고 있다고 믿어지는 것을 어찌하랴. 그래서 한동안 더 그들은 아무 말 없이 나란히 앉아 있었다. 메리는 여전히 오래된 드레스의 스커트에 달린 모피를 만지작거리면서.

제22장

캐서린이 윌리엄의 집을 향해 스트랜드 거리를 질주하듯 걸어간 것은 윌리엄과의 약속에 늦어질 것 같아서만은 아니었다. 시간 약속을 지키기 위해서라면 택시를 탈 수도 있었겠지만, 그녀는 메리의 말이 던진 불씨를 활활 태울 수 있게끔 바람을 쏘이고 싶었던 것이다. 그날 저녁 대화에서 남은 인상들 중 한 가지가 계시와도 같아서 그 나머지는 무의미해져버렸다. 메리의 그 표정, 그 말투, 그것이 사랑이었다.

'똑바로 앉아서 나를 바라보며 말했지. "난 사랑에 빠졌어요"라고.' 캐서린은 그 장면 전체를 오롯이 떠올려보았다. 너무나 큰 감명을 주는 장면이었으므로 일말의 동정심도 일지 않았다. 그것은 어둠 속에서 갑자기 확 일어난 불길과도 같았다. 그 불빛 가운데서 캐서린은 메리의 감정에 상응하는 것으로 여겼던 자신의 감정이 얼마나 어중간한가를, 그 전적인 허구성을 불편할 정도로 선명하게 깨달았다. 즉각 그 깨달음에 준하여 행동하기로 결심하자 얼마 전 황야에서 있었던 일이 어이없게 생각되었다. 그때는 도대체 왜 그랬는지, 지금 생각하면 알 수 없는 이유로 굴복하고 말았었다. 마치 안개 속에서 더듬으며 빙빙 돌다가 낭패에 빠졌던 곳을 환한 대낮에 다시 찾아가는 기분이었다.

'이렇게 간단한 것을.' 그녀는 혼자 속으로 중얼거렸다. '의심할 여지가 없어. 이제 사실대로 말하기만 하면 돼. 말하면 되는 거야.' 자신의 발걸음에 맞추어 중얼거리며, 메리 대칫에 대해서는 완전히 잊어버렸다.

윌리엄 로드니는 예상했던 것보다 일찍 귀가하여 피아노로 「마술 피리」의 멜로디를 쳐보고 있었다. 캐서린은 약속 시간보다 늦어지고 있었지만 처음 있는 일도 아닌 데다 음악을 별로 좋아하지도 않는 터라, 그가 지금처럼 음악을 즐기고 싶은 때는 오히려 잘된 셈이었다. 캐서린의 그런 점은 그녀 집안의 여자들이 드물게 음악적이라는 사실에 비추어보면 참 이상하다고 생각되었다. 그녀의 사촌인 카산드라 오트웨이만 하더라도 음악에 아주 고상한 취미를 갖고 있었으니, 그녀가 스톡던 하우스의 모닝룸[154]에서 날아갈 듯 환상적인 자태로 플루트를 연주하던 장면은 아주 매혹적인 기억으로 남아 있었다. 그는 그녀의 코, 오트웨이 가문 특유의 기다란 코가 플루트 속으로 들어갈 것만 같던 우스운 모양을 떠올리며 마치 그녀 자신이 모방을 불허하는 우아한 별종의 음악적 두더지처럼 보였다고 즐겁게 회상했다. 그 작은 그림은 그녀의 음악적이고 변덕스러운 기질을 썩 잘 나타내주는 것이었다. 고명한 가문의 아가씨가 지닌 그런 열정은 윌리엄에게 깊은 감명을 주었으며, 자신이 쌓아온 기량으로 그녀에게 도움이 될 수많은 방법을 궁리해보게 만들었다. 그녀에게 훌륭한 음악을 들을 기회를 마련해주어야만 했다. 위대한 전통을 계승한 이들이 연주하는 음악 말이다. 더구나, 대화 중에 나온 한두 마디로 미루어보건대, 그녀에게는 캐서린이 자신에게 없다고 공언하는 문학적 소양이 있을 것도 같았다. 비록 제

154) 여러 개의 거실이 있는 큰 집에서 아침나절을 보내는 데 사용되는 거실.

대로 배운 것은 아닐지언정 문학에 대한 열정적인 이해 말이다. 그래서 자기가 쓴 희곡을 한 편 빌려준 터였다. 캐서린은 늦어질 모양이고 「마술 피리」는 노래하는 이가 없으면 제맛이 나지 않으므로, 그는 기다리는 시간을 이용하여 카산드라에게 편지를 한 장 쓸 기분이 들었다. 형식에 대한 감각이 좀 더 충분히 발달하기까지는, 도스토예프스키보다는 포프[155]를 읽으라고 말이다. 그런 조언을 가볍고 장난스러운 방식으로, 그러면서도 자신이 소중히 품고 있는 목표에 지장이 되지 않는 방식으로 쓰기 시작했을 때, 계단에서 캐서린이 올라오는 소리가 났다. 아니, 캐서린이 아니었다. 착각이었음이 분명해졌지만, 편지 쓰는 일에 집중할 수가 없었다. 그는 감미롭게 퍼지는 도회적인 만족감을 즐기다 말고 불안과 기대로 뒤숭숭한 기분이 되었다. 저녁식사가 배달되었고, 식지 않도록 불 위에 올려놓아야 했다. 약속 시간에서 15분이 지나고 있었다. 그는 낮에 들은 마뜩잖은 소식을 상기했다. 사무실 동료 중 한 사람이 병이 나서 그는 한동안 휴가를 얻지 못하게 될 전망이었다. 그렇다는 것은 결혼 연기를 의미했다. 하지만 그런 가능성도 시계가 째깍거릴 때마다 엄습해오는 가능성, 즉 캐서린이 약속을 아예 잊어버렸을 가능성만큼 불쾌하지는 않았다. 크리스마스 이후로 그런 일이 좀 뜸해지긴 했지만, 또다시 일어나기 시작하면 어떻게 할 것인가? 자신들의 결혼이 그녀가 말한 대로 익살극이 되고 말면 어떻게 할 것인가? 그녀가 악의적으로 그에게 상처를 주려는 것은 결코 아님을 잘 알고 있었지만, 그녀의 성격에는 다른 사람들에게 상처를 주지 않을 수 없는

155) 알렉산더 포프(Alexander Pope, 1688-1744). 영국 고전주의의 대표적 시인. 그의 세련된 기교와 형식미를 도스토예프스키의 광기 어린 천재성보다 높이 평가하는 데서 로드니의 문학적 취향을 엿볼 수 있다.

무엇이 있는 것만 같았다. 냉정한 탓인지? 자신에게만 몰두해 있기 때문인지? 그는 그런 식의 설명에 그녀를 맞추려고 해보았지만, 도저히 납득이 가지 않았다.

'그녀가 이해하지 못하는 것이 너무나 많아.' 그는 카산드라에게 쓰다 말고 밀어둔 편지를 건너다보며 생각했다. 그렇게 즐거운 심정으로 시작한 편지를 왜 끝까지 쓰지 못하는 걸까? 이유는 캐서린이 언제라도 방에 들어올 수 있기 때문이었다. 그렇게 생각하자, 자신이 그녀에게 매여 있다는 사실에 그는 짜증이 났다. 문득, 그 편지를 그녀가 볼 수 있도록 펼쳐두기로 하자는 생각이 떠올랐다. 그러면 자기가 카산드라에게 희곡을 보내 평을 구했다는 것도 말할 기회를 잡을 수도 있을 것이었다. 아마도, 아무래도 확실치는 않지만, 그녀도 약이 오를지도 모른다고 — 그 결론에 미심쩍으나마 위로를 얻고 있는데, 노크 소리가 나더니 캐서린이 들어왔다. 그들은 냉랭하게 서로 키스했고, 그녀는 늦은 데 대해 아무 변명도 하지 않았다. 그녀가 거기 있는 것만으로도 그는 이상하게 감동이 되었지만, 그래도 그녀에게 일종의 반기를 들겠다는, 그녀의 속내를 알아내고야 말겠다는 결심이 약해져서는 안 된다고 마음을 다졌다. 그는 그녀가 혼자서 외투를 벗어 걸도록 내버려두고 자신은 상을 차렸다.

"당신한테 알릴 소식이 있소, 캐서린." 두 사람이 식탁에 앉자마자 그는 대뜸 말을 꺼냈다. "4월에는 휴가를 못 얻게 되었소. 결혼을 연기해야 할 것 같소."

그는 다소 딱딱하게 사무적인 어조로 말했다. 캐서린은 마치 그 말이 생각에 방해되기라도 한 듯 조금 움찔했다.

"그렇다고 달라질 건 없잖아요? 내 말은, 아직 집 계약도 안 했으니 말이에요." 그녀는 대답했다. "하지만 왜요? 무슨 일이 있어요?"

그는 무뚝뚝한 어조로, 동료 중 한 명이 건강이 나빠져서 몇 달가량, 어쩌면 6개월까지도, 쉬어야 한다고 말했다. 그럴 경우 자신들의 일정도 재고해보아야 할 것이었다. 그가 그 말을 하는 어조가 마침내 그녀가 보기에도 이상할 만큼 무심하게 들렸다. 그녀는 그를 바라보았다. 그가 그녀에게 기분이 상한 티는 나지 않았다. 옷은 제대로 차려입고 왔는지? 충분히 그렇다고 생각했다. 아마도 약속 시간에 늦어서? 그녀는 시계를 쳐다보았다.

"그때 집을 계약하지 않기를 잘했네요." 그녀는 상냥하게 말했다.

"뿐만 아니라 그 때문에 나도 한동안은 전처럼 한가하지 못할 것 같소." 그는 말을 이었다. 그녀는 그 모든 사정이 자신에게 잘 됐다는 생각은 들었지만, 그것이 딱히 무엇인지는 아직 알 수 없었다. 하지만 여기 오는 동안 그토록 강렬하게 타오르던 불빛은 그의 통보뿐 아니라 그의 태도 때문에도 갑자기 흐려지고 말았다. 그녀는 저항에 부닥칠 각오를 하고 왔는데, 지금 마주해야 하는 상황 — 정확히 무엇과 마주해야 하는지는 알 수 없지만 — 보다는 그 편이 훨씬 더 간단했을 터였다. 두 사람은 조용히, 심상한 화제를 나누며 식사했다. 음악은 그녀가 잘 아는 화제가 아니었지만, 그가 이것저것 가르쳐주는 것이 좋았고, 그가 이야기하는 동안 그렇듯 난롯가에서 음악이나 책 이야기를 하면서 저녁을 보내는 결혼생활을 그려볼 수 있었다. 그때가 되면 읽고 싶은 책을 읽을 시간이 날 테고 이제껏 사용해 보지 않은 두뇌의 모든 근육을 동원하여 알고 싶은 것을 단단히 붙들 것이다. 분위기가 아주 느슨해져 있었다. 불쑥 윌리엄이 말문을 열었다. 그녀는 자신의 생각들을 한 옆으로 밀어놓으며, 불안한 눈길로 고개를 들었다.

"카산드라에게 보낼 편지는 주소를 어디로 해야 하오?" 그는 물었다. 윌리엄은 아무래도 오늘 밤 뭔가 꿍꿍이가 있거나, 아니면 기분이 언짢거나 한 것이 확실했다. "우리는 친구가 되었거든." 그가 덧붙였다.

"그 애는 집에 있을 거예요." 캐서린은 대답했다.

"너무 집에만 붙들어두는 거 아니오." 윌리엄이 말했다. "런던으로 불러 음악이라도 듣게 해주는 게 어떻소? 괜찮다면 쓰던 편지를 마저 쓰고 싶은데. 내일은 받아볼 수 있었으면 해서 말이오."

캐서린은 의자에 등을 기대고 편하게 앉았고, 로드니는 무릎으로 종이를 받친 채 문장을 써나갔다. "문체는 알다시피 우리가 소홀히 하기 쉬운 무엇입니다 —" 하지만 그는 자신이 문체에 대해 쓰고 있는 것보다 자신을 바라보는 캐서린의 시선을 훨씬 더 의식하고 있었다. 그녀가 자신을 바라보고 있다는 것은 알면서도, 그녀가 약이 올랐는지 무심한지는 짐작이 가지 않았다.

사실 그녀는 그만하면 그의 덫에 걸린 셈으로 충분히 불쾌해서 자신이 생각해두었던 바를 밀고 나갈 수가 없었다. 윌리엄 쪽에서 이렇게 데면데면한 태도로 나오자 적의 없이, 대체로 그리고 완전히, 절연한다는 것이 불가능해져버렸다. 메리의 상황이 얼마나 더 바람직한가 싶었다. 해야 할 일이 분명하고, 실제로 하고 있으니까. 사실 그녀는 자신의 가족과 친지들이 그처럼 두각을 나타내는 모든 세련되고 절제되고 섬세한 것에는 일말의 유치함이 있는 것이 아닌가 하는 생각마저 드는 것을 어쩔 수 없었다. 가령, 그녀는 카산드라를 무척 좋아하기는 했지만, 카산드라처럼 기분파적으로 사는 것은 경박하다고 느껴졌다. 심취의 대상이 사회주의였다가, 양잠으로, 음악으로, 노상 바뀌는 것이었다. 윌리엄이 갑작스레 그녀에게 관심을 갖게 된 것은 아마도 이 마지막 것 때문이겠지만. 하여간 전에는 윌리엄이 그녀 앞에서 편지를 쓴다며 시간을 보낸 적이 한번도 없었다. 지금까지는 모든 것이 불투명하기만 했던 곳에 문득 빛이 비쳐드는 것만 같은 신기한 느낌이 들면서, 결국, 어쩌면, 아니 아마도, 아니 확실히, 자신이 거의 진력이 날 정도로 당연하게 받아들이던 로드니의 애정이 실은 생각보다 훨씬 엷거나, 아니면 더 이상 남아 있지 않다는 사실이 차츰 깨달아졌다. 그녀는 그 발견이 그의 얼굴에 무슨 흔적이라도 남겼을 것처럼 그를 주의 깊게 살펴보았다. 그녀는 그의 겉모습이 그처럼 존경할 만하고 감수성과 지성이 풍부해 보인 적이 없었다. 하지만 그런 특질들에 대해 그녀는 마치 낯선 사람의 얼굴에서 느끼듯 무덤덤할 뿐이었다. 편지지 위로 수그린 머리는 늘 그렇듯 생각이 많아 보였지만, 이제는 어딘가 침착한 것이 마치 유리창 너머에서 누군가에게 말하고 있는 얼굴처럼 아득하게 느껴졌다.

그는 눈도 들지 않고 계속 쓰기만 했다. 그녀는 뭔가 말을 걸어보려다가, 자신은 그에게 그런 애정의 표시를 구할 권리가 없다는 생각이 들었다. 그가 그처럼 아득하게 느껴지는 것이 그녀를 의기소침하게 만들었고, 인간의 무한한 고독을 의심할 여지없이 보여주는 성싶었다. 그녀는 그 진실을 그토록 뼈저리게 느낀 적이 없었다. 그녀는 시선을 돌려 난롯불을 들여다보았다. 자신과 로드니가 물리적으로도 서로 말해도 들리지 않는 거리에 있는 것만 같았고, 정신적으로 동지애를 주장할 수 있는 인간이라고는 분명 아무도 없었다. 전처럼 뿌듯한 꿈이라고는 없고, 아무것도 실재를 믿을 수 없었다. 수(數)니, 법이니, 별이니, 사실이니 하는 추상적 관념들 말고는 아무것도 없건만, 막상 그런 것에 대해서는 아는 것이 별로 없다는 일종의 수치심 때문에 감히 손 내밀 수 없었다.

로드니가 이처럼 오랜 침묵의 어리석음과 그런 잔꾀의 비열함을 스스로 인정하고 뭔가 허심탄회하게 웃어버릴 구실이나 고백의 기회를 찾으려고 고개를 들었을 때, 그의 눈앞에 있는 모습은 전혀 뜻밖이었다. 캐서린은 그의 잘잘못 같은 것은 깡그리 잊어버린 듯했다. 그녀는 주변의 모든 것으로부터 완전히 동떨어진 것에 골몰한 표정이었다. 그녀의 방심한 태도는 여성적이기보다 오히려 남성적으로 보였다. 어색한 분위기를 깨려던 그의 충동은 싸늘하게 식어버렸고, 다시금 자신의 무능함에 대한 분통터지는 의식이 되살아났다. 그는 카산드라의 변덕스럽고 매력적인 모습을 그려보며 캐서린과 비교하지 않을 수 없었다. 캐서린은 감정을 잘 드러내지 않고, 무심하고 말수도 적지만, 그래도 그녀에게는 뭔가 뛰어난 점이 있어서 그녀한테 좋은 평가를 받지 못하면 안 될 것만 같았다.

잠시 후 그녀는 그쪽을 돌아보았다. 하던 생각을 마침내 접고 그의 존재를 의식한 듯한 태도였다.

"편지는 다 썼어요?" 그녀는 물었다. 그는 그녀의 말투에서 어렴풋이 우스워하는 기미를 알아챘지만, 질투의 흔적은 없었다.

"아니, 오늘 저녁에는 더 쓰지 않기로 했소." 그는 말했다. "왠지 더 쓸 기분이 안 나서. 하려는 말을 잘 할 수가 없소."

"카산드라는 그 편지가 잘 쓴 건지 못 쓴 건지 모를 텐데요." 캐서린이 말했다.

"글쎄, 그럴 것 같지 않소. 내 생각에 그녀는 문학적 감수성이 뛰어난 것 같소."

"그럴지도 모르지요." 캐서린은 무심하게 대꾸했다. "그런데 최근에는 날 교육하는 걸 게을리하는 것 같은데요. 뭔가 읽어줘요. 내가 책을 골라볼까요." 그렇게 말하면서, 그녀는 그의 책장으로 가서 되는 대로 책을 고르기 시작했다. 두 사람 사이의 거리를 절감케 하는 기묘한 침묵이나 말다툼보다야 뭐라도 나을 것이었다. 이책 저책을 꺼내보면서 그녀는 채 한 시간도 되기 전에 자신이 가졌던 확신을 아이러니컬한 기분으로 생각해보았다. 어떻게 그것이 한순간에 사라져버렸는지, 자신들이 어디 있는지, 무엇을 느끼며 윌리엄이 자기를 사랑하는지 어떤지도 알지 못하면서, 그저 최선을 다해 시간만 때우려 하고 있는지, 어이가 없었다. 생각해볼수록 메리의 정신 상태가 놀랍고도 부러웠다 — 만일 정말로 그녀가 생각하는 것 같다면 — 여자의 딸들 중 누군가에게 그런 단순성이 존재한다면 말이다.

"스위프트" 하고 그녀는 적어도 그 문제만은 단안을 내리겠다는 듯 아무 책이나 꺼내들며 말했다. "스위프트를 좀 읽어볼까요."

로드니는 책을 받아들고 페이지 사이에 손가락을 끼웠지만, 아무 말도 하지 않았다. 그의 얼굴에는 묘하게 생각에 잠긴 표정이 떠올랐다. 마치 이것과 저것을 저울질하면서 결심이 서기 전에는 아무 말도 하지 않을 듯한 표정이었다.

캐서린은 의자를 그의 곁으로 당겨놓으면서 그의 침묵을 눈치채고는 문득 불안해져서 그를 바라보았다. 자신이 무엇을 기대하는지 또는 두려워하는지 알 수 없었다. 그 순간 그녀의 마음을 사로잡은 것은 그의 애정을 확신하려는 극히 비합리적이고도 억제할 수 없는 욕망이었을지도 모른다. 그의 짜증이나 불평, 까탈스레 따지고 드는 것에는 익숙해져 있었지만, 마치 내적인 힘을 의식하는 데서 오는 듯 침착하고 조용한 태도에는 어리둥절할 따름이었다. 뒤이어 어떤 일이 벌어질지 알 수가 없었다.

마침내 윌리엄이 입을 열었다.

"내 생각엔 좀 이상한 것 같은데. 그렇지 않소?" 그는 초연하게 생각에 잠긴 어조로 물었다. "내 말은, 대부분의 사람들은 결혼이 여섯 달씩이나 연기되면 무척 당황할 거라는 말이오. 그런데 우리는 전혀 그렇지 않으니, 당신은 이걸 어떻게 설명하겠소?"

그녀는 눈을 들어 감정적인 데라고는 없이 공정한 그의 태도를 지켜보았다.

"내 생각에는" 하고 그는 그녀의 대답을 기다리지 않고 말을 이었다.

"우리 둘 다 서로에게 전혀 로맨틱한 감정을 느끼지 않기 때문인 것 같소. 그건 필시 우리가 서로 안 지 너무 오래되었기 때문일 수도 있겠지만, 그것만은 아니라는 생각이 들거든. 뭔가 기질적인 문제가 있는 것 같소. 내 생각에 당신은 좀 냉정한 편이고, 난 좀 자기중심적이지 않은가 싶은데. 만일 그렇다면 우리가 서로에 대해 아무 환상도 없다는 게 상당히 설명될 것 같소. 물론, 만족스러운 결혼 생활이 꼭 그런 이해에 기초해야 한다는 말은 아니지만, 오늘 아침 윌슨한테서 그 소식을 들었을 때 내가 전혀 아무렇지도 않다는 것이 이상하게 느껴졌었소. 그런데 우리가 그 집을 계약하지 않은 게 확실하오?"

"내가 편지들을 가지고 있으니까, 내일 다시 검토해볼게요. 하지만 아직 안전한 쪽이라고 확신해요."

"고맙소. 심리적인 문제로 말하자면" 하고 그는 마치 자기와는 상관없는 이야기를 하듯 초연한 태도로 말을 이었다. "우리 둘 다 제3자에 대해서는 요컨대 로맨스라 할 만한 것을 느낄 능력이 있다는 건 확실한 것 같소. 적어도 내 경우엔 의심할 여지가 없소."

캐서린이 그를 알고 지낸 후로, 그가 자신의 감정 상태에 대해 그렇게 자세히, 그리고 아무런 감정의 동요 없이 말하는 것은 아마도 처음인 듯했다. 그는 그렇게 내밀한 화제는 웃음으로 비켜가거나 화제를 바꾸기 마련이었다. 마치 남자라면, 적어도 세상 물정을 아는 남자라면, 그런 화제를 입에 올리는 것은 어리석거나 취향이 수상쩍다는 듯이 말이다. 그런데 뭔가를 설명하려는 것이 분명한 그의 태도를 보자 궁금증이 일면서 자존심에 입었던 상처도 오히려 아물어졌다. 뿐만 아니라, 어쩐지 그와 함께 있는 것이 평소보다 더 편하기도 했다. 피차 대등하다는 느낌에서 오는 편안함인지 — 하지만 당장 그것까지 생각할 여유는 없었다. 그가 하는 말들은 그녀 자신이 처해 있는 문제들에도 빛을 던져주는 만큼 관심이 갔다.

“그 로맨스라는 게 뭐지요?” 그녀는 물었다.

“아, 그게 문제요. 아직까지 나도 만족스러운 정의를 찾지 못한 상태요. 몇 가지 괜찮은 게 있긴 하지만 —” 그는 책장 쪽을 돌아다보았다.

“어쩌면 상대방을 완전히 알지 못하는 데서 나오는 게 아닐까요 — 무지에서요.” 그녀는 용기를 내어 말해보았다.

“몇몇 권위자들은 거리감의 문제라고도 합디다 — 문학에서의 로맨스란 —”

“아마도, 예술에서는 그렇겠지요. 하지만 실제 사람들의 경우에는 혹시 —” 그녀는 머뭇거렸다.

“당신은 그런 경험을 해본 적이 없소?” 그는 물으며, 그녀를 재빨리 건너다보았다.

“그건 내게 엄청난 영향을 끼쳤던 것 같아요.” 그녀는 자신에게 방금 제시된 시각의 가능성들을 따져보기에 몰두한 듯한 말투로 대답했다. “하지만 내 생활에는 그럴 여지가 별로 없어요.” 그녀는 덧붙였다. 그녀는 자신이 날마다 하는 일, 극히 로맨틱한 어머니가 있는 집에서 자신에게 요구되는 양식과 자제심과 정확성 같은 것들을 되새겨보았다. 아, 하지만 그녀의 로맨스는 어머니의 로맨스와는 다른 것이었다. 그것은 하나의 열망이며 메아리이며 소리였다. 그녀는 그것에 색채와 형체와 음악을 부여할 수 있을 것만 같았지만, 말로는 표현할 수가 없었다. 아니, 말로는 결코 되지 않았다. 그녀는 그처럼 일관성도 없고 말로 표현할 수도 없는 욕망에 안타까운 한숨을 지었다.

“하지만 놀랍지 않소.” 윌리엄은 재우쳤다. “당신도 나도 서로에게 그런 것을 전혀 느끼지 않다니 말이오.”

캐서린은 자기도 그 점이 놀랍다고 동의했다. 하지만 그녀에게 한층 더 놀라운 것은 자신이 그런 문제를 윌리엄과 함께 토론하고 있다는 사실이었다. 그것은 전혀 새로운 관계의 가능성을 열어주는 것이었다. 어떻게인가 그가 그녀 자신으로서는 이해할 수 없었던 바를 이해하도록 도와주는 것만 같았다. 감사한 마음에서 그녀는 오누이처럼 그를 도우려는 마음이 들었다 — 자신이 그에 대해 로맨틱한 감정이라고는 없다는 가슴 아픈 사실을 제외하고는 말이다.

“당신은 그런 식으로 사랑하는 사람과 함께라면 아주 행복해질 것 같아요.” 그녀는 말했다.

“그렇다면 사랑하는 상대를 좀 더 잘 알게 되더라도 로맨스는 유지될 거라는 말이오?”

그는 자신이 꺼리는 분위기를 피하려고 짐짓 격식을 차린 말투로 물었다. 황야에서 낙엽 위에 앉아 이야기를 나누던, 그로서는 수치감 없이 생각할 수 없는 그 장면처럼 굴욕적이고 난처한 감정 노출이 되지 않으려면 이 상황을 아주 조심스럽게 다루어야만 했다. 그런데도 한마디 한마디가 그를 홀가분하게 했다. 그는 지금껏 자신도 몰랐던 욕망들에 대해, 자신이 캐서린과 그토록 힘들었던 이유에 대해 차츰 알게 되는 듯했다. 애초에 그를 들쑤셨던, 캐서린에게 상처를 주고 싶다는 욕망은 씻은 듯 사라졌고, 이제 자기를 도울 수 있는 것은 캐서린뿐이라는 느낌이 들었다. 서두르지 말아야 했다. 꺼내기 어려운 이야기가 아주 많았다. 카산드라의 이름만 해도 그랬다. 그는 난로의 석탄 한복판에 높은 산들로 둘러싸인 듯 이글대는 협곡과도 같은 지점에서 눈을 뗄 수가 없었다. 그는 캐서린이 말을 이어주기를 아슬아슬한 심정으로 기다렸다. 그녀는 그가 그런 식으로 사랑하는 사람과 함께라면 아주 행복해지리라고 말했었다.

"당신이라면 유지 못할 이유가 없다고 봐요." 그녀는 말을 이었다. "얼마든지 상상이 되는데요 —" 그녀는 입을 다물었다. 그가 더없이 진지하게 경청하고 있으며, 그의 정중한 태도는 극도의 열망을 감추기 위한 가면일 뿐이라는 사실을 눈치챘던 것이다. 그렇다면 누군가가 있었다 — 어떤 여자가 — 누굴까? — 카산드라? — 아, 그럴지도 몰랐다!

"가령" 하고 그녀는 가능한 한 태연한 말투로 계속했다. "가령 카산드라 오트웨이 같은 사람이라면요. 사실 카산드라는 오트웨이 집안에서 제일 흥미로운 사람이지요 — 헨리만 빼고 말이에요. 그렇더라도, 난 카산드라 쪽이 더 좋지만요. 그 애는 그저 똑똑한 것 이상이에요. 개성이 있어요 — 아주 독자적인 사람이에요."

"그 징그러운 벌레들!" 하고 윌리엄이 신경질적인 웃음을 터뜨리며 말할 때 가벼운 경련이 전신을 뚫고 지나가는 것을 캐서린은 눈치챘다. 역시 카산드라였어! 아무 감정 없이 자동적으로 그녀는 대답했다. "당신은 그녀가 뭔가에 — 다른 뭔가에 빠져 있다고 생각할지도 모르지만 — 그녀는 음악을 좋아해요. 아마 시도 쓸 걸요. 그녀에게 독특한 매력이 있는 것은 분명해요."

그녀는 마치 그 독특한 매력을 규명하기나 하려는 듯 말을 멈추었다. 잠시 침묵이 흐른 후, 윌리엄이 불쑥 말했다.

"내 생각엔 정이 많은 사람 같던데?"

"아주 정이 많지요. 헨리를 숭배하다시피 한답니다. 그 집안이 어떤지 생각해보세요 — 프랜시스 고모부는 노상 이런저런 이유로 기분이 안 좋고 —"

"저런, 저런, 저런" 하고 윌리엄이 웅얼거렸다.

"당신들은 비슷한 점이 많아요."

"아, 이런, 캐서린!" 윌리엄은 소리치며 난롯불의 그 지점에서 눈을 떼고 의자에 벌렁 기대앉았다. "대체 우리가 무슨 이야기를 하는지 모르겠소... 내 장담하지만..."

그는 극도의 혼란으로 뒤덮이고 말았다.

그는 아직도 『걸리버 여행기』 갈피에 끼우고 있던 손가락을 빼고 책을 펼쳐서 마치 낭독에 적당한 챕터를 찾기라도 하려는 양 목차를 훑어보았다. 캐서린은 그를 지켜보면서, 그의 당혹감을 드러내는 징후들에 자신도 사로잡히는 듯했다. 그러면서도, 만일 그가 읽을 페이지를 고르고 안경을 꺼내 목청을 가다듬고 낭독을 시작한다면, 평생 다시 오지 않을 기회가 두 사람 모두에게 사라져버리고 말리라는 확신이 들었다.

"우리는 두 사람 모두에게 아주 중요한 이야기를 하고 있어요." 그녀는 말했다. "스위프트는 다음 기회로 미루고, 좀 더 이야기를 하는 게 좋지 않을까요? 난 별로 스위프트를 읽을 기분이 아니고, 이럴 땐 어떤 작가를 읽더라도 안 된 일이지요 — 특히 스위프트는요."

현명한 문학적 고려를 내세운 것은 그녀의 예상대로 윌리엄의 자신감을 되찾아주었고, 그는 책을 책장에 도로 꽂은 다음 그녀에게 등을 돌린 채 그 상황을 이용하여 자기 생각을 정리해보았다.

하지만 그 잠깐의 내적 성찰은 그에게 당혹스런 결과를 가져왔으니, 그는 들여다본 자신의 마음이 더 이상 친숙한 터전이 아님을 깨달았다. 말하자면 전에 한번도 의식적으로 느껴본 적이 없던 것을 느끼고 있는 것이었다. 그는 자신이 생각해온 것과는 전혀 다른 사람임이 드러났다. 그는 미지의 가능성들이 격동하는 바다 위에 떠 있는 것만 같았다. 그는 방 안을 이리저리 서성이다가, 캐서린의 옆에 있는 의자에 털썩 주저앉았다. 이런 느낌은 처음이었다. 자신을 전적으로 그녀의 손에 맡기고 모든 책임을 떨쳐버린 느낌이었다. 그는 거의 소리 내어 부르짖을 뻔했다.

'이 모든 혐오스럽고 격렬한 감정들을 들쑤셔놓은 건 바로 당신이야. 그러니 당신이 최선을 다해 어떻게든 해보라고!'

그러나 그녀가 가까이 있다는 것이 그의 동요를 가라앉히고 차분하게 만드는 효과를 가져왔고, 그는 어째서인지 그녀와 함께 있으면 안전하다는, 그녀가 그를 꿰뚫어보고 그가 원하는 것이 무엇인지 알아내어 구해줄 것만 같다는 은연중의 신뢰를 의식할 뿐이었다.

"당신이 내게 하라는 것은 뭐든지 할 용의가 있소." 그는 말했다. "당신 처분에 맡기겠소, 캐서린."

"당신 심정을 자세히 말해봐요." 그녀가 말했다.

"글쎄, 한꺼번에 너무나 많은 느낌이 뒤섞여서, 내 심정이 어떤지도 잘 모르겠소. 그날 오후 황야에서 — 그러니까 그때 — 그때 —" 그는 입을 다물었고, 그때 무슨 일이 일어났는지 결국 말하지 않았다. "당신의 그 대단한 양식 덕분에 늘 그렇듯 설복된 셈인데 — 지금 당장은 말이지 — 하지만 뭐가 진실인지는 하늘이나 알까!" 그는 탄식했다.

"진실은 당신이 카산드라와 사랑에 빠졌거나, 빠진 것 같거나, 그런 거 아닌가요?" 그녀는 상냥하게 물었다.

윌리엄은 고개를 끄덕였다. 잠시 침묵 후 그는 우물거렸다.

"당신 말이 맞는 것 같소, 캐서린."

그녀는 자기도 모르게 한숨을 쉬었다. 말을 하면서 점점 더 강력하게, 제발 이런 결론에 이르지만은 말기를 바라고 있었다. 스스로 놀랄 정도로 고통스러운 순간이 지나간 후, 그녀는 자신이 그를 도울 수 있기만 바란다고 말하기 위해 용기를 끌어모았고 막 첫 마디를 꺼내려는데 문 두드리는 소리가 났다. 잔뜩 긴장해 있던 두 사람은 화들짝 소스라쳤다.

"캐서린, 난 당신을 숭배하오." 그는 반쯤 속삭이듯이 말했다.

"그래요." 그녀는 조금 떨며 몸을 움츠렸다. "하지만 당신은 문을 열어야 해요."

제23장

랠프 데넘은 방에 들어와 캐서린이 자신에게 등을 향한 채 앉아 있는 모습을 보자, 마치 여행자가 길을 가다가 때로 맞닥뜨리는 것과도 같은 분위기 변화를 의식했다. 특히 해가 진 후, 춥고 축축한 곳으로부터 내달려 건초와 콩밭의 달콤함을 간직한 온기가 아직 그대로 남아 있는 곳으로 느닷없이 들어서게 될 때, 이미 달이 떴는데도 해가 여전히 빛나는 것처럼 느껴지는 것과도 비슷했다. 그는 주춤하면서 몸이 떨리는 것을 느끼고는 짐짓 태연하게 창가로 다가가 코트를 벗어놓고, 커튼 주름 사이에 조심스레 지팡이를 균형 잡아 세워놓았다. 그렇게 자기 마음을 가라앉히며 준비하느라, 다른 두 사람이 어떤 상태인지는 살필 겨를이 없었다. 눈의 광채며 핏기가 가신 뺨에서 동요의 기미를 읽을 수도 있었으련만, 그에게는 그런 것조차도 캐서린 힐버리의 일상생활이라는 대단한 드라마의 배우들에게 걸맞은 것으로만 보였다. 아름다움과 열정은 그녀의 존재 자체의 숨결이라고 그는 생각했다.

그녀는 그의 출현에 별다른 반응이 없었고, 실제와는 달리 침착한 태도를 취하는 것이 전부였다. 하지만 윌리엄은 그녀보다 훨씬 더 불안한 상태라, 그녀가 그를 돕겠다던 다짐은 우선 건물이 지어진 시대니 건축가의 이름이니 하는 진부한 화제의 형태로 실현되었다. 덕분에 그는 서랍에서 몇 가지 디자인을 더듬어 찾아 세 사람 사이의 테이블에 꺼내놓을 구실을 얻을 수 있었다.

세 사람 중에서 누가 그 디자인들을 더 유심히 들여다보았는지는 말하기 어렵지만, 세 사람 중 아무도 할 말을 찾지 못한 것은 확실했다. 그래도 살롱에서 다년간 손님을 맞이해온 경험 덕분에 캐서린은 뭔가 적절한 말을 했고, 그러면서 자신의 손이 떨리는 것을 눈치채고는 슬며시 테이블에서 손을 거두었다. 윌리엄은 열심히 맞장구쳤고, 데넘도 다소 상기된 어조로 그를 거들었다. 이윽고 그들은 도면들을 치워버리고, 난롯가로 다가 앉았다.

"난 런던을 통틀어 가장 살고 싶은 곳이 여깁니다." 데넘이 말했다.

('그리고 난 아무 데도 살 곳이 없네요.') 캐서린은 속으로 생각하면서, 겉으로는 그 말에 맞장구쳤다.

"원한다면 여기 집을 구할 수 있을 거요." 로드니가 말을 받았다.

"하지만 난 이제 런던을 아주 뜰 작정이라서 — 지난번에 얘기하던 시골집을 빌리기로 했거든요." 그 발표는 듣는 사람 둘 중 아무에게도 별다른 의미가 없는 듯했다.

"정말이오? — 서운하게 됐소이다... 주소를 알려줘요. 하지만 완전히 연락을 끊고 지내려는 건 아니겠지요 —"

"당신들도 이제 곧 이사를 하겠군요." 데넘이 말했다.

윌리엄이 허둥대는 기색이 너무 완연했으므로, 캐서린은 얼른 자신을 가다듬고 질문을 던졌다.

"그 시골집은 어디 있나요?"

데넘은 그녀에게 대답하느라 몸을 돌려 그녀를 바라보았다. 눈이 마주치자 그녀는 자신이 랠프 데넘에게 이야기하고 있다는 사실을 비로소 깨닫고는, 자세한 데까지 기억하지 않더라도 자신이 아주 최근에 그에 대해 말한 적이 있고 그에 대해 나쁘게 생각할 이유가 있다는 것이 생각났다. 메리가 뭐라고 했었는지 정확히 기억나지는 않았지만, 뭔가 새로 알게 된 것이 한 무더기 있는데 충분히 검토할 만한 시간이 없었다는 — 마치 만(灣) 저쪽에 그 무더기가 있는 것만 같은 느낌이 들었다. 그러나 심적 동요로 인해 지난 일들이 더없이 기묘하게 보였다. 일단 눈앞의 문제를 해결한 다음 그 일은 조용히 생각해보아야 했다. 그녀는 랠프가 하는 말을 듣는 데 주의를 기울였다. 그는 노퍼크[156]에 시골집을 하나 빌렸다는 이야기를 하고 있었고, 그녀는 자기도 그 근방을 안다고, 혹은 알지 못한다고 말하고 있었다. 하지만 다음 순간 그녀의 주의는 로드니에게로 쏠렸고, 자기들 두 사람이 연결되어 있으며 서로의 생각을 공유하고 있다는, 평소와는 다른, 실로 전에 없던 느낌이 들었다. 만일 랠프만 거기 없었다면, 그녀는 대번에 윌리엄의 손을 잡고 그의 머리를 자신의 어깨에 기대게 하고 싶은 충동에 지고 말았을 것이다. 그것이 그녀가 그 순간 다른 어떤 것보다도 하고 싶은 일이었기 때문이다. 단 한 가지, 혼자 있고 싶다는 소원만 빼고 — 그래, 그거야말로 그녀가 원하는 것이었다. 그녀는 그 모든 이야기가 참을 수 없이 지겨웠고, 그런 감정이 드러날 것만 같아 진저리쳤다. 랠프에게 대답하는 것도 잊어버려, 이제는 윌리엄이 말하고 있었다.

"그런데 시골에서 할 일이 뭐 있을까요?" 그녀는 반쯤밖에 듣지 못한 대화에 끼어들며 되는 대로 불쑥 질문을 던졌기 때문에, 로드니와 데넘은 두

156) 잉글랜드 동부에 있는 주. 메리의 고향인 링컨셔의 남동쪽에 있다.

사람 다 조금 놀라서 그녀 쪽을 돌아다보았다. 하지만 그녀는 곧장 대화를 이어나갔고, 이번에는 윌리엄이 입을 다물었다. 그는 하던 이야기를 어느새 잊어버린 듯, 초조한 듯 "그래, 그렇군" 하고 간간이 끼어들 뿐이었다. 시간이 갈수록 그는 램프의 존재를 견딜 수 없었다. 캐서린에게 해야 할 말이 너무나 많았기 때문이다. 그녀와 이야기할 수 없게 되자마자 쌓이기 시작한 끔찍한 의혹들과 대답할 수 없는 질문들을 그녀 앞에 내려놓아야만 했다. 지금 그를 도울 수 있는 것은 그녀뿐이었다. 그녀와 단둘이 대면할 수 없다면 도저히 잠들 수 없을 것만 같았고, 잠시 정신이 나간 순간 자신이 대체 뭐라고 말했던 것인지도 알 수 없었다. 아니, 아주 정신이 나가지는 않았던가? 그는 고개를 끄덕여가며 "그래, 그렇지" 하고 되뇌면서 캐서린을 바라보았다. 그녀는 얼마나 아름다운지, 이 세상에 그가 그녀보다 더 찬미하는 사람은 아무도 없었다. 그녀의 얼굴에 서린 감정은 그가 전에 본 적 없는 표징으로 나타나 있었다. 어떻게든 그녀와 단둘이 말할 방도를 궁리하는데, 그녀가 자리에서 일어나는 바람에 그는 깜짝 놀랐다. 그는 당연히 그녀가 데넘보다 늦게까지 남으리라고 기대하고 있었던 것이다. 그렇다면 그녀에게 뭔가 따로 말할 기회는 아래층으로 따라 내려가 길거리까지 함께 나가는 것밖에 없었다. 하지만 뒤죽박죽으로 얽힌 생각들이 하나같이 너무나 격렬하여 아주 간단한 생각조차 뭐라고 말해야 할지 머뭇거리는 사이에, 전혀 뜻밖의 상황이 벌어지는 바람에 아예 말문이 막히고 말았다. 데넘이 자리에서 일어나며 캐서린 쪽을 향해 이렇게 말한 것이다.

"저도 이만 가보렵니다. 함께 나갈까요?"

윌리엄이 미처 그를 붙들 새도 없이 — 아니, 붙들어야 하는 것은 캐서린 쪽이던가? — 데넘은 모자와 지팡이를 집어 들고는 캐서린을 위해 현관문을 열어주고 있었다. 윌리엄이 할 수 있는 일이라고는 기껏해야 계단 꼭대기에 서서 굿나잇 인사를 하는 것이 전부였다. 두 사람과 함께 나가겠다는 제안은 물론이고, 그녀에게 좀 더 머물라는 권유도 할 수 없었다. 그는 그녀가 어둑한 계단을 더듬듯 천천히 내려가는 것을 지켜보았고, 계단의 장식널을 배경으로 두 사람의 머리가 나란히 눈에 들어오는 순간, 고통스러운 질투의 감정이 엄습하여, 자신의 발이 아직 슬리퍼를 신고 있다는 것을 의식하지 않았더라면 그들 뒤를 따라가며 소리쳤을 것이었다. 하지만 실제로는 그 자리에서 꼼짝도 할 수가 없었다. 계단이 꺾어지는 모퉁이에서 캐서린은 두 사람의 우정의 맹약을 확인이라도 하려는 듯 뒤돌아 올려다보았지만, 그녀의 말없는 인사에 답하는 대신 윌리엄은 냉소 내지는 분노를 담은 싸늘한 눈길로 쓴웃음을 지어 보였다.

그녀는 순간 멈칫하더니 천천히 안뜰로 내려섰다. 좌우를 둘러보고는 또다시 하늘을 쳐다보았다. 데넘의 존재는 생각하는 데 방해가 될 뿐이었다. 혼자가 되기까지 얼마나 함께 걸어야 할까를 궁리하는데, 스트랜드에 이르러 택시가 보이지 않자 랠프가 불쑥 침묵을 깨뜨렸다.

"택시가 없는 것 같군요. 조금 더 걸을까요?"

"그러지요." 그녀는 그에게 눈길도 주지 않은 채 대답했다.

그녀가 생각에 잠긴 것을 의식했는지, 아니면 그 자신도 자기 생각에 몰두했는지, 랠프는 더 말하지 않았고, 두 사람은 스트랜드를 따라 한동안 잠자코 걸었다. 랠프는 최선을 다해 생각을 정리하는 중이었고, 일단 입을 열면 제대로 말하리라는 결의 때문에 정확한 어휘와 말하기 적당한 장소를 찾기까지 기다려야만 했다. 스트랜드는 너무 붐볐고, 빈 택시가 금방 나타날 우려도 있었다. 그래서 그는 아무 설명 없이 왼쪽으로 돌아 강으로 나가는 샛길로 접어들었다. 아주 중요한 이야기를 하기 전에 헤어져서는 안 되기 때문이었다. 그는 자신이 말하고 싶은 것이 무엇인지 아주 잘 알고 있었고 그 내용뿐 아니라 말할 순서까지도 정리해두었었다. 하지만 이제 단둘이 되고 보니, 말을 꺼내기가 거의 불가능하게 느껴졌을 뿐 아니라 그렇게까지 자신을 혼란스럽게 만드는 데 대해 그녀에게 화가 나기까지 했다. 그녀와 같은 이점들을 가진 사람으로서는 그가 가는 길에 온갖 환영과 함정을 던지지가 얼마나 쉬울 것인가. 그는 자기 자신에게 하듯 가차 없이 그녀를 다그치리라 마음먹었다. 그녀의 지배력을 정당화하든가, 아니면 아예 그런 것을 없애버리든가 할 작정이었다. 하지만 단둘이서 그렇게 걷는 시간이 길어질수록 그녀가 실제로 옆에 있다는 사실에 점점 더 혼란스러워질 뿐이었다. 그녀의 치맛자락이 바람에 날렸고, 모자의 깃털이 물결쳤다. 때로 그녀가 한두 걸음 앞서가기도 했고, 그녀가 뒤따라오는 것을 기다려야 할 때도 있었다.

침묵이 길어졌고, 마침내 그녀도 그를 의식하기에 이르렀다. 처음에는 어서 그에게서 벗어날 수 있도록 택시가 나타나지 않는 데 짜증이 나다가, 메리가 했던 말, 그를 나쁘게 생각하게 만든 말이 어렴풋이 생각나기 시작했다. 정확히 무슨 말이었는지는 모르지만, 그 기억과 그의 제멋대로인 태도 ― 도대체 그는 왜 이 샛길로 이렇게 급하게 가는 것일까? ― 때문에 그녀는 자기 곁에 있는 불유쾌하지만 꿋꿋한 인물을 점점 더 의식하지 않을 수 없었다. 그녀는 걸음을 멈추고 택시를 찾아 두리번거리다가 멀리 지나가는 한 대를 보았다. 그러자 랠프는 서둘러 말을 꺼냈다.

"조금 더 걸으면 안 될까요?" 그는 물었다. "당신한테 하고 싶은 말이 있습니다."

"그러지요." 그녀는 그가 하겠다는 말이 뭔가 메리 대칫에 관한 것이리라 짐작하고 대답했다.

"강가가 더 조용할 겁니다." 그는 말했고, 곧이어 길을 건넜다. "당신에게 이것만 물어보고 싶습니다." 그렇게 그는 말문을 열었다. 하지만 너무나 오래 잠자코 있었으므로, 그녀는 그를 쳐다보았다. 하늘을 배경으로 그의 훌쭉한 뺨의 굴곡과 크고 강인해 보이는 코가 뚜렷이 드러났다. 오랜 침묵 끝에, 그가 하려 했던 것과는 전혀 다른 말들이 튀어나왔다.

"당신을 처음 본 후로, 저는 당신을 내 이상형으로 만들어버렸습니다. 당신에 대해 꿈꾸어왔습니다. 당신밖에는 아무것도 생각할 수가 없었습니다. 제게는 이 세상에서 당신만이 유일한 현실입니다."

그의 말들과, 그가 그 말들을 쏟아내는 기묘하게 긴장된 목소리는 마치 자기 옆에 있는 여자가 아니라 누군가 아득히 멀리 있는 이에게 말을 건네는 것만 같았다.

"이제는 당신에게 고백하지 않고는 미쳐버릴 것만 같은 지경이 되어버렸습니다. 당신은 제게 이 세상에서 가장 아름답고 가장 진실한 존재로 생각됩니다." 그는 벅차오르는 감격을 느끼며 말을 이었다. 이제는 현학적으로 정확한 어휘를 고를 필요조차 없다는 기분이 들었다. 그가 말하고 싶은 것이 갑자기 너무나 명백해져버린 때문이었다.

"저는 어디서나 당신을 봅니다 — 별에서나, 강에서나. 제게는 당신이 존재하는 모든 것이고, 모든 것의 실재입니다. 당신 없이는 살 수 없을 것만 같습니다. 그래서 지금 나는 —"

그때까지 그녀는 뭔가 그 모든 것에 의미를 부여할 구체적인 말을 놓쳐버린 듯한 느낌으로 그가 하는 말을 듣고 있었다. 그녀는 더 이상 잠자코 그 알 수 없는 주절거림을 들어줄 수가 없었다. 마치 누군가 다른 사람에게 하는 말을 엿듣고 있는 듯한 기분이었다.

"무슨 말인지 모르겠네요." 그녀는 말했다. "당신은 진심이 아닌 말을 하고 있어요."

"진심입니다." 그는 열렬히 대답했다. 그는 고개를 돌려 그녀를 보았다. 그녀는 그의 말을 듣는 동안 내내 찾던 말이 생각났다. "랠프 데넘은 당신을 사랑하고 있어요"라던 말이 메리 대칫의 음성 그대로 되살아났다. 그녀는 문득 분노가 치밀었다.

"오늘 오후에 메리 대칫을 만났어요." 그녀는 외치듯 말했다.

그는 기습을 당한 듯 흠칫 놀라는 기색이었지만, 다음 순간 물었다.

"아마 제가 그녀에게 청혼했다는 얘길 했겠군요?"

"아니요!" 캐서린은 깜짝 놀라서 외쳤다.

"하여간 청혼을 했습니다. 링컨에서 당신을 본 날 말입니다." 그는 말을 이었다. "그녀에게 청혼을 할 작정이었는데, 창밖을 내다보다 당신이 눈에 뜨인 겁니다. 그러자 아무에게도 청혼할 생각이 없어졌지만, 그래도 했습니다. 그녀는 제가 마음에 없는 말을 한다는 걸 알고 거절했지요. 전 그때 그녀가 저를 좋아한다고 생각했던 겁니다. 그 생각은 지금도 같지만. 하여간 제 행동은 옳지 않았고, 변명할 여지가 없습니다."

"그래요." 캐서린이 말했다. "부디 그러지 말기 바라요. 제 생각에도 변명의 여지가 없으니까요. 그보다 더 잘못된 행동이 어디 있겠어요." 그녀는 그보다도 오히려 자신을 향해서인 듯 힘주어 말했다. "사람은 정직해야 한다고 생각해요. 그런 행동에는 변명의 여지가 없어요." 그녀의 눈앞에는 메리 대칫의 얼굴과 그 표정이 뚜렷이 떠올랐다.

잠시 후 그가 말했다.

"저는 당신을 사랑한다고 말하는 게 아닙니다. 저는 당신을 사랑하지 않습니다."

"저도 그렇게는 생각하지 않았어요." 그녀는 다소 당혹감을 느끼며 대꾸했다.

"하지만 진심이 아닌 말은 한마디도 하지 않았습니다." 그는 덧붙였다.

"그렇다면 당신의 진심이라는 게 뭔지 말해보세요." 그녀는 마침내 말했다.

마치 공통된 본능에 따르듯, 두 사람은 걸음을 멈추고 강가의 난간 너머로 약간 몸을 굽힌 채 흐르는 물을 바라보았다.

"당신 말은 우리가 정직해야 한다는 거지요." 랠프는 입을 열었다. "좋습니다. 사실대로 말해보겠습니다. 하지만 미리 말해두는데, 제가 미쳤다고 생각할지도 모릅니다. 하지만 4, 5개월 전 당신을 처음 본 후로, 저는 아주 이상한 방식이긴 해도 당신을 제 이상형으로 만들어버렸습니다. 어느 정도였는지는 말하기 부끄러울 정도입니다. 하여간 그건 제 인생에서 가장 중요한 일이 되어버렸습니다." 그는 자신을 가다듬은 후 말을 이었다. "당신이 아름답다는 것 말고는 당신을 알지도 못하면서, 저는 우리 두 사람 사이에 무슨 합의라도 있었던 것처럼 믿게 되었습니다. 우리는 무엇인가 공통된 것을 추구하고 또 보고 있다고 말입니다... 저는 당신을 상상하는 버릇이 들어버렸습니다. 항상 당신이라면 뭐라고 할까, 어떻게 할까, 생각합니다. 길거리를 걸으면서도 당신과 이야기하고, 당신을 꿈꿉니다. 그건 그냥 나쁜 버릇, 유치한 버릇이고 몽상일 뿐입니다. 드문 일도 아닐 겁니다. 누구나 주위 사람들의 태반은 이럴 겁니다. 하여간, 이런 것들이 사실입니다."

두 사람은 다시 천천히 걷기 시작했다.

"만일 당신이 저를 안다면, 그런 것들은 전혀 느낄 수 없을 거예요." 그녀는 말했다. "우린 서로 알지도 못하잖아요 — 항상 뭔가 다른 일이 생겨서 — 제 고모와 이모가 오셨던 날도 당신이 하려던 말이 이런 거였나요?" 그녀는 그날 있었던 일들을 떠올리며 물었다.

그는 고개를 끄덕였다.

"당신이 약혼했다는 걸 말해준 날이었지요." 그는 말했다.

그녀는 움찔 놀라며, 자신이 더 이상 약혼한 상태가 아니라는 사실을 상기했다.

"당신을 알게 된다 해도 제 느낌에는 변함이 없을 겁니다." 그는 말을 계속했다. "좀 더 타당한 이유들이 생기기는 하겠지만 말입니다. 오늘 밤 말한 것 같은 헛소리는 하지 말았어야 하는 데… 하지만 헛소리가 아닙니다. 진심입니다." 그는 고집스레 말했다. "아주 중요한 일입니다. 당신은 당신을 향한 이 감정이 환상이라고 인정하게끔 저를 몰아붙일 수도 있겠지만, 우리 감정이라는 게 다 그렇습니다. 최상의 감정들이 반은 환상이지요. 그렇다고는 해도" 하고 그는 마치 자신과 따지듯이 말을 이었다. "만일 그게 제가 느낄 수 있는 한에서 가장 진실한 감정이 아니라면, 저는 당신 때문에 제 인생을 바꿀 생각은 안 할 겁니다."

"그게 무슨 말이지요?" 그녀가 물었다.

"말했잖습니까. 시골집을 빌렸다고. 직장을 그만둘 겁니다."

"그게 저 때문이라고요?" 그녀는 어이가 없어서 물었다.

"그래요. 당신 때문입니다." 그는 대답했다. 그러고는 자기 말뜻을 더 설명하지 않았다.

"하지만 저는 당신도 당신이 처한 상황도 모르는 걸요." 그가 잠자코 있자 그녀가 마침내 말했다.

"당신은 저에 대해 이렇다 저렇다 아무 생각도 없습니까?"

"있어요. 저는 생각하기를 ―" 그녀는 말을 잇지 못하고 머뭇거렸다.

그는 그녀를 다그치고 싶은 것을 꾹 참았고, 다행히도 그녀는 스스로 마음속을 헤아리는 듯한 어조로 말을 이었다.

"저는 당신이 저를 비난한다고 — 싫어하는 것 같다고 생각했어요. 당신은 남을 판단하는 사람이라고 생각했지요 —"

"아니요. 저는 느끼는 사람입니다." 그는 낮은 음성으로 말했다.

"그럼 말해보세요. 왜 그런 결정을 하게 되었는지." 잠시 침묵 후에 그녀가 물었다.

그는 그녀에게 애초에 말하려 했던 것을, 미리 준비해두었던 대로 차근차근 설명해 나갔다. 자신이 형제자매들과의 관계에서 어떤 입장인지, 어머니가 뭐라고 말했으며 누나 조운이 어떻게 참다못해 그 말을 전해주었는지, 자기 명의의 은행 잔고가 얼마나 되는지, 동생이 아메리카에 가서 생계를 벌 전망은 어떠한지, 그들의 수입 중 얼마가 집세로 들어가는지 등등 자신이 외우다시피 알고 있는 세세한 것들이었다. 그녀는 그 모든 이야기를 들었고, 워털루 브리지가 보일 때쯤에는 그 내용에 대해 시험이라도 치를 수 있을 정도가 되었다. 하지만 그러면서도 그녀는 발밑의 포석을 헤아리는 이상으로도 듣고 있지 않았다. 평생 어느 때보다도 행복한 기분이었다. 임뱅크먼트를 따라 걸어가는 동안 그녀의 눈앞에 생생히 떠오른 것이 대수 기호로 가득 찬 책들과 점, 분수기호, 괄호투성이의 페이지들이라는 사실을 데넘이 알았다면, 그녀가 자신의 말을 경청해주는 데서 느끼던 은밀한 기쁨은 깡그리 사라지고 말았을 것이다. 그녀는 줄곧 "그렇군요, 알겠어요... 하지만 그게 당신한테 무슨 도움이 되지요?... 동생 분은 시험에 합격했나요?" 등등 적절한 대꾸를 해주었으므로, 그는 끊임없이 생각을 집중해야 했고, 그러는 동안 내내 그녀는 망원경을 통해 별세상의 새하얀 원반들과 그 그늘진 협곡들을 관찰하는 공상에 빠져 있었다. 마침내 그녀는 자신에게 두 개의 몸이 있는 듯한 느낌이 들었다. 하나는 랠프와 함께 강가를 걷는 동안 다른 하나는 눈에 보이는 세상을 덮고 있는 지저분한 거품 같은 수증기 너머 푸르른 창공 저 높이 떠 있는 은빛 구체에만 몰두해 있는 것이었다. 한번은 하늘을 쳐다보았지만, 지금 서풍에 빠르게 밀려가는 비구름들의 질주를 뚫고 비칠 만큼 또렷한 별은 눈에 띄지 않았다. 그녀는 급히 발밑을 내려다보았다. 이 행복감에는 아무 이유도 없음을 재확인했다. 자유롭지도 않았고, 혼자도 아니었고, 여전히 무수한 실에 묶여 땅에 매여 있었으며, 한 걸음 한 걸음 집에 가까워질 따름이었다. 그럼에도 불구하고 그녀는 전에 없이 즐거운 기분이 들었다. 공기는 더 신선하고, 빛은 더 선명했으며, 무심한 듯 아닌 듯 손으로 내리쳐본 난간의 차가운 돌은 더 차고 딱딱했다. 데님에 대한 짜증도 남아 있지 않았다. 그는 그녀가 어떤 방향을 선택하든, 집으로 가든 달나라로 가든 분명 아무 방해도 될 수 없을 것이었다. 하지만 자신의 기분이 그라는 존재 내지는 뭔가 그가 한 말 때문임을 그녀는 전혀 의식하지 못한 채였다.

그들은 이제 강 건너 서리 쪽에서부터 오고 가는 택시며 버스들이 보이는 곳에 이르렀다. 자동차들의 소음과 경적 소리, 전차의 가벼운 종소리 같은 것들이 점점 더 분명히 들려왔고, 그런 소음들이 커지자 그들은 입을 다물었고, 두 사람 다 본능적으로 걸음을 늦추었다. 마치 자신들에게 허락된 오붓한 시간을 연장하기라도 하려는 것처럼. 랠프에게는 캐서린과 함께 걷는 이 마지막 몇 걸음의 즐거움이 너무 커서 지금이라는 순간 너머에 그녀와 헤어진 다음의 시간이 있다는 것을 생각조차 할 수 없었다. 그는 함께 있는 이 마지막 순간을 이미 말한 것에 새로운 말을 보태는 데 쓰고 싶은 생각조차 들지 않았다. 두 사람이 입을 다문 후로, 그녀는 그에게 실재하는 사람이라기보다 자신이 꿈꾸어온 여성에 훨씬 더 가까워졌지만, 홀로 꿈꿀 때에는 그녀와 함께 있을 때 느끼는 생생한 기쁨에 견줄 만한 것을 맛본 적이 없었다. 그녀와 함께 있으니 자기 자신도 낯설게 변모하는 성싶었다. 그는 자신이 가진 힘을 십분 느낄 수 있었다. 난생 처음으로 그는 자신의 힘을 완전히 소유할 수 있었다. 그의 앞에는 무한한 전망이 펼쳐지는 듯했다. 하지만 그 기분에는 기쁨에 또 다른 기쁨을 더하고자 하는 열병 같은 욕망은 전혀 섞여 있지 않았다. 지금까지는 가장 황홀한 공상 속에서도 그런 욕망이 방해가 되곤 했던 것이다. 그것은 인생의 조건들을 너무나 명료하게 꿰뚫어보는 기분이었으므로, 그는 미끄러지듯 다가오는 택시를 보고도 전혀 동요되지 않았으며, 캐서린 역시 택시를 의식하고 그 쪽으로 고개를 돌리는 것을 보고도 담담하기만 했다. 택시를 잡으려는 듯 걸음이 멈칫거리더니, 두 사람은 거의 동시에 멈춰 서서 택시를 향해 손짓을 했다.

"그러면 가능한 한 속히 당신의 결정을 알려주시겠습니까?" 그는 한 손을 차 문에 얹은 채 물었다.

그녀는 잠시 머뭇거렸다. 자신이 결정해야 할 문제가 뭐였는지 얼른 생각나지 않았다.

"편지할게요." 그녀는 막연히 말했다. "아니에요." 곧이어 그녀는 덧붙였다. 자신이 전혀 주의를 기울이지 않았던 문제에 대해 뭔가 결정된 바를 써야 한다는 어려움이 생각난 것이었다. "어떻게 하면 좋을지 모르겠네요."

그녀는 자동차 발판에 한 발을 올려놓은 채 생각에 잠겨 머뭇거리며 램프를 바라보았다. 그는 그녀의 당혹감을 알아차렸다. 그녀가 전혀 듣고 있지 않았음을 한순간에 알아차렸다. 그는 그녀가 느끼는 모든 것을 알 수 있었다.

"이야기를 제대로 할 수 있는 곳은 제가 알기에는 한 군데밖에 없습니다." 그는 재빨리 말했다. "큐입니다."

"큐?"

"큐[157] 말입니다." 그는 단호한 어조로 되풀이했다. 그는 차문을 닫고 운전수에게 그녀의 주소를 일러주었다. 그녀는 즉시 멀어져갔고, 그녀가 탄 택시는 차량들의 구불구불한 행렬 속으로 사라졌다. 차들은 저마다 불빛을 달고 있어 서로 구분이 되지 않았다. 그는 잠시 멀거니 지켜보다가 마치 자신들이 서 있던 곳에서 갑자기 격렬한 충동에 휩쓸리기라도 한 듯 휙 돌아서 빠른 걸음으로 길을 건너 멀어져갔다.

그는 거의 초자연적으로 고조된 이 마지막 순간의 기분에 내몰리듯 내처 걸어서 그 시간 차량과 인적이 뜸한 좁은 길거리에 이르렀다. 진열창의 셔터를 내린 상점들 덕분인지, 목재로 포장된 보도가 부드러운 은빛으로 굽어지는 길거리 덕분인지, 또 아니면 자연스러운 감정의 기복 덕분인지, 그의 들뜬 기분은 차츰 빠져나가 그에게서 떠나갔다. 모든 감정 토로에 뒤따르게 마련인 상실감이 밀려왔다. 그는 캐서린에게 고백함으로써 뭔가를 잃어버린 것이있다. 그가 사랑하는 캐서린과 실제의 캐서린이 같은 사람이기나 했던가? 그녀는 때때로 그녀를 완전히 넘어서곤 했다. 그녀의 옷자락이 나부꼈고, 그녀의 깃털이 물결쳤고, 그녀의 음성이 말을 했다. 하지만 꿈속의 음성과 꿈꾸던 대상으로부터 나오는 음성 사이의 간격은 때로 얼마나 엄청난가! 그는 인간들이 관념으로 만들어낸 것을 실제로 구현하려 할 때 드러나는 모습에 대해 혐오감과 동정심이 뒤섞인 감정을 느꼈다. 그 자신도 캐서린도 그들을 둘러싸고 있던 상념의 구름에서 벗어나자 얼마나 왜소해 보였던가! 그는 자신들이 서로 의사소통을 하려 애쓰던 진부하

157) 큐 가든(Kew Gardens)을 가리킨다. 1840년에 런던 서쪽 외곽 리치먼드에 만들어진 왕립 식물원. 300에이커(121헥타르)의 면적에 3만 종 이상의 식물이 수집되어 있다. 울프 부부는 1915–1924년에 걸쳐 리치먼드에 살았다.

고 무감동한 말들을 되새겨보았다. 캐서린의 말을 음미하면서 그는 잠시 그녀가 곁에 있는 듯 이전 어느 때보다도 숭배하는 마음이 들었다. 하지만 그녀는 이미 약혼을 한 처지라는 사실을 그는 소스라치듯 상기했다. 그러자 격렬한 감정이 북받치면서 저항할 수 없는 분노와 좌절감이 덮쳐왔다. 로드니의 모습이 온갖 어리석고 수치스러운 상황을 배경으로 떠올랐다. 저 작달막하고 뺨이 발그레한 춤 선생 따위가 캐서린과 결혼한다고? 저 손풍금 위에 올라앉은 원숭이[158] 몰골을 한 수다스런 얼간이가? 저 으스대는 허풍선이 광대 같은 뺀질이가? 그가 썼다는 온갖 비극과 희극, 그 앙심과 자만심과 용렬함을 가지고서? 밥소사! 로드니와 결혼하다니! 그녀도 그자나 다름없는 바보임에 틀림없다! 그는 비통함에 사로잡혀서, 지하철 구석자리에 앉아 가는 동안 내내 감히 아무도 접근할 수 없을 만큼 엄격하고 삭막한 얼굴을 하고 있었다. 그러고는 집에 도착하자마자 책상 앞에 앉아 캐서린에게 제발 로드니와 파혼해달라고 길고 사납고 미친 듯한 편지를 썼다. 유일한 아름다움, 유일한 진실, 유일한 희망을 파괴하는 짓을 하지 말아달라고, 자신을 배신하고 저버리지 말아달라고 애원하는 편지였다. 만일 그녀가 그런다면 ― 하지만 그는 그녀가 무슨 짓을 하든 하지 않든 그녀의 결정을 최선으로 여기고 감사히 받아들이겠다고 차분하고 간결하게 단언하는 말로 편지를 맺었다. 그는 그렇게 한 장 또 한 장 편지지를 메워갔고, 런던으로 출발하는 첫 차 소리를 들으며 잠자리에 들었다.

158) 거리의 손풍금 켜는 이들은 대개 원숭이를 데리고 다녔다.

제24장

2월 중순 무렵부터도 느껴지는 봄의 첫 징후는 숲과 정원의 가장 구석진 모퉁이에 잔다란 흰 꽃 보라 꽃을 피울 뿐 아니라, 인간 남녀의 마음속에도 아련한 빛깔을 띤 향기로운 꽃잎에 비길 만한 생각들과 욕망들을 불러일으킨다. 나이가 들어 표면이 딱딱하게 굳어져서 아무런 비침도 울림도 없는 인생조차도 이 계절이 되면 부드럽고 연해져서 현재의 형태와 빛깔뿐 아니라 과거의 형태와 빛깔까지 반향하게 되는 것이다. 힐버리 부인의 경우, 이 이른 봄날들은 감수성 전반을 활발하게 일깨우는 만큼이나 혼란하게 하는 효과를 가져왔다. 물론 과거에 관한 한 그 감수성은 그다지 줄어든 적이 없기는 했지만 말이다. 하여간 봄이면 그녀의 표현 욕구가 어김없이 증대되었고, 그녀는 쉽사리 붙잡히지 않는 문구들에 사로잡혀 단어들을 조합하는 데서 감미로운 기쁨을 맛보곤 했다. 그래서 좋아하는 작가들의 책에서 그런 문구들을 뒤지기도 하고, 손수 종이에 그런 것을 써보았으며, 그런 웅변을 토할 만한 계제가 없을 때면 혼자 혀끝으로 읊어보기도 했다. 그런 식으로 일탈을 즐기면서, 그녀는 어떤 언어로도 자기 부친의 찬란한 기억을 표현할 수 없다는 확신에 사로잡히곤 했다. 그래서 비록 자신의 노력으로는 그의 전기를 마무리 짓는 데 그다지 기여하지 못할망정, 그럴 때면 다른 어느 때보다도 그의 그늘 속에서 살아가는 듯한 인상이 드는 것이었다. 언어의 힘을 벗어날 수 있는 사람은 아무도 없으니, 하물며 힐버리 부인처럼 나면서부터 영국인인 데다가 한때는 색슨 족의 소박함 가운데서, 또 한때는 라틴어의 장려함 가운데서 노닐며 자란, 그리고 무진장의 풍요로운 어휘를 구사하는 옛 시인들에 대한 기억을 지닌 이라면 두말할 것도 없다. 캐서린조차도 어머니의 열광 때문에 건전한 판단력이 휘청할 정도였다. 물론 그녀의 판단력이 조부의 전기 중 제5장을 쓰기 위한 예비 작업으로 셰익스피어의 소네트를 연구해야 한다는 필요성에 전적으로 굴복한 것은 아니었지만 말이다. 힐버리 부인은 그야말로 가벼운 농담처럼 앤 해서웨이[159]가 셰익스피어의 소네트를 썼을지도 모른다는 이론을 펼쳤던 것인데, 그 생각이 일군의 교수들을 자극하여 이후 며칠 동안 그들로부터 자비 출판한 입문서들이 속속 도착하자, 부인은 엘리자베스 시대 문학의 홍수에 빠져버리고 말았던 것이다. 그 결과 그녀는 자신의 농담을 반쯤 믿는 정도까지 와 있었으니, 그녀 자신의 표현을 빌리자면 그 농담도 다른 사람들이 제시하는 사실들에 버금간다는 것이었고, 그래서 그 무렵 그녀의 관심은 온통 스트랫포드-온-에이번[160]에 쏠려 있었다. 강가를 산책한 다음날 아침 캐서린이 평소보다 늦게 서재에 나타나자, 부인은 자신에게 계획이 있다고, 셰익스피어의 무덤을 방문할 작정이라고 말했다. 지금

159) 앤 해서웨이(Ann Hathaway, 1555/6–1623). 1582년에 셰익스피어와 결혼했다. 셰익스피어 소네트의 실제 필자에 대한 여러 가설이 있지만, 앤 해서웨이가 필자로 거론되는 일은 거의 없다.

160) 셰익스피어가 태어나고 묻힌 고향으로 유명한 잉글랜드 중부의 소도시. 그의 무덤은 에이번 강변의 홀리 트리니티 교회에 있다.

으로서는 시인에 관한 어떤 사실도 눈앞의 현재보다 훨씬 더 흥미로운 것이었고, 따라서 영국 안에 셰익스피어가 밟았고 그의 뼈가 발밑에 묻혀 있음에 틀림없는 한 조각 땅이 존재한다는 확실성에 심취해 있던 그녀는 느닷없이 이런 인사로 딸을 맞이했다.

"그가 이 집 앞을 지나간 적이 있을 거라고 생각하니?"

그 질문은 순간 캐서린에게 랠프 데넘에 관한 것처럼 들렸다.

"그러니까 블랙프라이어스로 가는 길에 말이야." 힐버리 부인은 내처 말했다. "왜냐하면 알다시피 그가 그곳에 집을 가지고 있었다는 사실이 최근에 밝혀졌거든."

캐서린은 여전히 얼떨떨한 채 바라보기만 했고, 힐버리 부인은 말을 이었다.

"그건 그 사람이 흔히 말하듯 가난뱅이가 아니었다는 증거지. 그는 재산이 꽤 있었던 것 같아. 물론 그가 부자이기를 바라는 건 절대 아니지만 말이야."

그제야 딸의 어리둥절한 표정을 알아챈 부인은 웃음을 터뜨렸다.

"아, 이런! 난 네 윌리엄 얘기를 하는 게 아니란다. 그것도 그를 좋아할 만한 이유이긴 하지만 말이야. 내가 생각하고 꿈꾸고 이야기하는 건 내 윌리엄 — 물론 윌리엄 셰익스피어지. 생각해보면 참 이상하지 않니." 그녀는 창가에 서서 창유리를 가볍게 톡톡 두드리며 생각에 잠겨 말을 이었다. "저기 파란 모자를 쓰고 바구니를 낀 채 길을 건너는 저 할머니는 그런 사람이 있었다는 사실도 필경 모를 거라는 사실 말이야. 하지만 인생은 그런 식으로 계속되는 거지. 변호사들은 부지런히 일터로 가고, 택시 운전수들은 요금을 놓고 실랑이하고, 어린 소년들은 굴렁쇠를 굴리고, 소녀들은 갈매기에게 빵을 던져주지. 이 세상에 셰익스피어라는 사람이 살았거나 말았거나 간에. 난 저 네거리에 온종일 서서 외치고 싶어. '사람들아, 셰익스피어를 읽으라!'고 말이야."

캐서린은 책상 앞에 앉아 기름한 먼지투성이 봉투를 열었다. 셸리를 살아 있는 사람으로 언급한 대목이 있기 때문에 상당한 가치가 있다고 여겨지는 편지였다. 그녀의 당면한 과제는 편지 전체를 실을 것인지 아니면 셸리의 이름을 언급한 문단만을 인용할 것인지를 결정하는 것이었는데, 그녀는 당장이라도 결정을 내릴 것처럼 펜을 집어 들었지만 그녀의 펜은 허공에 쳐들린 채 꼼짝도 하지 않았다. 이윽고 그녀는 어머니 몰래 빈 종이를 가져다가 직선을 그어 정사각형을 그려 둘로, 넷으로 나누고는, 이어 원을 그리고 역시 같은 분할을 계속했다.

"캐서린! 좋은 생각이 떠올랐어!" 힐버리 부인은 탄성을 질렀다. "백 파운드 정도 투자해서 셰익스피어 책을 찍어 노동자들에게 나눠주는 거야. 네가 모임에서 만나는 똑똑한 친구들이 우리를 도와줄 수도 있지 않겠니, 캐서린. 그러다가 연극을 공연해볼 수도 있겠지. 우리 모두 배역을 맡고 말이야. 너는 로잘린드[161]가 되어야겠다 — 흠, 그런데 넌 좀 나이든 유모 같은 구석도 있지. 네 아버지는 햄릿이야. 나이가 들어서 분별이 생긴. 그리고 나는 — 글쎄, 난 그 모두가 조금씩 어울리긴 하지만, 그래도 바보가 제일 어울리지. 사실 셰익스피어 극에서는 바보들이 제일 똑똑한 말을 하거든. 그럼 윌리엄은 뭘 할까? 영웅? 핫스퍼?[162] 헨리 5세? 아냐, 윌리엄

161) 로잘린드(Rosalind)는 셰익스피어의 「뜻대로 하세요」의 여주인공으로, 지성과 재치와 미모를 겸비한 인물이다.

162) 핫스퍼(Hotspur)는 셰익스피어의 「리처드 2세」와 「헨리 4세」에 나오는 인물로, 헨리 퍼시 경(1364–1403)의 별명이다. 그의 용맹한 혈기는 훗날 헨리 5세가 될 할 왕자(Prince Hal)의 게으른 듯 여유 있는 성격과 대조를 이룬다.

도 햄릿 같은 데가 있어. 윌리엄이 혼자 있을 때 독백을 하는 장면이 눈에 선하게 그려지는걸. 아, 캐서린, 너희 둘이 있을 때면 아주 멋진 얘기를 하겠지!" 그녀는 전날의 저녁식사에 대해 아무 이야기도 들려주지 않은 딸을 향해 서운한 듯한 눈길을 던지며 말했다.

"아니에요, 우린 쓸데없는 얘기만 하는 걸요." 어머니가 다가오자 캐서린은 낙서한 종이를 얼른 감추고 셸리에 관한 편지를 앞에 펴놓으며 말했다.

"십 년쯤 지나고 보면 그게 다 쓸데없는 얘기가 아니게 될 거다." 힐버리 부인이 말했다. "내 말 믿으렴, 캐서린. 나중엔 지금 일들을 추억하게 될 거야. 너희가 했던 어리석은 말들도 다 추억거리가 될 테고, 너희 인생이 그 위에 지어졌다는 걸 알게 되겠지. 인생에서 가장 좋은 부분은 우리가 사랑에 빠졌을 때 하는 말 위에 지어진단다. 그러니까 쓸데없는 얘기가 아니야, 캐서린." 그녀는 주장했다. "그게 진실이야. 유일한 진실이고말고."

캐서린은 어머니의 말을 가로막고, 자신의 심정을 토로하고 싶었다. 때로 그렇게 이상할 만큼 가깝게 느껴지는 순간들이 있곤 했다. 하지만 망설이면서 너무 직설적이지 않은 말을 고르다 보니, 어머니는 또다시 셰익스피어로 돌아가 페이지를 여기저기 넘겨가면서 사랑에 관해 자신이 한 말보다 훨씬 더 나은 인용구들을 찾느라 여념이 없었다. 그래서 캐서린은 자신이 그려놓은 원들을 연필로 새까맣게 칠하는 것 말고는 할 수가 없었다. 그때 전화벨이 울렸고, 그녀는 전화를 받느라 방에서 나갔다.

그녀가 돌아올 때까지도, 힐버리 부인은 자신이 찾던 구절을 찾아내지 못했고, 그 대신에 아주 아름다운 구절을 발견했다면서, 잠시 고개를 들고는 캐서린에게 누구였느냐고 물었다.

"메리 대칫이에요." 캐서린은 짤막하게 대답했다.

"아 — 난 네 이름을 메리로 할까도 생각했었단다. 하지만 그건 힐버리라는 이름과 잘 안 맞잖니. 로드니라는 이름에도 그렇고. 그런데 이건 내가 찾던 구절이 아니긴 한데 (찾는 구절이 찾아지는 적이 없다니까), 봄이랑 수선화, 녹색 들판, 새들에 관한 거란다."

그녀가 인용문을 읽으려는데, 또다시 전화벨이 요란하게 울렸다. 캐서린은 다시 방에서 나갔다.

"얘야, 과학의 승리란 참 싫은 거로구나!" 그녀가 돌아오자 힐버리 부인이 탄식했다. "조만간 달에서도 전화가 오겠어 — 이번에는 또 누구였니?"

"윌리엄이요." 캐서린은 한층 더 짤막하게 대답했다.

"윌리엄이라면 뭐든 용서해야지. 게다가 달에는 윌리엄이라고는 없을 테니까. 점심에 온다던?"

"티타임에 온대요."

"아주 안 오는 것보다야 낫지. 너희들 둘이서만 있게 해주겠다고 약속하마."

"그러실 필요 없어요." 캐서린이 말했다.

그녀는 빛바랜 종이를 손으로 쓸며, 더 이상 시간을 낭비하지 않겠다는 듯 책상 앞에 똑바로 다가앉았다. 어머니는 그런 동작을 놓치지 않았다. 그것은 딸의 성품에 어딘가 엄격하고 접근하기 힘든 면이 있음을 시사하는 것이었고, 그녀는 딸의 그런 면을 대할 때면 가난이나 술주정이나 힐버리 씨의 정연한 논리 — 힐버리 씨는 다가오는 천년왕국에 대한 부인의 확신에 종종 논리라는 찬물을 끼얹을 필요가 있다고 생각하는 것이었다 — 를 대할 때만큼이나 움츠러들곤 했다. 그녀는 잠자코 자기 책상으로 돌아가 조용하고 겸허해 보이는 묘한 표정을 띤 채 안경을 쓰고는 그날 아침 들어 처음으로 자신이 해야 할 일을 집어 들었다. 공감해주지 않는 세상과 맞닥뜨린 충격 덕분에 조금은 냉정을 찾은 것이었다. 이번만큼은 그녀의 근면함이 딸보다 앞섰다. 캐서린은 해리엇 마티노[163]가 논란의 여지없이 중요한 인물이었으며 이 사람 혹은 저 시대와 진짜 관계가 있었다는 특정한 시각으로 세상을 좁혀 들어가는 데 애를 먹고 있었다. 이상하게도 전화벨의 날카로운 울림이 여전히 귓전을 맴돌면서, 몸과 마음이 긴장 상태가 되어서, 언제라도 또 다른 벨소리가 울리고 19세기 전체보다도 자신에게는 훨씬 더 중요한 또 다른 전화가 올 것만 같은 기분이었다. 그녀는 그 전화가 어디서 올 것인지 분명히 의식하지 못한 채였지만, 일단 귀 기울이는 태세가 되자 자기도 모르게 예민해져서 그날 아침 대부분의 시간을 첼시 뒷골목의 온갖 소음을 듣는 데 허비하고 말았다. 난생 처음으로 그녀는 힐버리 부인이 자기 일을 그렇게 열심히 하지 말았으면 하는 기분마저 들었다. 부인이 좀 게으름을 부린들 셰익스피어의 인용문들이 아쉬워할 것은 없으니 말이다. 이따금 어머니의 책상 쪽에서 한숨 소리가 들려왔지만 부인의 존재를 알리는 기척은 그것뿐이었고, 캐서린은 그 소리가 책상 앞에 앉은 자신의 딱딱해 보이는 태도와 무슨 관계가 있으리라고는 생각지 못했다. 그렇지만 않았더라면, 아마도 그녀는 펜을 집어던지고 어머니에게 자신의 뒤숭숭한 마음을 털어놓았을 것이었다. 그날 아침나절 동안 그녀가 할 수 있었던 일이라고는 사촌인 카산드라 오트웨이에게 편지를 쓴 것뿐이었다. 두서없이 길고 애정 어린, 장난스러우면서도 권고하는 투의 편지였다. 그녀는 카산드라에게 그녀의 누에일랑 일하는 사람 중 누군가에게 맡기고 일주일가량 자기들 집에 놀러 오라고 썼다. 함께 음악도 들으러 갈 수 있을 것이었다. 카산드라가 사교 생활을 피하는 것은 괜히 그래 보

163) 해리엇 마티노(Harriot Martineau, 1802-1876). 영국의 사회이론가. 최초의 여성 사회학자로 일컬어지며, 사회학적, 종교적, 페미니스트적 시각에서 많은 에세이와 책을 썼다.

는 것이겠지만 쉽사리 편견으로 굳어질 우려가 있으며 길게 보면 결국 흥미로운 사람들이나 관심사로부터 고립되는 결과가 되기 쉽다고 충고도 했다. 그렇게 편지를 다 써갈 무렵에 아침 내내 기다리던 소리가 실제로 귓전을 때렸다. 그녀가 벌떡 일어나 문을 쾅 닫고 나가는 바람에, 힐버리 부인은 깜짝 놀랐다. 캐서린이 어딜 저렇게 가는 거지? 부인은 어찌나 일에 몰두해 있었던지 전화벨 소리도 듣지 못한 터였다.

전화가 놓여 있는 계단 위의 우묵한 곳에는 프라이버시를 위해 자줏빛 벨벳 커튼이 쳐 있었다. 그것은 삼대의 잔해를 보관하고 있는 대부분의 집에 있음직한, 남아도는 물건들을 두기 위한 작은 광이기도 했다. 동양에서 용맹하기로 이름을 날렸던 종조부들의 사진들이 옆구리를 금실로 기운 중국 티포트들 위에 걸려 있었고, 그 귀한 티포트들은 윌리엄 쿠퍼[164]와 월트 스콧 경[165]의 전집이 꽂힌 책장 위에 놓여 있었다. 전화에서 나오는 소리 가닥에는 그것을 맞이하는 주변의 색깔이 배어 있는 것처럼 캐서린에게는 생각되었다. 이제 누구의 음성이 그런 물건들과 조화를 이루려는지, 아니면 불협화음을 만들어내려는지?

'누구 목소리지?' 그녀는 자문했다. 결연한 음성으로 전화번호를 확인하는 것은 웬 남자의 음성이었다. 그 귀에 선 목소리는 힐버리 양을 찾고 있었다. 전화선의 저 멀리서 붐비는 그 모든 음성들 가운데서, 그 무수한 가능성들 가운데서 이것은 누구의 음성이며 어떤 가능성인가? 아주 잠깐 동안 그녀는 자신에게 그런 질문을 던져보았다. 다음 순간 의문이 풀렸다.

164) 윌리엄 쿠퍼(William Cowper, 1731-1800). 영국 시인. 소박한 전원의 일상생활을 노래하여 낭만주의 시의 선구자로 손꼽힌다.

165) 월터 스콧 경(Sir Walter Scott, 1771-1832). 스코틀랜드 역사소설가.

"기차를 알아보았습니다... 토요일 오후 이른 시간이 제게는 좋습니다... 저는 랠프 데넘입니다... 적어두겠습니다..."

평소보다도 더 총검 끝으로 몰린 듯한 느낌을 받으며 캐서린이 대답했다.

"갈 수 있을 것 같아요... 약속이 있는지 좀 보고요... 끊지 말고 기다리세요."

그녀는 수화기를 떨구고는 종조부의 사진을 멍하니 바라보았다. 사진 속의 그는 자상하면서도 위엄 있는 표정으로 아직 인도 봉기의 조짐이라고는 보이지 않는 세계를 여전히 응시하고 있었다. 하지만 제임스 종조부나 중국 티포트나 붉은 벨벳 커튼과는 아무 상관없는 목소리가 벽 앞의 검은 전화선 안에서 이리저리 흔들리고 있었다. 그녀는 전화선이 좌우로 흔들리는 것을 지켜보면서, 자신이 서 있는 집의 개성을 의식했다. 자기 머리 위쪽의 계단들과 여러 층으로부터 일상적인 삶의 가정적인 소음들과, 벽을 통해 이웃집에서 일어나는 소리들도 들려왔다. 그녀는 데넘이라는 사람의 모습이 분명히 그려지지 않는 채 수화기를 들어 입가에 갖다 대고 토요일은 자기도 괜찮다고 대답했다. 그녀는 그가 금방 전화를 끊지 않기를 바랐지만, 그렇다고 그가 하는 말을 딱히 귀 기울여 듣고 있지도 않았고, 그가 말하는 동안에도 위층의 자기 방에 있는 책과 사전들 갈피에 끼워둔 종이들, 언제든 치우고 일할 수 있는 테이블 같은 것들을 생각하고 있었다. 그녀는 생각에 잠겨 수화기를 제자리에 놓았다. 아침 내내 초조하던 것이 가셨다. 그녀는 별 어려움 없이 카산드라에게 보내는 편지를 마저 쓰고 봉투에 주소를 쓴 다음 평소와 같은 빠른 결단력으로 우표를 붙였다.

점심식사가 끝나갈 무렵, 한 다발의 아네모네가 힐버리 부인의 눈길을 끌었다. 살롱 창가에 놓인 윤나는 치펀데일 식 탁자 위에 아롱지는 빛 가운데 꽃병에 담긴 파랑, 빨강, 하양이 그녀에게서 기쁜 탄성을 자아냈다.

"누구 앓아누운 사람 없니, 캐서린?" 그녀는 물었다. "우리 주위에 위로가 필요한 사람이 누구 없을까? 세상이 자기들을 잊어버렸다고, 아무도 자기를 원치 않는다고 생각하는 사람 말이야. 수도 요금이 밀려 있는 집이나, 요리사가 성질이 나서 월급도 안 받고 나가버린 집은 없나? 아, 전에 내가 알던 사람 중에 —" 그러나 그 딱 알맞은 사람의 이름이 그 순간 떠오르지 않았다. 그래서 아네모네 꽃다발로 기분을 밝게 해주어야 할 서글픈 무리의 대표는, 캐서린의 의견에 따라, 크롬웰 가에 사는 어느 장군의 미망인이 되었다. 주위에 실제로 가난하고 굶주린 사람이 있다면 훨씬 좋았겠지만 그런 사람이 없었으므로, 힐버리 부인은 딸의 의견을 받아들일 수밖에 없었다. 미망인은 비록 안락한 생활을 하고 있기는 했지만 극도로 지루하고 매력 없는 사람인데, 간접적으로나마 문학과 연관이 있는 사람이라 언젠가 오후에 찾아갔을 때는 눈물을 흘릴 정도로 감동했었다.

힐버리 부인은 다른 약속이 있었으므로, 크롬웰 가에 꽃을 가져가는 것은 캐서린의 몫이 되었다. 그녀는 가까운 우체통에 넣을 요량으로 카산드라에게 보낼 편지를 가지고 나갔다. 하지만 집 밖에 나서자 우체통과 우체국들이 연이어 나타나며 그 새빨간 틈새로 그녀의 편지를 넣으라고 권유하는 듯이 보였지만, 선뜻 넣게 되지 않았다. 길을 건너기 싫다든가 조금만 더 가면 중심가에 더 가까운 우체국이 나올 거라든가 하는 엉뚱한 구실을 만들어내게 되는 것이었다. 하지만 편지를 손에 들고 있는 시간이 길어질수록, 공중에 모여든 목소리들이 점점 더 집요하게 질문 공세를 퍼붓는 것만 같았다. 그 보이지 않는 사람들은 그녀가 정말로 윌리엄 로드니와 약혼한 상태인지 아니면 약혼이 깨진 것인지 알고 싶어 했고, 카산드라를 초대하는 것이 옳은 일인지, 윌리엄 로드니가 정말로 그녀와 사랑에 빠졌는지 또는 빠질 것 같은지 물어댔다. 그러다가 잠시 질문 공세가 멈추어지는 것 같더니, 이번에는 문제의 또 다른 측면이 막 떠오른 듯 새로운 질문들이 시작되었다. 랠프 데넘이 간밤에 한 말은 대체 무슨 뜻인지? 그가 너와 사랑에 빠졌다고 생각하는지? 그와 단둘이 산책하는 데 동의한 것은 옳은 일인지? 그의 장래에 대해 네가 무슨 충고를 할 작정인지? 윌리엄 로드니가 네 행동에 대해 질투할 이유는 없는지? 메리 대칫에 대해서는 어떻게 하라고 충고할 작정인지? 너 자신은 어쩔 셈인지? 너는 어떻게 해야 명예롭게 처신할 것인지? 이런 질문들이 연거푸 일어났다.

"맙소사!" 캐서린은 그 모든 말을 듣고는 탄식했다. "아무래도 마음을 정해야겠어."

하지만 그런 논의는 형식적인 접전이었을 뿐이고, 실은 숨 돌릴 시간을 벌기 위한 것이었다. 전통적인 교육을 받은 사람들이 으레 그렇듯이, 캐서린은 그 어떤 도덕적 난제에 대해서도 10분 남짓한 시간 안에 결론을 내릴 수가 있었다. 문제를 그 전통적인 형태로 환원하여 전통적인 해결책을 내놓으면 되는 것이었다. 지혜의 책은 어머니의 무릎에, 또 아니면 수많은 친척 어른들의 무릎에 펼쳐져 있었다. 그녀는 그저 그들에게 의논하기만 하면 되었고, 그러면 그들은 즉시 알맞은 페이지를 펼쳐 그녀의 입장에 딱 알맞은 대답을 소리 내어 읽어주었을 것이다. 미혼 여성의 행동거지를 다스리는 규율들은, 뭔가 잘못 되어서 미혼 여성이 똑같은 글을 자기 심장에 지져 가지고 있지 않을 경우에 대비하여, 붉은 잉크로 쓰여 대리석에 새겨져 있었다. 그녀는 어떤 사람들은 전통적 권위의 명령에 따라 자신의 삶을 거부하거나 받아들이고 포기하거나 내려놓을 만큼 운이 좋다고 생각할 용의가 있었다. 그들을 부러워할 수도 있었다. 하지만 그녀의 경우 그런 질문들은 그녀가 진지하게 답을 찾으려 하면 대번에 유령이 되고 말았으므로, 전통적인 대답이 자신에게는 별 도움이 되지 않는다는 것이 분명해지곤 했다. 그래도 그것은 수많은 사람들에게 도움을 주지 않았던가 하고 그녀는 길 양쪽에 늘어선 집들을 바라보며 생각했다. 그런 집에 사는 이들은 연간 수입이 천에서 천오백 파운드가량 되고, 아마 하인은 세 명쯤 두었을 터였다. 창문에는 항상 두껍고 대체로 더러운 커튼이 쳐 있었는데, 과일 담긴 쟁반을 놓아둔 사이드보드 위의 거울이 어슴푸레하게 빛나는 것밖에 보이지 않는 걸로 보아 필시 방 안은 아주 어두울 것이었다. 하지만 그녀는 그런 식으로 생각해봐야 문제가 해결되지 않음을 깨닫고 고개를 돌렸다.

그녀가 발견할 수 있는 유일한 진실은 자신이 느낀 것뿐이었다 — 그것은 같은 시각을 가진 사람들 모두의 눈에서 나오는 폭넓은 빛에 비하면 아주 약한 빛줄기에 지나지 않았지만, 공중의 목소리들을 물리치고 나자 눈앞을 막아서는 어둠을 뚫고 나가기 위해서는 이 희미한 빛이나마 의지할 수밖에 없었다. 그녀는 그 빛줄기를 따라가려 애썼고, 그런 그녀의 표정은 지나가는 사람들의 눈에 한심할 정도로, 거의 우스울 정도로 주위와 동떨어져 보였을 것이다. 이 젊고 아름다운 여성이 뭔가 극단적인 행동을 하려는 것이나 아닌지 경계심이 들었을지도 모른다. 하지만 그녀의 미모 덕분에 보행자에게 일어날 수 있는 최악의 봉변은 피할 수 있었으니, 사람들은 그녀를 쳐다보기는 했지만 웃지는 않았다. 인생의 무감정 내지는 심드렁함이 뒤얽힌 가운데서 참된 감정을 찾아내어 그것이 무엇인지 알아보고 그 발견의 결과를 받아들인다는 것은 더없이 고운 이마에도 주름살이 잡히게 만드는 동시에 눈빛에 광채를 더했다. 그런 모색은 당혹스럽고 굴욕스러운 동시에 사람을 한껏 고양시키는 것으로, 캐서린이 이내 깨달았듯, 그녀의 발견은 놀라움과 수치와 극심한 불안을 동시에 불러왔다. 많은 것이 늘 그렇듯 사랑이라는 말의 해석에 달려 있었으니, 로드니를 생각하건 데넘이

나 메리 대칫, 또는 자신을 생각하건 간에, 번번이 그 말이 등장했고, 어느 경우에나 간과할 수 없는 무엇인가를 나타내는 것으로 보였다. 나란히 제 갈 길을 가는 대신 갑자기 서로 얽혀버린 인생들의 착잡함을 들여다보면 볼수록, 그녀는 사랑이라는 기이한 빛 말고는 다른 빛이 없으며 사랑이 비추는 길 말고는 다른 길이 없다는 확신이 드는 것이었다. 로드니의 경우, 그의 진지한 감정에 자신의 있지도 않은 감정으로 대응하려 했던 어리석은 시도는 아무리 비난해도 지나치지 않을 실수였다. 그 사실을 보상하는 유일한 길은 그것을 잊어버리거나 변명함으로써 덮어지지 않는 시꺼멓고 흉한 이정표로 남겨두는 것뿐이었다.

그 점이 굴욕적이기는 했지만, 고양되는 점도 많았다. 그녀는 세 가지 다른 장면을 떠올렸다. 메리가 똑바로 앉아 '나는 사랑에 빠졌어요'라고 하던 것, 로드니가 황야의 낙엽 위에 앉아 자존심마저 잃고 아이처럼 말하던 것, 그리고 데넘이 돌난간에 기대고서 먼 하늘을 향해 마치 미친 사람처럼 이야기하던 것. 그녀의 마음은 메리에게서 데넘에게로, 윌리엄에게서 카산드라에게로, 데넘에게서 자신에게로 — 여전히 의심스럽긴 하지만, 데넘의 심적인 상태가 그녀 자신과 무슨 관계가 있다면 — 옮겨 다니며 뭔가 대칭적인 무늬를, 인생의 배열을 그려내는 성싶었다. 그런 무늬는 그녀 자신은 아니라도 적어도 다른 사람들에게 흥미 내지는 일종의 비극적인 아름다움마저 더해주었다. 그녀는 그들이 찬란한 궁전을 등에 짊어진 기이한 그림을 떠올려보았다. 그들 모두가 등불을 든 자들과도 같아서, 그 불빛은 사람들 사이로 흩어지면서 사라졌다가 다시 모이고 어우러져 새로운 무늬를 짜내는 것이었다. 사우스 켄징턴의 삭막한 거리들을 빠른 걸음으로 지나가면서 그런 그림을 대강 완성한 그녀는 다른 모든 것이 희미해지더라도 메리, 데넘, 윌리엄, 카산드라의 목표만은 이루어지도록 도와야겠다고 결심했다. 명백한 방도가 있는 것은 아니었고, 의문의 여지없이 옳다고 생각되는 행동노선도 없었다. 그 모든 사색에서 얻어낸 것은 그런 목표를 위해서라면 어떤 위험도 감수할 수 있다는, 그리고 자신이나 다른 사람들을 위해 규율을 만들기보다는 해결되지 않은 어려움이 쌓여가고 불만스러운 상황이 생기더라도 내버려두겠다는 결심이었다. 그녀 자신은 절대적이고 두려움 없는 독립적인 위치를 고수하면서 말이다. 그래야만 서로 사랑하는 사람들을 도울 수 있을 테니까.

그처럼 고양된 기분으로 다시 읽어보자, 아네모네 꽃다발에 달린 카드에 어머니가 연필로 적어놓은 글발은 새로운 의미를 띠었다. 크롬웰 가의 집은 문이 열리자 어둑한 복도와 계단이 들여다보였다. 그나마 환한 점으로 눈에 들어오는 은쟁반에는 방문객들의 명함이 담겨 있었는데, 하나같이 검은 테를 두른 것이 미망인의 친구들은 모두 같은 상심을 겪은 이들인 듯했다. 문을 열어준 하녀는 웬 젊은 아가씨가 꽃을 건네며 힐버리 부인의 인사를 전하는 정중한 어조의 의미를 헤아리리라고 기대하기 어려웠다. 꽃이 건네지자마자 문이 닫혔다.

그렇게 잠깐 얼굴을 보이고 닫혀버린 문은 그녀의 한껏 고양된 기분에 찬물을 끼얹었다. 그래서 그녀는 첼시로 돌아가면서 도대체 자신의 결심이 무엇을 해낼 수 있을까 회의적인 기분이 되었다. 하지만, 사람들에 대해서는 아무것도 확신할 수 없다 해도, 숫자에는 상당히 확실히 매달릴 수가 있었다. 그래서 평소의 관심사인 그런 문제들에 대한 생각이 친구들의 삶에 대한 생각에 자연스럽게 섞여 들었다. 그녀는 티타임에 조금 늦게 집에 도착했다.

현관의 오래된 네덜란드식 장 위에는 모자 한두 개, 코트, 지팡이 같은 것들이 널려 있었고, 살롱 문 앞에 서자 안에서부터 목소리들이 들려왔다.

그녀가 들어서자 어머니가 작은 탄식을 토해냈다. 그것은 캐서린에게 귀가가 늦었음을 상기시키고, 찻잔과 우유 단지들이 하나같이 말을 듣지 않으니 어서 와서 테이블 상석에 자리 잡고 손님들에게 차를 따라주었으면 한다는 뜻을 전하는 탄식이었다. 일기 작가인 오거스터스 펠럼은 자기 이야기를 할 수 있는 조용한 분위기를 좋아했다. 그는 사람들의 주의를 끌고, 힐버리 부인처럼 고명한 인물로부터 지난날과 위대한 고인들에 관한 사소한 사실들이나 이야기들을 끌어내어 자기 일기에 쓰기를 좋아해서, 그러기 위해 티타임에 자주 찾아와 매년 엄청난 양의 버터 바른 토스트를 먹어치우는 것이었다. 그러므로 그는 캐서린을 맞이하며 적이 안도한 기색이었고, 그녀는 로드니와 악수하고 시인의 유품을 구경하러 왔다는 미국 부인에게 인사만 하면 되었다. 이내 좌중의 대화는 그녀가 익히 들어오던 대로 지난날을 회상하고 반추한다는 큰 줄기를 되찾아갔다.

하지만, 그들 사이에 드리운 이 두터운 베일에도 불구하고, 그녀는 로드니 쪽을 건너다보지 않을 수 없었다. 마치 어제 만난 후로 무슨 변화가 있었는지 탐색하기라도 하려는 듯한 눈길이었지만, 전혀 소득이 없었다. 그의 옷차림은, 새하얀 속조끼[166]며 넥타이에 꽂은 진주 핀에 이르기까지 그녀의 재빠른 눈길을 차단하면서 그런 탐문이 부질없음을 선언하는 것만 같았다. 찻잔을 들고 접시 가장자리에 버터 바른 토스트 한 조각을 균형 있게 올려놓은 품새가 점잖고 세련된 신사의 풍모 그 자체였다. 그는 그녀와 눈을 마주치지 않으려 했지만, 그것은 그가 손님 접대를 거들고 미국에서 온 방문객의 질문에 성심껏 예의바르게 답하느라 바쁘기 때문에 얼마

166) 멋 부린 차림을 할 때 조끼(waistcoat)의 V선을 따라 가지런히 흰 속조끼(slip) 선이 보이게 한다.

든지 그럴 수 있는 일이었다.

그것은 사랑에 관한 이론들로 머릿속이 꽉 차서 들어선 사람에게는 분명 낙심천만인 광경이었다. 티테이블 주위의 그런 광경을 보자 보이지 않는 질문자들은 한층 목소리를 높였고, 마치 자기들 뒤에 스무 세대쯤의 상식이라도 있다는 듯 자신만만하게 떠들어댔다. 거기에 눈앞의 오거스터스 펠럼과 버몬트 뱅크스 부인과 윌리엄 로드니, 그리고 힐버리 부인까지도 가세하는 것만 같았다. 캐서린은 이를 악물었다. 비유적으로만이 아니라 실제로 그랬으니, 그녀의 손은, 뭔가 행동을 취하려는 충동에 이끌린 듯, 오후 내내 완전히 잊어버린 채 들고 다니던 편지를 테이블 위에 내려놓았다. 주소가 위쪽으로 놓였고, 다음 순간 접시를 들고 뭔가 임무를 수행하기 위해 일어나던 윌리엄의 눈길이 그 위에 머무는 것을 그녀는 보았다. 그는 대번에 표정이 달라졌다. 하려던 동작을 마치고 캐서린을 바라보는 그의 눈길에는 옷차림에서는 드러나지 않았던 혼란이 역력히 담겨 있었다. 잠시 후 그는 버몬트 뱅크스 부인에게 제대로 응대하지 못하는 기색이었고, 그러자 힐버리 부인이 그 어색한 침묵을 늘 그렇듯 재빨리 알아채고는 이제 뱅크스 부인에게 '우리 물건들'을 보여드릴 때가 된 것 같다고 제안했다.

그래서 캐서린은 자리에서 일어나 그림과 책이 있는 작은 내실로 앞장서 갔고, 뱅크스 부인과 로드니가 그 뒤를 따랐다.

그녀는 불들을 켠 다음 나직하고 편안한 목소리로 즉각 설명을 시작했다. "이 테이블이 제 할아버지께서 글을 쓰시던 책상이에요. 후기 시들은 대부분 여기서 쓰셨지요. 그리고 이건 그분의 펜 — 마지막으로 쓰시던 펜이고요." 그녀는 그것을 손에 들어 몇 초간 정지한 채로 보여주었다. "여기" 하고 그녀는 계속했다. "이건 「겨울 송가」의 친필 원고랍니다. 이제 곧

보시겠지만, 초기의 원고들은 나중 것들보다 고친 데가 훨씬 적지요... 아, 직접 들고 보세요." 그녀는 뱅크스 부인이 경외감에 사로잡힌 음성으로 청하자 기꺼이 허락했고, 부인은 그 특권을 누리기 위해 하얀 양가죽 장갑의 단추를 풀기 시작했다.

"당신은 놀랄 만큼 조부님을 닮으셨군요, 힐버리 양." 미국 부인은 캐서린과 시인의 초상화를 번갈아 보며 말했다. "특히 눈매가 그래요. 저, 혹시, 손녀분께서도 시를 쓰시나요?" 그녀는 윌리엄 쪽을 돌아보며 명랑한 어조로 물었다. "시인의 이상형 그 자체가 아닙니까, 로드니 씨? 여기 이렇게 시인의 손녀분과 함께 서 있다니 얼마나 영광인지 모르겠네요. 우리 미국 사람들도 조부님을 아주 높이 평가한다는 걸 아셔야 해요, 힐버리 양. 우리는 그분 시를 낭독하는 모임도 하고 있답니다. 아! 그분이 신던 슬리퍼로군요!" 그녀는 원고를 내려놓고 급히 그 낡은 신발짝을 부여잡고는 잠시 경외감에 사로잡혀 말을 잇지 못했다.

캐서린이 안내자로서의 의무를 해 나가는 동안, 로드니는 이미 너무나 잘 알고 있는 일련의 작은 그림들을 골똘히 들여다보고 있었다. 마음이 어찌나 혼란스러운지 그렇게 잠깐이라도 머리를 식힐 필요가 있었다. 마치 폭풍 속에 있다가 처음 만난 피난처에서 옷매무새를 가다듬는 사람과도 같았다. 그의 태연함은 겉보기뿐임을 그 자신도 잘 알고 있었다. 넥타이와 조끼, 하얀 속조끼 밑에 태연함이라고는 거의 없었다.

그날 아침 자리에서 일어나면서 그는 간밤에 오갔던 이야기는 깨끗이 무시하기로 작정했었다. 데넘을 보자 자신이 캐서린을 열렬히 사랑하고 있다는 확신이 들었으며, 그래서 아침 일찍 전화를 걸었을 때는 명랑하면서도 단호한 음성으로 간밤에는 다소 정신이 나갔었지만 이전과 다름없이 약혼한 상태라는 사실을 전하고자 했었다. 그러나 사무실에 당도한 그는 또다시 번민에 휩싸였다. 카산드라한테서 온 편지가 그를 기다리고 있었던 것이다. 그녀는 그의 희곡을 읽었으며, 그래서 되도록 속히 편지를 써서 자신의 소감을 알리고 싶었다는 것이었다. 그녀는 자신의 칭찬쯤이야 아무것도 아니라는 것을 잘 안다고 하면서도, 밤을 새워 읽었다면서 자신의 소감을 구구절절 써 보냈다. 군데군데 그 열광을 세심하게 지워놓긴 했지만, 남아 있는 것만으로도 윌리엄의 허영심은 넘칠 정도로 충족되었다. 그녀는 적절한 말을 할 줄 알 만큼 총명했고, 한층 더 매력적인 것은 그것을 암시하는 능력이었다. 또 다른 면에서도 그것은 아주 매력적인 편지였으니, 그녀는 그에게 자기 음악에 대한 얘기며 헨리가 데리고 가주었던 참정권 집회 등에 대해서도 써 보냈다. 그리고 그리스어 알파벳을 배웠다면서, 농담인지 진담인지 '멋지다'고 단언했다. 그 말에는 밑줄이 그어져 있었다. 그녀는 그 밑줄을 치면서 웃었을까? 다른 데서는 진담이었을까? 편지는 열광과 재치와 변덕이 더없이 애교 있게 어우러진 것이 아닌가? 그 모든 것이 소녀다운 장난기에서 나온 불꽃처럼 솟아나 아침 내내 로드니의 머릿속에서 도깨비불처럼 나풀대는 것이었다. 그는 그 자리에서 그녀에게 답장을 쓰지 않고는 못 배겼다. 몸을 굽혀 절하고 나아갔다 물러섰다 하는 것을 보여주는 문체를 구사하는 것은 크나큰 즐거움이었다. 뭇 남녀의 구애의 특징 중 하나인 그런 박자에 캐서린은 한번도 맞춰준 적이 없다고 그는 생각하지 않을 수 없었다. 캐서린과 카산드라, 카산드라와 캐서린 — 그 두 여자가 번갈아 온종일 그의 머릿속을 맴돌았다. 공들여 차려입고 얼굴을 매만지고 정각 네 시 반에 체이니 워크의 티파티에 도착하기 위해 집을 나서는 것까지는 좋았다. 하지만 그 다음에 무슨 일이 일어날지 누가 알랴. 캐서린이 늘 그렇듯 별말도 없이 앉아 있다가 주머니에서 아무렇게나 꺼내 테이블 위에 탁 내려놓은 편지에 카산드라의 주소가 쓰인 것을 보자 그는 침착성을 잃고 말았다. 도대체 무슨 작정으로 저러는 걸까?

그는 작은 그림들을 들여다보던 눈길을 황급히 돌렸다. 캐서린은 미국 부인을 너무나 되는 대로 다루고 있었다. 그 희생양도 자신의 열광이 시인의 손녀의 눈에 얼마나 어리석게 비치는지 필시 깨달았을 것이었다. 캐서린은 사람들의 기분을 상하지 않도록 노력하는 법이 없다고 그는 생각했다. 그 자신도 안락함과 불편함의 미묘한 차이들에 매우 민감한 터라, 그는 캐서린이 점점 더 무신경하게 경매품 목록처럼 좔좔 읊어대는 것을 즉각 중지시키고, 묘한 동병상련을 느끼며 버몬트 뱅크스 부인을 자신의 보호 아래 감쌌다.

하지만 얼마 안 걸려 그 미국 부인은 시찰을 마쳤고, 시인과 그의 신발을 향해 존경 어린 태도로 고개를 까딱해 보이고는 로드니의 에스코트를 받으며 아래층으로 내려갔다. 캐서린은 작은 방에 혼자 남았다. 조상 숭배의 예식이 그날따라 유난히 숨 막히게 느껴졌다. 게다가 이제 그 방에는 너무 많은 물건이 들어차서 도무지 정리가 되지 않았다. 그날 아침만 해도 오스트레일리아의 한 수집가로부터 보험을 잔뜩 든 교정쇄가 도착했는데, 거기에는 아주 유명한 구절에 대해 시인이 마음을 바꾼 흔적이 남아 있었으므로, 마땅히 유리 액자에 넣어둘 만했다. 하지만 그럴 자리가 있을까? 그렇다면 그건 계단에 걸어두어야 하나? 아니면 다른 유품을 치우고 그에 합당한 자리를 마련해야 하나? 결정을 내릴 수가 없어서, 캐서린은 마치 시인 자신의 의견을 묻기라도 하는 듯 할아버지의 초상화를 쳐다보았다. 그것을 그린 화가는 이제 유행이 지났고, 하도 많은 방문객들에게 그것을 보여준 터라 캐서린은 이제 그것이 도금한 월계수 잎으로 빙 둘려 있는 희미한 분홍과 갈색 얼룩으로밖에 보이지 않았다. 자신의 할아버지가 된 청년이 아득한 눈길로 그녀의 머리 위쪽을 바라보고 있었다. 관능적인 입술은 약간 벌어져서 그 아득함의 가장자리에 막 떠올랐거나 사라지고 있는 무엇인가 아름다운 또는 기적적인 것을 바라보는 듯한 느낌을 주었다. 그 표정은 그의 얼굴을 쳐다보는 캐서린의 얼굴에도 기묘하게 나타나 있었다. 그들은 같거나 엇비슷한 나이였다. 그는 무엇을 바라보는 걸까 그녀는 생각했다. 그에게도 파도치는 해안이며 우거진 숲속을 말 타고 달리는 영웅 같은 것이 있을까? 어쩌면 평생 처음으로 그녀는 그를 젊고 불행하고 격정적인, 들끓는 욕망과 과오들을 지닌 청년으로 그려보았다. 그를 어머니의 추억이 아니라 자신의 관점에서 보기는 처음이었다. 초상화 속의 그는 그녀와 오누이 간도 될 수 있겠다는 생각이 들었다. 두 사람 사이에는 신비한 혈연이 있어서, 망자의 눈이 그토록 바라보고 있는 광경을 그녀도 알 수 있을 것만 같았고, 그 역시 그녀가 지금 느끼는 기쁨과 슬픔들을 그녀와 함께 바라보는 듯했다. 그라면 이해했으리라고 그녀는 문득 생각했다. 그래서 그의 영전에 시든 꽃을 바치는 대신, 그녀는 자신의 당혹감을 내려놓았다. 망자가 자신에게 바쳐지는 선물을 의식할 수만 있다면, 꽃이나 향이나 흠모보다 어쩌면 그런 것을 더 높이 평가할지도 모를 일이었다. 그렇게 초상화를 쳐다보노라니, 그에게는 의심과 질문과 낙심 같은 것이 존경보다 더 반가울 수도 있으리라고, 그래서 자신이 겪고 또 이루는 것의 일부를 그에게 내어놓는다면 그는 그것을 아주 적은 짐으로밖에 여기지 않으리라는 느낌이 들었다. 그녀에게는 자신의 긍지나 사랑의 깊이보다도, 망자가 꽃이나 애도가 아니라 후손에게 준 삶, 그들 자신도 살았던 삶의 일부를 요구한다는 느낌이 한층 더 생생했다.

잠시 후 로드니가 돌아와 보니 그녀는 할아버지의 초상화 아래 앉아 있었다. 그녀는 옆의 의자를 다정하게 짚어 보이며 말했다.

“이리 와 앉아요, 윌리엄. 당신이 있어주어서 얼마나 다행이었는지요!

난 점점 더 거칠어지는 것만 같아요."

"당신은 기분을 잘 감추지 못하지." 그는 무뚝뚝하게 대꾸했다.

"아, 너무 야단치지 말아요 — 난 오후 내내 아주 힘들었다고요." 그녀는 맥코믹 부인에게 꽃을 가져갔던 일이며, 사우스 켄징턴이 마치 미망인 보호구역 같더라는 것 등을 이야기했다. 문이 잠깐 열렸을 때 본, 흉상과 종려수와 우산 같은 것들이 줄지어 선 음침한 복도를 묘사하기도 했다. 그녀는 아무 일도 없었다는 듯 태연한 말씨로 그런저런 이야기를 하여 그의 심기를 편안하게 만드는 데 성공했다. 실로 그는 금방 마음이 풀어져버려서 더 이상 쾌활한 중립성이라는 상태를 유지할 수가 없었다. 그는 침착성이 빠져나가는 것을 느꼈다. 캐서린은 그녀에게 도움과 조언을 청하고 자기 마음속에 있는 것을 곧이곧대로 털어놓는 것을 너무나 자연스럽게 만들어버리는 것이었다. 카산드라한테서 온 편지가 그의 주머니에 묵직하게 들어 있었다. 그리고 옆방 테이블 위에는 카산드라에게 가는 편지도 놓여 있었다. 분위기가 온통 카산드라로 가득 차 있는 것만 같았다. 하지만 캐서린이 먼저 이야기를 꺼내지 않는 한, 그로서는 암시조차 할 수가 없었다 — 그 일에 대해서는 일체 입을 다물어야만 했다. 그것이 신사로서 마땅히 처신해야 할 도리였으니, 즉 그로서는 가능한 한 아무 의혹 없는 연인의 처신을 해야만 했다. 이따금 그는 깊은 한숨을 내쉬었다. 그는 평소보다 다소 빠른 어조로 여름에 모차르트의 오페라 중 어느 어느 것이 상연되리라는 이야기를 했다. 안내장을 받았다고 말하면서 그 자리에서 종이가 수북하게 끼워진 수첩을 꺼내 뒤지기 시작했다. 그러면서 엄지와 검지 사이에 두툼한 봉투를 빼들고 있는 품이 마치 오페라단에서 온 안내장이 어떻게인가 그것과 뗄 수 없이 연관되어 있기나 한 것 같았다.

"카산드라한테서 온 편지네요?" 그의 어깨 너머로 들여다보던 캐서린이 더없이 자연스러운 목소리로 물었다. "나도 그녀를 초대하는 편지를 썼는데, 부친다는 걸 깜빡했어요."

그는 말없이 봉투를 건넸다. 그녀는 그것을 받아들고 편지를 꺼내 읽기 시작했다.

편지를 읽는 시간이 로드니에게는 참을 수 없이 길게 느껴졌다.

"그래요." 그녀는 마침내 말했다. "아주 매력적인 편지네요."

로드니는 면구스러운 듯 고개를 외로 꼬고 있었다. 그 모습을 보자 그녀는 거의 웃음이 터질 뻔했다. 그녀는 다시 한 번 페이지들을 넘겨보았다.

"별로 해 될 건 없을 것 같은데" 하고 윌리엄이 불쑥 내뱉었다. "그녀를 돕는 거 말이오 — 가령 그리스어를 가르쳐준다든가 — 정말로 그런 데 관심이 있다면 말이지만."

"관심 없을 것 같지 않은데요." 캐서린이 다시금 편지를 뒤적이며 말했다. "사실 — 아, 여기 그 말이 있네요 — '그리스어 알파벳은 완전 멋지다'고 썼어요. 분명 관심이 있나 봐요."

"글쎄, 그리스어는 다소 지나친 주문인지도 모르지. 난 오히려 영어를 생각했는데. 그녀가 내 희곡을 평한 걸 보면 너무 칭찬 일색이고 분명 미숙한 데가 많지만 — 그야 이제 겨우 스물두 살이니까 — 하지만 그래도 확실히 소질이 보이거든. 시에 대한 진짜 감수성이랄지, 물론 제대로 배운 것은 아니지만 상당한 이해력이 있는데, 사실 그거야말로 바탕이 되는 거요. 그녀에게 책을 좀 빌려줘도 해 될 거 없지 않겠소?"

"그야 물론이죠."

"하지만 그러다 편지 왕래가 계속되면? 내 말은, 캐서린, 내 보기에 불건전한 문제까지는 가지 않고 말이오, 내 말은" 하고 그는 당황하여 허둥댔다. "당신은, 당신이 보기에는, 그 일에 불유쾌한 점은 없소? 만일 그렇다면, 당신이 한마디만 하면, 난 이 일을 깨끗이 잊어버리겠소."

그녀는 그가 그 일을 깨끗이 잊어주기를 바라는 마음이 너무나 강하게 일어나는 데 스스로 놀랐다. 한순간이었지만, 두 사람의 친밀함, 비록 사랑의 친밀함은 아니라 해도 분명 진실한 우정의 친밀함을 다른 어떤 여자에게도 양보할 수 없을 것만 같았다. 카산드라는 절대로 그를 이해할 수 없으며, 그에게 걸맞은 짝이 될 수 없을 것이었다. 그 편지만 하더라도 그녀가 보기에는 아첨하는 편지, 그의 약점을 알고 쓴 편지 같았고, 그의 약점이 자기 아닌 다른 사람에게 알려졌다는 사실만으로도 언짢았다. 하지만 그는 약하지만은 않았고, 자기가 약속한 것은 지키는 드문 강점을 가지고 있었다 — 그녀가 한마디만 하면, 다시는 카산드라를 생각하지도 않을 것이었다.

그녀는 잠시 주저했다. 로드니는 그 이유를 짐작하고는 아연해졌다.

'그녀는 날 사랑하고 있어.' 그는 생각했다. 자기가 세상에서 누구보다도 숭배하는 여성이, 그녀의 사랑을 얻으리라는 희망을 포기하고 난 이제 와서, 자기를 사랑하는 것이다. 그런데 처음으로 그녀의 사랑을 확인하는 순간, 그는 그것이 오히려 거북하기만 했다. 그에게는 그녀의 사랑이 족쇄요 방해물이요 두 사람 모두를, 하지만 특히 그를, 우스꽝스럽게 만드는 무엇이라고만 느껴졌다. 그는 완전히 그녀의 손아귀에 잡혀 있었지만, 그래도 눈은 뜨고 있었고 이제 더 이상 그녀의 노예도 봉도 아니었다. 앞으로는 그가 그녀의 주인이 되리라. 침묵이 이어지는 동안, 캐서린은 윌리엄을 영원히 붙잡아둘 말을 하고 싶다는 욕망의 강렬함을 느끼는 한편, 그가 그녀에게서 그토록 애타게 듣기를 원했던, 그리고 이제 그녀로서도 거의 진심인 듯 느껴지는 그 말을 하도록 몰아가는 유혹의 비열함을 깨닫고 있었다. 그녀는 손에 편지를 든 채 말없이 앉아 있었다.

그때 살롱 쪽에서 기척이 났다. 오스트레일리아의 푸줏간 장부에서 기적적인 섭리로 건져진 교정쇄에 대해 이야기하는 힐버리 부인의 음성이 다가오더니, 두 방 사이의 커튼이 열리고, 부인과 오거스터스 펠럼이 문간에 나타났다. 힐버리 부인은 말을 뚝 그쳤다. 딸과 딸의 약혼자를 바라보는 그녀의 입가에는 특유의 비아냥거리는 듯 아닌 듯한 미소가 번졌다.

"제 보물 중의 보물이랍니다, 펠럼 씨!" 그녀는 감탄조로 말했다. "일어나지 말아, 캐서린. 그대로 앉아 있게나, 윌리엄. 펠럼 씨는 다음에 또 오실 테니까."

펠럼 씨는 그들을 향해 미소 짓고는 고개 숙여 인사한 다음, 말없이 안주인을 따라갔다. 그가 닫았는지 힐버리 부인이 닫았는지 커튼이 도로 닫혔다.

하지만 어머니 덕분에 문제는 해결되었다. 캐서린은 더 이상 망설이지 않았다.

"엊저녁에도 말했지요." 그녀는 말했다. "나는 만에 하나라도 당신이 카산드라에게 호감이 있다면, 그녀에 대한 감정이 어떤 것인지 알아보는 게 당신 의무라고 생각해요. 그녀뿐 아니라 나에 대한 의무이기도 하지요. 하지만 우리 어머니께 말씀드려야 해요. 이런 식으로 속일 수는 없어요."

"그건 물론 전적으로 당신한테 달렸소." 로드니는 즉시 명예를 아는 신사다운 격식 차린 어조로 돌아가 대답했다.

"알았어요." 캐서린이 말했다.

그가 가고 나면 즉시 어머니에게 가서 약혼을 접었다고 설명하리라 — 아니면 두 사람이 함께 가는 것이 나을는지?

"하지만 캐서린" 하고 로드니가 카산드라의 편지를 봉투에 도로 쑤셔 넣으려 애쓰면서 말을 꺼냈다. "카산드라가 — 만일 카산드라가 — 당신은 카산드라를 여기로 초대했다고 하지 않았소."

"그래요. 하지만 아직 편지를 부치지는 않았어요."

그는 불편한 듯 말없이 다리를 꼬았다. 그가 아는 법도로는, 방금 약혼을 파기한 여성에게 아마도 사랑에 빠질 것만 같은 다른 여성과 사귀도록 도와달라고 청할 수는 도저히 없었다. 만일 두 사람의 약혼이 파기되었다는 것이 공표되면 오랫동안 완전한 절연 상태가 될 것이고, 이미 오갔던 편지와 선물도 반환해야 할 것이었다. 그렇게 헤어진 두 사람이 몇 년쯤 후에 이브닝 파티 같은 데서 만나면 무심한 듯 한두 마디 건네며 불편하게 악수하는 시늉은 할 수 있겠지만. 그렇다면 그는 완전히 버려진 신세가 되어 모든 걸 자기가 알아서 해 나가야 할 테고, 다시는 캐서린에게 카산드라 이야기를 할 수도 없을 테고, 분명 여러 해 동안 캐서린을 만나지도 못할 것이며, 그러는 동안 그녀에게 무슨 일이 일어날지도 알 수 없었다.

캐서린은 그의 난감한 처지를 그 자신만큼이나 잘 알 수 있었다. 완전한 관용을 베풀자면 어떻게 행동해야 할는지도 알고 있었지만 자존심이 용납하지 않았다. 로드니와 약혼 상태를 유지하면서 그가 다른 상대에 대한 감정을 알아보도록 덮어준다는 것은 그녀에게 단순한 허영심 이상으로 고상한 무엇인가를 상하게 하는 것이었다.

'난 한동안 내 자유를 포기해야만 해.' 그녀는 생각했다. '윌리엄이 여기서 자기 편한 대로 카산드라를 만날 수 있으려면. 그는 내 도움 없이는 그 교제를 밀고 나갈 용기가 없지 — 그러면서도 자기가 원하는 바를 솔직히 말하기에는 너무나 겁쟁이이고. 그는 공개적인 파혼은 생각하기도 싫은 거야. 그래서 우리 둘을 다 붙잡으려 하지.'

그녀가 거기까지 생각했을 때, 로드니는 편지를 주머니에 넣고 신중한 동작으로 시계를 들여다보았다. 그 동작은 그가 카산드라를 포기하고 —

그는 자신의 무능함을 너무나 잘 알고 자신을 불신하고 있었다 — 캐서린을 잃는다는 것을 의미했지만 — 그녀에 대한 그의 감정은 비록 불만족스러울망정 깊은 것이었다 — 그로서는 달리 할 수 있는 일이 남아 있지 않은 것 같았다. 그는 캐서린을 자유롭게 풀어주고 그녀의 어머니에게 가서 약혼이 끝났다고 알려야만 했다. 하지만 명예를 아는 신사로서 의당 해야 할 바를 하려면 불과 하루 이틀 전에는 생각할 수도 없었던 노력이 필요했다. 그가 흘긋 바라보고 욕망했던 것 같은 관계가 그와 캐서린 사이에 끼어들 수 있다는 사실을, 불과 이틀 전만 해도 그가 먼저 화를 내며 부인했을 것이었다. 그러나 이제 그의 인생이 달라졌고, 태도가 달라졌으며, 감정이 달라졌다. 새로운 목표와 가능성들이 나타났고, 그것들은 거역할 수 없는 매력과 힘을 지니고 있었다. 35년의 인생 경험이 그를 무방비 상태로 내버려두지는 않았다. 그는 여전히 위신을 잃지 않은 채, 돌이킬 수 없는 작별의 말을 할 작정으로 자리에서 일어났다.

"그럼 당신에게 맡기겠소." 그는 자리에서 일어나 얼굴이 창백해질 정도로 애써 위엄 있게 손을 내밀며 말했다. "우리 약혼이 당신의 희망에 따라 파기되었다고 당신 어머니께 말씀드리는 일은."

그녀는 그의 손을 맞잡았다.

"날 믿지 않나요?" 그녀는 말했다.

"믿고말고. 절대적으로 믿어요."

"아니요. 내가 당신을 도울 거라는 걸 믿지 않고 있어요... 내가 당신을 도와도 될까요?"

"당신이 도와주지 않으면 난 아무 가망도 없소!" 그는 열렬히 외쳤지만, 그러면서 손을 빼치고는 등을 돌렸다. 그가 다시 그녀를 마주 보았을 때, 그녀는 처음으로 그에게서 가식 없는 얼굴을 보았다.

"당신이 제안하는 바를 이해 못하는 척해봐야 소용없는 일이오, 캐서린. 당신이 말하는 대로요. 아주 솔직히 말하자면, 난 지금 당신 사촌을 사랑하고 있는 것 같소. 당신이 도와준다면 가능성이… 아, 아니오." 그는 말을 잇지 못했다. "말도 안 되오. 잘못된 일이야 — 난 이런 상황이 벌어지게 했다는 데 대해 아무리 비난해도 지나치지 않소."

"여기 좀 앉아봐요. 지각 있게 좀 따져보는 게 어때요 —"

"당신의 그 지각이라는 게 우릴 망쳤소 —" 그는 신음했다.

"내가 책임지겠어요."

"아, 하지만 어떻게 날더러 그걸 받아들이라는 거요?" 그는 부르짖었다. "그건 — 이 점은 분명히 해둡시다, 캐서린 — 그건 우리가 당분간 명목상 약혼을 유지하는 걸 의미하오. 물론 실제로 당신은 완전히 자유이지만."

"당신도 그렇지요."

"그래요. 우리 둘 다 자유가 될 거요. 그런 상황에서 내가 카산드라를 한 번, 어쩌면 두 번쯤 만난다고 합시다. 그런데 그 모든 게 꿈이었다는 게 밝혀지면 — 내 생각엔 그럴 게 뻔하지만 — 즉시 당신 어머니에게 말씀드리는 거요. 한데 그럴 바에야 지금 말씀 드리고 비밀을 지키겠다는 약속을 받아내면 안 될 이유가 어디 있소?"

"왜냐고요? 그러면 온 런던이 10분 만에 다 알게 될 텐데요. 게다가 어머니는 도저히 이해 못하실 거예요."

"아버지는 어떻소? 이렇게 비밀로 하는 것은 아주 역겨운 — 명예롭지 못한 일이오."

"아버지는 어머니보다도 이해 못하실 걸요."

"하기야 대체 누가 이해할 수 있겠소?" 로드니는 신음했다. "하지만 이 일은 당신의 관점에서 봐야 하오. 그건 당신에게 무리한 요구일 뿐 아니라 당신 입장을 아주 곤란하게 만드는 거요 — 내 누이동생이 그런 입장에 처한다면 도저히 못 참을 거요."

"난 당신 누이동생이 아니잖아요." 그녀는 짜증스럽게 말했다. "우리가 결정 못한다면, 누가 할 수 있겠어요? 난 터무니없는 말을 하는 게 아니에요." 그녀는 밀고 나갔다. "난 이 문제를 모든 각도에서 보려고 최선을 다했어요. 그래서 위험을 감수해야 한다는 결론에 이른 거예요. 고통스러운 일이 될 거라는 걸 부인하지는 않지만요."

"캐서린, 괜찮겠소? 당신한테 몹시 고통스러운 일이 될 거요."

"아니, 괜찮아요. 아무리 고통스럽더라도, 감당할 각오가 되어 있어요. 견뎌낼 수 있을 거예요. 당신이 날 도와줄 테니까요. 당신들 두 사람 다 날 도와주어야 해요. 사실, 우린 서로 돕는 거지요. 그게 기독교 정신 아닌가요?"

"내 보기엔 오히려 이교도 같소만." 로드니는 그녀 식의 기독교 정신이 자신들을 어떤 상황에 처하게 했는지 생각하며 신음 소리를 냈다.

하지만 그는 엄청난 홀가분함이 밀려드는 것을, 그리고 미래가 납빛 가면을 쓰고 다가오는 대신 각양각색의 명랑함과 흥분으로 피어나는 것을 부인할 수 없었다. 이제 일주일, 어쩌면 그보다도 일찍, 카산드라를 보게 될 터였고, 그녀의 도착 날짜를 알고 싶어 조바심 나는 것을 자신에게조차 고백할 수 없을 지경이었다. 캐서린의 유례없는 관용과 그 자신의 가소로운 비열함이 가져온 이 열매에 그렇게 욕심스럽게 손 뻗치는 것은 천박한 일로 여겨졌다. 하지만, 절로 떠오르는 그런 말들도, 이제는 아무 의미가 없었다. 그는 자신이 한 일 때문에 격이 떨어졌다고는 스스로 생각하지 않았으며, 캐서린을 칭찬하기에는, 두 사람 모두 같은 목표를 추구하는 파트너요 공모자가 아니었던가? 그러니 공동 목표를 위한 행동을 관용이라 칭찬한다는 것도 무의미한 일이었다. 그는 감사보다는 동지애의 희열을 느끼며 그녀의 손을 힘주어 잡았다.

"우리는 서로 도울 거요." 그는 그녀의 말을 되풀이하며, 열정적인 우정이 담긴 눈길로 그녀의 눈길을 찾았다.

그녀의 진지하면서도 어딘가 비애가 담긴 눈길이 그에게 머물렀다. '그의 마음은 이미 떠났어.' 그녀는 생각했다. '아주 멀리 — 더 이상 나를 생각하고 있지 않아.' 그러자 그렇게 손에 손을 잡고 나란히 앉아 있는 두 사람 사이에 흙이 쏟아지는 소리가 들리면서 뚫을 수 없는 방벽이 두 사람을 나눠놓는 것만 같은 착각마저 들었다. 자신이 가장 아끼는 사람과의 모든 우의로부터 영영 갈라져 홀로 갇히는 것만 같았던 그 과정도 마침내 끝이 났고, 두 사람은 서로 합의하기나 한 듯 손가락을 풀었다. 로드니의 입술이 그녀의 입술에 닿으려는 순간, 커튼이 갈라지면서 힐버리 부인이 그 틈새로 그 호의적이면서도 놀리는 듯한 얼굴을 드밀고는 캐서린에게 오늘이 화요일인지 수요일인지 혹시 기억하는지, 웨스트민스터에서 오찬을 들려는지 물었다.

"사랑스런 윌리엄" 하고 그녀는 사랑과 신뢰와 로맨스의 이 놀라운 세계를 잠시 침범하는 즐거움을 물리칠 수 없다는 듯 말했다. "사랑스런 아이들" 하고 그녀는 덧붙이며, 더는 그 장면을 방해하고픈 유혹에 지지 말아야겠다는 듯 커튼을 치고는 휙 사라져버렸다.

제25장

다음 토요일 오후 세 시 십오 분에, 랠프 데넘은 큐 가든의 호숫가에 앉아서, 시계의 문자판을 집게손가락으로 칸칸이 나누고 있었다. 시간 그 자체의 엄정하고 가차 없는 성질이 그의 얼굴에 나타나 있었다. 시간이라는 신성의 서두르지도 쉬지도 않는 행진에 찬가라도 짓고 있는 듯한 표정이었다. 일 분 일 분이 지나가는 것을 그 불가피한 질서에 대한 근엄한 복종으로 맞이하고 있는 듯했다. 그의 표정은 어찌나 심각하고 차분하고 미동도 없었던지, 적어도 그에게는 지나가는 시간에 자기편에서의 사소한 짜증이 흩트려서는 안 될 위대함이 있다는 것이 명백해 보였다. 설령 그렇게 사라져버리는 시간과 함께 그 자신의 드높은 희망도 사라져버린다 하더라도 말이다.

그의 얼굴은 그의 내면에서 일어나고 있는 일을 여실히 드러내주고 있었다. 일상생활의 사소한 것들에 신경 쓰기에는 너무나 고양된 심적 상태였다. 그로서는 숙녀가 약속 시간에 십오 분이나 늦는다는 사실을, 거기서 자신의 전 생애의 좌절을 보지 않고는 받아들일 수가 없었다. 시계를 들여다보면서 그는 인간 존재의 원천을 들여다보는 듯했고, 거기서 보이는 빛에 의거하여 자신의 기수를 북쪽으로, 한밤중으로 돌렸다... 그렇다, 동반자가 없더라도 여행은 해야만 했다. 얼음과 검은 물을 뚫고서 — 하지만 어떤 목표를 향해? 그 대목에서 그는 손가락을 삼십 분 지점에 갖다 놓고는, 분침이 그 지점에 이르면 그만 가야겠다고 결심했다. 그러면서 의식 속의 수많은 목소리들 중 또 한 목소리가 제기하는 질문에 대답하고 있었다. 분명 목표는 있지만, 어디서나 그 방향을 유지하기 위해서는 더없이 가열한 노력이 필요하리라고 말이다. 그래도, 그래도, 나아가는 거라고, 똑딱거리는 초침은 그에게 당당하게, 두 눈을 크게 뜨고서, 결연하게, 이류를 받아들이지 말라고, 무가치한 것에 유혹당하지 말라고, 굴복하지도 타협하지도 말라고 격려하는 듯했다. 이제 시계는 세 시 이십오 분을 가리켰다. 캐서린 힐버리가 약속 시간에 반시간이나 늦다니 세상에서는 아무런 행복도 투쟁으로부터의 안식도 확실성도 찾아볼 수가 없다고 그는 확신했다. 처음부터 완전히 글러먹은 세상에서 단 한 가지 용서할 수 없는 어리석음은 희망이라는 어리석음이었다. 잠시 시계에서 눈을 들어 그는 맞은편 호숫가를 바라보았다. 마치 그 눈길의 엄격함이 아직은 완화될 수 있다는 듯, 일말의 동경이 없지 않은 생각에 잠긴 눈길이었다. 이내 깊은 만족감이 밀려들었지만, 그는 한순간 꼼짝도 하지 않았다. 그는 널따란 풀밭 길을 따라 급한 걸음으로, 하지만 다소 머뭇거리며 자신을 향해 다가오는 한 숙녀를 지켜보았다. 그녀에게는 그가 보이지 않는 모양이었다. 멀리서 보니 그녀는 뭐라 할 수 없이 훤칠해 보였고, 가벼운 바람에 어깨에서 흩날리는 보랏빛 베일이 로맨스로 그녀를 감싸고 있는 것만 같았다.

'저기 그녀가 온다. 마치 순풍에 돛을 단 배처럼.' 그는 어느 연극인지 시인지에 나오는 구절을 막연히 떠올리며 생각했다. 여주인공이 그렇듯 깃털을 휘날리며 다가오면 아리아가 그녀를 맞이하는 장면이었다. 녹음과 드

높은 나무들이 그녀를 맞이하는 듯 둘러쌌다. 그는 자리에서 일어났고, 그녀도 그를 보았다. 그녀의 작은 탄성은 그를 발견한 기쁨과 자신이 늦은 데 대한 미안함을 담고 있었다.

"왜 말해주지 않았어요? 전 이런 곳이 있는 줄도 몰랐어요." 그녀는 호수와 드넓은 녹지와 나무들의 전경과 멀리 금빛으로 물결치는 템스 강, 초원 한복판에 서 있는 공작의 성 같은 것을 가리켜 보이며 말했다. 그녀는 공작의 사자가 꼬리를 뻣뻣이 쳐들고 있는 것[167]을 보고는 믿을 수 없다는 듯 웃음을 터뜨렸다.

"큐에 와본 적이 없습니까?" 데넘이 물었다.

아주 어렸을 때 온 적이 있는 것 같기는 하지만, 그때는 지금과 전혀 달랐었고, 플라밍고와 낙타도 있었던 것 같다는 대답이었다. 그 전설 속의 정원을 다시 만드는 듯한 기분으로 그들은 거닐었다. 그녀는 그냥 그렇게 한가로이 거닐면서 수풀이든 공원지기든 거위든 눈길 닿는 모든 것에서 상상의 나래를 펼치는 것이 휴식이 되는 듯 즐거워 보였다. 봄 들어 처음으로 따뜻한 오후였으므로, 그들은 너도밤나무들 아래 빈터의 벤치에 앉았다. 그들 주위에는 사방으로 녹색 오솔길들이 뻗어 있었다. 그녀는 깊은 한숨을 내쉬었다.

"너무나 평화로워요." 그녀는 마치 자신의 한숨을 설명하기라도 하는 듯 말했다. 사람이라고는 눈에 띄지 않았고, 나뭇가지를 스치는 바람소리, 런던 사람들에게는 좀처럼 들리지 않는 소리가 그녀에게는 끝없이 펼쳐진 감미로운 공기의 바다로부터 실려오는 것만 같았다.

167) 큐 가든에서 템스 강 건너편에 바라보이는 노섬벌랜드 공작의 성인 사이언 하우스(Syon House)의 지붕 위 돌 사자가 꼬리를 수평으로 쳐들고 있는 것을 말한다.

그녀가 그렇게 깊은 숨을 쉬며 주위를 둘러보는 동안, 데넘은 지팡이 끝으로 낙엽을 헤치며 죽은 잎에 묻히다시피 한 녹색 싹들의 숨을 틔워주었다. 그는 식물학자처럼[168] 조심스럽게 그 일을 해 나갔다. 그녀에게 그 작은 녹색 식물의 이름을 알려주면서 그는 일부러 라틴어 학명을 말해 그것이 첼시에서도 흔히 볼 수 있는 꽃임을 뒤늦게 안 그녀를 즐겁게 했다. 그의 박식함에 감탄하며, 그녀는 자신이 모르는 것이 너무 많다고 고백했다. 가령 저기 맞은편에 있는 나무는 그냥 영국식 이름으로는 뭐라고 하는지? 너도밤나무? 느릅나무? 단풍나무? 낙엽의 모양으로 보아서는 떡갈나무라는 답이었다. 데넘이 편지봉투에 그려주는 간단한 도표를 보고 캐서린은 영국 나무들의 기본적인 식별 방식 몇 가지를 금방 알 수 있게 되었다. 그래서 그녀는 꽃들에 대해서도 가르쳐달라고 청했다. 그녀에게 꽃이란 거의 비슷비슷한 녹색 줄기 위에 다양한 모양과 색깔의 꽃잎을 달고 계절에 따라 피어나는 것일 뿐이었지만, 그가 보는 꽃은 처음에는 알뿌리나 씨앗이었다가 암수와 기공이 있는, 그리고 각종 기발한 장치들로 생장과 번식에 적응해가는 생명체이며, 그것이 납작하거나 뾰족한, 선명하거나 희미한, 단색이거나 무늬가 있는 여러 가지 형태로 피어나는 과정을 보면 인간의 생명의 신비마저 알 수 있을 것이었다. 데넘은 오랫동안 자신만의 비밀로 간직해온 취미에 대해 점점 더 열을 올리며 이야기했다. 어떤 강연도 캐서린의 귀에는 그보다 더 반가운 소리로 들리지 않았을 것이다. 벌써 몇 주째 그녀는 그렇게 즐거운 음악 같은 이야기는 듣지 못한 터였다. 그것은

168) 실제로 레너드는 식물학에 조예가 깊었고 정원 가꾸기를 좋아해서, 울프 부부가 이미 다른 집을 계약한 상황에서 몽크스하우스를 산 것도 그 정원 때문이었다. 울프의 일기에는 레너드가 정원 가꾸기에 몰두해 있는 것이 자주 언급되곤 한다.

너무나 오래전부터 고독한 가운데 아무도 찾지 않던 마음속의 외딴 요새들에 반향을 불러일으켰다.

그녀는 그가 마냥 식물들에 대해 이야기하고, 과학이 식물 세계의 끝없는 다양성을 지배하는 법칙을 연구하는 것이 헛수고는 아님을 보여주었으면 싶었다. 그 순간 그녀에게는 이해할 수는 없을지언정 분명 전능한 어떤 법칙이 있을 것만 같았다. 인간의 삶에서는 전혀 그런 법칙을 찾을 수가 없기 때문이었다. 한창 나이의 여자들이 대개 그렇듯이 그녀도 벌써 오래전부터 상황의 힘에 몰린 나머지 삶의 한 부분, 질서라고는 없어 보이는 부분만을 고통스러울 만큼 세세히 숙고하지 않을 수 없었다. 사람들의 기분과 소원과 좋아하고 싫어하는 정도, 그리고 그런 것들이 자신에게 소중한 사람들에게 미치는 영향 같은 것들을 생각하느라, 인간 존재와는 무관하게 사고(思考)가 운명을 만들어가는 삶의 다른 부분에는 관심도 가질 수 없는 형편이었다. 데넘이 이야기하는 동안, 그녀는 그의 말을 경청하고 그 의미를 생각하면서 자신 안에 오랫동안 쓰지 않은 채 쟁여져 있던 어떤 능력을 말해주는 정신적인 생기를 느꼈다. 눈앞의 나무들과 멀리 푸른 하늘로 이어지는 녹지는 개개인의 행복이니 결혼이니 죽음이니 하는 것들에 개의치 않는 광대한 외부 세계의 상징들이 되었다. 데넘은 자신이 하는 말의 실례를 보여주려는 듯, 암석공원으로, 난초 온실로, 그녀를 안내했다.

그로서는 대화가 그런 방향으로 나아가는 것이 안심이 되었다. 그의 열띤 어조는 과학이 그에게 불러일으키는 것보다 좀 더 개인적인 감정에서 비롯되는 것일 수도 있었지만, 그 점은 잘 감추어져 있었고 그는 천성적으로 어떤 문제를 자세히 개진하고 설명하는 것이 쉬웠다. 그런데도 난초들 사이에 서 있는 캐서린을 보니 기화요초들 덕분에 그녀의 아름다움이 한층 더 돋보여서, 식물들조차도 줄무늬 모자며 살찐 목을 빼고서 그녀를 바라보며 넋을 잃는 것만 같았다. 그러자 식물학에 대한 열정을 제치고 좀 더 복잡한 감정이 밀려들었다. 그녀는 말이 없었다. 난초들이 뭔가 골똘한 상념을 불러일으킨 듯했다. 규칙을 무시하고서, 그녀는 장갑 벗은 손을 뻗어 그중 한 포기를 만졌다. 그녀의 손가락에서 루비 반지를 보자 그는 너무나 불쾌해져서 움찔 놀라며 외면했다. 하지만 다음 순간 그는 마음을 다스렸고, 그녀가 진기한 난초를 차례차례 살펴보는 모습을 지켜보았다. 그녀는 딱히 눈앞의 것을 보기보다 그 너머의 어딘가를 더듬는 사람의 막연하고 생각에 잠긴 눈길을 하고 있었다. 자신을 전혀 의식하지 못하는 아득한 눈길이었다. 데넘은 그녀가 자신의 존재를 기억하기나 하는지 의심스러웠다. 물론 말을 걸거나 조금 움직이기만 해도 자신의 존재를 환기시킬 수는 있었다 — 하지만 굳이 그럴 필요가 있을까? 그녀는 그렇게 있는 것이 더 행복해 보였다. 그가 줄 수 있는 어떤 것도 필요로 하지 않았다. 그리고 아마 그로서도 그렇게 멀찍이서 다만 그녀가 존재한다는 것을 알고, 그가 이미 가진 것, 완벽하고 아득하고 부서지지 않은 것을 간직하는 편이 나을 것이었다. 더구나 온실 안 난초들 가운데 서 있는 그녀의 조용한 모습은 그가 자신의 방에서 상상했던 어떤 장면을 이상할 만큼 그대로 보여주는 것만 같았다. 그 모습은 그의 기억과 뒤섞여서, 문이 닫히고 그들이 다시금 걸어가는 동안에도 그를 침묵하게 만들었다.

하지만 캐서린은 잠자코 있으면서도 자신의 침묵이 이기적이라는 불편한 느낌이 들었다. 자신이 원하는 대로, 어떤 인간 존재와도 하등의 관계가 없는 주제들에 관한 이야기만 계속하는 것은 이기적인 일이었다. 그녀는 정신을 차려 뒤숭숭한 감정의 지도 위에서 그들의 정확한 위치를 가늠해보려 했다. 아, 그렇지 — 랠프 데넘이 시골에 살면서 책을 써야 할까 하는 문제였다. 이미 늦어지고 있었고, 낭비할 시간이 없었다. 오늘 저녁식사 때 카산드라가 올 것이라고 기억하자 화들짝 놀라 정신이 들면서, 자신이 손에 뭔가를 들고 있었어야 한다는 사실이 상기되었다. 하지만 빈손이었다. 그녀는 놀라 외치며 손을 내밀었다.

"백을 어딘가에 두고 왔나 봐요 — 어디서 잃어버렸을까?" 그녀로서는 공원 안에서 방향을 알 수가 없었다. 거의 내내 풀밭 위를 걸어왔다는 것밖에는 생각나지 않았다. 난초 온실로 돌아가는 길도 세 갈래나 되었다. 하지만 온실에는 백이 없었다. 그렇다면 앉았던 자리에 있는 게 분명했다. 그들은 잃어버린 것에 대해 생각해야만 하는 사람들의 근심스런 태도로 되짚어갔다. 백은 어떻게 생겼는지? 무엇이 들었는지?

"지갑이랑 — 차표 — 그리고 편지 몇 통, 종이들." 캐서린은 그렇게 기억을 더듬어 꼽아보면서 더욱 난감해졌다. 데넘이 빠른 걸음으로 앞장서 갔고, 그녀가 벤치에 도착하기도 전에 그가 백을 찾았다고 외치는 소리가 들려왔다. 모두 제대로 있는지 점검하기 위해 그녀는 내용물을 무릎 위에 쏟아놓았다. 데넘은 묘한 잡동사니라고 생각하면서 흥미로운 듯 지켜보았다. 금화 몇 개가 레이스 손수건에 싸여 있었고, 뭔가 내밀한 사연이 담긴 듯한 편지들과 열쇠 두세 개, 그리고 군데군데 체크해놓은 쇼핑 목록이 있었다. 하지만 그녀는 종이 한 장을 발견하고서야 안심하는 기색이었는데, 꼭꼭 접혀 있어 데넘으로서는 내용을 알 수 없었다. 그녀는 안도와 감사를 느끼며, 데넘이 자기 계획에 대해 말했던 것에 대해 생각한 바를 말하기 시작했다.

그가 그녀의 말허리를 끊어버렸다. "그런 따분한 얘기는 하지 맙시다."

"하지만 생각해보았는데 —"

"따분한 얘기예요. 당신을 귀찮게 하지 말았어야 하는 건데 —"

"그럼 이미 결정했나요?"

그는 마지못한 듯 내뱉었다. "중요한 게 아닙니다."

"아, 그래요." 그녀는 그저 맥없이 대꾸하는 수밖에 없었다.

"제 말은, 그 일은 저한테는 중요하지만 다른 사람들과는 무관하다는 뜻입니다. 하여간" 하고 그는 좀 더 상냥한 어조로 말을 이었다. "당신이 다른 사람들의 골칫거리까지 신경 쓸 필요는 없겠지요."

그녀는 자신이 그런 방면에 싫증내고 있는 것을 너무 드러내 보인 모양이라고 짐작했다.

"제가 너무 자주 딴생각을 했나 봐요." 그녀는 윌리엄이 곧잘 그런 이유로 자신을 비난하던 것을 떠올리며 말을 꺼냈다.

"당신은 얼마든지 딴생각을 할 이유가 있습니다." 그가 대답했다.

"그래요" 하고 그녀는 대답하다가 얼굴을 붉히며 정정했다. "아니에요. 대단한 건 아니라는 뜻이에요, 제 말은. 하지만 저는 식물들에 대해 생각하고 있었어요. 정말 즐거웠거든요. 사실 이렇게 즐거운 오후는 드물었어요. 하지만 괜찮으시다면 당신이 어떻게 결정했는지 듣고 싶은데요."

"아, 다 결정됐습니다." 그는 대답했다. "전 그 한심한 시골집에 가서 시시한 책을 한 권 써보기로 했습니다."

"정말 부러워요." 그녀는 진심을 담아 대답했다.

"뭐, 시골집이야 주당 15실링이면 빌리는 걸요."

"집은 빌릴 수 있겠지요 — 그래요." 그녀는 말했다. "문제는 —" 그녀는 자제했다. "방 두 개만 있으면 돼요." 그녀는 묘한 한숨을 지으며 말했다. "침실 하나에, 식사할 방 하나. 아, 하지만 위층에 방이 하나 더 있으면 좋겠네요. 꽃을 키울 작은 뜰이랑. 오솔길이 하나 강으로 내려가든지 숲으로 가든지 하면 좋겠고, 그리 멀지 않은 곳에 바다가 있어서 밤에 파도치는 소리가 들리면 좋겠어요. 수평선 위로 배들이 사라져가고 —" 그녀는 말꼬리를 흐렸다. "당신 집도 바다에서 가깝나요?"

"제가 생각하는 완벽한 행복도" 하고 그는 그녀의 질문에는 대꾸하지 않은 채 말했다. "당신이 말한 것처럼 사는 겁니다."

"이제 그럴 수 있잖아요. 일도 하고요." 그녀는 말을 이었다. "아침 내내 일하고, 티타임 후에도, 그리고 아마 밤에도 일하겠지요. 계속 들이닥쳐 방해하는 사람들도 없을 테고요."

"얼마나 오래 혼자 살 수 있을까요?" 그가 물었다. "그래본 적이 있습니까?"

"딱 한 번 3주 동안이요." 그녀는 대답했다. "아버지와 어머니가 이탈리아에 가셨는데, 사정이 있어서 저는 따라갈 수가 없었어요. 3주 동안 완전히 혼자서 살았고, 제가 말을 걸어본 사람이라고는 점심을 먹으러 갔던 식당에서 만난 낯선 사람뿐이었어요 — 수염을 기른 남자였지요. 그러고는 혼자 방으로 돌아와서 — 하고 싶은 일을 했어요. 이렇게 말하면 제가 좀 냉정한 사람 같기도 하겠지만" 하고 그녀는 덧붙였다. "전 다른 사람들과 함께 사는 걸 견딜 수가 없어요. 어쩌다 수염 기른 남자는 흥미롭지요. 저와는 아무 상관없는 사람이고, 각자 제 갈 길을 갈 테고, 두 번 다시 만날 일이 없다는 걸 아니까요. 그러니까 아주 솔직해질 수가 있어요 — 아는 사람들과는 그게 안 되지요."

"다 헛소립니다." 데넘이 불쑥 내뱉었다.

"헛소리라니, 왜요?" 그녀가 물었다.

"진심으로 하는 말이 아니니까요." 그는 맞섰다.

"아주 자신만만하네요." 그녀는 그를 바라보며 소리 내어 웃었다. 얼마나 제멋대로이고 성미 급하고 고압적인지! 그는 자기한테 조언을 해달라며 큐에서 만나자고 하지 않았던가. 그래 놓고는 이미 다 결정했다고 하더니,

자신에게 트집을 잡는 것이다. 저 사람은 윌리엄 로드니와는 정반대야, 하고 그녀는 생각했다. 허름한 차림새에 옷도 형편없고, 안락함이라고는 별로 모르고 살아온 티가 났다. 과묵한 데다 어눌해서 진짜 성품이 드러나지 않을 정도였다. 어색할 정도로 말이 없는가 하면, 또 어색할 정도로 열변을 토했다. 그런데도 그녀는 그에게 호감이 갔다.

"제가 진심이 아니라고요." 그녀는 유쾌하게 되뇌었다. "그렇다면요 — ?"

"당신의 인생관에서 절대적인 진심이라는 게 중요하기는 한지 모르겠습니다." 그는 의미심장하게 대답했다.

그녀는 얼굴이 붉어졌다. 그는 대번에 약점을 찔렀으니 — 그녀가 약혼한 것을 두고 하는 말이었고, 그가 그런 말을 할 만도 했다. 이제 그도 전적으로 옳다고 할 입장은 아니라는 사실을 기억하고 내심 기뻤지만, 그에게 그 사실을 상기시킬 수도 없어서 그의 암시를 받아들일 수밖에 없었다. 그가 처신했던 바를 감안하고 들으면 그리 날카로울 수만도 없는 비난이었지만. 그래도 그가 하는 말에는 힘이 있다고 그녀는 생각했다. 어쩌면 그 자신이 메리 대칫에 대해 잘못 처신한 것을 의식하지 않아서 그녀가 아는 바를 당혹스럽게 만드는 것일 수도 있었고, 또 어쩌면 그는 항상 그렇게 힘주어 말하는 것일 수도 있었지만 왜 그러는지까지는 알 수 없는 일이었다.

"절대적인 진심이라니 좀 어렵다고 생각지 않나요?" 그녀는 일말의 아이러니가 담긴 어조로 물었다.

"그 점에서도 신용할 수 있는 사람들이 있지요." 그는 다소 막연하게 대답했다. 그는 그녀에게 상처를 입히려던 자신의 무지막지한 의도가 부끄러워졌다. 하지만 그것은 그녀에게 상처를 입히기 위해서라기보다도 — 어차피 그녀는 그의 비난의 화살이 닿지 않는 곳에 있으니까 — 때때로 그를 세상 끝까지 몰아세우는 듯한 충동에 지고 마는 자신의 믿을 수 없을 만큼 무모한 욕망을 억누르기 위해서였다. 그녀는 그가 상상했던 이상으로 그의 마음을 움직였다. 그녀의 담담한 겉모습은 거의 애처로울 정도로 일상사의 온갖 자질구레한 요구들에 노출되어 있지만, 그런 겉모습 뒤에는 무슨 이유에선지 — 고독 때문인지, 아니면— 설마 그럴 리가 있을까 싶지만 — 사랑 때문인지 — 억누르고 있는 불꽃 같은 무엇이 있다고 그는 생각했다. 로드니는 그녀가 가면을 벗어버린, 의무를 의식하지 않고 구속받지 않는 모습을 본 적이 있을까? 계산되지 않은 정열과 본능적인 자유를 지닌 존재를? 아니, 그렇게는 믿고 싶지 않았다. 캐서린은 고독 속에서만 자신을 풀어놓을 것이었다. "그러고는 혼자 방으로 돌아와서 — 하고 싶은 일을 했어요"라고 하지 않았던가. 그 말을 하면서 마치 그에게 일말의 가능성을, 속내를 허락한 것이었다. 마치 그야말로 그녀의 고독을 나눌 수 있는 사람이기나 한 듯이 — 그 가능성만으로도 그는 심장의 고동이 빨라지고 머릿속이 핑 돌았었다. 그래서 가능한 한 사납게 자신을 다잡았던 것이다. 그는 그녀의 얼굴이 붉어지는 것을 보았고, 그녀의 대답에 담긴 아이러니에서 원망 섞인 심정을 느낄 수 있었다.

그는 반드러운 은시계를 주머니 속에서 만지작거리며, 조금 전 호숫가에서 시계를 들여다보던 때의 평온하고도 운명론적인 기분으로 돌아갈 수 있었으면 했다. 무슨 일이 있어도, 자신과 캐서린의 관계는 그런 기분이 아니면 안 된다는 생각이었다. 그는 그녀에 대한 감사와 굴복을 고백하는 편지를 쓰지 않았던가. 결국 그 편지는 보내지 않았지만, 이제 자기 성품의 모든 힘을 다해 그녀 앞에서도 그 맹세를 지켜야만 했다.

그녀는 그런 도발에도 불구하고 자신의 입장을 분명히 하려 애썼다. 어떻게든 데넘에게 이해시키고 싶었던 것이다.

"아무 관계도 없는 사람들에게 솔직해지기가 더 쉽다고 생각지 않나요?" 그녀는 물었다. "제 말은 그런 뜻이었어요. 그런 사람들은 굳이 비위를 맞출 필요도 없고, 딱히 의무랄 것이 없잖아요. 당신도 가족과는 진짜 중요한 얘기를 하기 어렵다는 걸 알 텐데요. 왜냐하면 모두 한 가족이고, 한 편이고, 그런 입장 자체가 잘못되어 있으니까요 —" 그녀의 논리는 다소 아리송하게 끊어져버렸다. 주제 자체가 복잡했고, 데넘에게 가족이 있는지 없는지조차 잘 모른다는 사실을 깨달았기 때문이었다. 데넘은 가족제도의 파괴성에 대해서는 동의했지만, 더는 그 문제를 따지고 싶어 하지 않았다.

그는 자신에게 좀 더 흥미로운 화제를 꺼냈다.

"제 생각에는" 하고 그는 말했다. "철저히 정직할 수 있는 관계도 가능할 것 같습니다 — 아무 관계도 없는 경우 말입니다. 함께 살 수도 있지만, 각자 자유롭고 피차 아무 의무도 없는, 그런 경우지요."

"한동안은 그럴 수도 있겠지요." 그녀는 다소 침울하게 동의했다. "하지만 의무라는 건 항상 생겨나기 마련이에요. 감정도 고려해야 하고요. 사람은 단순하지 않거든요. 이성적이 되려고 해도 결국은" 하고 그녀는 자신이 처한 상황을 생각했지만 적당히 얼버무리고 말았다. "혼란에 빠지고 말아요."

"왜냐하면" 하고 데넘이 즉시 끼어들었다. "처음부터 분명히 해두지 않았기 때문이지요. 저는 지금 이 순간" 하고 그는 그의 자제심을 잘 보여주는 이성적인 어조로 말을 이었다. "완벽하게 성실하고 완벽하게 솔직한 우정의 조건을 제시할 수 있습니다."

그녀는 그 조건이 어떤 것인지 궁금했지만, 그런 화제에 따르는 위험에 대해서는 그보다 자신이 더 잘 알 수도 있다는 느낌이 들었을 뿐 아니라,

그의 말투에는 전에 임뱅크먼트에서의 그 기묘하고 관념적인 고백을 생각나게 하는 뭔가가 있었다. 지금으로서는 사랑에 대한 변죽을 울리는 것만으로도 경계심이 일어났다. 그것은 마치 겉껍질이 벗겨진 상처를 비벼대는 것만큼이나 쓰라린 일이었다.

그러나 그는 그녀가 더 묻지 않는데도 말을 계속했다.

"우선, 그런 우정에는 감정이 개입하지 말아야 합니다." 그는 힘주어 말했다. "적어도, 어느 한쪽이 사랑에 빠진다면 그건 어디까지나 그 또는 그녀 자신의 책임이라는 것을 피차 분명히 해두어야 합니다. 어느 쪽도 상대방에 대해 아무런 의무도 없지요. 언제든 헤어지거나 다른 결정을 내릴 수 있어야 합니다. 하고 싶은 말은 무엇이나 할 수 있어야 하고요. 이 모든 걸 처음부터 분명히 해두는 겁니다."

"그렇게 해서 뭘 얻지요?" 그녀가 물었다.

"물론 그건 모험입니다." 그가 대답했다. 그 말은 그녀가 최근 들어 자기 자신과 싸우며 자주 사용하는 것이었다.

"하지만 방법은 그것뿐이에요 — 우정이 얻을 만한 가치가 있다고 생각한다면 말입니다." 그가 결론지었다.

"어쩌면 그런 조건으로는 가능할지도 모르겠네요." 그녀가 생각에 잠겨 말했다.

"그런 것이" 하고 그가 말했다. "제가 당신에게 제시하고 싶은 우정의 조건입니다." 그녀는 결국 그런 이야기가 되리라고 알고는 있었지만, 그래도 막상 정식으로 그런 말을 듣자 작은 충격을 느꼈다. 즐거움과 거부감이 반반인 충격이었다.

"그러고 싶지만" 하고 그녀는 말했다. "하지만 —"

"로드니가 싫어할까요?"

"아, 아니에요." 그녀가 대뜸 대답했다.

"그런 건 아니에요." 그녀는 다시 뭔가 말하려는 듯하다 말았다. 그녀는 그가 자신의 조건이라고 부르는 것을 대담하고도 엄숙한 방식으로 제시하는 방식에 감명을 받았다. 하지만 그가 관대할수록 그녀 편에서는 더 조심할 필요가 있었다. 아무래도 난관에 봉착하게 될 것 같다고 그녀는 생각했다. 하지만 그 방향으로 별로 나아가지 않은 지금으로서는 앞일이 내다보이지 않았다. 그녀는 자신들이 어쩔 수 없이 봉착하게 될 결정적인 파탄이 무엇일지 생각해보려 했지만, 떠오르는 것이 없었다. 그런 파탄은 막연한 허구로만 보였다. 인생은 앞으로 또 앞으로 나아갈 뿐이고 — 사람들이 말하는 것과는 전혀 달랐다. 그녀는 더 이상 경계심이 남아 있지 않았을 뿐 아니라, 그 모든 조심이 문득 쓸데없다고 느껴졌다. 이 세상에 제 앞가림을 할 줄 아는 사람이 있다고 한다면, 그것은 랠프 데넘이었다. 그는 분명히 자기는 그녀를 사랑하지 않는다고 말했었다. 게다가, 하고 그녀는 양산을 천천히 흔들면서 너도밤나무 아래를 걸어가며 생각했다. 생각 속에서는 완전한 자유에 익숙해져 있으면서, 왜 실제 행동에서는 항상 그렇게 다른 기준을 적용해야 하는 걸까? 왜 생각과 행동 사이, 혼자 있을 때와 사람들 사이에 있을 때 사이에는, 이렇게 끊임없는 간극이, 이 어이없는 절벽이 있어야 하는 걸까? 절벽 한쪽에서는 영혼이 환한 대낮인 듯 활발해지는데, 다른 쪽에서는 밤처럼 어둡고 명상적이 되는 걸까? 한쪽에서 다른 쪽으로, 아무런 근본적인 변화 없이, 똑바로 고개를 들고 건너갈 수는 없는 걸까? 그가 그녀에게 제안하는 이것이, 드물고도 놀라운 우정의 기회야말로 — 바로 그 기회가 아닐까? 어떻든 그녀는 데넘에게, 조바심과 안도가 동시에 느껴지는 한숨과 함께, 동의한다고 말했다. 그의 말이 옳은 것 같다고, 그의 우정의 조건을 받아들이겠다고.

"이제" 하고 그녀는 말했다. "차 마시러 가요."

일단 그런 원칙이 정해지고 나자, 두 사람 다 말할 수 없이 홀가분한 심정이었다. 두 사람 다 무엇인가 아주 중요한 것이 결정되었다고 확신했고, 그래서 이제는 차를 마시고 공원을 즐기는 일에만 전념할 수 있었다. 그들은 온실들을 이곳저곳 돌아다녔고, 연못의 수련들을 보았고, 수천 송이 카네이션의 향기를 맡았으며, 나무며 호수에 대한 서로의 취향을 비교해보았다. 행여 누가 듣더라도 상관없게끔 눈에 들어오는 것에 대해서만 말하면서, 그들은 아무 의심 없이 지나가는 사람들의 수가 늘어날수록 자기들의 우정의 맹세가 더욱 깊고 견고해지는 것만 같은 느낌이 들었다. 랠프의 시골집이며 장래 문제에 관한 이야기는 다시 나오지 않았다.

제26장

그 옛날의 역마차[169]는 야단스럽게 치장한 벽널이며 경호원의 경적, 흔들리는 차체의 변덕스런 기분이나 도로의 울퉁불퉁함과 더불어 물질로서는 오래전에 먼지로 스러져버렸고 정신에 속하는 한에서는 우리 소설가들의 인쇄된 페이지들에나 보존되어 있지만, 런던에 가는 여행은 급행열차로도 여전히 아주 즐겁고 로맨틱한 모험이 될 수 있다. 이제 스물두 살인 카산드라 오트웨이로서는 그보다 더 즐거운 일은 상상할 수 없었다. 몇 달씩이나 푸른 들판만 보는 데 싫증이 난 터라, 런던 외곽에 직인(職人)들을 위해 지어진 교외주택들은 첫눈에 뭔가 진지한 것을 지닌 듯이 느껴졌으며, 그래서 열차에서 만나는 한 사람 한 사람의 중요성이 더해지는 것은 물론, 그녀

169) 여기서 "그 옛날의 마차(the old coaches)"란 역마차(stagecoach)를 말한다. 역마차란 일정한 시간표에 따라 정해진 역(stage)들을 지나는 승합마차로, 대개 마부 한 사람이 네 마리 말을 모는 사륜마차가 사용되었으며, 18세기 말부터는 왕립우편(Royal Mail)에도 역마차가 이용되었다. 우편마차에는 승합칸 뒤편 바깥에 우편함을 싣고, 경적(horn)을 사용하는 경호원(guard)이 이를 지켰다. 역마차의 전성기는 1800–1830년대로, 1840년대에는 런던을 기점으로 하는 대부분의 역마차가 철도로 대치되었다.

의 감명받기 쉬운 마음에는 열차의 속도마저 빨라지는 듯했고 날카로운 기적(汽笛) 소리마저 엄숙하게 들렸다. 그들은 런던으로 가는 것이니, 같은 방향이 아닌 모든 차편보다 단연 우선권을 가졌을 것이었다. 리버풀 스트리트[170]의 플랫폼에 내려서는 즉시 전과는 다른 행동거지가 필요했으니, 무수한 택시와 버스와 지하철이 대기하고 있는 분주하고 갈 길 바쁜 런던 시민의 한 사람이 되어야만 했다. 그녀는 자기도 다사다망한 듯 위엄 있는 표정을 지으려고 애썼지만, 막상 그녀를 태운 택시가 불안할 정도로 과감하게 달리기 시작하자 이리저리 고개를 돌려 창밖을 내다보면서 이쪽에서는 어느 건물을, 저쪽에서는 어느 길거리 광경을 열심히 구경하며 호기심을 채우느라 런던 시민으로서의 입장 같은 것은 어느새 뒷전이었다. 하지만, 차가 달리는 동안은 아무도 실제 사람 같지 않고 아무것도 여느 것처럼 보이지 않았다. 군중과 정부 건물들, 커다란 진열창 아래쪽을 쓸 듯이 밀려가는 남녀 인파, 그 모든 것이 마치 무대 위의 장면처럼만 느껴졌다.

그 모든 느낌들이 생겨나고 또 유지되는 것은 그 여행이 그녀가 꿈꾸는 가장 로맨틱한 세상의 중심으로 곧장 이어진다는 사실 때문이었다. 전원 풍경 속에서 그녀의 생각들은 수없이 이 길을 지나 첼시의 집으로 가서 곧장 캐서린의 방으로 올라갔었고, 눈에 보이지 않는 방문객이 되어 그 방의 사랑스럽고도 신비한 여주인의 내밀한 삶을 마음껏 들여다볼 수 있는 기회를 누렸었다. 카산드라는 사촌언니를 흠모하고 있었다. 그 애정은 자칫 어리석은 것이 될 수도 있었지만, 카산드라의 변덕스러운 기질 덕분에 오히려 외곬으로 흐르지 않고 신선한 매력을 지닐 수 있었다. 그녀는 스물두 해를 살아오는 동안 수많은 사람과 사물에 심취했었고, 그녀를 가르

170) 리버풀 스트리트 역은 런던의 주요 철도역으로, 동부 방면 기차들이 여기로 드나든다.

치는 선생들에게는 자랑거리이자 골칫거리였었다. 건축과 음악, 박물학과 인문학, 문학과 예술, 그 모든 것을 숭배했지만, 항상 열정의 절정에서 눈부신 성취도를 보이고 난 후에는 금방 마음을 바꾸어 또 다른 문법책을 몰래 사들이는 것이었다. 이제 스물두 살이 된 카산드라에게는 그런 지적 무절제에 대해 가정교사들이 예견했던 무서운 결과들이 확실히 나타나고 있었다. 그녀는 어떤 시험에도 합격한 적이 없으며, 그럴 가능성마저 나날이 줄어들고 있었다. 좀 더 심각한 예언, 곧 그녀가 결코 자신의 생활비를 벌지 못하리라는 예언도 사실로 입증되었다. 하지만 다양한 성취의 그 모든 짤막한 끈들을 가지고서 카산드라는 나름대로의 태도며 기질을 만들어냈으니, 그것은 비록 무용할망정 어떤 사람들에게는 무시할 수 없는 생기와 신선함이라는 미덕을 지닌 것으로 비쳤다. 가령 캐서린만 하더라도 그녀를 더없이 매력적인 동무로 여기고 있었다. 두 사촌자매가 합쳐지면 어느 한쪽에게서는 다 발견되지 않는, 그리고 웬만한 사람들 대여섯 명을 합쳐도 찾아낼 수 없는, 아주 광범한 자질들이 갖추어질 듯했다. 캐서린이 단순한 곳에서 카산드라는 복잡했고, 캐서린이 건실하고 직설적인 곳에서 카산드라는 모호하고 아리송했다. 한마디로, 그녀들은 여성의 성격이 지닌 남성적인 면과 여성적인 면을 아주 잘 나타낸다고 할 수 있었으며, 그녀들 사이에는 혈연이라는 깊은 유대가 있었다. 카산드라는 캐서린을 흠모한다고 해도, 조롱과 비판이라는 신선한 바람으로 자신의 기분을 새롭게 하지 않고는 누군가를 마냥 흠모하지는 못하는 성격이었고, 캐서린은 그녀의 웃음을 적어도 존경만큼이나 달갑게 받아들였다.

지금으로서는 카산드라의 마음속에서 존경이 앞섰다. 캐서린의 약혼은 집안의 비슷한 또래 중에서 첫 약혼이다 보니 그녀의 상상력을 자극했고, 한층 더 엄숙하고 아름답고 신비하게 느껴져서, 당사자인 두 사람은 또래

중 나머지에게는 여전히 감추어져 있는 그 어떤 입문 예식을 통과하는 것처럼 중요하게 여겨졌던 것이다. 캐서린 때문에 카산드라는 윌리엄이야말로 걸출하고 흥미로운 인물이라고 생각한 나머지 그와 대화하는 것이 즐거웠고, 그가 우정의 표시로 원고를 보내오자 자신이 그런 우정을 불러일으킨 것이 기쁘고 자랑스러웠다.

그녀가 체이니 워크에 도착했을 때 캐서린은 외출 중이었다. 외숙부와 숙모에게 인사를 하고 평소처럼 트레버 외숙부가 친애하는 조카딸에게 '택시비와 잡비'로 쓰라고 주는 소브린 금화[171] 두 개를 선물로 받은 후, 옷을 갈아입고 캐서린의 방으로 가서 그녀를 기다렸다. 캐서린은 굉장히 큰 거울을 쓰네, 하고 그녀는 생각했다. 화장대 위의 모든 물건들이 자기가 집에서 보던 것에 비하면 훨씬 더 성숙한 것이었다. 그녀는 주위를 둘러보며 영수증을 꽂아놓은 꼬챙이가 벽난로 선반 위에 장식처럼 놓여 있는 것도 놀랍도록 캐서린답다고 생각했다. 윌리엄의 사진은 아무 데서도 보이지 않았다. 방에는 호화로움과 소박함이 묘하게 뒤섞여서, 비단 가운과 진홍색 슬리퍼가 다 낡은 카펫이며 아무 장식 없는 벽과 어우러지면서 단연 캐서린다운 분위기를 자아냈다. 그녀는 방 한복판에 서서 그 느낌을 즐겼다. 그러고는 사촌이 만지곤 하는 물건을 만져보고 싶은 마음에서, 침대 위쪽 선반에 나란히 꽂혀 있는 책들을 꺼내보기 시작했다. 대개의 집에서 이것은 종교심의 마지막 유품들이 놓이는 선반이니, 낮에는 회의적이던 사람들도 밤늦게 홀로 있게 되면 낮 동안 숨었던 곳으로부터 슬며시 빠져나오

171) 소브린(soverein)은 지름 22밀리미터, 무게 7.98그램, 금 순도 91.67%의 금화로, 액면 가치는 1파운드였다. 영국이 금본위제도를 채택한 1816년 화폐법에 의해 1917년까지 국내유통용으로 발행되어, 1932년 이전까지 사용되었다.

는 슬픔이나 당혹감을 달래기 위해 그 해묵은 마법의 잔을 한 모금씩 홀짝거리기 마련이다. 하지만 캐서린의 그 선반에는 찬송가책 같은 것은 없었다. 다 낡은 표지며 수수께끼 같은 내용으로 보아, 카산드라는 그 책들이 한때 트레버 외숙부의 것이었던 오래된 교과서인데 캐서린이 아버지에 대한 존경심에서 — 물론 좀 별난 방식으로 표현되는 존경심이긴 하지만 — 보관하는 것이리라고 짐작했다. 캐서린의 별난 점은 한두 가지가 아니었다. 한때는 카산드라도 기하에 열광했던 적이 있는 터라, 캐서린의 침대 위에 웅크린 채 자기가 한때 알았던 것을 얼마나 많이 잊어버렸는지 기억을 더듬는 데 빠져들었다. 잠시 후 돌아온 캐서린은 그녀가 그 일에 완전히 몰두해 있는 것을 발견했다.

"아, 언니" 하고 카산드라는 사촌을 향해 책을 흔들어 보이며 말했다. "방금 내 인생이 완전히 바뀌었어! 이 사람 이름을 얼른 적어놔야지. 안 그러면 잊어버릴 거야 —"

대체 누구의 이름과 무슨 책과 누구의 인생을 말하는 것인지, 캐서린은 하나하나 확인해야만 했다. 그러고는 서둘러 옷을 갈아입기 시작했다. 시간이 많이 늦었기 때문이었다.

"여기 앉아서 구경해도 돼?" 카산드라가 책을 덮으며 물었다. "난 일부러 미리 준비를 마쳤거든."

"아, 준비가 다 됐다고?" 캐서린은 옷을 벗다 말고 반쯤 몸을 돌려 카산드라 쪽을 바라보았다. 그녀는 침대 가장자리에서 무릎을 끌어안은 채 앉아 있었다.

"저녁식사에 손님들이 올 거야." 그렇게 말하며 그녀는 카산드라를 새로운 관점에서 바라보았다. 오랜만에 보니 길고 뾰족한 코와 밝은 타원형 눈을 한 자그마한 얼굴은 기품이 있으면서도 특이한 매력이 있었다. 머리칼은 이마 위쪽으로 다소 엄격하게 빗어 올렸는데, 미용사와 재봉사의 세심한 손길이 더해지면 그 섬세하면서도 각진 얼굴은 18세기의 우아한 프랑스 귀부인처럼 보일 것도 같았다.

"누가 오는데?" 카산드라는 기대 어린 음성으로 물었다.

"윌리엄이 올 테고, 엘리너 숙모와 오브리 숙부도 오실 거야."

"윌리엄이 온다니 기뻐. 나한테 자기 원고를 보냈다는 말 언니한테도 했지? 정말 대단한 것 같아 — 언니한테 완벽한 사람이라고 생각해."

"옆자리에 앉아서 네가 그이를 어떻게 생각하는지 말해주렴."

"난 그런 거 못할 거 같아." 카산드라는 말했다.

"왜? 그이가 무서운 건 아니지?"

"조금 — 왜냐면 언니랑 관계된 사람이니까."

캐서린은 미소 지었다.

"하지만 넌 보는 눈이 워낙 정확하니까, 여기서 한 보름쯤 머물다 보면 집에 갈 때쯤에는 나에 대한 환상 같은 건 남아 있지 않게 될 거야. 일주일이면 충분할 걸, 카산드라. 내 힘이 하루하루 줄어드는 걸 보게 될 거야. 지금은 절정이지만, 내일이면 시들기 시작할 걸 뭐. 그런데 뭘 입지? 저기 저 키 큰 옷장에 걸린 파란 드레스를 좀 꺼내줄래, 카산드라?"

그녀는 짤막짤막한 말을 건네며 헤어브러시와 빗으로 머리를 빗는 중이었다. 화장대의 작은 서랍들을 열어놓고는 다시 닫지도 않았다. 카산드라는 그 뒤쪽 침대 위에 앉아서 사촌의 얼굴이 거울에 비치는 것을 바라보았다. 거울 속의 얼굴은 진지하고 골똘해 보였으며, 분명 가르마를 똑바로 타는 것과는 다른 일들을 생각하고 있는 듯했다. 하지만 가르마는 짙은 머리칼 사이로 로마의 도로처럼 똑바로 타졌다. 카산드라는 캐서린의 성숙미에 새삼 감탄했고, 푸른 드레스를 입은 모습이 비친 기다란 거울 전체가 푸른빛으로 가득해져서 아름다운 여성의 자태뿐 아니라 그 배경에 있는 사물들의 형태며 빛깔들까지 그 틀 안에 담은 한 폭의 그림이 되자, 그보다 더 로맨틱한 광경은 없으리라고 생각했다. 그 모든 것이 그 방과 그 집, 그리고 그 주위를 둘러싼 그 도시 — 그녀의 귓전에는 여전히 멀리 자동차 소리가 들려오고 있었다 — 와 잘 어울렸다.

캐서린이 그렇게 서둘러 준비했는데도, 그녀들은 좀 늦게야 아래층으로 내려갔다. 카산드라의 귀에는 살롱 안에서 두런거리는 음성들이 마치 오케스트라의 악기들이 튜닝을 하는 소리처럼 들렸다. 그녀에게는 방 안에 사람들이 아주 많고 모두 모르는 사람들인 데다가 하나같이 빼어난 외모에 멋들어지게 차려입은 듯이 보였다. 실은 대부분이 친척들이었고, 공정한 관찰자가 보기에는 멋들어진 차림이라야 로드니가 입고 있는 흰 조끼가 전부였지만 말이다. 하지만 그들 모두 동시에 자리에서 일어났고, 그 자체만으로도 인상적이었는데, 다들 탄성을 연발하며 악수를 했고, 그녀는 페이턴 씨에게 소개되었다. 그때 문이 활짝 열리며 저녁식사가 준비되었다는 전갈이 왔기 때문에, 둘씩 짝지어 식당으로 가는데, 내심 바랐던 대로 윌리엄 로드니가 약간 굽힌 검은 팔을 그녀에게 내주었다. 요컨대, 그 장면은 그녀의 눈을 통해서만 보았다면, 마법을 띤 찬란함으로 묘사되었을 터였다. 수프 접시의 무늬 하며 각 사람의 접시 곁에 칼라 백합 같은 모양으로 빳빳하게 접힌 냅킨, 분홍 리본을 매어놓은 긴 막대 모양 빵들, 은 접시들과 손잡이에 금가루가 들어 있는 바다 빛깔의 샴페인 잔 — 그 모든 세세한 것들이 묘하게 진동하는 양가죽 장갑 냄새와 섞여서 그녀를 들뜨게 했다. 하지만 그런 기분을 억눌러야 했으니, 그녀는 이제 어른이고, 세상에는 그녀가 놀라고 감탄할 만한 것이 없기 때문이었다.

세상에 놀라고 감탄할 만한 것이 없다는 것은 사실이었다. 하지만 세상에는 다른 사람들이 있었고, 카산드라가 보기에는 모든 사람이 저마다 그녀가 속으로 '리얼리티'라고 부르는 것의 파편을 조금씩 지니고 있었다. 그것은 누구든 청하기만 하면 기꺼이 나눠줄 보배이며, 따라서 어떤 만찬도 지루할 수 없다는 것이 그녀의 생각이었다. 오른쪽에는 체소한 페이턴 씨, 왼쪽에는 윌리엄 로드니가 각기 그런 보배를 비등하게 지니고 있었으니, 그처럼 명백하고 소중한 것을 사람들이 왜 청하지 않고 놓쳐버리는지 그녀로서는 놀랍기만 했다. 실로 그녀로서는 자신이 페이턴 씨에게 말하고 있는지 윌리엄 로드니에게 말하고 있는지도 잘 분간이 가지 않았다. 그중 한 사람, 차츰 콧수염을 기른 나이 지긋한 남자의 모습을 띠기 시작한 사람에게 그녀는 자기가 바로 그날 오후 런던에 왔다는 이야기며 택시를 타고 길거리를 지나온 이야기를 들려주었다. 쉰 살 난 편집자인 페이턴 씨는 이해한다는 듯 벗어진 머리를 계속 주억거렸다. 적어도 그는 그녀가 아주 젊고 예쁘다는 사실은 이해했고, 그녀가 들떠 있다는 것도 알 수 있었다. 그녀의 말만 듣고는 자신의 경험에 비추어볼 때 대체 뭐 그리 들뜰 만한 게 있는지 얼른 알 수 없었지만 말이다. 나무들이 싹이 나 있었는지? 그가 물었다. 어느 철도로 왔는지?

그의 그런 상냥한 질문들은 그가 책을 읽는 유형인가 창밖을 내다보는 유형인가 하는 그녀의 질문에 가로막혀버렸다. 페이턴 씨는 자기가 어느 쪽인지 확실히 알 수가 없었다. 자기는 아마 둘 다인 것 같다고 하자, 그건 아주 위험한 고백이라는 답이 돌아왔다. 그녀는 그 한 가지 사실만으로도 그의 전 생애를 유추할 수 있다는 것이었다. 어디 한 번 알아맞혀 보라고 했더니, 그녀는 그가 자유당[172] 의회의원이라고 선언했다.

172) 자유당(Liberal Party)은 휘그당을 중심으로 1859년 창당했다가, 1988년 사회민주당과 합

윌리엄은 명목상으로는 엘리너 숙모와 두서없는 대화를 나누고 있었지만 옆자리에서 오가는 말을 빠짐없이 듣고 있었으며, 노부인들이 적어도 젊은 남성이라는 이유만으로 존중하는 상대들과는 그다지 줄기찬 대화를 하지 않는다는 사실을 이용하여 성마른 기침 소리로 자신의 존재를 상기시켰다.

카산드라는 대번에 그쪽을 돌아보았다. 그녀는 그 멋진 존재들 중 또 한 사람이 자신에게 그토록 선선히 미지의 재보를 주려 한다는 사실에 황홀해졌다.

"당신이라면 기차간에서 뭘 할지 너무나 뻔해요, 윌리엄." 그녀는 그를 성이 아니라 이름으로 부르는 데서 기쁨을 느끼며 말했다. "당신은 절대 창밖을 내다보지 않지요. 내내 책만 읽고 있을 거예요."

"뭘 보고 그런 걸 알 수 있나요?" 페이턴 씨가 물었다.

"아, 그야 그는 시인이니까요." 카산드라가 말했다. "하지만 그 사실은 전부터 알고 있었으니까, 별로 공정하지는 않지요. 당신 원고를 가지고 왔답니다." 그녀는 페이턴 씨를 거침없이 무시해버리며 말을 이었다. "당신한테 물어보고 싶은 게 산더미처럼 있어요."

윌리엄은 그녀의 말이 얼마나 큰 기쁨을 주었는지 감추려고 고개를 숙였다. 하지만 그 기쁨이 완전히 순수한 것은 아니었다. 윌리엄은 비록 아첨에 예민할망정, 문학에 대한 취미가 조악하거나 감상적인 사람들로부터의 아첨은 못 견뎌했다. 만일 카산드라가 그 점에서 그가 보기에 본질적이라고 생각하는 바에서 조금이라도 어긋날 기미가 보이면, 그는 손을 내저으며 이맛살을 찌푸려 불쾌감을 표시했을 테고, 그 후로는 그녀가 아무리

••

당하여 자유민주당이 되었다.

아침을 해도 전혀 기쁘지 않을 것이었다.

"우선" 하고 그녀는 말을 이었다. "왜 희곡을 쓰기로 했는지부터 알고 싶어요."

"아, 그게 별로 드라마틱하지 않다는 뜻입니까?"

"제 말은 그걸 공연해서 얻을 게 뭔지 모르겠다는 거예요. 하기야 그렇게 말한다면 셰익스피어가 얻는 건 또 뭔가 싶지만요. 헨리와 저는 항상 셰익스피어를 놓고 입씨름을 한답니다. 제 생각엔 그가 분명 틀린 것 같지만, 증명할 수가 있어야지요. 링컨에서는 셰익스피어 공연을 딱 한 번밖에 못 보았으니까요. 하지만 전 확신해요." 그녀는 주장했다. "셰익스피어는 공연을 위해 쓴 거라고요."

"당신 말이 전적으로 옳습니다." 로드니가 맞장구를 쳤다. "당신도 그렇게 생각하기를 바랐습니다. 헨리가 틀렸어요 — 틀렸고말고요. 물론 저야 모든 현대 작가들이 그렇듯이 실패했지만 말입니다. 아, 진작 당신한테 의논을 했더라면 좋았을 텐데요."

거기서부터 시작해서, 그들은 기억이 닿는 한에서 로드니의 희곡을 여러모로 검토해 나갔다. 그녀는 그의 기분을 상하게 할 말은 단 한마디도 하지 않았고, 훈련되지 않은 용감함이 경험을 자극하는 힘이 어찌나 컸던지 로드니는 번번이 포크를 공중에 든 채 예술의 주요 원리들을 개진하곤 했다. 힐버리 부인은 그가 그렇게 훌륭해 보이기는 처음이라고 생각했다. 그래, 그는 확실히 달라 보였다. 누군가 고인이 된, 아주 고명한 사람을 생각나게 하는데 — 그 이름이 얼른 떠오르지 않았다.

카산드라의 음성이 흥분으로 높아졌다.

"당신이 『백치』를 안 읽었다고요!" 그녀는 소리쳤다.

"『전쟁과 평화』는 읽었습니다만." 윌리엄이 퉁명스럽게 대답했다.

“『전쟁과 평화』라고요!” 그녀는 비아냥거리는 투로 되받았다.

“사실 난 러시아인들을 잘 이해할 수 없습니다.”

“악수하세! 악수하자고!” 식탁 건너편에서 오브리 숙부가 우렁차게 외쳤다. “나도 그렇더라고! 그 사람들도 자기들 하는 말을 이해 못할 걸세!”

노신사는 인도 제국의 상당히 큰 영역을 통치했었지만, 그보다는 디킨스의 작품을 썼더라면 좋았을 거라고 입버릇처럼 말하곤 했다. 식탁은 이제 모두들 즐겨하는 화제로 활기를 띠었다. 엘리너 숙모가 자기 의견을 말한 것이 그 신호였다. 그녀는 비록 25년 동안이나 모종의 박애주의 사업을 하느라 취향이 무뎌지긴 했지만, 그래도 졸부나 위선자를 알아보는 데는 타고난 감각이 있었으며, 문학이란 어때야 하고 어떠면 안 되는지에 대해 칼같이 아는 사람이었다. 그녀는 나면서부터 그런 감각을 지니고 있었으므로, 그게 자랑할 일이라고는 전혀 생각지 않았다.

“광기는 소설에 적합한 주제가 아니에요.” 그녀는 단호하게 선언했다.

“햄릿이라는 유명한 예도 있잖습니까.” 힐버리 씨가 특유의 여유 있고 유쾌한 어조로 끼어들었다.

“아, 하지만 시는 달라요, 트레버.” 엘리너 숙모가 마치 셰익스피어로부터 그 문제에 관해 말할 특권이라도 받은 듯이 대답했다. “전혀 다르지요. 게다가 내 생각에는 햄릿이 사람들이 생각하는 만큼 그렇게 미친 건 아닌 것 같아요. 페이턴 씨, 당신은 어떻게 생각하시나요?” 유명한 잡지의 편집자인 만큼 문학의 대변인이라 할 만한 인물이 자리하고 있었으므로, 그녀는 그에게 바통을 넘겼다.

페이턴 씨는 의자에서 조금 뒤로 기대앉으며, 머리를 한쪽으로 갸우뚱한 채, 그것은 그 자신도 만족할 만한 답을 얻지 못한 문제라고 말했다. 양쪽 모두 할 말이 많았지만, 그 자신이 어느 쪽에 서서 말해야 하는지 생각하고 있는데, 힐버리 부인이 그의 신중한 고찰을 가로막았다.

"아, 가련한 오필리어!" 그녀는 외쳤다. "시의 힘이란 얼마나 놀라운지요! 난 아침에 아주 후줄근한 기분으로 잠이 깨고, 창밖에는 안개가 자욱이 끼어 있어요. 에밀리가 차를 가지고 들어와 불을 켜면서 '아, 마님, 물탱크의 물이 다 얼었어요, 요리사는 손가락을 뼈가 보일 정도로 깊이 베었고요' 하고 말하지요. 그런데 조그만 녹색 책을 펼쳐들자마자 새들이 노래하기 시작하고 별들이 빛나고 꽃들이 피어나는 거예요 —" 그녀는 마치 그런 것들이 식탁 주위에 갑자기 나타나기라도 할 것처럼 주위를 둘러보며 말했다.

"요리사가 손가락을 많이 다쳤다니?" 엘리너 숙모는 자연스럽게 캐서린을 향해 물었다.

"아, 하지만 요리사의 손가락이란 그냥 내가 예를 들어 말한 거예요." 힐버리 부인이 말했다. "하지반 팔이 잘렸다 해도 캐서린이 도로 꿰매주었을 테니까." 그녀는 딸을 향해 애정 어린 눈길을 보내며, 저 애는 좀 울적해 보이네 생각하며 말했다. "하지만 생각만 해도 끔찍해요." 그녀는 냅킨을 내려놓고 의자를 뒤로 밀어내면서 말을 맺었다. "자, 위층으로 가서 뭔가 즐거운 얘깃거리를 찾아보기로 해요."

위층 살롱에서, 카산드라는 신선한 기쁨을 맛보았다. 우선은 방 자체의 품격이 기대감을 품게 했고, 진용을 새롭게 한 인간 존재들에게 자신의 예언의 지팡이를 휘둘러볼 수 있다는 점도 설레었다. 하지만 여자들의 나직한 말씨며 생각에 잠긴 듯한 조용함, 나이든 목을 감싼 호박 목걸이와 검은 사틴에서 빛나는 아름다움 탓에 재잘대고 싶던 마음은 사라지고 차분하게 지켜보며 소곤거리는 것으로 만족하게 되었다. 그녀는 노부인들이 어느새 자기를 일원으로 받아들인 듯 사적인 일들에 대해 아무 거리낌 없이,

거의 단음절만으로 주고받는 그 친밀한 분위기에 기꺼이 젖어들었다. 그녀의 표정은 아주 부드럽고 공감 어린 것이 되었으며, 그녀 자신도 매기 외숙모나 엘리너 숙모가 보살피고 감독하고 또 비난해 마지않는 이 세상에 대한 염려로 가득 찬 듯했다. 하지만 잠시 후 캐서린이 어쩐지 다른 사람들과는 동떨어져 있음을 깨닫고는, 갑자기 그 온화함과 사려와 현명함을 던져버리고 소리 내어 웃기 시작했다.

"왜 웃는 거야?" 캐서린이 물었다.

그렇게 어리석고 버릇없는 우스개는 설명할 가치도 없었다.

"아무것도 아냐 — 바보 같은 — 아주 악취미에 속하는 거야. 하지만 그래도, 눈을 반쯤 감고 바라보면 —" 캐서린은 눈을 반쯤 감고 바라보았지만 엉뚱한 곳을 보았으므로, 카산드라는 아까보다 더 웃었고, 여전히 웃으면서도 웃음 사이로 소곤거렸다. 눈을 반쯤 감고 바라보면 엘리너 숙모는 마치 스톡던 하우스의 새장에 든 앵무새 같다는 것이었다. 그때 신사들이 들어오기 시작했고,[173] 로드니는 곧장 그녀들 쪽으로 다가와 무엇 때문에 그렇게 웃고 있는지 알고 싶어 했다.

"절대로 말해줄 수 없어요!" 카산드라는 벌떡 일어나 두 손을 맞잡으며 똑바로 그를 향해 대답했다. 그녀의 장난스런 표정이 그에게는 더없이 깜찍하게 비쳤다. 그녀가 자신을 비웃고 있었을지도 모른다는 생각조차 단 한순간도 떠오르지 않았다. 그녀는 인생이 그토록 사랑스럽고 매혹적이기 때문에 웃은 것이었다.

"아, 하지만 우리 남성들이 얼마나 무지막지한지 느끼게 하다니 잔인하군요." 그는 두 발을 모으고 손가락 끝으로 상상 속의 오페라해트인지 말

173) 주 80 참조.

라카 지팡이인지를 건드리는 동작을 해보이며 말했다. "온갖 따분한 얘기만 하다 왔는데, 세상에서 가장 알고 싶은 것을 절대로 알 수 없게 되었으니 말입니다."

"그런 말에 속을 줄 알아요!" 그녀는 외쳤다. "절대로 안 속아요! 당신도 아주 재미난 얘기를 하다 온 걸 우리 둘 다 아는 걸요. 안 그래, 캐서린?"

"아니." 캐서린은 대답했다. "내 생각에 저이는 사실을 말하는 것 같은데. 저이는 정치 얘길 별로 좋아하지 않거든."

그녀의 말은, 극히 담담한 것이었지만, 불꽃이 튀는 듯 가볍던 분위기를 묘하게 바꿔놓았다. 윌리엄의 활기찬 표정은 대번에 사라지고, 진지한 말투가 되었다.

"난 정치가 싫습니다."

"남자라면 그런 말을 할 권리가 없을 텐데요." 카산드라는 거의 엄격한 어조로 말했다.

"맞습니다. 내 말은 정치가들이 싫다는 뜻입니다." 그는 얼른 자기 말을 수정했다.

"그런데 카산드라는 이른바 페미니스트랍니다." 캐서린이 대화를 밀고 나갔다. "적어도 여섯 달 전에는 그랬지요. 그때 그랬다고 해서 지금도 그럴 거라는 건 틀린 짐작이지만 말이에요. 내가 보기엔 바로 그런 점이 그녀의 매력이지요. 어디로 튈지 결코 알 수 없다는 게요." 그녀는 언니다운 미소를 지으며 카산드라를 바라보았다.

"캐서린, 언니 말을 들으면 내가 너무나 한심하게 느껴져!" 카산드라는 외쳤다.

"아니, 아니, 캐서린은 그런 뜻으로 말한 게 아닙니다." 로드니가 끼어들었다. "그 점에서는 여성들이 우리보다 엄청나게 유리하다는 데 동의합니다. 사태를 완전히 알려다 보면 많은 걸 잃게 되는 법이지요."

"저이는 그리스어에 통달했단다." 캐서린이 말했다. "게다가 그림에 대해서도 엄청나게 많이 알고, 음악에 대해서도 잘 알지. 내가 아는 사람 중에서 아마 가장 교양 있는 사람일 거야."

"그리고 시도." 카산드라가 덧붙였다.

"아, 그래. 그의 희곡을 잊고 있었네." 캐서린이 말하며 마치 방의 저편 구석에서 자신의 도움을 필요로 하는 것을 발견하기나 한 듯 고개를 돌리더니, 그쪽으로 가버렸다.

잠시 그들은 말없이 서 있었다. 마치 캐서린이 의도적으로 두 사람을 서로에게 소개하기나 한 것 같았다. 카산드라는 그녀가 방을 가로질러 가는 것을 바라보았다.

"헨리는" 하고 그녀는 이윽고 말을 꺼냈다. "무대가 이 살롱보다 더 클 필요가 없다고 말해요. 연기뿐 아니라 노래와 춤도 들어가야 한다는 거예요 — 단, 바그너[174]와는 정반대로 말이에요. 무슨 말인지 아시겠어요?"

그들은 자리에 앉았고, 캐서린은 창가에 이르자 뒤를 돌아보고는 윌리엄이 카산드라의 말이 끝나기 무섭게 뭔가 말하려는 듯 손을 치켜들고 입을 여는 것을 보았다.

캐서린은 커튼을 닫으려 했었는지 의자를 옮기려 했었는지, 그 일을 잊어버린 것인지 그만둔 것인지, 아무것도 하지 않은 채 창가에 우두커니 서 있었다. 나이든 사람들은 모두 난롯가에 모여 있었다. 그들은 자기들만의 관심사로 바쁜, 중년들만의 독립적인 그룹을 이룬 듯이 보였다. 그들은 이야기도 썩 잘했고, 서로들 열심히 경청하고 있었다. 그녀만이 아무 할 일이

174) 리하르트 바그너(Richard Wagner, 1815-1883)는 웅장한 오페라들로 유명하다.

없었다.

'누가 뭐라고 하면 난 그저 강을 바라보고 있었다고 해야지.' 그녀는 생각했다. 가문의 전통에 얽매인 나머지, 그녀는 자신이 거기에서 벗어나는 데 대해 그럴싸한 거짓말을 둘러댈 채비가 되어 있었던 것이다. 그녀는 블라인드를 한 옆으로 젖히고 강물을 바라보았다. 하지만 온통 어두워서 강물은 잘 보이지도 않았다. 택시들이 오갔고, 길에는 쌍쌍이 짝지은 사람들이 난간에 바짝 붙어 느릿느릿 거닐고 있었다. 아직 나무들에 잎이 나지 않아 그들의 포옹을 가려줄 녹음을 드리우지 않는데도 말이다. 캐서린은 그렇게 한 옆으로 물러나 외로움을 느꼈다. 고통스러운 저녁이었다. 자신의 예상이 맞아떨어지는 것이 시시각각 명백해지는 것을 지켜보아야만 했다. 두 사람 사이에 오가는 말투와 동작과 눈길을 감지했고, 등을 돌린 채로도 윌리엄이 카산드라와 예상치 못했던 공감을 발견하는 기쁨에 점점 더 깊이 빠져들고 있는 것을 느낄 수 있었다. 그는 그녀에게 사태가 바라던 이상이라고 말한 것이나 다름없었다. 그녀는 사적인 불행은 잊어버리자고, 자기를 잊고 개인적인 삶도 잊어버리자고 엄숙히 결심한 채 창밖을 내다보았다. 어두운 하늘을 바라보고 있자니, 그녀가 서 있는 방에서부터 목소리들이 들려왔다. 마치 또 다른 세상에서 들려오는 목소리들 같았다. 그녀의 세상보다 이전에 있던 세상, 현실로 가는 관문인, 전주곡과도 같은 세상이었다. 그녀는 이제 막 죽어서 살아 있는 사람들이 하는 이야기를 듣고 있는 것 같기도 했다. 우리네 인생의 꿈 같은 성격이 이전 어느 때보다도 분명히 느껴졌다. 인생이 네 벽 안에서 벌어지는 한바탕 소란이고, 사물들은 불빛이 비치는 범위 안에서만 존재하며 그 너머에는 어둠밖에 아무것도 없다는 것이 그렇게 명백할 수가 없었다.[175] 그녀는 환상의 빛이 소유하고 사랑하고 투쟁하는 것을 여전히 바람직한 듯 보이게 만드는 영역을 실제로 넘어선 듯이 느껴졌다. 그런데도 울적한 심정 때문에 마음이 편치 않았다. 방 안의 목소리들이 여전히 들려왔고, 그녀는 여전히 욕망들에 시달리고 있었다. 그녀는 그런 것들을 넘어서고 싶었다. 차를 타고 전속력으로 길거리를 질주하고 싶다는 뜬금없는 충동이 일기도 했다. 다음 순간 누군가와 함께 있고 싶다는 열망이 메리 대칫이라는 구체적인 사람으로 형체를 드러냈다. 그녀는 커튼을 잡아당겨 창문 한복판에서 깊은 주름들이 겹치게 했다.

"아, 저기 있었구나." 힐버리 씨가 벽난로에 등을 돌린 채 이리저리 바장이다가 말을 건넸다. "이리 오렴, 캐서린. 다들 어디 갔나 했다. 우리 애들은" 하고 그는 지나가는 말투로 덧붙였다. "저마다 습관이 있어서 — 내 서재에 가서 책을 한 권 찾아다 주겠니, 캐서린. 문 오른쪽 책장 세 번째 칸에서 트릴로니의 『셸리 회상』[176]을 좀 가져다 다오. 그러면 페이턴 당신도 여기 모인 사람들에게 당신이 잘못 안 거라고 인정해야 할 거요."

"트릴로니의 『셸리 회상』. 문 오른쪽 책장 세 번째 칸." 하고 캐서린이 되뇌었다. 어떻든 아이들이 노는 데 흥을 깨거나 자는 사람을 깨워서야 되겠는가. 그녀는 윌리엄과 카산드라를 지나 문 쪽으로 다가갔다.

"잠깐, 캐서린." 윌리엄이 마지못해 그녀를 의식한 듯 말했다. "내가 가겠소." 그는 잠시 머뭇거리다 일어섰고, 그녀는 그가 억지로 그러는 것이 그대로 느껴졌다. 그녀는 카산드라가 앉아 있는 소파를 한쪽 무릎으로 짚

175) 인생을 연극 무대에 비유한 것이다.

176) 에드워드 트릴로니(Edward Trelawny, 1792–1881)는 영국 작가이자 모험가로, 낭만파 시인 셸리 및 바이런과의 교우로 유명하다. 힐버리 씨가 말하는 『셸리 회상』이란 『셸리 및 바이런의 말년에 대한 회상 *Recollections of the Last Days of Shelley and Byron*』(1858)을 가리킨다.

으며 사촌의 얼굴을 들여다보았다. 그 얼굴에서는 방금까지 이야기하던 생기가 가시지 않은 채였다.

"행복하니?" 그녀가 물었다.

"아, 그야!" 카산드라는 더 말이 필요 없다는 듯 외쳤다. "물론 우린 이 세상 모든 것에 대해 생각이 다르지만, 그는 내가 만나본 가장 총명한 사람 같아. 언니는 세상에서 가장 아름다운 여성이고." 그녀는 캐서린을 바라보며 덧붙였다. 그렇게 말하는 그녀의 얼굴에서 생기가 사라지고, 캐서린의 우수에 공감한 듯한 우수가 서렸다. 카산드라가 보기에는 그런 표정이야말로 캐서린의 미모에 더해진 최고의 고상함이었던 것이다.

"아, 하지만 이제 겨우 열 시밖에 안 됐어." 캐서린이 침울하게 말했다.

"그렇게 늦었어! 그런데 —" 그녀는 알아듣지 못했다.

"열두 시가 되면 내 말들은 쥐가 되고 나는 가야지. 환상은 사라지고.[177] 하지만 난 내 운명을 받아들이겠어. 해가 날 때 건초를 말려야지." 카산드라는 얼떨떨한 표정으로 그녀를 쳐다보았다.

"캐서린이 갑자기 쥐니 건초니 이상한 얘길 하네요." 그녀는 어느새 돌아온 윌리엄을 보고 말했다. "무슨 말인지 아시나요?"

캐서린은 그가 언뜻 찌푸리며 머뭇거리는 것이 지금 그런 얘기를 하고 싶은 기분이 아니라는 것을 알아차렸다. 그녀는 얼른 일어나 전혀 다른 어조로 말했다.

"하여간 난 정말 가봐야 해. 만일 어른들이 뭐라고 하면 잘 좀 설명해줘요, 윌리엄. 늦지는 않겠지만, 그래도 누굴 좀 만나러 가야 해요."

177) 물론 신데렐라에 빗댄 표현인데, 카산드라가 얼른 알아듣지 못하는 것은 신데렐라를 몰라서라기보다는 캐서린의 심적 상태를 전혀 헤아리지 못하고 있기 때문일 것이다.

"지금 이 시간에?" 카산드라가 놀라 반문했다.

"누굴 만나러 가는데?" 윌리엄이 물었다.

"친구요." 캐서린은 그를 언뜻 돌아보며 대꾸했다. 그는 자신이 머물러 주기를, 딱히 두 사람과 함께라기보다 그저 만약의 경우에 대비하여 가까이 있어주기를 바라는 것이었다.

"캐서린은 친구가 아주 많지요." 캐서린이 방에서 나가자, 윌리엄은 도로 자리에 앉으며 우물쭈물 말했다.

그녀가 탄 자동차는 가로등이 켜진 도로를 쏜살같이 달렸다. 바라던 대로였다. 그녀는 불빛과 속도가, 그리고 혼자 밖에 나와 있다는 느낌과 이제 곧 메리의 높직하고 외딴 방에 당도하리라는 사실이 즐거웠다. 그녀는 돌계단을 빠른 걸음으로 올라가면서, 이따금씩 깜빡이는 가스등 불빛 속에서 자신의 푸른 비단 스커트며 구두가 온종일 장화 발에 먼지투성이가 된 돌계단 위에서 묘하게 보인다고 생각했다.

노크 소리에 즉시 문을 열어준 것은 메리 자신이었다. 뜻밖의 방문객을 보고 놀랐을 뿐 아니라 조금 당황한 기색이었지만, 반갑게 맞아주었다. 캐서린은 자신이 온 이유를 설명할 겨를도 없이 곧장 거실로 안내되었고, 의자에 등을 기대고 앉아 손에 든 서류를 들여다보고 있는 한 청년과 마주쳤다. 그는 당장이라도 메리 대칫과 하던 이야기를 계속할 태세였으나, 이브닝드레스 차림의 모르는 여성이 나타나자 멈칫했다. 그는 입에서 파이프를 빼고 뻣뻣한 동작으로 자리에서 일어나 보이더니 또다시 풀썩 주저앉았다.

"만찬에 다녀오는 길이에요?" 메리가 물었다.

"일하는 중인가요?" 캐서린이 동시에 물었다.

청년은 이런 문답에 끼어들지 않겠다는 듯 다소 짜증스럽게 고개를 저었다.

"글쎄, 딱히 그런 건 아니고요." 메리가 대답했다. "바스넷 씨가 내게 서류를 좀 보여주려고 가져왔어요. 그걸 검토하던 참인데, 이제 거의 다 끝났어요... 파티는 어땠어요?"

메리는 서류 검토 중에 머리칼을 손가락으로 쑤석거린 듯 헝클어진 모습을 하고 있었다. 옷차림은 마치 러시아의 농부 소녀 같았다. 그녀는 몇 시간째 앉아 있었던 듯한 의자에 도로 앉았다. 의자 팔걸이에 놓인 찻잔에는 담뱃재가 수북했다. 바스넷 씨는 안색이 깨끗하고 높직한 이마 너머로 머리칼을 깨끗이 빗어 넘긴 아주 젊은 청년으로, 클랙턴 씨가 메리 대칫에게 영향을 미치리라고 짐작했던 바가 과히 틀리지 않은 '아주 유능한 청년들'의 그룹 중 한 사람이었다. 그는 대학을 마친 지 얼마 되지 않았으며, 사회 개혁에 뜻을 두고 있었다. 아주 유능한 청년들의 그룹에 속한 다른 사람들과 함께, 그는 노동자를 교육하고 중산층과 노동 계급을 민주교육협회로 통합하여 자본에 공동으로 대항할 계획을 세워놓은 터였다.[178] 그 계획은 이미 사무실을 빌리고 간사를 고용할 수 있는 단계에 이르러 있었고, 그는 그 계획을 메리에게 설명하고 원칙적으로 아주 적은 급료가 지급되는 간사직을 제안할 임무를 맡고 온 것이었다. 그날 오후 일곱 시부터 그는 개혁자들의 신조를 밝힌 자료를 낭독하는 중이었으나, 너무나 자주 토론으로 중단되었고 메리에게 특정 인물들과 협회들의 성격이며 좋지 않은 의도 등을 '극비리에' 알려줄 필요가 속속 생겨나는 바람에 이제 겨우

178) 민주교육협회(the Society for the Education of Democracy)라는 이름의 단체는 실제로 존재하지 않았다. 바스넷 씨의 사회 개혁은 대체로 사회주의 노선에 가까우며, 중산층과 노동자 계급이 연대하여 대문자 '자본(the Capital)'을 공격하겠다는 것은 다분히 마르크스의 자본론(Das Kapital)을 시사한다. 메리는 여성참정권협회 일을 그만두고 사회주의 노선의 좀 더 폭넓은 일을 하게 되는데, 이는 당시 많은 여성운동가들의 실제 진로이기도 했다.

중간까지밖에 나가지 못한 채였다. 이야기가 벌써 세 시간째 계속되고 있다는 사실은 둘 중 아무도 깨닫지 못하고 있었다. 너무나 몰두한 나머지 난로에 장작을 넣는 것도 잊어버렸지만, 설명하는 바스넷 씨도 질문하는 메리도 자칫 일과 무관한 이야기로 넘어가려는 인간적인 욕망을 억제하기 위해 깍듯이 공식적인 자세를 취했다. 그녀의 질문은 자주 '내가 바로 이해한 거라면 —' 하는 말로 시작했고, 그의 대답은 한결같이 '우리'라고 불리는 누군가를 대표하고 있었다.

이제 메리는 자신도 그 '우리'에 포함되어 있다는 사실에 거의 설득되어 있었고, 그래서 바스넷 씨와 함께 '우리' 견해, '우리' 협회, '우리' 방침이야말로 사회의 주류에서 확실히 벗어나 좀 더 깨인 무리에게 속하는 무엇을 나타낸다고 믿고 있었다.

이런 분위기 가운데 캐서린의 차림새는 극도의 부조화를 이루었고, 메리가 기꺼이 잊어버렸던 온갖 것들을 상기시키는 효과를 가져왔다.

"파티에 다녀오는 길인가요?" 그녀는 엷은 미소를 띤 눈길로 푸른 비단 옷이며 진주로 수놓은 신을 바라보며 다시 물었다.

"아뇨. 집에서요. 새로운 일을 시작하나 봐요?" 캐서린은 서류들을 보고 다소 머뭇거리며 물어보았다.

"그렇습니다." 바스넷 씨가 짤막하게 대답하고는 입을 다물었다.

"러셀 스퀘어의 일은 그만둘까 하고요." 메리가 설명했다.

"그렇군요. 그리고 뭔가 다른 일을 시작하는 거로군요."

"글쎄, 난 일하는 걸 너무 좋아하나 걱정이에요." 메리가 말했다.

"걱정이라고요." 바스넷 씨가 되받았다. 제정신인 사람이라면 일을 좋아하는 걸 걱정할 까닭이 없다는 인상을 풍겼다.

"그래요." 캐서린은 마치 그가 그런 의견을 소리 내어 말하기나 한 것처럼 대답했다. "나도 뭔가 시작하고 싶어요 — 자진해서 하는 일 말이에요. 그런 일을 하고 싶어요."

"그렇지요. 그게 이상적이지요." 바스넷 씨가 비로소 그녀를 다소 유심히 바라보며 파이프에 담배를 채웠다.

"하지만 일이라는 걸 특별히 한정할 필요는 없다고 생각해요." 메리가 말했다. "내 말은 다른 종류의 일도 있다는 뜻이에요. 어떤 노동자도 어린 애들이 딸린 여자보다 더 힘든 일을 하지는 않거든요."

"옳은 말이에요." 바스넷 씨가 말했다. "애 딸린 여자들이야말로 우리가 포섭할 대상이지요." 그는 자료를 일별하더니 둥글게 말아 쥐고는 난롯불 속을 들여다보았다. 캐서린은 이런 자리에서는 무슨 말을 하든 그 옳고 그른 것이 판별될 것처럼 느껴졌다. 자기가 생각한 것만을 간단명료하게 말해야 하며 제대로 생각할 만한 안건의 수도 엄밀히 제한되어 있다는 묘한 전제가 있는 듯했다. 바스넷 씨는 겉보기에만 뻣뻣할 뿐, 그의 얼굴에는 그녀의 지성을 자극하는 지성미가 서려 있었다.

"일반에는 언제 알려지게 되나요?" 캐서린이 물었다.

"무슨 말씀인가요? — 우리에 대해서 말입니까?" 바스넷 씨가 설핏 미소를 띠며 물었다.

"그건 여러 가지에 달려 있어요." 메리가 말했다. 공모자들은 흡족한 눈치였다. 캐서린의 질문은 일단 그들의 존재를 믿고 있음을 말해주는 것이라 그들의 마음을 훈훈하게 해주는 효과를 냈다.

"우리가 시작하고자 하는 것 같은 (아직 그 이상은 말할 수 없지만) 협회를 시작함에 있어서는" 하고 바스넷 씨는 고개를 다소 치켜들며 말을 시작했다. "두 가지를 기억해야 합니다. 언론과 대중 말입니다. 어떤 협회들은 (이름은 말하지 않겠지만) 그저 별종들에게만 호소했기 때문에 실패한 거지요. 만일 끼리끼리 칭찬하다가 서로의 잘못을 모두 발견하고 나면 사라질 그런 단체를 원하는 게 아니라면, 언론을 포섭해야 해요. 대중에게 호소해야 하는 겁니다."

"그 점이 어려워요." 메리가 사려 깊게 말했다.

"그래서 그녀가 필요합니다." 바스넷 씨는 고갯짓으로 메리 쪽을 가리켜 보이며 말했다. "우리 중에 유일한 자본가거든요.[179] 그녀는 이걸 전업으로 삼을 수도 있지만, 저는 직장에 매여 있어서 여가 시간밖에는 낼 수가 없습니다. 그런데 혹시 당신도 일을 찾고 있습니까?" 그는 불신과 존중이 묘하게 섞인 어조로 캐서린에게 물었다.

"현재로서는 결혼이 그녀의 일이에요." 메리가 대신 대답해주었다.

"아, 그렇군요." 바스넷 씨가 말했다. 그 점은 양보할 수 있었다. 그와 그의 친구들은 다른 모든 문제와 마찬가지로 성(性)이라는 문제에 대해서도 논했었고, 그 점에 대해서는 자신들의 인생계획 안에 영예로운 지위를 부여한 바 있었다. 캐서린은 그의 투박한 태도 뒤에서 그런 면을 감지할 수 있었고, 메리 대칫과 바스넷 씨의 감독에 맡겨진 세계라면 아름답거나 낭만적인 곳, 비유적으로 말해 지평선 위의 푸른 안개가 나무와 나무를 부드럽게 이어주는 그림은 아니더라도 무척 좋은 곳이리라는 생각이 들었다. 한순간 그녀는 난롯불 쪽으로 숙여진 그의 얼굴에서 인간 본연의 모습을 보는 성싶었다. 실제로는 회사원, 변호사, 공무원, 노동자 등으로만 알려진 얼굴에서 문득 떠올리게 되는 인간 본연의 모습 말이다. 바스넷 씨가

179) 시골 목사의 딸인 메리를 자본가(a capitalist)라는 것은 어폐가 있지만, 메리는 생계를 위해 일할 필요가 없다는 점에서 — 여성참정권 협회에서 하던 일도 무급 봉사였다 — "직장에 매여 있는" 바스넷 씨와 처지가 다르다.

낮에는 생업에 종사하고 여가 시간만 사회 개혁에 바치면서 그 완성의 가능성을 오래 지니지 못한다 하더라도, 지금으로서는 젊음과 열정을 지닌 채 여전히 사변적이고 여전히 구속되지 않는 그 모습이야말로 좀 더 고상한 국가의 시민인 것만 같았다. 캐서린은 주워들은 얼마 되지 않는 정보를 이리저리 굴려보며 그들의 협회가 하려는 일이 무엇일까 궁리해보았다. 그러다 문득 자신이 그들의 일에 방해가 되고 있다는 데 생각이 미쳐 자리에서 일어났지만, 여전히 그 협회에 대해 생각하며 바스넷 씨에게 말했다.

"언젠가 때가 되면 저도 참여시켜주시기 바랍니다."

그는 고개를 끄덕이며 입에서 파이프를 뺐지만, 할 말을 찾지 못해 다시 파이프를 입에 물었다. 그녀가 좀 더 머물러주었더라면 좋았을 것이었다.

말리는데도 메리는 굳이 아래층까지 따라 내려왔고, 택시가 보이지 않자 함께 길거리에 서서 택시를 기다렸다.

"어서 들어가요." 캐서린은 서류를 들고 기다릴 바스넷 씨를 생각하며 말했다.

"이런 옷차림으로 혼자 길거리를 쏘다니면 안 돼요." 메리는 말했지만, 실은 택시 때문이 아니라도 캐서린과 잠시 그렇게 있고 싶었다. 캐서린과 단둘이 서 있노라니 떠오르는 엄청나게 중요한 사실에 비하면 바스넷 씨와 그가 들고 온 서류는 인생의 진지한 목표로부터의 일시적인 우회인 듯이 느껴졌다. 어쩌면 그것은 자기들 두 사람이 모두 여자라는 사실인지도 몰랐다.

"랠프를 만났어요?" 그녀는 거두절미하고 불쑥 물었다.

"네." 캐서린도 대뜸 대답했지만, 언제 어디서 그를 만났었는지 기억이 나지 않았다. 잠깐 멈칫한 후에야 메리가 자기한테 랠프를 만났는지 묻는 이유가 생각났다.

"내가 질투하나 봐요." 메리가 말했다.

"말도 안 돼요, 메리." 캐서린은 다소 건성으로 대꾸하며 메리와 팔짱을 끼고 큰길 쪽으로 걸었다. "언제였더라… 큐에 갔었어요. 친구가 되기로 했지요. 그래요. 그렇게 됐어요."

메리는 잠자코 캐서린이 뭔가 더 말해주기를 기다렸으나, 캐서린은 아무 말이 없었다.

"우정 얘기가 아니잖아요." 메리는 스스로 놀랄 만큼 분노를 느끼며 외쳤다. "그게 아니라는 걸 알잖아요. 어떻게 그럴 수가 있어요? 난 끼어들 권리가 없지만 —" 그녀는 말문이 막혔다. "난 랠프가 상처받지 말았으면 할 뿐이에요." 그녀는 그렇게 말을 맺었다.

"그 사람도 제 앞가림은 할 수 있을 것 같던데요." 캐서린이 말했다. 두 사람 사이에는 어느 쪽도 원치 않는 적대감이 들어섰다.

"정말로 그럴 만한 가치가 있을 거라고 생각해요?" 메리가 한참 만에 말했다.

"그걸 어떻게 알지요?" 캐서린이 되물었다.

"지금껏 누군가를 좋아해본 적이 없나요?" 메리는 성급하게 바보 같은 질문을 해버렸다.

"런던 거리를 쏘다니며 내 감정을 논할 수는 없어요 — 아, 택시가 오네요 — 아니, 누가 타고 있어요."

"우리 다투지 말아요." 메리가 말했다.

"그럼 내가 그와 친구도 되지 않겠다고 말했어야 하나요?" 캐서린이 물었다. "지금이라도 그렇게 말할까요? 뭐라고 이유를 말해야 하지요?"

"물론 그렇게 말할 수는 없어요." 메리가 자제하며 말했다.

"하지만 아무래도 말할 것 같아요." 캐서린이 불쑥 말했다.

"내가 실수했어요, 캐서린. 당신한테 그렇게 말하지 말았어야 하는데."

"이 모든 게 어리석어요." 캐서린이 강경하게 말했다. "그렇게밖에 말할 수 없어요. 그럴 만한 가치가 없어요." 그녀는 불필요하게 격한 어조로 말했지만, 메리 대칫을 향해서는 아니었다. 두 사람 사이의 적대감은 사라졌고, 곤혹과 암담함이 구름처럼 머리 위에 드리우며 앞날을 가려 갈 길이 보이지 않았다.

"없고말고요. 그럴 가치가 없어요." 캐서린이 되뇌었다. "만일 당신이 말하듯이 불가능하다 쳐요 — 이 우정이라는 거요. 그가 날 사랑한다는 건 내가 원하는 게 아니에요. 하지만" 하고 그녀는 말을 이었다. "내 생각엔 당신이 과장하는 거예요. 사랑이 전부가 아니에요. 결혼도 실은 극히 일부일 뿐이에요 —" 그녀들은 큰길에 이르렀고, 버스들과 행인들이 지나가는 것을 바라보며 서 있었다. 행인들은 캐서린이 인간사의 다양함에 대해 말한 것을 그대로 예시하는 듯이 보였다. 두 사람 다 행복이니 자신만만한 삶이니 하는 짐을 짊어진다는 것이 불필요하게 느껴지는, 극도로 초연한 순간이었다. 그들이 가진 것을 누가 와서 가져가도 상관없었다.

"내가 무슨 규칙을 정하는 건 아니에요." 오랜 침묵 후에 발길을 돌리며 메리가 먼저 자신을 수습하고 말했다. "내 말은 그저 당신이 뭘 하려는지는 확실히 알아야 한다는 거예요. 하지만" 하고 그녀는 덧붙였다. "당신은 그러리라 믿어요."

그 말을 하면서 그녀가 당혹스러웠던 것은 캐서린이 이제 곧 결혼하게 되어 있다는 사실을 자기도 뻔히 알고 있기 때문이기도 했지만, 또 한편으로는 자기와 팔짱을 끼고 있는 그녀의 속을 도무지 알 수 없다는 느낌이 들었기 때문이다.

그녀들은 다시 걸어서 메리의 플랏으로 올라가는 계단에 이르렀다. 거기서 두 사람은 걸음을 멈추고 잠시 아무 말 없이 서 있었다.

"들어가야지요." 캐서린은 자신을 추스르며 말했다. "읽던 것을 마저 읽으려고 내내 기다리고 있을 텐데요." 그녀는 지붕 가까이 불 켜진 창문을 흘긋 쳐다보며 말했고, 둘 다 잠시 그 불빛을 바라보았다. 반원형의 계단이 복도로 이어져 있었고, 메리는 천천히 두어 단 올라가다 말고 멈춰 서서 캐서린을 내려다보았다.

"당신은 감정의 중요성을 간과하는 것 같아요." 그녀는 천천히, 다소 어색한 어조로 말했다. 그녀는 또 한 단을 올라가서 길거리의 불빛에 반쯤 드러난 채 위를 쳐다보는 핏기 없는 얼굴을 다시금 내려다보았다. 메리가 머뭇거리는 사이에 택시가 왔고, 캐서린은 돌아서서 택시를 세우고는, 문을 열며 말했다.

"잊지 말아요. 나도 당신네 협회에 가입할 거예요 — 잊지 말아요." 그녀는 목소리를 조금 더 높여 다시 말했지만, 그 다음 말은 문이 닫히는 바람에 들리지 않았다.

메리는 한 단 한 단 계단을 올라갔다. 마치 아주 가파른 오르막길을 억지로 올라가는 것만 같았다. 그녀는 캐서린으로부터 자신을 억지로 떼어내야만 했고, 한 걸음 한 걸음 욕망을 억눌러야만 했다. 그녀는 실제로 높은 산을 오르며 체력이 필요하기나 한 것처럼 모질게 참아냈다. 계단 위에서는 바스넷 씨가 서류를 들고 기다리고 있었고, 그 꼭대기까지 가기만 하면 그녀에게 확고한 기반을 제공하리라는 것을 상기했다. 그 사실이 그녀에게 희미한 용기를 주었다.

그녀가 문을 열자 바스넷 씨가 쳐다보았다.

"아까 중단했던 데서 계속하지요." 그는 말했다. "설명이 필요하면 질문하십시오."

그는 기다리는 동안 자료를 다시 읽으며 군데군데 연필로 메모를 해놓았고, 중단된 적이 없었던 것처럼 계속 읽어 나갔다. 메리는 납작한 쿠션들 사이에 다시 앉아서 담배를 또 한 대 피워 물고는 얼굴을 잔뜩 찌푸린 채 귀를 기울였다.

캐서린은 첼시로 가는 택시 한구석에 기대앉아서 피곤함을 느끼며 방금 보고 온 것 같은 일이 얼마나 건전하고 만족스러운가를 생각했다. 그 생각만 해도 마음이 차분하고 평온해졌다. 집에 도착해서는 다들 잠자리에 들었기를 바라며 되도록 조용히 들어갔다. 하지만 그녀의 외출은 생각보다 오래 걸리지 않았던 듯 위층에서는 여전히 활기찬 소리들이 들려왔다. 어디선가 문이 열렸고, 그녀는 행여 돌아가는 페이턴 씨와 마주칠세라 1층의 방으로 몸을 숨겼다. 누군가가 계단을 내려오고 있었고, 이윽고 그것이 윌리엄 로드니임이 드러났다. 그는 마치 꿈속을 걷는 듯 묘하게 보였다. 입술은 마치 연극배우가 대사라도 읊듯 움직이고 있었다. 아주 천천히, 한 손으로는 자신을 지탱하려는 듯 난간을 짚으며, 계단을 한 칸 한 칸 내려왔다. 그녀는 그가 아주 고양된 기분이라고 생각했고, 그렇게 모습을 드러내지 않은 채 지켜보는 것이 불편해졌다. 그녀는 복도로 나섰다. 그는 그녀를 보자 화들짝 놀라며 멈춰 섰다.

"캐서린!" 그는 소리쳤다. "나갔다 오는 거요?" 그는 물었다.

"그래요… 다들 아직 안 자나요?"

그는 대답하는 대신 열려 있는 문을 통해 1층 방으로 걸어 들어왔다.

"말할 수 없이 멋졌소." 그는 말했다. "나는 믿을 수 없을 만큼 행복하오."

딱히 그녀를 향해 하는 말도 아닌 듯해서 그녀는 잠자코 있었다. 잠시 그들은 테이블을 사이에 둔 채 아무 말 없이 서 있었다. 그러더니 그가 불쑥 물었다. "그런데 말해봐요. 당신 보기엔 어땠는지. 어떻게 생각하오, 캐서린? 그녀가 날 좋아할 가능성이 있을까? 말해봐요, 캐서린!"

그녀가 뭐라고 대답하기도 전에 위쪽 층계참에서 문 열리는 소리가 났다. 윌리엄은 극도로 당황해서 재빨리 복도로 돌아갔고, 큰소리로 아무렇지도 않은 듯한 어조로 말했다.

"잘 자요, 캐서린. 이제 그만 자야지. 곧 다시 만납시다. 내일 또 올 수 있기를 바라오."

다음 순간 그는 가고 없었다. 그녀는 계단을 올라가 층계참에 서 있는 카산드라와 마주쳤다. 그녀는 손에 책을 두어 권 든 채 작은 서가에서 또 다른 책들을 찾느라 몸을 굽히고 있었다. 그녀는 침대에서 어떤 책을 읽으면 좋을지 모르겠다고 말했다. 시집이 좋을지, 전기나 철학 책이 좋을지.

"언니는 침대에서 뭘 읽어, 캐서린?" 나란히 위층으로 올라가며 그녀는 물었다.

"그야 때에 따라 다르지." 캐서린은 막연하게 대꾸했다. 카산드라는 그녀를 바라보았다.

"언니, 오늘 아주 이상해 보여." 그녀는 말했다. "오늘은 다들 좀 이상해 보여. 런던이라서 그런가."

"윌리엄도 이상해 보이던?" 캐서린은 물었다.

"글쎄, 그랬던 거 같아." 카산드라는 대답했다. "이상하지만, 그래도 아주 근사했어. 오늘 밤에는 밀턴을 읽어야지. 내 평생 가장 행복한 밤 중 하나였어, 캐서린." 그녀는 사촌의 아름다운 얼굴을 수줍은 듯 존경 어린 눈길로 바라보며 말했다.

제27장

런던에서는 봄이 되기가 무섭게 봉오리가 터지고 꽃들이 갑자기 꽃잎을 펼쳐 그 희고 붉고 푸른 빛깔로 화단의 꽃들과 경쟁을 한다. 물론 이 도시의 꽃들이라야 본드 가와 그 인근에 활짝 열어젖혀진 문들일 뿐이지만, 그 문들은 당신에게 그림을 보라고, 교향곡을 들으라고, 또는 저마다 지절거리는 들뜨기 쉬운 환한 빛깔의 인간 존재들 한복판에 끼어들어 보라고 권하는 것이다. 그것은 식물의 개화라는 좀 더 조용한 과정에 비해 전혀 손색없는 경쟁 상대이다. 뿌리에 좀 더 너그러운 동기가, 나누고 함께하려는 욕망이 있든 없든 간에, 그 활기가 순전히 무감각한 열기와 마찰에서 비롯되는 것이든 아니든 간에, 그 효과는 그것이 지속되는 동안에는 젊은 사람들이나 무지한 사람들로 하여금 세상은 여기저기서 깃발이 휘날리고 지구 곳곳에서 그들의 환락을 위해 가져온 약탈물이 그득그득 쌓인 가게들이 있는 커다란 장터라는 생각을 하게끔 격려하는 것이 확실하다.

카산드라 오트웨이가 실링 화(貨) 앞에서 돌아가는 회전문들을 지나거나 좀 더 빈번하게는 희고 큼직한 카드[180] 덕분에 회전문들을 아예 무시하며 런던을 돌아다니는 동안, 도시는 그녀에게 더없이 대접이 후한 주인처럼 보였다. 내셔널 갤러리나 허트퍼드 하우스[181]를 구경하고 베흐스타인 홀[182]에서 브람스나 베토벤을 들은 다음, 집에 와 보면 새로운 인물이 자신을 기다리고 있었으며 그의 영혼에는 그녀가 여전히 '리얼리티'라고 부르는 무한히 값진 질료의 씨앗이 심어져 있는 것이었다. 힐버리 가(家)는 시쳇말로 '두루 통하는' 집안이었고, 그런 오만한 주장을 입증하듯 특정 구역의 수많은 집들이 밤이면 불을 켜고 오후 3시면 문을 열어 힐버리 집안 사람들을 자기 집 식당으로 한 달에 한 번은 맞아들였다. 그런 집에 사는 사람들 대부분이 공유하는 딱히 정의할 수 없는 자유롭고도 위엄 있는 태도는 예술, 음악, 정치 어떤 방면에서든 자신들은 문 안에 있으며 밖에서 동전 한 닢을 내고 입장하기 위해 기다리며 복닥거리는 일반 대중을 향해 여유롭게 미소 지을 수 있음을 나타내는 듯했다. 문들은 카산드라 앞에서 대번에 열렸다. 그녀는 안에서 일어나는 일에 대해 다분히 비판적이었고, 헨리가 할 만한 말을 인용하곤 했다. 하지만 헨리가 없는 데서 종종 그를 거스르기도 했으며, 만찬석상의 파트너나 그녀의 할머니를 기억하는 친절한 노부인이 하는 말에는 다 일리가 있다고 믿음으로써 경의를 표하곤 했다. 그녀의 열띤 눈빛 덕분에, 거친 표현이나 세련되지 못한 행색은 모두 용서되었다. 한두 해 경험을 쌓고 좋은 재봉사를 소개받으면, 그리고 나쁜 영향들을 받지만 않는다면 제법 괜찮은 규수가 되리라는 것이 그녀에 대

180) 초대장을 가리킨다.

181) 본드 스트리트에서 북쪽으로 두 블록쯤 떨어진 맨체스터 스퀘어에 면해 있는 저택. 허트퍼드 4대 백작이 수집한 예술품들(월러스 컬렉션)이 소장되어 있다.

182) 1899–1901년 독일 피아노 제조상인 베흐스타인이 자기 가게 옆에 지은 음악당으로, 베흐스타인은 제1차 세계대전 때문에 런던 영업을 중지해야 했으므로 1916년 문을 닫았다가 1917년부터 위그모어 홀이라는 이름으로 재개장되었다. 『밤과 낮』은 1919년에 출간되었지만 바뀐 이름이 반영되지 않았다.

한 일반적인 평이었다. 무도실 가장자리에 앉아 엄지와 검지로 인간성이라는 천을 집어 들어 가늠해보는 노부인들 — 어찌나 숨이 고른지 가슴팍에서 오르락내리락하는 목걸이들이 인간성이라는 대양의 파도와도 같은 자연력을 나타내는 성싶은 그 노부인들은 엷은 미소를 띠며 저 애는 제법 쓸 만하겠다고 결론지었다. 즉, 자기들이 인정하는 어머니의 아들과 결혼할 가능성이 꽤 있겠다는 뜻이었다.

윌리엄 로드니는 이런저런 아이디어가 많았다. 그는 작은 화랑들과 정선된 음악회, 사적인 공연들을 알고 있었고, 어떻게인가 강구하여 캐서린과 카산드라를 만날 시간을 냈으며, 그 후에는 자기 집에서 차나 저녁식사를 내곤 했다. 카산드라가 런던에 머무는 2주간은 그래서 실박한 가운데서도 날마다 뭔가 특별한 일들이 예정되어 있었다. 일요일이 다가왔다. 대개 일요일은 자연 속에서 보내기 마련이었다. 날씨는 소풍을 갈 만큼 화창했다. 하지만 카산드라는 햄턴 코트, 그리니치, 리치먼드, 큐를 모두 제쳐놓고 동물원[183]에 가기를 원했다. 그녀는 한때 동물 심리학에 관심을 가진 적이 있었으며, 그래서 아직도 유전 형질에 대해 아는 바가 있었다. 그래서 일요일 오후 캐서린과 카산드라, 그리고 윌리엄 로드니는 동물원에 갔다. 그들이 탄 택시가 동물원 입구에 당도할 즈음, 캐서린은 몸을 앞으로 내밀고는 같은 방향으로 걸어가는 청년을 향해 손을 흔들었다.

"저기 랠프 데넘이 가네요!" 그녀가 외쳤다. "여기서 만나자고 했거든요." 그를 위한 입장권도 사두었다는 것이었다. 그러므로 그는 못 들어가리라는 윌리엄의 반대도 금방 조용해졌다. 하지만 두 남자가 서로 인사하

183) 런던 동물원은 1828년 리전트 파크에 개장되었다. 세계 최초의 과학적 동물원으로, 본래는 연구를 목적으로 했으나, 1847년 일반에 공개되었다.

는 태도는 이제 곧 일어날 일을 예고하는 듯했다. 커다란 새장에 든 작은 새들을 보고 감탄한 후로 윌리엄과 카산드라는 뒤로 처졌고, 랠프와 캐서린은 다소 앞서가게 되었다. 그렇게 짝지어 다니게 된 데는 윌리엄도 일역을 했으며 사실 그로서도 그러는 편이 편했지만, 그래도 기분이 언짢기는 마찬가지였다. 그는 캐서린이 데넘에게 함께 가자고 한 것을 미리 말해주었어야 했다고 생각했다.

"캐서린의 친구 중 한 사람이오." 그는 다소 무뚝뚝하게 말했다. 그는 언짢은 것이 분명했고, 카산드라는 그런 그에게 동정이 갔다. 그들은 어느 오리엔트산(産) 돼지들이 들어 있는 우리 앞에 서 있었고, 그녀는 양산 끝으로 짐승을 살살 찔러대고 있었다. 순간 무수히 작은 관찰들이 하나의 중심으로 모이는 성싶었고, 그 중심에는 강렬하고 기묘한 감정이 있었다. 저 두 사람은 행복한가? 그녀는 그 질문이 떠오르는 순간 얼른 밀쳐버리며, 그토록 특별한 커플의 희귀하고도 찬란한 감정들에 그토록 단순한 척도를 적용하는 데 대해 자신을 꾸짖었다. 하지만 그래도 그녀의 태도는 난생 처음으로 자신이 여성임을 의식하기나 한 것처럼, 또 어쩌면 윌리엄이 나중에 자신에게 속내 이야기를 해주기나 할 것처럼 대번에 달라졌다. 그녀는 동물심리학이니 푸른 눈과 갈색 눈의 유전이니 하는 것은 까맣게 잊어버리고, 위로할 수 있는 여성으로서의 감정에 금방 몰두하여 캐서린이 데넘 씨와 함께 계속 앞장서 갔으면 하고 바랐다. 마치 어른 놀이를 하는 어린아이가 엄마가 금방 돌아와 놀이를 망치지 말아주기를 바라는 것처럼 — 아니면 그녀는 더 이상 어른 놀이를 하는 것이 아니라, 문득 놀랄 만큼 실제로 성숙해진 것을 의식했던 것일까?

캐서린과 랠프 사이에는 여전히 침묵이 깨뜨려지지 않은 채, 지나가는 우리 속에 든 것들이 대신 떠들어댔다.

"지난번에 만난 후로 뭘 하며 지냈습니까?" 마침내 랠프가 물었다.

"뭘 했느냐고요?" 캐서린은 곰곰이 되짚어보았다. "다른 사람 집들을 들락날락했지요. 이 동물들은 행복한 걸까요?" 그녀는 회색 곰 앞에서 발길을 멈추며 생각에 잠겼다. 곰은 한때 부인용 양산의 일부였던 술 장식을 가지고 심각한 듯 놀고 있었다.

"로드니는 내가 온 것을 못마땅해하는 것 같습니다." 랠프가 말했다.[184]

"그러게요. 하지만 금방 극복할 거예요." 그녀는 대답했다. 그녀의 음성에서 느껴지는 초연함이 랠프의 궁금증을 불러일으켰고, 그녀가 좀 더 자기 말뜻을 설명해주었으면 싶었다. 하지만 그녀에게 설명을 요구하지는 않을 작정이었다. 그로서는 가능하다면 모든 순간이 그 자체로서 완전하여, 굳이 설명하거나 미래로부터 밝든 어둡든 어떤 영향도 받지 않은 채 행복했으면 싶었다.

"곰들은 행복해 보입니다." 그가 말했다. "하지만 뭔가 좀 사다 줄까요. 저기 빵을 파는 데가 있네요. 가서 좀 사옵시다." 그들은 작은 종이 봉지들이 수북이 쌓인 판매대로 갔고, 두 사람이 동시에 실링 동전을 꺼내 내밀었기 때문에, 젊은 아가씨는 어느 쪽의 돈을 받아야 할지 몰라 당황하다가 결국 전통적인 이유에서 신사분이 지불하는 쪽을 택했다.

"내가 내고 싶습니다." 랠프는 단호하게 말하며, 캐서린이 내미는 동전을 사양했다. "다 이유가 있어서 그럽니다." 그의 결연한 어조에 그녀가 미소 짓는 것을 보자 그는 그렇게 덧붙였다.

184) 이전에 캐서린과 랠프가 미스 힐버리, 미스터 데넘으로 부르는 사이였을 때는 대화에서 I – you를 '저 – 당신'으로 옮겼으나 제27장부터는 캐서린이 랠프의 집을 방문하는 장면에서 보듯 (아마도 제25장에서 친구가 되기로 한 후로) first name을 부르는 사이이므로 아주 반말은 아니라 해도 대체로 '나 – 당신'으로 옮긴다.

"당신은 어떤 일에든 다 이유가 있는 것 같아요." 그녀는 빵을 쪼개 나눠서 곰들의 목구멍을 향해 던져주며 동의했다. "하지만 이번에는 좋은 이유일 것 같지 않은데요. 무슨 이유지요?"

그는 그녀에게 말해주려 하지 않았다. 자신이 그녀를 위해 모든 행복을 일부러 바치고 있다고, 이상한 일이지만 자신이 가진 모든 것을, 금은까지라도, 불타는 제단 위에 쏟아붓고 싶은 심정이라고는 설명할 수 없었다. 그는 자기들 사이에 거리를 ― 사원의 신상으로부터 예배자를 갈라놓는 것과도 같은 거리를 두고 싶었다.

상황이 짜 맞춘 듯 돌아가, 그러기가 ― 가령 살롱에서 차 쟁반을 사이에 두고 앉았을 때보다 ― 훨씬 쉬워졌다. 그는 잿빛 동굴과 매끈한 가죽들을 배경으로 그녀를 다시 보았다. 낙타들은 무거운 눈꺼풀을 내리뜬 채 그녀를 바라보고 있었고, 기린들은 그 슬픈 듯 기다란 모가지로 그녀를 지그시 굽어보았으며, 코끼리들의 분홍빛 코는 그녀가 내민 손으로부터 빵을 조심스레 받아갔다. 그러고는 온실이었다. 그는 그녀가 모래 위에 똬리 튼 비단뱀을 보려고 몸을 굽히는 것을, 또는 악어들이 사는 웅덩이에 갈색 바위가 비죽이 솟아난 것을 바라보거나, 또 아니면 조그맣게 옮겨놓은 열대 숲에서 도마뱀의 금빛 눈이나 개구리의 숨 쉴 때마다 홀쭉해지는 옆구리를 찾는 모습을 지켜보았다. 특히 그는 깊은 녹색 수조를 배경으로 드러나는 그녀의 윤곽을 보았다. 그 물속에서는 은빛 물고기들이 떼를 지어 끊임없이 선회하거나 수조의 유리에 그 삐뚜름한 입을 갖다 대고 꼬리를 똑바로 펴 든 채 잠시 그녀를 바라보기도 했다. 그러고는 곤충관이었는데, 거기서 그녀는 작은 우리의 블라인드를 열고는 이제 막 고치에서 나와 몽롱한 상태인 나비의 비단 같은[185] 날개에 찍힌 보라색 반점이나 겉껍질이 희끗한 나무의 마디진 가지처럼 꼼짝 않고 있는 자벌레, 갈라진 혀로 수조의 유리벽을 연신 찔러대는 매끄러운 녹색 뱀들을 보고 감탄하기도 했다. 뜨거운 공기, 물속에 떠 있거나 거대한 붉은 화분에서 뻣뻣하게 고개를 쳐들고 있는 묵직한 꽃송이들, 그리고 기묘한 무늬와 환상적인 형태들이 만들어내는 분위기 속에서 인간은 오히려 창백해 보이고 말이 없어졌다.

문을 열자 원숭이들의 깊은 불행에서 나오는 듯한 자조적인 웃음소리가 메아리치는 가운데, 윌리엄과 카산드라가 서 있었다. 윌리엄은 꼭대기 가지에 앉아 있는 뭔가 작은 동물을 억지로 불러내려 사과 반쪽을 먹게 하려고 어르는 중인 듯했다. 카산드라는 그 동물의 외돌토리 기질과 야행성 습관에 대한 설명을 특유의 새된 음성으로 읽어주고 있었다. 그녀는 캐서린을 보자 외쳤다.

"아, 이제 왔네! 윌리엄이 저 불쌍한 다람쥐원숭이를 괴롭히지 못하게 좀 해줘!"

"우린 당신들을 잃어버린 줄로만 알았어요." 윌리엄이 말했다. 그는 두 사람을 번갈아 바라보며 데넘의 볼품없는 차림새를 찬찬히 훑어보는 듯했다. 그는 뭔가 악의를 표출할 만한 계제를 찾는 듯했지만, 마땅한 트집거리를 발견하지 못한 듯 잠자코 있었다. 하지만 그 눈길이며 윗입술이 가늘게 떨리는 것은 캐서린의 눈에 띄지 않을 수 없었다.

"윌리엄은 동물들에게 친절하지 않아." 그녀는 대꾸했다. "동물들이 뭘 좋아하고 싫어하는지 잘 모른단다."

"데넘, 당신은 이런 일에 통달한 모양이지요." 로드니는 사과를 들고 있던 손을 내리며 말했다.

185) tussore(tussah)는 주로 참나무에 서식하는 산누에나방으로, 그 누에고치에서 뽑은 갈색 비단실을 가리키기도 한다.

"그건 어떻게 쓰다듬어주느냐에 달렸어요." 데넘이 대답했다.

"파충류관은 어느 쪽이지요?" 카산드라가 물었지만, 정말로 파충류를 보고 싶어서라기보다는 새롭게 눈뜬 여성적 감수성, 이성을 매혹하고 회유하려는 본능 때문인 듯했다. 데넘이 그녀에게 길을 가르쳐주는 동안, 캐서린과 윌리엄은 함께 걸음을 옮겼다.

"당신은 즐거운 오후가 되었기를 바라오." 윌리엄이 말했다.

"난 랠프 데넘이 좋아요." 그녀는 대답했다.

"싸 쓰 부아."[186] 피상적이고 도회적인 반응이 돌아왔다.

응수할 말은 얼마든지 있었지만, 웬만하면 다투고 싶지 않았으므로, 캐서린은 아무렇지 않은 듯 물었다.

"차 마시러 우리 집에 다시 갈 건가요?"

"카산드라와 나는 포틀랜드 플레이스에 있는 작은 찻집에서 차를 마실까 하는데." 그는 대답했다. "당신과 데넘이 우리와 함께 갈 생각이 있는지는 모르지만."

"내가 물어보지요." 그녀는 대답하고는, 고개를 돌려 그를 찾았다. 하지만 그와 카산드라는 또다시 다람쥐원숭이에 정신이 팔려 있었다.

윌리엄과 캐서린은 잠시 그들을 바라보았고, 각기 상대방이 선호하는 대상을 호기심 어린 눈으로 지켜보았다. 하지만 윌리엄은 카산드라에게 눈길이 가자 — 이제 제대로 된 재봉사 덕분에 우아한 자태가 살아난 — 날카롭게 말했다.

"만일 오겠다면, 날 우습게 만들려고 그렇게 애쓰지 말아주길 바라오."

"그게 걱정이라면, 난 굳이 가지 않겠어요." 캐서린이 대답했다.

186) "Ça se voit." '그렇게 보인다, 명백하다'는 뜻의 프랑스어.

그들은 겉으로는 전시관 한복판에 있는 거대한 원숭이 우리를 바라보는 척하고 있었고, 윌리엄 때문에 짜증이 날 대로 난 캐서린은 그가 마치 장대 끝에서 낡아빠진 숄 조각을 둘러 쓴 채 의심과 불신에 찬 눈초리로 동료들을 흘겨보는 가련한 외톨이 원숭이 같다고 생각했다. 그녀의 참을성도 바닥이 드러나고 있었다. 지난주 동안 있었던 일들로 이미 참을 만큼 참은 터였다. 상대방이 너무나 한심하게 속된 인물인 것이 분명히 눈에 들어오는 바람에 그와 엮여야 한다는 사실조차 모욕적으로 느껴지는 순간은 남녀 어느 쪽에나 드물지 않게 있을 터이다. 그녀는 바로 그런 기분이었다. 그럴 때면 그 유대는 더욱 바짝 목을 조이는 올가미처럼 느껴지기 마련이라, 윌리엄의 까다로운 요구와 질투는 그녀를 남녀 사이의 원초적 투쟁이 여전히 날뛰고 있는 은밀한 본성의 가공할 늪으로 끌어내렸다.

"당신은 내게 상처를 주는 게 재미있는 모양이오." 윌리엄이 물고 늘어졌다. "조금 전만 해도 내가 동물들을 어떻게 대한다느니 하는 말을 왜 하는 거요?" 그는 자기 말에 박자라도 맞추듯 지팡이로 원숭이 우리의 철창을 탕탕 내리쳤는데, 그것이 캐서린의 귀에 유난히 거슬렸다.

"사실이니까요. 당신은 사람이든 동물이든 남이 뭘 느끼는지 통 모르잖아요." 그녀가 말했다. "당신 자신밖에는 생각하지 않지요."

"그건 사실이 아니오." 윌리엄이 말했다. 연신 철창을 내리치는 바람에, 이제 원숭이 예닐곱 마리의 주의가 그쪽으로 쏠렸다. 그들의 비위를 맞추려는 것인지, 아니면 자기도 동물들의 기분을 배려한다는 것을 보이기 위해서인지, 그는 들고 있던 사과를 내밀러 다가갔다.

그 광경이 하필 그녀의 머릿속에 있던 그림과 너무나 희극적으로 맞아떨어지는 데다가, 잔꾀가 빤히 보여서, 그녀는 웃음을 터뜨리고 말았다. 발작적인 웃음이 그치지 않았다. 윌리엄은 얼굴이 새빨개졌다. 어떤 분노의 표출도 그의 기분을 그보다 더 상하게 하지는 않았을 것이다. 그녀가 자신을 비웃고 있다는 사실만이 아니라 그 웃음소리에서 느껴지는 무심함이 끔찍했다.

"뭐가 그리 우스운지 모르겠군." 그는 중얼거리며 고개를 돌리다가 다른 두 사람이 다가온 것을 보았다. 마치 약속하기나 한 것처럼 다시 짝이 바뀌어 캐서린은 데넘과 함께 전시관을 빠져나갔다. 주위에 눈길도 제대로 주지 않았고, 데넘은 그렇게 서두르는 것이 캐서린의 뜻인 듯하여 잠자코 따랐다. 그녀에게는 뭔가 변화가 일어나 있었다. 그는 그것이 그녀가 웃은 일이나 로드니와 잠시 단둘이서 나눈 말과 관련이 있으리라 짐작했다. 그는 그녀가 자기한테도 불친절해진 것을 느꼈다. 여전히 말은 했지만 무심한 어조였고, 그가 말할 때면 제대로 듣고 있는 것 같지도 않았다. 그런 변화는 처음에는 몹시 불쾌하게 느껴졌지만, 얼마 안 가 오히려 다행이다 싶었다. 그날의 침침하고 가랑비 내리는 날씨는 그에게도 영향을 미쳤다. 그가 탐닉하던 마법과 불온한 매혹은 문득 사라져버렸고, 그의 감정은 우호적인 존중심으로 바뀌어 있었다. 무엇보다도 다행한 것은 자신이 밤에 자기 방에 혼자 있게 되리라는 생각에 안도하고 있다는 사실이었다. 그런 갑작스런 변화에, 그리고 자신이 얼마나 자유로운가에 놀라서, 그는 그저 참지만 말고 좀 더 확실히 캐서린의 환영을 쫓아버릴 수 있을 대담한 계획을 세웠다. 즉, 자기 집에서 차를 마시자고 그녀를 초대하자는 것이었다. 그렇게 해서 그녀를 가정생활이라는 쳇바퀴에 밀어 넣어버리면, 가차 없는 조명 아래서 적나라하게 그녀를 바라볼 수 있을 것이었다. 그의 가족은 그녀에게서 감탄할 만한 것이라고는 발견하지 못할 테고, 그녀는 필시 그들 모두를 경멸할 테니, 그 또한 그에게는 도움이 될 것이었다. 그는 자신이 그녀에 대해 점점 더 무자비해지는 것을 느꼈다. 그렇게 대담한 조처를 취하면, 누구라도 고통과 낭비의 원인이 되는 부조리한 열정을 종식시킬 수 있으리라고 그는 생각했다. 그의 경험과 발견과 승리가 같은 곤경에 처한 후배들에게 도움이 될 때를 그려볼 수도 있었다. 그는 손목시계를 들여다 보고는 이제 곧 동물원이 문 닫을 때가 되었다고 말했다.

"어떻든" 하고 그는 덧붙였다. "오늘 오후에 볼 만큼은 충분히 본 것 같습니다. 다른 두 사람은 어디로 갔지요?" 그는 어깨 너머를 돌아보고는 두 사람의 모습이 보이지 않자 대뜸 제안했다.

"우리끼리 가는 편이 나을 것 같습니다. 제일 좋은 건 당신이 저희 집에 가서 차를 마시는 겁니다."

"당신이 저희 집으로 가면 안 되나요?" 그녀가 물었다.

"여기서 하이게이트는 바로 이웃이니까요." 그는 얼른 대답했다.

그녀는 하이게이트가 리전트 파크의 바로 이웃인지 아닌지 알기에는 런던 지리를 잘 몰랐으므로 선선히 수락했다. 첼시의 자기 집 티테이블로 돌아가는 일을 한두 시간쯤 늦출 수 있다는 것이 기쁘기만 했다. 그들은 리전트 파크의 구불구불한 산책로와 일요일 인파로 붐비는 이웃 길거리들을 결연히 뚫고서 지하철 역 쪽으로 걸어갔다. 그녀는 길을 모르는 터라 그를 믿고 따라가는 수밖에 없었고, 다행히도 그가 잠자코 가는 덕분에 로드니에게 계속 화를 낼 수 있었다.

지하철역에서 나와 하이게이트의 한층 더 칙칙한 분위기로 들어섰을 때에야 그녀는 비로소 그가 자기를 어디로 데려가는가 하는 의문이 들었다. 그에게는 가족이 있을까? 아니면 혼자 사는 걸까? 그녀는 그가 나이 들고 어쩌면 병석에 있는 모친의 외아들이리라고 막연히 믿고 있었다. 삭막한 풍경 속을 걸어가면서, 그녀는 작은 하얀 집과 앙상한 노파를, 티테이블 뒤에서 떨리는 몸을 일으켜 '아들의 친구들'에 대해 뭔가 더듬거리며 자신을 맞이할 노파를 그려보았다. 그리고 랠프에게 그런 사정에 대해 물어보려는 순간, 그는 똑같이 생긴 무수한 나무 문 가운데 하나를 벌컥 열고는 타일 깔린 통로를 지나 알프스 풍 건물의 현관으로 그녀를 안내했다. 초인종 소리가 지하실까지 울리는 것을 들으며, 그녀는 그토록 무참히 망가져버린 예상을 대치할 만한 다른 그림을 떠올릴 수가 없었다.

"다들 모여 있을 테니 그런 줄 아십시오." 랠프가 말했다. "일요일에는 대개 다들 집에 있거든요. 그런 다음에 제 방으로 올라갈 수 있습니다."

"형제가 많은가요?" 그녀는 놀란 기색을 감추지 못하며 물었다.

"예닐곱은 됩니다." 그가 무뚝뚝하게 말하는데, 문이 열렸다.

랠프가 코트를 벗는 동안, 그녀는 양치식물들과 사진들, 커튼 등속을 둘러보았다. 서로 깔아뭉개듯 떠들어대는 목소리들이 들려왔다. 극도의 긴장감으로 온몸이 굳어지는 것만 같았다. 그녀는 데넘의 뒤를 가능한 한 멀찍이서 따라가, 등갓도 씌우지 않은 불빛으로 눈부신 방 안으로 뻣뻣이 걸어 들어갔다. 방 안에는 연령대가 다른 여러 명의 사람이 커다란 식탁 주위에 모여 있었고, 백열 가스등[187] 불빛에 무자비하게 드러난 식탁 위에는 음식이 너저분하게 흩어져 있었다. 랠프는 곧장 방 안쪽으로 걸어갔다.

"어머니, 이 사람은 힐버리 양이에요." 그가 말했다.

살집이 좋은 중년 부인이 불이 잘 붙지 않는 알코올 램프[188]를 들여다보다 말고 조금 찌푸린 얼굴을 들며 말했다.

187) 가스등의 불꽃은 누런빛이 나지만, 1892년 발명된 웰스바흐 맨틀(Welsbach mantle: 산화토륨과 산화세륨을 씌운 주름진 석면 덮개)을 부착하게 되면 양질의 흰 빛에 밝기도 여섯 배나 되는 백열광을 내게 된다. 백열 가스등은 19세기 말부터 거의 반세기 동안 사용되었다.

188) 찻물을 끓이는 주전자(teakettle)를 데우는 용도의 버너로 알코올 램프가 사용되었으며, 주전자와 알코올 램프가 세트로 되어 있는 경우도 많았다.

"미안합니다. 난 우리 딸들 중 하난 줄로만 알았어요. 도로시" 하고 그녀는 방에서 나가려는 하녀를 향해 내처 말했다. "알코올이 좀 더 필요할 거 같은데 — 램프 자체가 망가진 게 아니라면 말이야. 너희 중 누군가가 제대로 된 알코올 램프를 발명해준다면 좋으련만 —" 그녀는 식탁 쪽을 막연히 둘러보면서 한숨을 쉬고는, 자기 앞에 놓인 그릇들 중에서 새로 온 사람들을 위해 깨끗한 찻잔 두 개를 찾기 시작했다.

걸러지지 않은 불빛은 캐서린이 방 하나에서 일찍이 본 적이 없을 만큼 추레한 점들을 드러내고 있었다. 고리를 달고 주름을 잡은 갈색 플러시 커튼의 깊이 잡힌 주름과 거기 달린 장식 술들이 검정색 교과서들이 터질 듯이 꽂혀 있는 책장 일부를 가리고 있었다. 그녀의 눈길은 칙칙한 녹색 벽 위에 십자로 엇갈려 걸린 조각목 칼집들에 머물렀다. 조금이라도 높직하고 평평한 공간이 있으면 화분에 담긴 양치식물이 물결쳐 나왔으며, 청동 말은 앞발을 너무나 높이 치켜들어서 나무 둥치로 그 앞부분을 받쳐놓아야만 했다. 가정생활의 물살이 도도하게 일어나 그녀의 머리 위까지 밀려드는 것만 같았고, 그녀는 잠자코 먹기만 했다.

이윽고 데넘 부인이 찻잔에서부터 고개를 들고 말했다.

"보시다시피, 힐버리 양, 제 아이들은 저마다 다른 시간에 와서 다른 걸 원한답니다. (다 먹었으면 위층에 쟁반을 좀 가져가거라, 조니.) 우리 애 찰스가 감기로 누워 있답니다. 뭐 어쩔 수 있겠어요? — 비 오는 날 축구를 한다고 비를 맞았으니. 응접실[189]에서 차를 마시려고도 해보았지만, 잘 안

189) 힐버리 가의 drawing room이 가족이나 방문객이 늘 사용하는 방인 데 비해, 데넘 가의 drawing room은 격식을 차려야 하는 드문 방문객이 있을 때가 아니면 잘 사용되지 않는 방인 듯하므로 '응접실'로 옮긴다.

되네요."

열여섯 살 난 소년이 조니라고 불린 듯했는데, 응접실에서 차를 마신다는 것도 형에게 쟁반을 날라야 한다는 것도 내키지 않는 듯 투덜거렸다. 하지만 그는 자제했고, 어머니로부터 거듭 조심하라는 말을 들으며 문을 닫았다.

"이러는 편이 훨씬 좋아요." 캐서린은 자기 앞에 놓인 케이크 조각을 작게 자르느라 애쓰며 말했다. 그들은 그녀에게 너무 큰 조각을 잘라주었던 것이다. 자기가 비판적인 비교라도 하지 않는지 데넘 부인이 의심하고 있다는 것도 알고 있었다. 그녀는 케이크를 잘 먹지 못하고 있다는 것을 깨달았다. 데넘 부인이 연신 자신을 바라보는 눈길에서는 이 젊은 여자는 누구이며 랠프는 왜 그녀를 티타임에 집으로 데려왔는가에 대해 궁금해하고 있다는 것이 분명히 느껴졌다. 분명 명백한 이유가 있을 터이며, 데넘 부인은 아마도 뭔가 결론에 도달한 듯했다. 겉으로는 다소 투박하고 어색한 친절을 보이고 있었다. 하이게이트의 살기 좋은 점과 발전 과정, 현재 상황 등에 관해 그녀는 대화를 이어 나갔다.

"내가 처음 결혼했을 때는" 하고 그녀는 말을 이었다. "하이게이트는 런던에서 꽤 떨어져 있었답니다, 힐버리 양. 이 집에서도, 아마 믿어지지 않겠지만, 사과 과수원이 보였지요. 미들턴 네가 우리 집 앞에 집을 짓기 전이었으니까요."

"언덕 위에 살면 좋은 점이 많을 것 같아요." 캐서린이 말했다. 데넘 부인은 캐서린의 똑똑함을 알아보겠다는 듯 적극 찬성을 표했다.

"그래요, 정말이지 건강에는 그만이랍니다." 그녀는 교외에 사는 사람들이 종종 그러듯, 자신들의 동네가 런던 근교 다른 어떤 곳보다도 건강하고 편리하고 덜 훼손되었음을 입증하기 위해 말을 이었다. 그녀가 그토록 힘주어 말하는 것을 보면 그녀가 표명하는 견해가 별로 지지를 얻지 못하고 있으며 자식들조차도 찬성하지 않는 것이 분명했다.

"찬방 천장이 또 내려앉았어요." 헤스터라 불린 열여덟 살 난 소녀가 불쑥 말했다.

"조만간 집 전체가 내려앉을 거야." 제임스가 중얼거렸다.

"말도 안 돼." 데넘 부인이 말했다. "석고가 조금 떨어진 것뿐이야 — 너희들처럼 난리를 피우는데 버텨낼 집이 어디 있겠니." 그 말에 캐서린으로서는 알아들을 수 없는, 뭔가 가족들만의 농담이 시작되었고, 데넘 부인까지도 웃고 말았다.

"힐버리 양은 우리가 형편없이 무례하다고 생각하겠다." 부인은 나무라듯이 덧붙였다. 힐버리 양은 미소 지으며 고개를 저었고, 방 안의 시선들이 자신을 향해 모이는 것을 느꼈다. 아마도 그녀가 가고 나면 그녀에 대해 신나게 떠들어댈 것이었다. 아마도 그런 비판적인 시선 때문이었겠지만, 캐서린은 랠프 데넘의 가족이 속되고 세련되지 못했으며 매력도 없다고, 집 안의 흉물스러운 가구나 장식들에서 드러나는 대로라고 결론지었다. 그녀는 청동 수레며 은 항아리, 기묘하거나 괴상한 도자기 장식들이 놓인 벽난로 선반을 훑어보았다.

그녀는 그런 판단을 랠프에게까지 의식적으로 적용하지는 않았지만, 잠시 후 그를 바라보고는 이제껏 알고 지냈던 어떤 때보다도 낮은 평가를 내렸다.

그는 그녀가 소개된 후 겪을 불편을 도와주려는 노력은 전혀 보이지 않고, 아예 그녀가 있는 것조차 잊어버린 듯 동생과 토론에 몰두해 있었다. 그녀는 자신이 의식했던 이상으로 그의 지지를 기대했던 것이 분명했다. 그를 둘러싼 무의미한 일상 덕분에 한층 더 두드러지는 그런 무관심은 그녀에게 그 배경의 추함뿐 아니라 자신의 어리석음을 깨닫게 했다. 그녀는 잠시 일련의 장면들을 떠올려보며 거의 얼굴을 붉힐 정도로 전율했다. 그녀는 그가 우정에 대해 말하는 것을 믿었었다. 삶의 변덕스러운 무질서와 지리멸렬함 뒤에서 한결같이 꾸준히 타는 심혼의 불빛을 믿었었다. 그런데 그 빛이 갑자기 꺼져버렸다. 마치 지우개로 깨끗이 지워버린 것만 같았다. 식탁 위의 너저분함과 데넘 부인의 지루하고 자질구레한 수다가 남았을 뿐이었다. 그녀는 속수무책으로 그것들을 견뎌내야 했고, 이겼든 졌든 투쟁의 결과인 굴욕을 뼈저리게 느끼며, 자신의 외로움과 인생의 허망함을, 현실의 무미건조함을, 윌리엄 로드니를, 어머니와 끝마치지 못한 책을 울적하게 반추했다.

데넘 부인의 질문에 대한 그녀의 답은 너무나 간결해서 거의 무례할 정도가 되었고, 그녀를 예의주시하고 있는 랠프에게는 그녀가 몸이 거기 있는 것과는 달리 아득히 멀게만 느껴졌다. 그는 그녀를 곁눈질하는 한편 동생과의 토론을 밀고 나가며, 이 실험만 끝나면 어떤 어리석음도 남아 있지 않으리라고 확신했다. 다음 순간 갑자기 완전한 침묵이 그들 모두를 내리덮었다. 너저분한 식탁을 둘러싸고 앉은 그 모든 사람들의 침묵은 거대하고도 무시무시했다. 무엇인가 끔찍한 것이 거기서 튀쳐나올 것만 같았지만, 모두 고집스럽게 버텼다. 이윽고 문이 열렸고, 안도의 물결이 퍼져 나갔다. '어이, 조운! 너 먹을 건 안 남았다' 하는 외침들이 식탁보에 꼼짝없이 머물렀던 눈길들을 날려 보냈고, 가정생활이라는 고인 물은 또다시 작고 활발한 물살을 일으키기 시작했다. 조운에게는 가족 모두에게 미치는 신비하고도 다정한 힘이 있는 것이 분명했다. 그녀는 캐서린에 대해 들은 적이 있는 듯 다가와서는 마침내 만나게 되어 기쁘다고 말했다. 자신은 병중인 숙부를 방문하고 오는 길이라 늦었다고 설명했다. 아니, 차는 마시지 않아도 되고, 빵 한 조각이면 충분했다. 누군가가 난로 울타리 안쪽에 따뜻하게 놓아두었던 팬케이크를 한 장 건넸고, 그녀는 어머니 곁에 앉았다. 데넘 부인도 걱정을 던 듯한 표정이었고, 다들 티타임이 다시 시작된 듯 먹고 마시기 시작했다. 헤스터는 캐서린에게 시험을 준비하고 있다고, 뉴넘[190]에 가는 것이야말로 자신이 가장 바라는 것이라고 묻지도 않는 이야기를 들려주었다.

"그럼 어디 아모(amo) — 나는 사랑한다,[191]를 활용시켜봐 —" 조니가 주문했다.

"안 돼, 조니, 식사 때[192] 그리스어는 하기 없기." 조운이 그 말을 들었는지 대뜸 말했다. "저 애는 밤새도록 공부를 한답니다, 힐버리 양. 그런다고 시험에 붙는 건 아닌데 말이에요." 그녀는 캐서린을 향해, 동생들을 모두 자기 자식처럼 느끼는 맏딸의 근심스러우면서도 유머러스한 미소를 띠며 말을 이었다.

"조운, 정말로 아모(amo)가 그리스어라고 생각하는 건 아니지?" 랠프가 물었다.

"내가 그리스어라고 했어? 아, 뭐 아무래도 좋아. 티타임에는 사어(死語)를 말하기 없기. 아, 그런데 나한테 토스트 만들어주느라 애쓰지 마 —"

"기왕 만들겠다면 토스트용 포크가 어딘가 있을 텐데?" 데넘 부인은 빵

190) 1871년 설립된 뉴넘 칼리지(Newnham College)는 케임브리지 대학에 소속된 여자 대학 두 곳 중 하나이다.(현재는 세 곳)

191) amo는 라틴어로 '나는 사랑한다'라는 말로, 라틴어를 배울 때 동사의 활용 예로 처음 등장하는 예이다.

192) 티타임을 '식사 때(meal-time)'라고 하는 것은, 넉넉지 못한 집에서는 티타임이 곧 저녁식사가 되기도 하기 때문이다.

칼이 망가질지도 모른다는 마음을 버리지 못한 채 말했다. "누구든 벨을 울려서 가져오라고 해보렴." 그녀는 누가 자기 말을 들으리라는 확신도 없이 말했다. "그런데 앤이 조셉 숙부한테 갈 거라니?" 그녀는 말을 이었다. "만일 그럴 거면 에이미를 우리한테 보내주면 좋을 텐데 말이다 —" 그러고는 그런 조처에 대해 좀 더 자세한 이야기를 듣고 자신의 좀 더 현명한 계획을 제안하는 데서 묘한 기쁨을 느끼느라 — 그녀의 심드렁한 말투로 보아서는 아무도 자신의 계획을 따르리라고 기대하지 않는 것 같았지만 — 데넘 부인은 잘 차려입은 손님, 하이게이트의 살기 좋은 점에 대해 들려줘야 했던 손님의 존재에 대해서는 까맣게 잊고 있었다. 조운이 자리에 앉자마자 캐서린의 양쪽에서는 토론이 시작되었다. 구세군이 일요일 아침 길거리에서 찬송가를 부를 권리가 있는가, 그럼으로써 제임스의 아침잠을 방해할, 즉 개인의 권리를 침해할 권리가 있는가 하는 것이 주제였다.

"저거 봐요, 제임스는 침대에 파묻혀서 두더지처럼 잠만 자는 게 좋대요." 조니가 캐서린에게 설명했고, 그 말에 제임스는 화가 나서 그녀를 향해 역시 고함치듯 말했다.

"그야 일요일밖에는 실컷 잘 수 있는 날이 없으니까 그렇지요. 조니는 찬방에다가 냄새나는 화학 약품들을 늘어놓고서 —"

그들은 저마다 그녀에게 자신의 옳음을 호소했고, 그녀는 케이크도 잊어버린 채 갑자기 활기를 띠며 이야기하고 토론했다. 그 대가족은 그녀에게 어찌나 따뜻하고 활기차게 보였던지 그녀는 그들의 도자기 취향마저 비판하기를 잊어버렸다. 하지만 제임스와 조니 사이의 개인적인 문제는 이미 여러 번 토론되었던 듯한 논쟁으로 발전했는데, 그 논쟁에서는 각자 저마다의 입장을 나눠 맡고 있었으며 랠프가 주도적인 역할을 했다. 캐서린은 그와 반대 입장에 서서, 항상 이성을 잃고 흥분해버리는 듯한 조니의 주장을 옹호했고, 랠프와의 격렬한 논쟁에 뛰어들었다.

"그래, 그거야, 내 말이 바로 그거라니까. 내 말을 알아주네." 캐서린이 그의 입장을 대변하여 좀 더 구체적으로 말해주자 조니는 의기양양하게 소리쳤다. 이제 토론은 거의 전적으로 캐서린과 랠프의 몫이 되었다. 그들은 마치 레슬러들이 상대방의 다음 동작을 노리듯 상대방의 눈을 뚫어져라 쳐다보았고, 랠프가 말하는 동안 캐서린은 아랫입술을 깨물며 그가 말을 마치자마자 되받을 준비를 했다. 그들은 훌륭한 맞수가 되어 반대되는 입장을 피력하고 있었다.

하지만 논쟁이 절정에 달하자, 다들 의자를 뒤로 물리고는 자리에서 일어나 방에서 나가는 것이었다. 마치 그들을 부르는 벨이 울리기나 한 것 같았다. 캐서린으로서는 영문을 알 수 없었고, 시계에 맞춘 듯한 대가족의 일상을 이해할 수 없었다. 그녀는 하던 말도 맺지 못한 채 자리에서 일어났다. 데넘 부인과 조운은 나란히 벽난로 앞에 서서 스커트를 발목 위로 조금 들어 올린 채 뭔가 아주 심각하고 사적인 것으로 보이는 문제를 토론하고 있었다. 그들은 그녀가 자기들과 함께 있다는 사실조차 잊어버린 듯했다. 랠프는 그녀를 위해 문을 열어주었다.

"내 방에 올라가보겠어요?" 그는 말했다. 캐서린은 조운 쪽을 돌아보았고, 그녀는 뭔가 다른 생각을 하는 듯 미소 지어 보였다. 캐서린은 랠프를 따라 계단을 올라갔다. 거실에서 하던 토론을 여전히 생각하고 있었고, 그래서 계단을 한참이나 올라가 그가 자기 방문을 열자마자 그녀는 대뜸 말했다.

"그러니까 문제는 개인이 국가의 의지에 맞서서 자기 의지를 주장하는 것이 어느 정도까지 옳은가 하는 것이에요."

그들은 잠시 토론을 계속했다. 그러다가 오가는 말 사이의 간격이 점점 더 길어졌고, 좀 더 사색적이고 덜 논쟁적이 되다가, 마침내 둘 다 말이 없어졌다. 캐서린은 마음속으로 지금까지의 토론을 되짚어보면서, 이따금 제임스나 조니가 한 말들이 토론을 제 방향으로 나아가게 했던 것을 상기했다.

"동생들이 아주 똑똑하더군요." 그녀가 말했다. "형제들끼리 토론을 자주 하나 봐요?"

"제임스와 조지는 몇 시간씩 그러기도 하지요." 랠프가 대답했다. "헤스터도, 엘리자베스 시대 극작가들 얘기라면 얼마든지 그럴 테고요."

"머리를 땋은 어린 여동생은요?"

"몰리 말입니까? 그 애는 겨우 열 살이에요. 하지만 자기들끼리는 항상 그러지요."

그는 캐서린이 자기 형제자매를 칭찬하자 무척 흐뭇했다. 그들에 대해 얼마든지 더 이야기하고 싶었지만 자제했다.

"동생들을 두고 떠나기가 어렵다는 걸 알겠어요." 캐서린은 계속 말했다. 그 순간 그는 이전 어느 때보다도 확실히 가족에 대한 깊은 자부심을 느꼈고, 시골집에서 혼자 산다는 것이 어리석게 여겨졌다. 동기간의 정이나 함께 자란 어린 시절이 의미하는 모든 것, 그 모든 안정감과 사심 없는 동지애, 한 가족으로서 살아가는 데 대한 말없는 이해 같은 것들이 되살아나면서, 가족이 하나의 부대요 자신을 우두머리로 하여 어렵고 황량하지만 영광스러운 여행길에 있다는 생각이 들었다. 그 사실을 비로소 깨닫게 해준 것은 캐서린이라고 그는 생각했다.

방구석에서 작게 깍깍대는 소리가 그녀의 주의를 끌었다.

"내가 기르는 까마귀예요." 그는 간단히 설명했다. "고양이한테 한쪽 발을 물렸지요." 그녀는 까마귀를 바라보았고, 방 안의 물건들을 하나하나

둘러보았다.

"여기 앉아서 책을 읽나요?" 그녀의 눈길이 그의 서가에 머물렀다. 그는 자기가 밤에 거기서 일하곤 한다고 말했다.

"하이게이트의 제일 좋은 점은 런던이 다 보인다는 겁니다. 밤이면 창문에서 내다보는 전망이 아주 근사하지요." 그는 그녀가 자기 방의 전망을 칭찬해주기를 간절히 바랐고, 그녀는 창가로 다가가 밖을 내다보았다. 이미 날이 어두워서 넘실대는 안개가 가로등 불빛에 노랗게 물들어 있었다. 그녀는 런던 시내가 어디쯤일지 가늠해보았다. 자신의 창밖을 내다보는 그녀의 모습이 그에게 각별한 만족감을 주었다. 마침내 그녀가 돌아섰을 때에도, 그는 여전히 꼼짝 않고 앉아 있었다.

"시간이 늦었네요." 그녀가 말했다. "가봐야겠어요." 그녀는 집에 가고 싶지 않다고 생각하며 마음을 정하지 못한 듯 의자 팔걸이에 걸터앉았다. 윌리엄이 집에 와 있을 테고, 또 무슨 트집을 잡아서 그녀를 불쾌하게 만들지도 몰랐다. 다투었던 기억이 되살아났다. 그녀는 랠프 역시 냉담한 것을 알아채고 있었다. 그녀는 그를 바라보았고 그의 골똘한 시선을 보자 뭔가 이론이나 주장을 만들어내고 있는가 보다고 생각했다. 어쩌면 개인적 자유의 한계에 대한 자신의 입장에서 뭔가 새로운 점들을 생각해냈을 것이었다. 그녀는 자유에 대해 생각하며 묵묵히 기다렸다.

"당신이 또 이겼습니다." 여전히 꼼짝도 하지 않는 채, 마침내 그는 말했다.

"내가 이겼다고요?" 그녀는 아까의 토론을 떠올리며 되물었다.

"당신을 데리고 오는 게 아니었는데." 그는 불쑥 그렇게 말해버렸다.

"무슨 말이에요?"

"당신이 여기 오니까 모든 게 달라져서 — 행복합니다. 당신이 그냥 창가로 다가가기만 해도 — 자유에 대해 말하기만 해도. 아래층에서 모두와 함께 있는 걸 보았을 때는 —" 그는 말을 잇지 못했다.

"나도 평범한 사람이라고 생각했겠지요."

"그렇게 생각하려 했습니다. 하지만 당신은 이전 어느 때보다도 더 감탄스러웠습니다."

거대한 안도감이, 그리고 그 안도감을 즐기고 싶지 않다는 거부감이, 그녀의 마음속에서 싸웠다.

그녀는 미끄러지듯 의자에 앉았다.

"당신은 나를 싫어하는 줄 알았는데요." 그녀는 말했다.

"그러려고 얼마나 애썼는지 모릅니다." 그는 대답했다. "당신을 있는 그대로, 아무런 낭만적인 환상 없이 보려고 최선을 다했습니다. 그래서 여기 오자고 한 겁니다. 그런데 더 빠져들고 말았습니다. 당신이 가고 나면 나는 저 창밖을 내다보며 당신 생각을 하겠지요. 당신 생각을 하느라 저녁 시간을 다 허비할 겁니다. 평생을 허비할 것만 같습니다."

그의 말투가 얼마나 격렬했던지 그녀의 안도감은 자취를 감추었다. 얼굴을 찌푸리며, 그녀는 거의 엄격한 어조로 말했다.

"이렇게 될 줄 알았어요. 우린 불행밖에는 얻을 게 없어요. 날 좀 보세요, 랠프." 그는 그녀를 바라보았다. "다시 말하지만, 난 겉보기보다 훨씬 더 평범해요. 아름다움이라는 건 정말 아무것도 아니에요. 사실 가장 아름다운 여자들이 대체로 가장 어리석지요. 난 그렇지 않아요. 극히 사실적이고 산문적이고 평범한 사람이에요. 난 저녁식사에 대한 지시를 하고 청구서를 계산하고 장부를 정리하고 시계태엽을 감지요. 책이라고는 펴보지도 않아요."

"당신이 잊고 있는 건 —" 하고 그가 말을 꺼냈지만, 그녀는 그가 말할 기회를 주지 않았다.

"당신은 내가 꽃이며 그림으로 둘러싸여 있는 걸 보고 신비롭고 낭만적이고 뭐 그런 식으로 생각하겠지요. 당신 자신도 경험이 별로 없는 데다 아주 감정적이기 때문에, 집에 와서 나에 대한 이야기를 지어내는 거예요. 그러다가 당신이 상상한 나와 실제의 나를 구별할 수도 없게 되었지요. 당신은 그걸 사랑에 빠진 거라고 할지도 모르지만, 사실 그건 망상에 빠지는 거예요. 낭만적인 사람들은 다 그래요." 그녀는 덧붙였다. "우리 어머니는 자신이 좋아하는 사람들에 대한 이야기를 지어내면서 평생을 보냈답니다. 하지만 난 당신이 나에 대해 그러도록 내버려두지 않겠어요. 내가 그럴 수만 있다면요."

"당신은 그럴 수 없습니다." 그가 말했다.

"경고하지만 그건 모든 불행의 근원이에요."

"행복의 근원이기도 하지요."

"당신은 결국 내가 당신 생각과 다르다는 걸 알게 될 거예요."

"그럴지도 모르지요. 하지만 나로서는 잃는 것보다 얻는 게 많습니다."

"그렇게 얻는 게 무슨 의미가 있다면요."

그들은 잠시 말이 없었다.

"그건 각오해야 할지도 모르겠습니다." 그가 말했다. "그것밖에 없을지도 모르지요. 우리가 상상하는 것밖에는."

"우리가 고독한 이유지요." 그녀가 생각에 잠긴 어조로 말했다. 그러고는 둘 다 한동안 말이 없었다.

"언제 결혼합니까?" 그가 어조를 바꾸어 불쑥 물었다.

"9월 이전은 아닐 거예요. 연기되었어요."

"그러고 나면 더는 고독하지 않겠지요." 그가 말했다. "사람들이 말하길, 결혼이란 아주 묘한 거라더군요. 다른 어떤 일과도 다르다고 합니다. 그 말이 옳을지도 모르지요. 그런 경우를 저도 한두 번 보았습니다." 그는 그녀가 결혼에 대해 좀 더 말해주기를 바랐지만, 그녀는 아무 대꾸가 없었다. 그는 최선을 다해 자제했고, 무심한 듯이 말했지만, 그녀의 침묵은 그를 괴롭혔다. 그녀는 로드니에 대해 자기 쪽에서 먼저 말하는 법이 없었고, 그래서 속내의 상당 부분이 전혀 드러나지 않았다.

"그보다 더 늦어질 수도 있고요." 그녀는 그제야 생각났다는 듯 덧붙였다. "사무실에 누가 아프다나 봐요. 그래서 윌리엄이 그 사람 몫까지 해야 한다더군요. 사실 꽤 오래 연기해야 할지도 몰라요."

"그에게는 퍽 유감스러운 일이겠군요?" 랠프가 물었다.

"그 사람은 일이 있으니까요." 그녀가 대답했다. "관심을 가진 일도 많고요... 저기는 나도 가본 곳인데요." 그녀는 말허리를 자르며 사진을 가리켰다. "그런데 어디였는지 생각이 나지 않아요 — 아, 물론 — 옥스퍼드지요. 그런데 당신 시골집은 어떻게 되었나요?"

"얻지 않기로 했습니다."

"참 변덕스럽네요!" 그녀는 미소 지었다.

"그런 게 아닙니다." 그가 참지 못하고 말했다. "당신을 볼 수 있는 곳에 있고 싶어서입니다."

"내가 그렇게까지 말했는데도 우리 계약은 유효한 건가요?"

"영원히. 적어도 나한테는요."

"당신은 줄곧 꿈꾸고 상상하고 나에 대한 이야기를 만들어내겠군요. 길을 가면서도 말을 타고 숲 속을 가고 있다거나, 어느 섬에 상륙한다거나 하고 공상하면서 —"

"아니요. 나는 당신이 저녁식사를 지시하고 청구서를 계산하고 장부를 정리하고 노부인들에게 유품을 보여주는 걸 생각할 겁니다."

"좀 낫네요." 그녀가 말했다. "내일 아침에는『국가 전기 사전』[193]에서 날짜를 찾는 나를 생각해도 될 거예요."

"그리고 핸드백을 잃어버리는 것도요." 랠프가 덧붙였다.

그 말에 그녀는 미소 지었지만, 다음 순간 그의 말 때문인지 그 말을 한 태도 때문인지 미소가 사라졌다. 그녀는 종종 그렇게 물건들을 잃어버리곤 했다. 그는 그녀의 그런 면을 본 것이었다. 그렇다면 그는 다른 면들도 보지 않았을까? 그녀가 아무에게도 보여준 적이 없는 것들을 보고 있지나 않았을까? 그가 보고 있다는 생각만 해도 충격일 만큼 그렇게 내밀한 무엇은 아니었을까? 미소가 사라진 얼굴로 그녀는 뭔가 말하려다 말고, 말로는 표현할 수 없는 질문이 담긴 눈초리로 잠자코 그를 쳐다보고는 고개를 돌리며 작별 인사를 했다.

193) 레슬리 스티븐이 1891년까지 집필했던『국가 인명 사전 *Dictionary of National Biography*』을 가리킨다.

제28장

마치 한 가닥 음악처럼, 캐서린이 남긴 여파는 랠프가 혼자 앉아 있는 방 안에서 차츰 사라져갔다. 그 음악은 황홀한 선율 가운데 그쳤고, 그는 희미한 여운이나마 붙잡아보려 애썼다. 그래서 잠시나마 그 기억이 그를 달래주었지만 이내 그나마도 사라져버렸고, 그는 그 소리가 돌아와 주기를 바라며 방 안을 서성거리느라 다른 욕망은 느껴지지도 않았다. 그녀는 아무 말도 없이 가버렸고, 돌연 그의 길에는 깊은 균열이 생겨나 그라는 존재의 파도는 그 갈라진 틈으로 곤두박질하듯 되는 대로 바위에 부딪히면서 파괴를 향해 내리달았다. 실제로 몸이 산산조각 나는 것만 같은 고통이었다. 그는 전율했고 백짓장처럼 창백해지는가 하면 힘든 일을 하고 난 것처럼 기진맥진했다. 마침내 그는 그녀의 빈 의자와 마주 놓인 의자에 털썩 주저앉아 시계만 바라보면서 그녀가 자기한테서 점점 더 멀어져가는 것을, 지금쯤 집에 갔겠다, 지금쯤 로드니와 함께 있겠다, 하고 기계적으로 떠올려보았다. 하지만 한참 만에야 깨달은 사실은 그녀가 거기 있어주기를 바라는 마음이 너무나 강렬하여 그의 모든 감각을 거품으로 포말로 몽롱한 감정으로 만들어버린 나머지 사실을 사실로 파악할 수 없게 되었다는 것이었다. 그에게는 거리에 대한 기묘한 감각이 생겨나서, 자신을 둘러싸고 있는 벽이나 창문의 물질적인 형태마저도 요원해 보였다. 자신의 열정이 얼마나 강한가를 깨닫고 나자, 장래의 전망이 암담하게 덮쳐왔다.

결혼은 9월에나 하게 될 거라고 그녀는 말했다. 그러니 이 끔찍하게 극단적인 감정들을 겪어내야 할 시간이 여섯 달이나 허용되는 셈이었다. 여섯 달 동안의 고문이 지나고 나면, 무덤의 침묵이, 광인의 고립이, 저주받은 자의 유배가 될 테고, 어떻게 해도 자신이 바라는 최상의 것은 영원히, 확연히, 박탈당한 삶이 되고 말 것이었다. 공정한 재판관이라면 그에게 그가 회복될 희망은 바로 그 신비적인 기질, 살아 있는 여성을 어떤 인간 존재도 다른 사람의 눈에서 오래 지닐 수 없는 것과 동일시하는 기질에 있다고 말했을 것이었다. 그녀의 모습도 희미해지고 그녀에 대한 욕망도 스러져서, 그녀가 나타내는 것에 대한 그 자신의 믿음만이 그녀와는 별개로 남을 것이었다. 그런 식으로 전개되어가는 생각이 다소나마 위안을 준 듯, 그리고 혼란스러운 감각 너머에 자리 잡은 두뇌를 사로잡은 듯, 그는 막연하게 떠도는 두서없는 감정들을 차근히 정리해보려 애썼다. 그는 자기보존 본능이 강했고, 묘하게도 캐서린 자신이 그의 가족이야말로 그가 심혈을 기울여 돌볼 만한 가치가 있음을 상기시킴으로써 그 본능을 자극했다. 그녀가 옳았다. 그 자신이 아니라 가족을 위해서라도 아무 결실도 맺을 수 없는 이런 열정은 뿌리를 뽑아 그녀가 주장했던 대로 근거 없는 망상임을 확실히 해야만 했다. 그러기 위해 가장 좋은 방법은 그녀를 피해 달아나는 대신 과감히 다가가 그녀의 자질들을 한껏 음미하며 그것들이 그녀의 말대로 자신이 상상했던 바와 같지 않음을 자신의 이성에게 납득시키는 것이었다. 그녀는 실제적인 여자요 변변찮은 시인의 가정적인 아내이며, 지각없는 자연의 변덕으로 낭만적인 아름다움을 지니게 되었을 뿐이었다.

분명 그녀의 아름다움도 면밀한 검토를 견뎌내지는 못할 터였다. 그는 적어도 그 점은 확실히 할 수단이 있었다. 그에게는 그리스 조각상들의 사진집이 있었는데, 그중 한 여신의 얼굴이 하관만 가리면 캐서린과 비슷하여 그녀의 면전에 있는 듯한 황홀감을 주곤 했었다. 그는 서가에서 책을 꺼내 그 사진을 찾아냈다. 거기에 그녀가 동물원에서 만나자며 보내온 편지를 끼워두었으며, 큐에서 그녀에게 식물학을 가르치느라 꺾은 꽃도 있었다. 그런 것이 그의 소중한 유물들이었다. 그는 그것들을 앞에 놓고 어떤 기만도 현혹도 없이 그녀의 모습을 떠올려보았다. 대번에 그녀의 모습이 눈에 선하게 그려졌다. 옷자락에 비스듬한 햇살을 받으며 큐의 녹색 보도를 걸어 그에게로 다가오는 모습이었다. 그는 그녀를 옆자리에 앉혔고, 나직하면서도 단호한 그녀의 음성을 들었다. 그녀는 이런저런 일들에 대해 담담하게 말하고 있었다. 그는 그녀의 결점들을 보고 장점들을 분석할 수 있었다. 심장의 박동이 조금씩 안정되었고, 머리도 차츰 맑아졌다. 이번에는 그녀도 그를 피할 수 없을 것이었다. 그녀가 거기 있는 것만 같은 환상은 점점 더 뚜렷해져서, 그들은 서로의 마음속을 드나들면서 질문하고 대답할 수 있을 것만 같았다. 더없이 충만한 교류가 이루어지는 듯했다. 그렇게 그녀와 하나가 된 그는 한없이 고양되어 혼자서는 결코 알지 못했던 성취감을 만끽했다. 다시금 그는 그녀의 단점들을, 용모나 성격의 흠들을 꼼꼼하게 꼽아보았다. 그는 그런 것들을 환히 알고 있었지만, 그것들은 한데 어울리며 생겨난 흠 없는 연합 가운데 용해되었다. 그들은 인생을 그 극한까지 내려다보았다. 이렇게 높은 곳에서 내려다보는 인생은 얼마나 깊은가! 얼마나 웅대한가! 얼마나 사소한 것들까지도 그를 눈물 나게 감동시키는가! 그렇게 그는 불가피한 제약들을 잊었고, 그녀의 부재를 잊었다. 그녀가 그와 결혼하든 다른 사람과 결혼하든 문제되지 않았다. 중요한 것은 그녀가 존재하고 그가 그녀를 사랑한다는 사실뿐이었다. 그는 그런 생각들은 간간이 소리 내어 중얼거렸고, 그렇게 입 밖으로 나온 말 중에 '나는 그녀를 사랑한다'는 말도 들어 있었다. 그는 이제껏 자신의 감정을 광기, 로맨스, 환각 등으로 불렀을 뿐 '사랑'이라는 말을 써보기는 처음이었다. 하지만 우연찮게 '사랑'이라는 말에 걸려 넘어진 그는 마치 계시라도 되는 양 그 말을 거듭 되뇌었다.

'난 당신과 사랑에 빠졌습니다!' 그는 낭패당한 듯 탄식했다. 창턱에 기대어 그녀가 바라보았듯이 시가지를 바라보았다. 모든 것이 기적적으로 달라졌고 분명해져 있었다. 그의 감정은 그 자체로서 정당했으며 더 이상 설명할 필요가 없었다. 하지만 그는 누군가에게 그것을 털어놓아야 할 것만 같았다. 자신의 발견은 너무나 중요해서 다른 사람들과도 무관하지 않은 것만 같았다. 그는 그리스 사진집을 덮어 자신의 보물들을 감추고는, 아래층으로 달려 내려가 코트를 집어 들고 문밖으로 나섰다.

가로등이 켜져 있었지만, 거리는 충분히 어둡고 텅 비어서 그는 전속력으로 걸으며 소리 내어 말할 수 있었다. 어디로 갈지는 주저할 것도 없었다. 그는 메리 대칫을 찾아가는 중이었다. 자신이 느낀 것을 누군가 이해해줄 만한 사람과 나누고 싶다는 욕망이 너무나 절박하여 두 번 생각할 여유도 없었다. 그는 곧 그녀가 사는 거리에 당도했다. 그녀의 플랏이 있는 층까지 계단을 두 단씩 뛰어 올라가면서, 그녀가 집에 없을지도 모른다는 생각은 해보지도 않았다. 초인종을 누르면서 그는 마치 자신과는 무관한, 그러면서도 그에게 다른 모든 사람을 능가하는 힘과 권위를 주는, 무엇인가 멋진 일이 일어난 것을 알리려는 것 같은 기분이었다. 잠시 후 메리가 문을 열었다. 그는 아무 말도 하지 않았고, 어스름 속에서 그의 얼굴은 백짓장처럼 창백해 보였다. 그는 그녀를 따라 방으로 들어갔다.

"혹시 서로 아는 사이인가요?" 그녀는 말했고, 그는 당연히 그녀가 혼자 있으리라 생각했던 터라 깜짝 놀랐다. 한 청년이 일어나, 랠프와 안면이 있다고 말했다.

"몇 가지 서류를 검토하는 중이었어요." 메리가 말했다. "난 아직 내 일을 잘 모르기 때문에 바스넷 씨의 도움이 필요하거든요." 그녀는 설명했다. "나는 간사예요. 러셀 스퀘어에는 이제 안 나가요."

그런 정보를 주는 그녀의 어조는 너무나 딱딱해서 거의 매몰차게 들렸다.

"당신들 목표는 뭐요?" 랠프가 물었다. 그는 메리도 바스넷 씨도 보고 있지 않았다. 바스넷 씨는 메리의 친구라는 이 남자보다 더 불유쾌하면서도 만만찮은 사람은 처음 보겠다고 생각했다. 조롱기 어린 표정에 얼굴이 새하얀 데넘 씨는 마치 당연한 권리나 되는 것처럼 그들의 안건을 설명해 줄 것을 요구했고, 미처 다 듣기도 전에 비판부터 하려는 것만 같았다. 그래도 그는 자신의 계획을 가능한 한 분명하게 설명했고, 자신이 데넘 씨로부터 좋은 평가를 받기 바란다는 것을 깨달았다.

"잘 알겠습니다." 그가 설명을 마치자 랠프가 말했다. "그런데, 메리" 하고 그는 불쑥 말을 꺼냈다. "난 감기가 오는 것 같은데, 혹시 키니네 있나요?" 그가 자신을 바라보는 눈길에 그녀는 더럭 겁이 났다. 그 말없는 눈길은, 아마 그 자신도 의식하지 못했겠지만, 무엇인가 깊고 사납고 열정적인 것을 담고 있었다. 그녀는 즉시 방에서 나갔다. 그녀는 랠프가 거기 있다는 사실 때문에 심장의 고동이 빨라졌지만, 그것은 고통과 극도의 두려움으로 고동쳤다. 그녀는 잠시 우두커니 서서 옆방의 목소리들에 귀 기울였다.

"물론 나도 찬성합니다." 랠프가 예의 이상한 목소리로 바스넷 씨에게 대답하는 소리가 들려왔다. "하지만 할 수 있는 일이 더 있을 것 같습니다.

혹시 저드슨은 만나봤습니까? 어떻게든 그를 동참시켜야만 합니다."

메리는 키니네를 가지고 돌아왔다.

"저드슨의 주소를 아십니까?" 바스넷 씨가 수첩을 꺼내 적을 준비를 하며 물었다. 그러고는 한 20분 동안 그는 랠프가 불러주는 이름들, 주소들, 제안 사항들을 받아 적었다. 이윽고 랠프가 입을 다물자 바스넷 씨는 자기가 더 이상 있을 곳이 아님을 깨달은 듯 랠프에게 도와주어 고맙다고 치하하고는, 그에 비하면 자신은 아주 어리고 무지하다는 생각을 하며 작별 인사를 했다.

"메리." 바스넷 씨가 문을 닫고 나간 후 둘만이 있게 되자 랠프가 말했다. "메리" 하고 다시 불러놓고는, 전에도 그랬듯이 메리에게 다 털어놓을 수는 없다는 거리낌이 되살아나서 말을 잇지 못했다. 캐서린에 대한 사랑을 선언하려는 욕망은 여전히 강했지만, 막상 메리를 대하자 그녀에게 그런 말까지는 할 수 없다고 느껴졌다. 그린 느낌은 바스넷 씨와 이야기를 나누는 동안 차츰 커졌고, 그러는 동안에도 내내 캐서린을 생각하면서 자신의 사랑이 꿈만 같았다. 메리의 이름을 부르는 그의 음성은 다소 쉰 듯이 들렸다.

"무슨 일이에요, 랠프?" 그녀는 그의 말투에 놀라서 물었다. 그녀는 걱정스럽게 그를 바라보았고, 그를 이해하려 애쓰는 듯 미간이 찌푸려졌다. 그는 그녀가 자기 말뜻을 헤아리려 하는 것이 느껴졌고 그런 그녀에 대해 짜증이 나서 그녀는 항상 그렇게 느리고 고지식하고 투박하다고 생각했다. 자신이 그녀에게 잘못 처신했다는 것도 그의 짜증을 더하게 할 뿐이었다. 그가 대답하기를 기다리지 않고, 그녀는 자리에서 일어나 그가 뭐라고 대답하든 상관없다는 듯이 바스넷 씨가 테이블 위에 두고 간 서류들을 정리하기 시작했다. 뭔가 노랫가락을 흥얼거리며 방을 정리하는 것 말고는 아무 관심도 없다는 듯이 이리저리 방 안을 오갔다.

"저녁 먹고 가겠어요?" 그녀는 자리로 돌아오며 지나가는 말처럼 물었다.

"아니요." 랠프가 대답했다. 그녀는 다시 권하지 않았다. 그들은 아무 말 없이 앉아 있었고, 메리는 손을 뻗어 바구니를 집어 들고는 바느질거리를 찾아 바늘에 실을 꿰었다.

"아주 똑똑한 친구더군요." 랠프는 바스넷 씨에 대해 말했다.

"당신이 그렇게 생각한다니 기뻐요. 아주 재미난 일이고, 여러 가지로 생각해볼 때 아주 잘된 것 같아요. 하지만 나도 당신처럼 생각해요. 좀 더 회유적으로 나가야 한다고 말이에요. 우리는 지나치게 엄격하거든요. 반대자들이 하는 말에도 일리가 있다는 걸 알기는 어렵지요. 호러스 바스넷은 확실히 너무 비타협적이에요. 그가 저드슨에게 편지를 쓰도록 하는 걸 잊지 말아야겠어요. 당신은 우리 위원회에 참석하기에는 너무 바쁘겠지요?" 그녀는 어디까지나 사무적인 태도로 말하고 있었다.

"난 시골에 가 있을 거예요." 랠프 역시 거리를 둔 태도로 대답했다.

"우리 집행부는 매주 모이지만" 하고 그녀는 말했다. "어떤 멤버들은 한 달에 한 번만 참석하기도 해요. 의회의원들의 참석이 제일 저조하지요. 그들을 초대한 건 실수였다고 생각해요."

그녀는 말없이 바느질을 계속했다.

"키니네를 안 먹었네요." 그녀는 고개를 들어 벽난로 선반 위의 정제를 보고는 말했다.

"안 먹어도 될 것 같아요." 랠프는 짤막하게 대꾸했다.

"뭐, 그야 당신이 잘 알겠지요." 그녀는 담담하게 대답했다.

"메리, 나는 짐승이오!" 그는 부르짖었다. "이렇게 찾아와 당신 시간만 축내면서 줄곧 불쾌하게 굴고 있으니."

"감기가 들면 누구나 기분이 좋지 않지요." 그녀는 대답했다.

"난 감기 든 게 아니에요. 그건 핑계였고, 난 아무렇지도 않아요. 내가 정신이 나갔나 봐요. 적어도 당신을 가만히 둘 만한 염치는 있어야 하는데. 하지만 당신을 만나고 싶었고 — 당신한테 말하고 싶었어요 — 난 사랑에 빠졌어요, 메리." 막상 입 밖에 내고 나자, 말의 내용을 빼앗긴 것만 같은 기분이었다.

"사랑에 빠졌어요, 당신이?" 그녀는 차분하게 말했다. "잘됐네요, 랠프."

"아무래도 사랑에 빠진 것 같아. 하여간 제정신이 아니에요. 생각할 수도 없고, 일도 할 수 없고, 도무지 아무것도 눈에 들어오질 않아. 맙소사, 메리! 난 너무 고통스러워요. 한순간은 행복하다가 다음 순간은 비참하기 짝이 없어. 30분쯤 그녀를 증오하다가도, 단 10분만 그녀와 함께 있을 수 있다면 평생이라도 바칠 것만 같으니. 그러면서도 도대체 내가 뭘 느끼는지, 왜 그런 느낌이 드는지도 모르겠다니까. 정신 나간 노릇이면서도 정신이 말짱하고. 당신은 이게 뭔지 이해하겠어요? 내가 정신없이 떠들고 있다는 건 나도 알아요. 귀담아 듣지 말아요, 메리. 당신 하던 일이나 계속해요."

그는 일어나 평소처럼 방 안을 서성이기 시작했다. 그는 자기가 방금 말한 것이 실제로 느끼는 것과 별로 비슷하지 않다는 것을 알고 있었다. 메리가 앞에 있다는 것이 막강한 자석처럼 작용하여 그가 자신에게 말할 때 사용하던 것과는 다른, 그리고 그의 가장 깊은 느낌과도 일치하지 않는 표현들을 끌어냈던 것이다. 그는 자신이 그런 식으로 말한 데 대해 다소 경멸감이 들었지만, 왠지 말하지 않고는 못 배겼다.

"제발 좀 앉아요." 메리가 불쑥 말했다. "당신은 날 완전히 —" 그녀는 평소와는 달리 짜증스런 음성으로 말했고, 그런 기미를 알아차린 랠프는 놀라서 얼른 자리에 앉았다.

"그녀의 이름은 말하지 않았어요 — 말하기 싫은 건가요?"

"그녀의 이름? 캐서린 힐버리."

"하지만 그녀는 약혼했잖아요."

"로드니와 약혼했지요. 9월에 결혼할 테고."

"알겠어요." 메리는 말했다. 하지만 다시 자리에 앉은 그의 차분한 태도는 그녀에게 무엇인가 강력하고 신비롭고 헤아릴 수 없는 것의 면전에 있는 듯한 기분을 느끼게 했다. 그녀로서는 감히 어떤 말이나 어떤 질문으로도 그것을 감히 가로막을 수 없을 것만 같았다. 그녀는 멍한 눈길로 랠프를 바라보았다. 마치 일종의 경외감에라도 사로잡힌 듯, 입술은 약간 벌어지고 눈썹은 치켜올려져 있었다. 그는 분명 그녀의 시선을 의식하지 못하는 듯했다. 이윽고 그녀는 더 이상 바라볼 수 없다는 듯 의자에 깊숙이 기대앉으며 눈을 반쯤 감았다. 두 사람 사이의 거리감이 고통스러웠고, 이런저런 일들이 차례로 떠오르면서 랠프에게 질문을 퍼붓고 싶다는, 다시금 자기한테 다 털어놓게 하고 그와 친밀함을 나누고 싶다는 유혹을 불러일으켰다. 하지만 그녀는 그런 충동들을 억눌렀다. 뭔가 말을 했다가는 두 사람 사이에 간신히 생겨난 자제심을 그르치고 말 것만 같았다. 그렇게 사이를 두고 보니 그는 마치 그녀가 더 이상 잘 알지 못하는 사람처럼, 점잖고 낯설게 느껴졌다.

"내가 뭐 도울 일이 있나요?" 그녀는 마침내 상냥하게, 거의 정중하게 물었다.

"당신이 그녀를 만나주면 — 아니, 내가 원하는 건 그런 게 아니오. 나 때문에 신경 쓰지 말아요, 메리." 그 역시 아주 상냥하게 말했다.

"제3자가 도울 수 있는 문제는 아닌 것 같네요." 그녀가 덧붙였다.

"그래요." 그가 고개를 저었다. "캐서린은 오늘 우리가 얼마나 고독한가 하는 말을 하더군요." 그녀는 그가 캐서린의 이름을 말할 때 얼마나 힘들어하는지 보았고, 과거에 숨겨온 데 대한 보상으로 억지로 자신을 몰아세우는 것이라는 생각이 들었다. 어떻든 그녀는 그에게 전혀 분개하는 마음이 없었다. 오히려 자신이 겪었던 것과 같은 고통을 겪게 된 사람에 대해 깊은 동정심을 느낄 뿐이었다. 하지만 캐서린의 경우는 달랐다. 그녀는 캐서린에 대해 분개했다.

"그래도 일이 있으니까요." 그녀는 다소 공격적으로 말했다.

랠프는 대번에 반응을 보였다.

"지금도 일할 시간인가요?" 그는 물었다.

"아니, 아니에요. 일요일인 걸요." 그녀가 대답했다. "난 캐서린 생각을 했어요. 그녀는 일에 대해 전혀 이해하지 못해요. 그럴 필요가 없었던 거겠지요. 일이 뭔지도 몰라요. 나도 최근에야 알게 되었지만요. 하지만 일이야말로 구원이에요 — 그 점은 확신해요."

"다른 것들도 있지 않습니까?" 그가 주저하며 물었다.

"의지할 만한 건 없어요." 그녀는 대꾸했다. "따지고 보면, 다른 사람들은 —" 그녀는 조금 머뭇거리다 자신을 몰아세우듯 말을 이었다. "만일 내가 매일 사무실에 출근하지 않는다면 지금쯤 뭐가 되었겠어요? 수천 명이 같은 말을 할 거예요 — 수천 명의 여자들이요. 장담하지만, 일이야말로 날 구제해주는 유일한 것이에요, 랠프." 그는 마치 그녀의 말이 자신을 후려치기라도 하는 것처럼 입을 꽉 다물었다. 마치 그녀가 무슨 말을 하든 잠자코 받아들이기로 결심하기나 한 것 같았다. 그는 그러는 것이 마땅했으며, 그렇게 참고 받아들이면 마음이 가벼워질 듯했다. 하지만 그녀는 말을 뚝 끊고는 옆방에 뭔가 가지러 가려는 듯 자리에서 일어났다. 옆방 문 앞에서 그녀는 문득 돌아서서, 담담한 눈길로 그를 마주보았다. 그녀의 침착성에는 어딘가 도전적이고 만만찮은 데가 있었다.

"내게는 모든 게 다 잘됐어요." 그녀는 말했다. "당신에게도 그럴 거예요. 확신해요. 왜냐하면, 캐서린은 그럴 만한 가치가 있으니까요."

"메리 —!" 그는 외쳤다. 하지만 그녀는 고개를 돌린 채였고, 그는 자신이 하고 싶은 말을 할 수가 없었다. "당신은 참 훌륭한 여자요!" 그는 결론짓듯 말했다. 그녀는 그렇게 말하는 그를 똑바로 쳐다보면서 그에게 손을 내밀었다. 그녀는 이미 고통을 겪었고 체념했으며 자신의 장래가 무한한 가능성으로부터 황량함으로 바뀌는 것을 지켜보아야만 했었다. 하지만 그녀는 무엇에 대해서인지는 알 수 없지만, 그리고 어떤 결과가 될지도 예상할 수 없지만, 어떻든 이겼다는 생각이 들었다. 자신을 향한 랠프의 눈길을 느끼고 담담하고 의연하게 미소로 답하면서, 그녀는 처음으로 자신이 이겼다는 것을 깨달았다. 그녀는 그가 자기 손에 입 맞추는 것을 말리지 않았다.

일요일 밤 길거리는 텅 비어 있었다. 딱히 일요일이라서, 일요일 특유의 가정적인 단란함이 사람들을 집 안에 붙들어둔 것이 아니라 해도, 강한 바람 때문에라도 그러지 않을 수 없었을 것이었다. 랠프 데넘은 길거리에서 자신의 감정 상태와 일치하는 소란스러운 기운을 느꼈다. 돌풍들이 스트랜드 거리를 쓸고 지나가면서 동시에 하늘을 가로질러 맑은 창공을 드러낸 듯 별들이 보였고, 은빛 달이 그 주위에서 파도처럼 굽이치는 구름들을 헤치고 빠르게 전진하고 있었다. 구름장들이 달을 에워싸면 달은 또다시 구름을 벗어났고, 다시 구름이 덮쳐도 달은 또다시 불굴의 모습을 드러내곤 했다. 시골 들판에서는 죽은 잎들, 시든 고사리, 빛바랜 마른 풀 등 겨울의 모든 표류물들이 흩어지고 있었다. 하지만 봉오리 하나 상하지 않고,

땅 위로 솟아난 새 줄기도 아무 해를 입지 않을 터이니, 아마도 내일이면 그 녹색 터진 틈으로 노랗거나 파란 꽃잎이 엿보일 것이었다. 그러나 데넘의 기분에 맞는 것은 휘몰아치는 대기뿐이었고, 꽃이나 별이 어떻게 보이는가는 연이어 밀어닥치는 겹겹의 파도 위에 잠시 반짝하는 빛일 따름이었다. 그는 잠시 상호 이해의 놀라운 가능성에 유혹을 받기는 했었지만, 도저히 메리에게 사실대로 말할 수가 없었다. 하지만 무엇인가 대단히 중요한 것을 전달하고자 하는 욕망에 여전히 사로잡혀서, 그는 여전히 그 선물을 다른 인간 존재에게 전할 수 있기를 바랐다. 의식적인 선택이라기보다는 본능을 따라, 그는 로드니의 집으로 가는 길로 접어들었다. 로드니의 집 문을 세차게 두들겼지만, 아무 대답이 없었다. 초인종을 시끄럽게 울려도 보았다. 로드니가 외출 중이라는 사실을 받아들이는 데는 시간이 좀 걸렸다. 낡은 건물의 바람 소리가 누군가 의자에서 일어나는 소리라고 더 이상 착각할 수 없게 되자, 그는 다시 아래층으로 달려 내려왔다. 마치 목표가 바뀐 것을 그제야 알게 되었다는 듯이. 그는 첼시를 향해 걸었다.

그러나 저녁도 먹지 않고서 먼 길을 숨차게 걸어온 터라 신체적인 피로감 때문에 잠시 임뱅크먼트의 벤치에 앉아야만 했다. 그 벤치에 늘상 앉아 있는 사람들 중 하나인 술 취한 사내는 아마 집도 절도 없는 듯 비틀비틀 다가와 성냥을 구걸하더니 그의 곁에 와서 앉았다. 오늘 밤은 바람이 세구려, 그가 말했다. 어려운 시절이라면서, 자신의 불행과 부당하게 받은 대접에 대해 긴 이야기를 늘어놓았는데, 너무 여러 번 한 이야기라 마치 혼잣말을 하듯 중얼거렸다. 아니면, 청중에게 무시를 당한 나머지 굳이 그들의 주의를 끌려는 시도조차 하지 않게 되어버린 듯했다. 그가 말하기 시작하자, 랠프는 그에게 말하고 싶다는, 그에게 질문하고, 그를 이해시키려는 사나운 욕망을 느꼈다. 실제로 그의 이야기를 가로막아보기도 했지만, 소용없는 짓이었다. 실패와 불운과 부당하게 당한 재난에 관한 케케묵은 이야기가 바람을 타고 내려와, 끊어진 음절들이 랠프의 귓가를 스치며 지나갔다. 커졌다 작아졌다 하기를 묘하게 반복하는 그 소리는 마치 지난날의 잘못들에 대한 기억이 되살아났다가 시들해져서 결국 체념의 웅얼거림으로 스러져가는 것과도 같았다. 익숙해진 절망의 마지막 단계를 나타내는 듯한 그 불행한 음성에 랠프는 마음이 아프면서도 화가 났다. 자기가 하는 말에는 아랑곳없이 그 늙은 사내가 계속 중얼거리자, 문득 묘한 이미지가 떠올랐다. 길 잃은 새들이 등대 주위를 빙빙 맴돌면서, 강풍에 방향 감각을 잃고서 창유리에 몸을 부딪치는 광경이었다. 그는 자신이 등대이면서 또한 새인 것만 같은 이상한 느낌이 들었다. 그는 굳건하게 빛나고 있으면서도, 동시에 다른 모든 것과 마찬가지로 방향을 잃고 휩쓸려 창유리에 곤두박질하는 것이었다. 그는 자리에서 일어나 은화 한 푼을 남기고는 맞바람과 싸우듯 걸음을 재촉했다. 등대와 폭풍 속의 새들이 줄곧 그의 머릿속에 남아 더 분명한 생각을 할 수 없는 채, 그는 의회 의사당을 지나 강변의 그로스브너 가를 따라 걸어갔다. 극도로 지쳐 있었으므로, 세세한 부분들은 좀 더 광대한 시야 가운데 녹아들었고, 떠도는 어둠과 이따금 나타나는 가로등과 집집의 불빛만이 눈에 들어올 뿐이었지만, 그래도 캐서린의 집을 향해 걷고 있다는 감각만은 잃지 않았다. 그곳에 가면 뭔가가 일어나리라는 것을 당연히 여기며, 계속 걸어가는 동안 그의 마음은 점점 더 기대와 기쁨으로 충만해졌다. 그녀의 집으로부터 일정한 반경에 있는 길들은 이미 그녀의 영향 아래 있는 듯했다. 그녀가 사는 집의 특별함 때문에 주변 집들마저 제각기 독특한 개성으로 그의 기억 속에 부각되어 있었다. 힐버리 가의 문간까지 몇 야드를 그는 엄청난 환희에 들뜬 채 걸어갔다. 그러나 막상 당도하여 작은 정원의 문을 밀어 연 순간 그는 주춤했다. 그 다음에는 어떻게 해야 할지 알 수 없었다. 하지만 서두를 필요는 없었으니, 집의 외관을 보는 기쁨만으로도 충분히 더 버틸 수 있었다. 그는 길을 건너가서 임뱅크먼트의 난간에 몸을 기댄 채 하염없이 그 집을 바라보았다.

살롱의 기다란 창문 세 개에 불이 밝혀져 있었다. 그 뒤 방 안의 공간이 랠프에게는 어둡고 덧없는 황야 같은 세상의 중심이 되었다. 그 불 켜진 공간만이 그것을 에워싸는 압도적인 혼란을 정당화해주었으며, 그 환한 불빛은 등대의 불빛처럼 황량한 불모지를 탐색하는 듯 침착하게 그 빛을 비추어주었다. 그 작은 성역에는 저마다 다른 사람들 여럿이 모여 있었지만, 각 사람의 개성은 무엇인가 전체적인 영광 속에 용해되어 있었다. 그 무엇인가는 문화라고나 부를 수 있을지도 모르지만, 하여간 모든 무미건조함과 모든 안전함이, 격랑 위에 굳건히 서서 그 나름의 의식을 견지하고 있는 그 모든 것이 힐버리 가의 살롱을 중심으로 모여 있었다. 그 목적은 유익했지만 그의 수준을 너무나 넘어서 있었으므로 어딘가 삼엄한 느낌마저 주었으며, 그 불빛은 밖으로 비쳐 나오면서도 여전히 초연하게 자신을 고수하고 있었다. 그는 캐서린의 모습은 마지막까지 아껴두려 애쓰면서, 그 안의 사람들을 하나하나 떠올려보았다. 그의 생각은 힐버리 부인과 카산드라에게 머물렀다가, 로드니와 힐버리 씨에게로 옮아갔다. 기다란 창문을 가득 채우는 노란 불빛의 은은함에 감싸인 그들의 모습이 실제로 눈에 들어오기도 했다. 그렇게 움직이는 그들은 아름답게 보였고, 그들의 말에는 입 밖에 내지 않고도 이해되는 의미가 담긴 듯했다. 그런 식으로 반쯤은 무의식적인 선별과 배열을 거친 후에, 마침내 그는 캐서린 자신의 모습에 다가가기로 했다. 그러자 대번에 장면 전체에 흥분이 일었다. 그녀의 실제 모습은 보이지 않았지만, 묘하게도 그 순간 그녀는 빛으로 이루어진 형상, 아니 빛 그 자체로 보이는 듯했다. 그는 지칠 대로 지쳐 단순해져서,

자신이 마치 등대의 찬란한 불빛에 끌려 길을 잃고 창유리에 곤두박인 새들 중 한 마리이기나 한 것처럼 느껴졌다.

그런 생각들에 사로잡혀 그는 힐버리 집 문 앞의 보도를 서성거리기 시작했다. 장래에 대한 계획 같은 것은 안중에도 없었다. 알 수 없는 어떤 것이 다가오는 해와 달을 결정해줄 것이었다. 그렇게 불침번을 서면서, 그는 기다란 창문 안의 불빛을 찾아보기도 하고, 작은 정원의 잎사귀나 풀잎을 금빛으로 물들이는 그 밝음에 눈길을 주기도 했다. 오랫동안 그 불빛은 아무 변화 없이 타고 있었다. 그가 왔다 갔다 하던 한 끝에서 막 몸을 돌리려는데, 현관문이 열리면서 집 전체의 모습이 달라졌다. 검은 형체가 작은 오솔길을 따라 걸어오더니 정원 문 앞에서 멈춰 섰다. 데넘은 대번에 그것이 로드니임을 알아보았다. 그는 아무 주저함 없이, 그 불빛 환한 방에서 나오는 누구에게라도 느꼈을 크나큰 우정만을 의식하면서 곧장 그에게로 다가가 앞을 막아섰다. 돌풍이 몰아치는 바람에 물러섰던 로드니는 마치 적선이라도 구하는 줄 알았던지 뭔가 중얼거리며 내처 지나치려 했다.

"아니, 데넘, 여기서 뭐 하는 거요?" 그는 상대를 알아보고는 놀라서 외쳤다.

랠프는 집에 가는 길이라며 우물거렸다. 그들은 나란히 걸었지만, 로드니는 누구와 함께 있고 싶은 기분이 아님을 명백히 하려는 듯 걸음을 빨리했다.

그는 몹시 언짢았다. 그날 오후 카산드라는 그를 거절했던 것이다. 그는 그녀에게 상황의 어려움을 설명하고 그녀에 대한 자신의 감정을 암시하되 결정적인 말이나 그녀의 기분을 상할 만한 말은 하지 않으려고 했었다. 그런데 캐서린의 조롱 때문에 약이 올라서 정신이 나간 덕분에 너무 많은 말을 하고 말았고, 카산드라는 더없는 위엄과 엄격함을 보이며 한마디도 더 듣지 않겠다면서 즉시 자기 집으로 돌아가겠다고 위협했다. 두 여자 사이에서 저녁을 보낸 후 그는 불안이 극에 달해 있었다. 더구나 그로서는 랠프가 이 시간에 힐버리 집 근처를 배회하고 있다는 것은 캐서린과 관련이 있으리라고 생각하지 않을 수 없었다. 아마도 그 둘 사이에는 뭔가 묵계가 있는지도 몰랐다 — 뭐 그렇다 하더라도 상관없는 일이었지만 말이다. 그는 일찍이 카산드라만큼 사랑했던 사람은 아무도 없다고 확신했으며, 캐서린의 장래 같은 것은 안중에도 없었다. 그는 자신이 몹시 피곤하며 택시를 탔으면 한다고 짤막하게 소리 내어 말했다. 하지만 일요일 밤 임뱅크먼트에서는 택시가 눈에 잘 뜨이지 않았고, 그래서 로드니는 좋건 싫건 한동안 더 데넘과 함께 걷지 않을 수 없었다. 데넘은 여전히 말이 없었다. 로드니는 차츰 짜증이 가셨다. 그 침묵이 묘하게도 대변하는 남성적 자질들이야말로 자신이 존중하는 것이며 바로 이 순간 필요로 하는 것이라는 생각이 들었다. 여성과 함께할 때의 속을 알 수 없다는 느낌, 난감하고 불확실한 느낌으로 고전한 다음이라, 같은 남자들끼리 있게 되자 마음이 차분해지고 고상해지는 기분이었다. 솔직하게 이야기할 수 있고 속임수 따위는 소용없을 테니까. 로드니 역시 마음을 털어놓을 상대가 필요했다. 캐서린은 도와주겠다고 약속해놓고서도 결정적인 순간에 그를 저버리고 데넘과 함께 가버렸으니, 아마 데넘도 자기 못지않게 괴롭혔을 터였다. 별말 없이 뚜벅뚜벅 걸어가는 데넘의 모습은 로드니 자신의 고통과 우유부단함에 비하면 얼마나 안정되고 위엄 있어 보이는지! 그는 캐서린과 카산드라, 두 여자에 대한 자신의 관계를 어떻게 이야기해야 데넘의 눈에 우습게 보이지 않을지 궁리하기 시작했다. 그러다 문득 어쩌면 캐서린이 이미 데넘에게 속을 터놓았을지도 모른다는 생각이 들었다. 그 두 사람은 어딘가 통하는 데가 있었으니, 그날 오후 둘이서 자기 얘기를 했을 수도 있었다. 그들이 자기에 대해 무슨 이야기를 했을까 하는 궁금함이 이제 그의 마음을 온통 사로잡았다. 그는 캐서린의 홍소를 떠올렸고, 그녀가 그렇게 웃으며 데넘과 함께 가버렸던 것을 기억했다.

"우리가 간 다음 한참 더 있었나요?" 그가 불쑥 물었다.

"아니. 함께 저희 집에 갔었지요."

그 대답에 그들이 자기 얘기를 했으리라는 로드니의 믿음은 한층 더 굳어졌다. 그는 그 유쾌하지 않은 생각을 잠자코 되새겨보았다.

"여자들이란 참 알 수 없는 존재 아닌가요, 데넘!" 그는 탄식했다.

"글쎄요." 데넘은 여자들뿐 아니라 온 우주에 대한 완전한 인식을 소유하기라도 한 듯이 느끼며 건성 대꾸했다. 그는 로드니의 속도 환히 들여다보였다. 그가 불행하다는 것을 알고 있었고, 동정심을 느꼈고, 도와주고 싶었다.

"무슨 말을 하면 그녀들은 — 대번에 열을 내지요. 아니면 별 이유도 없이 깔깔대거나. 내 생각엔 아무리 교육을 많이 받았어도 —"

강한 바람과 맞싸우며 나아가느라 그 다음은 들리지 않았지만, 데넘은 그가 캐서린이 웃은 일에 대해 말하고 있으며, 여전히 그 기억이 그를 괴롭히고 있다는 것을 알 수 있었다. 로드니에 비하면, 데넘 자신은 극히 안전했다. 로드니는 공중에 수두룩이 날아다니다 창유리에 곤두박인 어리석은 새들 중 한 마리로 보였다. 그에 비하면 자신과 캐서린은 단둘이 하늘 높이서 나란히 찬란한 빛을 내고 있는 듯했다. 그는 자기 옆의 불안정한 존재를 동정했다. 자신의 길을 그토록 곧게 만들어주는 깨달음을 갖지 못한 채 무방비하게 노출되어 있는 그를 보호해주고 싶다는 생각마저 들었다. 그들은 모험가들이 비록 한 사람은 목적지에 도달하고 다른 한 사람은 도중에 죽더라도 서로 이어져 있는 것처럼, 어떻게인가 이어져 있는 것이었다.

“자기가 좋아하는 사람을 비웃을 수는 없는 거 아니오.”

그 말은 딱히 누구에게게 하는 것도 아니었지만, 데넘의 귀까지 들려왔다. 바람이 그 말을 틀어막아 멀리 실어가 버리는 것만 같았다. 로드니가 정말 그렇게 말했던가?

“당신은 그녀를 사랑하는군요.” 몇 야드 앞에서 들리는 것 같은 이 소리가 자신의 목소리던가?

“난 엄청난 고통을 겪었어요, 데넘, 고통 말이오!”

“그래요, 나도 압니다.”

“그녀가 날 비웃었단 말이오.”

“절대로 — 나한테는.”

두 마디 말 사이로 바람이 밀어닥쳐 그 사이의 말들을 실어가 버렸다. 마치 말해진 적이 없는 것만 같았다.

“내가 그녀를 얼마나 사랑했는데!”

그것은 분명 데넘의 곁에 있는 사람이 한 말이었다. 그 목소리는 로드니의 성격을 고스란히 드러내고 있었고, 그의 생김새마저 묘하게 생생하게 떠올려주었다. 지평선 위의 빛깔 없는 건물이며 탑들을 배경으로 떠오르는 그의 모습은 위엄 있고 고상하고 비극적으로 보였다. 밤에 자기 방에서 혼자 캐서린을 생각할 때의 자기 모습이 그랬을 것처럼.

“나도 캐서린과 사랑에 빠졌어요! 그래서 오늘 밤 여기 온 겁니다.”

랠프는 분명하고 신중하게 말했다. 마치 로드니의 고백 때문에 자신도 그렇게 말하지 않을 수 없다는 듯이.

로드니는 뭔가 불분명한 소리를 냈다.

“아, 벌써부터 알고 있었어요.” 그는 소리쳤다. “처음부터 알고 있었지요. 당신이 그녀와 결혼하게 되리라는 걸!"

그 외침에는 절망의 울림이 들어 있었다. 또다시 바람이 그들의 말허리를 잘랐다. 둘 다 더는 말이 없었다. 마침내 그들은 약속이나 한 듯 가로등 밑에서 걸음을 멈추었다.

"맙소사, 데님, 우리 둘 다 얼마나 바보인지!" 로드니는 탄식했다. 그들은 가로등 불빛 아래서 묘한 기분으로 서로 마주보았다. 바보들! 그들은 서로에게 자기 어리석음의 바닥을 드러낸 것이었다. 한동안 가로등 밑에서 그들은 경쟁심조차 없이 이 세상 누구보다도 서로를 가깝게 느끼게 해주는 어떤 공통된 깨달음에 도달한 듯했다. 그 깨달음을 확인하듯, 누가 먼저랄 것도 없이 고개를 가볍게 끄덕여 보인 다음, 그들은 아무 말 없이 헤어졌다.

제29장

그 일요일 밤 열두 시에서 한 시 사이에 캐서린은 침대에 누웠지만 채 잠들지 않은 채 어슴푸레한 상태에 빠져 있었다. 그럴 때면 우리 자신의 운명을 초연하고 유머러스한 태도로 바라볼 수 있고, 설령 심각해야만 할 때라도 곧이어 덮쳐오는 졸음과 망각 덕분에 심각성의 정도가 덜해지는 것이다. 그녀는 랠프와 윌리엄, 카산드라와 자신의 모습을 보았지만, 하나같이 실체가 없었다. 그 형체들은 현실성을 내려놓은 대신 각자에게 공평하게 할당된 일종의 위엄을 띠고 있었다. 그렇듯 어느 한쪽을 편들 때의 불편한 온기나 의무감의 무게를 떨쳐버린 채 막 잠으로 빠져들려는데, 방문을 가볍게 두드리는 소리가 났다. 잠시 후 카산드라가 촛불을 든 채 그녀 곁에 서서 야심한 시각에 걸맞은 나직한 음성으로 말하고 있었다.

"아직 안 자, 캐서린?"

"응, 아직. 웬일이야?"

그녀는 졸음을 떨쳐버리고 일어나 앉으며 카산드라가 대체 뭘 하는 건지 물었다.

"잠이 안 와서, 언니랑 얘기나 할까 하고 — 잠깐이면 돼. 내일은 집에 갈 거니까."

"집에? 아니, 왜? 무슨 일이 있어?"

"오늘 일어난 일 때문에 더는 여기 있을 수 없게 됐어."

카산드라는 격식을 차린, 거의 엄숙한 어조로 말했다. 그녀의 선언은 미리 준비한 것이 분명했고, 극도로 심각한 위기감을 드러내고 있었다. 그녀는 준비해온 듯한 말을 계속했다.

"언니한테 사실대로 다 털어놓기로 했어. 윌리엄이 오늘 보인 행동 때문에 내 입장이 아주 곤란하게 됐거든."

캐서린은 이제 완전히 잠이 깼고 자제력을 되찾은 듯했다.

"동물원에서?" 그녀가 물었다.

"아니, 집에 오는 길에. 차를 마시러 갔을 때."

이야기가 길어지리라는 것을 내다본 듯, 밤공기가 차가웠으므로, 캐서린은 카산드라에게 담요를 두르라고 권했다. 카산드라는 여전히 엄숙한 태도로 그렇게 했다.

"열한 시에 기차가 있어." 그녀는 말했다. "매기 외숙모한테는 급히 가야 할 일이 생겼다고 할 거야… 바이올렛이 찾아온 걸 핑계 대면 돼. 하지만 다시 생각해보니, 언니한테 사실대로 말하지 않고는 갈 수 없을 것만 같아서."

그녀는 캐서린 쪽을 바라보지 않으려 애썼다. 잠시 침묵이 흘렀다.

"하지만 난 왜 네가 가야 하는지 모르겠는걸." 캐서린이 마침내 말했다. 놀랍도록 차분한 목소리여서 카산드라는 그녀를 바라보았다. 화가 나거나 놀란 것 같지는 않았다. 오히려 그렇게 침대에서 무릎을 감싸 안고 앉아 이맛살을 찌푸린 모습은 자신과 무관한 일을 골똘히 생각하는 듯이 보였다.

"하지만 난 어떤 남자도 나한테 그런 식으로 행동하는 건 참을 수 없어." 카산드라는 대답했고, 곧이어 덧붙였다. "특히 그 남자가 다른 사람과 약혼한 것을 뻔히 아는 마당에는."

"하지만 넌 그 사람을 좋아하지 않니?" 캐서린이 물었다.

"그게 중요한 게 아니잖아." 카산드라는 분개하며 외쳤다. "난 그의 행동이, 이런 상황에서는, 아주 불명예스러운 거라고 생각해."

그것이 그녀가 미리 준비해온 연설문의 마지막 문장이었고, 그 말을 하고 나자 그녀는 더 이상 그런 식으로는 할 말이 없어져버리고 말았다. 게다가 캐서린의 다음과 같은 대꾸에

"난 그게 가장 중요한 거라고 생각하는데." 카산드라의 자제심은 달아나버렸다.

"난 언니를 도무지 이해할 수 없어. 어떻게 그럴 수 있지? 여기 온 후로 내내 언니한테 놀라고 있어."

"하지만 무척 즐겁게 지내지 않았니?" 캐서린이 물었다.

"그건 그랬지." 카산드라가 인정했다.

"어찌 됐든 여기서 지내는 동안 나 때문에 기분 상한 건 없었잖아."

"없었지." 카산드라는 또다시 인정했다. 그녀는 완전히 어리둥절해 있었다. 캐서린에게 할 이야기를 준비하는 동안 그녀는 캐서린이 처음에는 깜짝 놀라 못 믿겠다는 반응을 보이고는 카산드라가 되도록 빨리 집에 돌아가야 한다는 데 동의하리라고 생각했었다. 하지만 캐서린은 정반대로 자기가 하는 말을 대번에 받아들이고, 충격을 받지도 놀라지도 않는 듯했으며, 그저 평소보다 좀 더 생각에 잠긴 듯이 보일 뿐이었다. 중대한 임무를 맡은 성숙한 여인으로 나섰던 카산드라는 졸지에 철없는 어린아이의 입장이 되고 말았다.

"내가 바보같이 구는 거라고 생각해?" 그녀는 물었다.

캐서린은 아무 대답도 하지 않고, 묵묵히 생각에 잠겨 있었다. 카산드라는 문득 불안에 사로잡혔다. 어쩌면 자신의 말이 생각보다 훨씬 더 깊은 충격을 주었는지도 몰랐다. 캐서린의 많은 면을 이해할 수 없듯이, 그 충격의 깊이도 그녀로서는 알 수가 없었다. 그녀는 문득 자신이 아주 위험한 장난감들을 가지고 놀았다는 생각이 들었다.

마침내 그녀 쪽을 바라보면서, 캐서린이 천천히 말했다. 마치 묻기 어려운 질문을 발견하기나 한 것 같은 말투였다.

"그런데 넌 윌리엄을 좋아하니?"

그녀는 카산드라의 표정에서 당황하고 동요하는 기색을 놓치지 않았고, 그녀가 눈길을 피하는 것도 보았다.

"그러니까 언니 말은, 내가 그를 사랑하느냐고?" 카산드라는 가쁜 숨을 몰아쉬며, 초조한 듯 손을 만지작거리며 되물었다.

"그래. 그를 사랑하니?" 캐서린이 다시 물었다.

"어떻게 내가 언니랑 약혼한 남자를 사랑할 수 있겠어?" 카산드라는 쏘아붙였다.

"그 역시 너를 사랑하는지도 몰라."

"언니는 그런 말을 할 자격이 없을 텐데, 캐서린!" 카산드라는 소리쳤다. "대체 왜 그렇게 말하는 거야? 윌리엄이 다른 여자들한테 어떻게 해도 상관이 없다는 거야? 만일 내가 약혼한 거라면, 난 도저히 못 참을 거야!"

"우린 약혼한 사이가 아냐." 캐서린이 잠시 침묵한 후 말했다.

"캐서린!" 카산드라가 외쳤다.

"우린 더 이상 약혼한 사이가 아니라고." 캐서린이 다시 말했다. "하지만 우리밖에는 아무도 몰라."

"하지만 어떻게 — 난 이해가 안 가 — 약혼한 사이가 아니라니!" 카산드라는 다시 말했다. "아, 이제야 알겠다! 더 이상 그 사람을 사랑하지 않는 거지! 그래서 그와 결혼하지 않으려는 거지!"

"우린 둘 다 더 이상 서로 사랑하지 않아." 캐서린은 무엇인가를 영원히 처리하는 듯한 말투로 말했다.

"언닌 정말 이상하고 특이해. 다른 사람들과 너무 달라." 카산드라는 말하면서, 온몸과 목소리가 한꺼번에 무너져내리는 듯한 기분이었다. 아무런 분노도 흥분도 남아 있지 않았고, 그저 꿈꾸는 듯한 평온함뿐이었다.

"언닌 그를 사랑하지 않아?"

"하지만 좋아하긴 해." 캐서린이 말했다.

카산드라는 마치 그 고백의 무게에 눌린 듯 잠시 더 고개를 숙인 채였다. 캐서린 역시 아무 말도 하지 않았다. 가능한 한 사람들의 눈길에서 비켜나 숨어 있고 싶은 듯한 태도였다. 그녀는 깊은 한숨을 내쉬고는 생각에 잠긴 듯 일절 말이 없었다.

"지금 몇 시나 됐는지 아니?" 그녀는 마침내 물었고, 다시 잠을 청하려는 듯 베개를 가다듬었다.

카산드라도 순순히 일어났고, 촛불을 다시 집어 들었다. 하얀 잠옷 때문인지 풀어 헤친 머리칼 때문인지, 아니면 멍한 눈길 때문인지, 마치 몽유병자처럼 보였다. 적어도 캐서린은 그런 생각이 들었다.

"그렇다면 내가 꼭 집에 가야 할 이유도 없네?" 카산드라는 말하고는 잠시 머뭇거렸다. "내가 가는 걸 언니가 원하지만 않는다면 말이야. 언닌 내가 어떻게 하면 좋겠어?"

처음으로 두 사람의 눈이 마주쳤다.

"언닌 우리가 사랑에 빠지길 바랐구나!" 카산드라는 캐서린의 눈에서 읽어내기라도 한 듯 외쳤다. 하지만 다음 순간 그녀가 본 것은 그녀를 놀라게 했다. 캐서린의 눈에는 천천히 눈물이 고였고, 가득 고인 채로 있었다 — 깊은 감정과 행복과 슬픔, 체념이 담긴 눈물이었다. 그 감정은 너무나 복잡한 것이어서 말로는 표현할 길이 없었고, 카산드라는 고개를 숙여 그 눈물을 자신의 뺨에 받으며 그것을 자신의 사랑에 대한 축복으로 받아들였다.

"저, 아가씨" 하고 다음날 아침 열한 시경에 하녀가 말했다. "밀베인 부인이 부엌에 와계십니다."

시골에서 꽃과 나뭇가지가 담긴 기다란 버들고리 바구니가 도착하여, 캐서린은 살롱 바닥에 무릎을 꿇은 채 그것들을 정리하고 있었다. 카산드라는 안락의자에 앉아 물끄러미 지켜보면서 이따금씩 돕겠다고 말하지만 번번이 거절당하기만 했다. 하녀의 전갈은 캐서린에게 묘한 빈응을 불러일으켰다.

그녀는 일어나 창가로 갔고, 하녀가 가버리자 단호한, 거의 비극적인 어조로 말했다.

"저게 무슨 말인지 알겠지."

카산드라는 영문을 알 수 없었다.

"셀리아 고모가 부엌에 와 있다고." 캐서린이 다시 말했다.

"부엌에는 왜?" 카산드라가 묻는 것도 무리는 아니었다.

"아마도 뭔가 알아냈기 때문이겠지." 캐서린이 대답했다. 카산드라의 생각은 곧장 자신이 우려하던 문제로 날아갔다.

"우리 일로?" 그녀는 물었다.

"그야 모르지." 캐서린이 대답했다. "어쨌든 부엌에 계시게 할 수는 없어. 이리로 모셔올게."

그 말을 하는 엄격한 어조는 셀리아 고모를 위층으로 모셔온다는 것이 뭔가 규율상의 조처임을 나타내고 있었다.

"제발, 캐서린" 하고 카산드라가 말했다. 의자에서 벌떡 일어나는 태도에는 동요한 듯한 기미가 비쳤다. "흥분하지 마. 지레짐작을 하도록 내버려두면 안 돼. 아직 확실한 것은 전혀 —"

캐서린은 몇 번이나 고개를 힘차게 끄덕거리며 안심시켰지만, 그녀가 방에서 뛰쳐나가는 태도를 보면 그녀의 외교적 수완에 전폭적인 신뢰를 보내기는 어려울 듯했다.

밀베인 부인은 하녀들의 방에 있는 의자 가장자리에 걸터앉아 있었다. 그녀가 하녀들의 지하 방을 고르는 데에 그럴 만한 이유가 있어서이든 아니면 그러는 편이 그녀가 찾아온 의중에 일치하기 때문이든 간에, 밀베인 부인은 뭔가 은밀한 집안일을 의논하려 할 때면 항상 뒷문으로 들어와 하녀들의 방에 자리 잡는 것이었다. 표면상으로 내세우는 이유는 힐버리 씨나 부인을 귀찮게 하지 않겠다는 것이었지만, 실제로는 밀베인 부인은 자기 세대의 노부인들이 대체로 그런 것보다 훨씬 더 친밀감과 고뇌와 비밀이라는 감미로운 감정들에 의존하고 있었고, 그래서 지하실이 더해주는 스릴도 쉽게 포기할 수 없는 무엇이었다. 캐서린이 위층으로 가자고 하자 그녀는 거의 애원하듯 고집을 부렸다.

"난 너한테만 따로 하고 싶은 말이 있어서 그러는 거야." 그녀는 매복 장소의 문간에서 영 내키지 않는 듯 멈칫거리며 말했다.

"살롱도 비어 있어요 —"

"하지만 계단에서 네 어머니와 마주칠지도 모르잖니. 네 아버지한테 방해가 될 수도 있고." 밀베인 부인은 벌써부터 조심하느라 소곤대는 목소리로 반대했다.

하지만 찾아온 용건을 위해서는 캐서린과 이야기하는 것이 꼭 필요했고, 캐서린은 이미 부엌 계단을 앞장서 올라가고 있었으므로, 밀베인 부인도 그 뒤를 따라가는 수밖에 없었다. 그녀는 치맛단을 모아 쥐고 계단을 올라가는 동안 연신 주위를 흘끔거렸고, 열렸든 닫혔든 문 앞을 지날 때마다 발소리를 죽이곤 했다.

"아무도 우리 얘길 엿듣지 않겠지?" 그녀는 살롱이라는 비교적 은밀한 장소에 이르자 속삭였다. "그런데 내가 방해가 된 것 같구나." 그녀는 바닥에 흩어져 있는 꽃들을 둘러보며 덧붙였다. 그리고는 잠시 후 물었다. "방금 누가 너랑 함께 있었니?" 카산드라가 급히 달아나느라 떨어뜨린 손수건을 발견한 것이었다.

"꽃을 물에 담그는 걸 카산드라가 도와주고 있었어요." 캐서린의 단호하고 분명한 어조에 밀베인 부인은 불안한 눈길로 방문을, 그리고 살롱과 작은 유품 전시실 사이의 커튼을 돌아보았다.

"아, 카산드라가 아직 너희 집에 있구나." 그녀는 말했다. "이 예쁜 꽃들은 윌리엄이 보낸 거냐?"

캐서린은 고모의 맞은편에 앉아서 이렇다 저렇다 말이 없었다. 그녀의 눈길은 고모를 지나 커튼의 무늬를 비판적으로 검토하는 것처럼 보였다. 밀베인 부인의 시각에서 볼 때 지하실의 또 다른 유리한 점은 아주 바짝 다가앉을 수밖에 없고 불빛이 침침하다는 것이었다. 지금 세 개의 창문을 통해 캐서린이며 꽃바구니 위로 아낌없이 쏟아지는, 그리고 밀베인 부인 자신의 다소 각진 얼굴마저 금빛 후광으로 감싸주는 햇살에 비하면 말이다.

"스톡던 하우스에서 온 거예요." 캐서린이 고개를 조금 움찔하고는 말했다.

밀베인 부인은 조카딸과의 심리적인 거리를 느끼며, 좀 더 가까이 다가 앉으면 말하기가 쉬울 것 같다고 생각했다. 하지만 캐서린 쪽에서 전혀 다가올 기색이 없었으므로, 밀베인 부인은 조급하고 영웅적인 용기에 사로잡힌 나머지 운도 떼지 않고 불쑥 말해버렸다.

"사람들이 네 얘기를 하더라, 캐서린. 그래서 이렇게 아침 일찍 찾아온 거야. 내가 썩 내키지 않는 얘기를 하더라도 용서해주겠지? 다 너를 위해서이니 말이야."

"뭐 아직은 용서해드릴 게 없는데요, 셀리아 고모." 캐서린이 유쾌한 듯이 대답했다.

"소문이 돌더라고. 윌리엄이 너랑 카산드라를 데리고 온 데를 돌아다닌다고. 그리고 그 애한테만 열중해 있다고 말이야. 마컴 네 무도회에서는 다섯 곡이나 추도록 그 애하고만 앉아 있었다더라. 동물원에서도 단둘이 있는 걸 본 사람이 있다고 하고. 둘이서만 나가서 저녁 일곱 시나 되어서야 돌아왔다더구나. 하지만 그게 다가 아니야. 그의 태도가 문제라는 거야 — 그 애가 여기 온 후로 완전히 딴사람이 되었다더라고."

거의 규탄하는 듯한 목소리로 그 모든 말들을 쏟아낸 밀베인 부인은 이 대목에서 잠시 멈추고는 자기 말이 불러일으킨 효과를 알아내려는 듯 캐서린을 뚫어져라 바라보았다. 캐서린의 얼굴은 약간 굳어지는 듯했다. 입술을 꼭 다물고, 가늘게 뜬 눈으로 여전히 커튼만 바라보고 있었다. 그런 표면적인 변화는 뭔가 흉측하거나 온당치 못한 광경을 보고 난 뒤에 느끼는 것 같은 극도의 내적 역겨움을 감추고 있었다. 온당치 못한 광경이란 처음 국외자의 시선으로 바라본 자신의 행동이었다. 고모의 말은 그녀로 하여금 영혼 없이 살아 있는 몸이란 얼마나 혐오스러운가를 새삼 깨닫게 했다.

"그래서요?" 그녀는 이윽고 말했다.

밀베인 부인은 마치 그녀를 가까이 부르려는 듯한 몸짓을 했지만, 아무런 반응도 없었다

"네가 얼마나 선량한지는 다 알지. 얼마나 이기심이 없고, 다른 사람들을 위해 자신을 희생하는지. 하지만 너는 이타심이 지나친 것 같구나, 캐서린. 넌 카산드라를 행복하게 해주려고 했는데, 그 애는 널 이용했으니 말이야."

"무슨 말씀이신지 모르겠어요, 셀리아 고모." 캐서린이 말했다. "카산드라가 뭘 어쨌게요?"

"카산드라는 도저히 그럴 수 없는 처신을 했더구나." 밀베인 부인이 열을 올리며 말했다. "그 애는 철저히 이기적이야 — 인정미라고는 없어. 내가기 전에 그 애랑 얘기 좀 해야겠다."

"대체 무슨 말씀을 하시는 거예요." 캐서린이 고집스럽게 말했다.

밀베인 부인은 그녀를 바라보았다. 캐서린이 자기 말을 정말로 의심하는 걸까? 밀베인 부인 자신이 이해하지 못하는 뭔가가 있는 걸까? 그녀는 마음을 단단히 무장하고 엄청난 말을 내뱉었다.

"카산드라는 윌리엄의 사랑을 가로챘어."

그런 말도 신기할 만큼 별 효과가 없었다.

"그러니까" 하고 캐서린이 말했다. "윌리엄이 카산드라와 사랑에 빠졌다는 말씀이세요?"

"남자를 사랑에 빠지게 만드는 방법이 있는 거란다, 캐서린."

캐서린은 아무 대꾸도 하지 않았다. 그 침묵에 불안해진 밀베인 부인은 서둘러 입을 열었다.

"널 위해서가 아니라면 나도 이런 말 하지 않았을 거야. 나도 간섭하고

싶지 않거든. 하지만 너한테 고통을 주고 싶지 않아서 그래. 나야 아무짝에도 쓸데없는 노친네지만 말이다. 내 자식이 없고 보니, 네가 행복하기를 바랄 뿐이야, 캐서린."

그녀는 다시금 조카딸을 향해 팔을 벌렸지만, 그 품에는 아무도 안기지 않았다.

"이런 말 카산드라에게는 하지 말아주세요." 캐서린이 불쑥 말했다. "저한테 말씀하셨으니 그걸로 됐어요."

캐서린이 낮고 억제된 목소리로 말했기 때문에 밀베인 부인은 알아듣기 위해 잔뜩 귀를 세워야만 했다. 그러고는 어리둥절해져 버렸다.

"내가 널 화나게 했구나! 그럴 줄 알았다니까!" 그녀는 소리쳤다. 부르르 떨리면서 울음이 나려 했지만, 캐서린을 화나게 했다는 사실 자체가 적잖은 안도감을 주었고, 순교자나 된 듯한 흐뭇한 느낌이 들게 했다.

"그래요." 캐서린은 자리에서 일어나며 말했다. "너무나 화가 나서 한마디도 더 하고 싶지 않아요. 이만 가보시는 게 좋겠어요, 셀리아 고모. 피차 이해가 안 되는 것 같네요."

그 말에 밀베인 부인은 한순간 덜컥 겁이 났다. 그녀는 조카딸의 얼굴을 살폈지만, 동정심이라고는 찾아볼 수 없었고, 그래서 항상 들고 다니는 검정색 벨벳 백 위에 두 손을 거의 기도하는 듯한 자세로 모아 쥐었다. 만일 정말로 기도했다면, 어떤 신에게 기도했는지 모르지만, 신기하게도 위엄을 되찾고는 조카딸에게 맞섰다.

"부부간의 사랑이란" 하고 그녀는 한마디 한마디에 힘을 주며 천천히 말했다. "모든 사랑 가운데 가장 신성한 거란다. 남편과 아내의 사랑은 우리가 아는 가장 거룩한 사랑이야. 그것이 내 어머니께서 자식들에게 가르쳐주신 거고, 자식들이 절대 잊을 수 없는 교훈이지. 난 어머니께서 자기 딸이 말하기를 바랐을 그대로 말하려 했을 뿐이야. 너는 그분의 손녀니까."

캐서린은 그런 변명의 옳고 그름을 가늠해보는 듯하더니, 이윽고 그릇된 것이라는 결론을 내렸다.

"그렇다 하더라도 고모의 행동에는 변명의 여지가 없다고 생각해요." 그녀는 말했다.

그 말에 밀베인 부인은 일어나 잠시 조카딸과 나란히 서 있었다. 일찍이 그런 대접은 받아본 적이 없었고, 이 젊고 아름답고 여성이라는 점 때문에라도 눈물을 흘리며 애원했어야 할 존재가 맞서는 가공할 저항의 벽을 도대체 어떤 무기로 부술 수 있을지 난감하기만 했다. 하지만 밀베인 부인 자신도 고집이 센 터라, 이런 종류의 문제에서 자신이 틀렸다거나 졌다고는 도저히 인정할 수가 없었다. 그녀는 자신이 부부애의 순수함과 지상권을 위해 싸우는 투사라고 생각했고, 조카딸이 내세우는 것이 무엇인지는 확실히 알 수 없었지만 아무래도 심상찮다는 의심이 들었다. 나이 든 여자와 젊은 여자가 그렇게 말없이 나란히 서 있었다. 밀베인 부인은 자신의 원칙이 여전히 관철되지 않은 채, 호기심이 충족되지 않은 채로는 돌아갈 생각이 없었다. 그녀는 캐서린에게 억지로라도 사정을 설명하게 할 만한 질문이 없을지 머릿속을 헤집어보았지만, 워낙 자료가 제한되어 있다보니 고르기가 쉽지 않았다. 그렇게 머뭇거리고 있는데, 문이 열리더니 윌리엄 로드니가 들어왔다. 그는 흰색과 보라색 꽃으로 만든 크고 화려한 꽃다발을 들고 있었고, 밀베인 부인을 보지 못한 것인지 무시하는 것인지 곧장 캐서린에게로 다가가 꽃다발을 내밀며 이렇게 말했다.

"당신을 위한 거요, 캐서린."

캐서린이 꽃다발을 받아들 때의 표정을 밀베인 부인은 놓치지 않았다. 하지만 살아온 경험을 다 동원해도 도대체 이해할 수 없는 표정이었다. 그녀는 좀 더 사태를 파악하려고 신경을 곤두세웠다. 윌리엄은 아무 거리낌 없이 그녀에게 인사하고는, 자기가 쉬는 날이라면서 그런 날은 꽃을 가져와 캐서린과 함께 체이니 워크에서 보내기로 하고 있다고 설명했다. 잠시 대화에 공백이 생겼지만, 그것도 자연스러웠다. 밀베인 부인은 자기가 더 미적거리다가는 이기적이라는 비판을 받게 되겠다는 기분이 들기 시작했다. 젊은 남자가 거기 있는 것만으로도 그녀는 기분이 묘하게 달라져서, 이 장면을 감동적인 용서로 끝내고 싶은 마음이 들었다. 그녀는 조카딸과 사위를 함께 얼싸안을 수만 있다면 상당한 대가를 치를 용의마저 있었지만, 아무래도 평소처럼 그렇게 열렬한 인사를 할 가망이 있다고는 기대하기 어려웠다.

"난 그만 가야겠다." 그녀는 그렇게 말하며 완전히 김빠진 기분이 들었다.

둘 중 아무도 그녀를 만류하지 않았다. 윌리엄은 정중하게 아래층까지 배웅하려고 따라나섰고, 그것을 말리느라 허겁지겁하다 보니 밀베인 부인은 캐서린에게 작별 인사를 하는 것도 잊어버렸다. 그녀는 꽃다발이 어떻다느니 이 살롱은 한겨울에도 아름답다느니 하는 말을 주워섬기며 방에서 나갔다.

윌리엄이 돌아와 보니 캐서린은 여전히 그 자리에 서 있었다.

"용서를 구하러 왔소." 그는 말했다. "다툰 것 때문에 정말이지 괴로웠소. 밤새 한잠도 못 잤다니까. 여전히 내게 화가 나 있는 건 아니겠지요, 캐서린?"

그녀는 고모한테서 받은 인상을 떨쳐버리기 전에는 그에게 대답할 수가 없었다. 밀베인 부인이 뭔가 캐낼 빌미로 삼았다는 이유만으로도 꽃다발이며 카산드라의 손수건 같은 것조차 오염된 것처럼 느껴졌다.

"고모가 우릴 염탐하고 다녔어요." 그녀는 말했다. "우리 뒤를 따라, 온 런던을 다니며 사람들이 하는 말을 엿들은 거예요."

"밀베인 부인이?" 로드니가 놀라서 반문했다. "대체 뭐라고 하던가요?"

그의 노골적인 자신감이 자취를 감추었다.

"아, 당신이 카산드라와 사랑에 빠졌다고들 한대요. 당신이 나를 사랑하지 않는다고."

"우릴 봤다던가요?" 그가 물었다.

"지난 보름 동안 우리가 하고 다닌 모든 걸 봤겠지요."

"이렇게 될 줄 알았다니까!" 그가 탄식했다.

그는 역력히 당황한 기색으로 창가로 다가갔다. 캐서린은 분개한 나머지 그에게는 신경 쓸 여유도 없었다. 그녀는 자신의 분노에 휩쓸려 제정신이 아니었다. 로드니의 꽃다발을 쥔 채, 그녀는 꼼짝도 않고 서 있었다.

로드니가 창가에서 돌아다보았다.

"다 내 잘못이오." 그가 말했다. "내가 잘못한 거요. 내가 정신을 차렸어야 했는데. 한순간 정신이 나가서 당신의 설득에 넘어가고 말았소. 내가 잠시 미쳤던 것을 용서해주기 바라오, 캐서린."

"고모는 카산드라를 몰아세우려고까지 했어요!" 캐서린은 그의 말은 귓등에도 듣지 않은 채 소리쳤다. "그 애한테 따지겠다고 위협했어요. 그럴 수 있는 사람이에요 — 뭐든 할 수 있는 사람이라니까요!"

"밀베인 부인이 눈치가 없다는 건 나도 알아요. 하지만 당신도 지나치게 받아들이고 있어요, 캐서린. 사람들이 우리 얘길 하는 건 사실이고, 고모가 그걸 알려준 건 옳은 일이지. 듣고 보니 내 느낌이 더 확실해지는 것 같소 — 지금 상황이 아주 괴상하다는 말이오."

마침내 캐서린도 그가 말하는 뜻을 일부나마 알아차렸다.

"설마 당신마저 소문에 휘둘리는 건 아니겠지요, 윌리엄?" 그녀는 어이가 없어서 물었다.

"사실이오." 그는 얼굴을 붉히며 말했다. "나한테는 아주 끔찍한 일이오. 사람들이 우리 얘기로 입방아를 찧는 걸 참을 수 없어요. 게다가 당신 사촌 — 카산드라까지 걸려 있으니 —" 그는 난처한 듯 말을 흐렸다.

"오늘 아침 여기 온 건" 하고 그는 목소리를 바꾸며 다시 말문을 열었다. "당신에게 내 어리석음과 못된 성미를, 생각조차 할 수 없는 처신을 잊어달라고 빌기 위해서요, 캐서린. 우리가 이전대로 — 이 미친 짓이 시작되기 전으로 돌아갈 수는 없을지 물어보려고 말이오. 나를 다시 한 번, 이번에는 영원히, 받아주지 않겠소?"

그녀의 아름다움도 한몫을 한 것이 사실이었다. 격정으로 상기된 데다 환한 꽃다발을 들고 있어 한층 돋보이는 아름다움이 로드니에게 작용하여 그녀에게 예전과 같은 로맨스를 부여했던 것이다. 하지만 그의 마음속에는 덜 고상한 감정도 작용하고 있었으니, 그는 질투심에 불타고 있었다. 전날 그의 잠정적인 애정 고백은 카산드라에게 거칠게 그리고 그가 생각하기에는 완전히 거절당했었다. 게다가 데넘의 고백이 마음에 남아 있었다. 게다가 최종적으로, 캐서린의 위력은 밤의 열기로도 쫓아버릴 수 없는 종류의 것이었다.

"어제는 나도 당신 못지않게 잘못했어요." 캐서린이 그의 질문을 무시한 채 상냥하게 말했다. "고백하는데, 윌리엄, 당신과 카산드라가 함께 있는 걸 보니 질투가 나서 자제할 수가 없었어요. 내가 당신을 비웃은 건 나도 알아요."

"당신이 질투했다고!" 윌리엄이 소리쳤다. "분명히 말하는데, 캐서린, 당신은 조금도 질투할 이유가 없소! 카산드라는 날 싫어해요. 내게 무슨 감정이 있다면 그것뿐이야. 우리 관계의 본질을 설명하려 한 것이 어리석었지. 그녀에 대한 내 감정이라고 생각한 것을 말하지 않고는 못 배겼는데, 그녀는 들으려고도 하지 않더군. 그러는 게 당연하지. 가면서 분명 날 비웃었을 거요."

캐서린은 주저했다. 그녀는 혼란스럽고 동요된 데다 신체적으로도 지쳐 있었으며, 고모가 불러일으킨, 아직도 치 떨리는 여운이 가시지 않은 격렬한 혐오감을 처리해야만 했다. 그녀는 의자에 풀썩 주저앉아서 꽃다발을 무릎에 떨구었다.

"그녀한테 홀렸었소." 로드니가 말을 이었다. "그래서 그녀를 사랑한다고 생각했었지. 하지만 다 지나갔소. 끝난 일이오, 캐서린. 그건 꿈이고 망상이었어. 우리 둘 다 잘못했지만, 내가 얼마나 진심으로 당신을 사랑하는지 믿어준다면 우리 사이에 달라지는 건 없소. 부디 날 믿는다고 말해줘요!"

그는 그녀가 동의하는 희미한 기미라도 놓치지 않겠다는 듯 온몸으로 그녀를 굽어보며 서 있었다. 바로 그 순간, 아마 그녀 자신의 감정적 기복 탓이겠지만, 마치 대지에서 안개가 걷히듯이, 그녀에게서는 사랑의 느낌이 완전히 떠나가 버렸다. 그리고 안개가 걷히고 나면 해골처럼 삭막한 세상이 남아 — 그 참담한 광경은 산 자의 눈으로는 바라보기 힘든 것이다. 그는 그녀의 얼굴에서 공포의 표정을 보았고, 그것이 어디서 비롯되는지도 이해하지 못한 채, 그녀의 손을 부여잡았다. 동지 의식과 더불어 욕망이, 피난처를 구하는 어린아이처럼, 그가 제공하는 것을 받아들이고자 하는 욕망이 되살아났다. 그 순간에는 그가 제공하는 것이야말로 살아가는 일을 견디게 해줄 유일한 것처럼 보였다. 그녀는 그의 입술이 자신의 뺨을 누르도록 내버려 두었고, 그의 팔에 머리를 기댔다. 그가 승리한 순간이었다. 그녀가 그의 것이 되어 그의 보호에 의지한 유일한 순간이었다.

"그래, 그래" 하고 그는 중얼거렸다. "당신은 나를 받아들이는 거지, 캐서린. 당신은 날 사랑해."

순간 그녀는 말을 잃었다. 하지만 다음 순간 그는 그녀의 나직한 음성을 들었다.

"나보다 카산드라가 더 당신을 사랑해요."

"카산드라가?" 그는 속삭였다.

"그녀는 당신을 사랑해요." 캐서린은 되풀이했다. 그녀는 고개를 들고, 세 번째로 같은 말을 되풀이했다. "그녀가 당신을 사랑해요."

윌리엄은 천천히 몸을 일으켰다. 그는 캐서린이 하는 말을 본능적으로 믿었지만, 그 의미는 그로서는 이해할 수 없는 것이었다. 카산드라가 그를 사랑하다니? 자기가 그를 사랑한다고 캐서린에게 말했다는 것인가? 결과가 어찌될지는 알 수 없지만 일단 그 진실을 알고 싶다는 욕망이 절박했다. 흥분의 전율에 더하여 카산드라에 대한 생각이 다시금 그를 사로잡았다. 그것은 더 이상 알지 못하는 상태에서 기대할 때의 흥분이 아니라, 가능성 이상의 무엇에 대한 흥분이었다. 이제 그는 그녀를 알고 자기들 사이의 공감이 어느 정도인지 알기 때문이었다. 하지만 누가 확실히 말해줄 수 있을 것인가? 캐서린이? 조금 전까지도 자신의 팔에 기대어 있던, 여자 중에 가장 찬탄해 마지않는 캐서린이? 그는 의구심과 불안이 담긴 눈길로 그녀를 보았지만, 아무 말도 하지 않았다.

"그래요, 맞아요." 그녀는 확신을 구하는 그의 소원을 알아차리고 말했다. "정말이에요. 당신에 대한 그녀의 감정은 내가 알아요."

"그녀가 나를 사랑한다는 거요?"

캐서린은 고개를 끄덕였다.

"아, 하지만 내 감정은 대체 누가 알지? 나 자신부터가 내 감정을 어떻게 확신한다지? 10분 전만 해도 난 당신에게 결혼해달라고 애원했잖소.

그리고 아직도 원하고 있소 — 난 내가 뭘 원하는지도 모르겠소."

그는 주먹을 불끈 쥔 채 돌아섰다. 그러고는 문득 그녀를 마주보며 물었다. "데넘에 대한 당신 감정은 어떤 거요?"

"랠프 데넘이요?" 그녀가 물었다. "그렇군요!" 그녀는 마치 그 순간 곤혹스러워하던 질문에 대한 답을 발견한 듯이 외쳤다. "당신은 날 질투하는 거예요, 윌리엄. 날 사랑하는 게 아니라. 나 역시 당신을 질투하는 거고요. 그러니 우리 둘 모두를 위해서라도 당장 카산드라와 이야기해야 해요."

그는 자신을 수습하려 애썼다. 방 안을 이리저리 거닐다 창가에 서서 바닥에 흩어진 꽃들을 내려다보았다. 그러는 동안 캐서린의 확인을 받으려던 욕망은 점점 더 절박해져서 카산드라에 대한 감정의 압도적인 강도를 더 이상 부인할 수 없게 되었다.

"당신이 옳소!" 그는 우뚝 서서, 가느다란 화병이 놓여 있는 작은 테이블을 세게 내리치며 말했다. "나는 카산드라를 사랑하오."

그가 그 말을 하는 순간, 작은 방의 문간에 걸려 있던 커튼이 젖혀지더니 카산드라 자신이 걸어나왔다.

"나도 다 들었어요!" 그녀는 외쳤다.

한순간 침묵이 뒤따랐다. 로드니가 한 걸음 나서면서 말했다.

"그렇다면 내가 당신에게 묻고 싶은 것도 알겠구려. 대답해주시오 —"

그녀는 양손으로 얼굴을 가리고 고개를 돌리는 것이 두 사람 모두를 피하려는 것만 같았다.

"캐서린이 말한 대로예요." 그녀는 중얼거렸다. "하지만" 하고 그녀는 그녀의 승낙을 반기는 로드니의 키스를 피하려고 두려운 듯 고개를 쳐들면서 덧붙였다. "이 모든 게 너무나 무섭게 복잡해요! 우리 감정 — 그러니까 내 말은 당신과 나와 캐서린의 감정 말이에요. 캐서린, 말해줘. 우리가 옳은 일을 하는 건지."

"옳고말고 — 물론 우리는 옳은 일을 하는 거요." 윌리엄이 대답했다. "만일 당신이 이 모든 얘기를 듣고도 이렇게 황당하게 혼란스럽고 한심한 남자와 결혼해주겠다면 말이오."

"제발 그만둬요, 윌리엄." 캐서린이 끼어들었다. "카산드라는 우리 말을 다 들었고, 우리가 어떤 사람들인지 판단할 수 있어요. 우리가 말해줄 수 있는 이상으로 그녀 자신이 훨씬 더 잘 알아요."

하지만, 여전히 윌리엄의 손을 잡고 있는 카산드라의 마음속에서는 온갖 의문과 욕망들이 끓어올랐다. 엿들은 것이 잘못이었을까? 셀리아 이모는 왜 자기를 비난하는 것일까? 캐서린은 자기를 옳다고 생각할까? 무엇보다도, 윌리엄은 정말로 그녀를 영원히, 다른 누구보다도, 사랑하는 것일까?

"일단 이 사람과 얘기 좀 해야겠어, 캐서린!" 그녀는 외쳤다. "난 이 사람을 언니한테라도 나눠줄 수 없어!"

"나누자고도 안 할 거야." 캐서린이 말했다. 그녀는 두 사람이 앉은 곳에서 조금 떨어져서 그저 손 가는 대로 꽃을 정리하기 시작했다.

"하지만 언니는 나랑 나눴잖아." 카산드라는 말했다. "난 왜 언니랑 나눌 수 없는 걸까? 왜 이렇게 못됐지? 아, 왜 그런지 알겠어." 그녀는 말을 이었다. "우리는, 윌리엄과 나는 서로 이해하거든. 언니랑 윌리엄은 서로 이해한 적이 없지. 두 사람은 너무나 다르니까."

"난 누구보다도 캐서린을 숭배했었소." 윌리엄이 끼어들었다.

"그건 달라요." 카산드라가 그에게 알아듣게 하려고 애썼다. "문제는 서로 이해하는가예요."

"내가 당신을 이해 못했다고, 캐서린? 내가 그렇게 이기적이었소?"

"그래요." 카산드라가 끼어들었다. "당신은 언니한테 공감을 구했지만,

언니는 그런 기질이 아니에요. 당신은 언니가 실제적이기를 바라지만, 언닌 실제적이지도 않고요. 당신은 이기적이고 요구만 많았지요 — 캐서린도 그랬고요 — 하지만 그건 아무의 잘못도 아니에요."

캐서린은 그런 분석을 귀담아 들었다. 카산드라의 말은 오래되고 흐려진 인생이라는 그림을 놀랍도록 새롭게 하여 새 그림처럼 보이게 했다. 그녀는 윌리엄을 향해 말했다.

"사실이에요. 아무의 잘못도 아니에요."

"이이는 앞으로도 언니를 찾을 일이 많을 거야." 카산드라는 여전히 보이지 않는 책을 읽듯이 말했다. "그건 감수할게, 캐서린. 그걸로 다투진 않을 거야. 언니가 너그러웠던 것처럼 나도 너그럽기를 바라. 하지만 난 이이를 사랑하고 있으니까 내가 좀 더 어렵겠지."

다들 말이 없었다. 이윽고 윌리엄이 침묵을 깨뜨렸다.

"두 사람한테 한 가지만 부탁하겠소." 그는 캐서린 쪽을 바라보자 다시금 과민한 태도가 되살아났다. "이 일에 대해 다시는 말하지 맙시다. 캐서린, 당신이 생각하듯이 내가 소심하거나 인습적이라서가 아니오. 자꾸 이야기하다 보면 일을 그르치게 되기 때문이오. 말이 많아지면 공연히 복잡해지고 말아요. 이제 우린 모두 행복하니까 —"

카산드라는 자신에 관한 한 그 결론을 받아들였고, 윌리엄은 절대적인 애정과 신뢰가 담긴 그녀의 눈길에서 말할 수 없는 희열을 느끼며, 걱정스러운 듯 캐서린을 바라보았다.

"아, 나도 행복해요." 그녀가 그를 안심시켰다. "그리고 나도 그렇게 생각해요. 우리 이 일에 대해서는 다시 말하지 말기로 해요."

"오, 캐서린, 캐서린!" 카산드라는 외치며 캐서린을 향해 팔을 벌렸다. 그녀의 볼 위로 눈물이 흘러내렸다.

제30장

집에 있는 세 사람에게 그날은 다른 날들과 너무나 다르게 느껴져서 일상적인 일과, 가령 하녀가 식탁에서 시중들고, 힐버리 부인이 편지를 쓰고, 시계가 종을 치고, 문이 열리고 하는 그 모든 오랜 문명의 징표들이 갑자기 아무 의미도 없는 것처럼 느껴졌다. 그것들은 그저 힐버리 씨와 부인으로 하여금 평소와 다른 아무 일도 일어나지 않았다는 믿음에 나른히 잠겨 있게 해줄 뿐이었다. 부인은 다소 침울한 기분이었지만, 이렇다 할 이유는 없었다. 고작해야 그녀가 좋아하는 엘리자베스 시대의 인물들의 다소 거칠다 못해 상스러운 점들 때문이라면 모를까. 어쨌든 그녀는 『맬피의 공작부인』을 덮으며 한숨짓고는, 위대한 정신을 지닌 젊은 작가, 인생이 아름답다고 믿게 해줄 만한 작가는 없는 것일까 하고 생각했다 — 고 그녀는 저녁식사 때 로드니에게 말했다. 하지만 로드니에게서도 별 도움을 얻지 못하자, 시는 죽었다고 혼자서 몇 번인가 탄식을 읊조리더니, 모차르트의 존재를 기억해내고는 기운을 되찾았다. 부인이 카산드라에게 연주해달라고 강청했기 때문에, 위층으로 올라간[194] 카산드라는 곧장 피아노 뚜껑을 열고는 순수한 아름다움의 분위기를 만들어내려고 최선을 다했다. 처음 몇 소절만 듣고도 캐서린과 로드니는 음악이 주는 홀가분함에 크나큰 안도감을 느꼈다. 음악 덕분에 그들은 격식을 차려 행동하느라 애쓰던 것을 그만두고, 마냥 생각에 빠져들 수 있었던 것이다. 힐버리 부인은 금세 아주 흡족한 기분에 젖어 들었으니, 몽상과 졸음이, 감미로운 우수와 순수한 환희가 반쯤씩 섞인 상태였다. 힐버리 씨만이 음악에 귀를 기울이고 있었다. 그는 대단히 음악적이었고, 카산드라로 하여금 그가 한 음 한 음에 귀 기울이고 있음을 의식하게 만들었다. 그녀는 최선을 다해 연주했고, 그의 인정을 받았다. 그는 의자에서 약간 몸을 앞으로 내민 채 앉아서 작은 녹색 돌[195]을 만지작거리며 그녀가 악구들을 해석해 나가는 것을 음미하다 말고, 갑자기 자기 뒤쪽에서 무슨 소리가 난다며 투덜거렸다. 바람결에 창문의 빗장이 벗겨진 것이었다. 그는 로드니에게 눈짓했고, 로드니는 즉시 문제를 해결하려고 방을 가로질러 갔다. 그는 필요 이상으로 창가에서 미적거리더니, 필요한 일을 마치고 돌아와서는 의자를 캐서린 쪽으로 아까보다 바싹 당겼다. 음악은 계속되고 있었다. 더없이 절묘한 음률을 방패막이 삼아 그는 캐서린 쪽으로 고개를 기울이고는 뭔가를 소곤거렸다. 그녀는 아버지와 어머니 쪽을 바라보고는 잠시 후 로드니와 함께 아무의 눈길도 끌지 않게끔 살며시 방에서 빠져나갔다.

"무슨 일이에요?" 그녀는 문이 닫히자마자 물었다.

로드니는 대답하는 대신 그녀를 끌고 아래층 식당으로 내려갔다. 문을 닫고서도 그는 내내 아무 말도 하지 않은 채 곧장 창문으로 다가가서 커튼을 젖혔다. 그러고는 캐서린을 향해 손짓했다.

194) 즉, 저녁식사 후 2층 살롱으로 올라가서.
195) 앞서 두어 차례 언급되었던, 그의 시곗줄에 달린 작은 녹색 돌.

"저기 또 그가 있소." 그는 말했다. "봐요, 저기 — 가로등 밑에."

캐서린은 보았다. 로드니가 무슨 말을 하는지 알 수 없는 채, 막연한 불안과 신비감이 들었다. 집이 면해 있는 도로의 맞은편 가로등 밑에 한 남자가 서 있었다. 그렇게 바라보노라니 그 남자는 돌아서서 몇 걸음 갔다가 다시 아까 있던 자리로 돌아갔다. 그녀는 그가 자신을 뚫어져라 바라보고 있으며 그를 바라보는 자신의 눈길을 의식하고 있는 듯이 느껴졌다. 그러다 불현듯 자기들 쪽을 바라보고 있는 그 남자가 누구인지 깨닫고는 와락 커튼을 닫아버렸다.

"데넘이오." 로드니가 말했다. "어젯밤에도 저기 있었소." 그는 엄숙한 목소리로 말했다. 그의 태도 전체가 위엄에 넘쳤다. 캐서린은 마치 그가 자신의 잘못을 비난하기나 하는 듯한 느낌이 들었다. 그녀는 창백해졌고, 랠프 데넘의 모습뿐 아니라 로드니의 별스런 행동에도 불쾌해졌다.

"저 사람이 여기 오고 싶다면야 —" 그녀는 도전하듯 말했다.

"그를 저렇게 밖에서 기다리게 해서는 안 되지. 내가 들어오라고 하겠소." 그의 단호한 어조 때문에 그가 팔을 쳐들자 캐서린은 그가 도로 커튼을 열려는 줄로만 알고, 놀라서 작게 외치며 그의 손을 붙들었다.

"잠깐만요!" 그녀가 외쳤다. "그러면 안 돼요."

"더는 이대로 끌면 안 돼요." 그가 대꾸했다. "당신이 지나친 거요." 그의 손은 여전히 커튼에 가 있었다. "왜 인정하지 않는 거요, 캐서린." 그는 분노와 경멸이 담긴 눈길로 그녀를 바라보며 말했다. "당신이 그를 사랑한다는 걸. 그에게도 나한테 한 것처럼 할 셈이오?"

그녀는 당황한 가운데서도 그를 사로잡고 있는 기백에 놀라서 그를 쳐다보았다.

"그 커튼을 여는 건 허락 못해요." 그녀가 말했다.

그는 잠시 생각하더니 손을 치웠다.

"내가 끼어들 권리는 없겠지." 그는 결론지었다. "당신한테 맡기겠소. 아니면, 원한다면, 살롱으로 돌아갈까요."

"아뇨. 난 돌아가지 않겠어요." 그녀는 고개를 저으며 말했다. 그러고는 생각에 잠겨 고개를 숙였다.

"당신은 그를 사랑하고 있어요, 캐서린." 로드니가 불쑥 말했다. 아까와 같은 엄격함은 사라졌고, 아이에게 잘못을 인정하라고 달래는 듯한 어조였다. 그녀는 눈을 들어 그를 뚫어져라 바라보았다.

"내가 그를 사랑한다고요?" 그녀는 되뇌었다. 그가 고개를 끄덕였다. 그녀는 그의 말에 대한 확증을 찾기라도 하듯 그의 얼굴을 샅샅이 들여다보았지만, 그가 여전히 말없이 기대에 차 있는 것을 보고는 다시금 고개를 돌리고 자신의 생각에 몰두했다. 그는 그녀가 자신의 명백한 의무를 완수하도록 결심할 시간을 주려는 듯, 잠자코 지켜보기만 했다. 위층에서 모차르트의 선율이 들려왔다.

"좋아요" 하고 그녀는 체념한 듯 의자에서 일어나며 말했다. 마치 로드니에게 할 일을 하라고 명하는 듯한 투였다. 그는 곧장 커튼을 열어젖혔고, 그녀는 그를 말리려 하지 않았다. 그들의 눈은 대번에 가로등 밑의 그 자리로 쏠렸다.

"사라졌어요!" 그녀는 부르짖었다.

아무도 없었다. 윌리엄은 창문을 올리고 내다보았다. 바람이 방 안으로 불어들면서 멀리 바퀴 소리와 보도 위를 서둘러 지나가는 발자국 소리, 강물 위의 뱃고동 소리를 실어왔다.

"데넘!" 윌리엄이 외쳤다.

"랠프!" 캐서린은 불렀지만, 같은 방 안에 있는 사람에게 말하는 것보다

크지 않은 소리였다. 길 맞은편을 뚫어져라 바라보느라, 그들은 보도와 정원 사이의 철책 곁에 서 있는 형체를 미처 알아보지 못했었다. 하지만 데넘은 길을 건너와 거기 서 있었다. 그들은 바로 가까이서 그가 대답하는 소리에 움찔 놀랐다.

"로드니!"

"아니 거기 있었소! 들어오시오, 데넘." 로드니는 현관으로 나가 문을 열었다. "여기 그가 왔소." 그는 랠프를 데리고 캐서린이 있는 식당으로 들어오면서 말했다. 그녀는 열린 창문에 등을 돌린 채 서 있었다. 순간 그들의 눈이 마주쳤다. 데넘은 강한 불빛에 눈이 부신 듯했지만, 코트를 단단히 여며 입고 바람에 날린 머리칼이 이마 위에 마구 흩어져 있는 모습이 마치 바다 위에 떠 있는 갑판 없는 작은 배에서 구조된 사람처럼 보였다. 윌리엄은 즉시 창문을 닫고 커튼을 쳤다. 그는 상황이 자기 손안에 있으며, 자신이 원하는 바를 익히 알고 있다는 듯 명랑하고 단호하게 행동했다.

"이 소식은 자네한테 처음 알리는 건데, 데넘" 하고 그가 말했다. "캐서린과 나는 결국 결혼하지 않기로 했다오."

"어디다 두면 될까 —" 랠프는 벗어든 모자를 내밀며 두리번거리다, 사이드보드 위의 은제 대접에 조심스레 기대놓았다. 그러고는 타원형 식탁의 상석에 다소 지친 듯 털썩 앉았다. 그의 한쪽에는 로드니가, 다른 한쪽에는 캐서린이 서 있었다. 그는 마치 멤버들 대다수가 결석한 무슨 회의를 주재하는 것처럼 보였다. 그는 아름답게 광택을 낸 마호가니 식탁의 광채를 물끄러미 바라보면서 다음 말을 기다렸다.

"윌리엄은 카산드라와 약혼했어요." 캐서린이 짤막하게 말했다.

그 말에 데넘은 대뜸 로드니를 쳐다보았다. 로드니의 안색이 변했다. 그는 자제심을 잃고 다소 민망한 듯 미소 지었지만, 다음 순간 위층에서 들려오는 선율에 정신이 쏠려서 다른 사람들이 있다는 것조차 잠시 잊어버린 듯했다. 그는 문 쪽을 흘끔 바라보았다.

"축하합니다." 데넘이 말했다.

"그래, 그래. 우리 모두 미쳤지 — 다들 제정신이 아니라오, 데넘." 그는 말했다. "어느 정도 캐서린 탓도 있고 — 어느 정도는 내 탓이고." 그는 자신이 일역을 맡고 있는 그 장면이 정말로 일어나고 있는지 확인이나 하려는 듯 방 안을 묘한 눈길로 둘러보았다. "제정신이 아니야." 그는 되뇌었다. "캐서린조차도 —" 그의 눈길은 마침내 그녀에게 머물렀다. 마치 그녀 역시 그가 전에 알던 그녀와 달라졌다는 듯이. "캐서린이 다 설명할 거요." 그는 데넘에게 고개를 끄떡하며 인사를 건네고는 방에서 나갔다.

캐서린은 자리에 앉아서 양손으로 턱을 괴었다. 로드니가 함께 있을 때는 그 모든 일들이 그의 소관이었고 어딘가 비현실적이었다. 그런데 랠프와 단둘이 있게 되자, 두 사람 모두에게서 제약이 벗어진 것만 같았다. 자기들 둘만이 있는 바닥층 위로 층층이 집이 솟아 있는 듯이 느껴졌다.

"왜 밖에서 그러고 있었어요?" 그녀가 물었다.

"혹시나 당신이 보일까 해서요." 그가 대답했다.

"윌리엄이 아니었다면 밤새도록 기다렸을지도 몰라요. 바람도 부는데. 추웠겠군요. 뭐가 보이던가요? 우리 집 창문밖에는 안 보였을 텐데요."

"그럴 만한 가치가 있었습니다. 당신이 날 부르는 소리를 들었습니다."

"내가 당신을 불렀다고요?" 그녀는 자신이 그를 부른 것을 의식하지 못했었다.

"그 두 사람은 오늘 아침 약혼했어요." 잠시 후 그녀는 말했다.

"기쁜가요?" 그가 물었다.

그녀는 고개를 숙였다. "그래요, 그럼요." 그녀는 한숨지었다. "하지만 당신은 몰라요. 그가 얼마나 좋은 사람인지, 나한테 얼마나 잘해줬는지." 랠프는 수긍하는 소리를 냈다. "어젯밤에도 밖에서 기다렸나요?" 그녀가 물었다.

"예, 나는 기다릴 수 있습니다." 데넘이 대답했다.

그 말에 방 안은 문득 어떤 느낌으로 가득 차는 듯했고, 캐서린은 그 느낌을 먼 바퀴 소리, 보도 위를 서둘러 가는 발걸음 소리, 강에서 들려오는 뱃고동 소리, 어둠과 바람 같은 것들과 연관 지었다. 가로등 밑에 서 있던 사람의 형체가 눈에 선했다.

"어둠 속에서 기다리다니" 그녀는 마치 자신의 눈에 보이는 것이 그에게도 보이기나 하는 것처럼 창문 쪽을 바라보며 말했다. "하지만 달라요 —" 그녀는 불쑥 말했다. "난 당신이 생각하는 사람이 아니에요. 그럴 수 없다는 걸 당신이 이해하기 전에는 —"

그녀는 식탁에 팔꿈치를 괴고 손가락에 낀 루비 반지를 무심히 뺐다 꼈다 하면서, 맞은편 서가의 가죽 장정한 책들을 향해 이맛살을 찌푸렸다. 랠프는 열정적인 눈길로 그녀를 바라보았다. 극도로 창백하고, 자기가 하는 말의 의미에 진지하게 몰두해 있는, 아름다우면서도 자신을 거의 의식하지 않아 그가 있는 것조차도 잊어버린 듯한 그 모습에는 무엇인가 아득하고 추상적인 데가 있어 그는 벅차면서도 가슴 한구석이 써늘해지는 느낌이었다.

"그래요. 당신 말대로입니다." 그는 말했다. "나는 당신을 모릅니다. 안 적이 없습니다."

"하지만 어쩌면 다른 누구보다도 당신이 나를 가장 잘 아는지도 몰라요." 그녀는 생각에 잠겨 말했다.

뭔가 무심한 본능으로 그녀는 자신이 집 안 다른 곳에 있어야 할 책을 바라보고 있음을 깨달았다. 그녀는 서가로 다가가 그 책을 꺼내 가지고 자리로 돌아와 두 사람 사이 식탁 위에 내려놓았다. 랠프가 책을 펼치자 권두화로 실린 풍성한 흰 셔츠 깃을 단 한 남자의 초상이 나타났다.

"나는 당신을 압니다, 캐서린." 그는 책을 덮으며 단언했다. "그저 이따금씩 정신이 나갈 뿐입니다."

"이틀 밤 꼬박을 이따금이라고 하는 건가요."

"지금 이 순간 나는 있는 그대로의 당신을 보고 있다고 맹세할 수 있습니다. 아무도 내가 당신을 아는 것처럼은 안 적이 없을 겁니다… 방금도 만일 내가 당신을 알지 못했다면, 당신은 이 책을 꺼냈겠습니까?[196)]"

"그건 그래요." 그녀가 대답했다. "하지만 당신은 내가 얼마나 분열되어 있는지 모를 거예요 — 당신과 함께 있으면 얼마나 편한지, 또 얼마나 당황스러운지. 비현실적이에요 — 저 어둠도 — 바람 부는 밖에서 기다린다는 것도 - 그래요, 당신은 날 보면서도 날 보고 있지 않고, 나 역시 당신을 보고 있지 않아요… 그러면서도 보고 있어요." 그녀는 빠른 말투로 계속하며 자세를 바꾸고는 다시금 미간을 찌푸렸다. "온갖 것을 다요, 당신만 빼고."

"당신한테 뭐가 보이는지 말해봐요." 그가 다그쳤다.

196) 이 질문의 의미는 분명치 않다. 만일 위에서 "뭔가 무심한 본능으로 *그녀는 자신이* 집 안 다른 곳에 있어야 할 책을 바라보고 있음을 깨달았다(Some detached instinct made *her* aware that she was gazing…)"에서 her가 him의 오식이라면, "뭔가 무심한 본능으로 그는 *그녀가* 집 안 다른 곳에 있어야 할 책을 바라보고 있음을 깨달았다"가 될 테고, 그렇다면 "방금도 만일 내가 당신을 알지 못했다면, 당신은 이 책을 꺼냈겠습니까?(Could you have taken down that book just now if I hadn't known you)"는 "만일 내가 당신을 알지 못했다면, 당신이 이 책을 꺼내리라는 것을 알았겠습니까?(Could I have known that you would take down that book…)" 정도로 고쳐볼 수 있을 것이다.

하지만 그녀는 자신에게 보이는 것을 말로 옮길 수가 없었다. 어둠을 배경으로 떠오르는 것은 단일한 색채와 형태가 아니라 어떤 전체적인 감흥이고 분위기였으며, 굳이 시각화하려 하면 어느 북방의 언덕 옆구리를 쓸고 지나가는 바람이요 옥수수 밭과 호수 위에 잠시 비치는 햇살 같은 것으로 나타날 뿐이었다.

"안 돼요." 그녀는 한숨짓고는, 그런 것을 부분적이나마 말로 옮긴다는 어이없는 생각에 웃고 말았다.

"해봐요, 캐서린." 랠프가 다그쳤다.

"하지만 안 되는 걸요 — 난 말도 안 되는 얘길 하고 있어요 — 그저 혼자 속으로나 생각하는 것 같은." 그녀는 그의 얼굴에서 열망과 낙심의 표정을 보자 당황했다. "영국 북부의 어떤 산을 생각했어요." 그녀는 설명하려 애썼다. "아, 너무 바보 같아요 — 더는 못 하겠어요."

"우리가 거기 함께 있었나요?" 그가 물었다.

"아뇨. 나 혼자였어요." 그녀는 어린아이의 소원을 실망시키는 것만 같았다. 그의 얼굴이 어두워졌다.

"당신은 거기서 언제나 혼자입니까?"

"설명이 안 돼요." 그녀는 자기가 거기서 혼자일 수밖에 없다는 것을 설명할 수 없었다. "그건 실제로 영국 북부에 있는 산이 아니에요. 어디까지나 상상이고 — 혼자 지어내는 얘기지요. 당신도 그런 게 있지 않나요?"

"내 상상 속에는 언제나 당신이 있습니다. 내가 지어내는 건 바로 당신이니까요."

"그렇군요." 그녀는 한숨지었다. "그래서 그렇게 황당한 거예요." 그녀는 거의 사나운 얼굴로 그를 쳐다보았다. "그런 짓은 그만둬야 해요."

"그만두지 않을 겁니다." 그는 거칠게 대꾸했다. "왜냐하면 나는 —" 그는 입을 다물었다. 자신이 메리 대칫에게 털어놓으려 했던, 임뱅크먼트에서 로드니에게나 벤치의 술 취한 부랑자에게 털어놓으려 했던, 더없이 중요한 사실을 알릴 때가 왔다는 것을 깨달았던 것이다. 캐서린에게 어떻게 말하면 좋을까? 그는 흘긋 그녀를 바라보았다. 그녀는 그의 말을 반쯤 건성으로 듣고 있는 듯했다. 그녀의 일부밖에는 그를 향하고 있지 않았다. 그 모습을 보자 그는 낙심한 나머지 벌떡 일어나 그 집에서 나가버리고 싶은 충동을 억누르느라 무진 애를 써야만 했다. 그녀의 손은 식탁 위에 덩그러니 놓여 있었다. 그는 그 손을 잡고 마치 그녀의 존재를, 그리고 자신의 존재를 확인하려는 듯 꽉 쥐었다. "왜냐하면 나는 당신을 사랑하기 때문입니다, 캐서린."

그의 음성에는 그런 고백에 어울리는 풍부함이나 따스함이 결여되어 있었고, 그녀가 고개를 가볍게 흔들었을 뿐인데도 그는 잡았던 손을 놓고는 자신의 무력함이 수치스러운 나머지 외면해버렸다. 그는 그녀 역시 자기가 그녀를 떠나고 싶어 하는 것을 눈치챘다고 생각했다. 그녀는 그의 결심에 균열이, 그의 비전 한복판에 공백이 있는 것을 알아차렸다. 그는 바깥 거리에서 그녀를 생각할 때가 지금 그녀와 한 방에 있을 때보다 더 행복했던 것이 사실이었다. 그는 겸연쩍은 얼굴로 그녀를 바라보았다. 하지만 그녀의 얼굴에는 실망이나 비난의 표정이 없었다. 그녀는 편안한 자세로, 반드러운 식탁 위에서 루비 반지를 이리저리 돌리며 뭔가 조용한 상념에 빠져 있는 듯했다. 데넘은 자신의 낙심도 잊고 그녀가 무슨 생각을 하는지 궁금해졌다.

"내 말을 안 믿나요?" 그는 말했다. 그의 겸허한 어조에 그녀는 미소 지었다.

"내가 당신을 이해하는 한은 믿지요 — 그런데 이 반지는 어떻게 하는 것이 좋을까요?" 그녀는 반지를 들어 보이며 물었다.

"내가 보관해드리지요." 그도 농담 반 진담 반의 말투로 대꾸했다.

"당신이 방금 한 말을 생각하면, 별로 신뢰가 안 가는데요 — 그 말을 취소하지 않는다면요."

"좋습니다. 저는 당신을 사랑하는 게 아닙니다."

"하지만 내 생각에 당신은 정말로 날 사랑하는 것 같은데요… 내가 당신을 사랑하는 만큼이나요." 그녀는 그 마지막 말을 대수롭지 않은 듯 덧붙였다. "최소한" 하고 그녀는 다시 반지를 끼며 말했다. "지금 우리 상태를 달리 표현할 말이 없지 않나요?"

그녀는 도움이라도 청하는 듯, 심각하고 묻는 듯한 표정으로 그를 바라보았다.

"당신과 함께 있으면 의심이 들지만, 혼자 있을 때는 그렇지 않습니다." 그는 말했다.

"그럴 거라고 생각했어요." 그녀가 대꾸했다.

그녀에게 자신의 마음 상태를 설명하기 위해, 랠프는 사진과 편지와 큐에서 꺾어온 꽃으로 했던 실험에 대해 이야기해주었다. 그녀는 아주 진지하게 들었다.

"그러고는 거리를 방황했군요." 그녀는 생각에 잠겨 말했다. "심각하네요. 하지만 내 상태는 훨씬 더 심각해요. 왜냐하면 그건 실제 사실들과 아무 관련이 없기 때문이지요. 그건 순전한 환각이고 망상일 뿐이에요… 순전한 관념과 사랑에 빠질 수 있나요?" 그녀는 물어보았다. "그러니까, 당신이 환상과 사랑에 빠졌다면, 나 역시 그것과 사랑에 빠진 것 같아서 말이에요."

그 결론은 랠프에게 엉뚱하고 아주 불만족스러운 것이었지만, 지난 반

시간 동안 자신의 감정이 겪은 놀랄 만한 다양성에 비추어보면, 그녀가 멋대로 과장한다고만 할 수도 없었다.

"로드니는 자기 마음을 아주 잘 아는 것 같더군요." 그가 씁쓸한 어조로 말했다. 그새 그쳤던 음악이 다시 시작되었고, 모차르트의 멜로디가 위층에 있는 두 사람의 순탄하고 감미로운 사랑을 말해주는 것만 같았다.

"카산드라는 단 한순간도 의심하지 않아요. 하지만 우리는 —" 그녀는 그가 거기 있는 것을 확인이나 하려는 듯 쳐다보며 말했다. "우리는 그저 어쩌다 마주칠 뿐이지요."

"폭풍 속의 불빛들처럼 말입니까 —"

"허리케인 한복판이지요." 그녀는 그렇게 말을 맺었다. 창문이 바람에 진동했다. 그들은 말없이 그 소리에 귀 기울였다.

그때 문이 조심스럽게 열리더니, 힐버리 부인의 얼굴이 나타났다. 처음에는 조심하는 듯 머리만 디밀더니, 자신이 별다른 곳이 아니라 식당에 있다는 것을 확인하고 안으로 들어왔지만, 눈앞의 광경에는 전혀 개의치 않는 듯했다. 평소처럼 무엇인가를 찾으러 왔다가 뜻밖에도 다른 사람들이 나름대로 몰두해 있는 기묘하고 불필요한 예식들을 발견하고 멈칫했을 뿐이었다.

"아, 나 때문에 방해받을 거 없어요, —" 그녀는 평소처럼 이름이 생각나지 않아 우물거렸고, 캐서린은 어머니가 랠프를 알아보지 못한다고 생각했다. "좋은 읽을거리를 찾았기 바라요." 그녀는 식탁 위의 책을 가리키며 덧붙였다. "바이런이군요 — 아, 난 바이런과 알고 지냈던 사람들도 알지요."

당황해서 일어나 있던 캐서린은 어머니에게는 자기 딸이 늦은 밤 낯선 청년과 함께 식당에서 바이런을 읽는다는 것이 극히 자연스럽고 바람직한 일이구나 하는 생각에 미소 지었다. 그녀는 그렇듯 편리한 성격을 다행으로 여기며, 어머니나 어머니의 별난 점들에 대해 다정한 느낌이 들었다. 하지만 랠프는 힐버리 부인이 책을 눈 가까이 가져가기는 했지만 한 글자도 읽지 않는다는 것을 알아차렸다.

"그런데 어머니, 왜 주무시지 않고요?" 캐서린이 놀랄 만큼 순식간에 평소의 권위적이고 상식적인 태도를 되찾으며 물었다. "왜 돌아다니고 계세요?"

"난 바이런 경의 시보다 당신 시가 더 마음에 들 것 같네요." 힐버리 부인은 랠프 데넘에게 말했다.

"데넘 씨는 시를 쓰지 않아요. 아버지 저널에 논문을 썼지요." 캐서린이 어머니의 기억을 고쳐주려는 듯 말했다.

"아, 이런! 정말 따분하겠네요!" 힐버리 부인이 그렇게 말하며 갑자기 웃음을 터뜨리는 바람에, 캐서린은 어리둥절해졌다.

랠프는 그녀가 모호하면서도 꿰뚫어보는 듯한 눈길로 자기를 지켜보고 있음을 깨달았다.

"하지만 분명 당신은 밤에는 시를 읽을 거예요. 난 눈빛만 보고도 안답니다." 힐버리 부인이 말을 계속했다. ("눈은 영혼의 창문이니까요" 하고 그녀는 주석이라도 달 듯이 덧붙였다.) "난 법률 얘긴 잘 몰라요." 그녀는 말을 계속했다. "내 친척 중 여러 사람이 법률가이지만요. 개중에는 아주 잘생긴 사람도 있답니다. 가발을 써도 말이에요. 하지만 난 시에 대해서는 조금 알지요." 그녀는 덧붙였다. "그리고 글로 쓰이지 않은 모든 것을요. 하지만 — 하지만 —" 그녀는 쓰이지 않은 시들의 부요가 그들 주위 사방에 쌓이는 것을 나타내는 듯 손을 저었다. "밤이며 별들, 새벽, 지나가는 돛배들, 저무는 해… 아, 이런!" 그녀는 한숨지었다. "그야 석양도 아주 곱지요. 이따금 나는 시는 쓰기보다 읽는 거라는 생각이 들어요, 데넘 씨."

자기 어머니가 그렇게 말하는 동안, 캐서린은 딴청을 하고 있었고, 랠프는 힐버리 부인이 무엇인가 모호한 말로 짐짓 감추고 있는 무엇인가를 그에게서 확인하려고 그렇게 자기한테만 따로 말하는 것 같다고 느꼈다. 묘하게도 그는 부인이 실제로 하는 말보다도 그 눈빛에서 격려를 얻었다. 나이로 보나 성별로 보나 멀찍이 떨어진 곳에서 그녀는 그에게 손짓하며 축복을 보내는 것만 같았다. 마치 수평선을 넘어가는 배가 같은 여행을 떠나는 배를 향해 깃발을 흔들며 인사를 건네는 것과도 같았다. 그는 아무 말도 하지 않은 채 고개를 숙이며, 그녀가 알아내고자 했던 데 대한 만족스러운 답을 얻었으리라는 묘한 확신이 들었다. 어쨌든 그녀는 법정을 묘사하다가 영국의 법 정의를 규탄하는 데로 넘어가, 법원은 빚을 갚지 못하는 가난한 사람들을 가두고 있다고 비판했다. "도대체 어느 세월에나 이 모든 것에서 벗어나게 될까요?" 그녀는 물었고, 그쯤에서 캐서린은 이제 어머니도 주무셔야 할 시간이라고 상냥하게 귀띔했다. 계단을 반쯤 올라가다 말고, 캐서린은 뒤를 돌아보았다. 데넘의 눈길이 지켜보고 있는 것만 같았다. 길 건너편에서 창문을 바라보며 서 있을 때 그랬으리라 짐작되는 한결같고 열띤 눈길이었다.

제31장

다음날 아침 캐서린이 받은 찻쟁반에는 찻잔과 함께 어머니의 쪽지가 담겨 있었다. 그날 일찍 스트랫퍼드-온-에이번에 가는 기차를 탈 예정이라는 전갈이었다.

"거기 가는 제일 좋은 경로를 좀 알려다오." 쪽지에는 이어 그렇게 쓰여 있었다. "그리고 존 버뎃 경에게 전보를 보내서 인사말과 함께 내가 간다고 전해주길. 난 밤새도록 너와 셰익스피어에 대한 꿈을 꾸었단다."

그것은 일시적인 충동이 아니었다. 힐버리 부인은 지난 여섯 달 동안 줄곧 셰익스피어를 꿈꾸었고, 자신이 문명 세계의 중심이라 여기는 곳에 다녀오리라는 생각을 품어왔다. 발밑 6피트에 셰익스피어의 유해가 묻혀 있는 곳에 서서 그의 발길에 닳았을 돌들을 보며, 최고령 노인의 최고령 모친은 어쩌면 셰익스피어의 딸과 안면이 있었을지도 모른다고 생각하는 것 — 그런 장면을 그려보기만 해도 그녀의 마음속에는 감동이 일었고, 그래서 그녀는 전혀 어울리지 않는 순간에도, 성지 순례에나 걸맞을 열정으로 그런 감정을 표현하곤 했다. 단 한 가지 이상한 것은 그녀가 혼자서 그곳에 가려 한다는 점이었다. 하지만 당연히 그녀에게는 셰익스피어의 무덤

인근에 사는, 언제든 그녀를 반길 친구들이 많았으므로, 그녀는 기세 좋게 기차를 타려고 집을 나섰다. 길거리에는 제비꽃을 파는 남자가 하나 있었다. 화창한 날씨였다. 처음 눈에 띄는 수선화를 힐버리 씨에게 보내기로 한 것을 기억해야 할 것이었다. 그래서 캐서린에게 그 말을 해주려고 서둘러 집 안으로 돌아오면서, 자신이 언제나 느꼈던 것, 즉 자기 유해가 편히 쉬도록 건드리지 말아달라는 셰익스피어의 명령[197]은 호기심 많은 장사꾼들에게나 해당되는 것이지 친애하는 존 경이나 자신에게 해당되는 것이 아니라는 느낌을 새삼 확인했다.[198] 딸에게 앤 해서웨이의 소넷들에 관한 이론 및 그 이론이 상정하는 바 매장된 원고들을 생각해보라는 임무를 맡기면서 문명의 핵심에 대한 안전 위협을 시사하고는, 재빨리 택시의 문을 닫고 순례길의 첫 단계로 바삐 돌아갔다.

부인이 없는 집은 이상하게 분위기가 달랐다. 캐서린은 하녀들이 벌써부터 부인의 방을 차지한 것을 보았다. 부인이 없는 동안 대청소를 하려는 것이었다. 캐서린에게는 그녀들이 총채를 휘두르기 시작하는 순간 60년 남짓한 세월이 쓸려 나갈 것처럼 보였다. 양치기 소녀의 도자기 인형은 이미 뜨거운 물에 목욕하여 반짝이고 있었다. 글 쓰는 책상은 아주 질서정연한 습관을 지닌 학자의 것이라 해도 좋을 정도였다.

자신이 작업하던 서류들을 주워 모은 캐서린은 그것들을 자기 방으로

197) 셰익스피어의 묘비에 적힌 다음과 같은 말을 가리킨다. “Good frend for Jesus sake forbeare/ To digg the dust encloased heare;/ Blessed be ye man yt spares the stones/ And curst be he yt moves any bones.”

198) 셰익스피어의 유해를 건드리지 말라는 명령이 자신처럼 순수한 탐구자에게는 해당되지 않는다는 힐버리 부인이 “문명의 핵심(즉, 셰익스피어의 무덤)에 대한 안전 위협” 운운 하는 것은 무덤을 파헤쳐 앤 해서웨이의 매장된 원고를 찾아내겠다는 말로 들린다.(Julia Briggs, *Reading Virginia Woolf*, pp. 13–14)

가져다가 아침나절 동안 자세히 들여다볼 작정이었다. 하지만 계단에서 카산드라를 만났고, 그녀가 따라오는 바람에, 그런 의도는 채 방문에 이르기도 전에 흩어져버리고 말았다. 카산드라는 난간에 몸을 기댄 채, 복도 바닥에 깔려 있는 페르시아 양탄자를 내려다보았다.

"오늘 아침은 모든 게 달라 보이지 않아?" 그녀가 물었다. "정말로 아침 내내 그 케케묵은 편지들을 들여다볼 셈이야? 만일 그렇다면 —"

극히 건전한 수집가들이라도 돌아보게 했음직한 오래된 편지들이 탁자 위에 놓였고, 잠시 후 카산드라는 갑자기 진지한 얼굴로 캐서린에게 매콜리 경의 『영국사』[199]가 어디 있느냐고 물었다. 그것은 힐버리 씨의 서재에 있었다. 사촌들은 함께 그 책을 찾으러 내려갔다. 그러다가 문이 열려 있는 살롱으로 들어가게 되었다. 리처드 앨러다이스의 초상화가 그녀들의 눈길을 끌었다.

"어떤 분이었을까?" 그것은 캐서린이 최근 들어 종종 떠올려보는 의문이었다.

"그야 뭐 다 똑같은 사기꾼이었겠지 — 헨리 식으로 말하자면 말이야." 카산드라가 대꾸했다. 그러고는 "그야 물론 헨리가 하는 말을 다 믿는 건 아니지만" 하고 조금 방어적으로 덧붙였다.

그녀들은 함께 힐버리 씨의 서재로 내려가서, 그의 책들을 둘러보기 시작했다. 하지만 그런 식으로 두서없이 찾으니 15분이 지나도 찾고 있는 책은 눈에 들어오지 않았다.

"꼭 매콜리의 『영국사』를 읽어야 하니, 카산드라?" 캐서린이 기지개를 켜며 물었다.

199) Thomas Babington Macaulay, *History of England*, 1848.

"그래야 해." 카산드라가 짤막하게 대답했다.

"그렇다면 너 혼자 찾아봐야겠다."

"안 돼, 캐서린. 제발 좀 도와 줘. 알잖아 — 저 — 윌리엄한테 매일 조금씩 읽겠다고 말했단 말이야. 그가 오면 이미 시작했다고 말하고 싶어서 그래."

"윌리엄이 언제 오는데?" 캐서린은 다시 서가 쪽으로 돌아서며 물었다.

"티타임에. 괜찮아?"

"나는 나가 있는 게 좋겠다는 뜻이구나."

"무슨 말을 그렇게 해... 왜 언니도 —?"

"내가 뭐?"

"왜 언니도 행복해지면 안 돼?"

"난 충분히 행복해." 캐서린이 대답했다.

"내 말은, 나처럼 말이야, 캐서린." 그녀는 충동적으로 말했다. "우리 같은 날 결혼하자."

"같은 사람이랑?"

"아니, 그럴 리가. 하지만 다른 사람이랑 결혼하면 안 돼?"

"자, 여기 네 매콜리 책 있다." 캐서린은 책을 손에 들고 돌아섰다. "티타임까지 교양을 쌓으려면 당장 읽기 시작하는 게 좋겠구나."

"매콜리 경은 집어치워!" 카산드라는 책을 탁자 위에 탕 소리 나게 내려놓으며 말했다. "그냥 얘기나 하는 게 어때?"

"벌써 충분히 얘기했잖아." 캐서린이 피하듯 대꾸했다.

"어차피 매콜리에는 집중이 안 될 거야." 카산드라는 읽으라는 책의 지루해 보이는 빨간 표지를 침울하게 내려다보며 말했다. 하지만 윌리엄이 그토록 찬탄하는 책이고 보니 부적과 같은 힘이 깃들어 있는 것만 같았다.

그는 매일 아침 조금씩 진지한 독서를 하라고 권했던 것이다.

"언니는 매콜리를 읽은 적이 있어?" 그녀는 물었다.

"아니. 윌리엄은 날 교육시키려 한 적이 없어." 그렇게 말하며, 캐서린은 문득 카산드라의 얼굴에서 빛이 사그라드는 것을 보았다. 마치 자기가 두 사람 사이의 좀 더 신비로운 어떤 관계를 암시하기나 한 것 같았다. 그녀는 양심의 가책을 느꼈다. 자기가 카산드라의 삶에 영향을 미친 것처럼 다른 사람의 삶에 영향을 미쳤다니 그 경솔함이 놀랍기만 했다.

"우린 진지한 사이가 아니었어." 그녀는 얼른 덧붙였다.

"하지만 난 무섭게 진지해." 카산드라는 조금 떨리는 어조로 말했고, 표정만 보아도 진실을 말하고 있음을 알 수 있었다. 그녀는 돌아서서 전에 본 적 없는 표정으로 캐서린을 마주보았다. 두려움이 담긴 눈길이 캐서린을 스치고 지나가 켕기는 듯 떨구어졌다. 오, 캐서린은 미모와 지성과 성품, 그 모든 것을 갖고 있었다. 그녀로서는 캐서린과 경쟁할 수 없었고, 캐서린이 자기를 들여다보고 지배하고 휘두르는 한 결코 안전할 수 없었다. 그녀는 캐서린이 냉정하고 남의 감정에 무심하며 제멋대로라고 생각했지만, 묘하게도, 겉으로 드러낸 행동은 그저 손을 뻗어 역사책을 집어든 것뿐이었다. 그 순간 전화벨이 울렸고, 캐서린은 전화를 받으러 갔다. 카산드라는 지켜보는 눈길에서 벗어나자 책을 떨구고는 주먹을 꼭 쥐었다. 그 몇 분 동안 그녀는 지금까지 살아오는 동안 맛보았던 것 이상의 타는 듯한 괴로움을 맛보았다. 자기가 느낄 수 있는 한계를 넘어선 것이었다. 하지만 캐서린이 다시 나타났을 때, 그녀는 평온했고, 그녀의 표정에는 전에 없던 품위가 나타나 있었다.

"그 사람이었어?" 그녀는 물었다.

"랠프 데넘이었어." 캐서린이 대답했다.

"나도 랠프 데넘을 말한 거야."

"왜 랠프 데넘을 생각했지? 윌리엄이 너한테 랠프 데넘에 대해 무슨 말을 했어?" 캐서린이 침착하고 무정하며 무심하다는 비난은 지금처럼 동요한 얼굴 앞에서는 더 이상 통하지 않았다. 그녀는 카산드라가 미처 대답할 틈도 주지 않았다. "그런데 너랑 윌리엄은 언제 결혼할 예정이야?" 그녀는 물었다.

카산드라는 잠시 대답하지 않았다. 그것은 실로 대답하기 어려운 질문이었다. 전날 밤 대화 중에 윌리엄은 카산드라에게 자기 생각에는 캐서린이 식당에서 랠프 데넘과 결혼 얘기를 하고 있을 거라고 했었다. 그래서 카산드라는 자기 인생의 장밋빛 전망 가운데서 그 문제는 이미 결론이 난 것으로 여기고 있었던 것이다. 그런데 그날 아침 윌리엄으로부터 온 편지는 열렬한 애정을 표시하면서도 자신들의 약혼은 캐서린의 약혼과 함께 발표하는 편이 좋겠다고 넌지시 암시하고 있었다. 카산드라는 그 편지를 꺼내 소리내어 읽었다. 여기저기 생략하고 또 머뭇거리면서.

"... 정말 미안한 말이지만 — 흠 — 내 생각에는 우리가 당연히 물의를 일으킬 것만 같소. 하지만 조만간 일어나리라 믿어도 좋을 만한 그 일이 일어난다면 — 그리고 지금과 같은 상황이 당신에게 해가 되지만 않는다면 — 다소 기다리는 편이 우리에게 훨씬 득이 되리라 생각하오. 섣불리 우리 입장을 해명하려다가는 바람직하지 않은 주목을 받게 될 듯하오 —"

"윌리엄답네." 캐서린은 그 말들의 의미를 재빨리 알아차리고는 감탄했다. 하지만 그렇게 금방 알아듣는 것 자체가 카산드라의 심기를 불편하게 했다.

"나도 그 사람 기분을 알 것 같아." 카산드라가 대답했다. "나도 대체로 같은 생각이야. 만일 언니가 데넘 씨랑 결혼할 생각이라면, 윌리엄 말대로 우리는 좀 기다리는 편이 좋을 것 같아."

"하지만 만일 내가 앞으로 몇 달 내에 그 사람과 결혼하지 않는다면 — 아니 아예 그 사람과 결혼할 생각이 없다면 어떻게 할 건데?"

카산드라는 할 말이 없었다. 그런 전망은 생각할 수도 없었다. 랠프 데넘과 통화를 하고 온 캐서린은 묘한 표정이었다. 필시 그와 약혼을 했거나 곧 하게 될 것이 분명했다. 하지만 카산드라가 전화로 오가는 대화를 엿들을 수 있었더라면, 일이 그런 방향으로 가고 있다고 그렇게 확신할 수는 없었을 것이다. 통화는 이런 식이었다.

"랠프 데넘입니다. 지금은 말짱한 제정신입니다."

"집 밖에서 얼마나 기다렸나요?"

"집에 가서 당신에게 편지를 쓰고는 찢어버렸습니다."

"나라도 전부 찢어버렸을 거예요."

"가겠습니다."

"그래요. 오늘 오세요."

"당신에게 설명해야 합니다 —"

"그래요, 서로 설명할 필요가 있어요 —"

긴 침묵이 이어졌다. 랠프는 뭔가 말하려다 말고 "아무것도 아닙니다"라고 했다. 그러고는 거의 동시에 불쑥 작별 인사를 했다. 하지만, 설령 전화가 백리향의 향기와 소금 냄새로 가득한 어떤 그윽한 분위기에 연결되어 있었다 해도 캐서린은 그보다 더 날카로운 희열을 느끼지는 않았을 것이다. 그녀는 그 날아갈 듯한 기분을 안고 아래층으로 내려갔다. 그러고는 윌리엄과 카산드라가 이미 자신을 방금 전화로 들은 그 더듬거리는 목소리의 주인공과 짝지어놓고 있다는 사실을 발견하고 놀라지 않을 수 없었다. 그녀의 성정은 전혀 다른 방향, 다른 성질의 것인 듯했다. 그녀는 카산드라를 보기만 해도 약혼과 결혼으로 귀결되는 사랑이라는 것이 어떤 의미인지 알 수 있었다. 그녀는 잠시 생각한 다음 이렇게 말했다.

"만일 사람들에게 직접 발표하고 싶지 않다면, 내가 해줄게. 난 윌리엄이 이런 문제에 대해 어떻게 느끼는지 알거든. 그로서는 나서기가 아주 힘들 수도 있어."

"그 사람은 다른 사람들의 감정에 끔찍하게 민감하거든." 카산드라가 말했다. "매기 외숙모나 트레버 외삼촌의 기분을 상할지도 모른다고 생각만 해도 그 사람은 몇 주씩 앓아누울 거야."

자신이 윌리엄의 인습적인 면이라고 생각했던 것을 그렇게 해석하는 것이 캐서린에게는 신선하게 느껴졌다. 이제 보니 그런 해석이 옳다는 느낌이 들었다.

"그래, 네 말이 맞아." 그녀는 말했다.

"게다가 그 사람은 아름다움을 숭배하거든. 삶의 구석구석이 아름답기를 원해. 그가 모든 일에 얼마나 정성을 들이는지 눈여겨 본 적 있어? 저 봉투에 쓴 주소를 좀 봐. 글자 하나하나가 완벽하잖아."

그 점이 편지에 표명된 감정에도 적용되는지에 대해 캐서린은 확신할 수 없었지만, 윌리엄이 카산드라에게 그렇게 정성을 쏟는 것은 자신이 그 대상이었을 때만큼 그렇게 짜증이 나는 대신 카산드라의 말대로 아름다움에 대한 사랑의 발로로 여겨졌다.

"그래." 그녀는 말했다. "그는 아름다움을 사랑하지."

"우린 아이를 많이 낳으면 좋겠어." 카산드라가 말했다. "그 사람은 아이들을 참 좋아하거든."

그 말은 다른 어떤 말보다도 캐서린에게 그 두 사람의 친밀함을 실감하게 했다. 한순간 질투가 났지만, 다음 순간 굴욕감이 들었다. 자신은 윌리엄과 몇 년이나 알고 지냈지만, 그가 아이들을 좋아한다는 것은 생각도 해 본 적이 없었다. 그녀는 행복감으로 신비하게 빛나는 카산드라의 눈을 바라보면서 그 눈빛에서 인간의 진정 어린 마음을 읽을 수 있을 것만 같았고, 그녀가 언제까지나 윌리엄의 이야기를 해주었으면 싶었다. 카산드라는 그녀의 그런 마음을 아는지 모르는지 이야기를 그치지 않았고, 그러느라 아침 시간이 순식간에 지나가 버렸다. 캐서린은 아버지의 책상 가장자리에 앉은 자세를 거의 바꾸지 않았고, 카산드라는 『영국사』를 펼쳐보지도 않은 채였다.

하지만 캐서린이 사촌의 이야기를 줄곧 경청하고 있었던 것은 아님을 고백해야 할 것이다. 그녀 자신의 생각에 빠져들기에도 더없이 좋은 분위기였다. 그녀는 가끔 너무나 깊은 몽상에 잠기곤 해서, 카산드라는 이따금 말을 멈추고 그녀를 지긋이 바라보곤 했다. 캐서린이 생각하는 거야 랠프 데넘이 아니면 뭐겠는가? 간혹 엉뚱한 대답이 돌아올 때면 그녀는 캐서린이 윌리엄의 더할 나위 없는 훌륭함이라는 주제에서 벗어나 있다는 것이 만족스러웠다. 하지만 캐서린은 전혀 그런 눈치를 보이지 않았다. 그렇게 말이 끊어질 때마다 너무나 자연스러운 말로 대화를 이어가곤 했기 때문에, 카산드라는 또다시 자신이 몰두해 있는 주제의 새로운 예를 들게 되고 마는 것이었다. 이윽고 점심식사를 할 때도 캐서린이 딴생각을 하고 있다는 유일한 표시는 푸딩을 덜어주는 것을 잊어버린 것뿐이었다. 그렇게 타피오카[200]를 잊어버리고 앉아 있는 모습이 너무나 그녀의 어머니와 비슷해서, 카산드라는 자기도 모르게 감탄하고 말았다.

200) 타피오카는 카사바 나무에서 얻는 전분인데 푸딩 재료로 많이 쓰였으므로, 푸딩을 가리키는 말이기도 하다.

"언니는 매기 외숙모랑 정말 닮았네!"

"말도 안 돼." 캐서린은 그 말에 필요 이상으로 발끈하며 대꾸했다.

사실, 어머니가 외출하고 안 계시니, 캐서린은 평소만큼 엽렵하지 않은 것이 사실이었지만, 스스로 변명하듯이 그럴 필요가 덜하기도 했다. 속으로는 그날 아침 발견한 자신의 기막힌 능력 — 도대체 그런 걸 뭐라고 할는지? — 일일이 헤아릴 수도 없을 만큼 어리석은 온갖 잡다한 생각들을 넘나드는 어처구니없는 능력에 다소 당황해 있는 상태였다. 가령 그녀는 8월 석양에 노섬벌랜드의 어느 길을 따라 걷고 있었고, 숙소에는 동행을 두고 왔는데 — 그는 랠프 데넘이었고 — 자기 발로 걸어서라기보다 뭔가 보이지 않는 수단으로 높은 언덕 꼭대기에 이르러 있었다. 거기서는 마른 히스 뿌리에서 나는 향기와 소리들, 풀잎들이 그녀의 손바닥에 스치는 촉감 같은 것이 너무나 생생해서 그 하나하나가 뚜렷이 느껴지는 것만 같았다. 그러고는 그녀의 마음은 어두운 공중을 날기도 하고 그 너머 바다 위에 머물기도 했으며, 역시 말이 안 되는 방식으로 한밤중 별 하늘 아래 양치류 섶의 은신처로 돌아오기도 했고, 달의 눈 골짜기를 방문하기도 했다. 그런 몽상들 자체는 별로 이상할 것도 없지만 — 마음의 벽들은 다소간에 그런 무늬들로 장식되어 있기 마련이다 — 그녀는 자신이 그런 생각에 전에 없이 깊이 빠져들었으며 그런 몰입은 현재 상황을 꿈속의 상황에 걸맞은 것으로 바꾸고자 하는 욕망이 되는 것을 의식했다. 그제야 화들짝 놀라며 깨어나 보니, 카산드라가 놀란 듯 자신을 바라보고 있었다.

카산드라는 캐서린이 아무 대답도 하지 않거나 동문서답을 할 때마다, 아마도 지금 당장 결혼을 결심하는 중인가 보다고 믿고 싶었지만, 만일 그렇다면 캐서린이 장래에 대해 내뱉는 어떤 말들은 도무지 설명이 되지 않았다. 그녀는 마치 여름 내내 혼자 쏘다니기라도 할 작정인 양, 몇 번이고 여름 이야기를 했다. 그녀는 브래드쇼[201]며 숙박업소 이름들까지 동원한 무슨 계획을 궁리 중인 듯했다.

카산드라는 마침내 자기 쪽에서 불안해진 나머지 뭔가 살 것이 있다는 핑계로 옷을 갈아입고 첼시 거리를 쏘다니러 나섰다. 하지만 길을 모르다 보니 자칫 늦어질 수도 있다는 생각이 들어서 원하던 가게를 발견하자마자 부랴부랴 집으로 돌아갔다. 윌리엄이 왔을 때 집에 있기 위해서였다. 실제로 윌리엄은 그녀가 티테이블 곁에 앉은 지 5분 만에 찾아왔고, 그녀는 혼자서 그를 맞이하는 행복감을 만끽했다. 그의 인사는 그의 애정에 대한 그녀의 불안을 일시에 날려버렸지만, 그의 첫 질문은 이러했다.

"캐서린이 당신에게 말하던가요?"

"그래요. 하지만 언니는 약혼한 게 아니라던데요. 다시는 약혼할 생각이 없는 것 같았어요."

윌리엄은 이맛살을 찌푸리며 곤란한 기색이었다.

"두 사람은 오늘 아침에도 통화를 했는데, 언니 태도가 아주 이상했어요. 푸딩 건네는 걸 잊어버리질 않나." 카산드라는 그의 기운을 북돋우느라 덧붙였다.

"하지만, 친애하는 카산드라, 내가 간밤에 보고 들은 건 그저 지레짐작이 아니란 말이오. 그와 약혼을 했든지 — 아니면 —"

그는 말꼬리를 흐렸다. 바로 그 순간 캐서린 자신이 나타난 때문이었다. 전날 밤의 장면들이 생각난 그는 겸연쩍은 나머지 그녀를 바로 보지도 못했고, 그녀가 어머니는 스트랫퍼드-온-에이번에 가셨다고 말하자 그제야

201) 브래드쇼(Bradshaw)란 영국 인쇄업자 조지 브래드쇼가 발행한 '브래드쇼 철도안내서'(1839-1861)를 가리키는 것으로, 기차 시간표 및 철도 여행 정보를 담고 있다.

눈을 들었다. 한결 안도한 기색으로 편안하게 방 안을 둘러보는데, 카산드라가 탄성을 올렸다.

"그런데 모든 게 아주 달라 보인다고 생각지 않아요?"

"소파를 옮겼나요?" 그가 물었다.

"아뇨. 아무것도 건드리지 않았어요." 캐서린이 대답했다. "모든 게 이전과 똑같아요." 여전한 것이 소파만이 아님을 암시하려는 듯 단호한 어조로 그렇게 말하면서, 그녀는 차도 따르지 않은 빈 찻잔을 내밀었다. 그러고는 건망증을 지적당하자, 그녀는 무안한 듯 얼굴을 찌푸리면서 카산드라 때문에 정신이 없다고 둘러댔다. 그녀가 던지는 눈길이나 두 사람을 대화로 끌고 들어가는 의연한 태도는 윌리엄과 카산드라로 하여금 남의 일을 몰래 엿보다 들킨 아이들 같은 기분이 들게 했다. 그들은 순순히 그녀가 이끄는 대로 대화를 이어갔다. 누가 들어와 보더라도 그들은 그저 세 번째쯤 만나 아는 사이라고 여겼을 터이다. 그리고 만일 그들이 그런 사이라면, 안주인이 갑자기 급하게 지켜야 할 약속이 생각난 모양이라고 짐작했을 것이다. 캐서린은 먼저 자기 손목시계를 보더니, 윌리엄에게 정확한 시간을 물었다. 그러고는 5시 10분 전이라는 말을 듣자, 벌떡 일어나며 말했다.

"그럼 난 가봐야겠어요."

그녀는 버터 바른 빵을 먹다 말고 손에 든 채 방에서 나갔다. 윌리엄은 카산드라 쪽을 건너다보았다.

"정말이지 이상하다니까요!" 카산드라가 외쳤다.

윌리엄은 얼떨떨한 표정이었다. 그는 캐서린에 대해 카산드라보다 더 잘 알고 있었지만, 그로서도 도무지 영문을 알 수 없는 일이었다 — 캐서린은 금방 외출복으로 차려입고 돌아왔지만, 여전히 맨손에 빵조각을 들고 있었다.

"만일 늦더라도, 기다리지 말아요." 그녀가 말했다. "아마 저녁을 먹고 올 테니까." 그렇게 말하며 나가버렸다.

"하지만 저러고 가다니 —" 문이 닫히자마자 윌리엄이 외쳤다. "장갑도 안 끼고 손에는 빵조각을 들고!" 그들은 창가로 달려가 그녀가 시티 쪽을 향해 바삐 걸어가는 것을 바라보았다. 그녀의 모습은 이내 사라졌다.

"데넘 씨를 만나러 간 게 분명해요." 카산드라가 단정했다.

"맙소사!" 윌리엄이 탄식했다.

그 사건은 두 사람 모두에게 겉으로 보아 이상한 것 이상으로 묘하고 불길한 징조를 담고 있는 것으로만 보였다.

"매기 외숙모가 하는 행동과 똑같아요!" 카산드라는 설명이나 하려는 듯 말했다.

윌리엄은 고개를 절레절레 흔들며 아주 난감한 표정으로 방 안을 이리저리 서성거렸다.

"내 이럴 줄 알았다니까." 그는 불쑥 내뱉었다. "일단 통상적인 관습을 팽개치고 나면 — 힐버리 부인이 출타 중이기 망정이지. 하지만 힐버리 씨는 그대로 계시잖소. 그에게 뭐라고 설명한다지? 난 그만 가봐야겠소."

"하지만 트레버 숙부도 몇 시간은 있어야 돌아오실 거예요, 윌리엄!" 카산드라가 애원했다.

"그야 알 수 없는 일이지. 지금쯤 돌아오는 중일지도 모르고. 아니면 밀베인 부인 — 셀리아 이모님 말이오 — 이나 코섐 부인, 그 밖의 다른 어떤 숙부나 숙모가 나타나 우리 둘이 함께 있는 걸 보게 될지 누가 알겠소. 벌써부터도 우리에 대해 뭐라고 하는지 알잖소."

카산드라는 윌리엄이 당황한 것을 보자 똑같이 충격에 휩싸였고, 그가 자기만 버려두고 가버릴 것을 생각하자 겁에 질렸다.

"숨을 수도 있어요." 그녀는 유품진열실 문간의 커튼을 흘긋 돌아보며 말했다.

"테이블 밑에 들어가는 건 절대로 싫소." 윌리엄이 신랄한 투로 대꾸했다.

그녀는 그가 난처한 상황이 되자 성말라지는 것을 보았다. 이런 때 그의 애정에 호소해서는 안 된다는 것을 그녀는 본능적으로 깨달았다. 그녀는 마음을 가라앉히고 자리에 앉아서 새 찻잔에 차를 따라 조용히 마시기 시작했다. 이 자연스러운 행동은 완벽한 자제력을 입증하는 것으로, 윌리엄이 탄복해 마지않는 여성적인 모습을 보여줌으로써 다른 어떤 논변보다도 그의 흥분을 가라앉히는 효과가 있었다. 덕분에 기사도 정신이 되살아난 그는 순순히 찻잔을 받아들었다. 그러자 그녀는 케이크를 한 쪽 잘라 달라고 청했고, 케이크를 다 먹고 차를 다 마셨을 때쯤 두 사람은 사적인 문제는 잊어버린 채 시에 대한 토론에 열을 올리고 있었다. 그러다 자연히 극시 일반이라는 문제로부터 윌리엄의 호주미니에 들어 있는 그 특수한 예로 넘어가게 되었고, 하녀가 들어와 찻그릇을 치우기 시작했을 때 윌리엄은 그중 한 대목을 "지루하지 않다면" 낭독해도 되겠느냐고 허락을 구한 터였다.

카산드라는 조용히 고개를 숙였지만, 그녀가 느끼는 바를 조금 눈빛에 담아 보였으므로, 윌리엄은 용기백배하여, 밀베인 부인 아니라 그 이상이 몰려온다 해도 자신을 지금 이 자리에서 몰아낼 수는 없으리라고 자신했다. 그는 소리 내어 읽어 나갔다.

그러는 동안 캐서린은 빠른 걸음으로 걸어가고 있었다. 차를 마시다 말고 왜 그렇게 충동적으로 나왔느냐고 묻는다면, 윌리엄이 카산드라에게, 카산드라가 윌리엄에게 던지는 눈길 때문이라는 이상의 이유를 찾을 수 없었을 것이다. 하지만 그 눈길만으로도 그녀가 설 자리는 없었다. 어쩌다 찻잔에 차 따르기를 잊기만 해도, 그들은 그녀가 랠프 데넘과 결혼을 약속했다는 결론을 내려버리니 말이다. 반 시간가량 후에는 문이 열리고 랠프 데넘 자신이 나타나리라는 것을 그녀는 알고 있었다. 그러니 윌리엄과 카산드라의 눈길이 두 사람 사이를 오가며 정확한 친밀도를 가늠하고 결혼 날짜까지 잡으려 드는 것을 알면서 그대로 거기 앉아서 그를 바라볼 수가 없었다. 그래서 아예 밖에서 랠프를 만나야겠다고 순간적인 결정을 내렸던 것이다. 그가 사무실을 나서기 전까지 링컨스인필즈에 도착하려면 아직 시간은 충분했다. 그녀는 택시를 향해 손짓했고, 그레이트 퀸 스트리트에 있다고 기억되는 지도 가게로 가자고 말했다. 그의 사무실 바로 앞에서 내리고 싶지는 않았기 때문이다. 가게에 들어간 그녀는 노퍼크의 대축척 지도를 사 가지고 링컨스인필즈로 서둘러 돌아가 후퍼 앤 그레이틀리 변호사 사무실의 위치를 확인했다. 사무실 창문으로 커다란 가스 샹들리에에 불 켜진 것이 보였다. 그녀는 그가 높직한 창문이 세 개 있는 앞쪽 방의 그런 샹들리에 중 하나의 불빛을 받으며 커다란 책상의 서류 더미 앞에 앉아 있는 것을 그려보았다. 그가 거기쯤 있으리라 생각해둔 다음 그녀는 보도 위를 이리저리 걷기 시작했다. 그와 비슷한 체격의 사람은 좀처럼 나타나지 않았다. 그녀는 가까이 다가왔다가 곁을 지나가는 남자들을 유심히 바라보았다. 하지만 또 어떻게 보면, 직업상의 차림새, 빠른 걸음걸이, 하루 일을 마치고 서둘러 귀가하면서 그녀에게 흘긋 던지는 예리한 눈길 같은 것 때문이겠지만, 다들 그와 비슷한 점이 있기도 했다. 광장 그 자체가, 사람들이 꽉 들어찬 근엄한 외관의 큰 건물들 하며 근면과 능력의 분위기가 — 마치 그곳의 참새나 어린아이조차도 밥벌이를 하는 듯했고, 하늘 그 자체도 그 잿빛과 진홍빛 구름으로 그 아래 도시의 진지한 의도를 반영하는 듯했다 — 그를 생각나게 했다. 여기야말로 자기들이 만나기에 적합한 곳이라고, 이렇게 거닐면서 그를 생각하기에 꼭 알맞은 곳이라고 그녀는 생각했다. 그녀는 그곳과 첼시의 집을 비교해보지 않을 수 없었다. 마음속으로 그렇게 비교해보면서, 그녀는 서성이던 폭을 조금 넓혀 큰길까지 가보았다. 화물차와 짐수레의 급류[202]가 킹스웨이를 쓸어내리고 있었고, 보행자들은 양쪽 보도를 따라 두 갈래 물줄기를 이루고 있었다. 그녀는 그 광경에 매혹되어 길모퉁이에 멈춰 섰다. 깊은 데서 울려나는 소음이 귓전을 가득 채웠다. 그 혼잡한 움직임에는 다양한 삶의 뭐라 말할 수 없는 매혹이 담겨 있었다. 갖가지 삶이 그녀에게는 삶의 본래적인 목적으로 보이는 그 어떤 목적을 지니고 밀어닥치는 듯이 보였다. 그것이 삼키고 실어가는 개개인에 대한 그 철저한 무관심은 그녀를 적어도 일시적인 고양감으로 채웠다. 날빛과 가로등 불빛이 섞여 그녀를 눈에 보이지 않는 관찰자로 만들어주었다. 그녀 앞을 지나가는 사람들은 반투명해 보였고, 창백한 상앗빛을 띤 타원형 얼굴들에서는 눈만이 어둡게 빛났다. 그들이 그 도도한 물줄기를 — 크고 깊은 흐름과 거스를 수 없는 물살을 이루고 있었다. 그녀는 남의 눈을 의식할 필요 없이 마음 편히 몰두하여, 온종일 은연중에 지속되던 황홀감에 몸을 맡긴 채 서 있었다. 문득 그녀는 자신이 거기 온 목적을 생각해내고 마지못해 몽상에서 깨어났다. 그녀는 랠프 데넘을 만나러 온 것

202) 20세기 초 런던의 모든 차량은 말이 끄는 것이었다. 1900년에는 약 30만 마리의 말이 개인용 차량은 물론이고 전차와 짐차를 끌었고, 개인용 마차(cab)를 가진 부유층 외에 대부분의 사람은 걸어 다녔으므로, 길은 보행자들로 붐볐다. 런던 최초의 대중교통 수단은 말이 끄는 궤도버스(tram)로, 1899년 첫 자동차 버스(motorbus)가 도입된 이래 1911년에는 말이 끄는 마지막 버스가 폐기되었다. 1915년경에는 거의 모든 대중교통 차량이 기계화되었고, 택시로는 마차가 여전히 사용되었지만 자동차 수가 더 많았다. 다만, 화물용으로는 여전히 마차가 사용되었으며, 1950년대까지도 우유배달 마차가 다녔으니, 1919년 발표된 『밤과 낮』에서 "vans and carts"라고 하는 데에는 마차도 섞여 있었을 것이다.

이었다. 그녀는 서둘러 링컨스인필즈로 돌아가 자신의 길잡이 표지를, 높직한 창문 세 개와 불빛을 찾아보았지만, 허사였다. 집들의 전면은 이제 어둠 속에 묻혀 있어서 찾는 건물이 어느 것인지 알아내기도 쉽지 않았다. 랠프가 일하는 건물의 창문 세 개도 창백한 창유리에 푸르뎅뎅한 잿빛 하늘을 반사할 뿐이었다. 그녀는 회사 이름이 페인트로 쓰여 있는 건물의 초인종을 눌렀다. 잠시 후 관리인이 나왔지만, 그녀가 든 양동이와 솔만으로도 업무 시간이 끝났고 직원들은 퇴근했음을 알 수 있었다. 아무도, 어쩌면 그레이틀리 씨 자신만을 제외하고는, 아무도 남아 있지 않다고 그녀는 캐서린에게 단언했다. 다른 직원은 모두 지난 10분 동안 퇴근해버렸다는 것이었다.

그 말을 듣자 캐서린은 정신이 번쩍 들었다. 초조감이 밀려왔다. 황급히 킹스웨이로 돌아가 사람들을 바라보았다. 그들은 더 이상 투명 인간 같지 않았다. 그녀는 지하철역까지 달려가면서, 고만고만한 회사원들을 일일이 돌아보았지만 랠프 데넘과 희미하게라도 비슷한 사람은 아무도 없었다. 그녀는 그의 모습을 점점 더 뚜렷이 떠올렸고, 그는 점점 더 다른 누구와도 비슷하지 않게 되었다. 역 입구에서 그녀는 걸음을 멈추고 생각을 정리하려 해보았다. 그는 그녀의 집으로 갔을 것이었다. 택시를 타면 아마 그보다 앞질러 갈 수도 있을 것이었다. 하지만 그녀는 자신이 거실 문을 여는 것을, 윌리엄과 카산드라가 고개를 드는 것을, 그리고 잠시 후 랠프가 들어오는 것을 그려보았다. 그들의 시선 — 그리고 암시. 안 돼. 그녀는 도저히 그 상황을 견딜 수 없었다. 편지를 써서 그의 집으로 급히 보내기로 하자. 그래서 문방구에서 종이와 연필을 사서, A.B.C. 숍[203]에 들어갔다. 커피 한잔을 시켜 빈 테이블을 얻은 다음 써 내려갔다.

"당신을 만나러 왔는데 엇갈렸어요. 난 윌리엄과 카산드라의 눈길을 참을 수 없어요. 그들은 바라기를 우리가 —" 여기서 그녀는 쓰던 것을 멈추었다. "그들은 우리가 결혼할 거라고 주장하고 있어요." 그녀는 그렇게 고쳐 썼다. "무슨 말을 해도, 뭐라고 설명해도 소용없어요. 내가 바라는 건 —" 그녀가 바라는 것은 너무나 광범해서, 이제 랠프에게 이야기하다 보니, 그걸 다 종이 위에 옮기기에 연필은 도저히 역부족이었다. 마치 킹스웨이의 그 인파가 온통 펜으로 몰려드는 것만 같았다. 그녀는 맞은편의 금세공한 벽에 걸려 있는 안내문만 뚫어져라 바라보았다. "하고 싶은 말이 너무 많아요." 그녀는 아이처럼 공들여 한마디 한마디를 써 나갔다. 하지만 또다시 눈을 들고는 그 다음 문장을 생각하다가, 한 웨이트리스가 문 닫을 시간이 되었다는 표정으로 두리번거리는 것을 알아차렸다. 캐서린은 자신이 가게에 거의 마지막으로 남아 있는 사람임을 깨닫고 편지를 챙겨든 후 계산을 하고 다시 밖으로 나왔다. 이제 택시를 타고 하이게이트로 가야 했다. 하지만 그 순간 자신이 주소를 기억하고 있지 않다는 것을 깨달았다. 그 사실은 강력한 욕망의 물줄기를 가로막는 방죽처럼 느껴졌다. 그녀는 길 이름을 생각해내기 위해 필사적으로 기억을 뒤졌다. 우선 집의 생김새를 기억해낸 다음 기억 속에서 자신이 적어도 한번은 봉투에 적었을 이름들을 떠올리려 해보았다. 하지만 애쓰면 애쓸수록 그 이름은 멀어져가기만 했다. 그 집은 오차드 무엇이라 했던가, 아니면 무슨 힐이라 했던가? 결국 포기하고 말았다. 어린 시절 이래로 이렇게 텅 비고 막막한 느낌은

203) A.B.C. 즉 Aerated Bread Company는 1860년대에 생긴 빵집으로, 이스트 등 첨가제를 넣지 않고 탄산가스를 이용하여 발효시킨 빵을 대량생산하는 한편, 1864년부터는 간단한 식사와 차를 파는 셀프서비스 찻집들을 운영했다. 이 찻집들은 비알코올성 음료를 팔았으므로, 빅토리아 시대 여성들이 남성 동반자 없이 식사할 수 있는 장소로 자리매김했고, 꾸준히 점포수가 늘어나 1923년 전성기에는 런던에만 A.B.C. 찻집이 250군데 있었다.

처음이었다. 그리고 그 순간 마치 꿈에서 깨어나기라도 하는 것처럼, 자신의 설명할 수 없는 무기력함에서 비롯된 모든 결과들이 밀어닥쳤다. 그녀는 자기 집 문간에서 아무 설명도 없이 돌아서는 랠프의 얼굴을 그려보았다. 그는 그녀의 부재를 자신에 대한 거부로, 그녀가 그를 보고 싶지 않다는 매몰찬 통고로 받아들일 것이었다. 그녀는 문 앞에서 돌아서는 그를 한참 따라가 보았지만, 그가 곧장 하이게이트로 돌아가는 것보다는 얼마 동안이라도 어느 방향으로라도 성큼성큼 걸어가 버리는 것을 상상하기가 훨씬 더 쉬웠다. 어쩌면 그는 체이니 워크로 그녀를 다시 찾아오지 않을지? 그런 그의 모습이 어찌나 확연했던지, 그녀는 그럴 가능성이 떠오르자마자 곧장 앞으로 나가 택시를 부르려고 손을 들려다 말았다. 아니, 그는 다시 찾아오기에는 너무 자존심이 강했다. 그는 그러고 싶은 마음을 참고 마냥 걷기만 했다 — 그가 지나가는 그 길거리의 이름들을 읽을 수만 있다면! 하지만 그녀의 상상력은 거기서 더 나아가지 못했고, 그 길들은 낯설고 어둡고 아득히 멀게만 느껴졌다. 정말이지 어느 방향으로도 마음을 정할 수 없는 채, 그녀는 런던의 엄청난 넓이에 압도당하는 느낌이었다. 거기서 어느 한 사람이 이리저리 쏘다니다가 오른쪽 왼쪽을 돌아서 어느 더럽고 작은 뒷골목, 아이들이 길에서 노는 뒷골목으로 들어서는 것을 어떻게 찾아낸다는 말인가. 그녀는 초조한 듯 어깨를 추슬렀다. 그녀 자신은 홀본을 따라 빠른 걸음으로 가다 말고 이내 돌아서서 반대 방향으로 역시 빠른 걸음을 옮겼다. 이럴 수도 저럴 수도 없는 이 상황은 그저 괴로운 이상으로 무엇인가 불안한 느낌을 주었다. 그것은 그날 들어 벌써 한두 번 어렴풋이나마 들었던 느낌이기도 했다. 그녀는 자기 욕망의 강도를 감당할 수 없다는 기분이었다. 그녀처럼 습관에 의해 통제되던 사람에게는, 극히 강력하면서도 비이성적인 힘으로 보이는 것이 이렇듯 갑작스럽게 표출되는 데에 두렵고도 수치스러운 무엇이 있었다. 오른손 힘줄이 아파서 보니 그녀는 장갑과 노퍼크 지도를 얼마나 단단히 움켜쥐고 있었던지 단단한 물건이었다면 부서지고 말았을 것이었다. 그녀는 손의 힘을 풀고, 지나가는 사람들의 얼굴을 초조히 바라보며 그들의 눈이 평소보다 더 오래 자신에게 머물지나 않는지, 호기심으로 기웃거리지나 않는지 살폈다. 하지만 장갑을 바로 펴고는, 아무렇지 않게 보이게끔 한 다음에는, 사람들이 보든 말든 또다시 랠프 데넘을 찾아내려는 필사적인 욕망에 매달렸다. 그것은 이제 거칠고 비이성적이고 설명할 수 없는, 어린 시절에 느끼던 무엇과도 비슷한 욕망이 되어 있었다. 다시금 그녀는 자신의 부주의함을 책망했지만, 지하철역 건너편에 당도한 것을 깨닫고는 걸음을 멈추고 평소처럼 재빨리 생각해보았다. 메리 대칫을 찾아가 랠프의 주소를 물어야겠다는 생각이 퍼뜩 들었다. 그렇게 결심하자 당장의 목표뿐 아니라 자기 행동을 합리화할 구실까지 생겨 안도가 되었다. 확실히 그것은 목표가 되어주기는 했지만, 일단 그렇게 목표가 생기고 나자 다른 것은 다 잊고 자기 생각에만 골몰한 나머지, 메리의 집 벨을 누르기까지 그런 요청이 메리에게 어떻게 받아들여질지는 생각도 해보지 않았다. 하지만 난감하게도 메리는 집에 없었고, 청소부 여자가 문을 열어주었다. 캐서린이 할 수 있는 것은 기다리라는 권유를 받아들이는 것뿐이었다. 아마 15분쯤 기다리면서 이쪽 끝에서 저쪽 끝까지 쉬지 않고 방 안을 서성거렸을 것이었다. 메리가 열쇠로 문 여는 소리가 들리자 그녀는 벽난로 앞에서 걸음을 멈추었고, 메리는 그녀가 기대감 어린 얼굴로 서 있는 것을 보았다. 거두절미하고 본론으로 들어가도 될 만큼 중요한 용건으로 온 사람처럼 결연한 표정이었다.

메리는 놀란 탄성을 발했다.

"그래요, 그렇지요." 캐서린은 그런 인사말조차 방해가 된다는 듯 떨쳐버리며 말했다.

"차는 마셨나요?"

"아 그럼요." 그녀는 대답했다. 수백 년 전쯤 어디선가 차를 마셨다는 기분이었다.

메리는 잠자코 장갑을 벗고 성냥을 찾아다 난로에 불을 붙이려 했다.

캐서린은 초조한 듯한 손짓으로 그녀를 제지하며 말했다.

"나 때문이라면 불 피울 필요 없어요... 난 그냥 랠프 데넘의 주소를 알려고 왔어요."

그녀는 연필을 들고서 봉투에 주소를 쓸 준비를 했다. 그러고는 재촉하는 듯한 표정으로 기다렸다.

"애플 오차드, 마운트 애러랫 로드, 하이게이트." 메리가 천천히, 다소 기묘한 말투로 불러주었다.

"아, 이제 생각이 나요!" 캐서린은 자신의 어리석음이 한심하다는 듯 탄식했다. "차로 가면 20분도 채 안 걸리겠지요?" 그녀는 백과 장갑을 챙겨 들고 막 나가려는 기세였다.

"하지만 그 사람은 집에 없을 텐데요." 메리는 손에 성냥을 든 채 말했다. 캐서린은 문 쪽으로 돌아서다 말고 그녀를 바라보았다.

"왜요? 그럼 어디 있지요?" 그녀는 물었다.

"아직 사무실에 있을 걸요."

"하지만 사무실에서 나갔다던데요." 그녀는 대답했다. "문제는 그가 벌써 집에 갔느냐예요. 첼시로 날 만나러 갔을 텐데, 난 그 사람을 만나러 왔다가 엇갈려버렸거든요. 집에는 아무 전갈을 남기지 않고 왔기 때문에, 난 꼭 그 사람을 만나야 해요 — 그것도 당장."

메리는 그 상황을 여유 있게 검토해보았다.

"그럼 전화해보면 되잖아요?" 그녀는 말했다.

캐서린은 들고 있던 것을 몽땅 떨어뜨렸다. 잔뜩 긴장했던 얼굴이 풀어졌고, "아, 그렇지요! 왜 난 그 생각을 못했을까!" 하고 외치면서 수화기를 집어 들고는 집 전화번호를 댔다. 메리는 그녀를 지긋이 바라보다가 방에서 나갔다. 마침내 캐서린은 런던의 그 모든 겹겹의 하중을 뚫고 자신의 집에서 누군가가 작은 방으로 올라가는 신비한 발걸음 소리를 들었고 — 그림이며 책들까지 눈에 선했다 — 상대방이 수화기를 들기까지의 온갖 소음에 잔뜩 귀를 세우고 있다가 마침내 자기 이름을 말했다.

"데넘 씨가 다녀갔어?"

"예, 아가씨."

"날 찾았어?"

"예. 외출 중이라고 말씀드렸어요."

"무슨 전갈을 남기고 가셨나?"

"아뇨. 그냥 가셨어요. 20분쯤 전에요."

캐서린은 전화를 끊었다. 그녀는 실망한 나머지 방 안을 이리저리 서성이느라 메리가 방에 없다는 것도 미처 의식하지 못했다. 그러다 문득 거칠고 단호한 음성으로 그녀를 불렀다.

"메리."

메리는 침실에서 외출복을 벗는 중이었다. 그녀는 캐서린이 자기를 부르는 소리를 들었다. "가요." 그녀는 대답했다. "잠깐만요." 하지만 그 잠깐은 마냥 길어졌다. 무슨 이유에서인지 그저 깔끔하게 매무시를 가다듬는 정도가 아니라 멋지게 꾸미는 데 재미를 들이기라도 한 듯했다. 지난 몇 달 동안 그녀의 인생은 한 단계를 넘어섰고, 그것은 그녀의 외모에 영구히 흔적을 남겼다. 젊음은, 그리고 젊음의 싱싱함은 사라졌지만, 더 움푹 꺼진 볼이며 더 단단해진 입매, 더 이상 마음 가는 대로 이리저리 오가는 대신 지금 당장은 보이지 않는 어떤 목표를 응시하는 눈매는 그 얼굴의 확고한 목적을 뚜렷이 드러내고 있었다. 이 여성은 이제 쓸 만한 인간이요, 자기 운명의 주인으로서, 은 목걸이와 번쩍이는 브로치로 그 품위를 치장할 만한 사람이 되어 있었던 것이다. 그녀는 느긋하게 들어와 물었다.

"그래, 뭘 좀 알아냈나요?"

"그 사람은 벌써 첼시에 다녀갔다는군요." 캐서린이 대답했다.

"그래도 아직 집에는 못 갔을 거예요." 메리가 말했다.

캐서린은 상상 속의 런던 지도를 들여다보면서 이름 모르는 골목들을 이리 꺾고 저리 돌면서 따라가고픈 충동을 느꼈다.

"그 사람 집에 전화해서 돌아왔는지 물어볼게요." 메리가 전화 있는 쪽으로 갔고, 몇 마디 짤막하게 건네더니 알려주었다.

"아직이에요. 누이동생 말이 아직 집에 안 왔다네요."

"아!" 그녀는 다시금 수화기를 귀에 가져다 댔다. "집에는 저녁식사 때 못 간다고 했대요."

"그럼 대체 뭘 하려는 걸까요."

아주 창백한 얼굴로, 그 큰 눈으로는 메리가 아니라 대답 없는 허공의 풍경을 바라보는 듯한 표정으로, 캐서린은 메리에게 묻는다기보다 이제 사방에서 자신을 조롱하는 것만 같은 무자비한 유령에게 묻는 듯이 뇌까렸다.

잠시 묵묵히 있던 메리가 무심히 한마디 던졌다.

"나도 모르겠네요." 팔걸이의자에 나른히 기대앉아서, 그녀는 난로의 작은 불길이 석탄 위로 무심히 기어오르기 시작하는 것을 지켜보며 말했다. 그 불길 역시 아주 멀고 무심해 보였다.

캐서린은 성난 듯 그녀를 바라보더니 자리에서 일어났다.

"어쩌면 이리로 올지도 모르지요." 메리는 그 나른한 어조를 바꾸지 않은 채 말을 이었다. "오늘 밤 그 사람을 만나고 싶다면 잠시 기다려봐도 괜찮을 거예요." 그녀는 몸을 앞으로 숙이고는 불길이 석탄의 틈새로 타오르게끔 난로의 장작을 쑤석였다.

캐서린은 잠시 생각하더니 말했다. "그럼 30분쯤 기다려볼게요."

메리는 자리에서 일어나 테이블로 가더니 녹색 갓이 달린 스탠드 아래 서류들을 펼쳐놓으며, 습관적인 동작인 듯 머리칼 한 끝을 손가락에 빙빙 돌려 감았다. 한번은 방문객 쪽을 흘끔 건너다보았지만, 방문객은 꼼짝도 하지 않고 앉아서 너무나 골똘한 눈빛이라 정말로 뭔가를, 그녀 쪽을 쳐다보지 않는 어떤 얼굴을 바라보는 것만 같았다. 메리는 캐서린이 바라보는 존재가 무엇인가 하고 자기도 그쪽을 바라보았다. 방 안에는 그렇듯 눈에 보이지 않는 존재들이, 유령들이 있었고, 서글프게도 그중 하나는 그녀 자신의 유령이었다. 일 분 일 분 시간이 지나갔다.

"몇 시쯤 되었지요?" 캐서린이 이윽고 물었다. 30분이 채 지나기 전이었다.

"난 저녁식사를 준비해야겠어요." 메리는 자리에서 일어나며 말했다.

"그럼 이만 가볼게요." 캐서린이 말했다.

"좀 더 있지 않고요? 어딜 가려고요?"

캐서린은 방 안을 둘러보았다. 마음을 정하지 못한 눈길이었다.

"그 사람을 찾아봐야지요." 그녀는 생각에 잠겨 대답했다.

"하지만 뭐가 그렇게 중요하지요? 다음에 만나면 되잖아요?"

메리는 일부러 쌀쌀맞게 말했다.

"내가 여기 온 게 잘못이에요." 캐서린이 대답했다.

그들의 눈이 적의로 마주쳤고, 어느 쪽도 피하지 않았다.

"당신은 여기 올 권리가 있어요." 메리가 대답했다.

요란하게 문 두드리는 소리에 말이 끊어졌다. 메리는 문을 열러 가서는 무슨 쪽지인지 꾸러미인지를 가지고 돌아왔다. 캐서린은 실망한 얼굴을 메리에게 보이지 않으려고 고개를 돌렸다.

"물론 그럴 권리가 있지요." 메리는 쪽지를 테이블 위에 놓으며 거듭 말했다.

"아니에요." 캐서린이 말했다. "아주 필사적일 때는 일종의 권리가 생긴다는 의미에서가 아니라면요. 사실 난 필사적이에요. 그 사람에게 지금 무슨 일이 일어났는지도 모르잖아요? 무슨 짓을 할지 몰라요. 밤새도록 길거리를 쏘다닐 수도 있고. 무슨 일이 생길지도 몰라요."

그녀는 메리가 전에 본 적 없는 자포자기한 태도로 말했다.

"다 과장이라는 건 당신도 알지요. 말도 안 되는 소리예요." 그녀는 거칠게 대꾸했다.

"메리, 나 할 말이 있어요 — 당신한테 말해야 해요 —"

"아무 말도 할 필요 없어요." 메리가 말을 막았다. "내 눈에 보이는 걸로도 충분해요."

"아니, 아니" 캐서린이 외쳤다. "그런 게 아니라 —"

메리를 지나쳐 방의 네 벽을 넘어서고 자신을 향해 다가오는 일체의 말을 넘어서는 그녀의 거칠고 열정적인 표정은 메리로 하여금 자기로서는 그런 시선을 끝까지 따라갈 수 없음을 깨닫게 했다. 그녀는 당혹하여 랠프에 대한 자신의 사랑이 절정에 달했을 때의 기분을 떠올리려 해보았다. 손가락으로 눈시울을 지긋이 누르며 그녀는 중얼거렸다.

"나도 한때 그 사람을 사랑했다는 걸 잊었나 보군요. 나도 그 사람을 안다고 생각했지요. 실제로 알기도 했고요."

하지만 무엇을 알았던 걸까? 더 이상 기억이 나지 않았다. 그녀는 어둠 속에서 해와 별들이 보일 때까지 눈을 꾹 눌렀다. 자신이 잿더미를 휘젓고 있다는 생각이 들었고, 그제야 그만두었다. 놀라운 발견이었다. 자신은 더 이상 랠프를 사랑하고 있지 않았다. 놀란 눈으로 방 안을 둘러보다가 테이블 위의 불빛 속에 펼쳐진 서류들이 눈에 들어왔다. 그 한결같은 밝음이 한순간 자신 안에도 있는 듯이 느껴졌다. 그녀는 눈을 감았다 다시 떠서 다시금 그 불빛을 바라보았다. 옛 사랑의 자리에 또 다른 사랑이 타고 있었다. 적어도, 한순간 놀란 눈길 속에서, 그 깨달음이 지나가고 익숙한 주변 풍경이 다시금 자리 잡기 전에 언뜻 깨달은 바로는 그랬다. 그녀는 말없이 벽난로 선반에 기대어 섰다.

"사랑에는 여러 가지 방식이 있어요." 그녀는 마침내 혼잣말을 하듯 중얼거렸다.

캐서린은 아무 대꾸도 하지 않았고, 그녀의 말을 듣지도 못한 것 같았다. 그녀는 자신의 생각에 골몰해 있었다.

"어쩌면 오늘 밤도 길에서 기다릴지도 몰라요." 그녀는 외쳤다. "가봐야겠어요. 그 사람을 만날 수 있을지도 몰라요."

"그 사람은 여기로 올 가능성이 더 커요." 메리는 말했고, 캐서린은 잠시 생각하더니 말했다.

"30분쯤 더 기다려볼게요."

그녀는 다시금 의자에 앉아서, 눈에 안 보이는 얼굴을 바라보는 것만 같다고 메리가 생각했던 그 자세로 돌아갔다. 그녀가 골똘히 바라보는 것은 사실이었다. 다만 그것은 하나의 얼굴이 아니라 행렬이었고, 사람들이 아니라 삶 그 자체의 행렬이었다. 선과 악, 그 의미, 과거와 현재와 미래, 그 모든 것이었다. 그 모든 것이 그녀에게 명백히 보였고, 그녀는 자신의 그런 터무니없는 몽상이 수치스럽기는커녕 온 세상이 자신에게 경의를 표하는 인생의 정점에 올라선 기분이었다. 그녀 자신 말고는 그날 밤 랠프와 엇갈렸다는 것이 어떤 의미인지 알 리 없었다. 그 사소한 엇갈림 속으로 인생의 크나큰 위기들도 불러일으키지 못했을 감정들이 밀려들었다. 그녀는 그와 엇갈렸고, 모든 실패의 쓰라림을 맛보았다. 그를 열망했고, 모든 열정의 고뇌를 맛보았다. 어떤 사소한 우연들이 그처럼 극단적인 감정을 불러일으켰는지는 중요하지 않았다. 자신이 얼마나 터무니없게 보이는지도, 얼마나 내놓고 감정을 드러내고 있는지도 개의치 않았다.

저녁식사가 준비되자 메리가 그녀를 부르러 왔고, 그녀는 마치 메리에게 동작의 지시를 맡긴 듯이 순순히 따라갔다. 그녀들은 거의 아무 말도 하지 않은 채 함께 먹고 마셨다. 그녀는 메리가 더 먹으라고 하면 더 먹었고, 더 마시라고 하면 더 마셨다. 하지만 그런 표면적인 순종 밑에서는 아무도 방해할 수 없는 자신만의 생각을 좇고 있음을 메리는 알고 있었다. 그녀는 생각이 없다기보다는 다른 데 가 있었으며, 아무것도 보지 않고 있으면서도 자신에게만 보이는 어떤 것에 열중해 있었다. 그래서 메리는 차츰 그녀를 보호하려는 마음이 들었고, 캐서린과 외부 세계의 힘들 사이의 어떤 충돌을 염려하는 마음까지 들었다. 식사를 마치자마자 캐서린은 가야겠다고 말했다.

"하지만 어디로 가려고요?" 메리가 왠지 그녀를 붙들어야만 할 것 같아서 물었다.

"아, 집에 가야지요 — 아니, 하이게이트로 가든가요."

메리는 그녀를 만류해도 소용없으리라는 것을 알았다. 그녀로서 할 수 있는 일은 함께 가겠다고 우기는 것뿐이었는데, 캐서린은 굳이 반대하지 않았다. 그녀가 있거나 없거나 상관없는 듯이 보였다. 잠시 그녀들은 스트랜드를 따라서 걸었다. 걸음이 너무 빨라서, 메리는 캐서린이 어디로 가려는지 아나 보다고 생각할 정도였다. 그녀 자신도 밖에 나와 가로등 켜진 거리를 거니는 것이 즐거워서 별로 신경을 쓰지 않았다. 고통스럽고 두려우면서도 묘한 설렘을 가지고서 그날 밤 뜻하지 않게 맞닥뜨린 발견을 더듬어보았다. 다시 자유가 된 것이었다. 어쩌면 자신이 내놓을 수 있는 최상의 것을 대가로 치르고서였지만, 어떻든 감사하게도 더 이상 사랑에 빠져 있지 않았다. 그녀는 그 자유의 첫 모금을 마음껏 발산하고 싶었다. 가령, 지금 그 문 앞을 지나가고 있는 콜리시엄[204]의 오케스트라 석에서 말이다. 거기 들어가 사랑의 폭정으로부터 해방된 것을 자축하지 말란 법이 있겠는가? 아니면, 캠버웰이나 시드컵, 웰시 하프 같은 어딘가 먼 곳으로 가는 버스의 위층이 더 잘 맞을지도 몰랐다. 그런 지명들이 작은 표지판[205]에 쓰인 것이 몇 주 만에 처음으로 눈에 들어왔다. 아니면 그냥 자기 방으로 돌아가 극히 진보되고 독창적인 계획의 세부적인 사항들을 안출하는 데 그날 밤을 꼬박 바쳐야 할까? 모든 가능성 중에서 이 마지막 것이 그녀에게 가장 마음에 들었고, 그 생각을 하자 마음속에 환한 불꽃이, 책상 위의 등불이, 한때 정열의 불길이 타오르던 곳에 켜진 듯했던 그 한결같은 광채가 떠올랐다.

204) 런던 중심가 세인트마틴스 레인에 있는 극장. 런던의 가장 크고 화려한 버라이어티 극장 중 하나로, 1904년 개관하여 버라이어티 쇼, 뮤지컬 코미디, 연극 등의 공연장으로 쓰이다가 1960년대에는 영화관으로도 사용되었다. 1968년 새들러스 웰즈 오페라 컴퍼니가 입주한 이래 잉글리시 내셔널 오페라로 이름을 바꾸었으며, 현재는 오페라 및 국립발레단의 공연장으로 사용되고 있다.

205) 버스에 달린 표지판.

문득 캐서린이 걸음을 멈추었고, 그제야 메리는 그녀에게 이렇다 할 목적지가 없다는 사실을 알아차렸다. 그녀는 네거리에서 이쪽저쪽 두리번거리다가 마치 해버스톡 힐 쪽으로 가려는 듯 걸음을 옮겼다.

"이봐요 — 대체 어딜 가려고 그래요?" 메리는 그녀의 손을 잡으며 외쳤다. "우린 택시를 타고 집에 가야 해요." 그녀는 손을 들어 택시를 불러서 캐서린을 억지로 태운 다음 운전수에게 자기들을 체이니 워크로 데려가달라고 부탁했다.

캐서린은 마지못해 응했다. "좋아요." 그녀는 말했다. "집으로 가나 어디로 가나 마찬가지겠지요."

그녀는 침울해 보였다. 좌석에 기대앉은 채 잠자코 있는 것이 지친 기색이 완연했다. 메리는 자기도 생각이 많으면서도 그녀의 창백한 얼굴과 낙심한 태도에 마음이 쓰였다.

"그 사람을 꼭 찾을 수 있을 거예요." 그녀는 지금까지와는 달리 상냥하게 말했다.

"너무 늦었는지도 몰라요." 캐서린이 대답했다. 그녀의 말뜻은 알 수 없었지만, 메리는 마음 아파하는 그녀에게 동정이 갔다.

"말도 안 돼요." 그녀는 캐서린의 손을 잡아 비비며 말했다. "거기서 못 찾으면 다른 데 가서 찾으면 되지요."

"하지만 그 사람이 길거리를 쏘다니고 있다면요? 몇 시간이고 마냥 —?"

그녀는 몸을 앞으로 기울여 창밖을 내다보았다.

"나한테 다시는 말도 안 하려 할지도 몰라요." 그녀는 낮은 음성으로 혼잣말처럼 중얼거렸다.

너무나 심한 과장이라 메리는 굳이 따지고 싶지도 않아서 그냥 캐서린의 손목만 계속 잡고 있었다. 캐서린이 불쑥 문을 열고 뛰어내릴 것만 같은 기분이 없지 않았던 것이다. 어쩌면 캐서린도 그렇게 손을 잡힌 이유를 알아챘는지도 몰랐다.

"걱정하지 말아요." 그녀는 조금 웃으며 말했다. "택시에서 뛰어내리거나 하지는 않을 테니까요. 그래 봤자 무슨 소용이 있겠어요."

그 말에 메리는 안심했다는 듯 손을 놓았다.

"정말 미안해요." 캐서린이 어렵사리 말을 이었다. "당신을 이 모든 일에 끌어들이게 되어서요. 당신한테 사실을 반도 털어놓지 않고서 말이에요. 난 더 이상 윌리엄 로드니와 약혼한 사이가 아니에요. 윌리엄은 카산드라 오트웨이와 결혼할 거예요. 이미 얘기가 다 끝났고 — 다 아주 잘됐어요... 그런데 그 사람이 길거리에서 몇 시간씩이나 기다리는 걸 본 윌리엄이 내게 그 사람을 불러들이게 만들었어요. 그 사람은 가로등 밑에서 우리 집 창문을 바라보면서 서 있더군요. 집 안에 들어왔을 때 얼굴이 아주 창백했어요. 윌리엄은 둘만 남겨두고 가버렸고, 우리는 앉아서 얘기했지요. 그게 벌써 아주 오래전 일 같아요. 그런데 바로 어젯밤이었다니? 내가 나온 지 오래되었나요? 몇 시나 됐지요?" 그녀는 길거리의 시계라도 찾는 듯 몸을 앞으로 굽혔다. 마치 정확한 시간이야말로 더없이 중요하다는 듯한 태도였다.

"여덟 시 반밖에 안 됐네요!" 그녀는 외쳤다. "그럼 아직 거기 있을지도 몰라요!" 그녀는 창밖으로 몸을 내밀어 운전수에게 좀 더 빨리 가달라고 외쳤다.

"하지만 만일 거기 없다면 어떻게 하지요? 어디 가서 그를 찾지요? 길거리에는 사람들이 이렇게 많은데."

"찾을 수 있을 거예요." 메리가 같은 대답을 되풀이했다.

메리는 어떤 식으로든 랠프를 찾아낼 수 있으리라 믿어 의심치 않았다.

하지만 실제로 찾아내서 어쩌겠다는 것인가? 그녀는 그가 캐서린의 이토록 강한 열망을 어떻게 채워줄 수 있을지 이해하려 애쓰면서 그에 대해 새삼 생각해보기 시작했다. 다시금 그녀는 자신이 전에 그에 대해 가지고 있던 이미지를 상기했고 그의 모습을 감싸고 있던 안개와도 같은 것을, 그리고 그의 주변에서 느껴지던 혼란스러우면서도 고조된 기분을 애써 떠올려 보았다. 그러고 보니 몇 달 동안이나 그의 음성을 듣지 못하고 그의 얼굴을 보지 못했다는 생각이 — 적어도 그런 느낌이 들었다. 상실감이 그녀의 폐부를 찔렀다. 그것은 그 무엇으로도 — 성공이나 행복, 망각으로도 메울 수 없었다. 그러나 그 고통에 곧이어 이제는 어떻든 진실[206]을 안다는 안도감이 뒤따랐다. 캐서린은, 하고 그녀는 옆자리를 흘긋 돌아보며 생각했다. 캐서린은 진실을 모른다, 그래, 캐서린은 정말이지 동정할 만하다, 하고.

택시는 교통 체증에서 풀려나 슬론 스트리트를 질주해갔다. 메리는 캐서린의 마음이 저 앞 어느 한 지점에 고정되기나 한 것처럼 택시가 나아가는 속도에 잔뜩 긴장해서 목적지까지의 거리를 일 분 일 분 재고 있는 것을 알고 있었다. 그녀는 아무 말도 하지 않았고, 침묵 속에서 메리 역시 처음에는 동정심에서, 하지만 어느덧 동반자도 잊은 채 저 앞 어느 한 점에만 주의를 집중했다. 그녀는 어둠 속 지평 선 위의 나지막한 별과도 같이 머나먼 어느 한 점을 상상했다. 그녀에게도, 그리고 두 사람 모두에게, 분투해 나아갈 목표가 있었다. 하지만 그것이 어디 있는지, 대체 무엇인지, 왜 자기들이 한 마음으로 그것을 찾고 있다고 믿으면서 나란히 앉아 런던의 길거리를 질주해가고 있는지에 대해서는 대답할 수 없었을 것이다.

206) 이 대목에서 the truth는 우리말의 '진실'보다는 '진리'에 더 가깝겠지만, 앞에서 랠프와 거짓과 진실을 이야기하면서 시작된 생각의 계속이라 계속 '진실'로 옮긴다.

"다 왔어요." 택시가 문 앞에 다가가 서자 캐서린이 한숨을 내쉬며 차에서 뛰어내려 길 양쪽을 둘러보았다. 그러는 동안 메리는 초인종을 눌렀다. 캐서린이 랠프 비슷한 사람이라고는 눈에 띄지 않는다는 것을 확인하는 순간 문이 열렸다. 그녀를 보자 하녀가 대뜸 말했다.

"데넘 씨가 다시 오셨어요. 아까부터 기다리고 계세요."

캐서린은 메리의 눈앞에서 사라졌다. 두 사람 사이에서 문이 닫혔고, 메리는 생각에 잠겨 천천히 혼자서 길거리를 걸었다.

캐서린은 곧장 식당으로 향했다. 하지만 문손잡이에 손을 대려다 말고 멈칫했다. 어쩌면 그것이 다시 돌아오지 않을 순간임을 깨달았을 것이다. 어쩌면, 그 한순간 그녀에게는 어떤 현실도 자신이 품었던 상상에는 미치지 못할 것처럼 보였는지도 모른다. 또 어쩌면 막연한 두려움이나 기대 때문에 일체의 입씨름이나 훼방을 꺼리는 마음이 들었는지도 모른다. 하지만 설령 그런 의심과 두려움이, 또는 그 극도의 환희가 그녀를 가로막았다 하더라도, 그것은 일순간에 불과했다. 다음 순간 그녀는 문손잡이를 돌렸고, 자신을 억제하려고 입술을 깨물면서, 랠프 데넘을 향해 문을 열었다. 그를 보자 모든 것이 명료해졌다. 그는 너무나 작고, 너무나 외롭고, 다른 모든 것으로부터 너무나 동떨어져 보였다. 이 모든 열망과 격동의 원인이 되었던 그가. 그녀는 그의 면전에서 웃음을 터뜨릴 수도 있었을 것이다. 그러나 그녀의 의지와는 달리, 그 명료함에 바짝 뒤따라 혼란과 안도와 확신과 겸허함이, 그리고 더는 애쓰거나 따지지 않고 싶다는 열망의 물결이 밀려왔으므로, 그녀는 그 물결에 몸을 맡기고 그의 품에 안겨 자신의 사랑을 고백했다.

제32장

다음날 아무도 캐서린에게 아무 질문도 하지 않았다. 좀 더 정확히 말하자면, 그녀에게 굳이 말을 거는 이가 아무도 없었다. 그녀는 일도 조금 했고, 글도 조금 썼고, 저녁식사에 대한 지시도 내렸고, 자신이 생각한 것보다 훨씬 더 오랫동안 앉아서 손으로 머리를 괸 채 편지든 사전이든 앞에 있는 것을 뚫어져라 바라보았다. 마치 그런 물건들이 그녀의 꿈꾸듯 빛나는 눈에 드러나는 심오한 전망을 가리는 차단막이나 되는 듯한 눈길이었다. 한번은 일어나서 서가로 다가가 아버지의 그리스어 사전을 꺼내서 기호와 숫자들로 가득 찬 그 소중한 종잇장들을 펼쳐보았다. 다정한 즐거움과 희망이 뒤섞인 기분으로 그 종이들을 쓸어보았다. 언젠가는 다른 눈들이 그것을 함께 볼 수 있을까? 오랫동안 견딜 수 없었던 그 생각이 이제는 견딜 만해졌다.

그녀는 자신의 동작들을 지켜보고 표정들을 관찰하는 초조한 눈길이 있다고는 전혀 알지 못했다. 카산드라는 그녀를 바라보는 것을 들키지 않게끔 조심했고, 둘 사이에 오가는 대화도 어디까지나 태연자약하기는 힘든 듯 이따금씩 침묵이나 비약이 끼어드는 것 말고는 평범하기 짝이 없었다.

제아무리 밀베인 부인이라 해도 자신이 엿듣는 말에서 아무 의심할 거리를 찾아낼 수 없을 터였다.

윌리엄은 그날 오후 느지막이 왔다가 카산드라가 혼자 있는 것을 보자 심각한 소식을 전했다. 방금 길에서 캐서린과 마주쳤는데 자기를 알아보지도 못하더라는 것이었다.

"물론 나야 상관없지만, 만일 다른 사람한테도 그런다면 대체 어떻게 생각하겠소? 표정만 봐도 뭔가 눈치챌 거요. 그녀는 — 그녀는 꼭 —" 그는 적당한 말을 찾느라 망설였다. "몽유병자 같더라니까."

카산드라에게 의미심장한 것은 캐서린이 자기한테도 아무 말 없이 나가버렸다는 사실이었고, 그녀는 그 사실을 랠프 데넘을 만나러 나갔다는 뜻으로 해석했다. 하지만 그녀로서는 놀랍게도 윌리엄은 그 가능성에서도 전혀 위안을 얻지 못했다.

"일단 관습을 무시하고 나면" 하고 그는 말을 이었다. "그래서 사람들이 하지 않는 일을 하고 나면 — 젊은 남자를 만나러 나간다는 사실도 아무것도 증명할 수 없게 되는 거요. 사람들의 구설수에 오를 거라는 것 말고는."

그가 행여 캐서린이 구설수에 오를세라 그처럼 노심초사하는 것을 보자 카산드라는 캐서린에 대한 그의 관심이 단순한 우정이라기보다 여전한 소유욕의 발로인 것만 같아서 슬며시 질투가 났다. 두 사람 다 전날 밤 랠프가 다녀간 것을 몰랐기 때문에, 사태가 급진전되고 있다는 생각으로 위안을 삼을 수도 없었다. 더구나 캐서린이 그렇게 자리를 비우게 되면 그들은 다른 사람이 찾아올까 봐 모처럼 단둘이 있는 즐거움도 마음 놓고 누릴 수가 없었다. 비 오는 저녁이라 외출을 할 수도 없었고, 윌리엄의 행동 규범에 따르면 집 밖에서 남의 눈에 뜨이느니 집 안에서 들키는 편이 차라리 나았다. 그들은 초인종 소리며 문소리에 너무나 신경이 쓰여서 매콜리[207]에 대해 차분히 이야기할 수 없었고, 윌리엄은 자기 비극 작품의 2막을 읽어 주기로 한 것도 다음날로 미루었다.

그런 상황 가운데서 카산드라는 자신의 가장 좋은 면을 보였다. 그녀는 윌리엄의 불안을 동정하고 그의 심정에 공감하려 최선을 다했다. 하지만 그러면서도 그녀로서는 단둘이 있으면서 함께 위험을 무릅쓰는 동지가 된다는 것이 너무나 신나는 일이라 곧잘 조심성을 잊고 감탄을 연발하곤 했으므로, 윌리엄도 그 상황이 거북하고 한심하기는 해도 나름대로 즐거운 데가 있다고 생각하게끔 되었다.

정말로 문이 열리자 그는 소스라치게 놀랐지만, 용기를 내어 누가 나타날지 정면으로 바라보았다. 하지만 그것은 밀베인 부인이 아니라 캐서린 자신이었고, 그 뒤에는 랠프 데넘이 따르고 있었다. 애써 담담한 표정으로 캐서린은 그들의 눈길을 맞받으며 말했다. "당신들한테 방해는 되지 않을 거예요." 그러고는 데넘을 데리고 유품진열실로 통하는 커튼 뒤로 사라졌다. 그 은신처는 그녀에게 썩 내키지 않았지만, 젖은 길이며 시대에 뒤진 박물관이나 지하철역밖에는 쉴 만한 곳이 없었으므로, 랠프를 위해 자기 집이라는 불편을 감수하기로 했다. 가로등 불빛에 비친 그의 얼굴이 지치고 힘들어 보였던 것이다.

그렇게 나뉜 채, 두 커플은 한동안 자기들만의 관심사에 몰두해 있었다. 이 방에서 저 방으로 나직한 웅얼거림만이 건너갈 뿐이었다. 이윽고 하녀가 들어와서 힐버리 씨가 저녁식사 때 집에 오시지 않으리라는 소식을 전했다. 그 전갈을 캐서린에게 꼭 알릴 필요는 없었지만, 윌리엄은 카산드라

207) 앞서 윌리엄이 카산드라에게 읽으라고 권했던 『영국사』의 저자.

의 의견을 묻기 시작했고, 그 태도에서는 이유가 있든 없든 캐서린과 말하고 싶은 기미가 역력했다.

카산드라는 자기 나름의 동기에서 그를 말렸다.

"하지만 좀 비사교적이라고 생각지 않소?" 그가 우겼다. "좀 즐겁게 지내면 어떻겠소? — 가령 연극에 간다든가? 캐서린과 랠프에게 물어볼 수는 있지 않겠소?"

두 사람의 이름이 그런 식으로 연결되는 것을 보자 카산드라의 마음은 기쁨으로 뛰놀았다.

"당신 생각에는 그들이 —?" 그녀가 말을 꺼내기가 무섭게 윌리엄이 말을 받았다.

"아, 그 문제는 나도 모르겠소. 그저 당신 외숙부님이 안 계실 때 우리끼리 좀 즐겁게 지내면 어떨까 생각했을 뿐이오."

흥분과 당황이 뒤섞인 기분으로 사절 업무에 나선 그는 커튼에 손을 가져가다 말고 고개를 돌려 힐버리 부인이 조슈아 레이놀즈[208] 경의 초기 작품일 거라고 낙관적으로 말하곤 하는 한 여인의 초상화를 잠시 골똘히 바라보았다. 그러고는 또 괜스레 우물쭈물하더니 마침내 결심한 듯 커튼을 열어젖히고는 시선은 바닥만 향한 채 힐버리 씨의 귀가에 대한 소식을 전하고 다 같이 연극이나 보러 가지 않겠느냐고 제안했다. 캐서린이 너무나 흔쾌히 그 제안을 받아들였으므로, 막상 무슨 공연을 보고 싶은지에 대해 아무 생각이 없다는 것이 이상할 정도였다. 그녀는 그 선택을 전적으로 랠프와 윌리엄에게 맡겼고, 그들은 사이좋게 저녁 신문을 찾아가면서 의논한 끝에 뮤직홀[209]이 좋겠다는 데에 의견이 일치했다. 일단 무엇을 볼지를

208) Joshua Reynolds(1723-1792). 영국의 초상화가.

정하고 나자 다른 모든 것은 일사천리로 준비되었다. 카산드라는 뮤직홀에 가본 적이 없었다. 캐서린은 최고로 성장한 귀부인들 바로 뒤에 북극곰이 따라 나오고, 무대 전체가 신비의 정원이 되었다가 모자 만드는 여공의 모자 상자가 되었다가 마일엔드 로드[210]의 건어물 가게가 되었다가 하는 독특한 재미를 알려주었다. 그날 밤 프로그램의 정확한 성격이 무엇이든 간에, 그것은 네 사람의 관객에 관한 한 극예술의 최고 목표를 달성했다.

필시 배우들도 작가들도 자신들의 노력이 그 네 사람의 눈과 귀에 어떤 모양으로 비쳤을지 알게 되면 놀랐겠지만, 전체적인 효과가 엄청났다는 점은 부인하지 못할 것이었다. 홀 전체가 관악기와 현악기 소리로 진동했으니, 웅장하고 엄숙한 음악과 감미로운 애수에 젖은 음악이 번갈아 울려 퍼졌다. 배경의 붉은 색과 크림색 장식들, 리라와 하프, 유골단지와 해골, 도드라진 석고 장식과 진홍색 플러시로 된 장식술, 무수한 전깃불의 명멸은 고대와 현대 세계를 통틀어 어떤 장인도 능가할 수 없는 것이었다.

게다가 관객들 자신도 볼 만했다. 특별석에는 어깨를 드러내고 깃털과 화환으로 한껏 치장한 손님들이, 발코니석에는 점잖으면서도 나들이 기분을 낸 손님들이, 그리고 일반석에는 평상복 차림의 손님들이 와 있었다. 따로따로 보면 그렇게 달랐지만, 한데 놓고 보면 모두 다 엄청나게 유쾌하다는 점에서 일심동체가 되어 눈앞에서 벌어지는 춤과 곡예와 연애놀이에

209) 뮤직홀이란 영국에서 1850년부터 1960년 사이에 유행했던 오락용 공연으로, 그런 공연이 열리던 장소에서 유래한 명칭이다. 대중가요, 코미디, 장기자랑 등 다채로운 프로그램이 혼합된 이런 공연은 세기 전환기에 전성기를 맞이했으나, 영화, 라디오, 전축 등이 보급되면서 쇠퇴하게 되었다. 뮤직홀은 공연 동안 먹고 마시고 담배를 피울 수 있다는 점에서도 기존의 공연장과 차별화되었다.

210) 런던의 가난한 동네.

환호하고 동요하고 전율하면서 끝없이 웃어대고 닥치는 대로 박수를 쳤으며, 때로 그런 반응은 너나없이 일제히 퍼져나가곤 했다. 윌리엄은 캐서린이 몸을 앞으로 기울이고 열렬한 박수를 보내는 것을 보고 깜짝 놀랐다. 그녀의 웃음은 관중의 웃음과 하나가 되어 있었다.

잠깐이나마 그는 그 웃음이 자신이 그녀에게서 단 한번도 보지 못했던 어떤 것을 드러내기라도 하는 듯 얼떨떨해졌다. 하지만 다음 순간 어릿광대를 보고 넋이 나간 카산드라의 얼굴이 눈에 들어왔다. 너무나 놀라고 열중한 나머지 눈앞에서 벌어지는 광경에 웃지도 못하는 그녀의 모습을 보자, 그는 그녀가 마치 어린아이라도 되는 것처럼 한참을 지켜보았다.

공연이 끝나고 환상이 곳곳에서 떠나갔다. 어떤 이는 일어나서 코트를 입고 또 어떤 이는 일어나서 「신이여 국왕 폐하를 지켜주소서」[211]를 불러댔으며, 악사들은 악보를 접고 악기를 챙겼고 불빛도 하나둘 꺼져서 마침내 장내는 어둡고 텅 비고 고요해졌다. 랠프를 따라 회전문을 통과하며 언뜻 어깨 너머를 돌아본 카산드라는 무대에 이미 낭만이라고는 없는 것을 보고 아연했다. 하지만 정말로 매일 밤 모든 좌석에 갈색 홀랜드 천[212]을 씌우는 걸까 하고 그녀는 궁금해졌다.

그 공연이 어찌나 즐거웠던지 그들은 헤어지기 전에 다음날도 나들이할 계획을 세웠다. 다음날은 토요일이었으므로, 윌리엄도 랠프도 오후 시

---

211) 「신이여, 국왕(여왕) 폐하를 지켜주소서(God Save the King 또는 God save the Queen)」는 영국을 비롯한 영국 연방의 여러 나라가 쓰고 있는 국가(國歌)이다.

212) 면이나 마를 평직으로 짠 허름한 직물. 주로 가구를 덮는 데 사용되었다. 카산드라의 눈에 비친 객석이 아까 화려했던 것과 너무 달라 보여서 그런 덮개라도 씌웠나 생각했다는 말인 듯하다.

간을 모두 내어 그리니치[213)]까지 갈 수 있었다. 카산드라는 그리니치에 가본 적이 없었고, 캐서린은 그리니치를 덜위치[214)]와 혼동하고 있었던 것이다. 이번 나들이에는 랠프가 안내자가 되어서, 무사히 그리니치까지 안내했다.

런던 주위에 쾌적한 장소들이 생겨난 것이 어떤 국가적 요구에서인지 기발한 상상력 덕분인지는 중요한 문제가 아니다. 이제 그런 장소들은 토요일 오후를 즐기려는 나이 스물에서 서른 사이 사람들의 필요를 더없이 훌륭하게 충족시키고 있으니 말이다. 실로, 지난 세기의 유령들이 후세 사람들의 애정 문제에 조금이라도 관심이 있다면, 화창한 날씨가 돌아오고 연인들이며 관광객들, 휴일을 즐기려는 사람들이 기차와 버스에서 쏟아져 나와 자신들의 옛 정원으로 밀려드는 것을 보며 흐뭇한 수확을 거두었음에 틀림없다. 대부분의 경우에 그들은 이름 없는 감사를 받고 떠날 뿐이지만, 이번 나들이에서 윌리엄은 고인이 된 건축가들이며 화가들이 일 년 내내 받아보지 못했을 안목 있는 찬사를 바칠 준비가 되어 있었다. 그들은 강둑을 따라 걸었고, 캐서린과 랠프는 조금 뒤로 처져서 로드니의 강연을 이따금씩 얻어들었다. 캐서린은 그의 목소리에 미소 지었다. 익히 듣던 목소리였는데도 어딘가 다르게 들리는 성싶어서, 곰곰이 음미해보았다. 새로운 것은 그 목소리에 담긴 확신과 행복의 음조였다. 윌리엄은 아주 행복했다. 그녀는 자신이 그에게 행복을 줄 만한 어떤 일들을 무시했던가를 시시각각 깨닫고 있었다. 그녀는 그에게 뭔가 가르쳐달라고 청해본 적도 없었

213) 그리니치는 런던 동쪽 템스 강 남쪽에 있는 지역으로, 천문대, 해양 박물관 등이 있는 곳이다. 15세기부터 왕궁이 지어졌으며, 18세기 이후로는 인기 있는 유원지가 되어 아름다운 저택들이 지어졌다.

214) 덜위치는 런던 남쪽의 주택 지역이다.

고 매콜리를 읽겠다고 해본 적도 없었으며, 그의 희곡이 셰익스피어에 버금가는 것이라는 믿음을 피력해본 적도 없었다. 그녀는 꿈꾸는 듯한 기분으로 그들을 뒤따라 가면서, 카산드라의 열렬하고도 비굴한 데라고는 없는 찬동에서 비롯되는 로드니의 행복한 목소리에 덩달아 기뻤다.

그러면서 자신도 모르게 "카산드라는 어쩌면 저렇게 —" 하고 중얼거리다가, 하려던 말과는 정반대로 바꾸어 말을 맺고 말았다. "왜 내 눈에는 도무지 들어오지 않았던 걸까?" 하지만 그런 수수께끼에 오래 골몰할 필요가 없었으니, 랠프의 존재가 그녀에게 훨씬 더 흥미로운 질문들을 안겨주었기 때문이다. 그 질문에는 강을 건너는 작은 배, 웅장하고도 수심 어린 듯한 시티,[215] 보물을 싣고 돌아오는 또는 보물을 찾아 나서는 증기선 같은 것들이 연관되어 있어서, 그것들을 하나하나 제대로 풀어내려면 아무리 시간이 있어도 모자랄 것이었다. 더구나 그는 걸음을 멈추고서 나이든 뱃사람에게 조수가 어떻고 배가 어떻고 하면서 질문하기 시작했는데, 그렇게 이야기를 나누는 그는 무척 달라 보였으며, 강과 첨탑과 탑들을 배경으로 하니 생김새마저 달라 보인다고 그녀는 생각했다. 그의 낯설고도 낭만적인 면, 그녀의 곁을 떠나 남자들의 일에 동참하는 능력, 함께 배를 빌려서 강을 건너려는 계획, 그런 일을 추진하는 민첩함과 과단성 같은 것들이 그녀의 마음을 가득 채운 나머지 그녀는 사랑과 모험이 반반 섞인 감정으로 황홀해졌다. 그런 그녀를 보자 윌리엄과 카산드라는 자기들끼리 이야기를 하다 말고 깜짝 놀랐고, 카산드라는 저도 모르게 외치고 말았다. "아주 넋이 나간 것만 같네요! 너무나 아름다워요!" 그녀는 그 마지막 말을 덧붙이고는, 윌리엄을 배려하여 자신의 놀라움을 억제했다. 템스 강변의 뱃사람

215) 그냥 대문자로 the City라 한 것은 the City of London을 가리킨다. 주 61 참조.

과 이야기하는 랠프 데넘의 모습이 누군가에게 그토록 감명을 줄 수 있다니 놀라웠던 것이다.

그날 오후는 차를 마시고 템스 터널[216]이며 낯선 거리들을 구경하느라 너무나 빨리 지나가 버렸으므로, 그런 즐거움을 연장할 유일한 방도는 다음날 또 다른 나들이를 하는 것뿐이었다. 햄턴 코트[217]와 햄스테드[218] 중에서 햄턴 코트로 정해진 것은 카산드라가 비록 어렸을 때 햄스테드의 강도들에 대한 꿈을 꾸기는 했지만 지금은 윌리엄 3세에게로 애정을 완전히 옮긴 때문이었다. 그래서 그들은 화창한 일요일 점심때쯤 햄턴 코트에 도착했다. 그들이 그 붉은 벽돌 건물에 한결같은 찬탄을 보내는 것을 보면, 오직 서로에게 그 궁전이야말로 세계에서 가장 위풍당당한 궁전임을 확신시키려는 목적으로 거기 오기나 한 것 같았다. 넷이서 나란히 테라스를 거닐기도 하고, 자신들이 그곳의 주인이라면 세상의 모든 것이 얼마나 좋아질지 따져보기도 했다.

"우리에게 유일한 희망은" 하고 캐서린이 말했다. "윌리엄이 죽어서 카산드라가 고명한 시인의 미망인으로 여기서 살게 되는 거예요."[219]

216) 그리니치에서 템스 강을 건너는 지하보도. 1843년에 개통된 세계 최초의 지하 터널이다.

217) 런던 남서쪽 외곽 템스 강변에 있는 왕궁. 1514년 국새상서 토머스 울시가 중세의 장원을 궁전으로 개축한 것으로, 헨리 8세(1491-1547)에게 헌납되어 튜더 시대를 대표하는 왕궁이 되었고, 그 후 윌리엄 3세(1650-1702)가 개조하여 그곳에서 살았다.

218) 햄스테드란 런던 북서쪽 교외 지역에 있는 동네 이름이지만, 여기서는 그 인근에 있는 공원 햄스테드 히스(Hampstead Heath)를 가리킨다. 햄스테드 히스는 18세기에 강도의 소굴이었다.

219) 햄턴 코트에 왕실이 거주했던 것은 1737년이 마지막으로, 조지 3세가 더 이상 그곳에 살지 않기로 결정한 후에는 궁전이 50여 개의 '왕실하사주택(grace-and-favour residence)'으로 개조되어 국가 및 왕실 유공자들에게 제공되었다. 본문 중 캐서린의 농담을 보면, 아마도 고명한 시인의 미망인도 그런 유공자 대우를 받았던 듯하다.

"아니면 —" 하고 카산드라도 입을 열어 캐서린이 고명한 법률가의 미망인으로… 라고 말하려다 얼른 자제했다. 그러고 나자, 그렇게 아무것도 아닌 상상 놀이에서조차 조심해야 하다니 넷이서 함께 하는 이 세 번째 나들이가 피곤해져 버렸다. 그녀는 감히 윌리엄에게 질문을 할 수가 없었다. 그는 속을 알 수 없었으니, 흔히 그러듯 꽃 이름을 알려거나 프레스코 화를 자세히 보려고 뒤처질 때도, 다른 커플이 무엇을 하는지 궁금해하지도 않는 것 같았다. 카산드라는 끊임없이 그들의 등 뒤를 주시했다. 어떤 때는 캐서린이, 어떤 때는 랠프가 보조를 이끌어가며, 어떤 때는 심각한 이야기를 하는 듯 천천히 걷다가 또 어떤 때는 격정적인 이야기를 하는 듯 빠른 걸음으로 걷기도 했다. 그러다 다시 모일 때면, 그들은 더없이 태평하기만 했다.

"저기서 물고기가 잡히기나 하는지 궁금해하던 참이에요"라든가 "미로에 들어가볼 시간도 남겨둬야 해요"라든가. 그러고는 더욱 알 수 없게도, 윌리엄과 랠프는 식사할 때나 기차를 타고 갈 때나 틈만 나면 아주 유쾌한 듯 토론을 하는 것이었다. 정치 토론도 하고 이런저런 얘기도 서로 들려주고 뭔가를 증명하려는 듯 낡은 봉투 뒷면에 뭔가 계산하기도 했다. 그러는 동안 캐서린은 딴생각을 하는 것 같았지만, 확실히 알 수는 없었다. 자신이 너무나 어리고 미숙하게 느껴지곤 해서, 차라리 스톡던 하우스로 돌아가 누에나 치면서 이런 곤란한 일에는 끼어들지 말았더라면 좋았겠다 싶기도 했다.

그러나 그런 순간들은 그녀의 행복감을 입증해주는 데 필요한 그늘일 뿐이었으며 일행 모두를 똑같이 감싸고 있는 듯한 광휘에는 변함이 없었다. 봄날의 공기는 신선했고, 구름 걷힌 하늘의 푸르름에서는 벌써부터 온기가 느껴지는 것이 마치 자연도 선택된 자들의 기분에 화답하는 것만 같았다. 그 선택된 자들은 말없이 햇볕을 쬐고 있는 사슴 떼 가운데도 있었고, 냇물 한가운데 미동도 없이 머물러 있는 물고기들 가운데도 있었으니, 그들은 굳이 말로 표현할 필요 없는 평온한 상태를 묵묵히 함께 누리고 있었다. 카산드라가 생각해낼 수 있는 어떤 말도 그 일요일 오후 네 사람이 나란히 걸었던 풀밭 길과 자갈길의 평화로운 아름다움을 비추던 고요하고 환하고 기대감으로 충만한 공기를 표현할 수는 없었을 것이다. 햇볕이 내리쬐는 드넓은 길에는 나무 그늘이 말없이 드리워져 있었고, 정적이 그녀의 마음을 감쌌다. 반쯤 핀 꽃송이 위에 앉은 나비의 조용한 떨림, 햇볕 속에서 풀 뜯는 사슴의 고즈넉함 같은 것이 그녀의 눈길이 머문 광경들이었고, 그런 것이 곧 행복감에 전율하는 그녀 자신의 모습인 것만 같았다.

그러나 오후도 저물어가고, 공원을 떠날 시간이 되었다. 워털루에서 첼시로[220] 차를 타고 가는 동안, 캐서린은 아버지에 대해 송구스런 마음이 들었고, 안 그래도 월요일이면 다들 사무실에 나가 일해야 하는 터라 다음날 또 다른 나들이를 계획하기는 어려웠다. 지금까지는 힐버리 씨도 그들이 집에 없는 것을 아버지다운 너그러움으로 받아주고 있었지만, 언제까지나 그런 관용을 이용할 수만은 없는 노릇이었다. 실제로, 그들은 알지 못했지만, 그는 벌써부터 그들이 없는 것을 아쉬워하며 그들이 돌아오기만을 기다리고 있었다.

그는 고독을 싫어하지 않았고, 특히 일요일이면 편지를 쓰거나 친지들을 방문하거나 자신의 클럽에 가거나 하는 데에 기분 좋게 익숙해져 있었

220) 아마도 햄턴 코트에서 워털루까지 기차를 타고 와서, 워털루 역에서 택시를 타고 첼시로 돌아가는 중인 듯하다.

다. 오늘도 차를 마실 시간쯤 또 그런 외출을 하려고 집을 나서다가 문간에서 누이동생인 밀베인 부인과 마주치고 말았다. 그녀는 집에 아무도 없다는 말을 듣자 순순히 되돌아가는 대신, 그가 인사치레로 건넨 들어오라는 말을 액면 그대로 받아들였고, 그는 어쩔 수 없이 살롱에 앉아 그녀에게 차를 따라주는 처량한 신세가 되고 말았다. 그녀는 차를 마시면서, 자신이 그렇게 폐를 끼치는 것은 중요한 용무로 왔기 때문임을 즉시 분명히 했다.

"캐서린은 외출했단다." 그는 말했다. "나중에 다시 와서 그 애랑 얘기하는 게 어떻겠니 — 우리 둘 다 있을 때 말이다."

"트레버 오라버니, 난 오라버니한테만 따로 말하고 싶은 이유가 있답니다... 캐서린은 어딜 갔나요?"

"그야 자기 기사랑 함께 나갔지. 카산드라가 샤프롱 역할을 제법 잘하고 있어. 아주 참한 아가씨지 — 내 마음에 꼭 든다니까." 그는 손가락 사이로 녹색 돌을 빙빙 돌리며 화제를 다른 데로 이끌어갈 방도를 궁리했다. 셀리아는 필시 여느 때처럼 시릴의 가정사에 관한 일로 왔을 터였다.

"카산드라요." 밀베인 부인이 의미심장하게 되받았다. "카산드라와 함께 갔단 말이지요."

"그래, 카산드라도 갔지." 힐버리 씨는 점잖게 동의하면서, 얘기가 그쪽으로 가는 것이 내심 반가웠다. "생각해보니 햄턴 코트에 간다고 했던 것 같아. 그리고 내가 아끼는 젊은 친구 랠프 데넘도 같이 갔을 거야. 아주 똑똑한 친군데, 카산드라의 말상대가 되어주겠지. 그렇게 넷이니 꽤 괜찮은 모임이 아닌가." 그는 이 안전한 화제를 좀 더 길게 끌어갈 태세를 하고, 그 얘기가 다 끝나기 전에 캐서린이 돌아와주기를 바랐다.

"햄턴 코트는 약혼한 커플에게는 이상적인 장소라고 늘 생각되더군. 미로도 있고, 찻집도 훌륭하고 — 이름이 뭐라더라 — 뭘 좀 아는 청년이라면 아가씨를 배에 태워 강으로 나갈 수도 있지. 할 게 아주 많다니까. 케이크 들겠어, 셀리아?" 힐버리 씨는 말을 이었다. "난 저녁식사를 해야 하니까 삼가야 하지만, 넌 그렇지도 않겠지. 내가 기억하는 한 넌 저녁식사를 별로 중요시하지 않지 않니."

오라버니의 사근사근한 태도도 밀베인 부인을 속이지는 못했고, 그 점이 다소 서글프게 느껴졌다. 그녀는 그 이유를 너무나 잘 알고 있었다. 언제나 그렇듯 오라버니는 마음을 준 상대에게는 눈이 머는 것이다.

"그 데넘이라는 사람은 어떤 사람이에요?"

"랠프 데넘?" 힐버리 씨는 그녀의 관심이 그쪽으로 쏠리는 데 안도하며 말했다. "아주 흥미로운 청년이지. 난 그 친구한테 무척 기대를 걸고 있어. 우리나라 중세 제도 연구의 권위자인데, 밥벌이를 해야 할 처지만 아니라면 아주 요긴한 책을 쓸 수 있을 텐데 말이야."

"형편이 어려운가 보네요?" 밀베인 부인이 끼어들었다.

"무일푼에다가 식구들이 그 친구한테 기대고 있는 모양이더군."

"모친과 누이들인가요? — 부친은 작고하시고?"

"그래. 부친은 몇 년 전에 돌아가셨다지." 힐버리 씨는 무슨 이유에선가 랠프 데넘에게 정신이 팔려 있는 밀베인 부인에게 그의 개인사에 관한 사실들을 주워섬기기 위해 필요하다면 상상력이라도 발휘할 용의가 있었다.

"부친은 세상 떠난 지 꽤 됐고, 그 친구가 그 대신을 해야 했다고 —"

"법률가 집안인가요?" 밀베인 부인이 물었다. "어디선가 본 이름 같아서요."

힐버리 씨는 고개를 흔들었다. "전혀 다른 계통 사람들인 것 같아." 그는 말했다. "데넘이 언젠가 한 말로는 부친이 곡물상이었다던가. 주식중

개인이었다고 한 것도 같고.[221] 아무튼 완전히 파산했다나 봐. 왜 가끔 주식중개인들이 그러듯이 말이야. 하여간 난 데넘을 아주 높이 평가하고 있어." 그는 덧붙였다. 애석하게도 그 말은 그 자신의 귀에도 결론을 내리는 것처럼 들렸고, 사실 그는 데넘에 대해 더 할 말이 없기도 했다. 그는 손가락 끝을 찬찬히 살피며 다른 말을 꺼냈다. "카산드라는 아주 참한 아가씨가 되었더군. 용모도 그렇고 말솜씨도 빠지지 않아. 역사 지식은 별로 깊지 못하지만 말이야. 차 한잔 더 들겠어?"

밀베인 부인은 자기 찻잔을 조금 밀어놓은 터였고, 그 동작에는 잠시나마 불편한 심기가 드러나는 듯했다. 아니, 차는 더 원치 않았다.

"내가 온 건 카산드라 때문이에요." 그녀는 입을 열었다. "유감이지만, 카산드라는 오라버니가 생각하는 것과는 전혀 다르답니다. 그 애는 오라버니와 매기의 선의를 이용하고 있어요. 그 애 행동거지는 정말이지 말도 안 된다니까요. 다른 집도 아닌 이 집에서요. 하긴 상황 자체가 더 말이 안 되긴 하지만요."

힐버리 씨는 어리둥절하여 잠시 말문이 막혔다.

"그게 다 무슨 소리냐." 그는 여전히 손가락 끝을 살피며 점잖게 대꾸했다. "네가 무슨 얘길 하는 건지 도무지 모르겠는걸."

밀베인 부인은 몸을 꼿꼿이 세우며 간단명료하고 대찬 말로 속내를 꺼내놓았다.

"카산드라가 누구랑 나갔지요? 윌리엄 로드니지요. 캐서린은 누구랑 나갔지요? 랠프 데넘이에요. 왜 넷이서 노상 길모퉁이 같은 데서 만나 뮤직홀에 다니고 밤늦게 택시를 타지요? 왜 캐서린은 내가 묻는 말에 사실대로

221) 주 33 참조.

대답하지 않지요? 난 이제 이유를 알아요. 캐서린은 그 정체를 알 수 없는 변호사랑 얽혀서 카산드라의 행동을 묵인해주는 거라고요."

잠시 또 침묵이 찾아들었다.

"아, 그런 건 캐서린이 나한테 다 설명할 거야." 힐버리 씨는 끄떡없는 태도로 대꾸했다. "지금으로서는 솔직히 네 얘길 다 알아들을 수가 없구나 — 그리고 미안하지만, 셀리아, 난 나이츠브리지에 가봐야 할 것 같아."

밀베인 부인은 곧장 자리에서 일어났다.

"그 애는 카산드라의 행동을 묵인하면서 자기는 랠프 데넘과 얽히고 있다고요." 그녀는 되풀이했다. 몸을 꼿꼿이 세우고, 결과가 어찌 되든 간에 진실을 증언한다는 불굴의 태도였다. 지난날의 경험으로 미루어보아 오라버니의 무기력하고 무심한 태도에 맞서는 유일한 방법은 방을 나서기 전에 이미 했던 말을 압축한 한마디를 마지막으로 날리는 것임을 알고 있었던 것이다. 그래서 그 한마디를 하고는 더 아무 말도 덧붙이지 않은 채 고매한 이상에 고취된 자의 위엄을 풍기며 집을 나섰다.

그녀가 용건을 꺼내놓은 방식은 힐버리 씨로 하여금 나이츠브리지에 가려던 마음을 접게 만들었다. 그는 캐서린에 대해서는 아무런 의구심도 없었지만, 어쩌면 카산드라는 철없고 무지한 나머지 젊은 사람들끼리의 나들이에서 뭔가 어리석은 상황에 빠져들었을지도 모른다는 생각이 마음 한 구석에 자리 잡기 시작했다. 그의 아내는 인습이라는 것에 대해 다소 특이한 견해를 갖고 있었고, 그 자신은 무심했으며, 캐서린이야 당연히 자기 일로 바쁠 테니 — 이 대목에서 그는 문득 비난의 요점을 상기했다. "그 애는 카산드라의 행동을 묵인하면서 자기는 랠프 데넘과 얽히고 있다"라고 했던가? 그렇다면 캐서린은 자기 일로 바쁜 게 아니란 말인가? 랠프 데넘과 얽힌 게 둘 중 누구란 말인가? 그 뒤죽박죽 가운데서 힐버리 씨는 캐서린 자신이 돌아와 도와주기 전에는 빠져나올 수가 없었고, 그래서 사뭇 철학적인 태도로 책에 몰두했다.

젊은 사람들이 들어와 위층으로 올라가는 소리가 들리자마자 그는 하녀를 시켜 캐서린 아가씨에게 서재에서 좀 할 얘기가 있다는 말을 전하게 했다. 캐서린은 살롱의 난로 앞에서 모피 코트를 막 벗던 참이었다. 그들 모두 한데 모여서 헤어지는 것이 내키지 않았다. 아버지의 호출에 캐서린은 좀 놀랐고, 다른 사람들도 그녀가 다시금 문을 향할 때의 표정에서 뭔가 염려스러운 느낌을 받았다.

힐버리 씨는 딸을 보자 마음이 놓였다. 그는 그렇게 책임감 있고 나이에 비해 철이 든 딸을 둔 것이 흐뭇하고 자랑스러웠다. 더구나 그녀는 오늘 유달리 아름다워 보였다. 그는 딸의 미모를 당연히 여기고 있었지만, 새삼 눈이 뜨인 듯 내심 감탄하지 않을 수 없었다. 그러면서 문득 그녀와 로드니의 오붓한 시간을 방해했다는 생각이 들어서 사과부터 했다.

"방해해서 미안하구나, 얘야. 너희가 들어오는 소리가 들려서, 싫은 얘기는 얼른 해버리는 게 낫겠다 싶었어. 유감이지만 애비라는 존재는 싫은 얘기를 해야 하는 입장인 것 같으니 말이다. 얘기인즉슨, 셀리아 고모가 와서 한다는 말이 너와 카산드라가 — 뭐랄까 좀 어리석게 처신하는 것 같다더구나. 그 애랑 외출하는 거 — 그 좀 기분을 내자는 일에 대해 오해가 있는 모양이야. 그래서 말해주었지. 내 보기에는 아무 문제없다고. 하지만 너한테서 직접 사정을 들어보긴 해야 할 것 같아. 카산드라가 데넘 씨에게 다소 지나치게 여지를 준 거냐?"

캐서린은 얼른 대답하지 않았고, 힐버리 씨는 격려하는 듯한 태도로 부젓가락으로 석탄을 톡톡 두드렸다. 이윽고 그녀가 입을 열었다. 당황하거나 변명하는 기색은 없었다.

"셀리아 고모의 질문에 왜 대답해야 하는지 모르겠어요. 고모한테는 대답하지 않겠다고 이미 말씀드렸는데요."

힐버리 씨는 두 사람 사이에 오갔을 대화를 그려보며 안심도 되고 내심 유쾌하기도 했지만, 그런 불온한 내심을 드러낼 수는 없었다.

"그렇구나. 그렇다면 고모가 잘못 안 거라고, 그저 좀 기분 낸 나들이 이상은 아니었다고 말해줘도 되겠니? 네 마음에 걸리는 건 없지, 캐서린? 카산드라는 우리 손님이고, 사람들 입에 안 좋게 오르내리지 않게 해야지. 너도 앞으로는 좀 더 조심하는 게 좋을 것 같구나. 다음번 나들이에는 나도 불러다오."

그의 기대와는 달리, 그녀는 평소처럼 유쾌하고 애정 어린 대답을 하지 않았다. 그녀는 뭔가를 곰곰이 생각하는 듯했고, 그는 캐서린도 속내를 터놓지 않기는 여느 여자들과 다르지 않다는 생각이 들었다. 아니면 뭔가 할 말이 있는 걸까?

"마음에 걸리는 게 있니?" 그는 대수롭잖게 물었다. "말해보렴, 캐서린." 그는 그녀의 눈빛에서 뭔가 심상찮은 기미를 느끼고, 좀 더 진지한 어조로 물었다.

"얼마 전부터 계속 말씀드리려 했었는데요." 그녀가 입을 열었다. "저는 윌리엄과 결혼하지 않을 거예요."

"네가 윌리엄과 —!" 그는 너무나 놀라서 손에 들었던 부젓가락을 떨어뜨리며 외쳤다. "아니, 왜? 언제부터? 자세히 좀 말해보렴, 캐서린!"

"아, 좀 됐어요 — 일주일이나 어쩌면 그 전부터요." 캐서린은 그 일이 더는 아무에게도 중요치 않다는 듯 대뜸 무심히 대답했다.

"하지만 왜 그렇게 되었는지 — 왜 나는 통 몰랐는지 — 물어봐도 되겠니?"

"저흰 결혼하고 싶지 않다는 게 전부예요."

"너뿐 아니라 윌리엄도 그런 게냐?"

"그럼요. 완전히 합의했어요."

힐버리 씨는 그보다 더 당황한 적은 없었다. 그는 캐서린이 그 일을 이상하리만치 덤덤하게 받아들이고 있다는 생각이 들었다. 그녀는 자신이 하는 말의 중요성조차 깨닫지 못하는 것 같았다. 그는 그녀의 입장을 도무지 이해할 수 없었다. 하지만 그는 매사를 원만하게 처리하고자 하는 바람에 매달렸다. 필시 무슨 다툼이, 윌리엄 쪽의 괴팍한 점이 있었을 것이었다. 그는 좋은 청년이긴 하지만 그래도 가끔 까다로운 데가 있었으니 — 그런 건 여자 편에서 고쳐 나갈 수 있는 일이었다. 하지만 비록 그가 자기 책임에 대해 되도록 가볍게 생각하는 성향이 있기는 했지만, 그저 내버려 두기에는 딸을 생각하는 마음이 더 컸다.

"솔직히 네가 무슨 말을 하는지 이해가 잘 안 가는구나. 윌리엄의 얘기도 들어봐야겠다." 그는 흥분해서 말했다. "내 생각엔 그 친구가 먼저 내게 사정 얘길 했어야 할 것 같은데."

"제가 말렸어요." 캐서린이 말했다. "아버지께서 이상하게 여기실 것 같아서요." 그녀는 덧붙였다. "하지만 안심하세요. 조금만 기다리시면 — 어머니가 돌아오실 때까지만요."

그런 식으로 미루는 것은 힐버리 씨의 비위에 맞지 않았고, 양심상으로도 그럴 수가 없었다. 사람들이 수군대고 있다지 않는가. 그는 자기 딸의 행동이 어떤 식으로든 정도에서 벗어났다고 여겨지는 것을 참을 수 없었다. 그는 지금 상황에 아내에게 전보를 치는 것이 좋을지, 누이들 중 누군가를 부르러 보낼지, 아니면 윌리엄의 방문을 금하고 카산드라를 자기 집으로 돌려보내야 할지 — 그녀에게도 책임이 있다는 생각이 들기 시작했으므로 — 궁리해보았다. 그의 이마는 겹겹의 근심으로 점점 더 주름이 깊어졌고, 그런 근심들에 대해 그는 캐서린의 도움을 구하고 싶은 마음이 간절했다. 그때 문이 열리더니 윌리엄 로드니가 나타났다. 그것은 태도뿐 아니라 입장까지도 완전히 바꿔야만 하는 일이었다.

"아, 윌리엄이 왔네요." 캐서린이 안도한 듯 말했다. "아버지께 우리가 결혼하지 않을 거라고 말씀드렸어요." 그녀는 그에게 설명했다. "당신이 직접 말씀드리지 못하도록 내가 말렸다는 말씀도 드렸고요."

윌리엄의 태도는 극도로 정중했다. 그는 힐버리 씨를 향해 몸을 약간 굽혀 절하고는 다시 똑바로 서서 코트 깃 한쪽을 붙든 채 난롯불을 주시하며 힐버리 씨의 말을 기다렸다.

힐버리 씨 역시 더없이 위엄 있는 태도를 취했다. 그는 자리에서 일어나 상체를 약간 앞쪽으로 기울였다.

"이 일에 대한 자네 의견을 듣고 싶네, 로드니 — 캐서린이 더 이상 말리지 않는다면 말일세."

윌리엄은 잠시 뜸을 들였다.

"저희 약혼은 파기되었습니다." 그는 극도로 경직된 어조로 말했다.

"두 사람의 합의에 따라 결정된 일인가?"

한동안 잠자코 있던 로드니가 고개를 떨구었다. 그러자 캐서린이 마치 뒤늦게 생각난 듯 대답했다.

"아, 물론이에요."

힐버리 씨는 몸을 앞뒤로 흔들며 뭔가 말하려는 듯 입술을 달싹였지만 아무 말도 나오지 않았다.

"내가 말할 수 있는 건 오해가 풀릴 만한 시간이 지나기까지는 아무 결정도 내리지 말라는 것뿐이다. 너희는 이제 서로 잘 아니까 —" 그는 그렇게 허두를 떼었다.

“오해는 없어요.” 캐서린이 말을 가로막았다. “전혀 없어요.” 그녀는 마치 그 두 사람을 버려두고 가려는 것처럼 몇 발짝 방을 가로질러 갔다. 그녀의 생각에 잠긴 자연스러운 모습은 아버지의 위세나 윌리엄의 군대식으로 경직된 태도와 묘한 대조를 이루었다. 윌리엄은 눈도 들지 못하고 있었다. 반면 캐서린의 눈길은 두 신사를 지나쳐 책들을 따라가다가 테이블들을 건너 문 쪽을 향했다. 그녀는 지금 일어나고 있는 일에 대해 최소한의 주의밖에 기울이지 않는 듯했다. 그녀를 지켜보던 부친의 표정이 갑자기 어둡고 흐려졌다. 딸의 견실함과 분별에 대한 믿음이 얄궂게 무너져 내리는 듯했다. 그는 더 이상 딸의 일에 대해 겉으로만 감독하는 척하고는 결국 다 알아서 하도록 내버려둘 수가 없다는 느낌이 들었다. 몇 년 만에 처음으로, 그는 딸에 대한 책임을 느꼈다.

“이보게, 이 문제는 근본적으로 따져봐야겠네.” 그는 형식적인 태도를 버리고 마치 캐서린이 그 자리에 없는 것처럼 로드니에게 말을 걸었다. “자네들은 뭔가 의견 차이가 있었던 게 아닌가? 내 말 믿게나. 결혼을 약속한 사람들은 대개 이런 문제를 겪는 거라네. 어떤 인간사에서보다도 약혼 기간이 길어지는 데서 골치 아픈 일들이 생겨나는 법이야. 내 충고를 듣고 이번 일은 깨끗이 잊어버리게. 두 사람 다 감정을 일체 자제하기를 권하는 바일세. 자네는 어디 좋은 바닷가 휴양지라도 다녀오면 어떻겠나, 로드니.”

그는 격심한 감정을 결연히 자제하고 있는 듯한 윌리엄의 모습에 충격을 받았다. 캐서린이 그를 단단히 열받게 한 것이 분명하다고 그는 생각했다. 아마 자신은 의식하지 못한 채, 그로 하여금 본의가 아닌 입장을 취하게끔 몰고 갔을 것이었다. 힐버리 씨의 눈에 비친 윌리엄의 괴로움은 사실이었다. 그는 평생 그토록 괴로운 순간은 처음이었다. 지금 그는 자신의 미친 짓이 불러온 결과를 마주하고 있는 것이었다. 그는 자신이 힐버리 씨가 생각하는 것과는 전적으로, 근본적으로 다르다는 것을 고백해야만 했다. 모든 것이 그에게 반기를 들었다. 일요일 저녁도 난롯불이며 아늑한 서재의 분위기마저도 그에게는 불리하게 느껴졌다. 자신을 세상 이치를 아는 남자로 여기는 힐버리 씨의 호소는 끔찍하게 그를 파고들었다. 그는 더 이상 힐버리 씨가 인정할 어떤 세상의 이치에도 속하지 않았다. 하지만 그를 아래층으로 몰고 온 것과도 같은 어떤 힘이 그로 하여금 지금 당장, 다른 누구의 도움도 받지 않고, 아무런 보상도 기대할 수 없더라도, 자기 입장을 표명하게끔 몰아세웠다. 그는 이런저런 문구들을 더듬어보다가, 불쑥 내뱉었다.

"저는 카산드라를 사랑합니다."

힐버리 씨의 얼굴은 묘하게 탁한 자줏빛으로 변했다. 그는 딸을 바라보았다. 그러고는 그녀에게 방에서 나가라는 말없는 명령을 전하는 듯 고개를 끄덕였다. 하지만 그녀는 눈치를 채지 못했는지 복종할 생각이 없는지 알 수 없었다.

"어찌 그렇게 뻔뻔할 수가 있나 —" 힐버리 씨가 자신도 들어본 적 없는 탁하고 낮은 음성으로 말문을 여는 순간, 복도에서 실랑이하며 웅성거리는 소리가 나더니만 카산드라가 상대의 만류를 뿌리친 듯 방 안으로 뛰어들었다.

"트레버 숙부님" 하고 그녀는 외쳤다. "제가 진실을 말씀드려야겠어요!" 외숙과 로드니 사이에 몸을 던지는 품이 마치 두 사람이 서로 치고받는 것을 막기라도 하려는 듯했다. 하지만 외숙이 거대한 덩치로 당당하게 버티고 서서 꿈쩍도 하지 않고 아무도 입을 열지 않자, 그녀는 주춤 물러서서 먼저는 캐서린을, 다음에는 로드니를 쳐다보았다. "진실을 아셔야만 해요." 그녀는 조금 풀이 꺾여 말했다.

"어찌 그렇게 뻔뻔할 수가 있나! 캐서린의 면전에서 내게 그런 말을 하다니." 힐버리 씨는 카산드라가 끼어든 것은 전혀 아랑곳하지 않고 말을 이었다.

"압니다. 저도 아주 잘 —" 여전히 시선은 바닥에 내리꽂은 채 한참 만에야 입을 연 로드니의 대답은 머뭇거리면서도 놀랄 만큼 단호한 결의를 나타내고 있었다. "저를 어떻게 생각하시는지는 아주 잘 알고 있습니다." 그는 처음으로 눈을 들어 힐버리 씨를 마주보면서 말했다.

"우리 둘만 있다면 이 문제에 대한 내 생각을 좀 더 분명히 말할 수 있겠네만." 힐버리 씨가 대답했다.

"하지만 아버진 절 잊고 계시군요." 캐서린이 말했다. 그녀는 로드니 쪽으로 조금 다가섰고, 그녀의 동작에서는 그에 대한 존중과 신뢰가 말없이 드러나 있었다. "저는 윌리엄이 지극히 정당하게 행동했다고 생각해요. 게다가 결국 저에 관한 문제니까요 — 저와 카산드라에 관한 문제지요."

눈에 띄지 않을 만큼 미미하나마 카산드라의 동작 역시 그들 세 사람이 모두 한 편인 것을 보여주는 듯했다. 캐서린의 말투와 눈길은 힐버리 씨를 다시금 완전히 당혹감에 빠뜨렸고, 그는 고통스럽고 화가 날 만큼 자신이 구닥다리인 것처럼 느껴졌다. 하지만 속으로는 끔찍한 허탈감을 느끼면서도 겉으로는 침착하기만 했다.

"카산드라와 로드니는 본인들의 문제를 본인들이 원하는 대로 결정할 권리가 있겠지. 하지만 하필 내 집에서나 내 방에서 그래야 할 이유는 모르겠구나... 이 점은 분명히 해두마. 너와 로드니는 더 이상 약혼한 사이가 아니라고 말이다."

그는 잠시 침묵했고, 그 침묵은 딸이 그 약혼에서 벗어난 데 대해 더없이 감사하고 있음을 드러내는 성싶었다.

카산드라는 캐서린 쪽을 향했고, 캐서린은 자신을 가다듬고 뭔가 말하려는 듯 숨을 삼키고 있었다. 로드니 역시 그녀가 뭔가 행동을 취해주기를 기다리는 듯했다. 아버지 역시 그녀가 뭔가 더 사실을 알려주기를 기다리는 듯 그녀를 흘긋 돌아보았다. 그녀는 묵묵부답이었다. 침묵 속에서 계단을 내려오는 분명한 발소리가 들려왔고, 캐서린은 곧장 문 쪽으로 나갔다.

"잠깐!" 힐버리 씨가 명령했다. "너와 얘기 좀 해야겠다 — 둘이서만 말이야." 그는 덧붙였다.

그녀는 문을 열다 말고 잠시 멈칫했다.

"금방 돌아올게요." 그렇게 말하면서 문을 열고 나가버렸다. 이내 그녀가 밖에서 누군가와 이야기하는 소리가 들렸지만, 내용까지는 알 수 없었다.

힐버리 씨는 과오를 범한 남녀와 마주할 수밖에 없었다. 그들은 자신들에게 그만 나가라 한 것을 받아들이지 못한 듯, 그리고 캐서린이 사라진 것이 상황에 뭔가 변화를 가져오기나 한 듯, 그대로 서 있었다. 힐버리 씨 역시 내심으로는 그런 변화를 바라고 있었다. 그로서는 딸의 행동을 납득이 갈 만큼 설명할 수가 없었던 것이다.

"트레버 숙부님." 카산드라가 충동적으로 외쳤다. "제발 화내지 말아주세요. 저도 어쩔 수 없었어요. 용서해주세요."

외숙은 여전히 그녀의 존재를 인정하려 들지 않았고, 여전히 그녀의 머리 너머로 말했다.

"오트웨이 집안에는 알렸겠지?" 그는 엄한 어조로 로드니에게 말을 건넸다.

"트레버 숙부님, 저희는 숙부님께 먼저 말씀드리려 했어요." 카산드라가 그를 대신해서 대답했다. "저희가 기다린 건 ―" 그녀는 로드니를 향해 호소하는 눈길을 던졌지만, 그는 보일 듯 말 듯 고개를 저었다.

"그래? 뭘 기다렸다는 거냐?" 외숙이 마침내 그녀 쪽을 돌아보며 날카롭게 물었다.

그녀는 입이 떨어지지 않았다. 방 밖에서 나는 소리에 귀를 세우고 있는 것이 뭔가 도움을 기다리고 있는 것이 분명했다. 아무 대답이 없자 그 역시 귀를 기울였다.

"이건 모두에게 아주 불쾌한 일이야." 그는 결론짓듯 내뱉고는 의자에 털썩 주저앉아 몸을 앞으로 구부린 채 불길만 들여다보았다. 그는 뭔가 생각하는 듯했고, 로드니와 카산드라는 묵묵히 그를 바라보았다.

"왜들 앉지 않고?" 그가 불쑥 말했다. 여전히 퉁명스런 말투였지만, 성난 기미는 사라진 것이 분명했고, 뭔가 생각하느라 기분이 달라진 듯했다. 카산드라는 그의 권유를 받아들였지만, 로드니는 여전히 서 있었다.

"제 생각에는 제가 없어야 카산드라가 더 잘 설명드릴 수 있을 것 같습니다." 그는 그렇게 말하더니 방에서 나갔고, 힐버리 씨는 고개를 가볍게 끄덕여 동의를 표했다.

그러는 동안 옆의 식당에서는 데넘과 캐서린이 다시금 마호가니 식탁 앞에 앉아 있었다. 그들은 뭔가 하다 만 얘기를 계속하는 듯했다. 각기 얘기가 중지되었던 정확한 지점을 기억하고 가능한 한 빨리 계속하려는 듯한 태도였다. 그에 앞서 캐서린이 아버지와 있었던 일을 간략하게 들려주자, 데넘은 거기 대해서는 가타부타 하지 않고 이렇게만 말했다.

"어떻든 우리가 만나지 못할 이유는 없지요."

"함께 지내지 못할 이유도요. 결혼만은 안 되지만요." 캐서린이 대답했다.

"하지만 내가 당신을 점점 더 원하게 되면 어떻게 하지요?"

"각자 일탈[222]에 빠져버리는 일이 점점 더 잦아지면요?"

그는 답답한 듯 한숨을 쉬었지만, 이내 대답하지는 못했다.

"하지만 적어도" 하고 그는 다시 입을 열었다. "내 일탈이 어떤 식으로든 당신과 연관되어 있다는 사실은 확인했지요. 당신 일탈은 나와 아무 관계가 없지만 말입니다, 캐서린." 그는 격앙된 나머지 논리도 무시한 채 덧붙였다. "우리는 사랑에 빠진 것이 확실합니다. 다른 사람들이 사랑이라 부르는 게 그겁니다. 저번 날 밤을 생각해봐요. 그때는 아무 의심도 없었잖습니까. 반 시간가량 완전히 행복했지요. 당신도 그 다음날까지는 일탈이 없었고, 나는 바로 어제 아침까지도 그랬습니다. 우리는 온종일 시시때때로 행복했지요. 그러다 내가 또 이상해져버렸지만 말입니다. 그러니 당신도 당연히 싫증이 났겠지요."

"아" 하고 그녀는 그런 얘기는 짜증이 난다는 듯 탄식했다. "도저히 당신을 이해시킬 수가 없군요. 그건 싫증이 나거나 하는 게 아니에요. 난 싫증을 내거나 하진 않아요. 현실 — 현실 말이에요." 그녀는 그 말을 강조하고 또 어쩌면 설명하려는 듯 손가락으로 식탁을 톡톡 두드리며 부르짖었다. "난 당신한테 더 이상 현실이 아니게 되어버리는 거예요. 그건 폭풍 속에 지나가는 얼굴들 같은 거지요 — 태풍 속에 언뜻 엿보이는 그런 거요. 우린 잠깐 마주쳤다가 또 금방 어긋나버려요. 그건 내 잘못이기도 하고요.

222) '일탈'로 번역한 말은 lapse인데, 이 말은 제18장에서 캐서린이 윌리엄과의 결혼을 결정한 순간의 심적 상태를 회고할 때 처음 등장하며 일종의 몽상 내지 망념의 상태를 가리킨다. 이 말은 특히 캐서린과 랠프의 관계에서 자주 등장하는데, 여기서 설명되듯이 랠프와 캐서린 두 사람이 "자신들만의 언어로 '일탈'이라 이름 붙인" 이 상태는 현실의 흐름이 끊어지고 각기 자신만의 몽상에 빠져드는 것을 말한다. 『지혜로운 처녀들』에서는 카밀라의 비슷한 상태가 '비상(flight)'이라는 말로 일컬어지지만, 그것은 몽상보다는 자유로운 상상에 더 가깝다.

내가 당신만큼이나, 아니 어쩌면 훨씬 더 심각해요."

그들은 자신들만의 언어로 '일탈'이라 이름 붙인 그 상태에 대해 또다시 설명하려 애쓰고 있었다. 그들의 지친 동작이나 자주 말이 끊어지는 것으로도 알 수 있듯이 그런 시도는 처음이 아니었다. 지난 며칠 동안 줄곧 그것은 그들에게 곤혹의 원천이었고, 방금도 그가 집을 나서려 했을 때 캐서린이 초조히 그의 기척에 귀를 기울이고 있다가 막아선 직접적인 이유이기도 했다. 그 일탈의 원인은 무엇이었던가? 랠프로서는 캐서린이 유달리 아름다워 보이거나, 아니면 옷차림이 바뀌었다든가 뭔가 뜻밖의 말을 했다든가 하는 이유로 새삼스러워 보이거나 할 때면, 그녀에 대한 낭만적인 느낌이 벅차올라 말이 안 나오거나 알아들을 수 없는 말을 웅얼거리게 되곤 했는데, 그럴 때면 캐서린은 고의는 아닐지라도 어김없는 외고집으로 극히 산문적인 사실을 강조하거나 하는 엄정한 태도로 그의 그런 상태를 깨뜨리곤 했다. 그래서 그런 환상이 사라지고 나면 랠프는 자신이 그녀의 환영을 사랑할 뿐이며 현실의 그녀는 아무래도 좋다는 신념을 한층 강력히 피력하는 것이었다. 그녀 편에서 일탈이 일어날 때는 차츰 초탈해져서 완전히 자신의 생각에만 몰두하는 것으로 나타났는데, 그 몰두 상태가 하도 강렬해서 자신을 동반자의 곁으로 돌아오게 하는 어떤 부름에도 날카롭게 곤두서곤 했다. 그런 몰아경이 나중에야 랠프와 별 관련이 없다 해도 애초에 그것을 유발하는 원인이 다름 아닌 랠프 자신이라는 것은 아무 소용이 없었다. 그럴 때 그녀가 그를 필요로 하지 않으며 그를 떠올리기조차 싫어한다는 것은 엄연한 사실이었다. 그러니 어떻게 그들이 사랑에 빠졌다고 할 수 있겠는가? 그들의 관계는 단속적일 뿐이라는 것이 너무나도 명백했다.

그래서 그들은 침울한 기분으로 묵묵히 식탁 앞에 앉아서, 만사를 잊어버리고 있었다. 반면 그들의 머리 위 살롱에서는 로드니가 일찍이 겪어본

적 없는 흥분과 행복감에 젖어 서성이고 있었고, 카산드라는 여전히 숙부와 단둘이 마주하고 있었다. 마침내 랠프는 자리에서 일어나 무거운 걸음으로 창문으로 다가갔다. 그는 창유리에 얼굴을 바짝 대고 내다보았다. 저 밖에는 진실과 자유가 있었으니, 그 광막함은 고독한 정신으로만 가늠할 수 있을 뿐 다른 사람에게는 전할 수가 없었다. 자신에게 헤아려지는 것을 굳이 남과 나누기 위해 망가뜨리는 것보다 더한 신성모독이 있겠는가? 등 뒤에서 움직임이 느껴지자 그는 문득 캐서린이야말로 힘을 가지고 있으며 만일 그녀가 원하기만 한다면 자신이 그녀에 대해 꿈꾸는 것을 현실로 만들 수 있으리라는 생각이 들었다. 그는 휙 돌아서서 그녀에게 도와달라고 애걸할 참이었지만, 뭔가 머나먼 대상을 골똘히 바라보는 듯한 그녀의 아득한 눈길에 차갑게 굳어지고 말았다. 그의 시선이 자기 얼굴에 머무는 것을 의식한 듯 그녀는 일어나서 그의 곁으로 다가와 서더니 그와 함께 어스름한 바깥을 내다보았다. 그렇듯 몸으로 가까이 있다는 것이 그에게는 두 사람의 정신적인 거리를 한층 더 씁쓸하게 느끼게 했다. 그런데도 그녀가 소원하나마 그의 곁에 있다는 사실로 온 세상이 달라졌다. 자신이 혁혁한 공적들을 세우는, 물에 빠진 자를 건져내고, 불쌍한 자를 돕는 모습이 눈에 선하게 그려졌다. 그런 식의 영웅심이 못마땅하면서도 그는 인생이란 어쨌든 놀랍고 낭만적이라는, 기꺼이 섬길 만한 주인이라는 생각이 들었다. 그녀가 거기 서 있는 한은 그랬다. 그녀는 아무 말도 하지 않아도 좋았다. 그는 그녀를 돌아보지도 건드리지도 않았다. 그녀는 자신의 생각에 깊이 침잠하여 그의 존재는 잊어버린 듯이 보였다.

그들은 문이 열리는 소리도 듣지 못했다. 힐버리 씨는 방 안을 둘러보았지만, 창가에 서 있는 두 사람의 모습은 얼른 눈에 들어오지 않았다. 그들을 보자 그는 놀라고 불쾌해져서, 한동안 쏘아보기만 하다가 이윽고 뭔가 말할 결심이 서는 듯했다. 마침내 그는 그들에게 자신의 존재를 알리기 위해 기척을 냈고, 그들은 대번에 돌아보았다. 그는 아무 말도 하지 않고 캐서린에게 자신을 따라오라는 신호를 보내고는 데넘이 서 있는 곳에는 다시 눈길을 주지 않고 딸을 앞세운 채 서재로 돌아갔다. 캐서린이 방에 들어서자 그는 불쾌한 것을 막아내기라도 하려는 듯 신중히 문을 닫았다.

"자, 캐서린" 하고 그는 벽난로 앞에 자리 잡고는 입을 열었다. "이제 설명 좀 해주겠니 —" 그녀는 묵묵부답이었다. "내가 어떤 추론을 끌어내기를 기대하는 거냐?" 그는 날카롭게 물었다. "넌 로드니와 약혼을 취소했다고 말했지. 그런데 다른 사람 — 랠프 데넘과 아주 가까운 사이인 것 같구나. 내가 어떤 결론을 내려야 하지? 너는" 하고 그는 그녀가 여전히 말이 없자 덧붙였다. "랠프 데넘과 결혼하기로 한 거냐?"

"아뇨." 그녀가 대답했다.

그는 크나큰 안도감을 느꼈다. 그는 그녀의 대답이 자신의 의심을 확인해주리라고 거의 확신하고 있었던 것이다. 그러나 그런 불안이 가라앉고 나자, 그녀의 행동에 대한 울화가 한층 더 끓어올랐다.

"그렇다면 나로서는 네가 올바른 행동거지가 어떤 것인지 도무지 모른다고밖에 할 수가 없구나... 사람들이 이러니저러니 하는 것도 무리가 아니지... 생각하면 생각할수록 이해가 안 가는 것이" 하고 그는 말할수록 점점 더 분노가 치밀었다. "내가 내 집에서 일어나는 일을 생판 몰랐던 이유가 뭐냐 말이다. 왜 내가 이 모든 얘기를 네 고모한테서 들어야 했단 말이냐? 불쾌하기 짝이 없는 일이야 — 기가 막힐 노릇이지. 게다가 프랜시스 고모부한테는 뭐라고 해명한단 말이냐 — 하여간 난 이 일에서 손 떼겠다. 카산드라는 내일 당장 돌아간다. 로드니에게는 이 집의 출입을 금지했다. 다른 청년도, 되도록 빨리 출입을 삼갈수록 좋을 게다. 난 너를 그토록 믿었건만, 캐서린 —" 그는 그의 말에 아무 대답이 없는 것이 불안해져서 말을 멈추고 딸을 바라보며, 그녀의 정신 상태에 대해 그날 저녁 처음으로 느꼈던 의심이 새삼 일어났다. 그녀가 자신이 하는 말을 도통 귀담아 듣고 있지 않으며 방 밖의 소리에만 귀를 세우고 있음을 깨닫자, 그도 잠시나마 그쪽으로 신경이 쏠렸다. 데님과 캐서린 사이에 뭔가 합의가 있으리라는 확신이 새삼 들면서 거기에 뭔가 불온한 것이 있으리라는 더없이 불쾌한 의심이 뒤따랐다. 이 젊은 사람들 사이에 일어난 모든 일이 그가 보기에는 하나같이 불온한 것이었지만 말이다.

"내가 데님에게 말하마." 그는 그런 의심에 내몰린 듯 금방이라도 갈 것처럼 움직였다.

"저도 같이 가겠어요." 캐서린은 대뜸 따라나섰다.

"넌 여기 있어." 아버지가 말했다.

"그 사람한테 뭐라고 하시게요?" 그녀가 물었다.

"내 집에서 내 하고 싶은 말은 해도 될 텐데?" 그가 대답했다.

"그렇다면 저도 가겠어요." 그녀가 말했다.

마치 영영 집을 떠나겠다는 결의를 내포한 듯한 그 말에 힐버리 씨는 난로 앞의 위치로 돌아가 잠시 아무 말 없이 서성였다.

"넌 그와 약혼하지 않았다고 한 것 같은데." 그는 마침내 딸을 주시하며 말했다.

"약혼하지 않았어요."

"그렇다면 그가 여기 오든 안 오든 너와는 상관없는 일 아니냐 — 내가 말하는데 네가 다른 소리에만 신경이 가 있다니 참을 수 없구나!" 그는 그녀가 조금 기웃하는 움직임이 눈에 띄자 화가 나서 소리쳤다. "정직하게 대답해라. 그 청년과는 어떤 사이냐?"

"제3자에게 설명할 만한 거라고는 없어요." 그녀는 고집스럽게 말했다.

"그런 식으로 얼버무리지 마라." 그는 대답했다.

"설명하지 않겠어요." 그녀가 막 그렇게 되받는 순간, 현관문이 쾅 소리를 내며 닫혔다. "저 봐요!" 그녀는 외쳤다. "가버렸잖아요!" 그녀는 불같이 성난 눈길로 아버지를 쏘아보았으므로, 그는 잠시 자제력을 잃었다.

"제발 캐서린, 정신 차려라!" 그는 고함쳤다.

그녀는 잠시 문명화된 거주지의 울안에 갇힌 야수처럼 보였다. 그녀는 잠시 문이 어디 있는지 잊어버린 듯 책으로 덮인 벽을 훑어보았다. 그러고는 방을 나가려는 듯 움직였지만, 아버지가 그녀의 어깨에 손을 얹었다. 그는 억지로 그녀를 자리에 앉혔다.

"이런 감정들은 원래 사람을 아주 혼란스럽게 만드는 법이야." 그는 말했다. 다시금 상냥한 태도로 돌아온 그는 짐짓 아버지다운 권위를 가지고 달래듯 타일렀다. "카산드라의 말로 짐작건대, 넌 아주 힘든 상황에 빠진 것 같구나. 이제 그만 타협을 하자꾸나. 이 일은 잠시 덮어두기로 하자. 그리고 일단 교양 있는 인간들답게 처신하기로 하자. 월터 스코트나 읽어볼까? 『골동품상』은 어떠냐? 아니면 『람메르무어의 신부』로 할까?"

그는 자기가 책을 골랐고, 딸이 저항하거나 도망칠 틈을 주지 않았으므로, 그녀는 월터 스콧 경을 중개로 하여 교양 있는 인간으로 돌아올 수밖에 없었다.

하지만 힐버리 씨는 책을 읽어가면서도 그런 조치가 피상적인 것이 아닌가 하는 의심을 거둘 수 없었다. 그날 저녁 교양이라는 것은 더없이 불쾌한 방식으로 아주 밑바닥에서부터 뒤엎어졌으니, 그 여파는 아직 확인할 수 없었다. 그는 자제심을 잃고 화를 내고 말았으니, 지난 10년간 그렇게 온몸이 휘둘리기는 처음이었다. 그러므로 시급히 고전 작가들에게서 위로와 새 힘을 얻을 필요가 있었다. 그의 집은 반란 상태였다. 그는 계단에서 불유쾌하게 마주칠 일들이 떠올랐고, 앞으로 며칠간은 매끼 식사가 독이 될 것이었다. 그런 기분 나쁜 일들에 대해 문학이 특효약이 될 수 있을 것인가? 책을 읽는 그의 음성에는 일말의 공허감이 깔려 있었다.

제33장

힐버리 씨는 옆집들과 나란히 번지수가 제대로 매겨진 집에 살고 있었으며 정식 서류를 작성했고 집세를 제대로 냈으며 계약기간이 7년은 더 남아 있었다는 사실을 고려할 때,[223] 그 집에 사는 사람들의 행동을 규제하는 법을 정할 만한 자격이 있었다. 설령 그 자격이라는 것이 따지고 보면 그리 충분한 것은 아니라 해도 그가 직면한 문명의 공위기 동안에는 꽤 유용하다고 여겨졌다. 그 법규에 따라, 로드니는 사라졌고 카산드라는 월요일 아침 11시 30분 차를 타러 나갔으며 데넘은 더 이상 나타나지 않았다. 따라서 위층 방들의 합법적인 점유자인 캐서린만이 남았고, 힐버리 씨는 그녀가 더 이상 곤란한 상황에 빠지지 않게끔 감독할 자신이 있었다. 다음 날 그녀에게 아침 인사를 건네면서 그는 그녀가 무슨 생각을 하는지 여전히 알 수 없다는 사실을 깨달았지만, 바로 어제 아침까지만 해도 아무것도 몰랐던 것에 비하면 상황은 다소 씁쓸하나마 훨씬 나아진 셈이었다. 그는

223) 런던 주민들은 대개 주택을 소유하지 않고 임대해서 살았다. 20세기에 들어 런던 교외의 부촌들은 자가 소유 방식으로 개발되었지만 여전히 드문 경우에 속했다.

서재로 가서 아내에게 보내는 편지를 썼다가 찢고 또다시 썼다. 집안에 문제가 생겼으니 돌아와 달라고 부탁하는 편지로, 처음에는 자세한 사정 얘기를 썼지만 마지막에 완성한 편지에서는 신중을 기해 별다른 설명을 하지 않았다. 편지를 받자마자 출발한다 해도 화요일 밤은 되어야 집에 도착할 터였고, 그래서 그는 딸과 단둘이서, 내키지 않는 위엄을 부리며 보내야 할 시간 수를 울적하게 꼽아보았다.

지금 그 애는 뭘 하고 있을까, 그는 아내에게 보내는 편지에 주소를 쓰면서 자문해보았다. 전화까지 통제할 수는 없었고, 염탐을 할 수도 없는 노릇이었다. 그러니 그녀가 원한다면 얼마든지 마음대로 상황을 타개할 수 있을 것이었다. 하지만 그런 생각도 전날 밤 젊은 사람들이 모여 있던 그 낯설고 불쾌하고 불온한 분위기에 비하면 그다지 거슬리지 않았다. 전날 그의 불쾌감은 몸으로 느껴질 정도였다.

하지만 실상 캐서린은 전화기로부터 몸으로나 마음으로나 멀찍이 떨어져 있었다. 그녀는 자기 방에 들어앉아서 테이블 위에 커다란 사전들을 펼쳐놓은 채, 벌써 여러 해 전부터 사전 갈피에 끼워놓았던 종이들을 수북이 쌓아놓고 있었다. 일에 몰두한 그녀의 진득한 집중력은 뭔가 달갑잖은 생각을 다른 생각으로 떨쳐버리려는 노력에서 생겨난 것이었다. 달갑잖은 생각이 잦아들자 그 승리에서 생겨난 힘까지 더해져서 그녀의 사고는 뻗어나갔고, 부지런하고 확고한 손놀림으로 종이 위에 써 나가는 숫자와 기호들은 그 진척의 단계를 나타내고 있었다. 하지만 아직 환한 대낮이었고, 문 저쪽에서는 사람들이 일하고 있음을 증명하듯 뭔가 두들기는 소리, 비질하는 소리가 들려왔다. 그 세상으로부터 그녀를 지켜주는 방패라고는 언제라도 열릴 수 있는[224] 그 문뿐이었지만, 그녀는 자기만의 왕국에서 무의식적으로나마 그 주권을 전유한 주인이었다.

그러느라 다가오는 발소리도 듣지 못했다. 그것은 예순이 넘은, 게다가 팔에는 꽃과 잎을 한 아름 안은 사람답게 천천히 뜸을 들여 주춤주춤 올라오는 발소리였지만, 그 소리는 꾸준히 다가왔고, 이내 월계수 가지로 문을 두드리는 소리에 캐서린은 종이에 써 나가던 연필을 멈추었다. 꼼짝도 하지 않고 무표정한 눈길로 앉아 있는 것이 마치 그 방해가 지나가기를 기다리는 듯했다. 하지만 문이 열렸다. 처음에는 사람은 나타나지 않고 제물로 방에 들어온 듯한 커다란 녹색 다발에 아무 의미도 부여할 수가 없었다. 다음 순간 노란 꽃과 벨벳처럼 부드러운 종려봉오리 사이로 어머니의 얼굴이 엿보였다.

"셰익스피어의 무덤으로부터!"[225] 힐버리 부인은 외치며 마치 봉헌물이라도 바치는 듯한 동작으로 꽃다발을 털썩 내려놓았다. 그러고는 팔을 활짝 벌려 딸을 껴안았다.

"하느님 감사합니다!" 그녀는 외쳤다. "감사합니다!" 그녀는 거듭 말했다.

"돌아오셨어요?" 캐서린은 일어나서 어머니의 포옹을 받아들이며 방심한 어조로 물었다.

어머니가 돌아온 것을 눈으로 보면서도 그녀는 어쩐지 그 장면에서 동

224) 울프가 여성이 작가가 되기 위한 조건으로 "연 500파운드와 자기만의 방"을 꼽았다는 것은 널리 알려져 있지만, 좀 더 구체적으로 그 방은 "자물쇠를 채울 수 있는 방"(『자기만의 방』, 제6장)임을 생각나게 하는 대목이다. 실제로 캐서린의 작업은 힐버리 부인과 랠프가 무단으로 들어오는 바람에 중지된다.

225) 앞서 언급한 바 있는 《타임스》 문예란 서평이 "부정확성"을 지적하고 있는 대목 중 하나이다. 즉, "셰익스피어의 무덤에는 꽃이 자라지 않으며, 거기서 월계수 가지를 꺾으려면 힐버리 부인은 교회를 약탈해야 했을 것이다(그녀는 즐겁게 그렇게 했으리라 생각되지만)"라는 것인데, 앞에서 월계수 가지라고 했다가 뒤에서 종려봉오리(palm-bud)라고 하는 것도 의문스럽다. 영국 기후에는 종려나무가 자랄 리 없으니, 아마도 승리의 상징인 월계수와 종려나무를 혼동했을 것으로 짐작된다.

떨어진 느낌이었다. 하지만 그러면서도 뭔가 알 수 없는 축복에 대해 열정적으로 감사하며 셰익스피어의 무덤에서 가져온 꽃으로 방바닥을 뒤덮는 어머니가 그 자리에 있다는 것이 놀랍도록 어울린다는 느낌이 들었다.

"세상에 달리 중요한 건 하나도 없단다!" 힐버리 부인은 말을 이었다. "이름이 다가 아니야.[226] 우리가 느끼는 거야말로 중요한 거지. 난 괜한 친절로 참견하는 어리석은 편지는 쓰고 싶지 않았어. 네 아버지가 내게 알려줄 필요도 없었지. 난 처음부터 알고 있었어. 이렇게 되게 해달라고 기도했단다."

"알고 계셨어요?" 캐서린은 어머니를 지나쳐 아득한 어딘가를 바라보며 방심한 듯한 음성으로 나직이 되뇌었다. "어떻게 아셨어요?" 그러면서 마치 어린아이처럼, 어머니의 외투자락에 매달린 장식술을 만지작거리기 시작했다.

"네가 말한 첫날 저녁부터, 캐서린. 아, 그리고 수도 없이 — 만찬 때라든가 — 책에 대한 얘기를 할 때나 — 그가 방에 들어올 때의 태도나 — 그에 대해 말하는 네 목소리나 —"

캐서린은 그런 증거들을 하나하나 따져보는 듯하더니, 진지하게 말했다.

"난 윌리엄과 결혼하지 않을 거예요. 카산드라도 있고 —"

"아, 그래, 카산드라 일이 있지." 힐버리 부인이 말했다. "솔직히 나도 처음에는 좀 화가 났단다. 하지만 어쨌든 그 아인 피아노를 그렇게 잘 치지 않니. 어디 말 좀 해보렴, 캐서린." 그녀는 충동적으로 말했다. "그 애가 모차르트를 연주하던 날 밤에, 넌 어딜 갔었니? 내가 잠든 줄 알았겠지?"

캐서린은 생각을 더듬었다.

226) 제7장, 11장에서 힐버리 부인이 로드니의 이름을 중요시하던 것을 상기시킨다.

"메리 대칫한테요." 그녀는 기억해냈다.

"그랬구나!" 힐버리 부인은 약간 실망한 듯한 음성으로 말했다. "난 나대로 상상했었지 — 나 나름의 로맨스를 말이다." 그녀는 딸을 들여다보았다. 캐서린은 그처럼 순진무구하면서도 집요한 시선 아래서 움찔하며 얼굴을 붉히고 외면했지만, 다음 순간 눈길을 빛내며 고개를 들었다.

"난 랠프 데넘과 사랑에 빠진 게 아니에요." 그녀는 말했다.

"사랑에 빠지기 전에는 결혼하지 말아!" 힐버리 부인이 대뜸 말했다. "하지만" 하고 그녀는 딸을 흘긋 돌아보며 덧붙였다. "사랑도 여러 가지가 아니니?"

"우린 만나고 싶은 만큼 만나지만 피차 구속하지 않을 거예요." 캐서린이 말을 이었다.

"여기서도 만나고, 그의 집에서도 만나고, 길거리에서도 만나고." 힐버리 부인은 자신의 귀에 썩 만족스럽지 않은 화음을 시험해보듯 그렇게 읊조렸다. 그녀도 나름대로 정보원이 있는 것이 분명했다. 사실 그녀의 가방은 그녀가 올케로부터의 '친절한 편지'라 부르는 것으로 가득 차 있었으니까.

"그래요. 아니면 어디 시골에라도 가 있든가요." 캐서린이 말을 맺었다.

힐버리 부인은 썩 탐탁지 않은 표정으로 잠시 입을 다물고는, 뭔가 영감이라도 구하는 듯 창밖을 내다보았다.

"그때 그가 그 가게에 있었다는 것이 얼마나 든든했는지 — 금방 우리를 유적지로 데려다주지 않았니 — 그와 함께 있다는 게 정말 든든했단다."

"든든해요? 아, 하지만 그 사람은 무섭게 겁이 없어요 — 언제나 위험을 무릅쓰고 있지요. 직장도 때려치우고 시골에서 작은 집을 얻어 살면서 책을 쓰고 싶어 해요. 돈이라고는 한 푼도 없으면서요. 그런데 형제자매는 온통 그 사람한테 의지하고 있거든요."

"어머니도 계시니?" 힐버리 부인이 물었다.

"그럼요. 머리가 하얀, 인상 좋은 노부인이에요." 캐서린은 그의 집에 갔던 얘기를 들려주었고, 힐버리 부인은 그 집이 아주 형편없으며 랠프는 군말 없이 받아들이고 있다는 것, 온 가족이 그에게 의지하고 있다는 것, 그리고 맨 위층에 있는 그의 방에서는 런던 시가지가 내려다보이며 까마귀가 한 마리 있다는 것 등을 알아냈다.

"방 한구석에는 깃털이 반이나 빠진 늙은 새가 한 마리 있었어요." 캐서린의 목소리에는 인류의 고통에 동정하는 듯한 다정함과 랠프 데넘에게 그 고통을 경감시킬 능력이 있으리라는 믿음이 깃들어 있어 힐버리 부인은 그만 외치고 말았다.

"하지만 캐서린, 넌 사랑에 빠졌구나!" 그 말에 캐서린은 깜짝 놀란 듯, 마치 해서는 안 될 말이라도 한 것처럼 얼굴을 붉히며 고개를 흔들었다.

힐버리 부인은 그 특이한 집에 대해 좀 더 자세한 사항들을 서둘러 알아냈고, 키츠와 콜리지가 오솔길에서 만난 일[227]에 대한 너스레로 어색한 순간을 넘겨가며 캐서린으로 하여금 좀 더 자세한 얘기를 서슴없이 털어놓게 만들었다. 사실 캐서린으로서도 그처럼 현명하면서도 선량한 누군가에게, 어린 시절의 어머니에게, 침묵조차도 묻지 않은 질문에 대한 대답처럼 느껴지는 이에게, 마음 놓고 말할 수 있다는 것이 무척 기뻤다. 힐버리 부인은 한동안 아무 대꾸도 하지 않은 채 듣고만 있었다. 그녀는 딸의 말을 듣

227) 시인 콜리지(Samuel Taylor Coleridge, 1772 - 1834)는 아편중독 치료를 위해 1816년부터 하이게이트의 의사 제임스 길먼의 집에 머물기 시작, 여생을 하이게이트에서 보냈다. 키츠(John Keats, 1795 - 1821)는 1817년 인근 햄스테드로 이사했고, 1818년 4월 11일 하이게이트의 밀필드 오솔길에서 콜리지를 만나 햄스테드 히스까지 2마일가량 함께 산책하며 긴 이야기를 나누었다.

기보다 그저 보는 것만으로 답을 내는 듯했다. 만일 들은 것을 다시 물어 본다면 그녀는 랠프 데넘이 살아온 이야기를 아주 부정확하게밖에는 옮길 수 없을 것이었다. 고작해야 그가 무일푼이고, 아버지가 안 계시고, 하이게이트에 산다는 것밖에는 몰랐으며, 그 모든 것이 그에게 유리하게 작용했다. 하지만 그렇게 흘긋 돌아보는 눈길만으로도 그녀는 캐서린이 더없이 감미로운 기쁨과 더없이 심각한 불안 사이를 오가고 있다는 것을 알아차렸다.

그녀는 마침내 외치고 말았다.

"요즘은 호적계에 가면 5분 만에 끝나는 일이야. 네가 교회 예식을 거추장스럽게 생각한다면 말이야. 사실 좀 거추장스럽긴 하지. 고상한 면도 있기는 하지만."

"하지만 우린 결혼하려는 게 아니에요." 캐서린은 힘주어 대답하고는 이렇게 덧붙였다. "왜 그냥 결혼하지 않고 함께 살면 안 되는 걸까요?"

힐버리 부인은 다시금 불안한 기색이 되었고, 당황한 나머지 테이블 위에 놓여 있던 종이를 집어 들고는 이리저리 돌려보며 혼잣말로 중얼거리기 시작했다.

"A 더하기 B 빼기 C는 x y z라고. 이거 영 해괴한[228] 얘기로구나, 캐서린. 내 느낌엔 딱 그래 — 영 해괴하다니까."

캐서린은 어머니의 손에서 종이들을 빼앗아 아무렇게나 간추리기 시작했다. 골똘한 시선으로 보아 그녀의 생각은 뭔가 다른 데 가 있는 것이 분

228) 연이어 나오게 될 ugly, ugliness라는 말을 '해괴한' '해괴함'으로 옮긴다. 힐버리 부인은 캐서린의 수학 공부며 랠프와 결혼하지 않고 함께 살면 안 될까 하는 질문 등 자기로서는 받아들이기 힘든 것을 통틀어 그렇게 말한 것인데, 부인은 딱히 남의 눈을 의식하는 사람은 아니므로 '볼썽사납다' '남사스럽다' 등은 어울리지 않을 듯하다.

명했다.

"글쎄, 난 뭐가 해괴하다는 건지 잘 모르겠어요." 그녀는 마침내 말했다.

"하지만 그 사람이 너한테 이런 걸 하라고 요구하는 건 아니겠지?" 힐버리 부인이 외쳤다. "그렇게 믿음직한 갈색 눈을 한 진중한 청년이?"

"그 사람은 아무것도 요구하지 않아요."

"내 옛날 얘기가 도움이 된다면 말이다, 캐서린 —"

"그래요, 어머니 얘길 해주세요."

힐버리 부인은 아득한 눈길이 되어 세월의 엄청나게 긴 복도 저편에 있는 자신과 남편의 조그만 모습을 들여다보았다. 두 사람은 환상적인 차림새로 달빛 비치는 바닷가에서 손을 맞잡고 있었다. 어스름 속에서 장미꽃이 한들거리고.

"밤이었고, 우린 본선으로 가는 작은 보트를 타고 있었단다." 그녀는 말을 꺼냈다. "해는 벌써 지고, 달이 우리 머리 위로 떠오르고 있었어. 파도는 아름다운 은빛으로 반짝였고, 만 한복판에 있는 증기선에는 녹색 불이 세 개 켜 있었지. 돛대를 배경으로 한 네 아버지의 머리가 너무나 당당해 보이더라. 그게 삶이고, 그게 죽음이었어. 크나큰 바다가 우리를 에워쌌고, 그건 영영 끝나지 않을 여행이었지."

그 오래된 동화가 캐서린의 귀에는 감미롭게 들렸다. 그래, 바다라는 광막한 공간이 있고, 증기선의 녹색 불이 세 개, 그리고 갑판에 오르는 검은 형체들이 있었다. 그렇듯 녹색과 자주색으로 넘실대는 바다 위로, 절벽과 석호의 모래톱을 지나, 배들의 돛대와 교회 첨탑들이 즐비한 만을 지나, 이제 이곳까지 와 있는 것이었다. 강물이 그들을 실어다 바로 이 순간 이곳에 그들을 데려다 놓은 것만 같았다. 그녀는 그 옛날의 항해자인 어머니를 감탄하는 눈길로 바라보았다.

"누가 알겠니." 힐버리 부인이 여전히 꿈속에 잠긴 듯한 목소리로 말을 이었다. "우리가 어디로 가는지, 왜, 누가 우리를 보냈는지, 우리가 무엇을 발견하게 될는지 ― 누가 알겠니, 사랑이야말로 우리 믿음이라는 것 말고는 ― 사랑이라 ―" 그녀는 나직이 읊조렸고, 그 희미한 말들을 통해 들려오는 부드러운 소리가 그녀의 딸에게는 마치 자신이 바라보는 광막한 해변에 엄숙하게 차례차례 부딪쳐오는 파도 소리처럼 들렸다. 캐서린은 어머니가 그 말을 무한정 되풀이해주어도 좋을 것 같았다 ― 다른 사람의 입을 통해 듣는 그 말에는 세상의 산산이 부서진 조각들을 하나로 이어 붙여주는 것 같은 힘이 있었다. 하지만 힐버리 부인은 사랑이라는 말을 되풀이하는 대신, 달래듯 말했다.

"하여간 넌 그런 해괴한 생각은 안 할 거지, 캐서린?" 그 말에 캐서린이 그려보던 배는 항구로 들어가 항해를 끝내는 것만 같았다. 하지만 그녀는 딱히 공감까지는 아니라 해도, 적어도 충고라든가 자신의 문제를 새로운 눈으로 볼 수 있도록 제3자에게 털어놓을 기회가 필요했다.

"하지만" 하고 그녀는 해괴함이라는 어려운 문제는 무시한 채 말했다. "어머니 아버지는 사랑에 빠졌다는 걸 알고 계셨잖아요. 저희는 달라요. 마치" 하고 그녀는 뭔가 난해한 느낌의 정체를 알아내려는 듯 얼굴을 찡그리며 말을 이었다. "마치 뭔가가 갑자기 끝나버리는 것만 같아요 ― 사그라드는 거예요 ― 환상이 ― 저희가 사랑에 빠졌다고 생각할 때면 마치 뭔가 지어내는 것 같고 ― 존재하지도 않는 것을 상상하는 것만 같아요. 그래서 저희는 결혼할 수가 없는 거예요. 항상 상대방이 환상이라는 것을 알고, 떠나서 잊어버리려 하고, 정말로 그 사람을 사랑했는지, 그 사람은 전혀 내가 아닌 어떤 사람을 사랑하는 것은 아니었는지 확신할 수가 없어요. 한순간 행복했다가 다음 순간 비참해지는, 이렇게 극과 극을 오가는 것 때문에 저희는 도저히 결혼할 수가 없어요. 그러면서도" 하고 그녀는 말을 이었다. "서로가 없이는 못 살 것 같아요. 왜냐하면 ―" 힐버리 부인은 그 다음 말을 기다렸지만, 캐서린은 입을 다물고 숫자가 적힌 종이들만 만지작거렸다.

"우린 자신의 환상을 믿어야 한단다." 힐버리 부인은 왠지 부담스러운 그 숫자들, 머릿속에서 뭔가 살림살이 장부와 연관되는 듯한 숫자들을 넘겨다보며 다시금 입을 열었다. "그러지 않으면, 네 말처럼 ―" 그녀는 자신도 아주 모르지 않는 그 환멸의 심연을 전광석화 같은 눈길로 일별했다.

"내 말 믿으렴, 캐서린. 누구나 마찬가지란다 ― 나도 그렇고 ― 네 아버지도 말이다." 그녀는 진심을 담아 말하며 한숨지었다. 그들은 함께 그 심연을 들여다보았고, 나이든 쪽이 먼저 정신을 차리고 물었다.

"그런데 랠프는 어디 있니? 날 만나러 이리로 오면 어떻겠니?"

캐서린의 표정이 금방 달라졌다.

"여기 오는 게 금지되었어요." 그녀는 씁쓸한 어조로 대답했다.

힐버리 부인은 그 대답을 무시해버렸다.

"점심 전에 그를 부르러 보낼 시간이 있을까?" 그녀는 물었다.

캐서린은 어머니가 마치 마법사라도 되는 듯 쳐다보았다. 그녀는 남에게 조언을 하고 지시를 내리는 어른이 아니라 자잘한 꽃이 핀 풀숲보다 고작 1, 2피트나 더 큰 아이가 되어, 저 높은 하늘에 머리를 둔 어머니의 한량없는 품에, 자신을 인도하는 그 손길에 전적으로 의존하고 있었다.

"전 그 사람 없이는 행복하지 않아요." 그녀는 그렇게만 말했다.

힐버리 부인은 고개를 끄덕였다. 상황을 완전히 이해했으며 미래를 위한 계획을 당장 세워놓은 듯한 태도였다. 그녀는 꽃다발을 쓸어 모으며 향기를 들이마시더니, 방앗간 처녀에 대한 노래를 흥얼거리며 방에서 나갔다.

그날 오후 랠프 데넘은 자신이 맡은 사건에 온전히 집중해 있는 것 같지 않았다. 고인이 된 더블린의 존 리크 씨의 일은 뒤죽박죽이라 미망인과 어린 다섯 자녀가 조금이나마 수당을 받으려면 변호사 한 사람이 꼬박 매달려야 할 판이었는데도 말이다. 하지만 오늘은 랠프의 인도주의도 발동하기가 어려웠으니, 그는 더 이상 집중력의 본보기가 아니었기 때문이다. 그가 자기 삶의 영역들을 그처럼 세심하게 구분해놓았던 칸막이들이 다 무너졌고, 그래서 눈은 유언장에 가 있었지만 실제로 보이는 것은 체이니 워크의 어느 살롱이었다.

그는 지난날 정신의 칸막이들을 유지하는 데 도움이 되었던 모든 방법을 다 동원해보았다. 그래야만 떳떳이 집으로 돌아갈 수 있을 것이었다. 하지만 당황스럽게도 그는 너무나 끈덕지게, 마치 눈앞에 있기라도 한 것처럼 캐서린에 사로잡혀 있었으므로, 결국 그녀와 상상의 대화를 나누기 시작했다. 그녀가 나타나자 판례집들로 가득 찬 서가는 사라지고 방의 구석과 모서리들은 마치 잠에서 깨어나는 순간 방이 달라진 듯이 보이는 것처럼 묘하게 윤곽이 부드러워졌다. 점차 그의 머릿속에서는 생각들이 파도처럼 밀어닥치는 규칙적인 박동이 생겨나기 시작했다. 그 파도에 말들이 얹히며 이어졌고, 그는 자신이 무엇을 하는지 분명히 의식하지도 못한 채 종이 위에 끼적이기 시작했다. 행이 들쭉날쭉한 것이 시 비슷한 모양을 한 것이었다. 하지만 몇 줄 써 내려가지 못한 채 마치 펜에 잘못이 있기라도 한 것처럼 펜을 팽개치고는 종이를 조각조각 찢어버렸다. 그것은 캐서린이 전에 강경히 주장하며 한 말이 시적인 대응을 거부했기 때문이었다. 그녀가 한 말은 자신이 시와 아무 관계가 없다는 취지였으므로, 어떤 시도 나올 수가 없었다. 자기가 아는 사람들은 하나같이 미사여구를 만드느라 인생을 허비하고 있다고 그녀는 말했었다. 그가 느끼는 것은 모두 환상이라고 하더니, 다음 순간 마치 그의 무력함을 놀리기라도 하는 듯 그의 존재는 아랑곳없이 그녀 특유의 몽상적인 상태에 빠져들었었다. 랠프는 그녀의 주의를 끌기 위해 필사적으로 애쓰다가 자신이 첼시에서 상당히 떨어진 링컨스인필즈의 작은 개인 사무실 한복판에 서 있다는 사실을 인정할 수밖에 없었다. 그 물리적 거리가 그의 낙심을 부추겼다. 그는 작은 방 안을 빙빙 돌며 멀미가 날 정도로 서성이다가, 편지를 쓰려고 종이를 한 장 집어 들고는 그날 저녁 당장 부치고야 말겠다고 결심했다.

말로 표현하는 것은 역시 어려웠다. 차라리 시로 쓰는 편이 더 나았겠지만, 시는 삼가야만 했다. 쓰다 지우다 하기를 무수히 거듭하면서 그는 그녀에게 비록 인간들은 상호 소통에 끔찍하게 서투르기는 하지만, 그래도 그런 소통이 최상이리라는 가능성을 전하려 했다. 더구나 그들은 서로가 개인사와는 무관한 다른 세계로 나아갈 수 있게끔 하는 것이다. 가령 법률이나 철학의 세계라든가, 좀 더 신기하게는 전날 저녁 그가 언뜻 엿보았던 것 같은 세계로 말이다. 그날 저녁 자기들은 무엇인가를 공유하고 창조하는 것만 같았었다. 어떤 이상을 — 현재 상황에 앞서 펼쳐보는 비전 같은 것을. 만일 그런 금빛 테두리가 떨어져 나간다면, 인생이 더 이상 환상으로 둘러싸여 있지 않다면 (하지만 그것이 그저 환상이기만 하겠는가?) 끝까지 산다는 것은 너무나 삭막한 일이 될 것이었다. 그는 문득 차오르는 확신으로 힘차게 써 나갔고, 그래서 적어도 한 문장은 온전하게 써졌다. 다른 바람들을 다 참작한다 하더라도, 대체로 이 결론은 그가 보기에 자신들의 관계를 정당화해주는 것 같았다. 하지만 그것은 신비적인 결론이었고, 그는 생각에 빠져들었다. 겨우 거기까지 쓰는 데도 너무나 힘이 들었고 말로는 도저히 표현이 잘 안 되는 데다가 이미 쓴 말들을 아무리 고쳐봐도 더 나아지지 않았으므로, 그는 자기 작품에 영 만족하지 못한 채 내

던져 버리고 말았다. 그렇게 횡설수설해봐야 캐서린의 눈에 차지 않을 것이 뻔했다. 그는 이전 어느 때보다도 그녀와 단절된 느낌이었다. 무위함 가운데서, 그리고 말로는 더 이상 아무것도 할 수가 없었으므로, 그는 종이의 여백에 이런저런 형상들을 그리기 시작했다. 얼굴들은 그녀의 얼굴일 테고, 불꽃으로 둘러싸인 점들은 — 아마도 온 우주를 나타낼 것이었다. 그렇게 몰두해 있던 그는 한 숙녀가 찾아왔다는 전갈에 소스라쳤다. 가능한 한 변호사답게 보이느라 맨손으로 대충 머리칼을 빗어 넘기고 앞에 놓인 종이들이 행여 남의 눈에 띌세라 당황하며 호주머니에 쑤셔 넣었다. 하지만 다음 순간 그런 준비가 아무 소용이 없었음을 깨달았다. 그 숙녀란 다름 아닌 힐버리 부인이었다.

"지금 누군가의 재산을 급하게 처분하는 상황이 아니면 좋겠네요." 그녀는 책상 위의 서류들에 눈길을 주며 말했다. "아니면 단칼에 한사상속[229]의 제한을 해제한다거나 말이에요. 왜냐하면 부탁이 한 가지 있어서요. 그런데 앤더슨이 말을 세워둘 수가 없다는군요. (앤더슨은 아주 폭군이지만, 그래도 장례 때 제 부친을 사원[230]까지 실어 날랐던 사람이랍니다.) 이렇게 용감하게 찾아온 것은, 데넘 씨, 딱히 법률 자문이 필요해서가 아니라 (문제가 생겼을 때 달리 찾아갈 사람도 없긴 하지만요) 제가 집에 없을 때 일어난 좀 곤란한 집안일에 도움을 청할까 해서예요. 전 스트랫퍼드-온-에이번에 갔었는데 (조만간 그 얘긴 다 들려드리지요) 거기서 올케의 편지를 받았어요. 자기 자식이 없다 보니 남의 집 자식들 일에 끼어들기 좋아하는 정 많은 노친네지요. (우리는 그녀가 한쪽 눈의 시력을 잃을까 봐 걱정이

229) 한사상속(限嗣相續, entail)이란 차기 상속인을 제한하여 상속하는 것을 말한다.
230) 웨스트민스터 사원.

많답니다. 그런데 몸이 아프다 보면 마음도 편치 않기 마련이라는 게 제 생각이에요. 매슈 아놀드도 바이런 경에 대해 비슷한 말을 했었지요, 아마.) 하지만 문제는 그게 아니에요."

중간중간 딴말이 많았던 것은 의도적이었는지 힐버리 부인이 노골적인 말을 어떻게든 치장하려는 본능 탓이었는지 모르지만, 하여간 랠프에게 그녀가 사태를 완전히 파악하고 있으며 뭔가 그 일 때문에 온 것임을 알아차릴 시간을 주었다.

"제가 여기 온 건 바이런 경 얘기를 하자는 게 아니에요." 힐버리 부인은 조금 웃으며 말을 이었다. "당신도 캐서린도 당신 또래 다른 젊은이들과는 달리 여전히 바이런을 읽을 만하다고 생각한다는 걸 알긴 하지만요." 그녀는 잠시 사이를 두었다. "당신이 캐서린에게 시를 읽게 해주어서 정말 기뻐요, 데넘 씨!" 그녀는 외쳤다. "시를 느끼고 보게 해주어서 말이에요! 그 애는 아직 시 얘기를 하지는 못하지만 — 그렇게 될 거예요!"

랠프는 주먹을 꼭 쥔 채 혀가 굳어 말이 잘 나오지 않았지만, 자신이 가망 없다고, 전혀 가망이 없다고 느껴지는 순간들이 있다고, 가까스로 털어놓았다. 자기가 그렇게 말하는 이유는 밝히지 않았지만.

"하지만 그 애를 좋아하잖아요?" 힐버리 부인이 물었다.

"오, 그야!" 그는 의문의 여지가 없을 만큼 격렬하게 외쳤다.

"두 사람이 반대하는 건 영국 국교회 예식인가요?" 힐버리 부인이 천진하게 물었다.

"전 어떤 예식이든 상관없습니다." 랠프가 대답했다.

"최악의 경우 웨스트민스터 사원에서라도 그 애랑 결혼할 건가요?" 힐버리 부인이 물었다.

"세인트폴에서라도 결혼하겠습니다." 랠프가 대답했다. 그 점에 관해 캐서린 앞에서 항상 일어나던 주저는 깨끗이 사라졌고, 세상에서 그가 가장 열렬히 바라는 것은 즉시 그녀와 함께하는 것이었다. 그녀와 떨어져 있는 순간순간마다 그는 그녀가 점점 더 멀리 떨어져 나가 자신의 존재라고는 없는 상태로 빠져드는 것이 상상되었기 때문이다. 그는 그녀를 지배하고, 소유하고 싶었다.

"아, 하느님 감사하게도!" 힐버리 부인이 외쳤다. 그녀는 온갖 것에 대해 신에게 감사했다. 청년이 말하는 확고한 태도에 대해서뿐 아니라, 딸의 결혼식 날 자신의 부친이 영국의 다른 시인들과 함께 영면해 있는 곳 바로 가까이에 모인 고명한 회중의 머리머리 위에 고매한 운율과 당당한 장문들, 예스런 웅변을 갖춘 혼례사가 울려 퍼질 전망에 대해서도 말이다. 그녀는 눈시울이 젖어 들었지만, 그러면서도 자신의 마차가 기다리고 있다는 사실을 기억하고는 눈물 흐린 눈으로 문을 향해 갔다. 데넘은 그녀를 따라 아래층으로 내려갔다.

그것은 기묘한 드라이브였다. 데넘으로서는 필시 평생에 가장 참기 힘든 드라이브였을 것이다. 그의 단 한 가지 소원은 가능한 한 곧장, 그리고 신속히 체이니 워크에 가는 것이었다. 하지만 힐버리 부인은 그런 소원을 몰랐거나, 아니면 자신의 이런저런 볼일로 좀 방해하는 것이 좋겠다고 생각한 모양이었다. 그녀는 우체국과 커피숍을 비롯하여 곳곳의 가게 앞에서 마차를 세웠고, 뭔가 알 수 없는 위엄을 지닌 그런 가게들에서 나이든 점원들과 친구처럼 인사를 나누는 것이었다. 그러다가 마침내 러드게이트 힐[231]의 들쭉날쭉한 첨탑들 너머로 세인트폴의 반구형 지붕이 눈에 들어오자, 그녀는 갑자기 줄을 잡아당기더니 앤더슨에게 그리로 가자는 명령

231) 세인트폴 사원이 있는 곳.

을 내렸다. 하지만 앤더슨은 오후 예배를 막아야 할 저 나름의 이유가 있었던지 말머리를 고집스럽게 서쪽으로 돌렸다. 잠시 후 상황을 알아차린 힐버리 부인은 기분 좋게 받아들이고는 랠프에게 실망시켜 미안하다며 사과했다.

“신경 쓰지 말아요.” 그녀는 말했다. “세인트폴에는 다른 날 가도 되니까요. 그리고 꼭 그럴지 약속은 못하겠지만, 어쩌면 웨스트민스터 사원 앞으로 해서 갈지도 몰라요. 그 편이 오히려 더 낫지요.”

랠프는 그녀가 무슨 말을 하려는지 도무지 알 수가 없었다. 그녀는 몸과 마음이 모두 딴 세상을 떠다니는 것만 같았다. 그 세상에서는 온통 빠르게 흐르는 구름들이 서로서로 재빨리 스쳐 지나며 모든 것을 몽롱하고 흐릿하게 감싸버리는 듯했다. 한편, 그 자신은 외곬으로 치닫는 욕망과 자신이 원하는 것을 말하지 못하는 무력함, 그리고 점점 더 초조해지는 마음을 내내 의식하고 있었다.

갑자기 힐버리 부인이 단호하게 줄을 잡아당기는 바람에, 이번에는 앤더슨도 그녀가 마차 창밖으로 몸을 내밀고서 내리는 명령에 따를 수밖에 없었다. 마차는 화이트홀 한복판에 자리 잡은 커다란 정부 청사 중 하나 앞에서 우뚝 멈춰 섰다. 힐버리 부인은 순식간에 계단을 올라갔고, 랠프는 또다시 그렇게 지연되는 데 대해 너무나 짜증이 난 나머지 그녀가 무슨 볼일로 교육위원회에 가는지 생각할 여유도 없었다. 그가 막 마차에서 내려 택시를 잡으려는데, 힐버리 부인이 누군가 뒤에 오는 사람을 향해 정답게 이야기하며 나타났다.

“우리 모두 탈 자리가 충분히 있어요.” 그녀는 말했다. “자리가 넉넉하고말고요. 당신 같은 사람 네 명도 탈 수 있다니까요, 윌리엄.” 그녀는 마차 문을 열며 말했고, 그제야 랠프는 로드니도 함께 가는 것임을 깨달았다. 두 남자는 서로 마주보았다. 당혹감과 수치와 불편함의 극심한 형태가 사람의 얼굴에 나타난다고 한다면, 랠프는 그것이 이 불운한 동반자의 얼굴에 어떤 말로도 표현할 수 없을 만큼 고스란히 표출되어 있는 것을 읽을 수 있었다. 하지만 힐버리 부인은 그런 기색이 전혀 안 보이는지, 아니면 안 보이는 척하기로 한 것인지 알 수 없었다. 그녀는 줄곧 떠들었지만, 두 젊은이에게는 그녀가 누군가 바깥 공중에 있는 사람을 향해 말하기나 하는 것처럼 느껴졌다. 그녀는 셰익스피어에 대해 이야기했고, 온 인류에 호소했고, 신성한 시의 덕목들을 선언했고, 시를 암송했다. 물론 중간에서 끊어지기는 했지만, 그녀가 하는 말의 큰 장점은 언제까지나 혼자 떠들 수 있다는 것이었다. 체이니 워크에 당도할 때까지 예닐곱 번은 저 혼자 탄식하고 감탄하면서 독백이 이어졌다.

"아, 이제 다 왔어요!" 그녀는 날렵하게 자기 집 앞에 내려서면서 말했다.

그녀가 문간에서 돌아서서 그들을 내려다보는 태도에는 무엇인가 경쾌하고도 아이러니컬한 데가 있어서, 로드니도 데넘도 자신들의 운명을 그런 대리인에게 맡긴 데 대해 똑같은 염려를 느꼈다. 로드니는 문간에서 실제로 주저하면서 데넘에게 나직이 말했다.

"들어가시오, 데넘. 나는…" 그가 막 돌아서려 하는데 문이 열렸다. 집 안의 친숙한 풍경이 매력을 발휘한 듯 그는 다른 사람들의 뒤를 따라 몰리듯 들어갔고, 퇴로를 차단하듯 문이 닫혔다. 힐버리 부인이 앞장서서 위층으로 올라갔고, 그들을 살롱으로 안내했다. 평소처럼 벽난로가 타오르고 있었고, 작은 테이블들에는 도자기며 은식기가 차려져 있었다. 사람은 아무도 없었다.

"캐서린은 여기 없네요." 그녀는 말했다. "아마 위층 자기 방에 있을 거예요. 당신은 그 애한테 할 말이 있겠지요, 데넘 씨. 가는 길은 알고 있지요?" 그녀는 손짓으로 막연히 천장 쪽을 가리켜 보였다. 그녀는 자신의 집에서 안주인으로 돌아오자 갑자기 진지하고 침착해졌다. 그녀가 그를 내보내는 손짓에는 랠프가 결코 잊지 못할 위엄이 있었다. 그녀는 그저 손짓 하나로 자신이 가진 모든 것을 그에게 내주는 듯이 보였다. 그는 방에서 나갔다.

힐버리 씨의 집은 여러 층으로 된 높직한 건물로, 살롱이 있는 층을 벗어난 랠프에게는 이어지는 복도며 닫힌 문들이 모두 낯설기만 했다. 그는 올라갈 수 있는 한 높이 올라가 자신이 당도한 첫 번째 문을 두드렸다.

"들어가도 됩니까?" 그가 물었다.

"예." 안에서 대답하는 목소리가 들렸다.

언뜻 눈에 들어온 것은 크고 환한 창문과 보를 씌우지 않은 테이블, 그리고 기다란 체경이었다. 캐서린은 자리에서 일어나 손에 흰 종이들을 들고 서 있었는데, 방문객을 본 그녀의 손에서 종이들이 천천히 날려 떨어졌다. 설명은 오래 걸리지 않았다. 말소리도 분명치 않아서, 두 사람 자신 말고는 아무도 알아듣지 못했을 것이었다. 세상의 힘들이 온통 합세하여 자기들을 갈라놓기라도 하려는 것처럼, 두 사람은 손을 꼭 맞잡고서 시간의 심술궂은 눈에도 나눌 수 없이 합쳐진 한 쌍으로 보일 만큼 바짝 다가앉았다.

"가만 있어요. 가지 말아요." 그가 몸을 굽혀 바닥에 떨어진 종이들을 주우려 하자 그녀가 애원했다. 하지만 그는 종이들을 주워 손에 들더니, 갑작스런 충동에 이끌린 듯 자신이 미처 완성하지 못한 글을, 그 신비적인 결론 그대로인 채로, 꺼내주었다. 두 사람은 말없이 상대방이 쓴 것을 읽었다.

캐서린은 그가 건넨 종이들을 끝까지 읽었고, 랠프는 자신의 수학 지식이 허락하는 한 그녀의 숫자들을 따라갔다. 그들은 거의 동시에 읽기를 마쳤고, 잠시 말없이 앉아 있었다.

"큐에서 벤치에 두고 왔던 게 이런 종이였군요." 마침내 랠프가 입을 열었다. "그때는 너무나 빨리 접어버려서 무슨 내용인지 알 수가 없었습니다."

그녀는 얼굴이 새빨개졌다. 하지만 그녀는 움직이지도 얼굴을 가리려고도 하지 않았으므로, 모든 방어 수단을 해제당한 사람처럼 보였고, 랠프의 생각에는 마치 막 떨리는 날개를 접고서 그의 손 닿는 곳에 내려앉은 야생의 새처럼 보였다. 그렇게 노출되는 순간은 더할 나위 없이 고통스러웠고 — 빛은 놀랄 만큼 눈부셨다. 그녀는 이제 누군가가 자신의 고독에 함께한다는 사실에 익숙해져야만 했다. 그 당혹감에는 수치심과 함께 심오한 기쁨의 예감이 들어 있었다. 그녀는 그 모든 것이 겉보기에는 더없이 괴상해 보이리라는 것을 모르지 않았다. 그녀는 랠프가 웃고 있는지 보려고 고개를 들었지만, 자신을 향한 그의 눈길이 더없이 진지한 것을 보자 자신만의 것을 빼앗겼다기보다는 오히려 풍요로워졌음을, 아마도 측량할 수 없이, 아마도 영원히 그러하리라는 믿음 쪽으로 돌아섰다. 그녀는 그 무한한 환희에 막 잠겨 들려는 찰나였다. 하지만 그의 눈길은 그에게 생사를 좌우할 만큼 중요한 또 다른 문제에 관한 확신을 요구하는 듯했다. 그 눈길은 말없이 묻고 있었다. 그녀가 그의 혼란스러운 글에서 읽은 것이 그녀에게 어떤 의미 내지는 진실을 담고 있는지 말해주기를 원하고 있었다. 그녀는 손에 든 종이를 향해 다시금 고개를 숙였다.

"난 당신이 그린 이 불길에 싸인 점들이 마음에 들어요." 그녀는 생각에 잠긴 어조로 말했다.

랠프는 자신이 가장 혼란스럽고 감정적이던 순간에 그려놓은 그 바보 같은 그림을 그녀가 골똘히 들여다보는 것을 보자 수치스럽고 낙심한 나머지 그녀의 손에서 종이를 빼앗아버릴 뻔했다.

그는 그것이 다른 사람에게는 아무 의미도 없으리라고 확신하고 있었다. 비록 그 자신에게는 그것이 캐서린 자신뿐 아니라 어느 일요일 오후 그녀가 차를 따르는 것을 처음으로 본 이후로 그녀를 에워싸고 일어났던 온갖 마음 상태를 나타내는 것이었지만 말이다. 한복판의 얼룩을 빙 둘러싼 모든 잉크 자국들은 그에게는 인생의 그토록 많은 대상들을 설명할 수 없이 에워싸고 그 날카로운 윤곽을 부드럽게 해주는 것만 같은 광휘를 나타내는 것이었다. 그에게는 어떤 길거리나 책이나 상황이 거의 눈에 보이는 후광을 지닌 듯이 보이곤 했다. 그녀는 웃는 것일까? 한심한 듯 종이를 내려놓고서 그 어쭙잖음과 가당찮음을 비난하는 것일까? 그녀는 또다시 그가 자신의 환영을 사랑하는 것일 뿐이라고 항변하려는지? 그러나 그녀에게는 그 그림이 자신과 관련되어 있다는 사실은 전혀 떠오르지 않았다. 그녀는 여전히 생각에 잠긴 어조로 이렇게 말했을 뿐이다.

"그래요, 세상은 나한테도 이 비슷하게 보여요."

그는 그녀의 단언을 진심으로 기쁘게 받아들였다. 인생의 전경 뒤편에서부터 조용히 그리고 꾸준히 부드러운 불의 가장자리가 떠오르면서 주위를 그 붉은 빛으로 물들이고 그 장면에 깊고 어두운 그림자들을 드리워, 그 울창한 가운데로 멀리 더 멀리 밀고 나아가며 끝없이 모색할 수 있을 것만 같았다. 이제 그들 앞에 전개되는 두 가지 전망 사이에 일치점이 있든 없든 간에, 그들은 다가오는 장래에 관해 같은 감각을 지니고 있었다. 그것은 광대하고 신비롭고 아직 펼쳐지지 않은 형태들을 무한히 간직한 것으로, 각기 상대방을 위해 그것들을 펼쳐갈 것이었다. 하지만 지금으로서는 미래의 전망만으로도 그들을 말없는 감격으로 채우기에 충분했다. 어쨌든 그들이 좀 더 분명한 말로 의사소통을 하려는 시도는 문을 노크하는 소리와 함께 하녀가 들어와 뭔가 비밀이라도 전하는 듯한 투로 한 숙녀분이 힐버리 양을 만나고 싶어 하는데 이름은 밝히려 하지 않는다고 전하는 바람에 중단되었다.

캐서린이 깊은 한숨을 쉬며 일상사로 돌아가기 위해 자리에서 일어나자, 랠프도 따라나섰지만, 아래층으로 내려가는 동안 둘 중 아무도 그 익명의 숙녀가 누구일지에 대해서는 아무런 추측도 내놓지 않았다. 어쩌면 웬 흑인 꼽추 여자가 강철 단도를 지니고 있다가 캐서린의 심장에 박을지도 모른다는 엉뚱한 추측이라도 했던 것인지, 랠프는 그 타격을 막아서려는 듯 먼저 식당으로 밀고 들어섰다. 그러고는 카산드라 오트웨이가 식탁 곁에 서 있는 모습을 보자 너무나 기운차게 "카산드라!" 하고 외쳤으므로, 그녀는 손가락을 입술에 갖다 대며 제발 조용히 해달라고 부탁했다.

"내가 여기 온 건 아무도 알면 안 돼요." 그녀는 무덤처럼 나직한 목소리로 속삭이듯 설명했다. "기차를 놓쳤어요. 온종일 런던을 헤매고 다녔는데, 더는 못 견디겠어. 캐서린, 어떻게 하면 좋지?"

캐서린은 의자를 권했고, 랠프는 서둘러 와인을 찾아다가 따라주었다. 그녀는 실제로 기절하지는 않았지만, 금방이라도 그럴 것만 같았다.

"윌리엄이 위층에 있습니다." 그녀가 기운을 차리는 듯하자 랠프가 말했다. "그에게 가서 이리로 불러오지요." 그 자신의 행복감이 다른 모든 사람도 행복해야 한다는 확신을 주었던 것이다. 하지만 카산드라는 외숙의 명령과 분노를 너무나 생생하게 기억하고 있었으므로 감히 그런 도전을 할 수가 없었다. 그녀는 불안해하며 당장 이 집에서 나가야 한다고 중얼거렸다. 하지만 설령 그들이 그녀를 보낼 만한 곳을 안다 해도, 그녀는 나갈 만한 상태가 못 되었다. 캐서린의 상식은 1, 2주째 제자리를 찾지 못하고 있는 터라, 그저 이렇게 물을 뿐이었다. "그런데 네 가방들은 어디 있니?" 마치 거처를 잡는 일이 전적으로 짐가방에 달려 있다고 믿기라도 하는 듯한 말투였다. "짐을 잃어버렸어"라는 카산드라의 대답도 그녀가 결론을 내리는 데는 아무 도움이 되지 못했다.

"짐을 잃어버렸다고." 그녀는 되뇌었다. 랠프를 향한 그녀의 눈에는 짐가방에 관한 문제보다는 그의 존재에 대한 깊은 감사나 영원한 헌신에 대한 맹세에 더 어울릴 듯한 표정이 담겨 있었다. 카산드라는 그 눈빛을 알아차렸고, 랠프 역시 같은 눈빛으로 대답하는 것을 보았다. 그녀의 눈에는 눈물이 고였다. 뭔가 말하려 했지만 목소리가 떨려서 제대로 되지 않았다. 숙박 문제를 의논하기 위해 용기를 내어 다시 입을 여는데, 캐서린이 랠프와 말없이 의논하여 그의 동의를 구한 듯, 손가락에서 루비 반지를 빼어 카산드라에게 주며 말했다. "이건 고치지 않아도 너한테 꼭 맞을 것 같아."

그 말로도 카산드라에게 그녀가 너무나 믿고 싶은 것을 확신시켜주지는 못했을 것이었다. 랠프가 그녀의 손을 잡으며 이렇게 묻지 않았다면 말이다.

"기쁘다고 좀 하면 어때요?" 카산드라는 너무나 기뻐서 눈물이 쏟아졌다. 캐서린이 약혼했다는 사실을 확실히 알고 나니 막연한 두려움과 자책이 사라졌을 뿐 아니라, 얼마 전부터 캐서린에 대해 비판적이 되던 마음도 깨끗이 가시고 예전의 신뢰감이 되돌아왔다. 그녀는 잠시 잃었던 그 경이감을 가지고서 그녀를 바라보았다. 우리가 사는 세상 너머를 거니는 — 그 앞에서는 인생도 한층 고양되는 것만 같은 — 그러면서 우리뿐 아니라 그 언저리의 세계를 멀리까지 비추어주는 사람으로 말이다. 다음 순간 그녀는 그 두 사람의 앞길과 자신의 앞길을 비교해보고는 반지를 돌려주었다.

"윌리엄이 직접 주지 않는다면 받을 수 없어." 그녀는 말했다. "내 대신 간수해줘, 캐서린."

"다 잘된 일이라고 믿어도 됩니다." 랠프가 말했다. "가서 윌리엄을 데려오지요 —"

그는 카산드라의 만류에도 불구하고 문 쪽으로 가려는데, 힐버리 부인이 하녀의 귀띔을 받았는지, 아니면 자신의 개입이 필요하다는 것을 특유의 예지로 알아차렸는지 문을 열고 나타나 미소 띤 얼굴로 그들을 둘러보았다.

"아, 카산드라!" 그녀는 외쳤다. "네가 다시 돌아오니 얼마나 기쁜지 모르겠구나! 이런 우연의 일치가 어디 있겠니!" 그녀는 이렇게 인사말을 건넸다. "윌리엄이 위층에 있단다. 주전자가 막 끓어서 말이야. 캐서린이 어디 있나 하고 찾으러 왔다가 카산드라를 찾았네!" 그녀는 뭔가를 입증하고 만족스러워하는 듯했지만, 그것이 무엇인지는 아무도 알 수 없었다.

"카산드라를 찾았어." 그녀는 되뇌었다.

"기차를 놓쳤대요." 카산드라가 아무 말도 못하는 것을 보고는 캐서린이 대신 대답했다.

"인생이란" 하고 힐버리 부인은 분명 벽에 걸린 초상화들에서 영감을 얻은 듯 말을 꺼냈다. "기차를 놓치는 일들로 이루어져 있지. 그리고 또 이렇게 찾는..." 하지만 그녀는 문득 말을 끊고는 지금쯤 주전자가 펄펄 끓어 넘쳤을 거라고 말했다.

캐서린의 동요된 마음에는 그 주전자가 김을 뿜어 온 집안을 넘치게 할 만큼 엄청나게 큰 것으로, 자신이 게을리했던 모든 집안일의 대표로 항의하는 것으로 여겨졌다. 그녀는 급히 살롱으로 올라갔고 다른 사람들도 그 뒤를 따랐다. 힐버리 부인은 카산드라의 어깨를 싸안고 함께 계단을 올라갔다. 가보니 로드니는 불안한 듯 주전자를 지켜보고 있었지만 생각은 다른 데 가 있는 듯 캐서린이 우려한 재난이 상당히 실현될 참이었다. 사태를 수습하느라 인사말도 제대로 주고받지 못했지만, 로드니와 카산드라는 가능한 한 서로 멀찍이 떨어져서 금방이라도 가버릴 듯이 엉거주춤 자리에 앉았다. 힐버리 부인은 그들의 불편함을 눈치채지 못한 것인지, 아니면 일부러 무시하는 것인지, 또 아니면 화제를 바꿀 때가 되었다고 생각한 것인지, 셰익스피어의 무덤 얘기만 늘어놓았다.

"그렇게 많은 흙과 그렇게 많은 물, 그리고 그 모든 것을 굽어보는 그 숭고한 정신" 하고 그녀는 생각에 잠기며 새벽과 일몰에 대해, 위대한 시인들에 대해, 그들이 가르친 고귀한 사랑의 변함없는 정신에 대해 읊조리기 시작했다. 아무것도 변치 않으며, 한 세대가 다음 세대와 연결되고, 아무도 죽지 않으며 우리 모두 영혼으로 만난다는 이야기를 하면서, 그녀는 방 안에 있는 사람들은 아예 잊어버린 듯했다. 그러다 문득 그녀는 한없이 솟아오르던 드넓은 세계를 접고 잠시 사뿐히 내려앉아 좀 더 긴박한 일로 돌아왔다.

"캐서린과 랠프" 그녀는 마치 그 소리를 음미해보듯 말했다. "윌리엄과 카산드라."

"아무래도 제가 있을 자리가 아닌 것 같습니다." 윌리엄이 그녀의 말 중간에 끼어들며 필사적으로 말했다. "저는 여기 앉아 있을 자격이 없습니다. 어제 힐버리 씨께서 저를 이 집에서 내쫓으셨습니다. 다시 돌아올 작정은 아니었는데, 그러니 이제 —"

"저도 마찬가지예요." 카산드라가 끼어들었다. "엊저녁에 트레버 숙부님께서 그렇게 말씀하셨는데 —"

"내가 당신을 아주 곤란한 지경으로 몰아넣었소." 로드니가 자리에서 일어나며 말했고, 카산드라 역시 그를 따라 일어났다. "당신 아버지의 허락을 얻기 전에는 당신에게 말할 자격도 없소 — 하물며 이 집에서는. 이 집에서 내 행동은 —" 그는 캐서린 쪽을 바라보며 더듬거리다 말을 흐렸다.

"비난받아 마땅하고 변명할 여지가 없는 거였소." 그는 힘들게 이어 나갔다. "당신 어머니께는 다 말씀드렸고, 너그럽게도 내가 잘못한 게 아니라고 해주셨소 — 당신이 어머니를 설득했을 거요. 내 이기적이고 유약한 행동이 — 이기적이고 유약한 —" 그는 원고를 잃어버린 연사처럼 같은 말만 되뇌었다.

캐서린의 마음속에서는 두 가지 감정이 싸우고 있었다. 윌리엄이 티테이블을 사이에 두고 그렇게 격식 차린 언변을 늘어놓는 우스꽝스러운 광경에 웃고 싶은 마음과 또 한편으로는 그에게서 어린아이 같은 솔직함을 발견하고 감동한 나머지 울고 싶은 마음이었다. 그녀가 자리에서 일어나 그를 향해 손을 뻗으며 이렇게 말하자 모두 놀랐다.

"당신이 자책할 일은 아무것도 없어요 — 당신은 언제나 —" 하지만 여기서 그녀는 목소리가 잠기고 눈물이 솟구치는 것을 어쩔 수 없었다. 윌리엄 역시 감동한 나머지 그녀의 손을 자기 입술에 가져다 댔다. 그러느라 아무도 살롱 문이 힐버리 씨의 몸 절반은 들어올 수 있을 만큼 열린 것을 알아채지 못했고, 그가 티테이블 주위에서 벌어지는 일을 더없이 역겹고 한심하다는 듯한 표정으로 바라보고 있는 것도 보지 못했다. 그는 아무도 모르게 물러났다. 바깥 층계참에 서서 자제력을 되찾으려 애쓰면서 어떻게 해야 최대한 위엄 있게 이 일을 처리할 것인지 궁리해보았다. 그가 젊은 사람들에게 타이른 것을 아내가 엉망으로 만들어놓은 것이 분명했다. 그녀는 그들 모두를 더없이 불쾌한 혼란 속으로 몰아넣은 것이었다. 그는 잠시 기다린 후 자신이 들어간다는 것을 알리기 위해 문손잡이 달각거리는 소리를 낸 후 다시 문을 열었다. 그들은 각자 자기 자리로 돌아가 있었다. 뭔가 말도 안 되는 일이 일어난 듯 모두들 웃으며 테이블 밑을 들여다보느라 그가 들어온 것도 얼른 알아차리지 못했다. 캐서린이 상기된 얼굴을 들며 말했다.

"아, 이거야말로 드라마틱해 보려는 제 마지막 시도로군요!"

"얼마나 멀리 굴러가는지 놀라워요." 랠프가 벽난로 앞 깔개 귀퉁이를 들춰보려고 몸을 굽히며 말했다.

"애쓰지 말아 — 걱정할 거 없어. 다 찾게 될 테니까 —" 힐버리 부인은 말하다 말고 남편을 보고는 소리쳤다. "아, 트레버! 우린 카산드라의 약혼반지를 찾는 중이에요!"

힐버리 씨는 본능적으로 발밑 양탄자를 내려다보았다. 놀랍게도 반지는 바로 그가 서 있는 곳까지 굴러와 있었다. 그는 반지의 루비들이 자기 구두코에 닿아 있는 것을 보았다. 습관의 힘이란 얼마나 놀라운지, 그는 모두들 찾고 있는 것을 자신이 찾았다는 어이없는 즐거움을 느끼며 몸을 구부려 반지를 주워 들고는 신사답게 정중히 절하며 카산드라에게 건네주었다. 그렇게 허리 굽혀 절하는 동작이 세련되고 상냥한 감정을 절로 우러나게 한 것인지, 힐버리 씨는 다시 몸을 일으키는 순간 놀랍게도 노한 마음이 깨끗이 가신 것을 깨달았다. 카산드라는 용기를 내어 그에게 뺨을 내밀고 그의 포옹을 받아들였다. 그는 자리에서 일어나 있던 로드니와 데넘을 향해 다소 엄격한 태도로 고개를 끄덕여 보였고, 그래서 이제 모두 함께 둘러앉았다. 힐버리 부인은 남편이 들어오기를, 그리고 바로 이 순간을 기다리고나 있었던 듯했다. 그녀가 그 말을 입 밖에 내는 열띤 태도로 보아서는 벌써 한참 전부터 묻고 싶어 벼르던 질문을 하기 위해서 말이다.

"오, 트레버! 그런데 「햄릿」의 초연 날짜가 어떻게 되지요?"

그 질문에 대답하기 위해 힐버리 씨는 윌리엄 로드니의 정확한 지식에 도움을 청해야 했고, 로드니는 자기가 아는 바에 대해 훌륭한 권위자들을 다 인용하기도 전에 자신이 또다시 이 공인된 교양인들의 사교계에 다시금 들어올 허락을 받았다고 느꼈다. 그것도 다름 아닌 셰익스피어 덕분에. 문학의 위력은 잠시 힐버리 씨를 저버렸지만 이제 다시 돌아와, 인간사의 적나라한 추함 위에 그 위로의 향유를 발라주었고, 전날 밤 그토록 고통스럽게 느꼈던 감정의 동요도 문학이라는 틀 안으로 흘러들어 가니 아무에게도 상처를 주지 않는 맵시 있는 문장들로 변해 혀끝에서 듣기 좋게 나와주었다. 이윽고 자신이 말을 다스리게 되었다고 확신한 그는 캐서린과 데넘을 번갈아 바라보았다. 셰익스피어에 관한 그 모든 대화는 캐서린에게 안정제 내지는 주문의 효과를 낸 것만 같았다. 그녀는 티테이블 상석의 의자에 기대앉아 아무 말 없이 그들 모두 너머로 막연한 눈길을 준 채 그림들과 노란 빛이 도는 벽과 진홍색 벨벳 커튼을 배경으로 하는 인간들의 머리에 대해 더없이 일반적인 상념들에 잠겨 있었다. 이어 데넘 쪽을 보니, 그 역시 요지부동이었다. 하지만 그의 자세와 침묵 속에서는 뭔가 바꿀 수 없는 완강하게 자리 잡은 결심과 의지 같은 것이 엿보여서, 힐버리 씨가 이제 구사할 수 있는 예사로운 말투 같은 것이 오히려 생뚱맞게 느껴졌다. 하여간, 그는 아무 말도 하지 않았다. 그는 청년을 존중했다. 아주 유능한 청년이고, 제 앞길을 헤쳐 나갈 만했다. 청년의 조용하면서도 위엄 있는 얼굴을 바라보면서, 그는 캐서린이 그를 좋아하는 것도 무리가 아니라고 생각했고, 그렇게 생각하자 놀랍게도 예리한 질투심으로 마음이 아파왔다. 그녀가 로드니와 결혼한다면 그런 아픔은 없을 것이었다. 그녀는 이 남자를 사랑하고 있었다. 아니, 두 사람 사이는 어느 정도 진전된 것일까? 엄청난 감정의 혼란이 엄습해오는 순간, 힐버리 부인이 대화가 갑자기 중단된 것을 알아차리고는 딸 쪽을 아쉬운 듯 두어 차례 바라보더니 말했다.

"이제 그만 가봐도 좋아, 캐서린. 저쪽에 작은 방이 있지 않니. 아마도 너와 랠프는 —"

“저희는 결혼하기로 했어요.” 캐서린은 문득 소스라치듯 정신을 차리고는 아버지를 정면으로 바라보며 말했다. 그는 그 단도직입적인 태도에 움찔했고, 마치 뜻밖의 타격을 입기나 한 것처럼 신음소리를 냈다. 그렇게 애지중지한 딸이건만, 이렇게 급류에 휩쓸리듯 멀어져가는 것을, 이 통제할 수 없는 힘에 의해 떨어져 나가는 것을 우두커니 서서 바라보아야 한다는 말인가? 아, 그토록 애지중지했건만! 그토록 아끼고 사랑했건만! 그는 데넘을 향해 고개를 끄덕이며 짤막하게 말했다.

“엊저녁에 이미 짐작했었네. 그 애한테 걸맞은 상대가 되어주기 바라네.” 그러고는 딸 쪽은 바라보지도 않은 채 뚜벅뚜벅 걸어서 나가버렸다. 그처럼 터무니없고 몰인정하고 야만적인 태도에 반쯤은 놀라고 반쯤은 재미있어하는 여자들을 남겨둔 채, 그는 뭐라 할 수 없이 격분해서 울부짖으며 자기만의 은신처를 찾아갔다. 그런 울부짖음은 가장 세련된 살롱에서도 여전히 때때로 울려 퍼지는 것이다. 캐서린은 닫힌 문을 바라보며 다시금 고개를 떨구고 눈물을 감추었다.

제34장

램프에 불이 켜졌다. 그 광채가 윤나게 닦인 목재에 반사되었다. 좋은 와인이 식탁을 한 바퀴 돌았고, 만찬이 그리 진도가 나가기도 전에 문명이 승리를 거두었다. 힐버리 씨가 주재하는 연회는 점점 더 확실히 쾌활하고 품위 있고 전도양양한 모양새를 갖추어가고 있었다. 캐서린의 눈빛으로 보아서는 뭔가의 조짐이 있었지만 — 그는 감상적인 기분이 솟구치는 것을 억제했다. 그는 와인을 따랐고, 데넘에게 마음껏 들라고 권했다.

그들은 위층으로 올라갔고, 카산드라가 다가와서 뭔가 연주해드릴까 묻는 순간 그는 캐서린과 데넘이 곧장 자리를 뜨는 것을 보았다. 모차르트? 아니면 베토벤? 카산드라는 피아노 앞에 앉았고, 그들 뒤에서 문이 조용히 닫혔다. 그의 눈은 한동안 닫힌 문 위에 머물러 꼼짝도 하지 않았지만, 차츰 기대의 표정은 사라져갔고, 이윽고 그는 한숨을 쉬며 음악에 귀를 기울였다.

캐서린과 랠프는 별로 의논할 필요도 없이 자신들이 바라는 바에 합의가 되었고, 그녀는 금방 산책 나갈 차림을 하고 현관으로 내려왔다. 조용하고 달이 밝은 밤이라 산책하기에 좋았다. 그야 어떤 밤이라 해도 그들에게는 마찬가지였겠지만. 그들이 무엇보다도 원하는 것은 몸을 움직여 걷고 지켜보는 눈길들로부터 벗어나 잠자코 바깥 공기를 쏘이는 것이었다.

"아, 드디어!" 현관문이 닫히자마자 그녀가 한숨을 내쉬었다. 그녀는 얼마나 마음 졸이며 기다렸는지, 그가 오지 않으리라 생각하면서도 문소리에 귀 기울였는지, 가로등 아래서 집을 바라보며 서 있는 그의 모습이 보이기를 내심 기대했는지 이야기했다. 그들은 몸을 돌려 집의 조용한 전면을, 불빛이 새어나오는 창문들을 바라보았다. 한때 그에게는 숭배해 마지않던 성지와도 같은 곳이었다. 그녀가 명랑하게 웃으며 놀리듯 그의 팔을 힘주어 잡는데도, 그는 자신의 믿음을 철회하려 하지 않았다. 하지만 자신의 팔에 얹힌 그녀의 손과 귓전에 울리는 그녀의 목소리, 활기차고도 신비로운 감동을 느끼게 하는 목소리 때문에 그는 그런 기분에 잠겨 있을 겨를이 없었다 — 그럴 의향도 없었으니 — 다른 것들이 그의 주의를 끌었던 것이다.

어떻게 해서 모퉁이마다 불이 밝혀진 환한 길거리로 나서게 되었는지, 버스들이 끊이지 않고 양방향으로 오가는 길거리를 걷게 되었는지, 두 사람 중 어느 쪽도 알지 못했다. 난데없이 그중 하나에 올라타고 맨 앞자리로 올라간 충동적인 행동에 대해서도 설명할 수 없었다. 비교적 어두운 거리들, 창문의 블라인드에 비친 그림자들이 얼굴 바짝 다가올 만큼 좁은 골목들을 돌아 나오자, 불빛들이 한데 모였다가 각기 제 갈 길로 흩어져가는 번화한 지점에 이르렀다. 그들은 시내 교회들의 첨탑들이 하늘을 배경으로 흐릿하고 편편해 보일 때까지 줄곧 버스를 타고 있었다.

"추운가요?" 템플 바[232]에 정거했을 때, 그가 물었다.

232) 런던의 중심인 시티 오브 런던의 서쪽 관문에 해당하는 곳.

"좀 그러네요." 그녀는 대답하며, 타고 있던 괴물의 비할 데 없는 회전과 급회전 덕분에 자신의 눈앞을 스쳐간 현란한 불빛의 질주가 이제 끝났음을 의식했다. 그들은 마음속으로도 그 비슷한 경로를 지나온 것만 같았다. 그들은 개선 마차의 맨 앞자리에 앉은 승리자들이요, 자신들을 위해 벌어진 행진을 구경하는 관객이자 인생의 주인들이었다. 하지만 다시 보도 위에 내려서니 그런 고양감도 사라졌다. 그들은 다시 둘만이 된 것이 기뻤다. 랠프는 잠시 가로등 아래 서서 파이프에 불을 붙였다.

그녀는 작은 불빛 속에 떠오르는 그의 얼굴을 바라보았다. "아, 그 시골집이요." 그녀가 말했다. "그 집을 빌려서 거기로 가요."

"이 모든 걸 버려두고 말입니까?" 그가 물었다.

"당신이 원한다면요." 그녀가 대답했다. 그녀는 챈서리 레인 위쪽의 하늘을 바라보며 어쩌면 그 지붕은 어디서나 똑같은지, 그 드높은 창공과 거기 붙박인 별빛들이 의미하는 모든 것이 이제 얼마나 확실해졌는지 생각했다. 현실일까? 그것이? 숫자들? 사랑? 진실?

"생각난 게 있는데" 하고 랠프가 불쑥 말했다. "메리 대칫 생각이 나서 말입니다. 그 집이 여기서 가까운데, 함께 가보지 않겠어요?"

그녀는 고개를 돌린 채 대답을 망설였다. 오늘 밤은 아무도 만나고 싶은 생각이 없었다. 그녀로서는 엄청난 수수께끼가 풀린 듯한 밤이었다. 문제가 풀렸고, 짧은 순간이나마 우리가 무질서의 혼돈으로부터 둥글고 온전하고 완전하게 만들려고 노력하며 평생을 보내는 그 구체(球體)를 손 안에 붙든 듯한 느낌이었다. 메리를 만나면 그 온전한 구체가 망가질 우려가 있었다.

"그녀에게 못되게 굴었나요?" 그녀는 계속 걸음을 옮기면서 기계적으로 물었다.

"내 입장도 변명할 수는 있지만" 하고 그는 거의 도전적으로 말했다. "하지만 그래도 마음에 걸리는 게 있다면 무슨 소용이겠어요. 잠깐이면 됩니다." 그가 말했다. "그냥 한마디 하고 싶어서 —"

"물론 그래야지요." 캐서린은 말하면서 그 역시 한순간이나마 둥글고 온전하고 완전한 구체를 붙들려면 해야 할 일을 어서 해야 하리라는 느낌이 들었다.

"내가 바라기는 — 부디 —" 그녀는 문득 우수에 사로잡혀 명료한 시야의 한구석이 흐려지는 것을 느끼며 한숨지었다. 구체는 마치 눈물에 흐려진 듯 눈앞을 떠돌았다.

"난 아무 후회 없습니다." 랠프는 단호하게 말했다. 그녀는 마치 그렇게 하면 그가 보는 것을 자기도 볼 수 있기나 할 것처럼 그쪽으로 몸을 기울였다. 그는 얼마나 알 수 없는 사람인가 하는 생각이 들었다. 그가 점점 더 연기를 뚫고 타오르는 불처럼, 생명의 원천처럼 보이게 되었다는 것 말고는 말이다.

"계속하세요." 그녀가 말했다. "아무 후회도 없다고요 —"

"전혀 — 전혀 없습니다 —" 그가 되뇌었다.

"엄청난 불길이야!" 그녀는 속으로 생각했다. 그녀에게는 그가 어둠 속에 찬연히 타오르는 불길처럼 생각되었다. 그래도 그라는 사람은 여전히 알 수 없어서, 그의 팔을 붙잡고 있는 것은 활활 타오르는 불길을 둘러싼 불투명한 언저리만을 붙잡고 있는 것과도 같았다.

"왜 없지요?" 그녀는 급히 되물었다. 그 불길이 좀 더 찬란하게, 좀 더 붉게, 좀 더 어둡게 연기와 뒤얽히며 치솟아 오르게끔 그가 뭔가 더 말하게 하기 위해서였다.

"무슨 생각을 하나요, 캐서린?" 그는 그녀의 꿈꾸는 듯한 어조와 뭔가 동떨어진 대꾸에 미심쩍어하며 물었다.

"당신 생각을 하고 있었어요 — 그럼요, 맹세해요. 항상 당신이지만, 내 마음속에서 당신은 너무나 이상한 형태로 나타나곤 해요. 당신 때문에 난 혼자 있어도 더 이상 혼자가 아니게 되어버렸어요. 당신이 나한테 어떻게 보이는지 얘기할까요? 아니, 당신이 먼저 해요 — 처음부터 다 얘기해주세요."

더듬더듬 끊어지는 말투로 시작하여 그는 차츰 유창하게, 점점 더 열정적으로 이야기를 계속했고, 그녀가 자기 쪽으로 몸을 기울이는 것을 느꼈다. 그녀는 아이처럼 놀라며, 여인처럼 감사하며 경청하고 있었다. 그러다 이따금씩 진지하게 그의 말을 가로막곤 했다.

"하지만 밖에 서서 창문을 지켜본다는 건 어리석은 일이에요. 만일 윌리엄이 당신을 못 보았다면요? 당신은 그냥 자러 갔을 건가요?"

그는 그녀의 책망에 대해 그녀 또래의 여자가 킹스웨이에 우두커니 서서 지나가는 차들을 바라보며 넋이 나간다는 것도 있을 수 없는 일이라고 맞받아쳤다.

"하지만 그때 처음으로 당신을 사랑한다는 걸 알았는걸요!" 그녀는 외쳤다.

"처음부터 얘기해봐요." 그가 간청했다.

"아뇨. 난 그런 얘기 잘 못해요." 그녀가 극구 사양했다. "난 이상한 얘기밖에 못해요 — 불꽃이 어떻다든가 하는. 아니, 말할 수 없어요."

하지만 그는 그녀를 졸라 드문드문 끊어진 이야기를 얻어냈고, 그에게는 그것이 아름답기만 했다. 그녀가 어두운 붉은 불꽃과 그것을 휘감은 연기에 대해 열띤 어조로 말하자, 그는 다른 사람의 마음속이라는 어둑하고 광막한 가운데로 문턱을 넘어 들어서는 느낌이었다. 그 광막함 가운데서 그토록 크고 그토록 희미한 형체들이 움직이며, 어쩌다 섬광 속에서만 모습을 드러냈다가 또다시 어둠 속에 묻혀가는 것이었다. 그러는 동안 그들은 메리가 사는 거리에 당도했고, 서로 이야기하고 또 부분적으로는 보기도 한 것들로 마음이 벅차서 메리의 방을 향해 고개도 들지 않은 채 그 집 앞을 지나쳤다. 밤늦은 시각이라 다니는 차도 없고 행인도 거의 없었으므로, 그들은 아무 방해도 받지 않고 팔짱을 낀 채 이따금 손을 들어 드넓은 하늘의 푸른 장막에 뭔가를 쓰곤 했다.

그렇게 크나큰 행복감에 잠겨 그들은 손가락 하나만 들어도 뜻이 통하고 단어 하나로도 문장 전체보다 더 많은 것이 말해지는 명징한 상태에 도달해 있었다. 그들은 부드럽게 침묵 속으로 미끄러져 들어갔고, 멀리서부터 모습을 드러내며 차츰 자신들을 향해 다가오는 무엇인가를 향해 나란히 생각의 어두운 오솔길을 걸어갔다. 그들은 승리자였고, 인생의 주인이었지만, 그러면서도 불길에 사로잡힌 채 자신들의 삶을 바쳐 그 밝기를 더하며 자신들의 믿음을 증명하고 있었다. 그렇게 그들은 메리 대칫이 사는 거리를 두어 차례 오가다가, 얇고 노란 블라인드 뒤에서 타는 불꽃이 거듭 나타나자 딱히 이유를 알지 못한 채 걸음을 멈추었다. 그 불꽃은 그들의 마음속에서 타고 있었다.

“저게 메리 방의 불이에요.” 랠프가 말했다. “집에 있나 봅니다.” 그는 길 건너편을 가리켰다. 캐서린의 눈길도 그곳을 향했다.

‘이렇게 늦은 시간까지 혼자 일하는 걸까? 무슨 일을 하는 걸까?’ 그녀는 자문했다. 그러고는 열정적으로 말했다. “우리가 굳이 방해할 필요가 있을까요? 그녀도 행복한데요.” 그녀는 덧붙였다. “자기 일이 있잖아요.” 그녀의 음성은 조금 떨렸고, 눈물 어린 눈에 불빛이 황금빛 바다처럼 출렁였다.

“내가 그녀를 찾아가는 게 싫습니까?” 랠프가 물었다.

“아니, 원한다면 가세요. 가서 하고 싶은 말을 하세요.” 그녀가 대답했다.

그는 즉시 길을 건너가서, 메리의 집 계단을 올라갔다. 캐서린은 그가 떠난 자리에 서서 창문을 바라보며 곧 그림자가 창문을 가로질러 갈 것을 기대했다. 하지만 아무것도 보이지 않았다. 블라인드에는 아무것도 비치지 않았고 불빛도 흔들리지 않았다. 그 불빛은 어두운 길 건너편에 있는 그녀를 향해 신호를 보내는 것만 같았다. 그것은 무덤 이 편에서는 꺼지지 않을, 영영 거기서 빛날 승리의 신호였다. 그녀는 마치 경의를 표하듯 자신의 행복을 들었다가, 경의를 표하듯 내려놓았다. “불빛이 밝기도 하지!” 그녀는 생각했고, 온 런던의 어둠이 활활 타오르는 불꽃들로 가득 찬 것처럼 생각되었다. 하지만 그녀의 눈은 다시 메리의 창문으로 돌아왔고, 흐뭇하게 그곳에 머물렀다. 잠시 그렇게 기다리노라니, 문간에서 한 사람의 형체가 떨어져 나와 길을 건너 천천히 마지못한 듯 그녀가 서 있는 곳으로 다가왔다.

“들어가지 않았어요 — 그럴 수가 없었어요.” 그는 말을 멈추었다. 그는 메리의 문 밖에 서 있었지만 문을 두드릴 수가 없었던 것이다. 만일 그녀가 밖에 나왔더라면, 거기 서서 눈물을 흘리며 아무 말도 못하고 있는 그를 발견했을 것이었다.

그들은 잠시 환한 블라인드들을 바라보며 서 있었다. 그들 두 사람에게는 그 불빛들이 그 안에서 밤늦도록 자신의 계획을 위해 일하는 여성의 정신에 들어 있는, 자신을 넘어서 담담한 무엇인가의 표현으로 여겨졌다. 전 세계의 유익을 위한 그 계획에 대해서는 두 사람 다 아무것도 알지 못했다. 이윽고 그들의 마음은 또 다른 작은 모습들에게로 넘어갔고, 랠프의 마음속에 떠오른 그 행렬의 선두에는 샐리 시일의 모습이 있었다. “샐리 시일을 기억합니까?" 랠프가 물었다. 캐서린은 고개를 끄덕였다.

"당신 어머니와 메리는?" 그가 말을 이었다. "로드니와 카산드라는? 하이게이트의 조운 누나는?" 그는 연달아 늘어놓다 그만두었다. 그가 그들을 생각할 때면 떠오르는 묘한 조합이 설명되게끔 그들을 한데 엮을 방법이 없었기 때문이다. 그에게는 그들이 각각의 개인 이상의 존재로, 여러 가지 다른 것들이 모여서 만들어진 듯이 보였다. 그에게는 세상이 질서정연해 보였다.

"너무나 쉬운데 — 너무나 간단한데." 캐서린은 문득 떠오르는 샐리 시일의 말을 인용하며, 자신이 랠프의 생각의 궤적을 따라가고 있음을 이해해주기를 바랐다. 그녀는 그가 믿음의 단편들을, 뿔뿔이 흩어져버려 옛 신자들이 만들어낸 문구들의 단일성을 갖지 못한 단편들을 초보적인 방식으로나마 열심히 모으려 하는 것을 느꼈다. 그들은 함께 그 지난(至難)한 영역으로 들어섰다. 거기에는 완성되지 않은 것들, 성취되지 않은 것들, 글로 쓰이지 않은 것들, 보답받지 못한 것들이 유령 같은 방식으로 만나 완전하고 만족스러운 모양새를 갖추었다. 그렇게 구축된 현재로부터 미래는 어느 때보다도 찬란히 솟아올랐다. 책이 쓰일 것이고, 책은 방에서 쓰여야 하며, 방에는 커튼이 있어야 하며, 창밖에는 땅이, 그 땅에는 지평선이, 그리고 아마도 나무들과 언덕이 있을 것이었다. 그들은 스트랜드에 줄지은 사무실 건물들을 지나며 그렇게 자신들을 위한 집을 그려보았고, 첼시로 가는 버스에서도 계속해서 미래를 설계했지만, 그 미래는 여전히 크고 한결같은 등불의 금빛에 잠겨 있었다.

밤이 한참 깊었으므로, 2층 버스의 위층은 텅 비어 그들은 아무 데나 앉을 수 있었고, 길에도 어쩌다 남녀 한 쌍이 한밤중인데도 남에게 들릴세라 자신들만의 이야기를 소곤대며 지나갈 뿐 인적이 없었다. 피아노 그림자

앞에 앉아 노래하는 사람 그림자도 사라졌다. 드문드문 침실 창문들에 있던 불빛도 버스가 지나가는 동안 하나씩 꺼져갔다.

그들은 버스를 내려 강 쪽으로 걸어 내려갔다. 그녀는 자신이 붙잡은 그의 팔이 굳어지는 것을 느꼈고, 그것을 신호로 자신들이 마법의 영역에 들어선 것을 알 수 있었다. 그에게 말을 걸 수도 있겠지만, 저 이상하게 떨리는 음성으로, 맹목적인 열정으로 바라보는 저 눈길로, 그는 누구에게 대답하는 것일까? 그는 어떤 여자를 보고 있는 것일까? 그녀는 어디를 걸어가며, 함께 가는 이는 누구인 것일까? 순간들, 단편들, 한순간의 비전, 그러고는 흩어지는 물보라, 모든 것을 흩날려버리는 바람, 그러고는 혼돈으로부터의 회복, 안정감의 복귀, 햇빛 속에 더없이 찬란하고 견고한 대지. 그는 자신의 어둠 속 깊은 데서부터 우러나는 감사를 표했고, 또 그만큼이나 멀고 감추어진 영역에서 그녀가 그에게 대답했다. 6월의 밤이라 나이팅게일들이 노래하면서 들판 이 끝에서 저 끝으로 화답하고 있었다. 정원의 나무들 사이로 난 창문 아래서도 그 소리가 들렸다. 그들은 걸음을 멈추고 강물을 들여다보았다. 끝없이 움직이는 어두운 물살이 그들 발밑에서 흐르고 있었다. 돌아서자 맞은편에 집이 보였다. 그들은 아무 말 없이 그 다정한 장소를 바라보았다. 집은 그들이 돌아오기를 기다리는지, 아니면 로드니가 아직도 카산드라와 이야기하는지, 여전히 불을 밝히고 있었다. 캐서린은 문을 반쯤 밀어 열다 말고 문간에서 멈춰 섰다. 온 집안이 잠든 듯 조용한 가운데 밝은 빛이 부드러운 황금 가루처럼 덮였다. 그들은 잠시 기다리다가 잡았던 손을 놓으며 말했다. “잘 자요” 그가 말했고, “잘 자요” 그녀도 소곤거렸다.

해제

버지니아 울프의 두 번째 소설 『밤과 낮』은 그녀가 쓴 아홉 편의 소설 중 독자의 관심에서 비교적 비켜나 있는 작품이다. 1919년 출간 당시부터 그것은 전통적인 플롯과 기법을 답습한 실망스러운 작품으로 평가되었으니, 울프와 친구이자 경쟁하는 사이였던 소설가 캐서린 맨스필드는 그것을 "현대판 제인 오스틴"이요 "영국 소설의 전통 가운데 있는 소설"이라고 평하면서 "그런 유를 다시 보게 되리라고는 생각지도 못했었다"고 어이없다는 반응을 보였고,[233] 몇 년 후 E. M. 포스터 역시 그것은 "의도적인 고전주의 연습으로, 좋건 나쁘건 지난 150년 동안 영국 소설의 특징이 되어왔던 모든 것을 담고 있다"며 비슷한 입장을 취했다.[234] 이런 평가는 이후로도 줄곧 이어져, 21세기에 들어서도 『밤과 낮』은 울프의 "가장 쉽게 접할 수 있으면서 가장 무시되어온 작품, 가장 전통적인 서술과 구성을 지닌 작

233) Katherine Mansfield, review in *Athenaeum*, Nov. 21, 1919 in Virginia Woolf. *The Critical Heritage*, ed. R. Majumdar & A. McLaurin.

234) E. M. Forster, 'The Early Novels of Virginia Woolf'(1925), Julia Briggs, *Reading Virginia Woolf*, Edinburgh University Press, 2006, p. 61에서 재인용.

품"으로 일컬어진다.[235)]

실제로 이 작품은 청춘남녀가 결혼 상대를 찾아가는 과정을 그린 이른바 구혼소설(courtship novel)로서, 처음에 짝을 잘못 골랐다가 자신에게 걸맞은 짝을 발견해가는 과정에 주인공들의 내적 성숙을 담은 교양소설의 기능을 한다는 점, 결혼이라는 결말을 최종적인 가치로 제시한다는 점 등을 특징으로 하는 제인 오스틴의 소설과 비슷한 데가 많다. 또한, 기법 면에서도 인물과 장면의 상세한 묘사, 직접화법으로 옮겨진 대화들, 사건의 시간 순서에 따른 진행 등 전반적으로 사실주의를 따르고 있는 것으로 보인다. 그러므로 그것은 1919년 당시 시도되던 새로운 스타일의 소설들은 물론이고 전통적 결혼 제도에 반기를 들었던 1890년대 대중잡지의 신여성(New Women) 소설들에 비해서도 구태의연해 보이는 것이 사실이다. 뿐만 아니라, 개개인의 삶에 대한 내러티브를 넘어 인생 자체에 대한 비전을 제시하고자 했던 전작 『출항(*The Voyage Out*)』(1915)이나 실험적인 기법으로 주목을 받았던 후속작 『제이콥의 방(*Jacob's Room*)』(1922) 등 작가 자신의 작품 이력에 비추어보더라도 본류에서 벗어난 타작이라는 인상이 강하다.

울프는 『밤과 낮』의 출간에 몇 달 앞서 발표한 에세이 「현대 소설들(Modern Novels)」[236)]에서 전통적인 사실주의 소설을 비판하고 인생의 진면모는 빈틈없는 개연성의 분위기에서가 아니라 의식을 스쳐가는 무수한 인상들 가운데서 발견되는 것이라며 새로운 소설론을 개진한 바 있다. 그

235) Julia Briggs, *Virginia Woolf. An Inner Life*, Harcourt, 2005, p. 31.

236) *The Times Literary Supplement*(April 10, 1919)에 게재. 같은 글을 손질한 'The Modern Fiction'이 『보통 독자들(*Common Readers*)』(1925)에 실렸다.

에 따르면 사실주의 기법으로는 "우리가 추구하는 것을 확보하기보다 놓치는 때가 더 많다. 생명 또는 영혼, 진실 또는 리얼리티, 뭐라 부르든 간에 본질적인 것은 계속 빠져나가고 우리가 제공하는 맞지 않는 옷에 가두어지기를 거부한다"니, 이런 비판은 이 소설에도 적용되는 것이 아닌가? 뒤이어 "그럼에도 우리는 끈질기게, 성실하게, 서른두 챕터를 써 나가는데, 애초의 구상은 점점 더 우리 마음속의 비전과 거리가 멀어진다"고 한 대목은 서른네 챕터로 이루어진 『밤과 낮』을 쓰던 무렵의 그녀를 떠올리게 한다. 그러므로 그녀가 이 소설을 쓰는 동안 사실주의 소설의 한계를 절감하고 새로운 방식의 글쓰기를 실험했으리라는 추측도 가능하며, 실제로 『밤과 낮』의 후반부를 집필하는 동안 「벽 위의 자국(The Mark on the Wall)」, 「큐 가든(The Kew Gardens)」 등 실험적인 단편소설들을 썼다는 사실도 그런 추측을 뒷받침해준다.

무엇보다도, 작가가 10여 년 후 한 친구에게 쓴 편지[237]에서 『밤과 낮』을 자평한 것은 이 작품에 대한 부정적 평가를 결정적으로 만들었다. 그에 따르면 이 소설은 "위험 지대[238]에서 완전히 벗어났다는 것을 나 자신에게 증명하기 위해" "침대에서, 하루에 단 반 시간씩 쓴 것"이며, 그것은 "한편으로는 정신을 안정시키고 다른 한편으로는 해부학을 배우기 위해 석고상을 모사"하는 것 같은 작업이었다고 한다. 그렇듯 "전통적인 문체 연습을 하고 나서 자신에게 허락하는 특식"과도 같은 것이 단편소설들이었다면서, 「벽 위의 자국」을 단숨에 써버린 어느 날의 흥분을 잊지 못하리라고 회고한다. 그런 실험적 작업에서 발전해 나간 것이 『제이콥의 방』, 『댈러웨이 부

237) Letter to Ethel Smyth, Oct. 16, 1930, *Collected Letters* IV, Hogarth, 1978; 1994, p. 231.
238) 1915년 2월 발병하여 몇 달에 걸쳐 앓은 정신 질환을 가리킨다.

인』 등이라는 것이다. 『밤과 낮』을 '전통적 문체 연습'에 불과한 것으로 만들고 실험적인 글쓰기야말로 자신의 본령임을 내세우는 이 같은 회고는, 그러나 작품 발간 이후 적지 않은 비판과 조롱을 겪으면서 방어적으로 형성되었을 가능성이 크다. 왜냐하면 작품의 출간을 전후하여 쓴 일기나 편지들은 전혀 다른 태도를 보여주기 때문이다.

특히, 1919년 3월 27일[239]의 일기는 남편 레너드 울프가 『밤과 낮』의 원고를 읽은 후 함께 이야기한 내용을 담고 있는데, "내 생각에는 『밤과 낮』이 『출항』보다 훨씬 더 성숙하고 완성되고 만족스러운 책이고, 또 그럴 만하다(…) 독창성과 성실성에서 현대 작가들 대부분과 비교해서 전혀 손색이 없다"면서 "『밤과 낮』의 후반부를 쓸 때만큼 글쓰기를 즐겨본 적이 없는 것 같다(…) 만일 편안하게 흥미를 가지고 쓰는 글이 좋은 결과를 약속해주는 것이라면, 적어도 몇몇 사람은 그것을 즐겁게 읽어주리라는 희망을 가져도 좋을 것이다"라고 자부하고 있다. 그런가 하면, 책이 나온 직후의 일기나 편지에서는 "최고의 천재가 쓴 작품"이라는 클라이브 벨을 위시하여 바네사, 리튼 스트래치 등 친지들로부터의 칭찬에 기뻐하고, "『밤과 낮』이 『출항』에 비해 겉보기에는 덜 화려하지만 더 깊이가 있다"는 《타임스》 문예란의 서평에 자신도 동의한다고 썼다. 물론 부정적인 평가들도 없지 않았지만, E. M. 포스터의 "『출항』만큼 마음에 안 든다"는 평에 움츠러들었다가 며칠 후 그를 만나 자세한 설명을 듣고 그것이 작품 자체가 나쁘다는 평이 아니었다고 안심하는가 하면, 역시 책이 마음에 들지 않는다는 또 다른 친지에게는 "내가 당신의 일을 이해하지 못하는 것이나 마찬가지"라

239) 1918년 11월 21일에 탈고하여, 이듬해 3월 중에 원고 정리를 마쳤고, 10월 20일에 책이 나왔다.

며 당당하게 차이를 주장하기도 한다. 3월의 일기에서는 "재판도 못 찍을 것"이라면서 책의 판매에 대해 조심스러운 태도를 보였던 반면, 출간 이후 호평을 받자 "이 책이 성공하면 더 이상 [돈벌이를 위해] 서평을 쓰지 않아도 될 것"이라며 기대에 부푸는 대목이나 미국의 두 군데 출판사로부터 출간 제의를 받았다며 자랑하는 대목은 자기 작품에 대한 작가의 자신감을 보여준다. (위에 언급한 10년 후 회고에서 『밤과 낮』을 부정적으로 자평하는 가운데서도 "어떤 이들은 그것이 내 최고의 책이라고 한다"는 말을 괄호 안에 곁들인 것을 보면 이 작품에 대해 여전히 미련을 지니고 있었던 것도 같다.)

사실주의 기법은 물론이고 전통적인 구혼소설의 한계를 누구보다 잘 알고 있었던[240] 울프가 명백히 전통적 형식을 택한 작품에 대해 "독창성"을 말하는 것은 무슨 뜻일까? 어떤 의미에서 『밤과 낮』이 『출항』에 비해 "더 깊이가 있다"는 것일까? 비록 10여 년 세월이 지나는 동안 스스로 평가를 달리했다 해도, 작품을 쓰고 펴내던 당시의 포부는 무시할 수 없다. 최근 평자들이 『밤과 낮』을 재평가하여, 그것이 전통 소설의 형식을 취하되 사랑과 결혼, 여성의 정체성에 대한 새로운 모색을 담고 있는 것이라고, 말하자면 전통적인 구혼소설에 대한 '패러디'라고[241] 보는 시각은 그러므로 작가의 애초 취지에 좀 더 다가간 것이라 하겠다. 작품의 배경인 에드워드 시대[242]는 여성의 삶에 이념적으로나 현실적으로나 많은 변화가 있었음에

240) 울프는 이미 1905년의 서평에서 "결혼 및 그 선행 사건들을 소설의 적법한 재료로 보고" "웨딩마치를 환희에 찬 출발점으로 만드는" 소설의 한계를 지적한 바 있다. Michael H. Whitworth, *Authors in Context: Virginia Woolf*, Oxford, 2005, p. 102.

241) Jane de Gay, *Virginia Woolf's Novels and the Literary Past*, Edinburgh University Press, 2006, p. 45.

242) 1901년 빅토리아 여왕이 사망한 후 1910년 또는 1914년 제1차 세계대전 발발 이전까지를 에드워드 왕(1901–1910 재위) 시대라고 한다.

도 불구하고 — 여성참정권 운동이 일어나고 여성의 낙태, 빈곤, 취업 등에 대한 논의가 공론화되었다 — 남성들의 가부장적 의식에는 큰 변화가 없었던, 따라서 기성 체제와 새로운 의식 간의 갈등이 두드러진 시기였다. 그런 시기에 유서 깊은 가문의 여성이 전통적 가치관에 맞서서 자신의 삶을 주체적으로 살아가기 위해 고민하고 갈등한다는 줄거리 속에 울프는 가부장적 결혼 및 가족 제도, 남성 지배, 여성의 정체성 등에 대한 비판과 혁신적 생각들을 담았으니, 그 "독창성과 성실성"에 있어 자기 시대의 어떤 작가에 뒤지지 않는다고 자부할 만하다. 이런 문제의식은 전작에서도 엿보이는 것이지만, 『출항』은 세상사에 무지한 인생 초년의 레이첼이 약혼에 이르는 과정을 여러 인물의 여러 가닥 이야기 가운데 하나로 다루었던 반면, 『밤과 낮』은 좀 더 성숙한 여주인공 캐서린이 자신이 원하는 삶과 사랑을 선택해가는 모습을 본격적인 줄거리로 삼는다. 나아가, 『출항』은 내적 진실과 외적 사건들의 괴리를 일련의 질문들로 남기는 데 비해, 『밤과 낮』은 그 제목이 시사하는 바 내적 삶과 외적 삶, 꿈과 현실이라는 주제를 좀 더 천착하면서 사랑의 새로운 가능성을 모색하고 있으니, 확실히 "더 깊이가 있다"고 할 것이다.

그러므로 울프의 작품 이력에서 『밤과 낮』은 한편으로는 『자기만의 방』이나 『3기니』 같은 페미니스트 저작을, 다른 한편으로는 『댈러웨이 부인』이나 『등대로』처럼 여성의 내면과 외면을 아우르는 삶을 보여주고자 한 소설들을 예고하는 작품이라 할 수 있다. 뿐만 아니라, 『밤과 낮』은 작가 자신의 전기적 소설이라는 점에서도 흥미롭다. 그들 자신의 구혼 시절을 소재로 한 소설은 남편 레너드의 『지혜로운 처녀들(*The Wise Virgins*)』(1914)이 먼저인데, 울프는 여기에 가부장 사회 내 여성의 정체성 추구라는 문제의식을 더해 한층 깊이 있는 작품을 만들고 있다. 두 작품은 인물과 플롯이 비슷할 뿐 아니라 때로는 구체적인 문면에서까지도 상호 반향하면서, 그들 두 사람이 어떻게 대화하고 공감했던가를 보여준다. 특히, 사랑이라는 주제에 있어 『밤과 낮』은 일찍이 어떤 소설도 그렇게 파고들어간 적이 없으리만큼 사랑하는 사람들의 마음속을 깊이 비추어준다. 그런 대목들에서 보이는 내적 이미지의 전개는 이미 사실주의를 넘어 '의식의 흐름' 기법을 예고하고 있으니, 울프가 종종 포부를 밝혔듯이 "말할 수 없는 것"에 대해 쓰겠다는 목표는 이 작품에서도 어느 정도 이루어지는 것이다.

**

『밤과 낮』은 울프의 회고대로 정신병의 회복기에 자신의 정상성을 확인하기 위해 하루 단 반 시간씩 문체 연습 삼아 쓴 작품으로 소개되곤 한다. 그러나 출간을 전후하여 그녀가 보인 자부심을 감안하면 그 회고는 액면 그대로 받아들이기 어려우며, 실제로 작품을 구상한 과정이나 의도는 달랐으리라 추측할 수 있다. 그러므로 작품의 집필 시기나 정황을 알아볼 필요가 있는데, 울프의 일기와 편지 등 사적인 기록들은 — 이후의 다른 작품들에 대해서와는 달리 — 이 두 번째 소설에 대해 그다지 언급하고 있지 않지만, 단편적인 언급들을 맞춰보면 저간의 사정이 어느 정도는 드러난다.

1912년 6월 친지들에게 약혼을 알리면서 울프는 자신들이 "돈을 벌지 않아도 되도록, 작은 집을 빌려서 검소하게 살 작정"이라고 썼다.[243] 최소

243) Letter to Madge Vaughan, June 12, 1912, in *Selected Letters of Virginia Woolf*, Hogarth, 1989; 1993, p. 73.

한의 수입은 글을 써서 벌기로 했고, 두 사람은 각기 완성 단계의 원고를 가지고 있었다. 레너드는 실론 근무 시절의 체험을 살려 그곳 원주민들의 삶을 소재로 한 소설 『정글 속의 마을(*The Village in the Jungle*)』을 이듬해 2월에 출간하여 호평받았고, 인세 수입은 그리 많지 않았지만 그 호평에 힘입어 『지혜로운 처녀들』의 완성을 서둘렀다. 버지니아는 6-7년째 작업하던 『출항』을 손질 중이었는데, 레너드에 의하면 적어도 10-20번은 고쳐 썼을 이 원고는 1913년 3월에 출판사로 넘어가 4월에는 출판이 수락되었지만, 원고의 마지막 손질 단계에 시작된 두통과 불면이 우울증과 망상, 식사 거부로 이어지는 바람에 휴식 처방을 받고 요양원에 입원하느라 출간이 계속 지연되었다. 그래서 1914년 말에 완전한 회복이 확인된 후에야 1915년 3월로 출간이 예정되었다.

울프의 두 번째 소설에 관한 최초의 언급은 1915년 1월 2일의 일기에서 찾아볼 수 있다. 새해 들어 쓰기 시작한 일기의 두 번째 날에 "우리 부부의 평균적인 하루"의 일과를 열거하면서 "L은 서평을 마치고, 나는 가련한 에피의 이야기(poor Effie's story)를 4페이지가량 쓴다"고 적고 있는 것이다. 이어지는 일기에서도 "아침 내내 글을 썼다"든가 "타이프를 쳤다"든가 — 울프는 대개 손으로 원고를 쓴 다음 타이프를 쳤다 — 하는 언급이 간간이 나오는 것으로 보아 한동안 작업이 진척되었던 듯하며, 1월 15일의 일기에서는 이 소설을 『세 번째 세대(*The Third Generation*)』라는 제목으로 일컬으면서 그 시대 분위기를 알기 위해 1860년대 자료를 찾아봐야 한다고 열의를 보이는가 하면, 20일에는 "한 챕터를 끝냈다"고 쓰고 있다.

그러나 1915년의 일기는 2월 15일로 끝나고, 며칠 후부터 또다시 두통과 불면에 시달리기 시작, 3월 4일에는 레너드의 간호만으로 감당이 되지 않아 전문 간호사들이 불려왔다. 이전 어느 때보다 격심한 발작을 겪으며 약 2개월 동안은 레너드의 면회조차 거부할 정도로 상태가 심각했으나, 6월쯤부터 상태가 호전되었다. 일기를 다시 쓰기 시작한 것은 2년 후인 1917년 10월부터이므로, 그 사이의 사정은 1915년 8월부터 재개된 서신 왕래를 통해 짐작할 수 있다. 10월에는 체중이 12스톤[244]으로 늘었다고 하며, 11월에는 "마지막 간호사가 떠났다"고 기뻐하면서 "이제 글을 써도 되고, 차츰 세상으로 돌아갈 것"이라고 기대하고 있다. 1916년 1월부터는 여러 친지에게 거듭 "이제 아무렇지도 않다"고 강조하고, 2월에는 "매일 조금씩 글을 쓰게 되어 기쁘다"고 하는가 하면, 3월에는 서평 활동도 재개했다고 알린다.

소설 창작이 다시 거론되는 것은 1916년 7월 말 바네사의 위셋 농장에 다녀온 후의 편지에서이다. 제1차 세계대전 중반이던 1916년 1월 징집령이 내려 양심적 병역 거부자들은 병역을 면제받으려면 '국가적으로 중요한 일'에 종사해야 했고, 블룸즈버리 그룹의 작가 및 화가 다수는 '대안적 복무'로 농장 일을 택하던 즈음이었다. 바네사 벨 역시 연인 덩컨 그랜트와 함께 서포크 주 위셋[245]에 농장을 빌려 아이들을 키우며 농사도 짓고 그림도 그리는 생활을 시작한 터였다. 사실상 결별한 남편 클라이브 벨과 유연한 관계를 유지하면서 연인과 더불어 자유롭고 창조적인 생활을 하는 바네사에게 큰 감명을 받은 듯, 위셋에 다녀온 울프는 편지에서 "언니의 생

244) 12스톤은 약 76킬로그램이며, 울프의 이전 체중의 1.5배가량이 된다.(신장은 5피트 7인치, 즉 170센티미터였다) 당시 정신병 치료에는 주로 영양 요법이 실시되었다.

245) 그들은 그해 가을 서섹스 주 루이스에 있는 찰스턴 농장으로 이사했고, 울프는 인근의 애셤하우스와 리치몬드의 집을 오가며 지내다 1918년 여름 역시 인근의 몽크스하우스를 사서 자매가 가까이 살았다.

활에 큰 흥미를 느껴, 그에 대해 또 다른 소설을 써볼까 한다"[246]고 말하고 있다. 이후의 편지에서는 그 소설에 대한 언급을 별로 찾아볼 수 없지만, 1917년 10월 다시 시작한 일기에서는 11월 13일에 짤막하게 소설 쓰기에 대해 언급하고 있다. "《타임스》에서 온 [서평을 쓸] 책이 없어서 기쁘다. 내 소설을 계속하고 싶기 때문이다." 이듬해 3월 12일 일기에서 "최근 들어 우리는 둘 다 굉장한 속도로 글을 쓰고 있다. L은 4만 단어를, 나는 10만 단어를 넘어섰다"고 한 것이나 뒤이어 4월 22일 편지에서 "아침 내내 언니에 대해 썼는데, 푸른 드레스를 입게 했다"[247]고 한 것은 모두 같은 작품을 말하는 것임을 알 수 있다. 울프는 이 두 번째 소설 『밤과 낮』을 바네사에게 헌정했고, 출간 이후 친지들에게 보낸 편지에서도 여주인공 캐서린 힐버리를 "내가 아니라 바네사로 생각해달라"고 쓴 바 있다.[248]

그러므로 한때는 『밤과 낮』이 1916년 7월 말 바네사에게 보낸 이 편지 이후에 구상, 집필된 것으로 여겨지기도 했다.[249] 그렇지만 남아 있는 원고[250]에 적힌 날짜들에 의하면, 10월 6일에 이미 제11장을 썼고, 11일에는

246) Letter to Vanessa Bell, July 30, 1916, *Collected Letters*, vol. II, Hogarth Press, 1976; 1994, p. 109.

247) Letter to Vanessa Bell, April 22, 1918, Ibid., p. 232. 이 푸른 드레스 장면은 『밤과 낮』 제26장에 나온다.

248) Letter to Janet Case, Nov. 19, 1919, Ibid., p. 400.

249) 퀜틴 벨은 이모의 전기에서 그녀가 『밤과 낮』을 쓰기 시작한 것이 1916년 여름임을 시사했고(Quentin Bell, *Virginia Woolf. A Biography*, 1972, ii 32), 서한집 편집자는 그녀가 이 작품을 1917년 초에 쓰기 시작, 1918년 연말 이전에 마쳤으리라고 보았다.(*Collected Letters*, vol. II, p. 232, n. 2) 원고의 날짜를 확인한 스테이프 역시 그것이 7월 말일 바네사에게 편지를 쓴 후 8월 동안 구상되었으리라고 추정하고 있다.(J. H. Stape, "Virginia Woolf's *Night and Day*: Dates of Composition" in *Notes and Queries*, June 1992)

250) 울프의 문서는 대부분 뉴욕 공립도서관의 버그 컬렉션(Berg Collection)에 들어 있다. 『밤과 낮』의 남아 있는 원고는 1916년 10월 16일부터 1917년 1월 5일까지의 날짜가 쓰인 자

제12장을 시작했으며, 이후 6주간에 걸쳐 13-14장의 초안을 잡았고, 11월 28일에는 제15장까지 진도가 나갔다. 그러고는 연말에 다소 부진하다가, 1917년 1월 5일에 제16장을 쓰기 시작해 날짜를 명시하지 않은 원고가 제17장까지 이어져 있다.[251] 이런 작업 진척 상황을 보면, 『밤과 낮』이 전적으로 1916년 7월 말 이후에 구상, 집필된 것이라고 보기는 힘들다. 8월에 쓰기 시작하여 10월 6일에 제11장을 쓰고 있었다면 불과 두 달 동안 10개 장을 썼다는 말이 되는데, 이는 10월 초부터 두 달 동안 5개 장을 쓴 것에 비해서도 엄청난 속도로, 매주 1개 장 이상을 단숨에 썼으리라고는 보기 어렵기 때문이다. 따라서 전부터 쓰고 있던 소설이 있었다고 보아야 하며, 그런 사실은 울프가 『밤과 낮』에 대한 혹평에 대해 변명하듯 "그 전반부는 회복기에, 한 번에 10분씩, 머리가 반만 돌아가는 상태로 쓴 것"[252]이라고 한 것이나, 10여 년 후에도 "침대에서, 하루에 단 반 시간씩 쓴 것"[253]이라며 같은 취지의 회고를 반복한 데서 확인할 수 있다. (또, 앞에서 보았듯이, 1916년 초부터는 매일 조금씩 글을 썼던 것으로 알려진다.) 그렇다면 "언니를 주인공으로 하는 소설을 쓰겠다"는 것은 새로운 소설을 시작하겠다는 뜻이라기보다 이미 쓰고 있던 작품에 바네사의 삶의 방식을 반영하겠다는 뜻 정도로 보아야 할 것이다. 물론 기존의 원고를 새로운 착상에 따라 대폭 손질했을 가능성도 배제할 수는 없으나, 후일 거듭하여 회복기에 쓴 글

필원고로, 『밤과 낮』의 제11-17장에 해당하는데, "꿈과 현실(Dream and Realities)"이라는 제목이 붙어 있다.

251) J. H. Stape, op. cit.

252) Letter to Roger Frye, Jan. 6, 1920, *Collected Letters*, vol. II, p. 416.

253) Letter to Ethel Smyth, op. cit.

임을 강조한 것을 보면, 소설의 도입부[254]까지 완전히 새로 쓴 것은 아닐 터이다.

그 회복기에 쓰고 있던 소설은 어떤 것이었을까? 1915년 1월 2일의 일기에서 처음 언급된 '가련한 에피의 이야기'를 『밤과 낮』의 초기 단계로 보는 이유는 남아 있는 원고에 Effie라는 이름을 썼다가 긋고 Katharine으로 고친 곳이 남아 있기 때문이다.[255] 또한 1월 15일의 일기에서 그 작품을 『세 번째 세대』라는 제목으로 일컫고 있다는 데서도 그것이 대(大)시인 리처드 앨러다이스를 1세대로 하는 세 번째 세대 캐서린 힐버리의 이야기인 『밤과 낮』과 동일한 작품이리라고 짐작할 수 있다.

하지만 1916년 이후 회복기에 쓴 것이 '에피 이야기'의 단순한 계속이라고 보기는 어렵다. 왜냐하면, 『밤과 낮』은 기본적인 인물 설정이나 플롯, 주제 등에서 레너드 울프의 『지혜로운 처녀들』의 재해석이라 할 만큼 긴밀한 유사점을 보이기 때문이다. 그런데 버지니아가 레너드의 이 두 번째 소설을 읽은 것은 1월 31일의 일이니, 거기에서 촉발된 작품이 1월 초부터 쓰기 시작한 '에피 이야기' 그대로일 수는 없는 것이다. 1930년에 쓴 편지에 의하면 1915년의 발병 이후 악몽과 착란에 시달리면서 온종일 침대에 누워 지어냈던 시와 이야기 같은 것들이 그 후 글쓰기의 재료가 되었다고

254) 로저 프라이에게 쓴 편지에는 '전반부'가, 에설 스미스에게 쓴 편지에는 『밤과 낮』이라는 작품 자체가 그렇게 회복기에 날마다 조금씩 쓴 것이라고 하는데, 사실 1916년 10월부터는 두 달 동안 5개 장을 쓸 정도였으니 더 이상 그런 제약은 없었던 셈이다. 따라서 회복기에 쓴 것은 『밤과 낮』의 도입부 몇 개 장 정도일 것이다.

255) Elizabeth Heine, "Postscript to the *Diary of Virginia Woolf*, vol. I: "Effie's story" and *Night and Day*", *Virginia Woolf Miscellany*, 9, Winter, 1977, p. 10. Julia Briggs, *Reading Virginia Woolf*, 2006, p. 61에서 재인용.

하니,[256] 『밤과 낮』 역시 '에피의 이야기'로 출발했다 하더라도 『지혜로운 처녀들』의 독서를 거쳐 그런 브레인스토밍 과정에서 재창조되었으리라고 생각할 수 있다.

그러므로 『밤과 낮』은 두 번째 소설로 쓰기 시작한 '에피의 이야기'나 『세 번째 세대』와 무관하지는 않되 『지혜로운 처녀들』에서 좀 더 구체적인 착상을 얻어 쓰기 시작한 회복기의 소설을 바탕으로 하여, 1916년 7월 바네사의 전원생활에서 얻은 새로운 영감으로 1917년 1월까지 총 34개 장 가운데 절반에 해당하는 제17장까지 진척되었고, 한동안 휴지기가 있은 후[257] 1918년 봄에 급진전,[258] 가을에 완성된 것이라 하겠다. 마침내 11월 21일 일기에 그녀는 "오늘 내 소설의 마지막 단어를 썼다. 총 538페이지!"라며 탈고 사실을 기록하고 있다. 퇴고를 마친 이듬해 3월의 일기에서 "『밤과 낮』의 후반부만큼 즐겁게 글을 써본 적이 없다"고 한 것을 보더라도, 후반부는 비교적 짧은 기간에 썼으리라 짐작된다. 뒤이어 4월 1일에는 출판사에 원고를 넘겼고, 10월 20일에 출간되었다.

이 같은 집필 과정을 되짚어볼 때, 『밤과 낮』은 바네사의 삶을 모델로 하는 소설이기 이전에 레너드가 『지혜로운 처녀들』에서 소재로 삼았던 자신들의 구혼 시절 이야기를 버지니아의 관점에서 새롭게 구성한 소설임을 알 수 있다. 여주인공 캐서린 힐버리의 이름도 『지혜로운 처녀들』에 스티븐 자

256) Letter to Ethel Smyth, op.cit.

257) 1917년에 그녀는 서평 활동으로 몹시 바빴다. 그해 일기에서는 "서평에 쓰는 시간이 아깝다" "소설을 쓰고 싶다" 등의 기록을 간간이 볼 수 있다.

258) 3월 12일 일기에서는 "만 단어를 넘었다"면서 서평 쓰기만 아니라면 한두 달 안에 마치리라고 기대하고 있다.

매의 투영으로 등장하는 로렌스 자매 중 언니인 캐서린[259]에게서 가져온 것으로, 두 소설은 세세한 데까지 상응하는 점이 많다. 그러므로 울프가 『밤과 낮』에서 의도하는 바를 이해하기 위해서는 그것이 그 바탕을 이루는 『지혜로운 처녀들』과 어떻게 대화하는가를 살펴볼 필요가 있다.

『지혜로운 처녀들』은 레너드 울프가 버지니아 스티븐에게 구애하던 시절을 그린 자전적 소설로, 그 자신은 유대인 미술학도 해리 데이비스, 버지니아는 그의 미술학교 동급생인 카밀라 로렌스로 등장한다. 해리는 부모 및 누이와 함께 런던 교외의 신흥주택지 리치스테드[260]에 사는 전형적인 중산층에 속하지만, 유대인이라는 점에서 이미 어느 정도 국외자일 뿐 아니라 중산층의 인습적인 삶을 거부하고 자유로운 삶을 꿈꾸는 반항적인 인물이다. 그는 신비한 분위기의 카밀라에게 매료되어 그녀의 집에 드나들게 되는데, 로렌스 일가는 런던 시내 블룸즈버리[261]에 사는 교양 있는 중상류층으로, 사변적이고 무기력한 지식인 로렌스 씨와 소설가를 지망하지만 실은 그림을 그리는 편이 더 나았을 언니 캐서린에게서 레슬리 스티븐과 바네사를 알아보기는 어렵지 않다. 카밀라는 일상적으로 집에 드나드는 지식인, 예술가들과 사뭇 다른 해리에게 흥미를 느끼며 그의 구애에 고무

259) 일반적으로 캐서린은 Katherine으로 쓰지만, 『밤과 낮』의 캐서린은 『지혜로운 처녀들』의 캐서린과 마찬가지로 그리스식 철자 Kath*a*rine으로 쓴다.

260) 런던 교외의 주택지 리치먼드와 햄스테드를 합성한 지명. 실제로 울프 일가는 런던 시내 켄싱턴에 살다가 1892년 변호사이던 부친이 세상을 떠난 후 퍼트니로 이사했다. 작중 데이비스 일가는 런던 시내에 살다가 리치스테드로 이사한 것으로 되어 있다.

261) 스티븐 일가는 켄싱턴의 하이드파크 게이트에 살다가, 1904년 레슬리 스티븐의 사후 자녀들이 블룸즈버리로 이사했다. 친지들은 블룸즈버리가 켄싱턴에 비해 평판이 떨어지는 지역이라고 우려했지만, 찰스 부스의 『런던 시민의 생활과 노동』에 따르면 두 지역 모두 경제적 지표에 따라 나눈 7개 계층 중 최상위 계층이 거주하는 지역이었다.

되지만 이성으로서는 별다른 감정을 느끼지 못하며, 캐서린은 해리에게 카밀라의 비현실적인 성격을 귀띔하며 그의 구애를 말리는 입장이다. 해리는 로렌스 가의 지적이고 세련된 분위기 가운데 계층적, 인종적 위화감을 느끼며, 카밀라에게 사랑을 고백했다가 거절당하고 낙심한다. 한편, 해리의 이웃에는 미망인 갈란드 부인과 과년한 네 딸이 산다. 해리는 그녀들의 틀에 박힌 사고와 생활 방식을 답답해하면서 그중 막내인 그웬에게 그녀들의 가치관을 비판하는 말을 서슴지 않는데, 자신의 삶에 막연한 불만을 느끼고 있던 그웬은 그런 해리를 흠모하게 된다. 데이비스 가와 갈란드 가는 함께 여름휴가 여행을 가게 되고, 휴가지에서 해리는 카밀라에게 사랑이 아니라도 좋으니 계속 만나달라고 간절한 심정을 토로하는 편지를 보내놓고는 울적한 가운데 그웬의 무모한 애정 공세에 몰려 하룻밤을 함께 보내는 실수를 저지르고 만다. 탈선을 미봉하기 위해 결혼이 결정된 후, 뒤늦게 카밀라로부터 호의적인 답장이 오지만, 사태는 번복할 수 없이 진전되어 해리가 결혼하고 신혼여행을 떠나는 것으로 결말지어진다.

이런 이야기의 의중은 무엇인가? 출간 당시의 평자들은 의아스럽다는 반응을 보였다. 인물들이 하나같이 편벽되게 그려졌고, 주인공인 유대인은 자의식 과잉이며, 도대체 무엇을 말하고자 하는지 알 수 없다는 것이었다.[262] 그래서 상당히 오랜 동안 이 작품은 울프 부부의 결혼생활에서 성적인 문제로 인해 빚어진 갈등이라는 견지에서 해석되어왔다. 결혼 전부터 버지니아는 자신이 레너드에 대해 "육체적인 매력은 못 느낀다"고 솔직

262) 레너드 울프의 첫 소설 『밀림 속의 마을』이 출간 첫 해에 재판을 찍을 정도로 호평을 받았던 것과는 달리, 『지혜로운 처녀들』은 작가 자신의 말을 빌리자면 "전쟁의 첫 피해자"가 되어 사장되었고 블룸즈버리 그룹이 새삼 각광받던 1970년대에야 처음으로 재판이 나왔다. 2003년판이 제3판이다.

히 밝힌 바 있으며, 결혼 후 그런 점에서 레너드의 불만이 쌓인 것이 이 소설로 표출되었다는 것이다. "만년설처럼 순결하고 차갑다"고 묘사된 카밀라는 버지니아의 성적인 냉담함(frigidity)을 나타내는 인물이니, 주인공이 아무리 카밀라를 사랑한다 해도 정상적인 성적 욕망을 지닌 그웬[263]과 결혼할 수밖에 없다는 결말은 레너드의 속내를 시사하는 것으로 간주되었다. 그가 1914년 10월에 출간된 책을 이듬해 1월 말에야 버지니아에게 읽게 해준 것은 자신의 그런 심중을 보이기를 꺼렸기 때문이고, 버지니아가 그것을 읽은 지 얼마 안 되어 — 일기에 쓴 온건한 독후감은 표면적인 것일 뿐이고 — 다시금 발병한 것, 그리고 두 달 동안이나 그의 면회를 거부한 것은 그로 인한 배신감과 충격 때문이리라는 추정이 꽤 널리 받아들여졌다.[264]

그러나 실제로 읽어보면, 『지혜로운 처녀들』은 그렇듯 아내에 대한 성적 불만을 공개적으로 토로하기 위해 쓰인 작품은 아니다. 1984년에 쓴 울프 전기에서 그것이 "명백히 버지니아에 대한 비난"이라면서 위와 같은 논지를 답습했던[265] 린들 고든 같은 이도 2003년판 『지혜로운 처녀들』[266]의 서문에서는 그런 해석을 지양하면서, 두 가지 이유를 들고 있다. 즉, 실제 삶의 상황은 훨씬 더 복잡하며 울프 부부는 깊은 애정과 신뢰로 맺어져 있었

263) 그웬(Gwen)은 레너드가 실론 근무 시절 실제로 성관계를 가졌던 여성의 이름이기도 하다. George Spater and Ian Parsons, *A Marriage of True Minds*, Harcourt Brace Jovanovich, 1977, p. 53.

264) 이런 독해의 대표적인 예는 Roger Poole, *The Unknown Virginia Woolf*, 1978에서 찾아볼 수 있으며, 이후의 평자들도 한동안 비슷한 시각을 보여왔다.

265) Lyndall Gordon, *Virginia Woolf: A Writer's Life*, 1984, p. 151.

266) Leonard Woolf, *The Wise Virgins*, prefaced by Lyndall Gordon, London: Persephone Books, 2003.

다는 것, 그리고 '차갑다'는 것은 카밀라의 일면일 뿐이고 작가는 그 이상의 것을 그녀에게서 찾고 있다는 것이다. 고든의 지적은 그 정도로 그치지만, 버지니아가 어떤 견지에서 그것을 재해석했던가를 알아보기 위해서는 이 소설이 말하고자 하는 바에 대해 좀 더 생각해볼 필요가 있다.

우선, 해리와 카밀라의 관계에서, 해리가 카밀라를 "만년설처럼 순결하고 차갑다"고 하는 것은 레너드가 버지니아에게 끌렸던 초기의 인상을 반영한 것으로 비난보다는 찬사에 가까운 묘사이다. 레너드는 결혼 전에 버지니아를 묘사한 글에서 그녀를 '아스파시아(Aspasia)'라 부르며 그 차가운 매력을 묘사하기도 했다. 물론 그 "차갑다"는 것이 애정불감증 내지는 성적인 냉담함을 말하기는 하지만, 그 점에서는 해리 역시 수차례 "차갑다"고 말해지며 "여성이란 가랑이가 갈라진 동물(forked animal)"이라고 할 정도로 여성에 대한 성적 혐오감을 갖는 것을 볼 수 있다. 이는 레너드가 속해 있던 케임브리지 서클 '사도들(the Apostles)' 특유의 여성혐오적인 성향과도 무관하지 않은 것으로, 실론 근무 시절 그는 친구 리튼 스트래치에게 보낸 편지에서도 이성에 대한 사랑은 성교에 대한 욕망일 뿐이며 실제 성교는 승마 이상의 만족을 주지 못한다는 식으로 폄하하던 터였다. 그가 여성에게서 구하는 것은 성적 매력보다 훨씬 더 섬세한 무엇이었다. 해리는 카밀라에게서 "몸보다는 정신(mind)의 흥분"을 느끼며, 육체적인 욕망을 자극하는 언니 캐서린이 아니라 "희고 섬세하고 아름다운, 여자라기보다 아득히 먼 꿈속의 선녀" 같은 카밀라를 사랑한다. 그녀는 "그와는 다른 세상에 속하는 듯하며, 그 때문에 더욱 매혹적인" 것이다.

반면, 카밀라는 해리의 프로포즈에 상응하는 감정을 느끼지 못하므로 일단 거절하지만, 그렇더라도 계속 만나달라는 해리의 편지에 대해서는 긍정적인 답장을 보내면서 이성교제에 관한 자신의 입장을 밝힌다. 즉, 그녀가 결혼을 거부하는 것은 그것이 "여성을 가두고 소외시킨다"고 생각하기 때문이다. "항상 새로운 모험을 추구하며 인생의 낭만적인 부분을 원하는", 그리고 "자기 자신의 삶을 살아야 한다"고 믿는 그녀로서는 결혼하여 다른 누군가에게 자신을 전폭적으로 내어준다는 것이 불가능할 수밖에 없는 것이다. 그러므로 카밀라가 해리를 거절하는 이유는 성적인 냉담함 때문이 아니라 주체적인 삶을 살려 하기 때문이며, 또한 언니 캐서린에 따르면 카밀라가 결혼에 적합하지 않은 이유는 꿈과 현실을 구별하지 못하기 때문이라지만 이 편지에서 카밀라는 극히 현실적인 판단을 내리고 있는 셈이다.

한편, 해리와 그웬의 관계는 카밀라와의 '정신적인' 관계에 대비되는 '욕정적인' 것으로 오해되기 쉽지만, 실제로 해리는 그웬에 대해 "젊고 예쁘다"고 생각할 뿐 별다른 욕망을 느끼지 않는다. 그의 눈에 그웬은 "미장원의 밀랍 인형"처럼 비치며, 별다른 감정을 갖고 있지 않은 캐서린에 대해서는 욕정을 느낄망정 사랑을 호소하며 매달리는 그웬에 대해서는 무덤덤하기만 하다. 그는 단지 중산층의 인습적인 삶에 대한 반항심에서, 그리고 나중에는 카밀라에게 거절당한 뒤 화풀이라도 하는 심정으로, 그웬에게 이런저런 책을 빌려주고 인생에는 다른 시각도 있음을 보여주었을 뿐이다. 자신이 그녀에게 불러일으킨 감정 앞에서 놀라고 당황하면서도, "한심하고 우스꽝스러운 상황"에 빠져버렸다는 것이 그의 반응이다.

그들의 관계에서 주목할 만한 것은 그보다는 오히려 그에 대한 그웬의 감정이다. 만일 그웬이라는 인물이 해리 편에서의 욕정의 대상일 뿐이라면, 그웬의 시점에서 해리에 대한 감정이 그렇게 자세히 그려질 필요가 없었을 터이다. 그러나 그녀는 이전부터 소설 속의 삶과 실제의 삶 사이의 간극을 의식하고 자신의 삶에 대해 뜻 모를 혐오감을 느끼고 당혹해하며,

그러던 중에 해리가 빌려주는 책 — 입센이나 도스토예프스키 — 이나 그가 하는 말에서 엿보이는 어떤 세계를 동경하게 되고, 그런 동경이 그에 대한 연모로 발전하게 된다. 사실상, 해리가 카밀라를 사랑하는 것이나 그웬이 해리를 사랑하는 것은 유사한 동경의 발로라 할 수 있으니, 해리가 그웬에게 일깨우는 새로운 세계는 비록 그에 의해 고취된 것이고 그의 안내 없이는 길도 찾을 수 없는 것일망정 이미 그녀 안에 잠재해 있던 것이며 카밀라가 해리에게 불러일으키는 낭만적인 감정 역시 이미 그의 안에 있던 것이다.

말하자면, 해리와 그웬, 두 사람 모두 자기 안의 꿈과 욕망을 각기 연모하는 상대에게 투영하고 있다고 볼 수 있다. "책이니 소설이니 시니 하는 것들에서 오는 것인 동시에 자기 자신 속에서 나오는 것이기도 한" 동경, 미지의 세계와 삶의 신비에 대한 그 동경을 해리는 '낭만'이라고 부른다. 카밀라 역시 "인생의 낭만적인 면을 원한다"고 할 때 그 두 사람의 낭만은 같은 의미인지? 카밀라는 카밀라대로 인생에 대해, 미지의 경험 내지 모험으로 가득한 세계에 대해 꿈꾸며, 그러기 때문에 결혼에 구속되지 않고 자기 자신의 삶을 살기를 원한다. 요컨대 이 젊은 세 사람은 — 그것을 '낭만'이라 부르든 다른 어떤 이름으로 부르든 간에 — 제각기 아직 살아보지 않은 인생에 대해 꿈꾸고 있는 것이다. 해리와 그웬 두 사람 모두에게 '덫'이 되는 결혼이 그들의 꿈에 제동을 거는 현실이라고 본다면, 한순간의 본능적인 성욕은 그 제어 장치의 페달인 셈이다. 그들이 당면한 문제는 꿈과 현실의 간극이니, '꿈과 현실(Dreams and Realities)'이란 울프가 『밤과 낮』의 초고에 붙인 제목이기도 하다. 그녀는 레너드의 소설이 무엇에 대한 것인가를 이해하고 있었던 것이다.

이런 이야기에 '지혜로운 처녀들'이라는 제목을 붙인 것은 무슨 뜻일까?

말의 출처는 신약성서의 비유이야기(parable)이다. 즉, 열 처녀가 신랑이 오기를 기다리다 밤을 맞이하는데, 지혜로운 처녀 다섯은 등잔에 기름을 준비하고 있어 등불을 켜고 신랑을 맞이하러 나가지만, 어리석은 처녀 다섯은 기름을 준비하지 않아 그러지 못한다는 것으로, 그리스도의 재림을 기다리는 신자의 태세를 말해주는 이야기이다. 그런데 작가는 이 말을 전혀 다른 의미로 사용하고 있으니 — 작중에서는 '지혜로운 처녀들'이 아니라 '어리석은 처녀들'이라는 표현만이 사용된다 — 갈란드 자매는 누군가가 나타나 청혼해주기만을 기다리는, 다시 말해 "자신의 가치를 입증하는 표지와 지혜의 선물이 남자라는 형태로 내려와주기를 기다리는 아가씨들"로 묘사되며, 바로 그 점에서 "어리석은 처녀들(foolish virgins)"로 질타당한다. 성서의 비유에서 기름은 신랑을 위해 등불을 켜는 데 필요한 성령을 상징하며 지혜로움의 기준은 신앙의 깨어 있음(vigilance)에 있는 것과 달리, 이 소설에서 기름은 신랑이요 어리석은 처녀들은 신랑이라는 기름을 얻어야만 불이 켜질 빈 등잔이니 그 수동성과 공허함이 어리석음으로 이야기된다. 가령, 노처녀로 늙어가는 갈란드 가의 맏딸 에설은 "친구도 남편도 아이도 없고 — 삶 자체가 없다"고 말해지며, 그런 상태를 두고 "기름이 없다" "어리석다"고 하는 것이다. 그에 비해, 로렌스 가의 딸들은 자신의 삶을 주체적으로 살고자 하며, 그런 점에서 제목이 가리키는 '지혜로운 처녀들'이라는 것이 일반적인 해석이다.

그러나 실제로 작중에서 '지혜롭다'거나 '어리석다'거나 하는 표현이 거듭 사용되는 것은 로렌스 자매가 아니라 갈란드 자매들에 대해서이다. 결혼식 후 피로연에서 그는 에설에게 "당신은 기름이 없지요, 그렇지만 뭐가 지혜롭고 뭐가 어리석은 건지 누가 알겠습니까?" 하고 자조적인 말을 하는가 하면, 재닛과 몇 마디 대화를 나누는 가운데 그녀 역시 참을 수 없이 인습적인 삶을 자기 나름의 방식으로 타기하며 살아가고 있었음을 알게 된 후에는 갑자기 다른 사람들의 삶에 대해 새로운 눈이 뜨이기라도 한 듯, 에설과 작별을 나눌 때는 새삼스럽게 "당신이 지혜롭습니다"라고 말하는 것을 볼 수 있다. 누가 지혜로운 처녀들인가? 여성으로서 어떻게 사는 것이 지혜로우며 어떻게 사는 것이 어리석은가? 소설이 새삼스럽게 던지는 것은 그런 질문이니, 그 대답에 일어난 변화가 해리 자신의 실연과 환멸이라는 경험으로부터 나온다는 점에 비추어보면, 그것은 비단 여성의 삶뿐 아니라 인생 자체에 대한 비전을 문제 삼는 것이기도 할 터이다.

『지혜로운 처녀들』을 읽은 울프는 일기에 이런 독후감을 남겼다.

> 내 생각에 그것은 대단한 책이다. 아주 나쁜 곳도 있지만, 아주 훌륭한 곳도 있다. 작가의 책이라고 생각한다. 왜냐하면 작가만이 그 좋은 부분들이 왜 그렇게 좋은지, 나쁜 부분들도 왜 아주 나쁘지는 않은지 알 수 있기 때문이다. (…) 그것을 읽고 아주 행복했다. L의 시적인 면이 마음에 든다.

이 소설이 울프에 대한 비난이며 그녀의 재발작 원인이 되었다고 주장하는 이들은 이 독후감이 "상당한 억압을 내포하고 있다"고 보지만, 이상의 재검토에 따르면 굳이 이런 문면에서 감추어진 분노와 고통을 읽을 필요는 없을 것이다. 무엇보다도, 이 소설에 대한 그녀 자신의 재해석인 『밤과 낮』은 남녀 주인공의 행복한 결합을, 꿈과 현실의 화해를, 그리고 여성으로서의 주체적인 삶의 가능성을 그리고 있다는 점에서 『지혜로운 처녀들』을 한층 긍정적으로 발전시킨 화답이라 하겠다.

***

『밤과 낮』의 완성된 원고를 읽은 레너드나 출간 직후 주위 사람들의 평은 대체로 호의적이었고, 《타임스》의 문예비평란에도 사려 깊은 서평이 실렸다. 익명의 서평자는 "『밤과 낮』은 연애 이야기일 뿐이고 정치니 전쟁이니 사회니 하는 것은 다루지 않지만, 전반적인 이야기와 개개의 사건들이 보여주는바, 가치관들에 대한 숙고는 소설이 지나친 사변으로 흐르는 추세인 요즘 같은 때에도 드물게 발견되는 것"이라고 평가하면서, "이 소설이 제기하는 문제들에 답하려면 작가가 소설 속에서 조심스레 언급을 삼가는 사회 및 인간사의 변천에 대해 기나긴 책들을 써야 할 것"이라고 칭찬했다.[267] 그러나 3주 후 《애시니엄》 지에 실린 캐서린 맨스필드의 서평은 의외의 타격이었다. 그녀는 이 작품을 홀연히 항구에 나타난 구시대의 범선에 비유하면서 마치 "현대판 제인 오스틴"이라고 빈정거리는데, 그녀의 문면에서 드러나는 것은 단순히 작품이 구태의연하다는 비판이라기보다 지난 몇 년간의 전쟁을 아랑곳하지 않는 그 초연함에 대한 분노이다. 그녀가 남편에게 보낸 편지는 그 분노를 직설적으로 보여준다. 그녀는 『밤과 낮』을 "영혼 속의 거짓말"이라 부르고 "전쟁은 일어난 적이 없다라는 것이 그것이 말하고자 하는 바"라고 일갈한다.

> 내 개인적인 의견은 그것이 영혼 속의 거짓말이라는 것이에요. 전쟁은 일어난 적이 없다라는 것이 그것이 말하고자 하는 바이지요. 나도 강제동원이나 벨

267) Unsigned review, *Times Literary Supplement*, Oct. 30, 1919, in *Virginia Woolf. The Critical Heritage*, ed. R. Majumdar & A. McLaurin , pp.76–78.

기에 침공 같은 것은 원치 않지만, 그렇다고 소설이 아예 전쟁을 빼버릴 수는 없잖아요. 분명히 마음의 변화가 일어났을 테니까요. 사람들이 '안정을 되찾는' 것을 보면 정말이지 무서워요. 나는 가장 심오한 의미에서 아무것도 이전과 같을 수 없다고 느껴요 — 만일, 예술가로서, 우리가 달리 느낀다면 배신자들이겠지요. 우리는 전쟁도 고려에 넣고서 새로운 표현을, 우리의 새로운 생각과 감정의 새로운 틀을 찾아내야만 해요.[268)]

『밤과 낮』은 제1차 세계대전 동안에 쓰였고 종전 직후에 출간되었지만, 전쟁 이전 시대를 배경으로 하고 있는 것이 사실이다. 그러나 그렇다고 해서 "전쟁은 일어난 적이 없다라는 것이 그것이 말하고자 하는 바"라고 보는 것은 확실히 지나치다. 울프 역시 전쟁의 파고가 미치지 않는 온실 같은 곳에서 살았던 것은 아니며, 당시 그녀의 일기와 편지에는 전시 체제의 일상이 세세히 기록되어 있다. 그녀가 전쟁에 대해 어떻게 느꼈던가는 종전 직후의 일기에 "우리는 다시 개인들의 국가가 되었다"고 쓴 데서 찾아볼 수 있다. 그녀가 『밤과 낮』의 시대 배경을 전쟁 이전으로 한 것은, "사람들이 원하건 원하지 않건 간에 모두 한 지점을 향해 달려가는 듯한" 전체주의적인 분위기 가운데서는 하고자 하는 이야기를 제대로 펼칠 수 없기 때문이었을 것이다. 그러나 이 소설이 전쟁 이전으로의 복귀를 표방하는 것은 아니다. 오히려 그것은 이전 시대의 가치관, 제도 및 인습에 반발하면서 양성 간의 새로운 동반관계를 모색하고 있으니, 이 새로운 관계는

268) *Letters Between Katherine Mansfield and John Middleton Murray*, ed. Cherry A. Hankin, London: Virago, 1988, p. 204. Victor Luftig, *Seeing Together: Friendship Between the Sexes in English Writing, from Mill to Woolf*, Stanford Univ. Press, 1993, p. 178에서 재인용.

다분히 전쟁을 겪으면서 생겨난 것이다. 다시 말해, 그것은 직접 전쟁을 다루지는 않더라도 맨스필드가 말하듯 전쟁으로 인해 일어난 "마음의 변화"를, "새로운 생각과 감정의 새로운 틀"을 모색한 것인데, 그녀가 그 점을 읽지 못했던 것은 유감이다.

울프는 맨스필드의 비판에 대해 "나를 점잖고 나이든 미련퉁이로 묘사한다. 현대판 제인 오스틴이라는 것이다"라며 속상해하면서, 그래도 "『밤과 낮』이 뚜렷한 성공이라는 판세는 명확하다"고 썼다. 그러나 연이어 《네이션》 지의 주필 H. W. 매싱엄이 자신의 고정 칼럼에서 또다시 『밤과 낮』의 작가와 제인 오스틴을 비교하면서 티타임과 택시에 대한 집착을 조롱하고 등장인물들을 "열정적인 달팽이 네 마리"라고 일컬은 것은 무시할 수 없는 결정타였다.[269] 울프는 발끈해서 "제인 오스틴의 재판(再版)이 되느니 차라리 내 식대로 '열정적인 달팽이 네 마리'에 대해 쓰겠다"고 적었지만, 그해 마지막 일기에서는 의기소침한 어조로 더 이상의 서평이 나오지 않는 것을 매싱엄 탓으로 돌리고 있다. 요컨대, 『밤과 낮』은 ― 《타임스》 서평자처럼 작품의 문제의식을 알아보는 평자가 있었음에도 불구하고 ― 맨스필드의 신랄한 서평 이후로 "현대판 제인 오스틴"이라는 평가가 굳어져버린 셈이다.

그런데 울프는 제인 오스틴에 견주어지는 것을 왜 그렇게 못 견뎌했던 것일까? 또는, "현대판 제인 오스틴"이라는 평가가 왜 그렇게 치명적이었던 것일까? 물론 1세기 전의 작가와 비슷하다는 것이 구태의연하다는 비난이 되기는 하겠지만, 울프가 『자기만의 방』(1929)에서 오스틴을 높이 평

269) 11월 29일에 H. W. 매싱엄이 《네이션》 지의 고정 칼럼 「길손 일지(Wayfarer's Diary)」에서 울프의 신작 소설에 대해 언급했다.

가한 것을 상기하면 울프의 불만이 다소 의아스럽기도 하다. 거기서 울프는 오스틴이야말로 가부장 사회의 한복판에서 자신이 본 대로의 사물을 지켜 나가는 재능과 성실성을 지녔다고, 여성 작가들이 빠지기 쉬운 함정, 곧 억압당하는 자로서의 분노에 빠져 항의하거나 설교하지 않음으로써 탁월한 예술성에 도달한 작가라고 평가하고 있는 것이다. 울프는 어떤 점에서 오스틴처럼 여겨지는 것을 거부하고, 자신은 오스틴과 다르다고 생각했던 것일까?

『자기만의 방』보다 몇 달 전에 발표된 글 「여성과 소설」[270]은 그 점에 대해 시사하는 바가 있다. 이 글에서 울프는 소설이란 인간과 세계를 작가 자신의 비전의 힘으로 재정리하여 질서를 부여하는 것인데, 그 과정에는 또 다른 질서, 즉 전통이 부과하는 질서가 작용한다고 설명한다. 그리고 그 전통적 질서란 남성에 의해 확립된 가치 체계이므로, 여성 작가가 자신의 비전을 모색하기 위해서는 기존 질서를 끊임없이 바꾸어 나가려는 노력이 필요하다는 것이다. 그렇게 본다면, 『자기만의 방』에서 말하듯 "자신에게 부과된 삶의 협소함"에도 불구하고 "자신이 갖지 못한 것은 바라지 않고" "주어진 상황 안에서 완벽하게 재능을 발휘한다"는 오스틴의 장점은 "결코 자신의 영역 밖으로 나간 적이 없다"[271]는 한계로 반전될 수밖에 없다. 울프는 오스틴의 예술성에는 찬사를 보내면서도, 그녀가 가부장적 질서 안에 안주하는 데는 동의할 수 없었던 것이다.

이런 글들은 『밤과 낮』보다 나중에 쓰인 것이지만, 오스틴의 소설들에 대한 울프의 부정적인 시각은 이미 『출항』에서도 찾아볼 수 있다. 인생 초

270) "Women and Fiction", in *The Forum*, March 1929.
271) "Jane Austen", in *Common Reader*, 1925.

년의 레이첼에게 여러 인물이 읽을 책을 권하는데, 제인 오스틴의 소설들도 그렇게 추천되는 책에 속한다. 댈러웨이 부인은 오스틴의 소설 없이는 못 산다고 할 정도이고, 댈러웨이 씨 역시 오스틴은 "가장 위대한 여성 작가"라며 맞장구친다. 그에 따르면, 오스틴이 위대한 것은 "남자처럼 쓰려 하지 않기" 때문이며, "다른 모든 여성 작가들은 그러려고[남자처럼 쓰려] 하기 때문에 읽지 않는다"는 것이다. 하지만 아내의 핀잔에 따르면, 그는 사실상 오스틴을 읽지 않는다. 다시 말해, 그에게 있어 오스틴은 자신이 아니라 여자들에게 권할 만한 작가로, 그 이유는 그녀가 남성과 경쟁하려 들지 않기 때문이다. 오스틴에 대한 이런 평가는 여성 문학이라는 범주를 따로 만들어 주변화하는 남성들의 시각을 잘 보여준다. 즉, 『출항』에서 오스틴의 소설은 가부장적 권위를 지닌 남성이 젊은 여성에게 권하는 책으로 — 젊은 여성들에게 결혼을 지상과제로 여기게 함으로써 가부장제를 공고히 하는 효과가 있으니 권할 만하지 않은가[272] — 결혼에 안주하여 살아가는 클라리사 댈러웨이로서는 즐길 만할지 모르지만, 레이첼은 "답답해서(so like a tight plait)" 좋아하지 않는다고 말한다.[273]

오스틴으로 대표되는 전통적인 구혼소설의 한계와 구속을 이처럼 잘 아는 울프가 『밤과 낮』에서 바로 그 형식을 택하는 것은, 그러므로 그 형식이 상정하는 바 가부장 사회 내의 여성의 정체성에 이의를 제기하고 새로이 답을 찾기 위해서라고 보아야 할 것이다. 그런 문제의식은 『출항』에서도 엿볼 수 있으니, 레이첼 역시 낯설게 맞닥뜨린 사회의 관습과 제도 가

272) 실제로 오스틴의 소설들은 1870년 그녀의 전기가 발간된 후 인기가 치솟으며 재조명되었으니, 이는 그 시대의 가부장적 요구에 힘입은 바도 있었을 터이다.

273) 『출항』에서 이야기되는 오스틴에 관해서는 Jane de Gray, op. cit., pp. 19-43 참조.

운데서 자신의 삶을 찾아 나아가는 여성이다. 하지만 "인생의 광대한 격랑을, 가능한 한 다양하고 무질서한 대로, 보여주고자"[274] 한 이 작품에서, 그녀의 사랑과 죽음은 — 이것이 사랑인가? 이것이 행복인가? 꿈인가? 현실인가? 하는 질문들과 함께 — 그 격랑 가운데 잠시 떠올랐다 사라져간다. 『출항』은 여주인공의 운명보다는 그렇듯 "잠시 죽음으로 인해 정지했다가 다시 계속되는, 그러면서도 그 전체에 일종의 패턴이 있어 어떻게인가 통제되는" 격랑 자체, 말하자면 인생 자체에 대한 비전을 제시하려 한 작품이기 때문이다. 그에 비해, 『밤과 낮』은 가부장 사회 내의 여성이 겪는 사랑, 결혼, 진로 등의 문제를 본격적으로 다룬 작품으로, 거기에 담긴 생각들, 《타임스》 서평자의 표현을 빌리자면 "가치관들에 대한 숙고"는 『자기만의 방』이나 『3기니』를 예고하는 것이다.

나아가, 울프가 "제인 오스틴이 몇 해만이라도 더 살았더라면"이라는 가정하에 상상한 것들은 오스틴에게 부족한 것을 통해 그녀 자신이 지향하는 바를 보여준다.

> 그저 잠깐의 대화만으로도 인물에 대한 모든 것을 압축해 보여주는 놀라운 대화, 여러 챕터의 분석과 심리학을 함축하는 그 속기법적인 방식으로는 이제 깨닫게 된 인간 본성의 복잡성을 표현할 수 없었을 것이다. 그녀는 언제나처럼 분명하고 차분한, 하지만 좀 더 깊고 시사적인 방법을 만들어냈을 것이다. 사람들이 말하는 것뿐 아니라 말하지 않는 것들, 그들이 어떤 사람들인가뿐 아니라 인생이 무엇인가를 전달하는 방법을. 그녀는 인물들로부터 좀 더 멀찍이 떨어져

274) Letter to Lytton Strachey, Feb. 28, 1916, *Collected Letters* II, p. 81.

서서, 그들을 개개인이라기보다 집단으로 보았을 것이다.[275)]

"인간 본성의 복잡성", "사람들이 말하는 것뿐 아니라 말하지 않는 것들", "그들이 어떤 사람들인가뿐 아니라 인생이 무엇인가" — 울프는 바로 그런 것들에 대해 쓰고자 했다. 『출항』에서 소설가 지망생 휴잇이 "침묵에 대한 소설" "사람들이 말하지 않는 것"에 대한 소설을 쓰고 싶다고 말하는 것도 비슷한 의미일 것이다. 『출항』 역시 그 말해진 것을 넘어 말로 할 수 없는 것을, "인생이 무엇인가"를 가리켜 보이려는 시도이니, 그러면서 그것이 노정한 내적 진실과 외적 사건의 괴리라는 주제는 『지혜로운 처녀들』에서 꿈과 현실의 간극이라는 주제로 이어진다. 『밤과 낮』이 완성되어가던 1918년 9월의 일기에서 울프는 한 친지와 산책을 하다가 집필 중인 소설에 대한 질문을 받고 대강의 플롯을 설명한 후 이렇게 말했다고 썼다. "어떤 목표들이 사람들을 몰아가는지, 그 목표들이 허상인지 아닌지 알아내고 싶다"고. 『지혜로운 처녀들』이 『출항』에 대한 화답이었다면, 『밤과 낮』은 다시 여기에 반향하여, '말해지는 것과 말할 수 없는 것', '꿈과 현실', 즉 '밤과 낮'을 아우르고자 하는 것이다.

****

『밤과 낮』은 레너드 울프의 『지혜로운 처녀들』을 바탕으로 하여 쓰인 작품이다. 레너드가 이야기하는 구혼 시절이란 곧 버지니아의 것이기도 하므로 『밤과 낮』 역시 어느 정도는 전기적 소설이라고 할 수 있지만, 그것은

275) "Jane Austen", in *Common Reader*, 1925.

자신의 삶을 직접 소설화했다기보다 레너드의 소설을 자기 식으로 복기하며 발전시킨 것이므로 작가의 생애보다도 『지혜로운 처녀들』과의 비교에서 그 의중을 더 잘 드러낸다. 울프의 손질이 먼저 가해지는 것은 줄거리에 대해서이다. 『지혜로운 처녀들』은 해리가 카밀라라는 이상을 꿈꾸다 그웬이라는 현실에 발이 묶여버린다는 삼각관계의 이야기로, 카밀라를 짝사랑하는 아서라는 인물의 비중은 크지 않다. 반면, 『밤과 낮』은 아서에 해당하는 인물인 윌리엄에 좀 더 비중을 두어, 캐서린은 윌리엄과 약혼했다 파혼하고 랠프와 맺어지며, 랠프는 메리에게 청혼했다 거절당하고 캐서린과 맺어진다는 사각관계의 이야기가 된다. 셰익스피어의 『한여름 밤의 꿈』과도 비교되는 이런 줄거리는 청춘남녀가 처음 선택의 실수를 깨닫고 내적 성숙을 거쳐 옳은 선택에 이른다는 전통적인 구혼소설의 플롯을 따른 것인데,[276] 『밤과 낮』은 그 전반부와 후반부의 전기(轉機)를 단순히 인물들의 인성보다 그들이 대변하는 가치관에 둔다는 점이 전통 소설과 다르다. 그럼으로써 전반부에서는 가부장적 결혼 또는 사랑 없는 결혼의 한계를 노정하고 후반부에서는 새로운 가능성을 모색하는 것이다. 그리고 그러기 위해, 『밤과 낮』은 『지혜로운 처녀들』의 인물들에 새로운 음영을 더한다. 즉, 『지혜로운 처녀들』의 인물들이 당대적인 데 비해, 『밤과 낮』의 인물들은 대부분 가족사 내지 사회사의 배경을 지니고 있어 그들의 행동은 그 맥락에서 의미를 지니게 되는 것이다. 이 같은 통시적인 접근이, 작가가 1915년 초에 구상했던 『세 번째 세대』의 취지일 터이다.

여주인공 캐서린 힐버리는 『지혜로운 처녀들』의 로렌스 자매 캐서린과

276) 『지혜로운 처녀들』은 주인공의 결혼으로 끝나기는 하지만 별로 구혼소설 같지 않은 것이 사실상 실연의 이야기이기 때문이다. 즉, 결혼을 최종적인 가치로 제시하지 않는 것이다.

카밀라를, 다시 말해 스티븐 자매 바네사와 버지니아를 합쳐놓은 듯한 인물이다. 스티븐 자매와 마찬가지로 저명한 문필가 집안에서 태어난 데다 미모와 명민함, 실생활에서의 민활함을 두루 갖추어 이상화된 이 여주인공에 대해 작가는 그녀가 자신이 아니라 언니 바네사를 모델로 한 인물이라고 해명한 바 있다.

> 하지만 캐서린을 내가 아니라 바네사로 생각해보세요. 그리고 그녀가 그림에 대한 정열을 감추고 어쩔 수 없이 조지[덕워스]의 강요로 사교계에 나가야 하는 것을요.[277)]

하지만 이야기가 전개되어갈수록 그녀의 실제적인 겉모습 뒤에 숨어 있는 몽상적인 기질은 점점 더 버지니아 자신을 닮아간다. 위 인용문이 말하는 캐서린 힐버리와 바네사의 공통점은 버지니아에게도 해당되는 것이니, 일찍 어머니를 여의고 늙은 아버지 슬하에서 지내면서 의붓오빠의 강권으로 사교계에 나가야 했던 시절은 스티븐 자매 모두에게 고통이었으며, 바네사에게는 미술이, 버지니아에게는 문학이 돌파구가 되어주었던 점도 같다. 특히 뒤이은 설명은 캐서린/바네사가 아니라 카밀라/버지니아에게 해당되는 것이라 흥미롭다.

> 그 갈등이 그녀의 절반을 그처럼 냉랭하게(chilly) 만드는 것인데, 이 점은 좀 과장된 듯해요.

277) Letter to Janet Case, op. cit.

만년설에 비유되는 카밀라의 '차가움(coldness)'에 비하면 캐서린의 냉랭함은 그녀의 실제적인 성격, 시적이고 낭만적인 것에 대한 반감 등으로 설명되어 그다지 눈에 띄지 않지만, 작가는 '좀 과장된 듯하다'고 우려할 만큼 카밀라와의 그 유사점을 염두에 두고 있다. 뿐만 아니라, 그런 면모를 그녀의 '절반'이라고 부르는 데서도 캐서린을 로렌스 자매 두 사람이 합쳐진 인물로 보는 작가의 심중이 드러난다. 그리고 물론, 여러 구혼자를 물리치고 자신보다 낮은 계층 출신의 남성과 결혼한다는 점에서 캐서린은 바네사보다 버지니아를 모델로 하는 인물이다.

반면, 캐서린 힐버리가 로렌스 자매와 다른 점은 무엇보다도 위에서도 지적했듯이 그 가족사적 배경에 있다. 즉, "빅토리아 시대의 결혼관은 벗어던졌다"고 말하는 로렌스 씨의 진취성이나 그 딸들의 삶에 대한 태도는 당대적인 데 비해, 힐버리 가는 고명한 인물들을 배출한 유서 깊은 가문이며 특히 캐서린은 대시인 리처드 앨러다이스의 무남독녀였던 어머니 덕분에 시인의 유일한 손녀로서 집안 동기들 가운데서도 대접받는 위치에 있다. 다시 말해, 그녀는 선대로부터의 유산이라는 통시적 맥락을 담지한 인물로 그녀의 가치관은 자신의 관점을 넘어 이전 세대들의 가치관에 대한 반응이 될 터이다. 그녀는 19세기의 문인, 예술가들이 살던 거리인 체이니 워크의 집에서 지난 세기의 관습이 그대로 유지되는 가운데 살며, 가문에 대한 자부심과 긍지를 느끼지만 또 한편으로는 그런 과거의 무게에 압도되는 면도 없지 않다. 그래서 "과거로부터 해방되어야만 살 것 같다"고 느끼는가 하면 거꾸로 "과거가 현재의 자리를 온통 차지해버려서" 오히려 "현재의 삶이란 극히 얄팍하고 열등"하다고 느끼기도 한다. 『지혜로운 처녀들』의 카밀라가 아무 구속 없이 삶을 모험으로 여기고 항상 새로운 경험을 추구하는 자유로운 여성인 데 비해, 『밤과 낮』의 캐서린은 자신의 삶을 살기 위해 먼저 가문의 전통으로부터 벗어나야 하는 것이다.

그 전통, 단연 문학적인 전통을 대변하는 인물이 바로 힐버리 부인이니, 그녀의 문학성은 매사를 낭만적으로 보는 것으로, 특히 지나간 황금기를 이상화하는 것으로 나타난다. 선친의 전기를 쓰고 있다는 점에서 그녀는 남성 선조의 명성을 드높이는 글쓰기에 진력했던 여성들을 대변하는데, 글재주도 활력도 부족하지 않은 그녀가 그 전기를 완성할 가망이 없어 보인다는 것은 그녀의 시각으로는 선친의 삶을 온전히 포괄할 수 없음을 시사한다. 지난 시절의 남녀들이 훨씬 멋있었다며 과거의 찬란한 기억을 더듬는 그녀로서는 미화될 수 없는 삶의 굴곡, 가령 시인의 불행했던 결혼 생활 같은 것을 어떻게 다루어야 할지 알 수 없기 때문이다. 그렇듯 리얼리티와 동떨어진 낭만이야말로 캐서린이 원치 않는 감정과잉이요 "혼란과 격정과 모호함"이다. 그녀의 정체성은 문학적 전통에 맞서 형성되었으니, 과묵하고 실제적인 성격으로 부모를 대신하여 집안 대소사를 도맡아 관리하는 '집안의 천사' 역할을 떠맡게 된 것도 그 덕분이다. 하지만 자신이 선택하지 않은 역할을 묵묵히 수행하는 그 이면에는 모험적이고 자유로운 삶에 대한 동경이 자리 잡고 있어서, 어머니의 일을 돕기 위해 빛바랜 원고를 앞에 놓고 앉아서도 "아메리카의 초원에서 야생마를 길들인다거나 폭풍우 속에서 검은 암초를 비켜가는 대형 선박을 조종한다거나 하는" "현재 처한 상황으로부터 완전히 해방되어 새로운 소명에서 탁월한 능력을 발휘하는 장면들"에 대한 몽상에 빠지곤 한다. 즉, 여성에게 요구되는 수동성에서 벗어나 힘과 능력을 발휘하기를 꿈꾸는 것이다.

그녀가 수학을 공부하는 것은 그처럼 독자적인 삶에 대한 욕구의 발로이다. 특히, 수학은 "여성적이지 못한" 것으로 여겨진다는 점에서, 그리고 가문의 전통인 문학과는 반대로 감성적이기보다 이지적이고 비인격적이라는 점에서 그녀를 가문의 전통으로부터 해방시켜준다. 그러나 그녀는 자신에게 요구되는 역할의 외관 아래 그것을 감출 수밖에 없다.

> 그녀가 수학에 대한 열정을 본능적으로 감추고자 하는 것은 아마도 수학이라는 학문의 여성적이지 못한 성격 때문일 것이었다. 하지만 좀 더 깊은 이유는, 그녀가 생각하기에 수학은 문학과 정반대되는 것이었기 때문이다. 그녀는 더없이 유려하다는 산문이라 해도 지니게 마련인 혼란과 격정과 모호함보다 수리(數理)의 정확성과 항구적인 비인격성을 얼마나 더 선호하는가를 고백하고 싶지 않았다. 그런 식으로 자기 가문의 전통에 맞서는 것은 왠지 볼썽사나운 일로 여겨졌고, 그런 자신이 왠지 비뚤어졌다는 느낌이 들어서, 자신의 열정을 남몰래 숨긴 채 한층 더 애지중지하게 되었다.

요컨대, 그녀에게는 외적인 삶과 내적인 삶이 괴리되어 있는 것이다. 서두의 티파티 장면에서부터 그녀는 표면적으로 사교적인 관습상 자신에게 요구되는 역할을 충실히 수행하면서도 마음속으로는 자신만의 세계에 가 있는 것을 볼 수 있다. 이런 괴리는 감정적인 억압으로 작용하여, 원치 않게 떠안은 '집안의 천사' 역할 이면에는 자신이 무가치하게 소모되고 있다는 허탈감이 자리 잡고 있다. 또, 위대한 시인을 배출한 가문에 대한 긍지를 느끼며 방문객들에게 조부의 유품전시실을 구경시키고 어머니를 도와 조부의 전기를 쓰는 것이야말로 자신의 사명이라고 생각하지만, 십 년째 집필에 매진하면서도 이렇다 할 성과를 내지 못하는 채 자신의 봉사를 요구하는 어머니에게 무력한 분노를 느끼기도 한다.

한편, 남주인공 랠프 데넘은 가정환경이나 성격에서 해리 데이비스/레너드 울프를 모델로 하는데, 한 가지 차이점은 해리/레너드와 달리 랠프는 유대인이 아니라는 것이다. 『지혜로운 처녀들』에서 해리가 로렌스 가에서 느끼는 이질감은 계층적 격차보다도 유대인으로서의 정체성에서 비롯되며 카밀라가 그에게서 느끼는 매력 또한 그런 이타성(異他性) 때문인 반면, 『밤과 낮』의 랠프에게서는 유대인의 표식이 지워져 있다. 버지니아 자신이 친지들에게 보내는 편지에서 결혼 상대인 레너드를 소개할 때 "무일푼 유대인(penniless Jew)"이라 할 만큼 인종적 차이를 의식했던 것을 상기한다면 이런 소거는 다소 이상하게 보일지도 모르지만, 적어도 『밤과 낮』에서 작가는 남녀 주인공이 넘어야 할 계층적이고 인종적인 격차를 계층적 격차 한 가지로 단순화하는 동시에 랠프라는 인물의 개성을 인종적 정체성이 아니라 그 개인에게서 찾고 있다.

따라서 양가 사이의 계층적 격차는 좀 더 강조되는 것을 볼 수 있다. 해리와 마찬가지로 랠프도 런던 교외에 사는 중산층 청년으로, 해리의 아버지는 사무변호사인 데 비해, 랠프의 할아버지는 가겟집 주인, 아버지는 곡물상 또는 주식 중개인이었다가 일찍 세상을 떠난 것으로 되어 있다. 『지혜로운 처녀들』의 화자에 따르면, 사무변호사는 중하층, 소매상은 하층에 속하는 직업이니, 그런 관점에서 본다면 랠프의 집안은 조부 때는 하층이요, 부친 때는 중하층으로 조금 나아졌다가 부친이 작고한 뒤 살림이 옹색해졌음을 알 수 있다. 여전히 하녀를 두고 있는 것으로 보아서는 랠프 자신의 말대로 '중류층'에 속하지만, 아버지도 계시고 동기간이 누나뿐인 해리에 비해, 과부의 아들인 랠프에게는 누나 조운 외에도 동생들이 여럿 있어 그들의 학업이나 장래를 염려해야 하는 부담이 지워져 있다.

이런 설정 가운데 랠프를 독특하게 만드는 것은 일단은 그의 확고한 의지력, 투지, 절제 같은 것들이지만, 그 이면에는 남다른 몽상적인 기질이 숨어 있다. 그는 어렸을 때부터 계획을 세우고 실천하는 강인한 의지력 덕분에 가난한 가운데 옥스퍼드 대학을 나와 사무변호사로 일하고 있으며, 여전히 계획을 세워 공부하면서 장차 하원의 의석을 차지하고 내각에까지 진출할 뜻을 품고 있다. 직장에서는 뛰어난 업무 능력을 인정받아 10년 후에는 그 분야의 최고가 될 것으로 기대되는 한편, 타협할 줄 모르는 독선적인 태도 때문에 주위 사람들로부터 다소 경원당하는 면도 있다. 하지만 그처럼 근면과 성실로 일관하며 다른 야심들은 부질없다고 스스로 다짐하는 생활은 남들의 평가를 의식하는 한에서이며, 혼자 있을 때의 그는 현실에서 표출될 수 없는 꿈과 열정에 빠져들곤 한다.

남들의 평가라는 압박 없이 혼자 있을 때면 랠프는 어느새 실제 상황에서 이탈하여 낯선 여행길에 오르곤 했으며, 그런 공상에 대해서는 분명 자세히 말하기 부끄러웠을 것이다. 물론 공상 속에서 그는 고상하고 낭만적인 역할을 맡곤 했지만, 그렇다고 단지 자기도취만을 위해 공상에 탐닉한 것은 아니었다. 그것은 실제 생활 속에서는 표출될 수 없는 어떤 열정에 출구를 열어주었으니, 불우한 처지에서 비롯된 비관주의 때문에 랠프는 자신이 다분히 경멸적으로 꿈이라 부르는 것은 우리가 사는 세상에서 아무 쓸모도 없다고 단정 짓고 있었기 때문이다. 하지만 때로는 그 열정이야말로 그가 가진 가장 소중한 것이라는 생각이 들기도 했다. 그것만 있으면 지구상의 황폐한 땅들에 꽃을 피우고, 수많은 병폐를 고치고, 아름다움이라고는 없는 곳에 아름다움을 창조할 수 있을 것만 같았다. 그것은 만일 그가 조금이라도 틈을 보이기만 하면 사무실 벽의 먼지투성이 책과 양피지들을 한 입에 집어삼키고 순식간에 그를 알몸으로 만들어버릴 만큼 맹렬하고 강력한 열정이기도 했다.

그래서 누구보다도 그를 잘 아는 누나 조운은 그가 주어진 삶에 아무리 성실하게 매진하고 있다 해도 언제 어떻게 그 길에서 튕겨져 나갈지 모른다는 불안감을 떨쳐버리지 못한다. 하지만 그로서는 "그는 그런 열정을 다스리기 위해 수년째 노력해왔으며" 그래서 "스물아홉 살이 된 지금은 일하는 시간과 꿈꾸는 시간이 엄격히 구분되는 삶을 별 지장 없이 양립시킬 수 있다"고 자부하는 터이다. 그 역시 — 캐서린 힐버리 못지않게 — 외적 삶과 내적 삶 간의 괴리를 겪고 있는 것이다.

법률 서적 서평을 써서 힐버리 씨의 《크리티컬 리뷰》에 싣겠다는 것도 그의 야심 찬 계획의 일부였는데, 그것을 계기로 초대받아 간 힐버리 가에서 캐서린을 처음 보고 좌중의 분위기에 어울리지 않는 일말의 우수를 알아보는 것은 어쩌면 그 자신 또한 겉보기와는 다른 내면세계를 가지고 있기 때문일 것이다. 그러나 그는 힐버리 가에서 지금껏 경험해보지 못한 여유롭고 세련된 분위기에 주눅이 든 나머지 오히려 공격적인 태도로 자존심을 지키려 하며, 그래서 첫 만남에서 두 사람은 호의보다는 적대감에 가까운 감정으로 맞선다. 랠프는 캐서린의 여유롭고 안락한 환경이나 유서 깊은 가문에 대한 열등감에서 그녀가 영위하는 생활을 폄하하는 동시에 자기 집안의 내세울 것 없음을 강조하며, 캐서린으로서는 자신도 염증을 느끼는 면이 없지 않은 자기 가문의 전통에 대해 적대감을 드러내며 자신의 무위한 삶을 비판하는 그에게 굳이 친절을 베풀 용의가 없는 것이다.

다시 만날 일 없을 것 같은 이 두 사람이 재회하는 것은 메리 대칫의 방에서 열린 젊은 사람들의 모임에서이다. 메리는 일방적으로 랠프를 사랑한다는 점에서 『지혜로운 처녀들』의 그웬 갈런드에 대응하는 셈인데, 울프는 이 제3의 인물로 세상사에 무지하고 나약한 그웬과는 정반대인 여성을 등장시킨다. 즉, 메리는 링컨 주 교구목사의 둘째 딸로, 대학 교육을 받은 후 런던에서 여성참정권협회 간사로 일하고 있다. 시골 목사의 딸이라니, 상당한 교양을 쌓았지만 경제적 기반이 없는 여성, 제인 오스틴이나 샬롯 브론테의 소설에서 보듯 '집안의 천사'로 남거나 상류층 여성의 동반자 내지는 가정교사가 될 처지의 인물이지만, 이 오래된 캐릭터가 이제 신여성의 대표 격인 여성참정권자(suffragette)로 등장하는 것이다. 물론, 그녀가 그렇게 자유와 독립을 구가하기 위해서는, 어머니가 돌아가신 후 집안 살림을 도맡고 아버지와 남동생들을 보살피면서 '집안의 천사' 역할을 하는 언니의 희생이 있어야 하지만 말이다.

그녀는 혼자 독립해서 살며, 자기만의 방을 가지고 있다는 데 크나큰 기쁨을 느낀다. 아침 한때 자기 방을 둘러보며 느끼는 만족감은 십여 년 후 울프가 『자기만의 방』에서 개진할 여성의 독립적인 삶에 대한 요구를 이미 실현하고 있는 셈이다. 하지만 그런 기쁨도 '일'에서 느끼는 자부심과 충족감을 빼면 아무것도 아니다.

> 매일, 서류 가방을 들고 문간에 서서 집을 나서기 전에 모든 것이 제대로 되어 있는지 돌아볼 때면, 그녀는 그 모든 것을 두고 나서게 되어 매우 기쁘다고, 온종일 그 방에 들어앉아서 한가롭게 즐기기만 한다면 참을 수 없었으리라고 생각하곤 했다. 거리로 나오면 그녀는 자신이 그 시간 도시 곳곳의 넓은 보도를 따라 빠른 걸음으로 줄지어 가는 노동자 중 하나라고 생각하는 것이 좋았다 (…) 또 하루 스물네 시간 동안 이 세상이 똑딱이며 돌아가도록 태엽을 감는다는 진지한 일에 동참하는 것이 기뻤다.

이처럼 독립적인 생활, 자신이 믿는 대의를 위해 일하고 있다는 사실 등은 캐서린의 부러움을 사며, 그런 점에서 메리는 캐서린의 이상적인 분신(alter ego)이라 할 만하다. 비록 급료도 받지 않는 아마추어 노동자일 뿐이고 여성참정권협회의 일은 "이 세상의 거대한 역사에 태엽을 감는다"고 하기에는 아직 미미하지만, 그녀는 사회적 대의에 기여하는 한몫의 독립적 인간이 되기를 원한다. 그래서 참정권협회 일 외에도 여러 정치 집회에 참여하고 있으며, "그저 놀기 위해서든 예술이나 국가 대사를 토론하기 위해서든" 그녀에게 방을 빌려달라는 요청이 쇄도할 만큼 교제 범위도 넓다. 같은 사무실의 클랙턴 씨는 그녀가 유능한 것이 아마도 그녀가 함께 어울리는 듯한 "똑똑한 청년들"로부터 얻어들은 덕분이리라고 짐작하기도 한다.

랠프와는 2년 전에 처음 만나 우정을 쌓아오는 터인데, 그러는 동안 "그의 모든 친구와 취미에 대해 그와 평생 함께 살아온 친형제 자매보다도 더 소상히 알게 되었고" "일련의 정치 집회에 그를 끌고 다닌 끝에 그를 토리에서 급진파로 바꿔놓는 중"이다. 그가 자기에게 속마음을 드러내지 않으며 종종 혼자만의 세계에 빠져들곤 한다는 사실을 잘 알지만, 오히려 그의 그런 신비한 면에 끌린다. 그래서 자기도 모르게 그에게 마음이 쏠리는 것을 다잡으며, 역사를 이끌어가는 진지한 일에 동참하기 위해서는 사랑이나 결혼 같은 것은 단념해야 하리라고 지레 마음먹기도 한다.

메리의 방에서 열린 모임에 캐서린이 참석하는 것은 윌리엄 로드니가 거기서 논문을 발표하기로 되어 있기 때문이다. 윌리엄은 이 네 사람 중 가장 연장자로 — 캐서린이 27세, 랠프가 29세, 메리가 25세, 윌리엄이 35세 — 힐버리 가에 드나들며 캐서린과 결혼하리라고 소문이 나 있는, 실제로 청혼했다가 거절당하는 인물이다. 이 점에서 그는 『지혜로운 처녀들』에서 카밀라에게 청혼했다가 거절당하는 아서 우드하우스와 같은 입장인데, 인물의 됨됨이도 아서와 비슷한 데가 많다. 하지만 아서는 자신의 오죽잖은 남성성을 대단하게 여긴다는 정도로 이야기되는 데 비해, 윌리엄은 잉글랜드 남서부 데본셔의 오래된 가문 출신으로 보수적 가부장제 내지는 남성

우월주의를 대변하는 인물로 그려진다. 그는 자신이 "모종의 전통을 물려받은 사람"이라고 여기며, 여자들에 대해서는 극히 인습적인 태도를 취하여 "여자는 결혼하지 않으면 아무것도 아니고, 그저 반쯤만 살아서, 가진 능력의 반만 사용한다"고 믿어 의심치 않는다. 캐서린 앞에서는 "한시도 마음이 편치 않다"며 내심 못마땅해하는 그는 그녀가 고분고분하게 다루어지지 않는 것이 그녀의 환경 탓이라고 비난하는 한편, 아무리 그래봤자 "여자는 여자"라고 얕잡아보는 것으로 만족한다.

> "내가 그 여자한테 유감이 있다고는 생각하지 말기 바랍니다 — 천만에요. 따지고 보면 그녀 잘못도 아니지요, 불쌍하게도. 알다시피 그녀는 끔찍하게 자기중심적인 삶을 살고 있고 — 적어도 여자한테는 끔찍한 일 아닙니까 — 매사에 똑똑한 척하면서 모든 일을 자기 멋대로 하고 집에서도 아주 오냐오냐 떠받들린단 말입니다. 말하자면 버릇이 없어져서 모든 사람이 자기 발밑에 있는 줄로만 알고 자기가 남한테 얼마나 상처를 주는지, 그러니까 자기만큼 유복한 처지에 있지 못한 사람들에게 얼마나 무례하게 구는지도 깨닫지를 못해요. 물론 공평하게 말해서 그 여자도 바보는 아니에요." 그는 데넘에게 행여 얕보지 말라는 듯 덧붙였다. "취향도 있고 지각도 있어요. 말이 통하지요. 하지만 그래봤자 여자는 여자니까요."

그는 캐서린에게 "그녀 없이 살 수 없다는 결론에 도달했다", "자신이 그녀를 잘 알며 그녀에게 행복을 줄 수 있을 것이고 자기들의 결혼은 다른 어떤 결혼과도 다르리라고 믿는다"며 거듭 청혼하지만, 앞에서 그가 분개하며 "캐서린 힐버리와 결혼하느니 차라리 하숙집 주인 딸과 결혼하겠다!"던 독백을 엿들은 독자로서는 다소 의아한 느낌이 드는 것이 사실이다. 그가 캐서린을 사랑한다는 것은 대체 무슨 뜻일까? 하여간, “그의 애정 고백에 대한 캐서린의 답장은 짧고 분별 있는 것이었다. 그녀는 그를 사랑하지 않으며, 따라서 그와 결혼할 수 없다고, 하지만 우정은 변함없이 계속되기를 바란다는 내용이 전부였기 때문이다.”

그러니까 이야기가 시작될 무렵, 젊은 네 사람의 관계는 아직 아무것도 정해진 것이 없는 상태이다. 캐서린은 로드니의 구애를 거절하고, 메리는 랠프에게 끌리는 마음을 다잡고 있으며, 랠프는 처음 만난 캐서린에게서 깊은 인상을 받고 그녀를 마음에 두지만 자신이 붙잡고 있는 것은 그녀에 대한 자신의 환상일 뿐임을 알고 있다. 이런 상황에 발동을 거는 사건은 캐서린과 육촌간인 시릴이 정식으로 결혼하지 않은 채 여자와 동거하고 있다는 사실이 알려진 것이다. “입센이니 버틀러니” 하는 작가들을 인용하여 자기 입장을 정당화한다는 시릴은 말하자면 전통적인 결혼 제도에 반기를 든 셈인데, 그에 대한 기성세대의 태도 — 힐버리 내외의 회피적이고 미온적인 반응에서부터 가문의 명예를 들먹이며 당장 결혼시켜야 한다는 캐롤라인 이모, 뒷담화를 늘어놓으며 병적인 쾌감을 즐기는 셀리아 고모에 이르기까지 — 에 환멸을 느낀 나머지, 캐서린은 그 모든 것에서 벗어나기 위해 윌리엄의 청혼을 수락하기로 결심한다.

나중에 사촌 헨리에게 자신의 약혼을 설명할 말을 찾으며 반추하듯이, 그녀가 결혼하려는 이유는 “자신의 집을 갖고” “수학이며 별들에 대해 공부하고 싶기 때문” — 한마디로 자유롭게 자신이 원하는 삶을 살고 싶기 때문이다. 그녀는 상대가 어떤 사람인가는 중요치 않으며 표면적인 생활이 어떻든 간에 자신의 세계를 추구할 수 있으리라고 생각한다. 다시 말해, 그녀는 윌리엄을 사랑하지 않으면서, 어쩌면 바로 그 때문에 — 사랑하지 않는 만큼 거리를 유지하면서 자신의 뜻대로 살 수 있을 테니까 — 결혼하기로 하는 것인데, 이처럼 이성적이고 사무적인 결단을 내릴 수 있는 것은 그녀가 꿈꾸는 사랑이 현실에서는 불가능하다고 체념하기 때문이다.

> 높은 암벽으로부터 천둥 같은 소리를 내며 떨어져 밤의 푸른 심연을 향해 뛰어드는 폭포처럼 장려한 것이 그녀가 꿈꾸는 사랑이었으니, 그것은 생명력의 마지막 한 방울까지 끌어들여 그 모든 것을 지고의 한순간, 모든 것을 바치고 아무것도 되찾을 수 없는 한순간에 산산조각으로 파탄 낼 것이었다. 또한, 그 남자는 늠름한 영웅으로, 준마를 타고 해안을 따라 달려올 터이니, 그들은 함께 숲을 지나 달리고 바닷가를 질주할 것이었다. 하지만 그런 꿈에서 깨어나면, 그녀는 실생활에서 흔히 보듯 전혀 애정 없는 결혼도 고려할 수 있었다.

그녀가 꿈꾸는 로맨스는 사랑과 낭만의 화신인 어머니 힐버리 부인의 로맨스와도 또 다른 것이니, 문학적 수사로 치장되지 않는 것은 물론이고, 막연히 떠오르는 영웅이니 준마니 하는 이미지를 넘어, 형체 없는 동경일 따름이다.

> 그녀의 로맨스는 어머니의 로맨스와는 다른 것이었다. 그것은 하나의 열망이며 메아리이며 소리였다. 그녀는 그것에 빛깔을 드리우고 형체와 음악을 부여할 수 있을 것만 같았지만, 말로는 표현할 수가 없었다. 아니, 말로는 결코 되지 않았다. 그녀는 그처럼 일관성도 없고 말로 표현할 수도 없는 욕망에 안타까운 한숨을 지었다.

내적 삶과 외적 삶을 명확히 구분하는 그녀에게 그처럼 말로 표현할 수도 없는 욕망이란 어디까지나 실현 불가능한 몽상의 영역에 속한다. 그녀는 "이 세상에 정말로 정열적인 사랑이 존재한다는 것은 깊은 숲속에서 여행자가 가져온 이야기일 뿐이고, 또 워낙 드문 이야기라 현명한 사람이라면 누구나 그 진실성을 의심하지 않을 수 없다"고 믿는다. 윌리엄과 결혼할 경우 최소한 자유로울 터이니, "그때가 되면 읽고 싶은 책을 읽을 시간이 날 테고 이제껏 사용해보지 않은 두뇌의 모든 근육을 동원하여 알고 싶은 것을 단단히 붙들 것"이다. "결혼이란 자신이 바라는 바를 얻기 위해 거쳐야만 하는 관문에 지나지 않는 것"이다.

캐서린의 이런 속내를 알지 못하는 랠프는 힐버리 가를 다시 방문했다가 그녀의 약혼 소식을 듣고 낙심하며, 길에서 그와 마주친 메리는 왠지 의기소침해 보이는 그를 격려할 셈으로 크리스마스 휴가에 자기 고향에 놀러 오라고 그를 초대한다. 그리하여 랠프는 메리의 고향으로 휴가를 보내러 가는데, 마침 힐버리 일가와 윌리엄 역시 그 근처에 있는 오트웨이 가에서 휴가를 보내게 되어, 이 휴가 동안 캐서린-윌리엄, 메리-랠프, 두 커플의 이야기가 또다시 얽히게 된다. 『지혜로운 처녀들』에서 주인공들이 가족과 함께 여름휴가 여행을 떠나며 휴가지에서 관계의 새로운 국면을 맞이하듯이, 『밤과 낮』에서는 크리스마스 휴가 동안에 그런 일들이 일어나는 것이다.

약혼자와 함께 크리스마스를 보내는 캐서린이 느끼는 감정은 갓 약혼한 여성의 행복과는 거리가 멀다. 약혼 직후부터 두 사람의 부조화는 메리처럼 명민한 여성에게는 이미 감지되던 것이지만, 특히 이 휴가 여행이 시작되면서부터는 다툼이 그치지 않는다. 가령, 이런 식이다.

그는 그녀가 입도록 자기가 특별히 골라준 옷들이 담긴 상자가 엉뚱한 역으로 배송된 데 대해 짜증을 냈다. 그녀가 주소를 제대로 쓰지 않은 탓이었다. 그래도 상자는 제때 도착했고, 첫 날 저녁 그녀가 차려입고 계단을 내려오자 그는 그녀가 그렇게 아름다워 보인 적은 없었다며 칭찬했다. 사촌들 사이에서 단연 빛이 난다는 것이었다. 또, 그녀의 동작 하나하나가 흠잡을 데 없다고도 하고, 두상이 잘 생겨서 대부분의 여자들과는 달리 머리를 풀어내려도 잘 어울린다고도 했다. 그런가 하면, 식탁에서 아무 말도 하지 않는다고 두 번이나 나무랐고, 한 번은 자기가 하는 말을 제대로 듣지 않는다고 비난한 적도 있었다. 그녀의 프랑스어 악센트가 훌륭한 데 놀라는가 하면, 그녀가 어머니와 함께 미들턴 네를 방문하지 않다니 이기적인 행동이라고도 했다. 그들은 오랜 친지인 데다가 아주 좋은 사람들인데 말이다. 이런 식으로 칭찬과 비난이 대체로 엇비슷하게 평형을 이루고 있었다.

약혼녀가 입을 옷을 지정하고, 옷차림과 동작, 용모를 평가하며, 말과 행동을 하나하나 간섭하여 칭찬, 아니면 비판거리로 삼는 이런 태도는 여자를 자기 소유물로 여기는 남성 지배의 발로를 여실히 보여준다. 울프 자신도 홀아버지 슬하에서 의붓오빠의 강요로 사교계에 나가야 했을 때 옷차림에 대해 그의 숱한 비판을 들어야 했던 것을 회고한 바 있거니와, 캐서린의 일거수일투족에 대한 윌리엄의 구속은 그라는 사람이 괴까다롭다는 이상으로 제도적, 관습적인 것이다. 그는 자신이 왜 어떻게 상대에게 괴로움을 주는지도 의식하지 못하며, 캐서린이 자신을 피하는 것을 부당한 모욕으로 느낄 뿐이다.

캐서린의 불편한 마음은 고모인 레이디 오트웨이의 결혼에 대한 조언을 들으며 한층 더 복잡해진다. 캐서린의 부모가 각기 자신만의 기벽으로 가부장제 부부의 전형에서 조금 비켜나 있다면 — 힐버리 부인은 사랑과 결혼을 낭만적으로 미화함으로써, 힐버리 씨는 귀찮은 현실 문제를 회피함으로써 — 오트웨이 내외는 바로 그 화석화된 전형을 보여주는 예이다. 한때 식민지 인도에서 관료로 봉직하다 은퇴한 오트웨이 경은 자기 인생에 대한 회한으로 온 집안을 침울하게 만드는 이기적인 인간이요, 레이디 오트웨이는 사교 생활의 체면을 유지하기 위한 연기와 기만에 대부분의 시간을 바치고 있다. 소설의 서두에서 랠프는 캐서린에게 힐버리 가의 유수한 친인척 중 하나로 오트웨이 가를 꼽지만, 실상 오트웨이 가는 가세가 기울어 자식들 중 아래쪽 절반은 제대로 교육도 시키지 못하는 형편이다. 그처럼 와해되어가는 가부장제 질서의 한복판에서 레이디 오트웨이는 캐서린에게 "여자가 남편에게 순종하지 않는다면 결혼해서 행복할 수 없다" "여자가 남편에게 져줄 수 없다면 결혼하지 말아야 한다" 등 고루한 조언을 늘어놓는다. 그녀의 주장대로라면, 결혼은 자기 발견이 아니라 굴종을 약속하는 제도이다.

무엇보다도 괴로운 것은 윌리엄이 끊임없이 약혼녀가 자기 낯을 세워주기를 바라며 캐서린이 자기만의 생각에 잠긴다거나 하는 것조차 불쾌해하고 용인하지 않는 것이다. 애초에 그의 청혼을 수락한 것이 자기만의 세계를 가질 수 있으리라는 기대 때문이었던 캐서린으로서는 받아들이기 힘든 상황이다. 그 문제로 인해 사사건건 시비가 그치지 않자 마침내 캐서린은 자신은 그를 사랑하지 않으며, 사랑 없는 결혼은 '익살극'일 뿐이라며 파혼을 제안한다. 하지만 낭패하여 눈물 흘리는 윌리엄을 보며, 결국 제안을 철회하고 만다. 애초에 결혼을 결심했을 때와 마찬가지로, 또다시 체념해버리는 것이다.

한편, 랠프가 메리의 고향집에서 보내는 크리스마스 휴가는 『지혜로운 처녀들』에서 해리와 그웬의 가족이 함께 가는 여름휴가 여행과 여러 모로 비교된다. 해리는 카밀라에게 거절당한 후 휴가지에 가서도 카밀라를 생각하고 편지를 쓰며, 그웬이 자신을 사모하는 것을 알고는 당황한 나머지 마음에 없는 청혼을 하고 우여곡절 끝에 약혼하기에 이른다. 랠프 역시 캐서린의 약혼 사실을 알면서도 메리의 고향 디셤이 힐버리 가가 휴가를 보낼 오트웨이 가의 저택이 있는 램셔와 가깝다는 사실에 들뜨고 여전히 캐서린을 생각한다. 그웬이 해리의 마음이 카밀라에게 있다는 것을 알듯이, 메리 역시 랠프의 마음이 자기한테 있지 않다는 것, "자기는 그를 사랑하지만 그는 자신을 사랑하지 않는다"는 사실을 안다는 것도 같다. 하지만 해리가 그웬을 얕보며 마지못해 받아들이는 데 비하면 랠프의 메리에 대한 감정은 훨씬 더 진솔하고 대등한 것으로, 그는 고향과 가족에 둘러싸인 메리를 새로운 눈으로 보고 그녀의 가족에게 호감을 가지며 시골 생활에 매료된 나머지 (캐서린으로 인한 낙심이 더 큰 이유이지만) 직장을 그만두고 시골집을 빌려 글을 쓰며 살 계획까지 세운다.

메리는 상대가 어떻게 받아들이든 자기 사랑을 고백해버리고 싶다는 충동을 느끼던 중에 그의 그런 계획이나 동기에 대해 들으며 그가 여전히 속내를 다 터놓지 않는다는 데 거리감을 느낀 나머지, 자기도 떠나겠다고, "아메리카"에 가서 "운동을 조직하는 법"을 배워오겠다고 선언한다. 실연을 당하고 멀리 떠나버리겠다는 해리에게 그웬이 자기를 사랑하지 않아도 좋으니 함께 데려가 달라고 애원하는 것과는 달리, 메리는 강인한 자존감으로 자기 입지를 버텨내는 것이다. 그런 그녀에게서 그는 "다소 서투르지만 힘차게 한 발 한 발 내딛는 독립적인 인물"을 보고 "그녀의 용기에 대해 더없는 존경심을" 느끼며, 그녀의 아메리카 계획이며 자신의 시골집 계획에 대해 함께 이야기한다. 그리하여 "그들이 지금까지의 우정에서 얻어낸 가장 완벽한 동지애"를 느끼며 링컨 읍내[디셤이나 램셔가 속한 서포크 주의 주청 소재지]에 들어가 식사를 마칠 무렵, 그는 문득 그녀에게 청혼해야겠다고 생각하기에 이른다. 하지만 미처 본론에 들어가기 전, 뜻밖에 그녀가 자신을 사랑하고 있다는 사실을 깨닫고는 말을 잇지 못한 채 창밖을 내다보다가 먼빛으로 캐서린의 모습을 발견한다. 그리고 그가 충격받은 얼굴로 캐서린의 이름을 중얼거리는 것을 본 메리는 그가 캐서린을 사랑하고 있음을 알아차린다. 마침내 랠프는 메리에게 청혼의 말을 꺼내지만, 메리는 분노하여 거부한다. 하지만 왜? 랠프는 항변한다.

> 하지만 사랑이라 — 우리가 사랑에 대해 말하는 것들은 다 헛소리 아닌가요? 사랑이라는 게 도대체 뭡니까? 난 사랑에 빠졌다는 남자 열 중 아홉이 자기 여자를 좋아하는 이상으로 당신을 좋아해요. 사랑이라는 건 그저 다른 사람에 대해 마음속에서 꾸며내는 이야기일 뿐이고, 대개는 진실이 아니라는 걸 알지요. 알고말고요. 그러면서도 그 환상을 깨뜨리지 않으려 애쓰는 겁니다. 너무 자주 만나지도 말고, 너무 오래 함께 있지도 말고, 하면서 말이에요. 그건 감미로운 환상이지만, 결혼의 여러 가지 위험부담을 생각하면, 사랑하는 사람과 결혼하는 건 아주 위험한 일 아닙니까.

캐서린이 사랑을 믿지 않는 것과 마찬가지로, 그도 사랑이란 감미로운 환상일 뿐이라고 주장한다. 캐서린이 체념에서 윌리엄의 청혼을 수락하듯이, 그 역시 체념에서 메리에게 청혼하는 것이다. 하지만 캐서린의 약혼은 윌리엄의 남성본위 사고 때문에 불화를 빚는 데 비해, 메리와 랠프의 관계는 일견 자유롭고 평등한 대화를 기반으로 하는 바람직한 것으로 보이기도 한다. 사회 정의라는 공동의 대의에 헌신하는 동지로서, 인간적인 신뢰와 호감을 가진 반려로서, 오누이 같은 다정함으로, 함께할 수 있지 않겠는가? 『밤과 낮』이 단순히 가부장적 결혼 제도를 지양하고 양성 평등적인 관계를 모색하는 작품이라고 본다면, 메리와 랠프의 관계는 그 대답이 될 만도 하다. 그러나 메리는 사랑 없는 결혼을 거부한다. 『밤과 낮』이 추구하는 양성 간의 관계는 외적인 평등뿐 아니라 내적 감정에서의 참된 소통에 기초한 평등을 요구하는 것이다. 그리고 이런 시각에서 본다면 캐서린과 로드니의 결혼은 설령 그가 덜 가부장적인 인물이고 그녀가 그와 결혼하여 원하는 대로 자기만의 세계를 가질 수 있다 하더라도 내적 진실을 결여한 외양만의 것이 되고 말 터이다.

제19장까지의 이런 이야기가 작품의 전반부에 해당하며, 『지혜로운 처녀들』의 플롯과의 병행관계는 여기까지이다. 『지혜로운 처녀들』은 해리가 그웬과 결혼하고 카밀라에게 작별을 고하는 것으로 끝맺고 있기 때문이다. 반면, 『밤과 낮』의 랠프는 메리에게 청혼했다가 거절당하며 캐서린은 윌리엄과 파혼 직전까지 갔다가 참고 잘해보기로 다짐한다. 말하자면 캐서린은 자신이 꿈꾸는 사랑의 가능성에 체념한 나머지 타협을 시도했으나 의외의 난국에서 헤어 나오지 못하는 상태이며, 랠프 역시 사랑의 가능성에 체념하고 타협하려 했으나 메리의 자존감 덕분에 타협이 결렬된 상태라 할 수 있다. 작품 후반부로 넘어가는 원동력은 그러므로 메리에게서 나온다.

크리스마스 휴가에서 돌아온 메리가 사무실에서 그동안 해오던 일에 대해 회의를 느끼고 좀 더 대국적인 장으로 나아가게 된다는 전개는 울프가 이 작품을 쓰는 동안 여성투표권이 인정되었기 때문이라는 추측도 가능하지만,[278] 실연을 겪은 후 인생의 다음 단계로 넘어가는 과정에 수반되는 자

278) 1918년 2월 6일 국민대표법(the Representation of the People Act)이 통과되면서 최소한

아의 허물벗기(脫殼)라 보아도 무리가 없다. 그동안 해오던 일에 대한 동료들의 신념이나 계획이 맹목적인 환상이요 허장성세로 보이는 환멸을 거쳐, 그녀는 자기 개인의 고통을 넘어서 인류 전체를 위한 비전을 숙고하며 그에 따라 진로를 수정하기로 한다.

이미 개인으로서의 고통은 뒷전이었다. 그녀가 이 세상에서의 삶에 대한 비전을 펼쳐가는 동안, 하나의 정상으로부터 또 다른 정상으로 이어지는, 무한히 신속하면서도 충만한 사고의 전개로 이루어진 그 과정으로부터, 그녀의 입 밖으로 새어나온 말은 단 두 마디 "행복은 아니야 — 행복은 아니야 —" 하는 것뿐이었다(…) 그녀는 바로 앞의 시끌벅적함 너머에 있는 아득한 공간을 바라보고 있었고, 자기 자신의 요구들을 모두 포기해버린 터라 거기서 좀 더 원대한 시각을 누리며 인류 전체의 욕망과 고통을 함께하고 있었다(…) 그녀가 지금 느끼는 만족감은 인생을 행복하고 쉽고 찬란하고 개인적이게 하는 모든 것을 포기한 후 개인적인 우여곡절과는 무관하게 별처럼 아득하고 건드릴 수 없는 엄연한 현실만이 남았다는 발견에서 오는 것이었다.

메리가 일에서의 성취는 얻되 사랑은 포기한다는 것은 여성이 그 두 가지를 다 이룰 가능성이 없음을 말하는 것처럼 보이기도 하지만, 실은 여성으로서 삶의 충족감이 결혼이라는 개인적 행복을 넘어서서도 가능함을 말하려는 것이다. 몇 챕터 후에 작가는 그녀가 점차 램프에 대한 실연에서

의 재산 자격을 갖춘 30세 이상 여성(과 21세 이상 남성)에게 투표권이 인정되어 840만 명의 여성이 투표권을 얻었고, 같은 해 10월에는 여성의 피선거권을 인정하는 법도 통과되어 여성의 의회 진출이 가능해졌다.

벗어나 확고한 자기 세계를 가진 "자기 운명의 주인"으로 자리 잡아가는 모습을 보여준다. 랠프에 대한 사랑이 타던 자리에서 그녀는 일에 대한 사랑을 발견하기에 이르는 것이다.

> 지난 몇 달 동안 그녀의 인생은 한 단계를 넘어섰고, 그것은 그녀의 외모에 영구히 흔적을 남겼다. 젊음은, 그리고 젊음의 싱싱함은 사라졌지만, 더 움푹 꺼진 볼이며 더 단단해진 입매, 더 이상 마음 가는 대로 이리저리 오가는 대신 지금 당장 보이지 않는 어떤 목표를 응시하는 눈매는 그 얼굴의 확고한 목적을 뚜렷이 드러내고 있었다. 이 여성은 이제 쓸 만한 인간이요, 자기 운명의 주인으로서, 은 목걸이와 번쩍이는 브로치로 그 품위를 치장할 만한 사람이 되어 있었던 것이다(…) 놀라운 발견이었다. 자신은 더 이상 랠프를 사랑하고 있지 않았다. 놀란 눈으로 방 안을 둘러보다가 테이블 위의 불빛 속에 펼쳐진 서류들이 눈에 들어왔다. 그 한결같은 밝음이 한순간 자신 안에도 있는 듯이 느껴졌다. 그녀는 눈을 감았다 다시 떠서 다시금 그 불빛을 바라보았다. 옛 사랑의 자리에 또 다른 사랑이 타고 있었다(…) "사랑에는 여러 가지 방식이 있어요." 그녀는 마침내 혼잣말을 하듯 중얼거렸다.

메리가 캐서린에 대한 질투를 극복하는 것은 그런 자기 극복의 한 과정이다. 윌리엄의 집에 가기로 약속해놓고 내키지 않아 서성이다가 메리의 집에 들른 캐서린에게, 메리는 자신이 랠프와 헤어졌으며 랠프가 사랑하는 것은 캐서린이라고 알려준다. 이 대목에서 특기할 만한 것은 메리가 캐서린의 스커트 단에 장식된 모피를 만지작거리는 장면으로, 이 특이한 친밀감의 표시는 동성 간의 끌림을 암시하는 것으로 해석되기도 하지만 그보다는 『지혜로운 처녀들』의 비슷한 장면에 변죽을 울리는 것으로 보인다.

즉, 휴가지에서 무료하고 침울하게 서성이던 해리는 그웬의 기다란 스카프에 달린 술 장식을 만지작거리고, 그 무심한 동작이 가져온 친밀감에 동요된 그웬은 그에게 자기 자매들을 한심해하는 카밀라의 말을 엿들었다고 고백하며 자신의 갈피 잡을 수 없는 마음을 터놓는다. 반면, 비슷한 정황에서 이루어지는 메리의 고백은 연인이 아니라 연적에게 자기 쪽에서 다가가 마음을 여는 것으로 개인적인 감정을 넘어서려는 의지의 발로이니, 그럴 때 얻어지는 자매애는 윌리엄이 랠프에게, 또는 『지혜로운 처녀들』에서 해리가 아서에게 느끼는 남자끼리의 공감에 맞먹는, 아니 — 자기를 극복하고서야 얻어진다는 점에서는 — 그 이상의 것이다.

그러나 메리의 말은 랠프가 자신에게 보여온 태도에 비추어보아 믿기지 않는 터라, 캐서린에게는 '랠프를 사랑한다'고 말하던 메리의 확신에 찬 모습만이 각인된다. 그에 비하면 사랑 없는 결혼을 밀고 나가려던 자신은 얼마나 허황된가를 깨닫고, 이제 윌리엄에게 가면 확실히 결별을 선언하리라고 마음먹는다. 캐서린의 사촌 카산드라 오트웨이에게 매료된 윌리엄이 자신들의 정열 없는 관계에 대해 이의를 제기할 때 캐서린이 담담하게 받아들이고 그가 카산드라를 사랑한다는 사실을 인정하도록 도와주는 것도 그처럼 마음의 준비가 된 덕분이다. 그녀는 윌리엄이 카산드라와 사귈 기회를 주기 위해 자신들의 파혼을 비밀에 붙인 채 카산드라를 런던으로 초대하기까지 한다. 무엇이 옳고 그른가 하는 원리원칙이나 자신이 처하게 될 미묘한 입장에 앞서 사랑하는 사람들을 힘닿는 한 돕겠다는 결심이다. 그러니까 소설 전반부에서 캐서린이 윌리엄의 청혼을 수락한다는 전개의 원동력이 되는 것이 기성세대의 고루한 가치관에 대한 캐서린의 환멸이라면, 후반부에서 캐서린이 윌리엄과의 관계를 정리하고 랠프가 캐서린에게 다가가게 하는 원동력은 메리의 자기극복, 즉 사랑 없는 청혼을 거절할 뿐 아니라 연적에 대한 질투심마저 넘어서는 자존감과 정직성에서 비롯된다고 볼 수 있다. 메리의 사랑의 확신에 힘입어 캐서린 또한 자기를 극복하게 되는 것이다.

그리하여 소설 후반부는 윌리엄-카산드라 커플과 캐서린-랠프 커플이 각기 맺어져가는 이야기가 된다. 앞의 두 사람의 관계가 — 윌리엄이 이따금 랠프에 대해 질투심이 동한 나머지 캐서린과의 결별을 번복하려 하는 헛된 시도만 아니라면 — 순탄하게 진전되어가는 것은 그들이 인습적인 사랑에 대해 이의를 품지 않기 때문이다. 윌리엄은 늘 캐서린에게 결여되어 있다고 생각했던 점들을 카산드라에게서 발견하며 그녀와는 자신이 평소 원했던 사랑의 방식, 즉 "뭇 남녀의 구애의 특징 중 하나인" "몸을 굽혀 절하고 나아갔다 물러갔다 하는" 무도회의 박자를 즐길 수 있다는 사실에 매혹된다. 카산드라는 캐서린과는 여러 면에서 상반된 인물로, 윌리엄이야말로 자기가 만나본 가장 박식하고 똑똑한 사람이라고 믿으며, 그가 읽으라는 책을 읽고, 어디까지나 그에게 배우려는 태도를 취한다. 그녀와 윌리엄은 천생연분의 짝이니, 무엇보다도 그들은 "약혼과 결혼으로 귀결되는 사랑"을 믿어 의심치 않는다는 점에서 그럴 만하다. (하지만 그녀가 "스물두 해를 살아오는 동안 수많은 사람과 사물에 심취"하고 "건축과 음악, 박물학과 인문학, 문학과 예술, 그 모든 것을 숭배"하지만 "항상 열정의 절정에서 눈부신 성취도를 보이고 난 후에는 금방 마음을 바꾸어 또 다른 문법책을 몰래 사들이는", "페미니스트"임을 자처하는 여성이라는 것을 읽은, 그리고 『백치』가 『전쟁과 평화』보다 단연 훌륭한 작품이라며 흥분하는 것을 본 독자로서는 그녀가 과연 어디까지 윌리엄의 취향에 맞추어갈 수 있을까, 어머니인 레이디 오트웨이의 전철을 밟는 것은 아닐까 하는 의구심이 드는 것도 사실이다. 언젠가는 자신이 "다이아몬드가 더 좋지만 에메랄드가 좋은 척했다"고 후회하게 되지는 않을까.)

반면, 캐서린과 랠프의 관계가 단순하지 않은 것은 자신의 감정을 사랑이라고 인정하지 않기 때문이다. 두 사람 다 내적 삶과 외적 삶을 구분지어 살아가는 데 익숙한 나머지, 자신의 가장 내밀한 감정을 “사람들이 사랑이라 부르는 것”과 동일시하기를 거부하는 것이다. 첫 만남 이후 랠프는 캐서린을 숭배의 대상으로 삼지만, 그것은 그가 “상상력을 동원하여” 다듬은 이상형으로, 그 자신의 “마음속에 느껴지던 공허감을 채울” 필요성이 만들어낸 관념에 가깝다. 그는 길거리에서 그녀가 지나가는 모습만 보고도 거리 전체가 음악의 순간과도 같은 질서와 조화를 이루는 것을 느끼며, 오히려 그녀를 불러 세우지 않은 것을 다행이라 여긴다. 물론 “홀로 꿈꿀 때에는 그녀와 함께 있을 때 느끼는 생생한 기쁨에 견줄 만한 것을 맛본 적이 없으니” 현실의 그녀를 마주 대할 때면 “현실이 꿈을 넘쳐흐르는 듯한” 희열을 맛보지만, 그녀의 약혼 사실을 알고는 그런 감정의 부질없음에 좌절한다. 그래서 캐서린을 단념하기 위해 런던의 사무실을 그만두고 시골에 내려가 살기로 결심하며, 그녀에게 자신의 감정을 고백하는 것은 “그녀의 지배력을 정당화하든가, 아니면 아예 그런 것을 없애버리든가 할 작정”으로이다. 더없이 절절한 고백에 이어 그는 “당신을 사랑한다는 말이 아니라”고 강변하는 것이다.

그런가 하면 캐서린은 우연찮은 대화 끝에 랠프가 “의외로 자신도 익히 아는 삶에 대한 감정을 가지고 있다는 사실”을 발견하고 적대적인 첫인상을 버리며 “좀 더 알게 되면 자신이 관심을 가질 만한 사람인지도 모른다”고 생각하지만, 줄곧 그를 메리의 사람이라고 여긴다. 그래서 메리로부터 그가 자기를 사랑한다는 말을 듣고도 수긍할 수 없는 이야기로 흘려버리며, 윌리엄과 사실상 파혼한 상황에서 그로부터 뜻밖의 고백을 받으면서도 생각이 온통 다른 데 가 있어서 그가 하는 말을 귀담아듣지 못한다. 그럼에도 그녀가 "전에 없이 즐거운 기분이 들었다"는 것은 어쩌면 윌리엄과는 달리 그의 옆에서는 그렇듯 자유롭게 자신만의 생각에 잠길 수 있기 때문인지도 모르지만, "자신의 기분이 그라는 존재 내지는 뭔가 그가 한 말 때문임을 전혀 의식하지 못한 채" 그가 뭔가 대답을 요하는 의논을 해왔다는 사실만을 막연히 의식하며 큐 가든에서 만나자는 약속을 받아들인다.

큐 가든에서의 만남은 두 사람의 관계에 새로운 국면을 가져온다. 복잡한 인간사에 넌더리가 나 있던 캐서린에게 랠프가 들려주는 식물학에 관한 이야기는 깊은 감명을 준다. 그녀가 수학이나 천문학을 통해 엿보았던 것 못지않게 항구적인 법칙을 그 역시 식물들의 세계에서 보고 있는 것이다. 그의 이야기는 그녀에게 "즐거운 음악"처럼 들리며 "너무나 오래 전부터 고독한 가운데 아무도 찾지 않던 마음속의 외딴 요새들에" 반향을 불러일으키고, "오랫동안 쓰지 않은 채 쟁여져 있던 능력을 말해주는 정신적인 생기"를 일깨운다. 시골집을 빌려 혼자 자유롭게 일하면서 사는 삶에 대한 이야기로부터 — 아마도 두 사람이 각기 꿈꾸는, 그리고 차차 함께하게 될 이 소박한 이상, 그는 장차 내각에까지 진출하겠다던 야심을 버리고 그녀는 자신이 성장한 세계의 안락함을 버리고서 함께하게 될 이상이야말로 작가가 바네사의 삶에서 영감을 얻은 대목일 터이다 — 사람들 사이의 의사소통 가능성이라는 문제로 넘어가 랠프가 "각자 자유롭고 피차 아무 의무도 없는" "완벽하게 진실하고 솔직한 우정의 조건"을 제시할 때 그녀가 동의하는 이유는 그렇듯 혼자 간직하고 있던 내적 요구를 누군가와 공유하고 싶다는 소망 때문이다.

왜 생각과 행동 사이에, 혼자 있을 때와 사람들 사이에 있을 때 사이에, 이렇게 끊임없는 간극이, 이 어이없는 절벽이 있어야 하는 걸까? 절벽 한쪽에서는 영혼이 환한 대낮인 듯 활발해지는데, 다른 쪽에서는 밤처럼 어둡고 명상적이 되는 걸까? 한쪽에서 다른 쪽으로, 아무런 근본적인 변화 없이, 똑바로 고개를 들고 건너갈 수는 없는 걸까? 그가 그녀에게 제안하는 이것이, 드물고도 놀라운 우정의 기회야말로 — 바로 그 기회가 아닐까? 어떻든 그녀는 데넘에게, 조바심과 안도가 동시에 느껴지는 한숨과 함께, 동의한다고 말했다. 그의 말이 옳은 것 같다고, 그의 우정의 조건을 받아들이겠다고.

『밤과 낮』이라는 제목의 의미를 보여주는 이 대목에서, 캐서린은 "혼자 있을 때"와 "사람들 사이에 있을 때", "영혼이 밤처럼 어둡고 명상적이 되는" 때와 "영혼이 환한 대낮인 듯 활발해지는" 때라는 두 세계 사이에 절벽과도 같은 간극이 있다고 느낀다. 그리고 랠프가 제시하는 우정이 어쩌면 그 절벽을 "한쪽에서 다른 쪽으로, 아무런 근본적인 변화 없이, 똑바로 고개를 들고 건너갈" 기회가 되어줄지도 모른다고 생각하는 것이다.

그러나 두 사람은 피차 그 우정이 사랑이 되리라고는 기대하지 않으며, 랠프가 캐서린에게 자기 집에 가서 차를 마시자고 초대하는 것은 여전히 그녀에 대한 환상을 깨뜨려버리기 위해서이다. 『지혜로운 처녀들』에서 카밀라가 해리에게 초대받은 리치스테드의 가든파티 장면에 대응하는, 그리고 어느 정도는 실제로 버지니아가 레너드의 집을 방문했을 때의 경험을 토대로 한 이 방문에서, 캐서린은 과연 누추한 환경과 지루한 대화에 몸서리치며 그는 그런 그녀를 무자비한 시선으로 관찰한다. 하지만 장녀 조운이 귀가하고 형제들 사이에 대화가 활기를 띠자 캐서린도 그 토론에 끼어들어 스스럼없이 어울리게 되며, 그런 그녀를 보면서 랠프는 마침내 자신이 그녀를 사랑한다는 사실을 인정하기에 이른다. 그로서는 그녀를 "있는 그대로, 환상 없이 보려고 최선을 다했지만, 오히려 더 빠져들고 말았다"

는 것이다.

그러나 그녀는 그의 감정이 사랑이 아니라 망상일 뿐이라며 거부한다. 자신도 그에 대해 어떤 느낌 내지 관념을 가지고 있지만, 피차 허구일 뿐이라는 것이 그녀의 생각이다. "당신은 날 보면서도 날 보고 있지 않고, 나 역시 당신을 보고 있지 않아요… 그러면서도 보고 있어요." 그 보이는 것, 그녀가 그를 볼 때 보이는 것을 설명해보라는 요청에 그녀는 기껏 "영국 북부의 어떤 산"을 말해놓고는 그것도 실제의 산은 아니라고 번복한다. 그녀가 느끼는 것은 "어떤 전체적인 감흥이고 분위기"일 뿐 말로 표현할 수 있는 것이 아니기 때문이다. 더구나 그 '산'에 그는 없으니, 그가 "환상과 사랑에 빠졌다면" 그녀 역시 "관념과 사랑에 빠졌다"는 것이다. 우여곡절 끝에 그녀 역시 그에 대한 사랑을 깨닫고, 나중에 어머니에게 고백하듯이 "그 사람 없이는 행복할 수 없다"는 것을 인정하게 되지만, 그렇게 사랑을 고백한 후에도 어려움은 여전히 남는다. 피차 사랑이라는 감정은 인정한다 하더라도, 그것이 자신이 만들어낸 환상에 대한 사랑이 아닌가 하는 의구심은 가시지 않기 때문이다. 앞서 그녀는 밤과 낮 사이, 내적 삶과 외적 삶 사이의 절벽을 가로질러 건너갈 가능성을 기대하며 그와의 우정에 동의했었지만, 사랑이란 그처럼 "일관성도 없고 말로 표현할 수도 없는" "열망이며 메아리"이니 결코 함께할 수 없는 것이 아닌가? 각기 "상상하는 것밖에는 아무것도 없는" 것이 아닌가?

그들이 이제 '일탈(lapse)'이라 일컫는 문제는 랠프의 경우 캐서린이 불러일으키는 낭만적인 느낌으로부터 자신만의 환상에 도취해버리는 것이고 캐서린의 경우 랠프에 의해 촉발된다고는 해도 랠프와는 무관한 어떤 몰아경에 빠져드는 것이다. 그래서 그는 "그런 환상이 사라지고 나면 자신이 그녀의 환영을 사랑할 뿐이며 현실의 그녀는 아무래도 좋다는 신념을 한층 강력히 피력"하게 되며, 그녀는 "완전히 자신의 생각에만 몰두하는(…)데, 그 몰두 상태가 하도 강렬해서 자신을 동반자의 곁으로 돌아오게 하는 어떤 부름에도 날카롭게 곤두서게" 되곤 한다. 말하자면 그들은 서로에게 "폭풍 속에 지나가는 얼굴들"처럼 "마주쳤다가 또 금방 어긋나게" 되어버리니, 그 단속적인 상태를 어떻게 "사랑에 빠졌다"고 할 수 있겠는가? 그는 그것이 "다른 사람들이 사랑이라고 부르는 것"이라며 안심시키려 하지만 캐서린은 납득하지 못한다.

이처럼 난감한 가운데, 그들 네 사람의 청춘남녀가 함께 돌아다니는 것에 대한 소문이 — 이번에도 역시 밀베인 부인이 개입하는 것은 전반부에서 시릴의 일로 개입했던 것과 대칭을 이루며 긴 작품에 짜임새를 부여한다 — 힐버리 내외의 귀에 들어가게 되고, 격분한 힐버리 씨는 카산드라를 자기 집으로 돌려보내는 한편 윌리엄과 랠프가 자기 집에 오는 것을 금지한다. 그러나 캐서린의 랠프에 대한 감정은 아버지의 권위에 승복하지 않으니, 힐버리 씨는 이 같은 "반란 상태"를 다스리기 위해 다시금 문학과 교양을 동원하지만 그런 것들은 더 이상 질서를 바로잡을 힘이 되어주지 못한다. 이런 대치 상황을 타개하는 것은 셰익스피어의 무덤에 다녀오는 힐버리 부인으로, 그녀가 런던 시내를 돌며 차례로 마차에 태워 오는 랠프와 윌리엄, 랠프와 캐서린의 극적인 화합, 때마침 짐을 잃어버리고 돌아오는 카산드라 등 인물들의 등장과 상황 전개는 마치 부인의 연출로 — 셰익스피어에 심취한 힐버리 부인은 직접 공연을 해볼까 궁리하며 주위 사람들을 셰익스피어 극의 주인공들과 비교하기를 즐긴다 — 전개되는 연극과도 같다. 특히 뒤늦게 나타난 힐버리 씨가 잘못 굴러가버린 약혼반지를 발끝에서 주워들며 자기도 모르게 화가 풀려버린다는 식으로 상황의 귀추를 다분히 희극적으로 만들어버리는 데서는 전통적인 구혼소설의 해피엔딩 결말에 대해 거리를 두려는 작가의 의도가 느껴진다.

하지만 "결혼만은 안 된다" "왜 그냥 결혼하지 않고 함께 살면 안 되는 걸까"라며 "약혼과 결혼에 이르는 사랑"의 당위성에 이의를 제기하던 캐서린이 결혼을 결심하게 되는 것은 어머니의 설득 때문이 아니다. 힐버리 부인은 자신의 사랑이 환상이 아닌가 하는 의구심으로 고민하는 딸에게 "자신의 환상을 믿어야 한다"며 설득하지만, 그러지 못할 경우 닥쳐올 "환멸의 심연"을 그녀 자신도 아주 모르지는 않는 것이다. 캐서린과 랠프 사이에 마법과도 같은 일이 일어나는 것은 그가 캐서린에게 쓰려던 편지 대신 낙서를 끼적인 종이와 캐서린이 수학 문제를 풀던 종이를 교환해 보면서이다. 자신의 수학 지식이 허락하는 한 그 문제 풀이를 읽은 랠프에게는 그녀가 "마치 막 떨리는 날개를 접고서 그의 손닿는 곳에 내려앉은 야생의 새처럼" 가까이 다가온 것으로 느껴지며, 그녀는 "누군가가 자신의 고독에 함께한다는 사실"에 당혹감과 더불어 기쁨을 느낀다. 또한, 랠프의 낙서를 찬찬히 들여다본 캐서린은 "세상은 나한테도 이 비슷하게 보인다"고 대답한다. 이런 이심전심은 일견 요령부득으로 보이지만, 작가는 그들이 도달한 상태를 이렇게 묘사한다.

인생의 전경 뒤편에서부터 조용히 그리고 꾸준히 부드러운 불의 가장자리가 떠오르면서 주위를 그 붉은 빛으로 물들이고 그 장면에 깊고 어두운 그림자들을 드리워, 그 울창한 가운데로 멀리 더 멀리 밀고 나아가며 끝없이 모색할 수 있을 것만 같았다. 이제 그들 앞에 전개되는 두 개의 전망 사이에 일치점이 있든 없든 간에, 그들은 다가오는 장래에 관해 같은 감각을 지니고 있었다. 그것은 광대하고 신비롭고 아직 펼쳐지지 않은 형태들을 무한히 간직한 것으로, 각기 상대방을 위해 그것들을 펼쳐갈 것이었다. 하지만 지금으로서는 미래의 전망만으로도 그들을 말없는 감격으로 채우기에 충분했다.

사랑한다지만 그 사랑이란 각기 상상하는 데 지나지 않으며 실제로는 고독할 수밖에 없지 않은가 하는 회의로부터, 이제 그들은 같은 시각을 공유하고 있음(shared vision)을 확인하게 된 것이다. 이제까지 그들이 조금씩 가까워졌던 과정도 되짚어보면 그런 공감의 순간들로 이루어지거니와, 랠프가 끼적인 그림이 불러일으킨 반응은 그 정점에 해당한다. 그 그림은 그에게 "캐서린 자신뿐 아니라 그녀를 에워싸고 일어났던 온갖 마음 상태"를, 그리고 "인생의 그토록 많은 대상들을 설명할 수 없이 에워싸고 그 날카로운 윤곽을 부드럽게 해주는 것만 같은 광휘"를 나타내는 것인데, 어두운 음영 너머의 불빛이라는 이미지는 앞서 그녀가 사람들이 각기 등불을, "찬란한 궁전을" 짊어지고서 헤쳐 모이며 어떤 무늬를 이루는 것 같다고 느끼던 장면이나 랠프가 자신을 등대요 등대에 부딪히는 새들로, 또 캐서린을 빛 자체로 느끼던 장면들을 상기시키며, 이제 그녀가 랠프에 대해 느끼는 심상을 가늠하게 해준다.[279)]

"엄청난 불길이야!" 그녀는 속으로 생각했다. 그녀에게는 그가 어둠 속에 찬연히 타오르는 불길처럼 생각되었다. 그래도 그라는 사람은 여전히 알 수 없어서, 그의 팔을 붙잡고 있는 것은 활활 타오르는 불길을 둘러싼 불투명한 언저리만을 붙잡고 있는 것과도 같았다.

279) 『등대로』에서 등대의 이미지도 이런 일련의 이미지들과 연관시켜 이해할 수 있을 것이다. 또한 랠프의 그림은 울프가 「현대소설론」에서 "인생이란 대칭적으로 배열된 일련의 가로등이 아니라, 빛나는 후광이요 의식의 시작부터 종말까지 우리를 둘러싼 반투명한 너울"이라고 한 것과도 일맥상통한다.

그는 자신의 그림에 대한 그녀의 감상을 들으며 “그는 다른 사람의 마음속이라는 어둑하고 광막한 가운데로 문턱을 넘어 들어서는 느낌”이 든다. 피차 상대방에게 다 알 수 없는 어둠이요 밤이라는 사실은 여전하겠지만, “그 광막함 가운데서 크고 희미한 형체들이 움직이며, 간혹 섬광 속에서만 모습을 드러냈다가 또다시 어둠 속에 묻혀가는 것”은 감지할 수 있다. 서로의 낮과 밤이, 밤과 낮이, 그렇게 이어지는 것이다. 그리하여 “손가락 하나만 들어도 뜻이 통하고 단어 하나로도 문장 전체보다 더 많은 것이 말해지는 명징한 상태”에 이르러서는 더 이상 말이 필요치 않으며, 그들은 “부드럽게 침묵 속으로 미끄러져 들어가” “멀리서부터 모습을 드러내며 차츰 자신들을 향해 다가오는 무엇인가를 향해 나란히 생각의 어두운 오솔길을 걸어갔다”고 묘사된다.

> 그들은 함께 그 지난(至難)한 영역으로 들어섰다. 거기에는 완성되지 않은 것들, 성취되지 않은 것들, 글로 쓰이지 않은 것들, 보답받지 못한 것들이 유령 같은 방식으로 만나 완전하고 만족스러운 모양새를 갖추었다. 그렇게 구축된 현재로부터 미래는 어느 때보다도 찬란히 솟아올랐다. 책이 쓰일 것이고, 책은 방에서 쓰여야 하며, 방에는 커튼이 있어야 하며, 창밖에는 땅이, 그 땅에는 지평선이, 그리고 아마도 나무들과 언덕이 있을 것이었다. 그들은(…) 그렇게 자신들을 위한 집을 그려보았(…)다.

그렇게 함께할 미래를 설계하면서도 그들은 여전히 각자의 영역을, 자유를, 어둡고 명상적인 ‘밤’을 간직할 터이니, 어두운 들판을 가로질러 화답하는 나이팅게일의 지저귐과도 같이 그들은 각자의 “어둠 속 깊은 데서부터” 서로 부르고 대답할 것이다. 소설이 “잘 자라(Good night)”는 밤 인사로 끝나는 것은 인상적이다.

그에게 말을 걸 수도 있겠지만, 저 이상하게 떨리는 음성으로, 맹목적인 열정으로 바라보는 저 눈길로, 그는 누구에게 대답하는 것일까? 그는 어떤 여자를 보고 있는 것일까? 그녀는 어디를 걸어가며, 함께 가는 이는 누구인 것일까? 순간들, 단편들, 한순간의 비전, 그러고는 흩어지는 물보라, 모든 것을 흩날려 버리는 바람, 그러고는 혼돈으로부터의 회복, 안정감의 복귀, 햇빛 속에 더없이 찬란하고 견고한 대지. 그는 자신의 어둠 속 깊은 데서부터 우러나는 감사를 표했고, 또 그만큼이나 멀고 감추어진 영역에서 그녀가 그에게 대답했다. 6월의 밤이라 나이팅게일들이 노래하면서 들판 이 끝에서 저 끝으로 화답하고 있었다 (…) 그들은 잠시 기다리다가 잡았던 손을 놓으며 말했다. "잘 자요" 그가 말했고, "잘 자요" 그녀도 소곤거렸다.

그런 것이 작가가 제시하는 사랑과 결혼의 이상이었다. 외적인 삶에서뿐 아니라 가장 깊은 내면에서까지 소통이 이루어지는 관계, "모든 것을 주고받는" 그러면서도 각자의 자유를 존중하는 관계 — 랠프의 말을 빌리자면 인간은 그렇게 소통할 때 자기 개인을 넘어 "공유하고 창조하는" 관계로 나아갈 수 있는 것이다. 울프는 1912년 5월 1일 레너드의 청혼에 답하는 편지를 많은 망설임 끝에 이렇게 끝맺었다.

나는 당신에게 모든 것을 주어야만 한다고, 그럴 수 없다면 결혼은 당신에게나 내게나 차선밖에 되지 못하리라고 느껴져요. 당신이 계속 전처럼 내가 내 길을 찾아가도록 내버려둘 수 있다면 — 내게는 그게 제일 좋으니까요 — 그렇다면 둘 다 모험을 해봐야지요. 하지만 당신은 지금까지도 나를 아주 행복하게 해주었어요. 우리는 두 사람 다 엄청나게 살아 있는 것(tremendously living thing)인 결혼을 원하지요. 항상 살아 있고, 항상 뜨겁고, 결코 대부분의 결혼이 그런 것처럼 군데군데 죽었고 안일한(dead and easy) 결혼이 아니라요. 우리는 인생에서 아주 많은 것을 원하지 않나요? 아마 우리는 그걸 얻을 거예요. 그러면 얼마나 멋지겠어요?[280)]

280) Letter to Leonard Woolf, May 1st, 1912, in *Selected Letters*, op. cit. p. 71.

지은이

⁚ 버지니아 울프(Virginia Woolf, 1882~1941)

영국 작가, 평론가. 20세기 초 모더니즘의 대표 주자 중 한 사람이다.
영국 런던에서 유명한 문필가 레슬리 스티븐의 딸로 태어나 지적인 환경에서 성장했다. 1895년 어머니를 여읜 후 신경쇠약 증세를 보인 것을 시작으로, 삶의 고비고비에 정신 질환을 겪었다. 1904년 아버지를 여읜 후 형제자매와 함께 블룸즈버리 지역으로 이사하여 동년배의 예술가, 지성인들과 교류하며 이른바 블룸즈버리 그룹을 이루었다. 1905년부터 《타임스》 지 등에 문예비평을 기고했고, 1912년에는 그룹의 일원인 정치이론가 레너드 울프와 결혼했다.
1915년 처녀작 『출항』을, 1919년에는 『밤과 낮』을 발표했다. 전통적 소설 형식을 취하되 여성의 정체성에 대한 새로운 의식을 담은 이 두 번째 소설을 쓰면서 사실주의 소설의 한계를 절감한 듯, 실험적인 단편소설들을 쓰는 한편 『현대 소설론』(1919)과 『베넷 씨와 브라운 부인』(1924) 등의 평론에서 새로운 소설이 나아갈 방향을 제시했다. 『제이콥의 방』(1922), 『댈러웨이 부인』(1925), 『등대로』(1927) 등은 이른바 '의식의 흐름' 기법으로 불리는 새로운 창작 방식을 구현한 작품들이다. 총 아홉 편의 장편소설과, 세 권의 단편집, 페미니즘 에세이 『자기만의 방』(1929), 『3기니』(1938), 그리고 방대한 분량의 평론과 서한, 일기를 남겼다.
1939년 제2차 세계대전 발발 이후 다시 신경쇠약을 겪다가, 1941년 3월 28일 우스 강에 투신하여 생을 마감했다.

옮긴이

⁚ 최애리

서울대학교 인문 대학 및 동 대학원에서 불문학을 공부했고, 중세 문학 연구로 박사 학위를 받았다. 크레티앵 드 트루아의 『그라알 이야기』, 크리스틴 드 피장의 『여성들의 도시』 등 중세 작품들과, 자크 르 고프의 『연옥의 탄생』, 조르주 뒤비의 『중세의 결혼』, 슐람미스 샤하르의 『제4신분: 중세 여성의 역사』 등 중세사 관련 서적들을 다수 번역했다. 전문 번역가로 활동하면서 여러 방면의 역서를 냈고, 버지니아 울프의 작품으로는 『댈러웨이 부인』과 『등대로』를 번역한 바 있다. 서양 여성 인물 탐구 『길 밖에서』, 『길을 찾아』를 썼으며, 최근에는 『그리스도교 신앙시 100선: 합창』을 펴냈다.

한국연구재단총서 학술명저번역 서양편 595

밤과 낮

1판 1쇄 찍음 | 2017년 2월 7일
1판 1쇄 펴냄 | 2017년 2월 17일

지은이 | 버지니아 울프
옮긴이 | 최애리
펴낸이 | 김정호
펴낸곳 | 아카넷

출판등록 2000년 1월 24일(제406-2000-000012호)
10881 경기도 파주시 회동길 445-3
전화 | 031-955-9510(편집) · 031-955-9514(주문)
팩시밀리 | 031-955-9519
책임편집 | 이하심
www.acanet.co.kr

Printed in Seoul, Korea.

ISBN 978-89-5733-529-1 94840
ISBN 978-89-5733-214-6 (세트)

이 도서의 국립중앙도서관 출판예정도서목록(CIP)은
서지정보유통지원시스템 홈페이지(http://seoji.nl.go.kr)와
국가자료공동목록시스템(http://www.nl.go.kr/kolisnet)에서 이용하실 수 있습니다.
(CIP제어번호: CIP2016028972)